아시아의 망령

귀환자 아베 고보와
전후 일본

아시아의 망령-귀환자 아베 고보와 전후 일본

1판 1쇄 인쇄 2015년 8월 24일 | 1판 1쇄 발행 2015년 8월 31일

지은이 박이진 | 편집인 마인섭, 성균관대학교 동아시아학술원 02)760-0781~4
펴낸이 정규상 | 펴낸곳 성균관대학교 출판부 02)760-1252~4 | 등록 1975년 5월 21일 제1975-9호
주소 110-745 서울특별시 종로구 성균관로 25-2

값 20,000원
ISBN 979-11-5550-123-8 93810 978-89-7986-832-6 (세트)

본 출판물은 2007년 정부(교육과학기술부)의 재원으로 한국연구재단(구 학술진흥재단)의 지원을 받아 수행된 연구임(NRF-2007-361-AL0014).

동아시아
문명총서
12

아시아의 망령

: 귀환자 아베 고보와 전후 일본

박이진 지음

아베 고보의 만주 체험은 중요한 의미를 가져왔다.
아베 고보는 만주에서 지내면서 다양한 민족들에 의해 재창출되어 가는 문화적 현상을 체득할 수 있었다.
또한 그의 부친이 에스페란토어회의 리더로 활동한 것도 아베 고보가 크레올어의 성향을 지닌 언어에
직접적으로 접촉할 수 있는 기회였을지 모른다.

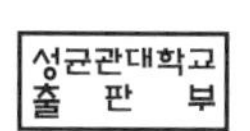

| 차례 |

3부 아베 고보의 소생하는 '기억'과 소거되는 '고향'
—오브제와 기억의 데페이즈망

4부 아베 고보의 존재인식의 변화, '내적 망명'을 향해서
—'귀속'을 거부하기

5부 아베 고보 문학의 동시대성
—'공동체 운명'의 서사화

보론
—전후 일본의 이방인들

| 일러두기 |

- 잡지를 포함한 단행본과 장편소설은 겹낫표(『 』), 논문이나 기사, 영화, 단편소설 등은 낫표(「 」)를 사용했다.
- 본문의 인용은 모두 필자의 번역이다.
  인용 출처의 상세 서지사항은 권말의 '주석'에 모아 두었다.
  아베 고보의 텍스트는 본문에서는 번역한 작품명과 쪽수만 기재했고, '참고문헌'에서 원전의 서지사항을 확인할 수 있다.
- 맞춤법과 외래어 표기는 1989년 3월 1일부터 시행된 '한글 맞춤법 규정'과 '문교부 편수자료' '표준국어대사전'(국립국어연구원)을 따랐다.

'아시아의 망령'이 주창한 '크레올 정신'을 위하여

이 책은 일본의 현대문학 작가 아베 고보에 대한 작가론이다. 한국에서는 무라카미 하루키가 존경하는 작가로, 또 카프카의『변신』과 비슷한 소설을 쓴 작가로 알려져 있는 듯하다.『아베 코보 문학에 있어서 변신의 허와 실』(김현희, 제이앤씨, 2005),『일본 현대문학의 기수 아베 고보 연구』(이정희, 제이앤씨, 2008),『일본 전후문학과 식민지 경험』(오미정, 아카넷, 2009)과 같은 연구서도 간행되어 있다. 오에 겐자부로는 자신의 작가 50주년 기념 대담집에서 '이후 아베 고보의 시대가 도래할 것'을 예감하기도 했다.[1]

아베 고보는 반인반수의 인어에 자신의 과거를 투영하여 전후일본에 존재하는 식민지 귀환자들의 모습을 조형해낸다. '인어'는 바다와 육지, 어느 쪽에서 봐도 괴물일 수밖에 없는, 그리고 양쪽 어디에도 온전히 속하기 어려운 존재이다. 그리고 식민지 만주와 일본 본토 어디에도 수렴될 수 없는 자신을 '아시아의 망령'으로 규정한다. 아베 고보의 '식민자'와 '귀환자'로 분열되는 위치감각과 실존의식을 엿볼 수 있는 부분이다. 그것은 단순히 경계에 존재하는 감각에만 머물지 않는다. 식민지주의와 전쟁의 잔혹함을 비판하며 권력과 지배의 메커니즘을 끊임없이 전복시키기 위해 그는 전위로서의 작가적 입장을 고수한다. 그의 소설은 늘 이렇게 하나의 '방향성'을 갖고 추동되고 있다.

아베 고보는 1993년 1월 22일에 서거했다. 그는 과거에도 동시대를 초월하여 그 이후를 선도할 작가로 이야기되곤 했다. 작가로서 최초로 워드프로세스를 사용해 소설을 쓰기도 하고, 전위극단인 '아베 고보 스튜디오'를 창설해 연출가로도 활동한다. 핑크 플로이드의 광팬이었고 당시로는 일반적이지 않았던 신디사이저를 갖고 있었으며 국제발명가엑스포86에서 간이탈착형 타이어체인을 제출해 동상을 받기도 했다. 아방가르드의 기수라는 평가는 작품 창작에 있어서의 전위성만이 아니라 그의 '발상' 자체를 아우르는 말로 볼 수 있을 것이다. 이러한 경향성은 크레올론의 주창에서도 나타난다. 아베 고보는 '크레올'이라는 말을 사용해서 전통에서 단절된 새로운 문화를 주장했다. 여기서 크레올 언설에 주목하는 이유는 그의 크레올에 관한 '발상'에 주안을 두기 위해서이다.

아베 고보는 1987년에 「크레올 정신(クレオールの魂)」(『世界』 500号, 岩波書店, 1987.4)을 집필하여 일본 작가 중에서는 상당히 이른 시기에 크레올을 '이문화 접촉의 역학'이라는 문화적 현상으로 풀어냈다. 그렇지만 아베 고보가 크레올에 관심을 갖기 시작한 것은 이 글이 처음이 아니다. 1986년 7월 13일에 소련(현재의 러시아)에서 『방주 사쿠라호』를 번역한 V · 그리브닝에게 보낸 서간에 이렇게 적고 있다.

> 지금 '피진어와 크레올어'에 흥미를 갖고서 여러 책을 읽고 있습니다. 꽤나 심각한 인류의 문화가 갖고 있는 본질에 가까운 중요한 문제를 포함하고 있는 듯합니다.[2]

이 서간에 크레올이라는 말이 처음으로 등장한다. 또한 그즈음에 쓰인 「피진어의 꿈(ピジン語の夢)」(1986.7. 무렵)에는 데릭 비카톤(Derek Bickerton)의 『언어의 루트(Roots of Language)』를 읽기 시작했다는 기록이 있다. 데릭 비카톤은 피진어와 크레올어를 연구한 미국의 언어학자로 1985년에 일본에서 번역, 소개된 『언어의 루트(言語のルーツ)』(筧寿雄 譯, 大修館書店, 1985)는 크레올어의 탄생과 아이들의 언어 습득에 관한 연구보고서이다. 「크레올 정신」에서는 비카톤의 저서 외에도 롤레트 토드(Loreto Todd)의 『피진과 크레올(Pidgins and Creoles)』(『ピジン・クレオール入門』 田中幸子 譯, 大修館書店, 1986)을 언급하고도 있다.

『언어의 루트』는 크레올의 형성 과정을 해명하면서 인간의 언어 능력이 유전자에 바이오 프로그램화되어 있다는 생득설을 주장하고 있다. 그 가설은 번역자의 후기에 잘 정리되어 있기도 한데 ― 당시까지 학설로서 정착된 건 아니었기 때문에 논의의 여지는 있겠지만 ―, 아베 고보는 그 유전자에 의한 '바이오 프로그램화설'에 강하게 공감했다. 그리고 '바이오 프로그램화설'이 언어는 학습된다는 기존의 습득이론을 넘어서 무조건 반사와 같은 생득적인 습득능력에 의해 탄생하는 언어구조를 구체적으로 증명해 주고 있다고 그는 평가한다.[3] 또한 크레올어도 그러한 생득적인 언어 습득능력에 의해 탄생한다고 받아들인다. 그러는 한편으로 아베 고보는 비카톤이 사용한 크레올의 정의가 언어학적인 규정에 제한을 받고 있기 때문에 그 언어가 성립되는 과정에서 일어나는 복잡한 요소를 모두 배제하고 있다며 이론(異論)을 제기한다. 비카톤이 배제한 부분을 재검토해야 한다고 본 아베 고보는 롤레트 토드의 학설에 의거해서 그 역사적 성립 과정을 설명하려 한다. 토드는 크레올이 '토착적인 것'으로 '생육된 것'이 식민지풍으로 변형되었다고 주장한다. 그리고 아베 고보는 크레올화한 언어 혹은 변형된 언어라고 할 수 있는 크레올어의 역사를 통해서 프랑스어권에서의 하층문화, 또는 독자적인 문화로서의 크레올을 도출해 낸다. 아베 고보의 크레올론은 모어(母語)에 속하지 않는 새로운 언어를 사용하기 시작한 아이들의 언어, 이른바 '창세기의 언어'와 같은 크레올의 언어학적 정의에 입각한 개념이라 할 수 있다. 그렇지만 아베 고보는 여기서 한 발 더 나아가 그 언어 사용이 부모에게 의거하지 않고 자신의 아이덴티티를 직접 모색하려고 하는, '고향을 갖지 않은 아이들의 충동'에 의해 형성되었다는 역사적 상황을 도입해 설명한다. 독자적인 문화 그리고 독립해 있는 하나의 세계로서의 크레올을 상정하고 있는 것이다. 그리고 '종래의 언어 가치를 낮게 보는 혹은 무시하는 완전히 새로운 지역사회'에서 발생한 크레올어라는 비카톤의 시점을 발전시켜서 '모국에서 거리가 먼, 전통의 그림자가 희박한, 변경의 역학적 산물'로서 크레올을 정의한다.

여기서 주목할 것은 아베 고보의 크레올론이 그의 언어 내셔널리즘에 대한 비판적 인식, 즉 일국의 국어가 담당하고 있는 집단화의 기능에 경계심을 갖게 하는 언설과 함께 쓰이고 있다는 점이다.[4] 크레올은 근대 국민국가의 내셔널 아이덴티티 형성에 기능하는 '국어'의 개념과는 역방향에서 나타난다. 그렇기 때문에 아베 고보는 '크레올적 환원작용'이라는 것이 전통과 의식(儀式)의 과잉으로 비대화된 국가를 붕괴시킬 수 있다고 강조한다. 내셔널 아이덴티티에 대항하는 비판적 시점, 바로 이러한 시점이 그의 크레올론의 저변에 흐르고 있는 것이다.

따라서 아베 고보의 크레올론은 이문화의 접촉이 불러일으키는 복잡한 현상 중에서 특히 새롭게 재형성되어 가는 개별적인 아이덴티티에 주안을 두고 있다. 모국에서 거리가 멀고 전통의 그림자가 희박한 '변경'을 크레올적 환원작용이 발생하는 장소로 보는 이유는 국가로부터 이동하거나 이주한 사람들의 거주지를 직접적으로 나타내기 위해서이다. 이러한 장소에서 집단의 행동원리를 균일화하는 힘에 구애되지 않고 자발적인 선택에 의해 행동하는 인간의 욕망을, 아베 고보는 '개(個)의 발생', '개(個)의 탄생'에 다름 아니라고 말한다. 그러나 그러한 이동이나 이주

현상을 경험할 수 없는 경우, 혹은 의식(儀式) 과잉의 세계에서 도망칠 수 없는 경우, 개인은 크레올의 정신을 발휘해서 '내부의' 변경을 탐색하기 마련이라고 주장한다. 따라서 내부의 변경을 추구하는 인간은 '이단이나 전통 거부자'처럼 보일지 몰라도 오히려 그 아이덴티티에 자부심을 가져야 한다고 말한다. 아베 고보는 크레올화하는 아이덴티티 또는 크레올성을 기저에 둔 아이덴티티를 강조하고 있는 것이다.

이렇게 아베 고보가 크레올, 크레올어, 크레올 문화 등을 언급하면서 내셔널 아이덴티티에 대한 대항적 시좌(視座)를 구축해 가는 한편에선, '크레올성'을 주장하는 작가나 사상가가 중심이 되어 크레올 운동이 왕성하게 전개되고 있었다. 그렇다고 해서 아베 고보가 그들과 직접 연계해서 활동을 한 적은 없었다. 아베 고보의 크레올론은 촘스키나 비카톤, 토드와 같은 언어학자의 설을 수용하고 있다.[5] 다만 '크레올성'을 주창한 작가들이 제시하고 있는 시좌를 살펴보면 그들이 크레올을 통해 추구하고자 한 아이덴티티가 아베 고보의 시점과 상통하고 있음을 알 수 있다. 이에 관해서 잠시 소개해 보겠다.

'크레올성'은 1980년대부터 1990년대에 걸쳐 포스트콜로니얼리즘과 함께 유럽에서 확산된 세계적 현상을 가리킨다. 1990년대 초두부터 일본에서도 에드워드 사이드나 호미 바바, 가야트릭 스피박 등이 주장하는 미국의 포스트콜로니얼리즘과는 별도로 프랑스어권에서 일어난 크레올 운동에 대한 논의가 활성화 되었다. '크레올성'의 유효성을 타진하기 위해 연구회나 국제 심포지엄이 개최되었고, 크레올성을 주장하는 작가들을 일본에 초청해서 그들의 육성을 직접 들을 기회를 만들기도 했다.[6] 그렇지만 크레올성은 이를 주장하는 작가들의 이데올로기성이 강했던 탓에 종종 포지티브한 현상이라기보다는 네거티브한 관념으로 평가받기 쉬웠다. 그렇기 때문에 오늘날의 일본에서는 카리브해에서 발생한 문화

현상으로 한정해서 파악하려는 경향이 있다.

크레올이라는 말이 내포하고 있는 복잡한 역사적 배경은 크레올성을 정의함에 있어서도 난점으로 작용한다. 크레올은 크레올어라는 언어학적 의미 이외에도 원래 미국을 기원으로 하지 않는 것에 대한 총칭으로서, 15세기 미국대륙의 역사로 거슬러 올라가야 하기 때문이다.[7] 그렇지만 앞서 말했듯이 크레올성은 크레올이라는 특수한 언어학적 기원을 넘어서 '문화의 총체이자 하나의 세계관'[8]처럼 인식되고 있다. '이제부터는 크레올 시대'라고 주장하는 작가들의 크레올 운동은 에밀 세자르의 네그리튜드론 — 에밀 세자르가 1939년 『귀향 노트』에서 네그리튜드라는 말을 사용하기 시작했다. 이 말은 이른바 프랑스어를 흑인화하려고 한 세자르의 시창작을 위한 시도라고 할 수 있다 —[9]을 효시로 프란츠 파농의 고향인 마르티니크를 중심으로 해서 『크레올성 예찬』[10]이 간행된 1989년에 정점을 찍는다. 『크레올성 예찬』은 한마디로 말해서 '크레올 선언'이라고 할 수 있다. 마르티니크의 아이덴티티, 나아가서는 카리브해, 언틸제도의 문화적 아이덴티티를 크레올성에서 찾고 있는 담론(discussion)인 것이다. 그렇다면 크레올성은 어떻게 형성되는 것일까?

크레올 — créole 프랑스어, 스페인어로는 criollo — 은 포르투칼어인 crioulo에서 유래한다. crioulo는 또한 라틴어인 criare를 어원으로 한 말로, '육성하다, 교육하다'는 의미를 갖는다. 그러나 처음에 크레올은 인간만이 아니라 동물이나 식물 등, 노예무역으로 이동하게 된 모든 것을 총칭했다. 그것이 백인 크레올만을 지칭하게 된 것은 19세기 초엽 이후로, 프랑스어 사전에서라고 한다. 그렇기 때문에 『크레올성 예찬』의 작가들은 크레올성을 이해하기 위해서 그 어원까지 소급해 올라갈 필요가 전혀 없다고 말한다. 다시 말해서 백인만을 지칭할 경우 식민지의 원주민이나 흑인의 존재가 지워짐은 물론이거니와, 크레올의 의미가 프랑스계 백인의 혈통을 계승하는 것으로 제한되게 되기 때문이다. 『크레올성 예찬』의 작가들은 이를 프랑스의 잘못된 행위 탓이라며 비판한다. 이러한 점은 식민지주의를 경험한 피식민자로서는 당연한 발언인 동시에 우리가 크레올 문화를 이해함에 있어서도 중요한 관점을 제공한다.

카리브해 사회의 특징은 크레올 문화에 의해 크레올화되어 왔다는 점이다. 유럽의 것도 아프리카나 원주민의 것도 아닌, 새로운 의례(儀禮)를 바탕으로 발전해 온 것으로 그리상(Edouard Glissaant)은 이를 언틸제도의 이중 · 삼중의 단절로 이야기한다. 즉 노예들은 탈부족화가 진행되면서 아프리카의 생활조건으로부터 이탈한다. 식민지의 백인도 출생지인 유럽의 관습과는 다른, 보다 복잡한 사회를 형성해 왔다. 게다가 본국의 법률과 식민지 법제도 사이에도 차이가 있었다. 그러한 사회 속에서 완전히 새로운 의례가 재창조되면서 각각의 기원은 상실되어 간다.[11] 이러한 가운데서 발생하게 된 크레올 문화가 점차 발전과 변용을 반복하면서 그 사회를 크레올화해 간다. 크레올이 가진 어원에 집착할 필요가 없다는 『크레올성 예찬』의 작가들의 발언에 주의해 볼 필요가 있는 것은 이 때문이다. 크레올화는 단순히 복수의 문화의 혼교가 아니라, 단일한 민족신화에 의해 지지되어 오던 '혈통계승의 문화가 더 이상 기능할 수 없는 지역의 문화형태'인 것이다.[12] 이를 토대로 크레올성이라는 아이덴티티가 형성되어 온 것이라고 보는 『크레올성 예찬』의 작가들은 언틸의 아이덴티티가 크레올성 그 자체라고 주장한다. 기원을 소거한 상태가 크레올성의 필요조건임을 알 수 있는 것이다.

이러한 크레올성은 문화 간의 진정한 커뮤니케이션과 영토나 국가, 내셔널리즘적인 지배 논리의 기틀을 초월해서 새로운 윤리를 제안한다.[13] 그리고 '복수의 아이덴티티'의 존재 가능성은 단일한 아이덴티티만 고집해 온 기존의 인식에 대해 아이덴티티의 문제를 새롭게 조명할 수 있는 논리로서 반근대의 이데올로기라고 할 수 있다. 그러나 이러한 크레올 운동은 문화적 측면에서의 사상세계를 주요한 전선으로 하기 때문에 언틸제도의 독립이나 자유국가의 문제와 같은 정치적인 사안은 결국에는 서양의 논리 속에서밖에 논의될 수 없다는 한계를 지니기도 한다. 또한 그들이 처해 있는 '외재성'을 그대로 언틸화해서 자각하는 것을 강조하게 되면서 반대로 카리브인들에게 내재하는 비극적 운명만을 내세우고 있다는 비판도 가능하다.

크레올성에 대한 논의가 이렇듯 양극으로 나뉘어 있듯이 아이덴티티를 논의한다는 것은 쉽지 않은 일일 것이다. 일본에서 세계적인 현상으로서 크레올성의 유효성이 검토된 것도 당시 일본 내에서 확산되고 있던 '혼성성'이나 '잡종성'과 같은 일본문화의 아이덴티티 모색과 관련되어 있었다. 특히 일본에서 크레올성에 관심이 집중된 것에 대해서 『크레올성 예찬』의 작가들은 일본의 '섬'으로서의 특성을 지적한다. 카리브해는 복수형의 제도(諸島)로 표기되는 것에 반해서 같은 복수의 열도(제도)로 구성된 일본은 단수형의 '일본'으로 표기하고 있고, 그렇기 때문에 공통의 과제에 관심을 모을 수 있었다고 논의한다.[14] 또한 이러한 논의에 참가하고 있는 연구자들은 일본의 내부 상황을 객관적이고 비판적인 논조로 이야기한다. 크레올성은 일본의 식민지주의 역사를 올바르게 재고할 수 있는 모델이자 하이브리드(hybrid)한 일본문화의 우수성을 주장하는 담론에 내재한 위험성을 살필 수 있는 모델이라는 것이다.[15]

그러나 크레올성을 주창하는 시도에 대한 평가는 차치하더라도 그것이 '이동을 경험한 피식민자의 시좌'[16]에 의해 발산된 것은 틀림이 없다. 게다가 크레올성은 반대로 권력의 이동이 초래한 식민지주의의 폐해를 나타내는 좋은 예이기도 하다. 이 글에서 아베 고보와 크레올성을 연결해 보는 또 하나의 이유는 앞서 말했듯이 『크레올성 예찬』에 내포되어 있는 시좌, 즉 '이동을 경험한 피식민자'로서의 위치 감각이 드러낼 수 있는 시점에 있다.

아베 고보는 촘스키나 비카톤, 토드와 같은 언어학자의 크레올론을 수용하고 있지만, 크레올의 문제를 복수의 언어의 혼성이라는 측면만이 아니라 전통을 거부한 문화로서 파악하고 있다. 이러한 시점은 아베 고보 문학의 특성으로 월경(越境)이나 선구적인 의미로서의 전위성을 지적할 때마다 대표적으로 지적되는 점이다.[17] 무엇보다 아베 고보의 만주 체험은 중요한 의미를 가져왔다. 아베 고보는 만주에서 지내면서 다양한 민족들에 의해 재창출되어 가는 문화적 현상을 체득할 수 있었다. 또한 그의 부친이 에스페란토어회의 리더로 활동한 것도 아베 고보가 크레올어의 성향을 지닌 언어에 직접적으로 접촉할 수 있는 기회였을지 모른다.[18] 이렇게 아베 고보의 크레올에 대한 발상에는 만주라는 '장소'가 갖는 특수성이 관련되어 있으며 만주체험이 그 직접적인 계기가 되었다고 할 수 있다.[19] 또 한편으로 아베 고보의 만주체험에 관해서는 그가 일본인이라는 지배민족으로서의 지위를 역사적 책임감 없이 단순하게 생각하는 측면이 있는 게 아닌가하는 지적도 있다.[20] 식민지에서 표상된 지배민족으로서의 입장을 지움으로써 폭력적인 상황을 이상적 세계인 크레올적 문화로 대체하고 있다는 비판이다. 이는 다시 말해서 아베 고보는 만주에서 자랐지만 피식민자가 아닌 식민자에 속한다는 것으로 그의 만주체험 관련 연구 속에서 피할 수 없는 문제이기도 하다. 그렇지만 지금까지 지적되어 온 아베 고보의 크레올성은 만주체험에만 한정할 것이 아니라 보다 넓은 시점이 필요하리라 본다. 식민지에서 자란 일본인, 즉 지배 민족이면서 식민지 출신자들이 갖는 아포리아야말로 크레올성을 반증한다고도 할 수 있기 때문이다.

그리고 아베 고보와 크레올성의 접점은 전후 일본 사회 속에서 더욱 밀접해진다. '이동을 경험한 피식민자'의 시좌가 크레올성 탄생의 출발점이라고 할 경우, 식민자인 아베 고보에게는 크레올성을 적용하기 어려울지 모른다. 그러나 아베 고보가 일본인이기는 하지만 국가로서의 일본을 본격적으로 대면한 것은 패전 이후의 상황에서부터이다. 일본 패전 이후 만주에서 귀환사업이 시작되고 귀환선에 탈 수 있었던 아베 고보는, 그 경험을 데뷔작에서 재구성했다. 그리고 아베 고보는 자신의 귀환이 강제성을 띤 고향에 대한 방기이자 추방의 성격을 갖고 있다고 말한다. 즉 아이덴티티의 혼란이나 이방인이나 이단자로서의 존재인식 등을 끊임없이 작품화하고 있는 것은 귀환 후에 낯선 일본에서 느낀 아베 고보 자신의 존재감에 바탕을 두고 있다. 또한 전후 일본이 처해 있던 미군의 '점령' 상황 속에서 아베 고보는 식민자와 피식민자, 지배와 피지배라는 권력구도, 식민지주의를 인식하기 시작했다. 그의 소설에 묘사된 공간이 만주와 전후 일본을 이중으로 비추고 그곳에서 발생하는 부조리한 상황을 묘사하고 있는 이유는 식민지주의에 대한 비판적 태도가 저변에 흐르고 있기 때문이다. 일본에 와서 피지배자와 같은 처지를 경험한 것은 아베 고보의 아이덴티티 형성에 있어서도 또 다른 의미를 부여했던 것이다. 바로 여기서 '외지 귀환자'인 아베 고보의 모습이 부상된다.

아베 고보의 크레올성은 이렇게 만주 출신의 일본인이 전후 일본 사회 속에서 형성하게 된 아이덴티티라고 할 수 있다. 다시 말해서 전후의 일본사회에 놓인 '외지 귀환자'의 입장이기도 하다. 이 책에서는 이렇게 아베 고보의 '외지 귀환자'라는 입장이 시간의 경과에 따라 이단과도 같은 위치에서 망명자적 발상으로 전환되어 가는 과정을 상세히 검토해 보고자 한다. 전체적으로는 1부에서 아베 고보의 만주체험에 관한 현재까지의 연구동향을 살펴보면서 이 책이 견지하는 관점을 확인해 두고자 한다. 만주체험의 의미를 아베 고보가 귀환해 온 전후 일본의 상황과 관련해 재고함으로써 전후 일본에서 '외지 귀환자'가 갖는 존재론적 의미를 논의하겠다. 2부 이후는 귀환자에서 망명자적 입장으로 바뀌어 가는 아베 고보의 인식에 초점을 맞춰 작품을 독해해 본다. 보다 구체적으로 전체 구성을 정리해 보면 다음과 같다.

1부에서는 아베 고보의 만주체험이 갖는 새로운 의미를 살펴보았다. 우선 아베 고보가 쓴 세 가지 자필연보를 가지고 그 내용을 비교했다. 가장 먼저 작성된 1961년 자필연보에는 아베 고보가 만주와 일본을 오가면서 느꼈던 점, 예를 들면 불안한 정신 상태와 낙오자 의식 등의 심경이 다른 연보와 비교해 봤을 때 구체적으로 기록되어 있다. 그러던 것이 두 번째 자필연보(1964년)에서는 세이죠 고등학교에 입학한 후 도쿄대학 의학부에 진학했다는 식으로, 건조한 필치로 객관적인 상황 설명만으로 다시 쓰인다. 첫 번째 자필연보는 당시 아베 고보의 내면의 고민을 보다 선명히 보여주고 있다고 하겠다. 왜냐하면, 만주에서 일본으로 귀환한 아베 고보는 전후 일본에서 제대로 적응하지 못 했기 때문이다. 당시 귀환자들의 체험수기나 '외지귀환파'에 속하는 작가들의 말에서 알 수 있듯이 전후 일본에서 귀환자는 동일한 일본인이라는 카테고리 안에서 마치 타자와 같은 이질적인 존재였다. 아베 고보는 그렇게 자기 안에서 균열을 보이는 아이덴티티를 작품 속 주인공에게 투영한다. 귀환자라는 아베 고보의 모습이 그의 문학 세계에 끼친 영향을 새로운 관점에서 제시할 수 있는 것이다. 또 이러한 관점은 이 책의 전체적인 분석에 관철되어 있다.

아베 고보의 작가로서 출발점으로 자리매김한 『끝난 길의 이정표』(1948년)가 고향 상실자의 이야기로 평가받는 것은 익히 알려져 있다. 아베 고보의 실제 경험에 바탕을 둔 『짐승들은 고향을 향한다』(1957년)도 만주에서 일본으로 귀환하는 일본인의 이야기이다. 그러나 아베 고보의 만주체험에 관해서는 소설 『모래 여자』(1962년)가 국제적 평가를 받고 나서야 뒤늦게 다루어지게 되었다. 사막의 건조한 바람과 황야, 유동하는 모래 등의 이미지가 만주를 원풍경으로 삼고 있다며 주목받게 되자, 앞선 두 작품도 아베 고보의 만주체험을 논할 경우 대표적인 작품으로 다루어지게 된 것이다. 그러나 아베 고보의 만주체험은 과거의 이야기로만 그치지 않는다. 그것은 전후 일본 속에서 존재한 아베 고보 자신의 실존의식에 영향을 미치게 된다. 즉, 전후 일본의 '외지 귀환자'라는 경계인적 존재가 갖는 의미와 아베 고보의 만주체험은 깊게 관련되어 있는 것이다. 이것에 관해서는 비슷한 경험을 했던 다른 일반 귀환자의 체험수기뿐만 아니라 '외지귀환파'를 자칭한 작가 이쓰키 히로유키(五木寬之)의 글을 들어 검토했다. 이와 같이 아베 고보의 만주체험이 갖는 의미는 전후 일본의 귀환자들의 입장과 얽혀 있다. 따라서 이런 입장이 가져다준 이방인적 시선을 통해 아베 고보가 자신의 문학을 형상화하고 있는 점을 논의해 보았다. 그리고 제1장에서의 관점을 바탕으로, 제2장 이후에서는 전후 일본에 있어서 아베 고보의 자기 인식에 대한 변용을 그의 작품과 콘텍스트를 관련시켜 고찰했다.

2부에서는 아베 고보가 자문했던 일본인으로서의 아이덴티티를 초기 작품군을 중심으로 검증했다. 특히 작품에서 형상화되고 있는 주인공의 행동과 사고의 분석을 통해 아베 고보의 인식론적 추이를 밝혔다. 우선 아베 고보는 1948년 작품 「증오」의 주인공에게 '만주 일본인'과 '전후 일본인'이라는 자신의 존재를 이중으로 투영하고 있다. 두 가지의 정체성 사이에서 균열을 일으키는 아베 고보의 자기 인식을 확인할 수 있는 대목인데, 이러한 자기 인식은 「이단자의 고백」(1948년)에서도 커다란 갈등의 틀로서 기능하고 있다. 아베 고보는 「이단자의 고백」에서 일본 안에서는 이질적인 존재로만 느껴지던 자신을 정신병원에 갇히게 되는 '이단자'에 비유해가며 고백한다. 그리고 일본 국민과 대립되는 존재로서의 '이단자'임을 자임하는 점을 단서삼아 아베 고보의 자필연보에서도 언급되어 있는 마쓰자와(松沢)병원이 전쟁 중에 수행했던 역할도 살펴보았다.

1950년대 작품 「굶주린 피부」, 「변형의 기록」, 「탐정과 그」에서는 각각의 작품에 나타나는 '식민지' 묘사에 착안점을 두었다. 「굶주린 피부」(1951년)는 만주 일본인이 지녔던 위화감을 어느 자산가의 일본인 부인상을 통해서 묘사하고 있다. 그리고 그러한 식민자 · 침략자에 대한 주인공의 복수는 그 자신이 일본인이라는 굴레에서 벗어나지 못 한다는 데서 생겨나는 증오를 암시하고 있다. 이와 같은 구도는 아베 고보가 전후 일본에서 마주한 미국에 의한 점령 상황과도 관련되어 있다. 즉, 아베 고보는 식민지주의의 폭력성을 「굶주린 피부」의 결말에서, 성사되지 못한 복수 혹은 수습되지 않는 증오를 통해 경고하고 있다. 「변형의 기록」(1954년)에도 이러한 식민지주의에 대한 인식이 반영되어 있다. 특히 이 작품에서는 식민지의 '풍경'으로서 피식민자라는 존재를 '사자(死者)'로 묘사하고 있다. 만주의 피식민자인 중국인과 전후 점령하의 일본인을 같은 존재로 보는 아베 고보의 시선을 알 수 있다. 마지막으로 「탐정과 그」(1956년)의 분석에서는 만주에서 자란 아베 고보의 유소년 시절을 연상시키는 주인공의 이야기를 검토하면서 아베 고보의 만주에 대한 그리움을 고찰했다. 건조한 바람과 먼지가 솟구치는 거리는 만주의 풍토적 특성이자 아베 고보의 몸에 밴 만주에 대한 추억으로 거론되어 왔다. 하지만 이와 같이 '살풍경한' 고향을 그리고 있는 것은 만주를 고향으로 말할 수 없는 일본인으로서의 아베 고보의 입장에서 기인함을 알 수 있다. 이렇게 아베 고보의 일본인으로서의 인식이 식민지 체험의 이중적 상황 아래에서 만주 일본인에 대한 조명으로 이어지고 있음을 확인해 보았다.

3부에서는 1960년대의 작품에 나타나고 있는 만주 출신자나 귀환자 문제에 관해 검증해 보았다. 우선 「인어전」(1962년)이란 작품에서는 초현실주의 회화에서 착안하고 있는 그의 창작 기법을 고찰했다. 특히 변형된 인어의 모습이 데페이즈망 기법으로 조형되어 있는 점을 밝혔다. 그리고 그런 변형의 형태가 작품 『벽』과 같은 다른 변형담과는 달리 데페이즈망 기법으로 구사되어 있는 이유에 관해서도 구체적인 분석을 해 보았다. 그 결과 본래 있어야 할 곳에서 다른 곳으로 옮겨놓음으로써 이화(異化)감을 만들어내는 '데페이즈망'은 만주로부터 옮겨진 전후 일본의 귀환자들의 존재와 서로 겹쳐지는 요소를 가지며, 또한 아베 고보 자신의 존재 인식을 나타내고 있음을 알 수 있었다. 이러한 「인어전」에 대한 고찰은 종래에 그다지 거론되지 않던 아베 고보의 작품에서 문학적 의의를 발견해낸 성과도 포함되어 있다. 아베 고보가 구사한 변형 기법의 특성이 데페이즈망 기법임을 확실히 밝히고, 아베 고보와 초현실주의와의 영향 관계를 선행연구들보다 상세하게 밝혀낼 수 있었다.

이어서 1960년대의 창작 방법으로 돋보이는 기억상실 모티브의 의미를, 작품 「커브 건너편」(1966편)의 분석을 통해 검토했다. 기억상실 모티브는 아베 고보의 마지막 자필연보와 관련해서 작품 속에서 형상화되어 있다. 사라진 사실보다는 남겨진 현실이 더욱 의미가 있다는 점을 시사하고 있는 기억상실 모티브는 실제로 아베 고보 자신의 과거를 소거하는 작업에서도 사용되었던 사실을 확인했다. 그리고 정착할 장소인 고향을 갖지 않는 존재로 변해 가는 아베 고보의 자기 인식을 검증했다.

이상과 같이 초기 작품부터 1960년대의 두 작품까지를 함께 정리해보면, 아베 고보가 그리는 주인공들의 모습에는 그 자신의 체험이 강하게 반영되어 있음을 확인할 수 있다. 다시 말해서 그의 작품에 이질적인 존재가 형상화되고 있는 이유는 전후 일본에서 아베 고보 자신의 존재 인식과 깊은 관련성을 갖는다. 그리고 이러한 아베 고보의 자기 인식은 결국에는 국가나 공동체에 대한 거부의 태도로 이행되어 간다.

따라서 4부는 귀속을 거부하는 인간의 모습을 소형하는 아베 고보의 시도를 검증하고서 그가 그리고자 했던 세계는 무엇이었는지, 그 의미를 고찰했다. 특히 1960년대부터 유태인적인 것에 관심을 가지고 있던 아베 고보는 「내부의 변경」(1968년)에서 '내적 망명'을 도모하는 자신의 작가적 의무를 밝히고 있다. 그러한 인식은 1973년 작품인 『상자 인간』에서도 나타난다. 상자를 뒤집어쓰고 그 안에 갇힌 남자라는 설정에서 내적 망명자의 모습을 구현화한 것이다. 게다가 선행연구에서는 폐쇄적으로밖에 보지 못했던 '상자' 속 공간성을, 반전을 갖는 공간으로 재조명해 보았다. 이와 관련한 아베 고보의 크레올론과 함께 내부에서 주변으로 이동하는 '월경'으로 지적되어 온 작품 속의 공간성을 재고하여서 '월경'하는 장소가 의미하는 바를 '재생, 소생하는 장소'로 제시해 보았다.

그리고 아베 고보가 말하는 귀환의 의미를 「도시로의 회로」(1978년)에서 확인했다. 아베 고보에게 귀환은 만주라는 고향으로부터의 강제적 추방의 성격을 가지고 있었다. 이것은 일본에서 통용되고 있는 귀환의 의미나 귀환자의 입장을 재고케 하는 시각을 마련해 준다. 즉, 원래 귀환의 대상은 1946년부터 1951년까지는 추방처분자를 의미했다. 거기에 소련과 미국의 힘이 작용해 일본의 귀환문제는 국제적인 차원으로 발전하게 된다. 그러는 가운데 추방자나 망명자에서 피난민으로 그 의미가 바뀌면서 만주난민이라는 말이 일본 내에 통용되기 시작한다. 그러나 정확한 의미에서 귀환의 대상인 '난민'이란 난(難)과 조우하는 것을 피해 원래의 장소로부터 도망간 사람들로, 송환되기에 앞서 일본에서 '떠난'

행동이 선행되어 있다. 그것이 전후 일본에서는 난(難)과 조우한 자국민을 도와 자국으로 불러들이는 방식으로 여겨졌다. 귀환의 의미가 송환에 중점을 두고서 정착된 것을 알 수 있는 것이다. 패전을 앞두고 아베 고보는 만주로 갔다. 곧 아베 고보를 일본에 다시 불러들인 귀환은 그에게는 고향으로부터 추방이라는 강제성을 가지고 있는 것이다. 아베 고보가 자신의 처지를 점차 망명자적 입장과 겹쳐가게 된 것은 이와 같은 경위가 배경에 있음을 알 수 있다. 그리고 이어서 「내적 망명 문학」(1978년)에서 논의된 중남미를 중심으로 한 '국가 없는 작가'의 문학에 주목해 간 아베 고보의 시선에는 자신의 귀환 체험과 전후 일본에서 느꼈던 존재론적 감각이 연동되어 있었던 것이다.

5부에서는 이질적인 존재나 '유태인적인 것'에 대한 아베 고보의 시점이 망명자적 입장으로 확대되어 전개되는 양상을 최종적으로 고찰했다. 특히 가브리엘 가르시아 마르케스를 언급하고 있는 언설을 통해 아베 고보가 지향하고 있던 문학과 문학자상을 도출해 보았다. 이러한 검토는 아베 고보의 문학이 갖고 있는 비교문학적 비평영역의 확장을 의미하기도 한다. 따라서 둘의 문학적 특성을 비교해서 그 접점을 제시해 놓았다. 양자 간의 텍스트가 갖는 유사성과 차이점을 포함해서 아베 고보와 가브리엘 가르시아 마르케스의 '공동체 운명'의 서사화라는 소설적 주제가 갖는 의미를 정리해 보았다.

가브리엘 가르시아 마르케스는 존재하지 않는 사자(死者)를 현실에 등장시켜 일상성에 비현실적인 것을 섞어서 이야기의 환상성을 높이는 반면, 아베 고보는 환상성을 일상적인 감각에 저항하는 간극으로 만들어내기 때문에 현실과 비현실의 균열을 가시화시키는 수법을 구사한다. 또한 공통적으로 활용하고 있는 불면증의 모티프에 있어서 아베 고보는 이를 의식과 무의식의 균열 지점, 즉 분노나 복수, 히스테리를 일으키는 증후처럼 구사한다. 반면 가브리엘 가르시아 마르케스의 경우는 과거 기억의 상실을 수반하는 집단적인 아이덴티티 상실이라는 맥락에서 불면증의 모티프를 전개하고 있다. 현실과 비현실의 균열이 아니라 불면 그 자체가 상징적인 의미를 갖는 것이다. 그리고 이러한 창작상의 기법은 『백년 동안의 고독』의 주제를 특정하는 데에도 도움이 된다.

가브리엘 가르시아 마르케스의 『백년 동안의 고독』은 마술적 사실주의의 구현이라는 측면에서 높이 평가를 받는다. 그러나 그는 이 작품 속에서 저널리스트로서의 시점을 사용하여 콜롬비아 역사를 재조명하고 있다. 『백년 동안의 고독』은 현실 세계의 역사와 강한 관련성을 지닌 가공의 세계를 무대로, 하나의 공동체가 성립에서 멸망에 이르는 운명을 묘사하고 있다고 볼 수 있는 것이다. 소설 속에 나타나는 해학과 환상적인 에피소드의 이면에서는 권력의 매커니즘에 의해 전도된 역사, 지워진 역사의 상흔이 감추어져 있기 때문이다. 망각의 역사가 초래하는 공동체의 운명이 소설적 주제라 할 수 있다.

아베 고보가 서사화한 공동체의 운명에 대해서는 「방주 사쿠라호」(1984년)를 통해 살펴볼 수 있었다. 이 작품은 '도시라는 내부의 변경' 속으로 '내적 망명'을 시도하는 주인공들을 서사화하고 있는 '망명 3부작'의 하나로 정의할 수 있다. 무엇보다 국가 간의 이권다툼이 초래한 '전쟁'이라는 대재앙 시대를 경험한 그는 '국가주의'의 결과물이 바로 '핵'이라는 결정체를 만들어 냈음을 직시한다. 그는 초기 작품에서부터 비교적 일관되게 반국가주의, 초국가주의를 주제로 창작 활동을 해 왔다고 할 수 있는데, 국적을 지워버리는 망명자나 이단자의 입장을 고수하는 인물의 조형 역시 그의 주제의식과 밀접한 관련이 있다. 그리고 끝내 「방주 사쿠라호」에서 핵 쉘터라는 인류구원의 방주를 만드는 선장 모구라를 통해 지구 종말이라는 대재난으로부터 살아남은 인류를 데리고 국가가 존재하지 않는 시공간이라는 새로운 시대로의 이행을 시도한다. 그러나 출항은 실패한다. 자신의 위치를 벗어나서 국가의 틀을 넘어설 수 있다는 믿음은 어쩌면 또 하나의 환상에 지나지 않는 것이었을까? 인간과 조직의 관계, 넓게는 국가와 국가 간의 관계 형성은 아마도 인간의 원죄에 가까운 의식일지 모른다. 이러한 '핵 시대'로 상징되는 공동체의 문제를 아베 고보는 폐쇄생태계의 생물 '유푸겟차'에 비유하고도 있다.

『백년 동안의 고독』을 시작으로, 가브리엘 가르시아 마르케스의 문학에 대한 일본에서의 평가는 주로 작품 구성에 있어서의 신화적이고 나선적인 시간 구조나 라틴아메리카의 특수한 역사와 문화, 나아가 포크너의 영향관계에 중점을 두고 있었다. 아베 고보가 이야기하는 『백년 동안의 고독』도 이런 평가와 겹치는 면을 갖고 있기도 하다. 그렇지만 그는 가브리엘 가르시아 마르케스의 문학적 토양을 라틴아메리카의 지역성에 한정하지 않고, 범유럽적인 흐름에서 평가해야 한다고 주장한다. 카프카를 비롯한 망명자 문학과의 관련성 위에서 이해하려는 시점으로 그를 세계 문학의 '새로운 흐름'의 지표로 규정하기도 한다. 또한 초현실주의, 즉물적인 감각, 카프카적인 방법론 등을 거론하며 『백년 동안의 고독』의 주제가 멸망하는 공동체의 운명에 있다는 관점을 펼치기도 한다. 흥미로운 점은 아베 고보의 이러한 평가 기준은 그의 문학이 외부에서 비평될 때의 언설과 많은 부분 겹친다는 것이다. 가브리엘 가르시아 마르케스의 문학과 자신의 문학이 갖는 공통성을 발견함으로써 세계 문학의 새로운 흐름 속에서 아베 고보는 자신의 문학적 위상을 명확히 하고 있다고 말할 수 있는 것이다.

이상으로 이 책에서는 아베 고보가 인식한 전후 일본에서의 실존감각에 주목을 해 보았다. 특히 아베 고보의 작품에 깊게 그림자를 드리우고 있는 실존주의적 경향 속에 전후 일본의 '귀환자'라는 정체성이 원죄 의

식처럼 개입되어 있는 것을 볼 수 있었다. 만주에서 전후 일본으로 귀환한 아베 고보는 미군점령하의 상황에서 일본인으로서의 아이덴티티를 인식하기 시작한다. 그의 식민지 체험은 만주에서만이 아니라 전후 일본으로 연속되고 있다고 지적할 수 있는 것이다. 따라서 식민지에서 만주 일본인이 가지고 있던 위화감과 전후 일본의 점령군인 미군의 이미지가 중첩되어 나타나기도 한다. 그는 식민자였던 일본인이라는 자신의 정체성에 반발하게 되고 동시에 만주식민지 귀환자라는 외지출신 일본인의 처지에서 갈등한다. 데페이즈망이라는 소설 창작 기법을 그가 주된 모티프로 사용하고 있음은 아베 고보 자신의 위치감각과도 연동되고 있는 것이다. 이러한 감각은 곧 '고향을 가지지 못하는' 실존적 존재를 거쳐 오히려 '귀속'을 거부하게 되는 이단자로 거듭난다. 실종 3부작을 비롯해서 망명 3부작으로 분류할 수 있는 그의 작품은 모두 자발적 실종, 의도된 망명이라는 점에서 흥미롭다. 그가 주창한 '크레올 정신'은 이런 경위를 거쳐 수렴된 대안으로서의 정체성이라 할 수 있다. 이문화의 접촉 사이에서 발생하는 복잡한 현상 가운데서 새롭게 재형성되어 가는 개별적 아이덴티티에 주안점을 두고 있는 것이다. 또한 이것은 귀환자라는 이질적인 존재 감각에서 출발한 '발상'이기도 하다.

1부

아베 고보의 경계성, 귀환자의 전후

—만주(滿洲)에서 전후 일본으로

들어가며

아베 고보는 일본 패전 이후인 1946년에 대련(大連)을 출발해서 1947년 나가사키(長崎)에 도착한다. 일본으로 귀환한 이후 본격적으로 작가로서의 길을 선택한 그는 유년기를 보냈던 만주(満洲)를 무대로 한 『끝난 길의 이정표』(1948년)를 발표한다. 그러나 아베 고보의 연구사에서 만주 체험이 끼친 영향이 본격적으로 논의되기 시작한 것은 1966년이 되어서이다. 그 이후에야 비로소 아베 고보에게 만주 체험이 갖는 의미에 관한 고찰이 이루어졌다. 우선은 이러한 연구동향을 살피고 아베 고보의 작품 연구에 있어서의 비평의 시점을 확인해 보고자 한다. 그리고 만주 체험이 갖는 새로운 의미로서 '귀환자'라는 정체성이 그의 문학에 미친 특성을 살펴보고자 한다.

1장 아베 고보의 자필연보

아베 고보는 1924년 3월 7일, 도쿄 — 東京府北豊島郡滝野川町西ヶ原. 현재 東京都北区西ヶ原3丁目에 해당 — 에서 태어나 생후 8개월 만에 만주의

대 의사였던 부친을 따라 만주(満洲)[1]의 봉천 — 奉天, 현재 중국동북 瀋陽 — 으로 이주하여 성장하게 된다. 봉천지요다소학교(奉天千代田小学校)에 입학하여 일곱 살 때 잠시 어머니를 따라 홋카이도에 머물게 되면서 히가시타카스 지카부미 제1소학교(東鷹栖近文第一小学校)로 전학을 가기도 하지만, 1년 정도 후에 다시 봉천지요다소학교로 돌아온다. 1936년에 봉천제2중학교(奉天第二中学校)에 진학하고부터 『세계문학전집』(新潮社)과 『근대극전집』(第一書房)을 탐독했다고 한다. 낸시 하딘(Hardin, Nancy S)과의 인터뷰에서 "나는 만주 출생으로 그곳의 겨울은 엄청나게 추웠다. 학교도 너무 추워서 쉬는 시간에도 교실에 있어야 했다. 그래서 나는 내가 읽은 포의 단편소설을 급우들을 모아놓고 이야기해주곤 했다."[2]고 당시를 회고하고 있는 것을 볼 때, 특히 에드거 앨런 포에 푹 빠져 있었음을 알 수 있다. 이후 1940년에는 일본에 있는 고등학교(成城高校)에 입학하게 되지만 폐침윤을 앓아 휴학을 하고 봉천으로 돌아와 도스토예프스키 책을 읽으며 태평양전쟁 소식을 들었다고 한다.[3] 1942년에 다시 일본의 학교로 복학을 하고, 1943년 9월에 도쿄제국대학 의학부 의과에 입학을 하지만 일본의 패전이 가까워 온다는 소문을 듣고 1944년 10월에 봉천 집으로 돌아가 그곳에서 패전을 경험한다. 패전을 겪으며 "국가나 향토에 귀속되지 않은 상황에 놓인 인간의 존재란 어떤 것인지 생각할 수 있었다."[4]는 아베 고보는, 1947년에 일본으로 귀환하게 된다.

아베 고보가 1993년 1월, 68세의 나이로 서거한 이후 그의 생애를 연보형식으로 정리한 다니 신스케(谷真介)는 『아베 고보 평전연보』(『安部公房評伝年譜』, 新泉社, 2002)에서 작가로서의 아베 고보의 활동을 상세하게 소개하고 있다. 그러나 필자는 여기서 다니 신스케의 평전연보가 나오기 이전에 아베 고보가 직접 작성한 세 개의 자필연보에 흥미로운 부분이 있어 주목해 보고 싶다. 첫 번째 자필연보는 1961년 『신예문학총서 ·

아베 고보집』에 실린 「자필연보」(「自筆年譜 – 新鋭文学叢書に寄せて」, 『新鋭文学叢書 · 安部公房集』, 筑摩書房, 1961. 이하 '1961년 자필연보'로 약칭함)이고, 두 번째는 1964년 『신일본문학전집 후쿠나가 다케히코 · 아베 고보집』에 실린 「자필연보」(「自筆年譜 – 新日本文学全集に寄せて」 『新日本文学全集 · 福永武彦 · 安部公房集』, 集英社, 1964. 이하 '1964년 자필연보'로 약칭함), 그리고 세 번째는 1966년 『우리들의 문학 · 7 아베 고보』에 수록되어 있는 「약연보」(「略年譜」, 『われらの文学 · 7 安部公房』, 講談社, 1966. 이하 '1966년 약연보'로 칭함)가 그것이다. 먼저 처음에 작성된 '1961년 자필연보'에서 그는 1940년에서 1943년에 걸친 자신의 이력을 다음과 같이 기술해 놓는다.

> 봉천에 살면서 곤충채집과 수학을 좋아했다.
>
> (중략)
>
> 1940년, 고등학교 입학을 위해 일본에 돌아갔지만 교풍에 적응하지 못하고 또 폐침윤을 앓게 되어 휴학하고 봉천으로 돌아왔다.
>
> 1942년, 일본의 학교로 돌아갔지만 학교의 군사화가 불쾌하게 다가왔고 학교 자체가 싫어지면서 무엇에도 관심을 갖지 않게 되었다.
>
> 1943년, 모든 것에 무관심해진 탓에 도쿄대학 의과에 진학함. 전쟁이 진행됨에 따라 정신 상태가 점차 악화됨. 학교에는 거의 나가지 않았는데, 그동안 무엇을 했는지 별로 기억에 없다. 한번은 친구를 따라 마츠자와병원(松沢病院)에 가서 사이토 모키치(斉藤茂吉)의 진단을 받은 기억이 있다. 그 친구가 나중에 진짜로 정신착란증에 걸린 걸 보면 당시 내 상태는 아무것도 아니었는지 모른다. 거의 공백에 가까운 2년간이었다.

일본의 고등학교에서 교풍에 적응하지 못한 것이나 전쟁 때문에 정신 상태가 좋지 않았다는 말에서 알 수 있는 것처럼, 아베 고보는 당시 자신의 심리적 불안을 솔직하게 털어놓고 있다. 그런데 두 번째로 작성된 '1964년 자필연보'에 와서는 상황이 다소 달라진다. 글의 서두부분에 "외부의 경력을 꼬투리로 정신분석 당하는 모욕을 참을 이유가 없다."는 말과 함께 그는 자신의 외부 경력 따위는 잊어버리는 게 상책이라고 적고 있다. 이어서 "1924년 도쿄에서 태어남. 태어나서 바로 만주 봉천시로 이주해서 1940년 세이조고등학교에 입학할 때까지 그곳에서 살았다. 1943년 도쿄대학 의학부에 입학"이라며, 태어나서 1943년까지의 일을 지극히 짧은 기술로 대체해 놓는다. 자신의 연보에서 '외부 경력'을 소거한 결과를 이 문장은 잘 보여준다고 할 수 있는데, 그렇다면 여기서 외부 경력은 구체적으로 무엇이었을까. 다시 '1961년 자필연보'로 돌아가서 1943년 이후의 기술을 살펴보자.

> 1944년, 행동에 대한 정열과 희망이 다시금 생기면서 학교에는 무단으로 결석하고 진단서를 위조해 만주로 갔다.
>
> 1945년, 만주는 의외로 평온했고 전쟁이 끝날 기미도 없어 탈락자 의식에 괴로웠다. 갑자기 전쟁이 끝나고 가혹한 무정부상태가 도래했다. 이는 불안과 공포를 안겨 준 반면 어떤 꿈을 나에게 심어 준 것도 사실이다. 아버지와 아버지로 대표되는 재산이나 의무로부터의 해방, 계급이나 인종차별의 붕괴, 오족협화(五族協和)라는 거짓 슬로건을 유린한 일본인의 행동에 강한 증오와 모욕을 느꼈다.
>
> 1946년, 점령군한테 집을 빼앗기고 시내를 전전하며 이동, 귀환.
>
> 1947년, 극도의 빈곤과 영양실조로 학교에 갈 마음도 없고, 불신과 증오로 연중 분노에 찬 상태였다. 당시의 기억도 그렇게 선명하진 않다.

아베 고보가 술회하고 있는, 진단서를 위조해서 만주로 가거나 탈락자 의식 때문에 괴로워하고 불신과 증오감으로 일 년 내내 분노에 차 지냈다는 내용은 두 번째 작성한 '1964년 자필연보'의 서두부에 나와 있는 그의 말처럼 정신분석을 할 요인으로 들춰내기에 충분해 보일지 모른다. 그리고 여기서 소거된 '외부 경력'은 그가 만주와 일본을 오가면서 느꼈던 내면의 풍경에 다름 아니다. '1964년 자필연보'에서 이렇게 한 개인으로서 향수했던 내밀한 시간을 삭제하고서 그는 작가의 길을 걷게 된 이유를 이렇게 설명한다.

> 원적지(홋카이도-필자 주)와 출생지(도쿄-필자 주) 그리고 성장한 장소(봉천-필자 주)가 모두 다르고 이러한 경력이 나를 사소설적 발상에서 멀어지게 했다. 그리고 군대 경력이 없는 이른바 전중파(戰中派)적 감상벽을 면할 수 있었다. 전후의 궁핍함을 경험하고 문학으로 나아가게 되었다.

이 이후부터 '원적지와 출생지, 그리고 성장한 장소가 모두 다르다'는 간략한 문구가 아베 고보의 상징적인 유년기의 경력으로 회자되게 된다. 그렇지만 아베 고보가 일본으로 귀환한 이후 초기 작품군에서 묘사하고 있는 인물의 성격을 살펴보면 지극히 불안한 정신 상태는 물론이고 비정상적으로 보이는 심리 상태가 빈출하고 있는 특징이 있다. 이를 상기해 볼 때, 등장인물에 대한 묘사가 그가 작성한 첫 번째 자필연보에 기술되어 있는 자신의 심리 상황을 오버랩해 연상시키기도 한다. 이후 세 번째 작성한 '1966년 약연보'에 가서는 또 다른 양상을 볼 수 있는데, 이에 관해서는 지면을 달리해서 그의 소설적 창작 기법과 더불어서 '3부'에서 다시 한 번 논의해 보고 싶다.

2장 아베 고보와 '만주 체험'

1. 단편집 『벽』을 필두로 하는 전위성

아베 고보의 작가로서의 출발을 이야기할 때 무엇보다 하나다 기요테루(花田清輝)는 중요한 후원자로 언급된다. 당시 하나다 기요테루는 신젠비샤(真善美社) 출판사의 편집 고문이었는데 그의 조력으로 아베 고보의 처녀작 『끝난 길의 이정표』(『終りし道の標べに』, 真善美社, 1948)가 출판되었기 때문이다. 또한 '밤의 모임(夜の会)'과 '세기의 모임(世紀の会)' 같은 문학자 집회를 통해 둘의 인연이 깊기도 했다. 이 둘의 관계를 연구한 오카니와 노보루(岡庭昇)는 1948년 11월에 결성된 '밤의 모임'을 일본 전후기 아방가르드의 효시로 보며, 그 창립 멤버인 하나다 기요테루가 전후 문학운동의 대표적 이론가였다고 그 위상을 평가하고 있다. 그리고 하나다 기요테루가 주도한 운동에 신인작가 아베 고보가 참가하면서 전후 아방가르드가 개화하게 된다.[5] '밤의 모임'의 창립 멤버였던 하니야 유타카(埴谷雄高) 역시 하나다 기요테루가 아방가르드 방법론을 설파한 유일한 이론적 지도자였고 그 지도를 제대로 계승한 인물이 아베 고보였다고 평가한다.[6] 당시 아방가르드 예술의 선구자로 칭송받던 하나다 기요테루가 아베 고보에게 압도적인 영향을 주었다는 시각이다.

그렇지만 하나다 기요테루에 앞서 아베 고보의 작가로서의 재능을 인정한 최초의 인물은 하니야 유타카이다. 하니야 유타카는 아베 고보가 만난 '최초의' 일본 문학자로서, 둘의 만남을 기록해 놓은 하니야 유타카의 글(「安部公房のこと」, 『近代文学』, 1951. 8.)은 아베 고보에 대한 일본 내의 첫 평론이라고 할 수 있다. 개인적으로도 이 둘의 관계는 상당히 친밀했다. 후에 공개된 서간을 보면 아베 고보가 일본에 귀환해 온 이후 극빈한 생활을 하고 있을 때 하니야 유타카에게 몇 차례에 걸쳐 경제적 지원을 요청하기도 했다.[7] 이렇게 아베 고보를 지지해 준 일본 내의 첫 조력자라 할 수 있는 하니야 유타카는 1947년에 막 완성을 본 『흙담』(『粘土塀』, 후에 『끝난 길의 이정표(終りし道の標べに)』로 표제를 바꾸어서 발행)을 읽고서 "존재론적 감각을 정면으로 다루고 있다"[8]고 평가했다. 이것이 계기가 되어 아베 고보는 『흙담』 중에서 「제1 노트」를 잡지 『개성(個性)』에 게재하게 된다. 하니야 유타카는 단편집 『벽』(『壁』, 月曜書房, 1951)의 서평을 쓰고 있기도 한데, 여기에서 그는 아베 고보의 작품을 20세기 아방가르드 예술의 지평에서 설명한다.

> 아베 고보는 하이데거에서 출발했다. 그리고 꽤나 이상하게 들릴지 모르지만 감히 말해 보자면, 문학적으로는 시이나 린조(椎名麟三)와 하니야 유타카(본인–필자 주)에서 출발한다. 이 둘이 관념적이고 물체의 내적 법칙을 추구하는 방법론을 소설 속에서 모색하고 있기 때문이다. 아베 고보와 일본 문학이 접촉한 것은 이것이 처음이자 마지막이다. 그는 19세기의 끄트머리를 잇고 있던 두 작가의 길을 통과해서 20세기 아방가르드 예술로 돌입했다.[9]

또한 하니야 유타카는 아베 고보가 공간의 조형 표현을 소설적 방법론으로 사용하고 있다며 높이 평가한다. 『벽』 이전에 나온 작품 「덴도로카카리야」(「デンドロカカリヤ」 『表現』, 1949. 8.)를 시야에 둔 평가로, 「덴도로카카리야」의 주인공이 식물로 변신을 하게 되면서 얼굴이 뒤집히듯이 일그러지는 부분에 주목한 하니야 유타카는 이러한 발상이 큐비즘시대의 피카소 그림을 연상시킨다고 지적한다. 또한 그는 이러한 소설이 프란츠 카프카처럼 새로운 회화적 방법론을 도입한 문학이라고 한다. 그렇지만 카프카는 낡은 우의(寓意)소설의 전통을 잇는 흔적이 있어서 어딘

지 모르게 모럴리스트처럼 느껴지는 반면, 아베 고보는 이를 초월하고 있다며 높이 평가한다.[10] 이렇게 카프카와 아베 고보를 비교하는 시점을 처음으로 제시한 것도 하니야 유타카였으며, 일본 문단 내에서 아베 고보의 문학성을 인정해 준 최초의 이해자도 그라고 볼 수 있다. 이어서는 이시카와 준(石川淳)이 『벽』의 서문에서 아베 고보의 발상을 도스토예프스키의 '벽'에 비유하고 있는데,[11] 이러한 초창기의 평가는 지금까지도 아베 고보의 작가적 위상에 영향을 미치고 있다.

단편집 『벽』은 아베 고보라는 작가를 세상에 알린 작품으로 아베 고보 문학의 평가에 있어서 하나의 정점을 이루고 있다. 또 다른 하나의 정점은 후술할 장편소설 『모래 여자』(『砂の女』 新潮社, 1962)인데, 아베 고보의 문학론이나 연구론 중에서 가장 많이 분석되고 또 국제적인 작가들과 비교되는 요인을 제공한 것은 작품 『벽』이라 볼 수 있다. 그만큼 『벽』은 그의 초기 작품군이나 단편소설 중에서 중심에 위치한다.

아베 고보는 51개의 발표작과 14개의 미발표작을 포함해서 모두 65개 가량의 단편소설을 창작했다. 단편소설에 관한 선행연구는 주로 단편집 『벽』을 기준으로 우의성이 짙은 작풍을 규명하거나 아방가르드 영향 하에서의 실존적 성향을 띤 창작 수법을 밝혀놓은 것들이다.[12] 그리고 『벽』에 구사하고 있는 변신 · 변형의 모티프에 내포되어 있는 전위성은 『모래 여자』와도 연계해서 평가를 받고 있다. 이렇게 두 개의 작품을 큰 맥락으로 해서 아베 고보의 창작 수법과 작품성에 있어서의 연속성, 단절성을 분석해 놓은 연구가 주류를 이룬다고 할 수 있다.[13] 또한 『벽』과 관련해서 「덴도로카카리야」를 아베 고보의 전위적인 변모가 시도되기 시작한 작품이라고 평가하기도 한다.[14] 「이단자의 고발」(「異端者の告発」, 『次元』 1948. 6.)이나 「이름 없는 밤을 위하여」(「名もなき夜のために」, 『総合文化』 1948.7.; 『近代文学』 1948. 11.;1949. 1.)와 같은 초기 작품에서 보이는 릴케의 영향에 이어서 아베 고보가 이른바 일본의 카프카로 불리게 된 것도 『벽』의 작품 세계가 갖는 '우의성'에 주목을 한 평가 때문인 것이다.[15] 아베 고보의 소설을 주요한 모티프에 따라 개관해 놓은 연구 성과도 있다. '벽, 이름'과 같은 소재를 분석해서 이것이 소설의 주제와 어떻게 연계되고 있는지 설명해 놓은 논의이다.[16] 이를 통해 '벽'의 의미와 '이름'의 효용, 또는 극한의 상황이나 순환적 세계를 작품의 무대로 설정하고 있는 양상 등이 다른 소설에서도 공통적으로 나타나고 있음을 알 수 있다. 아울러 『벽』을 필두로 해서 아베 고보 문학의 특성을 도출해 내면서 그의 사상적 경향을 분석하기도 한다. 이 외에 다수에 해당하지는 않지만, 단편소설 「손」(「手」, 『群像』 1951.7.), 「굶주린 피부」(「飢えた皮膚」, 『文学界』 1951. 10.), 「시인의 생애」(「詩人の生涯」, 『文芸』 1951. 10.), 「침입자」(「闖入者」, 『新潮』 1951. 11.), 「R26호의 발명」(「R26号の発明」, 『文学界』 1953. 3.), 「변형의 기록」(「変形の記録」, 『群像』 1954.4.), 「무관계한 죽음」(「無関係な死」, 『群像』 1961. 4.), 「인어전」(「人魚伝」, 『文学界』 1962. 6.)에 대한 연구론이 있다. 분석의 시점은 역시나 아베 고보의 전위성이 짙은 창작 세계에 대한 해명이 목적으로 작품의 우의성이나 풍자성에 대한 고찰이 중심을 이룬다.[17]

요컨대 아베 고보의 단편소설은 창작 기법에 있어서의 주된 테마나 작품의 성격에 초점을 맞추어 분석되어 왔고 이는 작가의 사상을 규명하는 데에도 사용되고 있다. 하지만 주인공의 성격과 인물의 특성 등을 분석의 대상으로 연구하고 있는 것은 별로 눈에 띄지 않는다. 특기할 만한 것으로는 인물의 역할에 관한 논의로서 「이단자의 고발」과 「덴도로카카리야」에 묘사되고 있는 '나와 또 다른 나'의 등장을 분석한 연구론이 있다. 이러한 분석 시각은 상징적인 존재로서의 '또 다른 나'가 '육체적인 나'와 '정신적인 나'의 분열현상이 일으킨 분신이고, 그렇기 때문에 이율배반적으로 존재할 수밖에 없는 자신과 자아의 신체 관계에 초점을 두고 있다. 주인공의 분열된 의식이 두 개의 세계를 상징함에 착목하여서 '꿈의 표상'이라는 초현실주의적 방법론상에서 분석하고 있는 것이다.[18]

2. 『모래 여자』 이후의 위상 변화

『벽』을 통해 작가로서의 명성을 알린 이후 아베 고보는 창작에 몰입한다. 단편소설의 대부분이 1950년대에 발표됨은 물론이고 『기아동맹』(『飢餓同盟』 講談社, 1954), 『짐승들은 고향을 향한다』(『けものたちは故郷をめざす』 講談社, 1957), 『제4간빙기』(『第四間氷期』 講談社, 1959) 같은 장편소설과 창작극집인 『아베 고보 창작극집』(『安部公房創作劇集』 青木書店, 1955)이나 기행문 『동구를 가다』(『東区を行く』 講談社, 1957), 평론집 『맹수의 마음에 계산기의 손을』(『猛獣の心に計算機の手を』 平凡社, 1957), 그리고 영화평론집 『재단되는 기록』(『裁かれる記録』 講談社, 1958) 등 왕성한 집필활동을 펼쳤다. 하지만 이러한 열정에 비해 그의 문학을 바라보는 당시까지의 시선은 무관심이 일반적이었다.[19] 1971년 1월호 『국문학해석과 감상(国文学解釈と鑑賞)』은 아베 고보 특집호로 기획되었는데, 동 잡지를 기획한 오쿠보 쓰네오(大久保典夫)는 아베 고보에 대한 동시대 비평의 변천을 소개하며 그가 일본에서 『모래 여자』 이후 급속히 평가가 높아졌지만 이전에는 본격적인 논의랄 것이 전무에 가깝다며 편집의도를 밝히고 있다. 이 특집호가 일본 문단으로서는 처음으로 아베 고보에 대해 진지한 관심을 보인 것이라 할 수 있는 것이다.

아베 고보에 대한 무관심은 히라노 겐(平野謙)이나 우노 고지(宇野浩二)의 유명한 혹평이 영향을 미쳤기 때문이라는 시각이 있다. 히라노 겐은 아베 고보의 처녀작 『끝난 길의 이정표』를 전혀 신선하지 않은 작품이라고 했다.[20] 우노 고지는 『벽』이 이해 불가능한 소설로서 지루함을 참고 견디면서 읽어봐도 작가가 쓰고자 하는 바를 전혀 알 수 없다고 했다. 그러면서 『벽』이 고골(Gogol, Nikolai Vasilievich)의 「코」나 샤미소(Chamisso, Adelbert Von)의 『이중인격』을 모방했다고 결론지으며 바보 같은 소설이라고 평가해 놓는다. 뿐만 아니라 사토 하루오(佐藤春夫)나 사카구치 안고(坂口安吾) 등, 당시 아쿠타가와상(芥川賞) 선고위원들의 소극적인 지지도 그 원인으로 작용했으리라 보인다. 이들은 『벽』을 '덤으로 주는 상'이라고 하면서, 아베 고보와 동시수상을 한 작가 이시카와 도시미쓰(石川利光)의 작품이 갖고 있던 부족한 면을 음식의 간을 맞추듯 보충한 정도라고 했다.[21] 그러나 이러한 분위기는 『모래 여자』의 간행으로 일변한다. 이 작품의 해설을 쓴 사사키 기이치(佐佐木基一)는 그 이전까지 협착의(狭窄衣)를 입은 듯 '벽'의 두려움을 묘사해 온 아베 고보가 '모래'와 싸우는 소설의 주인공처럼 문학이라는 모래의 정복을 위해 혼신의 힘을 다했다며 다음과 같이 평가한다.

> 아베 고보는 이 작품으로 하나의 벽을 통과했다는 생각이 든다. 출세작인 『벽』 이후 지금까지 아베 고보는 하나의 거대한, 눈에 보이는 혹은 보이지 않는 벽의 존재를 의식하고 그 벽을 무너뜨리고 광대하고도 무한한 자유의 하늘로 날아오르는 방책에 대해 머리를 싸매 왔다. (중략) 오로지 그가 가장 좋아하는 유령이나 수중에 사는 인간을 통해서만 탈출구를 찾을 수밖에 없었는데, 『모래 여자』에 와서 지금까지와는 다른, 그러면서 단 하나의 현실적으로 실천 가능한 벽을 통과할 방법을 찾았다.[22]

고지마 노부오(小島信夫)는 유동체의 모래는 결국 현대 그 자체로 이 작품은 현대의 우의소설이라며 이전과 같은 우의성에 주목하기도 한다.[23] 한편 앞서 인용한 사사키 기이치의 말처럼, 아베 고보가 이전의 『벽』과는 다른 방법론을 구사하고 현실성을 나타내는 상징성이라기보다는 지극히 즉물적인 터치로 리얼리티를 함축하고 있다고 강조하는 평가도 주목된다. 미키 다쿠(三木卓)도 모래가 비현실의 세계라고는 하면서도 종래의 작품과는 질적으로 전혀 다른 점이 있다고 평가한다.[24] 다시 말해서 아베 고보의 전위적 수법이 『모래 여자』 이전에는 대부분의 경우 실험적인 단계에 머물러 있었는데 『모래 여자』를 계기로 그러한 전위성을 뛰어넘어 대중성까지 획득했다는 시선이 지배적이었다.[25] 이러한 일련의 비평은 아베 고보의 전위적인 의식의 후퇴인가, 연속인가 하는 논의를 불러일으키기도 하면서 이후 그에 대한 연구에 큰 영향을 주게 된다.[26] 아베 고보의 문학에 나타나는 모래, 사막, 유동과 반복, 정착에 대한 거부와 같은 표현도 『모래 여자』에 대한 비평 속에 빈번히 등장하던 키워드이다.

또한 아베 고보는 『모래 여자』로 국제적으로 그 위상을 떨치게 된다. 그의 작품 중에서 외국어로 번역된 최초의 작품은 1956년에 체코와 러시아, 중국으로 소개된 「침입자」이다. 이후 체코에서 번역된 「시인의 생애」(1958년 번역)를 포함해서 『모래 여자』 이전에 번역된 작품은 이 두 개가 전부로 3개국에서 소개된 정도이다.[27] 그런데 1964년에 미국에서 『모래 여자』가 소개되면서 1969년까지 5년 사이에 14개의 작품이 11개국에서 33회나 번역된다. 『모래 여자』만을 살펴봐도 5년 사이에 11개국에서 번역되었다. 이로써 아베 고보는 일본문학이 갖고 있는 고유의 테마가 아니라 오히려 세계적인 테마에 주목하기 시작한 작가의 대표자로 평가받게 된다. 특히 서양에서의 아베 고보에 대한 평가는 낸시 윌슨 로스(Ross, Nancy Wilson)로부터 시작되는데, 1964년 8월 30일자 「뉴욕 타임스」 문예평론에서 그녀는 아베 고보를 일본의 새로운 코즈모폴리탄 소설가

의 대표자로 소개하고 있다. 이러한 평가에 대해서 무라마쓰 사다타카(村松定孝)는 로스가 일본 문학 내의 사정에 아주 밝지는 않은 듯하다며 반론을 해 놓고 있기도 하다. 하지만 세계적인 테마를 다루고 있다는 측면에서는 어느 정도 동의하고 있다.[28] 그리고 『모래 여자』에 이어서 『타인의 얼굴』(『他人の顔』 講談社, 1964)과 『불타버린 지도』(『燃えつきた地図』 新潮社, 1967)가 대표작으로 번역되면서 그는 세계적인 대작가의 반열에 오르게 된다.[29]

또한 윌리엄 커리(Currie, William Joseph)는 『소외의 구도』(Metaphors of Alienation: The Fiction of Abe, Beckett and Kafka, PhD dissertation, Univ. Michigan, 1973)에서 아베 고보와 베케트(Beckett, Samuel), 카프카를 함께 다루고 있다. 아베 고보의 『모래 여자』, 『타인의 얼굴』, 『불타버린 지도』 3부작을 카프카와 베케트의 작품과 비교분석하고 있는 이 연구는 해외에서의 아베 고보에 대한 시선을 상징적으로 보여주는 논고라 할 수 있다. 여기서 아베 고보의 작품은 현대 도시문명 속에 살고 있는 고독한 인간상을 실존주의적인 사고를 바탕으로 묘사한 우화(알레고리)로 평가되고 있다. 앞서도 잠시 소개한 낸시 윌슨 로스의 『모래 여자』의 북리뷰에서 아베 고보가 도스토예프스키나 카프카, 포의 영향을 받은 흔적을 언급하고 있고 또 토마스 피지몬즈가 카프카와 베케트와 아베 고보가 자주 비견된다는 지적을 하고 있는 것처럼,[30] 이 연구에서도 카프카, 베케트, 아베 고보의 이름이 자주 함께 '열거'되고 있다. 당시 카프카나 베케트는 서양에서 높은 평판을 받고 있었는데 그 때문인지 아베 고보와 두 작가 간에 직접적인 영향 관계의 여부와는 상관없이 아베 고보의 작품에서 카프카적인 수법이나 누보 로망적인 성격을 읽어내고 있는 것이다. 그리고 이러한 성향과 세계적인 테마가 공통성이 있다고 강조하는 구도이다. 이렇게 해서 아베 고보는 '비'일본적이면서도 어딘가 모르게 일본적인 감수성을 가졌다는 비평이 대두되면서 일본 내의 아베 고보에 대한 평론도 양극화되기 시작한다. '비'일본적이라는 개념을 놓고 일본의 사소설 경향과 전혀 다른 양상을 보이는 그의 작품성을 재조명하거나 또는 아베 고보의 서양풍에 가까운 수법이 곧 서양문학에 흡수되어 버릴 거라는 비판 등의 논의가 일어나게 된다.

또한 『모래 여자』 간행 이후 아베 고보에 대한 연구도 다각적인 시점을 획득해 간다. 카프카와의 영향관계에 대한 비교분석이나 초기 작품군에 대한 재검토가 이루어지기 시작한 것이다. 아울러 처녀작이었던 『끝난 길의 이정표』 개정판이 1965년 12월(冬樹社 발행)에 간행되게 된다. 이 작품의 재간행과 연동해서 1957년 작품인 『짐승들은 고향을 향한다』도 만주에서의 경험을 반영한 작품으로 주목받기 시작한다. '만주'가 아베 고보의 문학적 원풍경으로 지적되면서 주요한 연구 분석의 테마로 논의되기 시작하는 것이다.

3. '만주 체험'과 '귀환자'의 시점

아베 고보는 일본 현대문학의 기수라는 평가와 함께 '만주' 연구와도 관련해서 언급된다. 앞서 그의 자필연보를 통해 대략적으로 알 수 있듯이, 태어난 직후 바로 만주로 이주해 성장한 그는 학교 진학을 위해 일본으로 도항하기는 했지만 잘 적응하지 못했다. 오히려 일본의 패전이 임박하다는 소식을 듣고 진단서를 위조해 만주의 집으로 돌아갔다는 것은 아베 고보의 '고향인식'을 엿볼 수 있는 에피소드이기도 하다. 그리고 패전 이후 귀환하여 1947년부터 일본에서 살게 된다. 일본에 와서 본격적으로 작가활동을 시작하게 된 그의 데뷔작이 만주를 무대로 하고 있음은 그의 만주 체험이 소설 창작에 미친 영향 정도를 짐작하게 하기도 한다.

아베 고보 연구에 있어 만주 체험과 관련해서 가장 많이 언급되는 작품은 데뷔작『끝난 길의 이정표』와 1957년 작품『짐승들은 고향을 향한다』이다. 전자는 끝없는 황야를 헤매는 주인공의 이야기로 소설의 배경이 만주를 원풍경으로 하고 있다는 점에서, 후자는 주인공이 만주에서 패전을 겪고 일본으로 귀환하는 과정을 묘사하고 있다는 점에서 대표성을 띤 작품으로 간주된다. 그러나 이러한 만주 체험이 아베 고보의 창작세계와 어떠한 관련이 있고 또 영향을 미쳤는가에 관한 평가는 실제 위의 작품들이 발표되었던 1948~1950년대가 아니라 1960년대 후반부터 제기된다.

전술한 것처럼 아베 고보는 하니야 유타카의 추천에 의해 1948년『끝난 길의 이정표』라는 작품이 발간되면서 본격적인 작가로 활동하였다. 존재론적인 감각을 다루고 있다고 이 작품을 추천한 하니야 유타카는 그의 작품을 20세기 아방가르드 예술의 경지에 빗대어 평가하기도 했다. 또한 그의 소설적 방법론이 공간의 조형적 표현에 있음을 높게 평가한 비평 등은 아베 고보 문학의 원지점들을 알리는 평가로도 유명하다. 그러나 당시 하니야 유타카는 본인 역시 일본이 아닌 대만 출신이었음에도 불구하고 아베 고보가 만주 출신이라는 점에 주의를 기울이지 않았다.

아베 고보가 만주 출신임을 처음으로 언급하고 이를 작품과의 관계선상에서 지적한 사람은 단편소설『벽』의 아쿠타가와상 선고위원이었던 다키이 고사쿠(滝井孝作)이다. 그렇지만 그는 아베 고보의 출신지가 만주 심양시이고 쇼와24년(1949년)에 도쿄대학교 의학부를 졸업한 경력으로 인해 이렇게 버터 냄새 나는 작품도 몸에 익힐 수 있었던 듯하다며 비난조로 들추었을 뿐이다.[31] 작품『벽』에 구사되어 있는 전위적 수법과 우의적 성격이 당시 문단에서 이질적으로 인식되고 있는 것을 그의 출신 경력에 비유해 평가한 것이다. 처녀작 『끝난 길의 이정표』에서 정주(定住)에 대한 잠재적인 희구를 도출해 낸 본격적 논의는 이소다 고이치(磯田光一)에 와서이다.[32]

1957년 작품 『짐승들은 고향을 향한다』에 이르러서도 상황은 변하지 않는다. 유소년기의 아베 고보의 경험을 투영하고 있는 이 작품은 특히 일본으로 향하는 귀환선에서 콜레라가 발생해 일본의 항구에 바로 배를 대지 못하고 표류했던 체험을 소설 결말에서 풀어내고 있다. 그러나 이 작품이 간행될 당시에 서평을 쓰고 있는 이지마 고이치(飯島耕一)는 건조하고 단순하면서 유머러스함을 지닌 문체론에 입각하여 유럽의 현대 소설풍에 가까운 소설로서 이 작품을 평가한다. 그리고 당시 일본이 체현하고 있는 비극, 예를 들어 고독이나 연대와 같은 감각을 이 작품이 상정하고 있다면서 현실을 있는 그대로 묘사해 놓은 작품성을 평가하는 동시에, 반엘리트적이고 반양식적인 대중의 입장에서밖에 전후 일본의 생활을 사고하지 못하는 주인공을 작가 아베 고보의 사상적 결함에 비유하며 비판한다.[33] 이지마 고이치는 아베 고보의 실제 경험을 언급하고 있기는 하지만 그것이 갖는 의미에 관해서 주목하고 있지는 않았던 것이다.

본격적으로 만주 체험이 갖는 의미가 조명되는 것은 1965년 『끝난 길의 이정표』의 개정판 간행 이후로, 아베 고보의 문학적 출발에 있어 만주라는 공간이 부여하고 있는 특성에 비로소 주목하기 시작한다. 아베 고보는 이 작품이 자신의 창작에서 중요한 하나의 실마리로 작용하고 있다면서 개고의 의도를 밝혀 놓고 있기도 하다.[34] 이소다 고이치(磯田光一)의 유명한 '아베 고보론(1966년)'[35]은 『끝난 길의 이정표』를 중심으로 그 이후의 작품을 논의하면서 그의 만주 체험이 문학창작에 영향을 준 의미를 정신적인 무국적자의 시점으로 평가한다. 만주라는 이국에서 종전(終戰)을 맞은 아베 고보의 경력이 그의 문학에 어떤 식으로 투영되고 있는지, 만주 체험에 관해서 본격적으로 다루고 있는 논의이다. 여기서 말하는 무국적자는 아베 고보가 일본에서 만주로 이주한 것을 '조국과의 단절'로 보고 당시 만주를 국제적인 상황으로 이해한 관점을 바탕으로 한다. 즉, 만주로의 이주라는 청년기를 지낸 아베 고보의 미래에 대한 불안이 그대로 일본의 전후사회를 대표하는 '정신적 무국적자'라는 것으로, 기본적으로 일본의 패전에 무게중심을 두고 있다. 이소다 고이치의 이러한 지적은 이후 아베 고보의 만주 체험을 이야기할 때 반드시 언급되는 비평으로 자리 잡으면서 경우에 따라서는 코즈모폴리탄이나 '비'일본적인 특성과 관련한 논거로서 다뤄지기도 한다.

반면 모리카와 다쓰야(森川達也)는 아베 고보가 문학을 위한 예술상의 무국적자가 아니라 그 이전부터 무국적자였다며 만주 체험의 의미를 '고향을 탈출한' 시점으로 소급한다.[36] 이소다 고이치는 아베 고보가 패전으로 만주에서 경험한 무정부적 혼란에 초점을 맞추어 기존의 가치체계가 붕괴한 생활공간에 놓인 그의 상황을 강조하고 있다면, 모리카와 다쓰야는 그의 작품이 배출하고 있는 전위성의 보다 근원적인 원인이 일본에서 만주로 이동해 간 사실에서 기인한다고 본 것이다. 그렇기 때문에 전위적인 창작에 있어서의 아방가르드 정신이나 부정의 정신이 더욱 강하고 선명하게 나타나게 되었다는 시각이다. 다만 이러한 논지 속에서 도주와 탈출이라는 표현이 정주, 고향, 공동체 등에 대한 거부의 의사로 사용되고 있다. 이러한 논의를 바탕으로 『끝난 길의 이정표』와 『짐승들은 고향을 향한다』는 아베 고보의 고향에 관한 인식론을 중심으로 만주 체험의 의미를 고찰하는 대표 텍스트로 기능하게 된다. 요컨대, 식민지 체험과 패전 체험이 소설 속에서 어떻게 형상화되어 있는가를 분석하고, 사막과 같은 황야를 헤매는 주인공의 행동에서 아베 고보의 고향인식을 파악해내는 것이다.[37] 이러한 경향은 특히『끝난 길의 이정표』의 구성적 측면이 갖는 한계로 지적되는 것과도 관계가 있다. 야마다 히로미쓰(山田博光)는 이 소설의 플롯이 별로 특별한 의미는 없다고 하고, 와타나베 히로시(渡辺広士)는 서사의 경향과 관념적 경향이 서로 충돌하고 있다고 지적한다. 구도 도모야(工藤智哉)는 이 작품을 미완성의 서사로 평가한다. 이렇게 이 작품에 대한 분석은 주로 고향과 노스탤지어에 대한 묘사에 내포되어 있는 실존주의적 사변이 중심을 이룬다. 따라서 서사적 측면에서 원본과 개고본의 수정을 비교검토해서 분석해낸 특징을 아베 고보의 만주 인식의 변화로 제시하고 있기도 하다.[38]

또한 작품에 묘사되어 있는 모래, 건조한 바람, 황야 — 이러한 이미지는 다른 작품을 분석할 때도 전용된다. 모래, 사막, 건조함, 황야 등의 이미지가 만주의 표상으로서 기능한다는 시각이다 — 가 상징하는 세계가 고향을 잃고 방황하는 존재가 느끼게 되는 좌절감과 자기인식을 나타낸다는 평가와 더 나아가 일본에 대한 거부나 정착에 대한 거부로 이어진다는 논점을 도출하고 있기도 하다. 그리고 여기서 중요한 문제가 제기되기 시작하는데, 아베 고보가 지향하는 고향이란 만주인가 일본인가 하는 점이다.[39] 이 문제는 '일본인' 아베 고보라는 그의 민족적 측면의 아이덴티티와도 연동되어서 일본인의 식민지 체험이라는 식민지주의 비판으로 확대발전된다. 즉 아베 고보의 애매한 고향관은 만주에서의 식민자로서의 인식이 결여되어 있었기 때문이라는 시각과 더불어 이러한 양가적인 고향인식이야말로 아베 고보의 만주 체험이 갖는 진정한 의미라는 견지가 그것이다.[40] 그리고 이러한 경향은『짐승들은 고향을 향한다』를 분석하고 있는 연구에서 보다 구체화된다. 이 소설은 패전 이후 황야를 헤매는 존재가 일본으로 귀환하는 스토리이다. 그러나 마지막에 끝내 일본으로 입국할 수 없게 된 상황에서 소설은 끝이 난다. 이러한 전개로부터 일본에 대한 거부감과 고향에 정주함을 거부하는 아베 고보의 인식을 밝혀 내고 있다. 그리고 만주를 배경으로 하는 소설에 단순한 노스탤지어에 가득 찬 상실감만이 나타나 있다는 지적이 다시금 만주 식민자로서의 인식의 결여라는 아베 고보의 한계로 소급된다.[41]

위의 두 소설이 아닌 다른 작품을 통해 만주 체험을 규명하는 시각은 「S · 카르마 씨의 범죄」에서 팽창해 가는 '벽'의 이미지가 만주의 '장벽'과 오버랩된다는 논지나 모래, 사막, 건조함, 황야와 같은 이미지를 만주의 표상으로 보는 경향이 주류를 이루고 있다.[42] 또한 아리무라 다카히로(有村隆広)는 아베 고보의 역사적 경험이 카프카와 닮았다고 지적하여 주목을 끌었다.[43] 제2차 세계대전이라는 역사 속에 놓여 있던 두 사람, 카프카와 아베 고보는 프라하와 만주라는 서로 다른 장소에서 멸망해 가는 국가와 민족을 목도하였다. 아베 고보의 작품에 자주 묘사되는 폐허와 불탄 마을은 그러한 '가혹한 체험'을 알 수 있기에 충분한 요소라는 것이다. 이에 덧붙여서 아리무라 다카히로는 그러한 장소가 원자폭탄이 투하된 히로시마나 나가사키를 연상시키기도 하지만 만주를 나타냄에 틀림없을 거라고 하면서, 만주에서 종전을 맞이한 아베 고보의 체험에 주목하고 있다. 그러나 만주에서 맞이한 패전의 경험에 주목하고 있는 맥락으로 볼 때 이러한 견해 역시 앞서 언급한 이소다 고이치의 논지에 가깝다.

이상과 같이 아베 고보의 만주 체험은 고향 상실과 같은 '상실감의 체험'과 관련해 이해되고 있고 또 『끝난 길의 이정표』와 『짐승들은 고향을 향한다』가 담아내고 있는 인상이 '만주표상'과 관련해 강하게 연동되어 왔다. 그리고 벽, 모래, 사막, 황야, 건조한 바람 등, 많은 작품 속의 모티프가 되고 있는 이미지들도 만주에서 몸에 익힌 감각에 기초한다고 이야기되어 왔다. 그러나 이러한 시선은 만주 체험을 직접적으로 반영한 두 장편소설이 주는 인상이 너무 강하게 작용한 결과 도식화된 경향성을 지니고 있다. 또한 이러한 연구사적 시점은 아베 고보를 '일본인'이라는 민족적 아이덴티티로 규정하면서 직접적으로 그가 고민했던 정체성 문제를 고려하고 있지 않다. 그렇지만 아베 고보가 일본인으로서 자신의 아이덴티티를 자각한 것은 만주에서가 아니다. 자신의 소속 문제와 정체성을 진심으로 고민하게 된 것은 일본에 귀환하고 나서이다. 그는 직접적으로 자신은 만주 출생이라고도 말한다. 만주에서 일본으로 귀환한 이후 그가 일본에 적응해 가는 과정은 스스로에 대한 아이덴티티를 모색해 가는 시간이었다. 앞으로 필자는 이 책에서 이러한 아베 고보의 '귀환자'로서의 시점이 작품 내에 어떠한 영향을 미쳤고 또 형상화되어 있는지 살펴볼 것이다. 먼저 초기 작품군에 묘사되고 있는 인물상을 간략하게나마 스케치해가며 문제의식을 심화시켜 보고자 한다.

3장 '경계례'처럼 간극에 놓인 인물상

1. 현실과 괴리된 인물들

아베 고보가 일본으로 귀환하면서 느꼈던 자신의 아이덴티티 혼란은 초기 작품군에 등장하는 독특한 심리를 보이는 인물상에 투영되고 있다. 소설의 주인공들은 이유를 알 수 없는 복수심과 분노를 느끼거나 심한 피해망상에 사로잡히기도 한다. 나아가 비정상적인 심리에 빠져서 현실을 제대로 파악하지 못하고 '사고나 의식의 붕괴'를 일으키는 자기

분열로 이어진다. 그리고 자기분열로 인해 비현실적인 사고와 행동을 하는 주인공은 기억상실과 같은 증상이 상징하듯이 현실에서 괴리되어 일상적이라고는 말할 수 없는 모습으로 묘사되고 있다.

내 머릿속은 돌연 떠오른 광폭한 생각으로 가득 차 있었다. 좀 전에 본 여자에게 복수를 하는 것만이 내가 존재하는 이유처럼 여겨졌다.(「굶주린 피부」, 164쪽)

기차의 창가에서 바라본 풍경처럼 시간이 튄다. 나는 그것을 그저 고통의 진동으로 수동적으로 느낄 뿐이다. 화가 났다. 무엇 때문에 이렇게 기다렸던가. 기다리게 할 필요가 있었던가. 결국에는 속은 내가 피해자이다. 그러나 무엇 때문에 나를 속일 필요가 있었을까. ……이러다가 진동이 약해지고 시간의 흐름도 느려져 다음 역이 가까워질지 모른다. 나는 생각한다, 가해자는 누구인가? (중략) 내 생각은 옳았던 것 같다. 밖에 나오자마자 도로 한 가운데서 이쪽을 향해 걸어오는 한 마리의 삼색 얼룩 고양이와 마주쳤다. 나는 직관적으로 그 고양이가 사무소와 관계가 있음을 알아챘다. 내가 멈추어 서자 고양이도 멈춰 섰다. 충분한 경의를 담아 손을 뻗자 고양이는 이미 나를 알아보고서 아주 반가운 듯이 다가왔다.(「공중누각」, 195~196쪽)

(연상실험-필자 주)……병……방구석의 맥주병……가스탱크……학교 복도의 창문……파리 날개……이발소……손톱으로 긁은 상처……아오바초 2초메……계산기……요오드팅크……필름……유충의 알……잘 손질한 청어……털 뭉치……드라이버……호르몬제……결혼통지……

"괜찮으세요?……꽤나 흥분해 있는 듯 하시네요……그러나 솔직히 말씀드리면 당신의 연상에는 아무래도 무리가 있는……왜 그런지, 자신을, 무리하

게 이상하다고 생각하려는…….”(「인어전」, 243~244쪽)

세 작품의 예시를 들어놓았는데, 갑작스럽게 분노하며 발작을 일으키고 복수심에 불타거나 무엇인가에 사로잡힌 듯이 눈앞의 상황을 '이상'하게 받아들이는 주인공의 상태는, 다른 작품에서도 자주 묘사되는 심리이다. 게다가 주인공이 무슨 이유로 그러한 상황에 놓이게 되었는지, 사건의 발단은 무엇인지, 그 원인에 대해서는 어떠한 설명이나 납득할 수 있는 문맥이 부족한 채로 스토리가 진행되기도 한다. 그렇다면 처음 마주친 상대에게 복수하는 것이 자신의 존재방식이라는 표현이나 생면부지의 누군가에게 속았다고 느끼고 그 가해자를 찾아나서는 주인공의 상태는 과연 무엇을 의미할까? 또한 스스로를 무리하게 이상하다고 생각하고 있는 주인공을 어떻게 이해하면 좋을까? 공통적으로 이러한 경향을 지닌 등장인물은 타인과의 관계나 현실인식에 있어 과대망상을 갖고 있다. 심지어 주인공들이 늘 해군용 나이프를 몸에 지니고 다니거나 극단의 경우에는 망상 속에서 상대방을 죽이기도 한다.

흥분한 나머지 앞뒤 구별도 없이 나는 내가 저지른 범행(인류의 적으로서의)을 있는 그대로 털어놔 버렸다. 완전히 실패였다. (중략) 나를 둘러싼 경관들의 저 조소 어린 시선……그렇다, 생각해 보면 나는 처음부터 계획적으로 우롱당해 온 것임에 틀림없다. 이런 곳에서 진지할 필요는 없었던 거다. 그런데다 하필이면 X의 생김새에 대해서까지……그러나 만사는 거기까지였다……얼굴이 갸름하고 짙은 눈썹에 얇은 입술, 코는 길고 어쩌고저쩌고 설명하는 사이에 경관 한 명이 결국에는 큰 소리로 웃기 시작하는 거다. — 농담하나요? 지금 그건 당신 자신의 얼굴을 설명하는 것 아닙니까! 제정신이 아닌 건가! (「이단자의 고발」, 156쪽)

역시나 이유를 알 수 없는 상황에서 처음부터 복수심에 불탄 주인공은 자신의 범행, 살인계획이 뒤틀리자 최후의 수단으로 경찰의 힘을 빌리려 했다. 그런데 자신이 고발하려던 상대(X)가 다름 아닌 자기 자신임을 깨닫게 된다. 결국 '나'는 '나' 자신을 죽이려 했던 게 된다. 주인공은 자신이 "언제나 도망갈 준비를 하고 있는 건 왜일까"(141쪽)라며 낙오자이자 정확히 뭐라 이름 붙일 수 없는 자신의 존재에 대해 끊임없이 반문한다. 그렇지만 영문을 모르는 채 정신병원(瘋癲病院)에 갇혀버린다. 또한 분신이든 환각이든 아베 고보의 작품에 등장하는 주인공들은 자신을 현실에서 어긋나 있는 존재 혹은 이단자처럼 인식한다. 그리고 어느 날 갑자기 또 다른 자신과 마주치고 그 녀석을 죽이려고 한다. '분신=살인의 대상'이라는 형태가 일관되게 등장하는 것이다.

거기에 나체인 상태로 또 하나의 내가 있었다. 아니, 곧바로 그 자가 또 다른 나라는 걸 알아채지는 못했다. 잘 아는 것 같은데 의외로 전혀 모르는 게 나 자신이다. 하물며 나체로 있으면 더욱 알 수 없다.(「인어전」, 264쪽)

저 놈을 죽이면 된다! (중략) 게다가 죽는 것도 내가 되기 때문에 이것은 일종의 자살이지 살인은 아니다. 또 사회적으로 존재하는 나는 오로지 한 명이면 되고 그 한 명이 온전하게 뒤에 남을 것이니 죽은 인간 따위는 어디에도 존재하지 않았던 것과 마찬가지이다. 결국 자살도 성립하지 않는다.(「인어전」, 267쪽)

이 작품의 주인공은 앞서 소개했듯이 자신을 '무리하게 이상하다'고 생각하는 인물이다. 이상 현상이 일어나기 시작한 것은 어느 날 바다에서 인어와 마주친 이후로 유령 같은 형체의 인어가 실제로 존재했는지는 확답할 수 없다. 그러나 주인공은 자신이 매일밤 인어의 먹이가 되어 소멸했다가 아침이면 되살아난다고 생각한다. 그러다 결국에는 녹색과민증에 걸리는 등 의식상의 균열을 일으키게 된다. 자기 안의 '또 다른 나' 혹은 그 이상으로 자신을 분리시키는 자기분열 현상은 일반적으로 다중인격이나 도플갱어에 빗대어 상상될 수 있다. 게다가 이 현상은 의식이 없어졌다가 제정신을 차리기도 하는 등 극단적으로 불안정한 상태에서 불거지는 심리 상태가 원인으로, 하나로 통일되어야 할 인식체계에 문제가 발생해 나타나는 현상이다.[44] 자기 정체성에 대한 '어긋난' 감각인 것이다. 아베 고보는 단편 「S · 카르마 씨의 범죄」에서 '이름'이 자신으로부터 분리되어 타자처럼 독립해서 대립하게 되는 구도를 묘사하고 있다. 여기서 '이름'은 하나로 통일된 인격을 상징하는 고유성에 다름이 아니다. 이러한 구도는 단편 「꿈의 도망」에서도 같은 양상으로 나타난다. 점차 성장하기를 원하던 이름과 현실의 이름 사이에서 발생하는 '어긋난' 감각 때문에 통일되지 못하는 자기의식상의 균열을 일으키는 주인공이 묘사되어 있다. 그리고 "위 속이 갑자기 새까맣게 되었다. 그 암흑은 혈관을 따라 전신으로 퍼져갔다. 여기저기서 짐승들이 눈을 뜨기 시작했다"는 묘사처럼, 자기 안의 짐승이 계속해서 각성하고 도망쳐 간다.

아울러 비현실적으로 보이는 인물들의 체험이 이러한 인물조형에 영향을 주기도 한다. 주인공은 자신의 정신과 신체에서 분리되어서 마치 자신을 방관자처럼 느낀다. 그리고 지속되는 이러한 감각이 하나의 기억을 이루면서 마치 다른 장소로 이동해 있는 듯한 이탈 체험을 한다. 이러한 특징은 작품의 공간감각에도 영향을 미친다. 주인공의 의식이 단속적으로 묘사되면서 자아가 둘로 분리되어 가는 분열현상을 스토리로 하고 있는 「시간의 절벽」과 같은 작품은 의식과 무의식, 현실과 꿈의 세계가 착종해 있는 공간감각을 나타내고 있다. 또한 「박명(薄明)의 방황」이라는 작품은 하나의 장소를 시간의 경과에 따라 전혀 다른 장소처럼 인식하는 주인공 때문에 마치 그가 공간이동을 한 듯이 느껴진다.

> 그래……기묘하다고 하면 기묘했다. 돌계단을 다 오르자 두꺼운 옷을 달아 놓은 무거운 문이 있고 아무래도 안으로 들어가야 할 듯했다. (중략) 천장이 높은 텅 빈 아틀리에였다. 그러나 곧 빈 공간이 아님을 알았다. 한쪽 면이 경사진 유리로 된 지붕을 통해 지금까지 지나쳐 온 하늘보다도 더욱 휘저어진 듯이 훨씬 뿌옇게 된, 그런데도 콜로이드가 된 전분처럼 조용한 박명(薄明)이 오히려 텅 빈 인상을 주고 있을 뿐이었다.(「박명(薄明)의 방황」, 225쪽)

하나의 아틀리에에 대한 묘사가 인용의 내용처럼 시작하여 한 페이지에 걸쳐 묘사되고 있다. 넓은 아틀리에 주위에는 점토로 만든 석고상이 석고분과 먼지투성이인 채로 우뚝 서 있고, 여기저기 제멋대로 팔다리와 머리가 널려 있다. 주인공은 그 방 중앙에 놓여있는, 찬 기운을 머금고 빛나고 있는 무질서와 회색의 여왕같이 보이는 벌거벗은 여자 동상을 본다. 회색의 여왕은 아름다웠다. 그리고 그 아틀리에의 주인이라는 사람이 나와서 이렇게 말을 한다. "나는 당신을 위한 비극배우이니까요. (중략) 그는……하고, 잠시 말문이 막혀—그라고 해도 어차피 나를 말하는 것이지만 3인칭으로 이야기해 주세요. 그 편이 더 좋으니까요……"(226쪽). 그리고 이어서 다시 한 번 방 묘사가 반복된다. 그러나 이번에는 아틀리에 주인이 주인공에게 "나는 당신을 위한 희극배우이니까요……"(233쪽), 회색 여왕을 추한 모습으로 서술한다. 마지막에 세 번째로 그 방에 대한 묘사가 반복되고 주인공은 그곳이 자신의 방이었음을 알게 된다. 여기서 "3인칭으로 이야기해 주세요"라며 분신 같은 존재가 등장하는데, 이것도 최후에 자신의 상상에 지나지 않았음을 알게 된다. 이렇게 주인공의 비현실적인 체험 때문에 동일하게 보이는 대상이나 사건이 전도되는 효과를 느낄 수 있는데, 이는 진실처럼 생각되는 것이 실제로는 왜곡되어 있는 인상이나 기억에 지나지 않음을 역설적으로 보여준다고 할 수 있다. 또한 다음 작품의 주인공이 보여주는 기억상실도 이와 같은 문맥으로 이해할 수 있다.

> 어찌 되었든 나는 바로 이 앞의 커브 건너편에 있을 풍경을 — 지금 눈으로 보고 있는 이 언덕길과 마찬가지로 잘 알고 있을 터인 풍경을 — 어째서인지 아무리 노력해도 기억해 낼 수 없었다. 그렇지만 아직까지 불안을 느낄 정도는 아니었다. 생각해 보면 이런 정도의 기억의 중단은 지금까지 몇 번인가 경험한 듯하다. (중략) 기억해 낼 수 없을 뿐 그것이 존재하고 있음은 움직이지 않는 사실일 테니까.(「커브 건너편」, 290쪽)

기억상실은 개인의 중요한 체험을 더 이상 회고할 수 없게 되는 것으로 일반적으로 그 사람의 생활사 중의 일부가 기억나지 않는 증상으로 나타난다. 또는 예상하지 못한 상황에서 갑자기 일상의 장소에서 이탈하여 방랑하고 과거의 일부 혹은 전부를 추상할 수 없게 된다.[45] 아베 고보 작품의 주인공은 "너무 흥분한 나머지 어느 순간 나는 정신을 잃어버렸다. 내 자신으로 돌아오자 나는 목욕탕 문 앞에 쓰러져 있었다. 잠시 동안 앞뒤 사정이 기억나지 않았다"(「인어전」, 268쪽)는 것처럼, 무엇인가 외부의 압력에 의해 순간적으로 기억을 잃거나 앞서 인용한 것처럼 습관적으로 기억을 상실하곤 한다. 그리고 진짜 기억이 무엇일지 의심하면서 자신의 존재감마저 확신할 수 없게 된다. 이는 어떤 동일한 상황을 눈앞에 두고서 완전히 다른 사건처럼 느끼는 것과 마찬가지이다. 따라서 주인공은 하나의 사건과 대상에 대해서 반복해서 기억해내려고 애를 써도 마치 다른 장면처럼 인식하게 된다. 이러한 과정에서 주인공은 자신의 존재감을 이단자 같은 이질성을 띤 형태로 각인하게 된다. 그렇게 해서 낙오자와 같은 인식이나 자신을 보통의 사람과는 다른 듯이 여기는 성격 등이 자연스럽게 강박증이나 히스테리로 묘사된다. 예를 들어 작품 「수중도시」, 「패닉」, 「수단」, 「귀의 가격」, 「유혹자」, 「투시도법」, 「무관계한 죽음」의 주인공은 특정한 공포로 인해 안절부절못하는 불안한 행동과 심리를 통해서 강박증과 히스테리를 지닌 인물로 묘사되고 있다.

정신과 신체가 유리되는 상태에 빠진 듯이 자신이 놓여 있는 현실을 관조하는 태도는 아베 고보의 데뷔 작품인 『끝난 길의 이정표』는 물론이고, 1945년 작품 「목초」에서도 살펴볼 수 있다. 이 작품에서는 혈통적으로 정신분열증을 앓는 여성을 등장시켜서 감각적으로 이상증세를 보이는 인물을 표현한다. 그리고 '정신분열증'이라는 정식의 병명을 사용해서 그 상황을 설명하고 있다. 아베 고보의 심리학이나 정신분석학에 대한 관심은 우선 초현실주의의 영향으로 생각해 볼 수 있다. 아베 고보는 「초현실주의 비판(シュールリアリズム批判)」이라는 글에서 앙드레 브르통(Breton, André)이 심층심리에 의한 프로세스, 즉 정신자동 현상을, 살바도르 달리는 파라노이아, 즉 비합리한 사고의 합리화라는 프로세스를 방법으로 취하고 있다면서 프로이트에 의해 전개된 푸시코 노이로제(정신신경증)에 착목한다.[46] 이러한 관심은 그의 창작 기법이 초현실주의와 밀접하게 관련되어 있음을 보여준다. 의식과 무의식의 언비밸런스(ambivalence)를 표현 방법이자 창작 방법으로 채택하고 있는 것이다. 또한 이러한 점은 그가 심리학에도 상당한 흥미를 갖고 있었음을 보여주기도 한다.

엄청난 사태가 벌어졌군, 이번 저녁은 생각보다 악질 같다. 물론 가벼운 분열증일 테다. 그렇게 보니 안색도 좋지 않고 눈매도 무섭다. 제멋대로 솟아 있는 듯한 목은 길고 어깨는 민틋하다. 그럼에도 딱딱한 골격이 도드라져 보인다. 크레치머의 분류에 따라 보자면 그야말로 시초이드형의 전형이다.(「사자」, 223쪽)

'시초이드형(Schizoid personality disorder)'은 인격 장애를 가리키는 용어이다. 이 장애는 인간관계를 좋아하지 않고 고립감에 빠져서 난폭함을 보이는 분열질 타입으로 분류된다. 이는 아베 고보가 도쿄대학 의학부에 다닐 시기에 심리학 교재로 널리 사용되던 에른스트 크레치머(Kretschmer, Ernst, 1888~1964)의 『체격과 성격』[47]에서 소재를 취하고 있는 듯이 보인다. 크레치머는 독일 정신의학자이자 심리학자이다. 그의 저서 『히스테리 심리학』은 일본 아이누 민족을 대상으로 한 연구서이기도 하며, 이 외에도 『체격과 성격』이나 『천재의 심리학』 등이 당시 심리학 교제로 널리 읽히고 있었다. 고라 다케히사(高良武久)의 『성격학』(『性格学』 三省堂, 1931)은 크레치머의 이론을 정리해 놓은 책인데, 그가 1953년 백양사(白揚社)에서 간행한 개정판을 참고해 보면, 정상 레벨의 분열기질과 정신병 레벨의 분열증 사이에 위치하는 것이 인격장애 레벨의 분열병질이라고 한다. 또한 크레치머는 '분열기질-분열병질-분열증'의 순서로 정상에서 비정상으로 그라데이션해 간다고 주장하는데, 아베 고보가 이용하고 있는 '시초이드형(SPD)'이 이 부분에서 언급되고 있다. 또한 작품의 화자를 심리학자로 설정하고 있는 것이나 '부친살해'의 플롯 — 단편 「밧줄」은 부친살해를 모티프로 한 대표적인 작품이다 —, 오이디푸스 콤플렉스 — 단편 「치친데라 야파나」에는 곤충채집과 오이디푸스 콤플렉스의 관계에 대해 직접적으로 서술하고 있는데, 이 단편은 후에 발표될 『모래 여자』의 전작품이다 —, 광고(선전물)나 영화와 같은 미디어심리학 — 잠재의식에 영향을 미치는 선전(광고)에 대해서 다루고 있다. 그리고 단편 「완전 영화」에는 영화심리학에 기초한 시나리오의 특수성으로서 '동경의 현실, 공간적 이상체험, 시간적 이상체험'을 들고 있기도 하다 — 등을 작품 속에서 구체적으로 활용하고 있기도 하다. 초현실주의의 영향이 아니더라도 심리학적인 요소를 직접적으로 아베 고보의 작품 속에서 도출해 낼 수 있는 것이다.

이러한 관점에 따라 심리학과 아베 고보의 관계에 대한 연구도 충분히 가능할 것이다. 하지만 이 글에서는 이러한 인물조형을 구사하고 있는 동기를 아베 고보의 존재론적 인식과 관련해 한정시켜 생각해 보기로 한다. 돌연한 살인에의 충동과 분노, 정신적인 발작과 히스테리, 자기 분열이나 피해망상 등은 현실로부터 어긋나 있는 심리 상태에서 기인한다고 할 수 있는데, 이러한 심리 상태가 그가 전후 일본으로 귀환하면서 느꼈던 혼란과 교착되어서 등장인물의 내면의 풍경과 교차하고 있는 지점이 있기 때문이다.

2. 식민지 체험과 전쟁 트라우마

현대 의학에서는 '해리장애'라고 총칭되고도 있는 아베 고보의 작품 속 인물상의 특징들 — 비정상적인 심리나 정신적 장애 — 을 어떻게 이해할 수 있을까? 해리장애 증상을 둘러싼 의견에 따르면 이러한 상태는 통일되고 제어되어 오던 감각의 일부가 통합성을 잃고 의식이나 기억, 동일성과 지각 등의 통합이 붕괴되는 상태를 말한다. 사물을 체험할 때 그 체험에는 몇 가지 요소 혹은 측면이 있는데, 체험과 과거 기억 간의 조합이나 체험에서 얻은 지각이나 감정, 그리고 자기 신체를 스스로 지배하고 있다는 감각 등이 그것이다. 해리 상태는 이러한 감각의 일부가 통합 능력을 잃어서 의식화할 수 없는 상태를 말한다. 구체적으로는 넋을 놓고 있는 상태, 공상에 빠진 상태, 백일몽을 꾸는 듯한 상태, 무엇인가에 사로잡혀 있는 듯한 상태, 사람이 변한 듯이 광기를 부리는 상태(분노발작), 이 외에도 광란 혹은 기억장애, 유리감, 다중인격 등을 생각해 보면 알 수 있다. 정신적 고통에서 자신을 보호하려는 방어기제로서 발생해서 그 결과 심리작용과 접점을 갖지 못하게 되면서 부조화와 모순이 병존하게 된다고 한다.[48] 그리고 앞서 보았듯이 주인공들이 나타내는 기억상실이나 단속적인 현실인식은 해리성 건망(Dissociative Amnesia)이라는 증세와 닮아 있다. 또한 갑자기 공간이동을 하고 있는 듯한 감각은 해리성 둔주(Dissociative Fugue), 다수의 분신과 마주치거나 자기분열을 일으키는 듯한 분열현상은 해리성 동일성장애(Dissociative Identity Disorder), 자신을 방관자적으로 느끼고 현실감각을 잃는 것은 이인증성 장애(Depersonalization Disorder)에 각기 비교해 생각해 볼 수 있다.

곧 이러한 증상은 자신의 일관성 혹은 고유성으로부터 분리 · 분열된 상태로 인해 초래된 현상이라 할 수 있다. 그렇다면 이러한 현상은 왜 일어나는 걸까? 일례로 자기인식(self-perception)에 있어서 보통의 사람들은 통일성을 갖고 있는데 다중인격 장애를 일으키는 사람은 자신의 '본인격'과 '다른 인격' 사이에 괴리를 느낀다고 한다. 이러한 '괴리된 감각'은 트라우마(trauma) 때문에 발생한다고도 하는데, 프로이트는 이를 호프만(E. T. A. Hoffmann)의 『모래 남자(The sandman)』라는 작품을 통해 인상적으로 분석하고 있다. 『모래 남자』의 주인공은 "모든 것이 회색으로 보이는 것도 꼭 내 시력이 약해서가 아니라 실제로 존재하는 불길한 숙명이 내 인생에 암울한 구름의 베일을 드리우고 있기"[49] 때문이라고 생각한다. 그리고 "어째서 이토록 불안한 걸까, 나로서는 정확히 알 길이 없다"는 고민을 토로하는 편지를 친구에게 보낸다. 친구는 이 편지를 받고서 "자신의 자아 속에 자신을 적대적으로 파괴하려고 하는 어두운 힘"이 작용하지만, 이러한 섬뜩한 힘(Unheimliche)은 자아의 환상에 지나지 않는다는 답장을 보낸다. 그러나 주인공은 불안감을 견디지 못하고 자살한다. 후에 화자는 주인공이 어렸을 때 마주쳤던 한 인물과의 사건이 자살의 원인이었음을 밝히게 된다. 그리고 "정신의 얼굉은 당사사 내부에서 일어나는 것이 아니라 우리 자신의 외부에 있는 무엇인가 고차원의 원리에 감응해서 일어난다"고 부연 설명한다. 이러한 요소에 기초해서 프로이트는 '섬뜩함'의 개념을 다음과 같이 말한다.

> 섬뜩함은 신기한 것도 이해 불가능한 것도 아니고, 심적 생활에서 예전부터 익숙한 무엇인가이다. 그것이 억압의 과정을 통해 정신생활에서 소외되어서 은폐된 채 있어야 함에도 불구하고 겉으로 표출되어 버린다.[50]

그리고 심적 무의식에는 욕망의 감정에서 기인한 어떤 반복강박의 지배가 작용하는데, 마음속에서 몸부림치는 반복강박을 상기시키는 것이 바로 '섬뜩함'으로 느껴지게 된다. 요컨대 어렸을 때 체험한 공포 등은 성장함에 따라 이성적 사고에 의해 분별 가능하게 되는데 그렇다고 해도 공포감은 사라지지 않고 남게 된다. 프로이트는 이러한 견지에서 볼 때 호프만이 '섬뜩함'을 모티프로서 잘 구사하여 작품 속 인물의 대부분에게 신경증 환자처럼 보이는 콤플렉스 같은 증후를 투사하고 있다고 평가한다.

『모래 남자』의 주인공과 마찬가지로 아베 고보의 작품 속 인물들도 갑작스럽게 불안을 느끼거나 망상에 사로잡혀 복수를 결심하고 발작을 일으켜 정신병원에 입원하기도 하는데, 이러한 모티프는 '반복강박을 자극하는 무엇인가'에 의해 야기되어서 정신적인 장애처럼 표출되는 구조를 띤다고 볼 수 있다. 여기서 반복강박을 자극하는 무엇인가를 트라우마라고 단순히 정리할 수도 있다. 그러나 이러한 히스테리를 '경계례(borderline personality disorder)'로 분류하고 있는 지젝(Slavoj Žižek)은 이를 심리학화된 대문자로서의 타자에 대한 저항으로 분석한다. '심리학화된 대문자로서의 타자'란 국가와 민족을 뜻하는 것으로 지젝은 대타자로서 공동체 이데올로기를 시야에 넣고 있다. 그래서 경계례는 신경증과 정신질환 사이에 놓여 있는 증상으로 정신병과는 구별할 수 있다고 정의한다.[51] 이러한 논리에 따르면 프란츠 파농(Frantz Fanon)이 『대지의 저주받은 사람들』에서 언급하고 있는 다양한 유형은 경계례의 증후를 이해하는 데에 많은 참고가 된다. 파농은 1954년에서 1959년까지 알제리 의료센터를 비롯해서 민족해방군의 위생병, 그리고 사적으로 진료한 사례를 소개하며 '식민지전쟁성 정신병'이라는 개념을 사용한다. 예를 들어서 돌연 양친이 자신을 배신자로 생각할 거라는 착각을 일으키게 된 한 남자가 있다. 그는 시간이 지남에 따라 일순간 느꼈던 그러한 인상이 희미해지면서도 점차 알 수 없는 불안과 불쾌감에 시달리게 된다. 식사도 혼자서 빨리 끝내고 가족을 피해 방에 틀어박혀서 최대한 접촉을 피했다. 그러다가 파국이 덮쳐온다. 어느 날 거리를 지나던 그는 자신을 향해 비겁자라고 부르는 소리를 듣고 뒤돌아본다. 물론 아무도 없었다. 이후 직장도 그만두고 방에서 나오지도 않고 식사도 하지 않은 채 밤만 되면 발작을 일으켰다. 한밤중에도 자신을 향한 온갖 모욕적인 말이 들려왔다. 도저히 원인을 모르겠는 불안감이 그를 덮쳐온다. 식민지전쟁 이후에 살아남은 한 청년이 죄악감을 느낀 나머지 일으킨 발작 증세를 기록해 놓은 사례이다. 파농은 이러한 증후를 무의식적 유죄 콤플렉스로 인한 인격 해체의 예로 설명하고 있다.[52]

파농은 경계례가 불면증이나 극도의 흥분 상태, 환청, 이인 체험, 광기 발작, 망상 등의 증후로 나타난다고 한다. 그리고 식민지민들을 포함해서 군인이나 지배자층 혹은 그 아이들에게서도 보인다고 설명한다. 또한 평소 합리적이고 신경증과는 거리가 멀게 보이는 젊은 프랑스인 여성도 이러한 증세를 보인다며 소개해 놓고 있는데, 그녀는 극도의 초조감과 편두통, 복부의 압박감, 대인기피증에 시달렸나. 프랑스 고관이었던 부친이 그녀가 어렸을 때 반란군에게 습격을 받아 죽었는데, 그때 당시 부친의 소름끼치는 비명 소리를 고스란히 듣고 있던 그녀는 알제리 친구들이 처해 있던 상황이나 부친이 알제리인들에게 자행했던 폭력 등이 동시에 떠올랐다고 한다. 그래서인지 부친에 대한 동정심을 느낄 수 없었다. 게다가 부친의 죽음을 애도하기 위해 모인 프랑스 관리들을 보자 가슴이 울렁거리면서 견딜 수 없었고 이후 국가에서 주는 보조금도 거부하고 혼자서 살고 있었다. 파농은 그녀의 증세를 전쟁 분위기를 체험한 젊은 층에게서 자주 발병하는 증후라고 설명한다.[53] 또한 파농은 이러한 입장에 놓인 환자들이 병증에서 회복된다고 해도 그들의 체험이 모두 치유되는 것은 아니라고 강조하고 있다.

이렇게 식민지와 전쟁의 체험은 신경증처럼 의식과 무의식, 안과 밖, 나와 타자라는 대립 형태를 초래하면서 어느 한쪽으로 수렴되지 못하는 경계성, 곧 간극에 놓여 있는 듯한 감각을 일으킨다. 마치 트라우마처럼 보이는 이러한 경계성을 이용해서 아베 고보는 작품 속에서 현실과 자아 사이에 존재하는 '괴리된 감각'을 묘사하고 있는 듯 보인다. 또한 현실 속으로 영원히 동화되어 갈 수 없는 듯한 비정상적인 감각은 파농의 분석으로부터 시사되는 바가 많다고 하겠다.

4장 전후 일본의 '균열지점' 귀환자

1. 전후 일본의 귀환자들

3.11 동일본 대지진은 잊고 있던 국민국가 일본의 내셔널 아이덴티티를 상기시키는 계기가 되었다. 당시 거대한 자연의 힘 앞에 속수무책으로 무너져 버린 동북지방의 피폐한 모습에 우리나라는 물론 세계 각지에서 제2차 세계대전 패전 이후 20년 만에 경제대국으로 성장했던 일본의 저력을 소환하며 일본인들의 '위기극복 DNA'가 참혹한 폐허 상황을 다시금 복구해 낼 것이라고 전망했다.

패전 후 일본은 말 그대로 폐허의 잿더미 속에서 '신일본' 건설이라는 국가적인 대의를 달성하기 위해 매진한다. 신헌법의 공포와 함께 평화일본, 민주주의일본을 목표로 법률 및 행정기관, 교육제도를 개편하고 경제부흥을 도모해 1960년 중반에는 미국에 다음가는 경제규모를 갖추게 된다. 이렇듯 패전 이후 경제 열강을 거쳐 점차 문화 강국으로서의 국민국가 지위를 획득해 가는 일본의 제반 상황을 우리는 '전후 일본'이라는 레토릭화된 담론으로 표현하는데, 특히 '전후 일본'은 단일민족 신화의 위업으로 대표되는 역사라는 특징을 가진다.

> 일본 국가 권위의 최고의 표현, 일본 국민통합의 상징인 천황제가 영구히 유지될 것이고 또 유지되지 않으면 안 됩니다. 이는 우리나라의 오랜 역사상 민족 통합을 근원에 두고 지켜져 오던 것으로 군주주의 · 인민주권의 대립을 넘어서 군민일체(君民一體)의 일본 민족공동체가 지녀온 불변의 본질입니다. 외지이종족(外地異種族)이 사라진 순수 일본(純粋日本)으로 회귀한 지금, 이를 저버린다면 일본 민족의 역사적 개성과 정신의 독립은 소멸될 겁니다.[54]

1946년 천장절에 행해진 난바라 시게루(南原繁)의 연설이다. 일본 민족의 기원과 전통을 내세우며 천황 중심의 "순수 일본"인에 의한 신일본 건설을 주창하고 있음을 읽어내는 것은 어렵지 않다. 뿐만 아니라 같은 해 1월 1일에 행해진 천황의 '인간선언'에서는 타민족을 일본 사회에서 배제하고 신일본 건설을 위한 일본 국민의 재편성을 공식적으로 선언하고 있기도 하다. 전후 일본의 단일민족론과 상징천황제를 연구해 놓은 박진우는 구식민지 출신의 민족을 일본 사회 속에서 배제하려는 의도가 구체적으로 나타난 것이 1945년 12월 제89 제국의회에서의 중의원의원 선거법 개정부터라고 지적한다. 이러한 의도적인 정부 주도에 의한 '일본 국민' 재편성은 제도적 차별은 물론 일본 사회의 타자에 대한 차별과 멸시를 조장하고 나아가 자신들의 전쟁책임을 집단적으로 망각하는 결과로 이어지게 된다.[55] 다시 말해서 순수 일본인으로 표현되는 단일민족 신화를 투사해 '전후 일본'은 국가적 재건을 꾀하게 된다. 그리고 이러한 전후 일본의 민족 내셔널리즘의 형성에 있어 간과할 수 없는 것이 '귀환사업(引揚事業)'으로서, 당시 일본국 안팎으로의 대대적인 민족 대이동이 이루어졌다.

1945년 8월 15일 약 660만 명 이상의 일본인이 식민지에 거류했다. 그중 반수를 차지하는 330만 명은 군인이나 군속 관계자들로 이들은 포츠담선언 제9조에 따라 '복원청(復員廳)' — 전전의 육군성과 해군성은 패전 후 각각 제1복원성과 제2복원성으로 개편되는데, 1946년 6월에 이들 두 곳이 복원청으로 통합된다. 1947년 10월 이후에는 후생성 등으로 복원업무를 이관시키고 폐지되었다 — 주도하에 일본 본토로의 복원(復員)이 진행되었다. 그리고 1945년 10월 18일, GHQ(General Headquarters) — 1945년 제2차 세계대전 이후 대일점령 정책을 실시하기 위해 도쿄에 설치되었던 관리기구로서 연합군 총사령부 — 는 후생성(厚生省)을 일반인에 대한 귀환사업의 중앙책임청으로 결정하고, 11월

24일에 지방귀환원호국(地方引揚援護局)을 개설하고서 나머지 일반의 일본인들을 수용할 준비를 갖춘다.[56] 그러나 외지의 혼란한 정세로 통제가 힘들게 되자 1946년 3월, 귀환원호청(引揚援護庁)을 국외에 세워 4월부터 본격적인 집단 귀환을 진행한다.[57] 이후 1950년까지 약 95%에 달하는 624만 명이 일본으로 이동되고, 3년여의 공백기를 거쳐 1953년에 다시 재개된 귀환사업은 1958년까지 공식적으로 629만 명 — 후생성에서 발표해 놓은 통계자료를 참조하면 수치는 1961년 12월을 기준으로 660만 명을 상회하는데, 비공식적으로는 700만 명 이상이라고 추산되기도 한다. 당시 일본 인구의 약 1%에 해당하는 수치이다 — 을 상회하는 식민지 재류일본인들을 귀환시켰다.[58]

그러나 귀환사업은 외지 재류일본인들을 본토로 귀환시키는 작업만이 아니었다. 재일외국인의 송출 역시 귀환사업의 일환이었다. GHQ는 1945년 11월에 외지 일본인들의 수용과 함께 일본 국내의 '비일본인'의 송출귀환에 관한 방침을 결정했던 것이다. 중국, 대만, 조선, 오키나와(沖縄) 등지에 거주지를 갖고서 일본 본토로 이주해 왔던 사람들이 주요 대상으로 독일인, 이탈리아인들도 해당되었다. 그리고 그 총 인원을 파악하기 위해서 비일본인의 등록 작업이 진행되는데, 현재의 외국인등록법은 여기서 출발한다. 이 사업은 비교적 빠르게 진행되어 1950년 11월을 기점으로 종료된다. 이때 약 130만 명이 송출되었다.

지금까지 귀환사업은 일본의 패전으로 식민지에 거류하던 일본인들을 본토 일본으로 귀환시키는 작업으로만 인지되어 온 경향이 있다. 그러나 실제 감행되었던 귀환사업은 국외 일본인들의 '귀환'과 국내 외국인들의 '송출'이라는 두 가지 방향성을 띠고 있다. 이는 귀환사업이 전후 일본의 내셔널리즘을 도모하는 데에도 커다란 역할을 하였음을 알 수 있는 부분이다. 앞서 인용했던 난바라 시게루의 "외지이종족이 사라진 순수 일본으로 회귀"라는 말 역시 이러한 귀환사업의 의미를 시사하고 있는 것이다.

귀환사업이 진행되는 과정에서 외지와 내지 일본인들 사이에 민족애라는 동포의식을 중심으로 한 유대감이 강조되었음은 쉽게 짐작할 수 있다. 당시 귀환사업에 관한 기사를 싣고 있는 각종의 매스컴은 마이쓰루(舞鶴), 사세보(佐世保)와 같은 귀환항에서 '조국의 품으로 돌아온 동포를 환영하는 인파들'이라는 민족애를 강조하는 사진과 내용들을 보여주고 있기도 하다. 특히 귀환 체험 수기가 유포시킨 전쟁 희생자로서의 일본인이라는 민족 수난담은 일본 국민을 재통합할 수 있는 강력한 기제로서 작용하게 된다. 그러나 이러한 희생자의식 민족주의는 생존자들의 기억을 일방향으로 강제하기 마련이다. 국가주의 차원의 대의명분 아래 그들의 개인사는 재단되고 소멸되어 버리는 현상을 볼 수 있기 때문이다. 이는 역으로 국가적 차원에서 진행된 집단 기억의 양산과 길항하며 조율되어 갔던 귀환자들의 개인사로서의 사적 기억이 일본의 단일민족 신화의 균열을 드러내는 지점이라는 말이기도 하다. 아베 고보가 작품의 인물에게 부여하고 있는 성격이나 심리적 '괴리'는 그의 자필연보에서 볼 수 있던 탈락자 의식이나 불안, 공포, 불신, 그리고 증오에 의한 분노와 같은 증상을 상기시킨다. 그리고 이러한 감각이 만주 체험과 관련이 있음을 앞서도 잠시 살펴보았다. 다시 말해 아베 고보의 '귀환자'라는 입장에 의거하고 있다.

패전 이후 외지에 재류했던 일본인들의 귀환 과정은 지역과 성별, 세대 등의 차이에 따라 격차를 지닌다. 일례로 조선에서도 남쪽에 근거지를 두고 있던 일본인과 북쪽에서 귀환하게 된 일본인들은 그 경로는 물론이고 지역 정세(政勢)에 큰 영향을 받았다.[59] 그리고 급박한 환경 속에서 목숨을 건 피난의 여정은 후에 귀환 체험담이라는 다양한 수기로 발간되어 오늘날 '국민적 이야기'로 공유되고 있다. 여기에는 이론이 존재하기도 한다. 박유하는 귀환자들의 체험담이 국민적 이야기라고 할 정도로 위상을 갖고 있지 않다고 지적하면서 오히려 재평가를 받아야 할 영역이라고 주장한다.[60] 귀환자들의 체험담이 귀환이 이루어지게 된 역사적 전사, 즉 제국 일본의 전사를 감추고 지금껏 '전쟁피해자'라는 민족수난사에 초점을 두고 일본에서 유포되어 왔음을 비판하는 견지이다. 이러한 논점에서는 필자도 시각을 같이 한다. 그러나 전쟁수난사로서의 대표적 서사로서 귀환 체험담이 일본 내에서 전용되게 되면서 이미 국민적 이야기로 자리 잡고 있음은 분명해 보인다.

전후 일본 사회에서 유통되고 있는 귀환 체험담에 관해 연구하고 있는 나리타 류이치(成田龍一)는 귀환을 둘러싼 담론의 형성을 1950년 전후와 1970년 전후, 그리고 1990년 이후로 분류하여 그 시기별 특징을 정리해 놓고 있다. 구체적으로는 1945~65년까지를 '체험으로서의 전쟁', 1965년~70년대를 '증언으로서의 전쟁', 1990년대 이후를 '기억으로서의 전쟁'기로 나누어 귀환 체험담이 각 시대별로 갖고 있는 특징을 논의하고 있다.[61] 그중에서도 귀환 체험담은 1970년을 전후해서 대거 등장하고 있는 것을 볼 수 있다. 경제적으로 극빈했던 귀환자들이 어느 정도 사회적으로 정착을 하게 되고 또 한일기본조약 협정이나 중일공동성명과 같은 근린아시아와의 외교관계가 회복되면서 이전까지 은폐되어 왔던 '공백'이 채워지게 된 것이다. 일견 귀환자들이 대대적인 국가사업에 의해 일본으로 귀환되면서 본토의 일본인들과 강한 유대감 속에서 재출발을 했을 것 같지만 실상은 전혀 그렇지 않다. 이후 살펴볼 일본인들의 귀환자들을 향한 멸시나 차별도 문제였지만, 정책적으로 난민으로 취급받던 그들은 식민지 출신임이 장애가 되지 않도록 철저히 자신들의 과거를 숨기며 살아가게 된다. '진짜(本物) 일본인'이 되려고 노력한 것이다. 이러한 현상을 나리타 류이치는 전후 일본이 제국의 경험을 논점화하게 되면서 이전까지 봉인해 왔던 제국 일본에 관한 의식이 해제되기 시작한 것으로 분석해 놓고 있다. 그리고 이와 함께 물꼬를 트기 시작하는 귀환자들을 둘러싼 담론들은 1980년대 이후 사회적 화두로 다뤄지게 되면서, 과거 국책동원과 같은 국가 폭력에 대한 보상청구운동을 비롯해 미귀환자인 중국 잔류 고아, 잔류 부인에 관한 정책적 보상이나 학술 연구 등 현안적 문제로 이어져 왔다. 이와 관련해서는 아라라기 신조(蘭信三)의 만주 이민연구를 대표적인 사례로 생각해 볼 수 있다.[62] 제국 대 식민지라는 관계 인식이 비로소 형성되기 시작한 것이다.

그러나 실제 유통되고 있는 귀환 체험담은 1950년을 전후해서 출간된 수기, 즉 피난민으로서의 고행과 억류의 수난담에서 크게 벗어나 있지 않아 보인다. 1988년부터 총무성소관 독립행정법인 평화기념사업특별기금이 간행하고 있는 '평화의 초석(平和の礎)'이라는 서간물은 이를 잘 보여준다. '평화의 초석'은 현재 20년 이상 지속적으로 간행되고 있는 시리즈물로서, 군인군속 단기재직자가 말하는 고행담 총 19권, 시베리아 강제억류자가 말하는 고행담 총 20권, 해외 귀환자가 말하는 고행담 총 20권, 전쟁 체험의 고행을 후세에 남기기 위해 편집한 선집이 아동서를 포함해 총 5권이 간행되어 있다. 여기서 해외 귀환자 편만을 소개해보면 제1권에 실려 있는 체험기는 총 66편으로, 만주 출신 귀환자들의 이야기가 중심을 이룬다. 제2권 이후로는 만주, 사할린, 조선, 대만이라는 카테고리를 삽입하여 지역별로 이야기를 묶어 놓고 있는데, 무엇보다 이 서간물의 특징은 개인별 귀환자의 생애를 출생에서부터 전기적으로 기록하고 있다는 점이다. 그러나 여전히 소련군이 적군으로 묘사되고 있고 이와 함께 중국인, 조선인의 폭력적 행동이 등장하며 자신들은 무고한 귀환자라는 의식에 뿌리를 두고 있는 수난사로서의 서사가 주를 이룬다.

일반의 귀환 체험담이 갖고 있는 이러한 특징은 1950년을 전후해서 발간되었던 체험 수기가 형성해 놓은 패턴화된 양식에 영향을 받고 있다고 할 수 있다. 피난민으로서 수용소와 같은 곳에 억류되었던 고행의 기억이 식민지에서의 제국 가해자로서의 의식을 은폐하고 있는 것이다.[63] 그러한 귀환 체험담 중에서 가장 널리 알려진 것은 우리나라에도 소개가 된 바 있는 후지와라 데이(藤原てい)의 『흐르는 별은 살아 있다(流れる星は生きている)』이다. 이 책은 1949년 5월에 처음으로 히비야(日比谷)출판사에서 간행된 다음 1971년에는 슌주(春秋)출판사에서, 1976년에는 추오코론신샤(中央公論新社)에서 재간행된 이래 2007년까지 11쇄의 개정판이 나와 있다. 또한 1949년 간행과 거의 동시에 영화로도 제작되어 동년 9월에 개봉되었고, 1982년에는 TV드라마로도 제작된 바 있다. 우리나라에서는 1950년에 『내가 넘은 三八線』(정광현 역, 首都文化社)이라는 제목으로 소개된 바 있고, 2003년에 『흐르는 별은 살아 있다』(위귀정 역, 청미래)는 제목으로 재간되었다.

그로부터 30년이나 지났다고는 하지만 귀환 당시의 상처는 내 마음속에 면면히 남아있는 듯해서 몇 날 며칠 악몽에 시달렸다. 이제 와서 새삼……이라고 스스로도 생각하면서도 밤이 되는 게 무서웠다. 누군가에게 쫓기는 듯한 공포에 사로잡혀 소리를 지르기도 하고, 그런 내 목소리에 놀라 잠이 깰 때의 허탈함, 애절함. 얼굴의 식은땀을 닦고 다시 잠을 청할 때의 슬픔.[64]

인용은 1976년에 재간행된 추오코론신샤판의 후기 부분이다. 귀환 당시의 기억이 30년도 더 지난 시점에서도 악몽처럼 되살아난다고 후지와라 데이는 말한다. 이러한 기억은 후지와라 데이만의 전유물은 아니다. "종전 이후 거의 반세기가 지난 지금까지 많은 분들이 이 책을 읽어주신 점을 저자로서 감사하게 생각한다"는 1994년판 저자의 감사의 변을 통해서도 짐작할 수 있듯이,[65] 후지와라 데이의 체험은 전후 일본인들 사이에서 상당한 공감대를 형성하고 있다. 또한 이 체험담은 귀환의 피난 과정을 묘사한 최초의 자전적 이야기로 '귀환 서사'[66]의 전형을 이루게 된다. 전쟁통에 남편과 헤어지고 여성 혼자서 아이들을 데리고 일본으로 돌아온다는 스토리는 이후의 귀환 체험담에서 패턴화되는 경향을 보이기 때문이다. 귀환 체험 수기에서 볼 수 있는 이러한 패턴을 정리해 놓은 야마다 쇼지(山田昭次)에 따르면 귀환 체험 수기는 소련 참전이나 8월 15일을 기점으로 이야기가 시작되고 그 이전 생활에 대해서는 간략하게 언급되고 있는 특징이 있다. 또한 일본인의 이민이나 중국인, 조선인 등과의 관계는 거의 언급되어 있지 않다. 그리고 비적(匪賊)의 반란과 소련군의 폭행, 전염병 발생과 같이 귀환 시의 비참함이 묘사되어 있다. 아울러 이민자들을 남기고 도망간 관동군 — 關東軍, 일본인 군인 — 과 송환될 때 손바닥 뒤집듯이 냉랭한 조치를 취한 일본 국가에 대해 비판적이다.[67]

후지와라 데이와 같은 귀환자의 체험담이 당시 피폐한 생의 역경을 이겨내고 조국 일본의 품에서 안식을 찾게 된다는 긍정적인 사례로 전파되고, 또 그러한 메시지가 동시대적인 감정으로 일본인들 사이에서 향유된 추이는 전쟁 피해자로서의 일본인이라는 의식 형성과도 연동되어 있다. 귀환 체험을 둘러싼 귀환자들의 기억을 연구하고 있는 아사노 도요미(淺野豊美)는 전후 일본의 국민재통합에 있어 귀환자들이 담당했던 '공적 기억'이 피해자라는 상흔 아래 은폐되어 있는 식민자로서의 모습을 망각시켜 왔다고 비판한다.[68] 국민재통합을 위한 공적 기억으로는 히로시마, 나가사키 원폭과 함께, 도쿄를 비롯한 일본 주요 도시의 폐허화 등도 소재로 다루어지고 있음은 주지의 사실이다. 노사카 아키유키(野坂

昭如)의 『반딧불의 묘(火垂るの墓)』라는 작품이 1967년 나오키문학상을 수상하며 그 대중적 공감을 인정받았고, 1988년에 애니메이션으로 제작된 이후 8월 15일을 전후로 정기적으로 TV에서 방영되고 있다. 2005년에는 '종전60년 스페셜드라마'로도 제작되어 — 1989년에서 1991년까지는 매해 방영되었고 1992년부터는 2년에 한 번씩 닛폰테레비 '금요 로드쇼(金曜ロードショー)'를 통해 방영되어 왔다 — 전쟁 피해국이라는 일본의 내셔널 아이덴티티를 굳건히 하는 데 기여하고 있다. 이와 더불어 후지와라 데이의 『흐르는 별은 살아 있다』와 같은 귀환 체험 수기가 유포하고 있는 수난담으로서의 민족서사 역시 국가적인 차원의 국민통합 이데올로기로써 지금껏 전유되고 있다.

> 수난의 일본인. (중략) 8월 19일 정오, 노도(怒濤)와 같이 소련군이 밀려들어왔다. 평화주둔이라고는 하지만 강간, 폭행, 약탈. 한마디로 이 부대는 무엇을 해도 용인이 되는 죄수부대라는 것. 부인은 남장을 하고 머리를 빡빡 밀었다. 일본병도 이런 짓을 다른 국민에게 시켰을까. 내 동생이나 조카도 광폭한 귀신 같은 짓을 했던 걸까. 어느 날, 요괴 같은 소련 병사가 마구마구 몰려왔다.[69]

한 귀환자의 수기이다. '수난의 일본인'이라는 말로부터 시작하는 이 수기는 여타의 귀환 체험담처럼 소련군의 강간, 폭행을 비롯해 중국인이나 조선인에 의해 약탈당하는 일본인의 상황을 여과 없이 표현하고 있다. 그리고 이전까지는 느끼지 못했던 일본군에 대한 위화감을 소련군과 오버랩하는 것을 볼 수 있는데, 식민지에서 일본이 가했던 폭력성을 피해자의 위치에서 역으로 깨닫는 모습이다. 이러한 '가해자' 일본 민족이라는 자각은 민족 수난담이라는 귀환자들의 체험담에 하나의 패턴으로 등장하는 요소이기도 하다. 관동군의 사전 철수로 기민(棄民)으로 전락되어 하루아침에 피난민이 된 상황에서 자신들이 '침략자'의 일원이었음을 깨닫게 되는 것으로, "국책의 미명 아래 군국주의의 길을 걸었던 일본을 생각하면, 책임은 모두 권력자에게 있지 않은가. 우리는 절대로 침략자에 가담해서는 안 된다"[70]며 국가권력에 대한 반감을 표명하고 있기도 하다.

『흐르는 별은 살아 있다』도 "쇼와 20년(1945년) 8월 9일 밤 10시 반경, 시끄럽게 우리 관사 입구를 두드리는 소리를 들었다"[71]고 시작하고 있는데, 인용한 체험기를 포함해서 '외지'에서의 이야기는 대부분이 1945년 8월 9일, 혹은 15일을 전후로 해서 전개된다. 그 이전에 개척민으로서 만주나 조선에 보내진 일이나 만주 각지에서의 삶 등에 관해서는 상세한 설명이 없다. 언급을 하고 있다고 해도 지명이나 가족 소개와 같이 간략한 정보 기록 정도로 그곳에서 생활을 했던 일본인의 흔적을 추측하기에는 어렵다. 피난 중에 머물렀던 건물은 '난민수용소'라고 기록하면서 역 근처의 소학교나 임시거소(창고)가 수용소로 사용되었다고 공통적으로 쓰고 있다. 소련군의 강간이나 폭행, 중국인과 조선인에 의한 약탈은 모든 체험기에서 묘사된다. 또한 만주에서 버려지고 송환을 기다리고 있던 일본인들은 하루아침에 피난민이 되었을 뿐 아니라, 침략자의 일원이었음을 자책하게 된다. 관동군에게 버림받은 원망만이 아니라 국가권력에 대한 비난도 눈에 띈다. 그리고 마지막에는 "우리 아이들이나 자손, 친구가 냉혹한 싸움의 소용돌이에 휘말리지 않기 위해서" 또 "앞으로의 평화를 위해서"라며, 평화에 대한 염원을 덧붙이고 있다. 이러한 심중에는 중국에 머물고 있던 잔류 부인이나 잔류 고아, 피난 도중에 사망해서 일본으로 돌아갈 수 없던 사람들에 대한 애도가 느껴진다. 또한 목숨을 걸고 피난의 고행을 견디며 겨우 귀환할 수 있었던 그들은 폐허로 변한 일본에서 재시작을 해야 했다. 이러한 상황 속에서 불안이나 실망감, 좌절감이 그들을 엄습했음은 당연할지 모른다.

일본의 전쟁 피해는 그들이 상상했던 것보다 심했다. 귀환자가 목격한 것은 조국에 돌아온 사람들을 맞이할 여유가 없는, 빈곤과 혼란 속에서 어려운 생활을 보내고 있던 일본의 모습이었다. 미야하라 에이이치(宮原英一)라는 귀환자의 경우, 귀환을 해서 양친의 고향인 야마구치현(山口県)에 도착할 수만 있다면 만사가 끝이라고 생각했다고 한다. 그러나 '처음 본 내지'의 모습은 어디를 가도 생면부지의 사람들뿐이었다. 배고픔을 참지 못해 남의 것을 훔쳐서 도망치기도 했는데 이때 뒤에서 '도둑이야'라는 외침을 듣고는 모욕감을 느껴서 나중에 어른이 되면 군인이 되어서 자신을 도둑 취급했던 사람을 잡아 반드시 복수하리라고 결심했다고 한다. 또한 누군가가 위협을 해 오면 "죽여버리겠다, 너를 죽인들 소년형무소밖에 더 가겠느냐"며 너무나도 무서운 나머지 인간에 대한 신뢰를 저버린 소년기를 보냈다며 당시의 회고를 전하고 있다.[72]

무일푼의 상태에서 재기해야 했던 그들에게 무엇보다 필요했던 것은 일본 사회에 가능한 한 빨리 익숙해지는 것이었다. 자신들이 정착할 곳을 필사적으로 찾아서 '진짜 일본인'이 되기 위해 노력한 것이다.[73] 그런데 이러한 귀환자들의 심중은 전후 일본 사회에서 어떠한 갈등이나 저항도 없었던 듯 사라져 버린다. 다시 말해서 신일본 건설을 위한 국민재통합이라는 분위기 속에서, 이들의 이야기는 전쟁 피해자인 일본 민족의 평화를 기원하는 공공의 기록이라는 '공적 역할'에만 포커스가 맞추어져 갔던 것이다. 그 결과, 귀환자들의 실체는 점차 전후 일본 사회 속에서 희석되게 된다. 이러한 공적 역할과 관련해서 박유하는 전후 일본이 그러한 체험담을 강하게 필요로 했다고 말한다. 특히 일본 전후문학에서 귀환 체험 및 귀환 체험 후의 후유증이라고도 할 수 있는 소재를 다루고 있는 표현자들이 다수 존재하고 있음을 지적하며, 그들의 그러한 시도를 '귀환문학' — 주로 1928년에서 1937년 사이에 태어나 식민지에서 생활했던 귀환자 출신의 작가들의 작품 — 으로 정의할 수 있다며 문제를 재기한다.[74] 귀환이라는 체험을 단순히 전쟁 체험의 일부로서만 취급해 온 전후 일본의 실상을 비판하고 있는 것이다. 하지만 비록 비판적이라고는 하나 박유하의 시점도 여전히 귀한 체험담을 내셔널히스토리로만 바라보는 한계성을 지닌다고 하겠다.

전쟁통에서 생사의 고비를 넘어 겨우 귀환을 하게 된 외지 귀환자들이 폐허로 변해버린 일본에서 새로운 삶을 시작하기는 생각처럼 쉽지 않았다. 조국으로 돌아가기만 하면 이 모든 악몽이 끝날 거라는 말을 마치 주술처럼 되뇌면서 마침내 일본에 도착한 그들은 고행의 끝이라는 안도감을 느낄 틈도 없이 불안과 실망, 좌절감을 맛보게 된다. 막대한 전쟁피해로 인한 빈곤과 혼란 속에서 비참한 생활을 하고 있던 본토의 일본인들이 우리도 어려운데 왜 돌아왔느냐는 질책 어린 시선을 보내며 '더러운 귀환자'라며 식민지 출신임을 멸시하기도 했기 때문이다.

> 저는 귀환자 출신으로 주변의 사람들과 잘 어울릴 수 없는 면도 있었습니다. 시골이라서 보는 시선이 차갑기도 했고, 어머니는 저에게 결혼 중매가 없다며 걱정이셨습니다. 제가 조선에서 살았다고 하면 대하는 눈치가 변하기도 해서 소외감을 느꼈습니다.[75]

> "어머니, 일본 여자가 걸어가요!" 마사히로가 큰 목소리로 외쳤다. 마루오비까지 제대로 기모노를 갖춰 입은 여자가 걸어가고 있었다. 나도 마사히로처럼 어색하다고 생각했다. 전쟁에서 진 일본의 여성은 모두 우리처럼 꼴사나운 모습일 거라고 생각했기 때문이다. 나 역시 일본 여성이고, 배낭을 짊어

지고 바로 앞을 지나가고 있는 젊은 여자도 일본인인데, 나는 마사히로가 본 일본인 여자하고는 전혀 다른 사람처럼, 더러운 귀환자였다.[76]

귀환자 출신으로 주변 사람들과 잘 어울릴 수 없었고, 혼처 자리도 들어오지 않아 걱정이었다고 하는 한 여성의 고백은 전후 일본 사회로 돌아간 식민2세가 겪었던 소외감을 잘 보여준다.[77] 또한 피난의 고행 이후 겨우 조국의 품으로 돌아와 안심을 했는데, 수려한 기모노를 입은 여자를 본 순간 '더러운 귀환자'인 자신의 몰골을 새삼 느끼게 된 어머니의 이질감은, "일본 여자가 걸어가요!"라며 마치 외국인을 보고 놀라는 듯한 아이의 외침에서 더욱 대상화되고 있다. 실제 식민2세들이 전후 일본에 와서 느낀 이질감은 그들의 부모보다 더 심각했다. "귀환해서 부모님이 계시는 고향에 가기만 하면 모든 게 끝날 거라고 생각했다. 그러나 처음으로 보는 내지(內地)의 모습은 어디를 가도 생판 모르는 사람들뿐이라서 그저 서서 울기만 했다"[78]는 한 소년의 일본에 대한 첫 인상기를 비롯해 "내지는 우리에겐 이국(異國)에 지나지 않았다"[79]는 식민2세들의 고백은 귀환 체험의 세대 차이라는 입장을 넘어서서 '내지의 이방인'과 같은 전후 일본 속 귀환자들의 입장을 짐작케 한다.

또한 식민지의 생활과는 사뭇 다른 전후 일본에서의 생활은 그들로 하여금 '극빈곤자', '외래인'이라는 열등감과 같은 복잡한 감정을 갖게 하였다. 이로 인해 귀환자들의 의식이 집단기억으로서 깊이를 추구하지 못하고 지금까지 역사적 시좌에서 정당한 입지를 얻기 힘들었다고도 할 수 있다. 식민지에서 생활하던 때에는 평소 식민지 출신 인간은 틀려먹었다며 멸시를 하고 일본인은 다르다고 자부하도록 교육받은 외지의 일본인들. 그렇기 때문에 자신의 아이는 도쿄에 보내서 공부를 시키고자 했던 양친의 바람이나, 가능하면 내지의 일본인과 결혼시키려 했던 외지 사회의 분위기를 생각해 볼 때, 이러한 상황은 쉽게 추측할 수 있다.[80] 공교육은 물론이고 가정 내에서도 식민지 출신 인간은 더럽고 열등한 존재라고 배웠던 외지 일본인들은 귀환해서 일본 사회에 적응해 가는 과정에서 그 의식이 콤플렉스로 다가오게 된 것이다. 귀환자로서의 자기인식이나 차별에 대한 두려움에 계속해서 시달리게 되는 것으로, 외지인의 아이덴티티에는 내지인에 비해 자신들이 열등하다는 인식이 무의식적으로 존재했다. 게다가 그러한 생각이 귀환 후에도 계속해서 그들에게 영향을 주었다.

한편 일본에 귀환해서도 귀환자 전원이 자신의 고향으로 돌아간 것은 아니었다. '무연고자'라고 해서 고향으로 돌아갈 수 없던 사람들에게는 여러 가지 말할 수 없는 사정이 있었다. 따라서 우여곡절 끝에 겨우 도착한 낯선 시골 지방에서 더러운 귀환자라는 꼬리표를 달고서 극빈의 생활을 해야 했다. 또한 일본 정부는 전쟁 중에 사망한 병사나 원폭피해자와 같은 전쟁피해자를 '역사의 피해자'라고 특별대우를 하여 명예회복이나 보상을 해준 반면, 귀환자에 대해서는 묵살해왔다고 귀환자들은 증언한다. 정부 차원에서는 전쟁 전의 식민지 지배라는 역사를 가능한 한 드러내고 싶지 않았던 것이다.

> 귀환자를 가족이나 친척이 따뜻하게 맞이한 것은 말할 필요도 없다. 그러나 당시 일본 사회는 전쟁으로 황폐해지고 기아에 시달리고 있었다. 게다가 좁은 국토에 당시 인구의 1할에 가까운 사람들을 어떤 형태로 수용할지 큰 문제였다. '세상'이라고 하는 사회의 일반적 태도가 귀환자에게 냉혹했음은 여러 자료로부터 알 수 있다. 귀환자의 입장에서도 식민지를 모두 상실한 구제국 본토인 전후 일본 사회에 '녹아드는' 것이 용이하지 못했다.[81]

인용 부분은 귀환자라는 집단적 아이덴티티가 형성되는 과정에서 귀환자들이 결속해 가던 원인을 설명하는 내용이다. 이 글을 쓴 아사노 도요미는 같은 일본인에게 짐을 도둑맞거나 사기를 당해서 생각지도 못하게 조국의 냉혹한 분위기를 경험한 귀환자들의 체험을 소개하고 있다. 이러한 기록은 후지와라 데이를 비롯해서 다른 체험기에서도 찾아 볼 수 있다. 귀환자들의 일본에 대한 첫 인상에는 어느 정도의 거리감이 있었음을 알 수 있는 부분이다.

따라서 전후 일본 사회에서 귀환자들은 '진짜 일본인'이 되기 위해 자신의 식민지에서의 이력을 감추게 된다. 이렇게 그들이 느꼈던 상대적 박탈감은 그들로 하여금 전쟁 피해자라는 입장을 강화시킨 측면도 있다. 귀환자의 체험담은 수난사로서의 성격이 강하고 대부분 불안과 공포를 수반한 피난의 고행에 초점이 맞추어져 있으며, 전전(戰前) 식민지에서의 생활에 대한 노스탤지어가 스며들어 있기 때문에 역사적 시좌가 부족한 한계점을 내포하고 있기도 하기 때문이다.[82] 하지만 이들 기록은 귀환자들이 느꼈던 그들의 자화상을 드러내고 있기도 하다. 먼저 앞서도 인용했던 한 귀환자의 체험기에서처럼 '침략자 일본인'으로서의 각성이 그것이다. 또 귀환 후 일본이나 일본인을 보며 느꼈던 이질감이나 소외감으로 인해 형성되는 '이방인'으로서의 자화상도 있다. 그들의 체험기에는 전후 일본의 모순된 실체가, '균열지점' — 경계성, 간극 — 이 있는 그대로 담겨져 있는 것이다.

2. '외지귀환파(外地引揚派)' 아베 고보

귀환 체험을 통해 귀환자들이 인지했던 여러 자화상에는 식민지주의 제국 일본의 역사와 패전 후의 일본의 실상이 교차하고 있다. 그리고 이렇게 기묘하게 대치되고 있는 자화상 사이에서 그들의 존재론적 사고는 자아 의식층의 갈등 형태로 서사화되어 실존에 대한 본질적인 물음으로 수합되기도 한다. 전후 일본으로 귀환된 귀환자 출신 아베 고보는 그러한 상황 속에서 자신의 실존을 앙가주망(engagement)한 대표적인 작가이다. 앙가주망은 인간이 자기 고유의 상황에 대면해서 자신의 전적인 책임을 의식하고 그 상황을 변경하거나 유지 또는 고발하기 위하여 행동할 것을 결심하는 태도를 말한다. 사전적 의미로는 맹세, 약속을 나타내지만 사회참여와 자기구속이라는 뜻을 지닌 실존주의 용어로 통용되기도 한다. 사르트르의 《존재와 무》에서 '눈길을 돌리는 주관으로서의 내'가 구체적으로 존재하는 방식을 나타낸다는 말에서 개념화되기 시작했는데, 문학적으로는 예술지상주의적 입장보다 사회적, 정치적 입장을 내세우는 문학을 말한다. 그러나 앙가주망에서 무엇보다 핵심이 되는 개념은 개(個)와 전체 또는 인류의 관계를 동시에 포착하는 것이다. 이러한 앙가주망은 불안(angoisse)과 홀로 남겨짐(délaissement), 절망(désespoir)과 같은 실존의 조건을 거쳐 형성된다.[83]

다케다 다이준(武田泰淳)은 1937년에 소집을 받고 화중(華中) 전선에 보내져서 1939년 제대할 때까지 전쟁터에서 엄청난 죽음과 끊임없는 멸망을 목도했다. 야스다 다케시(安田武)는 이에 대해서 그곳에서 무슨 일이 있었든지 다케다 다이준이 이후 생존할 방법은 소설 『사마천(司馬遷)』과 같은 역사 세계를 통해 죽음과 멸망을 포함하는 세계를 그 나름으로 재건 · 재구축하는 방법밖에 없었다고 평가한다.[84] 패전 이후 외지에서 일본으로 귀환한 작가들은 실로 많다. 『포로기(俘虜記)』(1949년)의 작가 오오카 쇼헤이(大岡昇平)는 필리핀에서, 하세가와 시로(長谷川四郎)는 시베리아, 기야마 쇼헤이(木山捷平)는 장춘(長春), 홋다 요시에(堀田善衛)와 다케다 다이준은 상해(上海), 오야부 하루히코(大藪春彦)와 모리 아쓰시(森敦), 히노 게이조(日野啓三), 이쓰기 히로유키(五木寬之)는 조선, 미키 다쿠(三木卓)와 기요오카 다카유키(清岡卓行)는 대련(大連), 후지와라 데이와 그 남편인 닛타 지로(新田次郎, 본명은 후지와라 히로토藤原寛人), 그리고 사쿠라이 쇼코(桜井祥子), 우노 고이치로(宇能鴻一郎)는 만주 등지로, 그들의 경험은 다양한 형태를 띠고 문학으로 형상화되었다. 또한 다양한 형태만큼이나 그들의 '입장'도 제각기였다. 예를 들어서 오오카 쇼헤이와 하세가와 시로는 각자 태평양과 중국으로 파견된 군인이었고 포로 생활을 하기도 한 복원병(復員兵)이다. 군속 관계자로 파병되었던 기야마 쇼헤이와 홋다 요시에, 다케다 다이준도 복원자(復員者)에 해당한다. 다만 여기서 주의할 점은 '귀환'은 '패전 이후의 강제추방'을 가리키는 말로 타국에 입식했던 자가 본국으로 돌아가는 것을 말한다. 따라서 정확히 귀환자란 비전투원인 일반인에게 한정해서 사용되던 표현이다. 넓은 의미로 귀환 경험을 기준으로 총칭해서 귀환자로 부르는 경향이 있는데, 귀환자는 어디까지나 일반의 이주민을 가리키는 말임을 구분해야 한다.

아베 고보는 스스로 만주 출생이라고도 하는데, 그것은 생후 8개월 만에 만주로 이주해서 그곳에서 유년기를 보내면서 형성된 고향에 대한 인식 때문이다. 가끔 방문했던 홋카이도를 그는 "아버지가 고향이라고 부르던 곳"으로 지칭한다. 외지 출생자나 아베 고보처럼 유년기와 소년기를 '외지'에서 보내고 그곳을 고향으로 생각한 사람들은 귀환자들 사이에서도 다른 세대의식을 갖고 있다. 아베 고보와 같은 세대의식을 가진 귀환자 출신 작가인 이쓰키 히로유키는 자신의 입장을 '외지귀환파(外地引揚派)'로 규정한 바 있다.

이쓰키 히로유키는 1932년, 후쿠오카현에서 태어났다. 태어나 바로 교사였던 아버지를 따라 조선으로 이주하여 논산과 경성, 평양 등지를 오가며 살았다. 1945년에 평양에서 패전을 맞고 이 때 어머니가 사망한다. 귀환을 위해 남하하여 1947년에 인천에서 후쿠오카의 하카타항(博多港)에 도착한다. 평양에서 인천에 다다르기까지의 경험을 「사형의 여름」(「私刑の夏」, 『小説現代』 1967. 7.)이라는 작품을 통해 생생하게 묘사하고 있다. 이 소설을 가와무라 미나토(川村湊)는 아베 고보의 『짐승들은 고향을 향한다』와 비슷한 '귀환 소설'로 평가한 바 있다. 귀환자가 일본에 돌아가는 이야기를 소재로 하고 있는 소설을 가와무라 미나토는 '귀환 소설' 혹은 '귀환 문학'으로 지칭하고 있는데, 이러한 문학은 무사히 귀환할 수 없었던 사람들의 한(恨)을 짊어지고 있다고 정의한다. 귀환자 출신 작가들이 전후일본문학 내에서 차지하는 위상을 알 수 있는 부분이기도 하다. 이쓰키 히로유키도 작가로서 다양한 창작활동을 하게 된 원동력으로 식민지 체험을 뽑으며 자신을 '외지귀환파'로 정의한다. 이러한 이쓰키 히로유키의 문학세계는 데라시네(Déraciné) — 뿌리째 뽑힌 뿌리 없는 풀, 고향을 떠난 사람을 의미 — 라는 견지에서 전개되고 있기도 하다.[85]

노사카 아키유키 — 1930년, 가나가와현 출생 — 가 1967년에 『반딧불의 묘』, 『아메리카의 가로목(アメリカひじき)』과 같은 작품을 발표한 후, 자신과 같은 전후세대를 '폐허의 암시장파(焼け跡の闇市派)'라고 명명하며 큰 반향을 일으킨 것은 주지의 사실이다. 이는 노사카 아키유키처럼 일본 본토에서 태어나 1945년 대공습으로 양친과 여동생을 차례로 잃고, 열다섯, 열일곱의 어린 나이에 홀로 폐허가 된 일본에서 고초를 겪으며 살아남은 시절을 공유하고 있는 세대들을 아우르는 말이었다. 곧 '폐허의 암시장파'는 일본에서 태어나 대공습으로 폐허로 변한 일본에서 유년기를 보낸 세대를 가리킨다. 공습으로 불에 타버린 폐허의 암시장을 배회하면서 살아남기 위해 필사적이었던 경험을 공유하는 것이다. 이쓰키 히로유키도 넓은 의미로는 이러한 세대에 해당한다. 하지만 그는 패전을 일본 내지에서 경험했는지, 외지에서 경험했는지 하는 경험치의 차이가 노사카 아키유키가 말하는 하나의 감각으로 수렴될 수 없는 거리감을 낳는다고 지적하면서 자신을 '외지귀환파'로 명명한다. 특히 1971년 마이니치신문에 실었던 「외지귀환파의 발상(外地引揚派の発想)」은 귀환자 출신 작가의 입장을 대변하고 있어 주목할 만하다.

> 내 기억 속에 있는 것은 조선인, 중국인, 일본인, 백계 러시아인들이 서로 얽혀 형성했던 관계이고 그러한 생활 속의 단편이다. 나에게 그 땅은 나의 유년기를 보낸 고향 산천과 같다. 알제리의 풍토를 보며 카뮈가 이입했던 감정을 나는 잘 이해할 수 있을 것 같다. (중략) 이렇게 해서 우리처럼 식민지에서 추방되어 돌아온 인간에게는 몇 가지 공통된 경향을 볼 수 있다. 하나는 외국 및 민족, 인종 관계에 대한 강한 관심. 또 하나는 내지, 또는 일본적인 것에 대한 반발과 함께 알고 싶다는 욕구. 그리고 지리적 방랑성과 인터내셔널한 경향. 여기에 하나 더 추가하자면, 고향을 갖지 못한 데서 연유하는 데라시네 의식. 이러한 몇 가지가 '원체험'이 되어 식민지와 강국에 대한 경계(警戒) 의식이 우리들 내에 깊숙이 자리하고 있다고 할 수 있다.[86]

요컨대 식민지 외지로부터 추방되어 온 인간에게는 몇 가지 공통된 경향이 있다는 것으로, 그 하나는 외국이나 민족, 인종 관계에 대한 강한 관심. 그리고 내지 또는 일본적인 것에 대한 관심과 반발, 지리적 방랑성과 인터내셔널한 경향. 여기에 하나 더 추가한다면 고향의 부재로 인한 데라시네 의식. 이러한 것들이 식민지와 강국에 대한 경계(警戒)의식이라는 형태로 외지귀환파들에게 뿌리 깊게 존재한다는 것이다.

오자키 히데키(尾崎秀樹) — 그 역시 대만 출신의 식민2세이다 — 는 이쓰키 히로유키의 「외지귀환파의 발상」을 두고 이른바 '비영웅적인 영광을 향한 탈출'을 강요받던 세대의 육성이라고 평한다.[87] 가슴속 깊이 침잠하여 언어로 표현하기 망설여지는 체험을 공유하고 있는 세대의 감각을 용기 있게 드러내고 있음을 헤아린 말이었다. 그리고 이어서 그는 이러한 세대 감각이 대만 출생으로 중학교 1학년까지 외지에서 지냈던 하니야 유타카(埴矢雄高)나, 대련 출신으로 민주에서 패전을 맞았던 고미카와 준페이(五味川純平)하고는 또 다른 입장이라고 설명한다. 다시 말해서 구식민지의 체험을 통해 공통되는 감각을 갖고 있을지는 몰라도 '고향(조국) 상실'이라는 의식을 하니야 유타카와 같은 세대에게서 발견하기 어렵다는 것이다. 이는 이쓰키 히로유키가 말하는 세대적 감각이 당시의 귀환자들이 전후 일본에서 축적해 놓고 있는 집단적 기억 내에서도 차별성을 지닌다는 말이기도 하다. 패전을 둘러싼 상황을 비판적으로 사고할 수 있던 세대(식민1세대)와 그것을 움직일 수 없는 현실로밖에 받아들일 수 없던 세대(식민2세대) 간에 존재하는 간극이 그것이다. 전후 일본에서 이쓰키 히로유키와 같은 식민2세들이 형성하게 된 아이덴티티에는 고향을 잃고 자신의 어린 시절이 모두 부정당해버린 상실감과 동시에 일본을 고향으로 실감할 수 없던 데라시네 의식이 깊이 침잠해 있는 것이다. 그리고 이쓰키 히로유키처럼 '외지귀환파'에 속하는 세대로서 아베 고보, 이쿠시마 지로(生島治郎), 하야시 세이고(林青梧), 오야부 하루히코, 기요오카 다카유키 등이 지니고 있는 세대 감각을 오자키 히데키는 차별화해 놓고 있는 것이다. '외지귀환파'가 공유하고 있는 감각에는 목숨을 걸고 귀환한 체험과 일본을 조국으로 실감할 수 없던 허망감이 중첩해 있다고 볼 수 있다.

'쇼와문학에서 새로운 문학세계를 구축했다'[88]고 평가받는 아베 고보의 경우도 살아남기 위한 방법을 모색했던 것은 말할 필요도 없다. 그를 평가할 경우 자주 언급되는 말이 '실존주의자 아베 고보'라는 말인데,

이는 아베 고보의 그러한 모색을 잘 보여준다. 그러나 아베 고보는 "실존을 왜 '주의'라고 하는지 나로서는 알 수 없다", "실존주의자라는 말을 나는 잘 모른다."고 말한다.[89] 그에게 실존은 '주의'가 아니라 오히려 생활 그 자체였기 때문이다. 이를 두고 구리쓰보 요시키(栗坪良樹)는 '경계선상의 충동'이라고 명명한 바 있다. 이 표현은 원래 아베 고보가 『사막의 사상』(『砂漠の思想』 講談社, 1965)에서 먼저 사용한 말인데, 구리쓰보 요시키의 비평으로 통용되고 있다. 구리쓰보 요시키는 '경계선'이라는 말을 사용하는, 아베 고보의 심중에는 내부에서 한계를 돌파해서 일단 외부로 뛰쳐나가고 그 외부를 인식한 결과 두 개의 영역을 연결하고 있는 접점의 연속을 생각하는 의도가 있다고 설명한다. 즉 모든 공간에서 '경계'를 인지하는 현실 인식이다. 또 이는 진정으로 경계를 초월한 사유로서 모든 사람에게 국제적인 감각을 환기시키고 있다고 구리쓰보 요시키는 논의하고 있다 — 이를 기점으로 오쿠보 쓰네오(大久保典夫)나 마쓰바라 신이치(松原新一), 고쿠보 미노루(小久保室) 등이 아베 고보의 만주 체험이 갖는 경계성을 평가하게 된다 —.[90] 『끝난 길의 이정표』의 만주나 『짐승들은 고향을 향한다』의 황야, 『내부의 변경』의 변경, 『에노모토 다케아키(榎本武揚)』의 에조(蝦夷), 『모래 여자』의 사막의 사구 마을 등을 포함해서 그의 작품의 배경이 되는 도시적인 공간도 경계선을 선명하게 나타내고 있기 때문이다. 이는 '투쟁적 공간으로서의 경계선'을 설정한 작품의 공간성을 나타낸다고도 할 수 있다.[91] 물론 아베 고보도 만주에 대해서 폐쇄된 세계이기에 폐쇄되어 있음을 끊임없이 자각할 수 있었다며 늘 경계에 서 있는 듯한 상황에 대해 생각해야 했음을 회상하고 있기도 하다.[92] 그렇지만 이러한 회상이 없어도 먼지투성이의 바람과 건조한 공기, 조차지(租借地)라는 특별구역, 그리고 일본인, 중국인, 조선인, 러시아인이 함께 사는 마을이나 거리를 헤매는 패전병과 군인의 모습, 아편과 콜레라의 유행

등, 여타의 만주 체험기에서처럼 만주를 떠올릴 수 있는 장면이 자주 등장한다. 게다가 아베 고보에게 만주가 갖는 의미는 이러한 장소나 공간적 문제만이 아니었다. 앞서 1장에서 살펴본 자필연보의 내용에서도 알 수 있듯이 만주는 그의 위치감각에 '괴리감'을 초래하는 원인이었다. 다시 한 번 이 내용을 상기해 보자.

> 1945년, 만주는 의외로 평온했고 전쟁이 끝날 기미도 없어 탈락자 의식에 괴로웠다. 갑자기 전쟁이 끝나고 가혹한 무정부상태가 도래했다. 이는 불안과 공포를 안겨 준 반면 어떤 꿈을 나에게 심어 준 것도 사실이다. 아버지와 아버지로 대표되는 재산이나 의무로부터의 해방, 계급이나 인종차별의 붕괴, 오족협화라는 거짓 슬로건을 유린한 일본인의 행동에 강한 증오와 모욕을 느꼈다.
>
> 1946년, 점령군한테 집을 빼앗기고 시내를 전전하며 이동, 귀환.
>
> 1947년, 극도의 빈곤과 영양실조로 학교에 갈 마음도 없고, 불신과 증오로 연중 분노에 찬 상태였다. 당시의 기억도 그렇게 선명하진 않다.

패전 이후 만주에서 일본으로 귀환하기까지의 기억은 다른 귀환자들의 기록과 비교해서 비교적 공통된 기억과 감각이라고 할 수 있다. 같은 일본인들의 행동에 강한 증오와 모멸감을 느끼고 극도의 혼란 속에서 귀환한 후에도 빈곤과 영양실조에 시달리며 불신감과 불안 때문에 연중 내내 화가 나 있는 듯했음은 다른 귀환자들도 공감할 수 있는 상흔이자 앞서 말한 귀환자의 체험기와도 중복되는 내용이다. 이러한 감각이나 기억이 아베 고보 작품의 '비정상적' 심리나 피해망상, 불안에 사로잡힌 인물들의 표상과 맞닿아 있음은 앞으로 이 책을 통해 확인할 수 있을 것이다. 다시 말해서 아베 고보의 만주 체험이 갖는 의미는 여기에 있다. 그에게 만주는 물리적 공간만이 아니라 귀환자의 경계자적 감각을 형성함에 있어 커다란 요인으로 작용한다. 이것이 바로 아베 고보의 만주 체험이 갖는 보다 근원적인 의미라고 해야 할 것이다. 일본에 돌아와서 본격적인 작품 활동을 시작한 아베 고보가 피폐해 있던 당시의 사회적 분위기에 영향을 받았음은 당연하다. 그러나 그가 동시대 작가들과 다른 문학세계를 구축해 왔다는 평가를 고려해 볼 때 그것은 바로 '뿌리 없는 풀'처럼 그 어디에도 귀속할 수 없던 자신의 존재감이 문학 창작에 영향을 미쳤던 것이 원인으로 작용했기 때문이라고 볼 수 있다.

나오며

경계 영역이라고 할 수 있는 '균열지점'이 있다. 예를 들어서 귀환자들은 "일본으로 돌아가면", "일본으로 돌아가는 거야"라며 마치 주술처럼 이 말들을 되풀이하면서 필사적으로 피난을 했다. 그러나 막상 도착해도 낯선 타향일 뿐이었다.[93] 그들은 가난한 '외래인'이나 '외부자'와 같은 존재에 지나지 않았다. 이렇게 일본의 내지와 외지 사이에 존재했던 벽은 귀환자에게 이중의 상실감을 안겨주게 된다.

아베 고보는 초기 작품의 등장인물상에 이러한 상실감을 투영하고 있다. 주인공은 처음부터 자신을 인류의 적이자 이방인 또는 이단자이자 주변 사람들에게 미움 받는 존재, 범죄자와 같은 존재라고 생각한다. 이렇듯 아베 고보가 작품의 등장인물에게 부여하고 있는 성격이나 심리적 괴리현상은 그의 자필연보에서 보이는 탈락자 의식과 불안, 공포, 불신, 그리고 증오에 의한 분노 등의 증상과 오버랩된다. 이는 그의 만주 체험과 관련해서 큰 의미를 갖는다. 귀환자 출신의 아베 고보의 존재가 바로 여기에 그림자를 드리우고 있는 것이다. 아베 고보의 작품 속에 등장하는 부정적 성격의 인물상을 두고 '사회부적응자의 아이덴티티'라고 지적하기도 하는데, 이 지적은 반대로 귀환자의 입장을 웅변해 주고 있는 듯하다. 아베 고보의 귀환자로서의 입장이 문학에 미치고 있는 득성은 지금까지 진지하게 규명된 바가 없다.[94] 그러나 그의 만주 체험은 그의 작품에 물리적인 공간의 이미지로만 나타나는 게 아니다. 오히려 전후 일본에서 귀환자의 입장과 관련해 생각해야 한다. 이 입장이 초래한 이방인의 시선은 아베 고보의 문학세계에서 큰 기축을 이루며 기능하고 있기 때문이다.

2부

아베 고보가 인식한 '일본인'이라는 아이덴티티

—식민지 체험의 이중성

들어가며

아베 고보의 만주 체험은 고향상실과 같은 '상실감의 체험'과 관련해 논의되거나 『끝난 길의 이정표』와 『짐승들은 고향을 향한다』에 나타나 있는 인상을 '만주표상'으로 쉽게 관련지어 왔다. 그러나 이러한 연구 시각은 패전의 체험으로 인한 고향의 상실이라는 다소 단순한 논리구도를 따르고 있다고 할 수 있다. 또한 이와 관련된 대표작이라고 일컬어지는 위의 두 작품만을 다룬 제한된 연구가 이루어져 오기도 했다. 따라서 2부에서는 아베 고보가 고향이었던 만주를 '모래, 건조한 바람, 황야'와 같은 살풍경한 이미지로 표상하게 된 이유에 천착하여 그의 고향에 관한 내적 풍경, 즉 인식의 변화를 살펴보고자 한다. 지금은 정론처럼 이야기되는 그의 고향 상실자의 시점이 처음부터 주어진 불변의 것은 아닐 것이다. 그렇다면 과연 어떠한 경위를 통해 형성되어 왔는지, 패전으로 인한 귀환이라는 구도를 좀 더 확장시켜 그의 내적 변화를 가시화해 볼 필요가 있다. 분석을 위해 살펴볼 텍스트도 지금까지 그의 고향관과 관련해서는 한 번도 언급되지 않았던 작품들로 시야를 넓혀서, 선행론에서 단순히 선언적으로 규정해 왔던 아베 고보의 '만주표상' 그 자체가 형성되어 가는 과정을 좀 더 철저히 추적해 보겠다. 따라서 『끝난 길의 이정표』가 발표된 이후인 1951년부터 『짐승들은 고향을 향한다』가 발표되기 이전인 1956년 사이에 창작, 발표된 작품들을 고찰의 대상으로 한정한다.

그런데 여기서 중요한 문제가 제기되게 된다. 아베 고보가 표상하는 고향이란 만주인가 일본인가 하는 것이다. 이 문제는 '일본인'이라는 아베 고보의 태생과도 연동되어서 일본인의 식민지 체험이라는 식민지주의 비판과도 관련되는 양상을 보인다. 한편에서는 만주에서의 식민자로서의 인식이 결여되어 있다며 그의 애매한 고향관이 문제시되기도 했다. 또한 이러한 양가적인 인식론의 발전이 귀속에의 거부와 반공동체 의식이라는 그의 문학적 테마와 깊게 관련되고 있기도 하다.

그러나 선행된 논의들이 취하고 있는 관점에는 아베 고보의 존재의식에 대한 설명이 충분히 이뤄졌다고 보기 어렵다. 왜냐하면 아베 고보가 '일본인'임을 전제로 하면서도 막상 그가 생각한 일본인이라는 정체성, 존재의식이란 어떠한 것이었는지, 또는 반공동체 의식 속에서 그의 귀속의식은 어떠하였는지를 간과하고 있기 때문이다. 역사적으로 '일본인=침략자=가해자'라는 사고의 연결고리가 선행 연구들의 의식 또는 무의식에 작용해, 식민지 일본인으로서의 가해자 의식이 부재하였다는 점을 아베 고보의 만주 체험이 갖는 한계로 도식화시키는 방향으로 작용하고 있다고 할 수 있겠다. 따라서 아베 고보가 패전과 귀환을 경험한 후 작가로서의 길을 선택하면서 자신의 소설적 원풍경을 만들어내기까지 자신을 중심으로 하여 어떠한 존재론적 사고를 하고 있었는지 살펴보고, 그러한 아베 고보의 실존의식이 당시 전후 일본 사회와 어떠한 맥락에서 닿아있는지 생각해 볼 필요가 있다. 먼저 그가 일본에 귀환되고 나서 얼마 지나지 않아 창작한 「증오」(1948.3.)와 「이단자의 고발」(1948.4.)이라는 작품부터 시작해 보겠다.

1장 전후 일본의 이단자

1. 1948년 작품 「증오」와 「이단자의 고발」

> 내가 어떤 소설을 구상하고 있는지……그것은 지극히 현실적인 이야기로 앞서 묘사했던 그 마을에서 있었던 일에 지나지 않지만……말하자면 내가 실제 보고 들은 체험 그 자체이다. (중략) 그래 좋다. 나에 관한 소설을 써 보겠다. 다시 말해서 네가 죽은 집에서 벌어진 일을 말이다. 그런데 잠시만 기다려 봐라. 너는 소설이라고 하면 그 이유와 목적을 묻지 않고선 납득할 수 없는 편이니까, 먼저 그것부터 밝혀 본다. 내 소설의 목적은, 소설의 이유와도 합치하는데, 한 마디로 말해서 너와 너희 집단에 대한 증오이다. 비웃는 건 얼마든지 그랬던 것처럼 너희 마음이다. 하지만 주의해라. 나의 증오가 어느 정도의 깊이일지 이제 곧 알 수 있을 테니까. 그렇다, 나는 너를 죽이지 않고서는 견딜 수가 없다. 반드시 죽이고 말겠다.(「증오」, 442쪽)

작품 「증오」는 1948년 3월경에 쓰인 소설로 미발표작이다. 내가 어떤 소설을 구상하고 있는지 나에 관한 소설을 써보겠다는 말처럼 1인칭 고백체로 이야기를 전개하는 이 소설은, 주인공 〈나〉의 심리 상태를 사변적인 필치로 기술한 세밀한 감정의 선이 주된 내용을 이룬다. 자신의 만주 체험을 모티프로 한 『끝난 길의 이정표』 발표 이후 바로 구상된 「증오」는 『끝난 길의 이정표』에서 나타나고 있는 관념적이고 철학적인 아베 고보의 주제의식을 그대로 답습하고 있어 보이기도 한다. 그리고 소설 마지막까지 "나는 너를 증오한다"는 표현이 일관되게 반복되면서 곧이어서 집필된 「이단자의 고발」과 비슷한 전개 구조를 갖고 있다. 1948년 4월에 발표된 「이단자의 고발」은 주인공이자 화자인 〈나〉와 내가 죽이고

자 하는 존재인 〈너〉(X라는 인물)를 둘러싼 이야기이다. 서두부에 배치된 마술사나 불타서 재만 날리는 마을, 그리고 〈나〉의 분신 같은 존재 〈X〉가 모두 아베 고보의 실재 생일날에 사망했다는 요소 등이 두 작품 간의 관계성을 시사하고 있기도 하다.

그러나 소설 「증오」에서는 주인공의 내적 갈등이 훨씬 거칠게 표현되어 있다. 스토리의 단계적 전개나 사건과 갈등의 유기적 노출과 같은 소설적 구성을 갖춘 작품이라기보다 작가의 창작 노트와 같은 단상들 속에 주인공의 격앙되어 있는 심리 상태가 중심을 이루고 있는 소설이다. 여기서 특히 인상적인 것은 주인공 〈나〉의 〈너〉를 향한 집착과 증오심이다. 내가 실제 보고 들은 체험 그 자체를 쓴다는 이 소설은 한 마디로 죽이고 싶을 정도로 미운 〈너〉에 대한 증오심이 주된 모티프가 된다. 「이단자의 고발」에서는 이렇게 증오의 대상인 〈너〉가 다름 아닌 자기 자신이었음을 결론부에서 밝힌다. 결국 죽이고 싶은 대상이 '너=X=나'로 이어지는 전개는 현실의 한계와 결핍에 빠진 자기분열적 현상, 혹은 이율배반적으로 존재하는 정신과 육체의 관계로 생각해 볼 수 있다.[1] 또는 〈나〉와 〈X〉가 '생과 사'의 실존적 구도를 대표하고 〈X〉가 일본적 토양을 가진 인물로서 현대일본의 도시를 우의적으로 나타내고 있다는 형태로 이 작품을 볼 수도 있다.[2] 그렇다면 주인공 〈나〉로부터 상대화되고 있는 〈너〉는 어떠한 관계 구도 속에서 설정된 인물이기에 이렇게 극단적인 갈등의 양상 속에서 조형되고 있는 것일까. 〈너〉의 정체에 주목해 보자.

2. 증오하는 '존재'

「증오」에서 〈나〉는 자신이 성장한 마을의 사정을 〈너〉가 알 리가 없다면서 그 나라에는 타인이 존재하지 않았다고 말한다. 그러면서 〈너〉에게 왜 자신의 흉내를 내고 있느냐며 분노하는 〈나〉는, '불타서 재로 변한 마을'이 실제 자신이 발광하고 있는지도 모를 만큼 그립다며 성토한다. 그리고 그 마을에 대한 그리움이 커지면 커질수록 〈너〉에 대한 미움도 강해지면서 살의로까지 그 감정이 확대된다. 이 작품에서 〈너〉는 그 마을이라고 하는 특정의 장소로부터 살아남기 위해 도망쳐 온 존재로 나온다. 그런 〈너〉는 현재 "너희가 대지(大地)라고 부르는 곳"에서 살고 있고, 더 이상 그 마을로는 돌아갈 수 없다고 한다. 또한 "내가 너를 미워하는 것은 네가 미움을 받을 자격이 있어서도 아니고, 나의 과잉에 지나지 않는다"(441쪽)는 말처럼, 〈너〉라는 인물이 특별히 악인처럼 묘사되고 있지도 않다. 하지만 〈나〉는 이국인이 군중에 의해 살해당하는 장면을 비유하며 〈너〉를 그와 똑같은 방식으로 죽이고 싶어 한다.

> 군중 뒤쪽에서 요란한 소리로 웃기 시작한 남자가 있었다. 마술사의 마술도 움직이지 못했던 군중이 무슨 이유에서인지 갑자기 술렁거렸다. 그리고 그 웃음에 모멸감을 느껴 분노한 좌중과 함께 군중이 그 남자를 단번에 덮쳤다. 군중이 차츰 떠나버리고 가까이 다가가 보니 그 남자는 상당히 말쑥한 복장을 한 이국인이었다. 피투성이가 된 옷을 벗겨 가려고 다가온 부랑자의 난폭한 동작에 신음 소리도 내지 못하고 있는 걸 보면 죽어버렸는지도 모른다. 그래, 나도 바로 그렇게 너를 죽이고 싶다는 생각이 들었다.(「증오」, 441쪽)

큰 소리로 비웃는 이국인을 보고 모멸감을 감추지 않는 군중의 집단

적 반응과 이와 똑같이 〈너〉를 죽이고 싶어 하는 〈나〉. 아베 고보의 작품에서 군중이 등장하는 경우는 일본공산당에 입당한 이후 공장가의 파업을 묘사한 소설 「수중도시」(1952년)를 제외하고 자주 볼 수 없는 묘사이다. 당시 이 소설에서 남자를 살해하는 군중의 집단적 행동은 1948년 8월에 발표된 「까마귀 늪」(「鴉沼」, 『思潮』)에 등장하는 군중의 의미와 관련시켜 이해해 볼 수 있다. 「까마귀 늪」에서는 이전까지 개미처럼 주변적인 존재에 지나지 않았던 중국인들이 일변하여 폭동을 일으키고 난폭한 군중(Mob)으로 변해가는 모습이 묘사되어 있다. 그리고 광란에 가까운 그들의 행동은 단순히 폭력적 성향으로 그려지는 게 아니라, 침략국인 일본에 맞서서 정치적인 억압으로부터의 해방을 요구하는 만주 중국인들의 고양된 모습으로 묘사된다. 실제 아베 고보는 패전 이후 만주에서 경험한 중국인들의 이러한 고양된 모습이 자신의 창작에 있어서 정신적인 발상의 원천이었다고 말하기도 했다. 이는 당시 아베 고보가 활동 중이던 '밤의 모임(夜の会)'의 좌담회에서 했던 발언으로써, 이때 다른 회원들이나 주의로부터 비판을 받기도 한다.[3]

패전 이후 무정부 사태를 경험하기도 했지만 오히려 그것이 새로운 프런티어로 다가왔다고도 하는 아베 고보는 침략자 지배계층이 무너져 가는 형국을 단순히 권력의 붕괴로 보지 않았다. 억압 속에서 광명을 찾아 가는 피지배층의 주체적인 권리 회복으로 사고했던 것이다. 따라서 「까마귀 늪」을 쓰게 된 아베 고보의 동기를 고려해 볼 때 그보다 5개월 정도 앞서 창작된 「증오」를 쓸 당시 그의 관심이 어디에 천착해 있었는지 알 수 있다. 여기서 등장하고 있는 군중의 행동에는 만주 중국인들처럼 주체적으로 존재의 자유를 요구하는 의식이 반영되어 있는 것이다. 〈나〉는 〈너〉에게 "너는 아직 자유인의 증오심이라는 것이 어떠한 것인지 잘 모르는 것 같다. 좋다, 곧 가르쳐 주겠다."(441쪽)라는 의사를 전달하는데, 이를 통해 당시 아베 고보의 주체적 자유에 관한 사고를 엿볼 수 있기도 하기 때문이다.

또한 그가 '만주 출신에 1924년 3월 7일생'이라는 실제 자신의 이력을 작품 속의 〈너〉에게 부여하고 있는 것에서도 알 수 있듯이, 그 마을로부터 도망치듯 떠나온 〈너〉는 아베 고보의 현실적 상황과 오버랩되어 읽힌다. 그리고 그가 증오의 대상을 〈너〉, 〈너희〉로 설정함으로써 당시 집단적 정체성 속으로 재통합되어 가던 동포, 즉 만주 출신 일본인을 비롯한 일본 민족을 타자화하고 있기도 하다. 〈너〉는 "그을음과 잿더미가 눈처럼 쌓여서 점점이 물들어서 함께 웃고 죽어가던 사람들과 혈연"(442쪽) 관계에 있었다. 그러나 지금은 그곳에서 도망쳐서 '너희의 대지라고 칭하는 곳'에 살게 되면서 〈너〉는 이미 그 마을에서는 "죽은 사람이 되어 사망한 호적을 갖고"(442쪽) 있다며 아베 고보가 자신의 생일을 〈너〉의 사망일로 설정하고 있는데, 이는 다시는 그 마을로 돌아갈 수 없는 만주의 일본인을 비유하고 있는 장치라고 볼 수 있기 때문이다. 따라서 만주인으로 더 이상 살아갈 수 없게 된 아베 고보 자신의 입장이 〈너〉의 사망처리로 비유되면서 도망치듯 떠나올 수밖에 없었던 그의 행동은 아이러니하게도 〈나〉의 현재를 나타내고 있다. 〈나〉가 〈너〉를 어떻게 해서든 말소시키고 싶어 하는 생각도 아베 고보가 이러한 자신의 과거를 증오하기 때문이라고 할 수 있는 것이다.

그러나 만주에서 떠나온 행동은 거꾸로 말하면 일본으로 돌아오기 위함이다. 〈나〉와 〈너〉의 현재 소재지는 똑같이 일본이고 그것은 아베 고보의 현재 거주지이기도 하다. 그러면서도 〈나〉와 〈너〉는 서로 그 입장이 다름을 강조한다. 그것은 왜일까?

> 너는 나의 관념이나 출신을 비웃은 적이 있지. 그러나 상관없는 건 너야말

로 그 요란하게 웃는 인간에 걸맞기 때문이다. 다시 말해서 나는 고독하지만 너는 고독해질 수조차 없는 외톨이다. 그 외톨이들의 집단이 너희가 말하는 동포이다. 죽는 것이 어느 쪽일지 잘 생각해 보아라. (중략) 나는 너의 그리고 너희의 사랑이다, 행동이다, 창조다, 절망이다 하고 운운하는 제스처를 보고 있자면 육감적으로 혐오감에 몸서리가 쳐진다. 하물며 사회다, 민중이다…… 도대체 너에게 행동을 위한 어떠한 명분이 있다는 말이냐.(「증오」, 440~441쪽)

'나의 관념이나 출신을 비웃는 너의 사랑이다, 행동이다, 창조다, 절망이라는 제스처'에 혐오감을 느낀다는 〈나〉. 그리고 〈너〉는 〈나〉와는 달리 외톨이이고 외톨이들의 집단이 그의 동포라고 말한다. 당시 전후 일본에서 국가적 차원에서 장려되었던 동포애의 정체는, 1부에서 예시로 들었던 난바라 시게루의 연설처럼, 외지의 이종족 곧 일본 국외 출신자들을 배제한 집단 정체성에서 기인한다. 바로 그렇게 분리된 민족적 순수성을 지닌 부류에게 폐허의 일본을 재건할 수 있는 인적 자원으로서의 자격을 부여했던 것이다. 이 말은 아베 고보처럼 외지 출신이라는 정체성을 지녔던 귀환자의 개인사를 부정하는 것이기도 하다. 그리고 여기서 전후 일본의 재건을 위한 민족 통합정책의 일방향성을 확인할 수 있다. 증오하는 존재 〈너〉의 정체는 귀환자 출신 아베 고보의 의식 층위에서 길항하고 있던 '일본인'이라는 정체성에 대한 갈등이라는 당사자 의식과 관련시켜 이해될 수 있는 것이다.

그래, 마음껏 비웃게 해줄까. 내가 어떤 소설을 기획하고 있는지……그것은 지극히 현실적인 이야기이고 좀 전에 썼던 그 마을에서 생긴 일에 지나지 않지만……실제 내가 보고 들은 체험 바로 그 자체라고 할 수 있다.(「증오」, 442쪽)

처음에 〈나〉는 이국인이 군중에게 살해당했듯이 〈너〉를 죽이고 싶다고 말했다. 이국인은 단정한 복장을 한 침략자 일본인의 '의장(衣裝)'을 하고 있었고, 이로써 만주인과 구분되는 일본인의 존재를 상징적으로 나타낸다. 그리고 〈너〉는 그 무리들로부터 소외되어 있는 외톨이이기도 하다. 이 작품에서 아베 고보는 사신을 〈나〉와 〈너〉로 분리시켜 투영하고 있음을 알 수 있다. 다시 말해서 〈너〉는 만주에서 귀환해 온 자신을, 〈나〉는 그 체험을 소거하고 싶은 자신을 나타내는 구도이다. 아베 고보가 처해 있던 입장에서 본다면 무리에서 소외된 일본인은 만주 출신의 일본인이자 귀환자이다. 만주 출신의 귀환자도 똑같이 일본에서 살고 있는 일본인이기는 하다. 그러나 이렇게 〈너〉라는 존재가 있는 한 "그곳을 애타게 그리워하는 이 착란에서 벗어날 수가 없다"(445쪽)며 〈너〉를 죽일 수밖에 없다는 〈나〉의 절박함에서 그 마을을 향한 그리움을 역설적으로 그려내고 있는 것에서 알 수 있듯이, 아베 고보는 당시 견딜 수 없을 정도로 만주에 대한 노스탤지어를 가지고 있었던 것으로 보인다. 또한 그 노스탤지어에는 '착란'이라는 표현처럼 그곳을 그리워해서도 안 되는 자신의 '금지된 회한' 역시 포함되어 있다. 따라서 〈너〉라는 존재를 죽도록 증오하는 〈나〉의 고백은 아베 자신의 분열되어 있는 실존적 현실의 토로이자 현실의 '순수 일본인'이라는 정체성 속에서 저항하는 '만주 출신 일본인'의 존재론적 사고와 연동되어 있음을 알 수 있다.

그리고 이러한 현실의 〈나〉와 〈너〉의 대치 구도가 바로 전후 일본이라는 '세계(全體)' 속에서 규제되고 있던 아베 고보와 같은 귀환자들의 '자기(個)'를 둘러싼 존재증명이다. 다시 말해서 소설 「증오」는 '만주 출신 일본인'과 '일본인'의 간극에서 발생한 아베 고보의 아이덴티티의 균열을 반영한 것으로, 아베 고보가 소설을 쓰기 시작했을 무렵에 고민하고 있던 이러한 균열된 감각은 내적인 갈등을 숨김없이 폭로하는 「이단자의 고발」에서 보다 구체화된다.

3. 이단자, '비국민'

이상에서 살펴본「증오」는 실제 같은 해 4월에 발표된「이단자의 고발」이라는 작품과 배경이 되는 마을의 묘사나 등장인물들의 갈등 — 〈너〉를 죽이고 싶어 하는 〈나〉 — 이 똑같고, 그리고 마지막에는 주인공 〈나〉가 죽이려하던 〈너〉(=X)가 다름 아닌 자기 자신이었음을 밝히게 되는 플롯 역시 동일한 것으로 미루어 보아「이단자의 고발」의 마니페스트적인 성격을 짙게 띠고 있다. 그리고 그토록 증오하는 대상인 〈너〉는 아베 고보의 만주 출신이라는 존재의식을 암시하며 또 그 증오의 마음에는 자신의 현처지를 쉽게 수용하지 못하는 갈등이 내포되어 있음을 앞서「증오」를 통해 살펴보았다. 이러한 갈등을 염두에 두며「이단자의 고발」에서 〈나〉가 갖는 〈X〉에 대한 반감을 이해하면, 〈X〉를 죽이는 일을 마치 '사명'처럼 강박적으로 집착하는 〈나〉에게 투영되어 있는 아베 고보의 문제의식은 더욱 분명해진다.

「이단자의 고발」은 〈나〉가 자기 스스로를 유죄, 악당, 인류의 적이라고 명명하고 그러한 자신을 고발한다는 말로 소설이 시작된다. 그러나 아무도 그 죄를 인정해 주지 않기 때문에 〈나〉는 살인을 계획한다. 살인을 할 상대는 어떤 남자로 이유는 마음에 들지 않기 때문이다. 그러나 그 남자는 〈나〉의 계획을 간파하고서 "나를 죽이려면 좀 더 특별한 칼이 필요하겠지요. 당신은 나를 완전히 잊어버렸나 보군요. 유감입니다." (140쪽)라고 말한다. 이 남자의 말을 부정할 수 없던 〈나〉는 목적지도 없이 짐을 챙겨서 도망칠 준비를 한다. 그러다가 분한 기분이 들어서 "프로이트의 설을 신뢰하고 '명명'을 무기로 삼아 존재를 정복하는 너희가 어째서 한 장의 증명서에 만족하느냐, 계몽주의를 부정하는 기술을 가지고서 왜 암묵적인 양해를 인간의 양식으로 인정하느냐"며 항변한다. 그리고 〈나〉는 "모든 마을을 증오한다, 내게는 어떠한 고향도 향수도 없다"고 선언하고서, 그 남자(=X)의 정체를 폭로하고 죽이기 위해 그의 고향을 추적해 간다.

> 강을 따라 있는 번화가는 백 년 전 그대로 보존되어 있다. (중략) 이 마을에서는 모든 인간이 허든거린다. 새하얀 모래와 먼지. X의 고향으로는 너무나도 걸맞은 태양에 불타버린 마을. 더 이상 타버릴 것은 아무것도 없다. 뿐만 아니라 산이나 강, 계곡과 숲, 지면에 표정을 주고 있는 것도 어느 하나 없다. 그저 수백 갈래의 하얀 길이 어디로 연결되는 지도 모르게 먼지와 모래벌판 속으로 사라져 간다.(『이단자의 고발』, 143~144쪽)

백 년 전에 남쪽에서 여행자가 가지고 들어온 콜레라 때문에 수없이 많은 사체가 부패한 채 마을에 넘쳐났다. 겨울에는 페스트가 북쪽 마을까지 전염되었다. 번화가는 사체처리전용 땅으로 변하기 시작했고 지금은 아무도 머물러 살지 않는다. 〈X〉도 백 년 전에 대광장에 자신의 동상을 세우고서 커다란 급수탑을 만들어 놓은 채 사라져 버렸다. 이때 시간까지 멈춰놓고 사라져버렸다.

아베 고보는 만주 출신의 경력이 문학 창작에 준 영향을 이렇게 말한다. "나는 17세까지 만주에서 자랐다. 그러나 그곳에서의 풍경이나 생활환경이 직접적으로 내 작품의 배경이 되고 있지는 않다. 나에게 중요한 것은 항상 경험보다도 상상력이었다. 어떠한 경험도 내 안에서 상상력으로서 살아 움직이고 전개되지 않으면 작품의 소재로 삼을 수 없다."

사물을 상대화하는 습관을 만주의 영향으로 언급하고 있는 것으로, 요컨대 작품 속에서 만주의 풍경을 직접적으로 묘사하지 않고 상상력을 발휘해서 그 풍경이 주는 이미지를 활용하고 있음을 알 수 있다. 인용문에서 백 년 전의 마을이나 인물을 우화적으로 설정해 놓은 것이 현실감을 떨어뜨린다고 할 수 있을지 모른다. 그러나 그 저변에 작용하고 있는 것은 만주의 표상이다. 직접적인 풍경의 묘사를 억제하고 아베 고보가 상상해서 형상화한 이미지를 찾아내어 본다면 그중의 하나가 모래와 먼지만 남아 있는 마을의 풍경일 것이다.

강을 따라 존재하는 번화가가 하얀 모래와 먼지로 폐허와 같은 이미지를 갖고 있기 때문에 이 작품의 배경을 폐허가 되었던 전후의 일본으로 볼 수도 있다.[4] 아리무라 다카히로(有村隆広)는 〈X〉가 사는 마을이 종전 직후 불타서 황폐해진 일본의 각 도시, 특히 원폭이 투하된 히로시마와 나가사키 거리를 연상시킨다고도 한다.[5] 하지만 작품 속에 등장하는 강을 따라 조성된 번화가의 상징물로 나오는 광장의 급수탑은 아베 고보의 고향인 봉천의 풍경을 형상화한 것이라고 볼 수 있다. 그가 거주한 봉천의 중심 광장에도 급수탑이 세워져 있었는데, 만주에서는 정수(浄水)와 하수(下水)를 분리하는 습관이 정착되어 있지 않았기 때문에 일본은 신시가지를 건설하면서 커다란 급수탑을 세워 새로운 기술력을 과시하고자 했다. 봉천의 지요다공원(千代田公園)이나 가스가공원(春日公園)과 같은 공원과 더불어 급수탑은 만주에서 일본인거리였던 신시가지를 대표하는 설비이자 상징물인 것이다. 더구나 대광장에 세워진 급수탑은 일본의 위세를 상징하는 역할도 했다. 당시 일본 내에서도 급수탑은 신시가지 근처에 세워지면서 단지조성을 위한 역할을 했지만 식민지에 세워진 것과는 그 의미가 다르다 하겠다. 아베 고보가 만주에서의 패전을 소재로 한 다른 작품에도 개척단 마을을 상징하는 사물로 급수탑이 등장한다. 니시자와 야스히코(西澤泰彦)의 조사에 의하면 1929년에 조성된 이들 급수탑은 현재까지도 남아 있어서 고층구조물로서 랜드마크가 되어 있기도 하다.[6] 이렇게 강변의 번화가는 아베 고보가 살던 봉천을 이미지화한 장소로 볼 수 있다.

〈X〉의 고향인 강변의 번화가에 도착한 〈나〉는 시가지의 상징물인 급수탑을 올려다보며 패배감에 아연실색한다. 그리고 마을 외곽까지 드리워져 있는 탑의 그림자 끝자락에 모여 있는 사람들을 발견한다. 마술사들을 둘러싸고 있는 군중이었다. 그러나 아무도 돈을 낸다거나 마술사의 마술에 동요하는 사람은 없다. 이때 마술사들을 향해서 이국풍의 복장을 한 남자가 돌연 큰 소리로 웃기 시작한다. 그러자 정작 마술에는 전혀 무관심하던 군중이 동요하기 시작하고 당황한 마술사가 그 남자를 죽여 버린다. 소설 「증오」와 다른 점은 이렇게 이국풍의 남자가 군중이 아니라 마술사에 의해 살해당하는 부분이다. 군중의 행동이 교묘하게 마술사로 바뀌어 있다. 그러면서 마술사는 남자를 죽인 이유가 본인이 할 수 없던 것을 남자가 했기 때문이라고 변명한다. 군중을 동요시킨 것을 말한다. 그리고 그 죽은 남자는 알고보니 처음부터 〈나〉가 죽이고 싶었던 상대였고, 그 마을에서 백 년 전에 사라진 〈X〉였다. 그러나 죽은 듯이 보였던 남자는 군중이 사라지자 다시 살아난다.

〈X〉는 한 마을의 시장으로 나오는데, 그 마을은 소설 「증오」에서처럼 아베 고보의 고향 만주 봉천을 이미지화한 것이었음은 전술한 대로이다. 즉 〈X〉는 식민지 만주의 침략자, 지배자인 일본인의 상징으로 등장한다. 그러한 〈X〉에게 〈나〉는 일본, 일본인이라는 속박을 왜 자신에게까지 강제하느냐고 강하게 반문한다. 그리고 그러한 속박에서 벗어나기 위해서는 역시나 〈X〉를 살해하는 방법밖에 도리가 없다고 〈나〉는 다짐한다. 그렇다면 〈X〉를 죽일 수 있는 방법은 무엇일까.

> 당신의 바람대로 나(X-필자 주)를 죽일 수 있는 무기를 알려드리지요. 그러나 그것은 실제 존재하지 않는 것이라…… (중략) 당신은 지금껏 인간이 명명할 수 없었던 것이 존재한다면 믿을 수 있나요? 어찌됐든 인간이 명명하기를 잊고 있던 것을 발견한다면 그것으로 나의 가슴을 찌르세요. 그리고 그럼에도 내가 역시나 이름을 명명하지 못한다면 그때는 나도 정말로 죽게 될 겁니다.(『이단자의 고발』, 471쪽)

〈X〉는 인간이 명명하기를 잊은 그리고 "인간으로서는 존재하지 않는 것"(471쪽)이 자신을 죽일 수 있는 무기라고 한다. 즉 강제되는 '일본인'이라는 속박에서 벗어날 수 있는 방법은 현재 실존하지 않으면서 정확히 그 정체를 명명할 수 없는 존재에 대한 자각뿐이다. 이에 〈나〉는 현재의 자신이 바로 그러한 무기이기에 충분하다고 판단하고서 자신이 인류가 경계할 인류의 적임을 자칭하게 된다. 그것이 바로 모든 마을을 증오하고 어떠한 고향도 향수도 없는 "유죄"이자 "악당"이자 "인류의 적"인 '이단자'이다. 이단자임을 고발하는 것, 자임하는 것은 〈나〉의 존재증명에 다름 아닌 것이다.

그리고 어떻게도 정의될 수 없는 존재와 같은 자신의 정체성을 이단자라고 자칭하는 주인공의 의식은 당시 스스로의 실존에 균열을 일으키고 있던 아베 고보의 의식층과 오버랩되기도 한다. 그렇다면 그가 제시하는 이단자는 어떠한 성질의 존재일까? 지극히 존재론적인 의식 속에서만 기능하는 실존적 사고의 부산물일까? 그가 기록해 놓은 자필연보의 내용을 힌트로 이단자임을 고발한다는 행위의 의도에 집중해 보자.

> 이미 신은 죽고 모든 인류의 손에 주어진 지금, 진정한 재판관은 더 이상 없는 듯하다. 인간은 적을 식별할 수조차 없어진 것이다. (중략) 잔혹한 인류

는 그 결점을 메우기 위해서일까, 버젓이 자신의 존재에만 의지하여 스스로의 이질성과 자격 없음을 자칭하고 나오는 자유인을 위해 전혀 다른 문을 준비해 놓고 있다. 너무나도 잔혹하고 부당한 처사이다. 알고 있을지 없을지 모르지만, 그들이 위험한 언어의 무기를 가질 기회를 주지 않는 것이다. 그곳에는 물론 어떤 법정과도 통하는 문도 없다. 단지 감옥이 있을 뿐이다. 그리고 인간들은 그 문 앞에 정중하게 박애주의의 간판을 내걸고 있다. 이름하여 〈정신병원(瘋癲病院)〉이라고.(「이단자의 고발」, 448쪽)

아리무라 다카히로는 인용문 첫 부분에서 신이 이미 죽었다는 표현이 니체를 연상시킨다면서 사회의 모든 규범이 붕괴된 시기에 심각한 체험을 한 아베 고보의 경험이 이 작품에는 반영되어 있다고 말한다.[7] 그러면서 아베 고보가 오랜 기간 경찰 권력이 없던 상태에서 살았던 경력을 지적하면서 그가 정부나 경찰력이 없는 무정부 상태 속에서 생활한 것은 상상을 초월하는 체험이라며 전쟁 중에 폐허가 된 마을 이미지에 강조점을 둔다. 이로 인해 실존적인 사고가 싹트면서 존재론적인 표현을 작품화했다는 관점이다. 그렇지만 여기서 주목해야 할 표현은 '정신병원'일 것이다. 인류는 박애주의 간판을 내걸고 스스로 이질적임을 고백하는 자를 위해 '정신병원'이라는 출입구를 준비해 놨다는 것인데, 과연 이 대목에서 박애주의와 정신병원의 관계는 어떠한 맥락에서 등장한 것일까? 아리무라의 지적처럼 그저 이단자와 같은 존재가 느낄 수밖에 없는 고독감과 소외감을 비유한 것으로 이해하면 될까?

아베 고보의 자필연보 중에 1943년의 기록을 보면 이러한 내용이 있다. 그는 당시 도쿄대학 의학부에 진학하지만 전쟁이 진행되면서 정신상태가 점차 악화되어 학교에는 거의 나가지 않았고, 무엇을 했는지 거의 기억이 나지 않는다고 기술하고 있다. 그러던 중에 친구를 따라 마쓰자와병원(松沢病院)에 가서 사이토 모키치(斎藤茂吉)라는 의사의 진단을 받은 기억이 있다고 기록하고 있다. 마쓰자와병원은 1879년에 건립된 일본 굴지의 정신과의원으로, 사이토 모키치는 그곳의 유명한 의사였다. 다른 기억은 거의 없음에도 불구하고 이 병원의 일과 관련한 기억을 기록해 둔 이유는, 마쓰자와병원이 제2차 세계대전 당시 내지의 국민(일본인)에게 어떠한 기능을 하고 있었는지를 생각하면 알 수 있다.

1940년, 일본 정부는 일본인의 신체를 검사하고 개량하기 위해 두 가지 법령을 제정했다. 그 하나가 국민우생법으로 20세 이하의 전 국민은 신체검사를 통해 체력검사, 결핵, 성병, 정신질환 등에 관한 진단을 받아야 했다. 그리고 유전성 병질을 가진 자라고 판단되면 그 사람을 포함해서 친족까지도 단종수술을 받게 했다. 비록 실제 우생단종수술을 실시한 케이스는 별로 없었다고는 하지만,[8] 이러한 제도의 실시로 전시체제하에서 일본인의 신체관리를 강화하는 것이 가능해졌다. 따라서 '불건전'하다고 분류되는 정신질환을 가진 환자는 천황의 은혜로 요양을 시킨다는 명목으로 마쓰자와병원에 감금되어서 공적 감시하에 놓이게 되었다. 이가라시 요시쿠니(五十嵐惠邦)의 연구를 보면 전장에서 싸우는 군인뿐만 아니라 일본 내의 젊은이들도 국가에 봉사할 수 있는 신체의 소유자만이 황국의 '신민'이 되었고 그렇지 않은 신체의 소유자는 '비국민'으로 분류되어 따로 관리되었다고 한다.[9]

아베 고보가 도쿄대학 의학부에 진학한 이유는 의학부에 입학을 하면 징병 대상에서 제외될 수 있기 때문이었다고 한다. 또한 그가 입시준비를 할 때 도쿄대학 의학부 시험과목에 외국어가 포함되지 않았는데, 외국어 실력에 자신이 없기도 했던 아베 고보는 외국어 시험과 징병제를 피하기 위해 의학도를 선택했다고 할 수 있다.[10] 그렇지만 재학 중에 그는 진단서를 위조해서 만주로 돌아가버린다. 그가 만주로 돌아간 것은 전시체제하의 학교 분위기에 위화감을 느꼈기 때문이기도 하지만 당시 위와 같은 신체검사제도 때문에 더 쉽게 만주로 갈 수 있었으리라 추측해 볼 수 있다.[11]

전시 중에 마쓰자와병원에서 진료를 받은 경험이 직접적으로 문학적 모티프로 작용하고 있다고 보기에는 어려움이 있을지도 모르겠다. 하지만 당시 이 병원이 담당했던 역할, 즉 국가가 원하는 자격을 갖추지 못하고 사회에도 적응하지 못하는 사람은 통제체제하에 두어 감시하도록 했다는 모티프는 다른 소설 「목초」에서도 묘사되고 있다. 이 소설에서는 혈통적으로 정신분열을 앓고 있는 여성이 나온다. 또한 그녀의 주치의이자 남편이 그녀를 가둬놓고 관리하다가 약물과다 복용으로 아내를 끝내 죽음에 이르게 한다. 혈통적으로 정신병을 앓고 있는 여성을 은혜를 베풀 듯이 돌보다 죽인다는 설정인데, 이러한 플롯이 아베 고보의 마쓰자와병원에 대한 인상과 전혀 무관하다고만은 할 수 없을 것이다. 그리고 이것이 「이단자의 고발」에서는 이질적인 존재는 박애주의를 내세우는 '정신병원'에 갇히게 된다는 통제체제의 원이미지로 작용하고 있다고 생각해 볼 수 있다.

요컨대 국민이 아닌 비국민이라는 존재로서 이단자를 내세우게 된 경위에는 이렇게 마쓰자와병원이나 전시체제를 경험한 아베 고보의 여러 경험이 전제되어 있음을 알 수 있다. 〈나〉가 자신에게 인간의 권리와 자격을 강요하는 〈X〉에게 '명명함'을 무기로 존재를 정복해 온 너희가 어째서 암묵적인 이해를 양식처럼 강요하는지 반문하자, 〈X〉는 〈나〉에게 자신을 죽일 수 있는 유일한 방법이 '명명되지 못한', 명명함을 잊은 존재를 찾아내는 것이라고 했다. 암묵적으로 그 존재는 인정하지만 아무도 명명하지 않는 존재. 당시 스스로의 존재인식에 균열을 일으키고 있던 아베 고보는 이것을 '이단자'라 명명하며 잊혀진 듯했던 자기인식을 주인공 〈나〉에게 투영하고 있었다.

이렇게 아베 고보는 주인공 〈나〉를 통해 '명명함'을 무기로 해서 존재를 정복해온 너희가 왜 자신에게 인간의 권리와 자격을 강제하느냐며 '국민으로서의 일본인'이라는 명제를 거부함을 보여주고 있다. 그리고 아직까지 인간이 '명명하지 못한' 존재가 된다는 것을 정신병원이 전시체제하에서 기능하던 이미지와 중첩시켜 온전한 국민다움의 반대 기제로서의 '비국민'의 입장에 이단자를 위치 지우고 있는 것이다.

4. '명명되지 못한' 존재들

아베 고보처럼 식민지 출신들이 실제 생활에서 오는 위화감과 낯섦 때문에 떠나온 곳에 대한 노스탤지어가 깊어지는 한편, 어느 날 갑자기 순수 일본인이라는 범주로 분류되면서 순수 일본인이 된다는 것은 무엇일까, 어떻게 하면 순수 일본인으로 살 수 있을까를 두고 실존적 혼란을 일으킨 것은 자연스러운 반응일 것이다. 더구나 패전 후 일상체험 속에 나타난 삶의 낙차나 갈등, 균열은 귀환 이후 이들이 본토인들로부터 귀환자라는 피차별 집단으로 타자화되면서 심각해져 갔다. 본토의 일본인과 외지 일본인이라는 형태로 분리되어 가는 와중에 순수 일본인이라는 정체성이 주는 부담감이 더욱 가중되었던 것이다.[12] 따라서 귀환자들이 선택한 방법은 과거를 숨기고 침묵 속으로 자신들의 존재를 감추며 최대한 진정한 일본인이 되어 적응하는 것이었다. 이렇게 단일민족 신화 아래 귀환자들이 선택했던 침묵은 〈너〉를 죽여서라도 그 착란에서 벗어나고 싶다는 아베 고보 작품의 주인공 〈나〉의 절규와 다르지 않다. 그러면서 이들의 존재는 전후 일본 사회 속으로 희석되어 갔던 것이다.

아베 고보의 귀환 경험은 '제1기 송환'이라는 만주재류 일본인 귀환계획에 기초한다. 1946년 5월에서 10월에 걸쳐 이른바 백만 송환이라는 슬로건 아래 1948년까지 중국 재류일본인의 대부분인 104만 6,954명이 귀환했다.[13] 그러나 1949년 10월에 중화인민공화국 건국으로 4만에서 5만 명으로 추정되는 일본인이 만주에 남게 되고, 1953년에 재개된 양국의 외교를 통해 다시금 귀환이 이루어진다. 그러나 1958년 7월까지 약 9천 명이 이동된 상태에서 '나가사키(長崎) 국기사건' — 1958년 5월 2일에 나가사키시에서 일중우호협회(日中友好協會) 나가사키지부의 주최로 중국 우표와 절지를 전시하는 전람회가 열렸다. 당시 회장 입구의 천정에는 중화인민공화국 국기가 걸려 있었는데, 그 국기를 일본 청년이 훼손하는 사건이 벌어지고 양국의 관계가 악화된다 — 이 발생하면서 중지된다. 이후 1972년 양국의 국교가 회복될 때까지 중국재류 일본인 문제는 공공의 장에서 사라지게 된다. 그렇다면 15년여의 세월 동안 그들의 존재는 어떤 식으로 처리되었을까? 귀환원호국 자료에 따르면, 귀환 개시에서 10년이 지나도 그 생사를 확인할 수 없는 미귀환자들은 그 생존 가능성이 희박하다고 판단하여 1957년 10월 1일부로 사망선고를 원칙으로 하게 되었다. 그러나 국가가 직접 그 선고를 내리기에는 사회적으로 부담감이 컸다. 또 사망을 증명할 수 있는 자료도 제출할 수 없었기에 이 사건은 민법조항으로 옮겨지게 된다. 그리고 1957년 12월 17일부로 미귀환자에 관한 특별조치법이 제정되어 생사가 불분명한 자에 관한 실종선고라는 형식으로 3년의 유효기간 끝에 1961년 10월, 그들의 존재는 공식적으로 완전히 사라진다.[14] 뿐만 아니라 귀환자의 존재성과 함께 식민지주의 제국 일본의 침략사도 암묵적 용인 속에서 망각되게 된다.

한편 1960년대에 들어와 고도의 경제성장을 이룬 일본에서는 다양한 일본문화론이 등장하게 되고, 이러한 일본문화론은 거의 공통적으로 일본인 · 일본 문화의 단일성 · 동질성 · 순수성을 하나의 커다란 전제로 하여 일본적 특수성을 강조하고 있었다.[15] 이러한 단일민족론은 이후 1990년대는 물론 현재까지 일본인을 하나로 묶어내어 강력한 통합 내셔널리즘으로 기능하고 있다. 국민의 태도도 바뀌어서 당시까지만 해도 '더러운 귀환자'라고 부르며 멸시하던 식민지 출신 일본인들과 자신들을 동일시하는 일종의 집단적 희생자 의식이 형성되기 시작했다. 이는 전후세대들에게 전쟁의 경험을 동질적 혹은 단일적으로 느끼게 만드는 효과를 발휘하고 있다. 전후 일본인은 영원한 희생자라는 의식이 깊은 실존적 공포를 심어주게 되면서 선조의 전례를 되풀이하지 않기 위해 강한 국가가 필요하고 또 국가의 존립을 위해서는 어떤 일도 정당화될 수 있다는 논리를 낳고 있는 것이다. 일본에서 통용되고 있는 '난민'이라는 뜻의 변화 역시 이를 뒷받침한다.

일본에서 말하는 '인양(引揚, 히키아게)', 곧 귀환은 국제피난민기관이 1946년에 제정한 법안을 기본 방침으로 하고 있다. 미국, 소련, 영국, 중국이 제안한 이 법안은 한 마디로 귀국지원책으로서 원래는 '송환(repatriate)' 정책이다. 그리고 그 귀국지원의 대상을 가리켜 '난민'이라 지칭했는데, 일본에서 집단 귀환이 이루어진 1946년에서 1951년까지 난민의 대상은 이 법안에 따라 주로 포로나 추방처리자(exile)였다. 그런데 앞서 설명했듯이 귀환사업이 일시적으로 중단되고 다시 재개되면서 피난민(refugee)에게 그 비중이 옮겨가게 된다. 일본에서 당시만 해도 상당히 생소한 개념이었던 피난민은 '만주난민'이라는 말을 계기로 통용되게 된다. '어려움(難)에 처한 국민을 도와 조국으로 귀환시킨다'는 이미지로 전화되어 쓰이게 된 것이다. 1862년에 처음으로 번역된 refugee의 일본어 역은 '도주자, 피난인'으로, 제2차 세계대전까지 일본에서는 난민이라는 번역어가 존재하지 않았다.[16] 따라서 귀환자의 체험은 수난사로서의 일본인상의 형성에 더욱 적합한 체계로서 기능하게 되었던 것이다.

이처럼 귀환자들의 '전후'는 실제 생활에서 겪게 되는 상실감이나 존재론적 불안감은 억압되고 오로지 전쟁의 희생자로서의 수난사로만 기억된다. 그럴수록 그들의 전쟁 트라우마는 더욱 생생하게 재현되고 반복되면서 선후세대들에게 회자되어 왔다. 또 다른 형태의 희생인 것이다. 실생활에서는 '귀환 일본인'으로 분류된 '식민지 출신 일본인'들은 말 그대로 자신의 모습에서 '귀환'과 '식민지 출신'이라는 개인사를 지우고 '일본인'으로 재통합되는 길을 따라야 했다. 대의와 미명 아래 은폐되었던 전후 일본의 전후처리는 물론이고, 전후 일본 사회의 왜곡될 수밖에 없었던 역사인식의 도정과 그 맥을 같이한다고 할 수 있는 것이다. 따라서 귀환자들의 '전후' 상황을 가시화하여 균열되어 있던 전후 일본 사회를 재조명함은 국민국가 내셔널리즘의 폐쇄된 체제 안에서 희생을 강요하는 공동체의식의 허상을 되묻는 작업임과 동시에 역사적으로 그들이 그러한 처지에서 소외될 수밖에 없었던 이유에 대한 좀 더 근원적인 해명에 다가가는 방법이기도 할 것이다.

2장 침략자 · 식민자에 대한 인식

1. 1951년 작품 「굶주린 피부」

아베 고보는 1952년에 단행본 『침입자』와 『굶주린 피부』를 간행했다. 이 두 단행본에는 다수의 단편소설이 수록되어 있는데, 그 가운데서 표제의 두 작품을 대표작으로 내세우고 있는 점이 흥미롭다.[17] 이 두 작품에는 공통적으로 폭력적인 묘사가 전면화되어 있는데다가 주인공을 위협하는 '적'이 등장하고 있기 때문이다.

1951년 11월에 발표된 단편 「침입자」는 당시 일본의 점령 상황을 배경으로 해서 미국을 침입자인 '적'으로 풍자하고 있다. 침입자들의 행동은 "장남과 차남이 좌우에서 내 팔을 붙잡고, 신사가 내 명치를 향해 힘껏 주먹다짐을 했다. 바지가 흘러내린 채 굴욕적인 자세로 나는 정신을 잃고 말았다"(210쪽)는 표현에서 보이듯이, 폭력적으로 묘사되어 있다. 그리고 폭력에 의해 주인공은 결국 죽고 만다. 한편 동년 10월에 발표된 단편 「굶주린 피부」는 만주의 어느 마을을 배경으로 일본인 여성에 대한 주인공의 복수를 소재로 하고 있다. 복수의 대상이 되는 여자는 주인공 〈나〉와 마찬가지로 일본인이면서 부잣집 자산가의 아내이다. 바로 그 여자를 아주 비참하게 전락시키기 위한 주인공의 복수 계획이 폭력적으로 묘사되고 있는 소설이다.

2. 식민지의 침략자가 갖는 위화감

아베 고보가 1951년 같은 해에 과거 일본 지배하의 만주와 당시 미군 점령하에 있던 일본을 배경으로 작품을 쓰고 있는 이유는 무엇일까? 당시의 시대적 상황부터 생각해 보자.

먼저 「침입자」는 일본에서의 미국의 존재를 폭력적으로 묘사하여 그 위화감을 드러내고 있다. 어느 날 갑자기 주인공 〈K〉의 집에 일가족이 침입해 온다. 그리고 그들은 〈K〉에게 근대적인 생활 감정과 민주적 생활 태도, 근대적 문화인의 생활양식을 따르지 않고 있음을 질책한다. 그러면서 '휴머니즘'의 옹호자인 자신들의 입장을 강요하며 폭력 행사를 정당화한다. 이는 전후 초기 일본 점령정책에서 미국이 휴머니즘이라는 대의를 갖고 일본을 파시즘에서 해방시키고 비군사화와 민주주의의 길로 이끈다는 방침을 염두에 두고 있는 것으로 생각된다. 그러나 1950년 냉전구조 속에서 미국이 초기 점령정책을 역방향으로 전환시키면서 민주주의와 휴머니즘은 형해화되어 단순히 전승국의 우월감에 젖은 입장을 강변하는 수단으로 전락되어 버린다.[18] 또한 일본의 보수권력파에게도 휴머니즘은 하나의 레토릭으로 차용되는데, 이를 급진적인 혁명세력의 저항을 비판하기 위한 수단, 즉 사회의 질서 유지를 위한 비판언설로서 사용하였다.[19] 민주주의나 휴머니즘은 점령군에게 종속된 보수정권의 정치이데올로기로 실추된 것이다. 이러한 이데올로기의 전환을 아베 고보는 침입자와 주인공 〈K〉의 관계를 통해 패러디하고 있는 것으로, 〈K〉와 침입자 간의 주객관계가 전도되면서 〈K〉는 침입자들의 노예로 전락하고 만다.

「굶주린 피부」의 폭력구도는 「침입자」와 사뭇 다르다. 일본인인 주인공 〈나〉가 만주에서 지배자 위치에 있는 일본인을 육체적으로 정신적으로 점령해 버린다. 〈나〉가 파괴하고자 하는 대상은 여성이다. 그녀는 작은 체구의 일본인으로 외모는 정돈된 듯 보이나 초점이 맞지 않는 백치와 같은 얼굴에 아리따운 팔다리를 하고 있는, 연약해 보이기 그지없는 인물에 지나지 않았다. 이러한 일본인 여성을 상대로 〈나〉가 복수를 다짐하는 이유는 상대가 단순히 자산가의 부인이기 때문이라고도 볼 수 있다. 그런데 여자는 〈나〉의 접근에 전혀 거부 반응을 보이지 않으며, 〈나〉가 이끄는 대로 마약에 중독되어 가게 된다. 그러던 어느 날 〈나〉는 혁명으로 점차 파괴되어 가는 도시의 광경을 그린 그림 한 장을 그녀에게 보여준다. 여자는 그 그림을 보고 "일본 육군에서 출판한 살육도감에 있는 그림 중의 하나"(173쪽)와 비슷하다며 공포에 떨기 시작하는데,

점차 자신의 마약 금단증상을 그 그림에 대한 공포로 착각하게 된다. 이렇게 여자는 머릿속에서 떠나지 않는 무서운 장면을 매일같이 악몽 속에서 보면서 마약 중독자가 되어 가지만, 〈나〉는 그녀를 "역사에서 튀어나온 피부병에 걸린 짐승"(173쪽)에 비유하며 증오한다. 그렇다면 왜 한없이 약자처럼 보이는 일본인 여성을 복수의 상대로 설정하게 되었을까. 먼저 생각할 수 있는 것은 점령기의 미국과 일본의 관계를 '남성성'대 '여성성'의 대립구도로 비유하여 억압자와 피억압자의 관계선상에서 표현하고 있다고 볼 수 있다.[20] 또한 〈나〉가 심리 조작을 통해 부인을 파괴하려고 하는 것을 감시자와 수인된 자의 관계성으로 설명할 수도 있다. 감시자의 역할인 〈나〉는 대중을 움직이는 힘을 발휘하여 과학적인 심리조작을 하기 때문이다.[21] 여기서 일본인 부인은 자기상실을 한 소외상태에 있는 대중의 역할에 해당할 것이다. 그러나 '만주의 일본인 부인'은 보다 심층적인 차원에서 생각해 볼 문제이다.

『만주일보(滿洲日報)』 1930년 11월 27일자 기사를 보면 "내지의 부인은 어디를 가도 평생 열심히 일하는 것을 보고 놀랐다"고 하는, 어느 중국인 여성의 내지여행기가 실려 있다. 만주일본인 여성은 하녀나 시중을 부리고 접시도 닦지 않고 아침부터 유유자적하며 피곤해지면 낮잠을 자는 게 보통이었기 때문에, '내지'의 '일본인 부인'도 마찬가지로 일도 하지 않고 호화스러운 생활을 즐긴다고 생각했던 것이다.[22] 만주의 일본인 부인이 어떠한 사정으로 호화로운 생활을 보낼 수 있었는지 간단히 설명하기는 어렵다. 그러나 만주 일본인에 관해 연구하고 있는 쓰카세 스스무(塚瀨進)는 몇 가지 요소를 고려하며 다음과 같이 설명한다. 우선 만철사원 — 滿鉄, 남만주철도주식회사 — 이나 관동청의 관리는 급료에 외지수당이 붙기 때문에 일본 국내의 같은 레벨의 관리보다 높은 임금을 받았다. 그리고 일본인을 대표한다는 의식이나 만철사원의 아내라는 간판 때문에 자신의 분수보다 높은 수준의 삶을 영위했다고 한다. 또한 만주에서의 삶은 일본 국내와 같이 지연이나 혈연에 의해 영속되지 않았고 인간관계가 소원했기 때문에, 주로 집에서 시간을 보내던 부인들은 단조롭고 외로운 인간관계를 해소할 목적으로 고급의 사치스러운 생활을 한 게 아닌가 생각해 볼 수 있다.[23] 따라서 만주일본인 부인의 삶의 형태가 일반적으로 그들을 다른 민족보다 우월한 존재인 듯이 보이게 했다는 것을 알 수 있는데, 『만주일보』에 실린 중국인 여성의 놀람 또한 그러한 사실을 뒷받침해주고 있는 것이다.

이렇게 '만주의 일본인 부인상'은 오족협화라는 이상적인 슬로건과는 다르게 계급사회의 모습을 상징하고 있었고, 민족 간의 위화감을 고조시키는 존재로 비춰지고 있었다. 따라서 「굶주린 피부」에 등장하는 '일본인 부인'은 〈나〉의 폭력적인 계획에 빠진 약자처럼 여겨지나 실제로는 식민지에서의 위화감을 드러내는 상징적인 존재인 것이다. 〈나〉가 "역사에서 튀어나온 피부병에 걸린 짐승"에 여자를 비유한 것도 그러한 만주 식민지의 역사 속에 존재하는 일본인에 대한 위화감을 은유적으로 표현한 것이다. 이렇듯 소설 「굶주린 피부」에서 전개되는 폭력은 침략자이자 식민자였던 일본을 향한 복수가 된다.

3. 침략자이자 식민자인 일본인에 대한 증오

갑자기 고급승용차 한 대가 전신주 높이의 모래바람을 일으키며 내달려와 내 앞에서 딱 멈추었다. 하얀 제복을 입고 주걱턱처럼 턱이 돌출된 한 조선인 운전수가 재빨리 돌아서 반대편 문을 열었다. (중략) 여자는 대문 안의 우거진 아카시아 숲풀 속으로 사라지고 승용차는 떠나 버렸다. 망아지만큼이나 커다

란 개를 데리고 나온 중국인 하녀가 대문을 닫고는 개를 풀어놨다.(「굶주린 피부」, 163쪽)

고급승용차를 타고 조선인 운전수와 중국인 하녀를 부리며 넓은 저택에 사는 여자는 식민지의 부유한 일본인 자산가의 부인이었다. 주인공 〈나〉는 그녀가 사라진 후, 노상에서 만두를 팔고 있는 중국인 노파를 칼로 위협하여 만두를 빼앗으려 한다. 그 순간 〈나〉의 머릿속에 분노가 밀려오고 방금 지나친 그녀를 향해 복수를 하는 것만이 자신의 존재의미라는 생각이 들기 시작한다. 〈나〉가 고안한 복수의 시나리오는 이러했다. 불가사의한 전염병이 세상에 퍼지고 있는데 자신의 예방법을 사용하면 병에 걸리지 않을 거라고 여자를 속이는 것이다. 그가 거짓으로 만들어 낸 불가사의한 전염병이란 마치 카멜레온처럼 인간의 몸 색깔이 변하는 증상으로 '보호색 인종설'이라 이름붙였다. 바로 그 '보호색 인종설'에 관심을 갖게 된 부인은 〈나〉의 계획대로 그를 찾아온다.

인간은 자신의 피부가 사회 발전 속도를 전혀 따라갈 수 없기 때문에 대용으로 의상(衣裳)을 통해서 뒤떨어짐을 만회하려 합니다. 그렇지만 아무리 노력해도 따라잡을 수 없지요. 욕망에 만족이라는 글자는 없는 겁니다. 그렇다면 이러한 욕망이 결국 — 만약에 그것이 가능한 일이라고 한다면– 피부에도 직접적인 변화를 일으킬 경우를 충분히 고려해 볼 수 있지 않을까요?(「굶주린 피부」, 167쪽)

즉 '의상'은 인간의 사회적인 계급을 나타낸다. 그런데 인간이 사회의 변화를 따라갈 수 없게 되면 피부까지 변하게 된다. 예를 들어 피부색이 "빨간빛을 띠면 정욕이 달아오름을, 노랗게 되면 자신만만한 자부심을,

초록빛은 죽음에 대한 불안과 비슷한 냉기를, 파란빛은 권태로움을, 보라빛은 로맨틱한 전율을, 검정은 화가 날 정도의 고통을, 하양은 응석부리는 듯한 온화함을"(170쪽) 나타내는 것처럼 말이다. 여자는 자신의 얼굴빛이 빨개졌다 싶으면 다시 파래지고, 파래졌다 싶으면 또 검게 변하고, 검어졌다가 금방 초록으로 바뀐다는 생각에 겁을 집어먹는다. 정욕과 태만, 분노와 죽음에 대한 불안, 자만과 같은 감정으로 인해 색이 변해가는 여자의 피부는 바로 채워지지 않는 욕구, 늘 굶주려 있는 욕망 그 자체의 표출인 것이다. 또한 가난한 주인공 〈나〉가 자산가의 여성을 전락시킨다는 구도는 〈나〉의 욕망을 그 여성이 대리하고 있다는 말이기도 하다. 따라서 소설의 제목 '굶주린 피부'의 의미는 가난하고 굶주려 있던 〈나〉의 욕구를 가리키는 것이기도 하다.

그러나 여자를 향한 〈나〉의 복수는 그저 단순히 굶주림 때문만은 아니었다. 복수가 진행되던 도중에, 그리고 복수가 끝났다고 생각한 순간 〈나〉는 만족감에 희열을 느끼며 지금까지 굶주려 있던 자신을 일순 망각한다. 여자에게 신뢰감을 주기 위해서인지 "식민지의 지배계급을 과시하는 옷"(172쪽)까지 입고서 거리를 어슬렁거린다. 하지만 이내 여전히 굶주려 있는 자신을 발견한다. 그의 굶주림은 빈곤한 생활에 원인이 있는 것이 아니라 무엇인가를 향한 증오심에서 기인하고 있음을 깨닫게 되는 것이다. 처음 일본인 부인과 마주쳤을 때 그녀는 양장이 잘 어울리는 자태로 서서 마치 아무것도 보지 않는 듯한 시선으로 〈나〉를 쳐다보았다. 바로 그 직후 만두를 파는 중국인 노파는 〈나〉의 강도 행위에도 아랑곳하지 않고 오히려 〈나〉를 동정하며 두 개의 만두를 더 챙겨서 주머니에 넣어준다. 그 순간 〈나〉는 "어떤 칼도 닿지 않을 정도로 깊숙하게 그 내장의 밑바닥까지 도려내 주겠다. 어떤 독약도 스며들지 못할 정도로 몸속 구석구석까지 썩도록 만들겠다"(165쪽)며, 여자를 향한 처절한 복수를 결심했던 것이다. 그런데 복수를 해도 굶주림은 심해질 따름이었다. 〈나〉의 굶주림은 증오의 깊이와 복수에 대한 깊은 욕구를 모두 나타내고 있는 것이다.

결국 부인은 마약을 사기 위해 남편의 인감도장을 몰래 빼내어 〈나〉에게 건넨다. 그런 후 마침내 부인은 발광하고 그녀의 남편은 의문의 파산을 맞이하게 되는데, 〈나〉는 북쪽 국경으로 도망쳐 복수의 성공을 축하하며 러시아 소녀의 노래를 들으면서 그 자산가의 소식을 신문에서 읽는다. 그리고 "어느 사이엔가 여자의 이름이 내 이름으로 바뀌어 있는" 것을 보고 〈나〉의 피부가 어두운 초록색으로 변하면서 소설은 끝이 난다. 이렇게 마지막에 〈나〉의 얼굴색이 초록으로 변한 것은 그 복수가 끝나지 않았음을 암시하는 것으로, 이어질 복수의 대상이 그녀에서 바로 자기 자신으로 바뀌었음을 자각한 〈나〉는 죽음에 가까운 공포를 느끼게 된 것이다.

4. 만주일본인의 도주지

「굶주린 피부」는 GHQ와 일본 정부의 협력하에 순조롭게 진행되는 듯했던 귀환사업이 일시적으로 중단된 시기에 쓰였다. 아베 고보는 이러한 귀환사업의 진척 상황에 관심을 갖고 있었던 것으로 생각된다. 「굶주린 피부」의 〈나〉가 마지막에 만주 최북단의 국경지대로 도망을 가서 경계를 건너온 러시아 소녀의 노래를 듣는다는 설정이 이를 시사한다. 또한 복수의 대상으로 전락해 버린 〈나〉가 느낀 끝나지 않은 복수에 대한 예견도 당시의 일련의 사건과 관련이 있다. 여기서는 귀환사업과 직접적인 관계를 가진 사항만을 갖고 생각해 보겠다. 그리고 끝나지 않는 복수에 관해서는 다음 장에서 1954년 작품 「변형의 기록」을 살펴보면서 다시 한 번 생각해 보고자 한다.

일본의 무조건 항복을 명시한 포츠담선언의 제9조는 군인 및 군속의 복원을 명하는 조항으로 되어 있다.[24] 패전으로 구식민지에서 군속 관료나 군사들이 먼저 철수를 하도록 한 것이다. 이에 관해서는 귀환체험 수기에 다수의 증언이 나온다. 1945년 7월 26일, 미국 · 영국 · 중국 삼국 회의에서 결의된 사항에 따라 일반의 일본인들은 시간차를 갖고서 1945년 8월 9일을 기점으로 귀환을 시작하기로 했다. 그러나 당시에는 일반의 재만일본인의 귀환이 불분명했기 때문에 개인적인 차원에서 강행할 수밖에 없었다. 그러다가 체계를 갖추어 집단적으로 귀환이 이루어진 것은 GHQ의 '완전히 인도적인 방책' 아래 조국으로 돌려보낸다는 지령에 의해 1946년 3월에 귀환원호청이 설치되면서부터이다. 그리고 1946년 4월, 소련군의 철퇴로 귀환사업은 박차를 가하게 된다. 일반의 일본인들의 귀환은 전후처리의 견지에서가 아니라 미국의 점령정책의 일환으로 이루어진 성격이 강하다고 할 수 있는 것이다.[25]

이렇게 해서 1950년 집계에 의하면 거의 95%에 달하는 귀환이 완료되고, 624만 명을 상회하는 인구가 일본으로 이동되었다.[26] 그러나 소련군감 관할구를 중심으로 한 귀환사업은 좀처럼 진전이 없었다. 외교권을 갖지 못했던 일본 정부를 대신해서 GHQ가 소련에 세 번씩이나 요청을 했지만 소련은 억류하고 있던 일본인들의 총수나 사망자수에 관해서 침묵을 지켰다. 1949년 5월에 발표된 소련의 타스통신은 9만5천 명의 잔류 일본인이 있다고 전했다. 그러나 실제 일본에서는 37만 명이 넘을 거라고 집계하고 있었다.[27] 그러던 중 1950년 4월에는 소련에 억류되었던 일본인의 귀환이 모두 종료되었다는 공식 발표가 나면서 일본 내에 파문이 일기 시작한다. 소련의 타스통신사는 4월 22일 방송에서 일본인 포로송환이 완료되었다고 발표하면서 예외적으로 잔류되어 있는 일본인은 전범과 환자 2,468명뿐이고, 971명은 이미 중국으로 인도했다고 전했다. 이에 대해서 GHQ는 아직 30만 명이 잔류하고 있는 것으로 파악된다고 주장했고, 일본 국내에서도 타스통신의 발표에 반격을 가하는 성명을 내놓는다.[28] 그 후 소련은 다시 귀환작업이 완전히 완료되었다는 기사를 발표했고, 미국 국무성은 '소련의 항의거부'를 들어 반격한다.[29] 이와 관련한 대책으로 일본 중의원에서는 '재외 억류동포 귀환촉진을 위한 결의', '귀환문제에 관한 국회의 결의' 등을 준비하여 UN총회에서 그 안을 처리해 줄 것을 요청하게 된다. 이 시기를 기점으로 귀환사업이 국제적으로 다루어지게 되었다는 점은 중요하다. 이때부터 귀환사업으로 남겨진 재외민간의 일본인들이 '난민'으로 표현되기 때문이다. 이치노카와 야스타카(市野川容孝)의 연구 자료에서 당시 국회회의록에 기록되어 있는 내용을 재인용해 보면 "이 당시 어느 정도의 일본인이 잔류하게 되었는지에 관해서는 북만(北滿)에서만도 약 1만5천 명 정도로 예측되는데, 연락이 불충분하고 구출이 잘 이루어지지 못했기 때문에 북만 전역에 개척단과 같은 사람들이 다수 남겨져 있었긴 합니다. (중략) 약 150명의 난민이 잠시 하얼빈에 머물렀던 겁니다."(1949年11月18日, 国会会議録「在外同胞引揚問題に関する特別委員会」)라는 내용이 있다.[30] 이렇듯 귀환문제는 일본과 소련의 관계를 넘어서 국제적인 문제로 확대되어 냉전구조의 영향권 아래 들어가게 된 것이다. 이때 소비에트연방(소련)의 관리지구는 만주의 북단에 위치한 지역으로 흑룡강 일대나 치치하르를 가리킨다. 그리고 이 지역은 아베 고보의 소설 『짐승들은 고향을 향한다』의 배경으로 등장하기도 한 곳이다.

아베 고보는 데뷔 이후 1946년에 「까마귀 늪」, 「증오」, 「이단자의 고발」 등에서 자신이 자라왔던 봉천(奉天)을 무대로 일본인과 중국인의 권력

관계를 소설화했다. 그러면서 자신에게 순수 일본인으로서의 아이덴티티를 강요하는 전후 일본의 국민통합 이데올로기에 저항하는 주인공들을 창조해 냈다. 1950년 소설 「굶주린 피부」에서는 러시아로 이동한 일본인, 그리고 후에 1957년 『짐승들은 고향을 향한다』에서는 소련에 억류된 소년을 주인공으로 그 귀환 과정을 묘사하게 된다. 이러한 배경에는 귀환문제를 둘러싸고 개입되어 왔던 소련의 영향력을 아베 고보가 의식하고 있었고 그러한 관심이 작용했으리라고 본다. 참고로 당시 귀환자 문제를 다룬 기사로 『아사히신문(朝日新聞)』에는 다음과 같은 내용이 실려 있다. 1951년 8월 16일자 「억류자 귀환에 관한 조항을 1항으로(抑留者引揚げに一項)」라는 기사는 재외억류 일본인의 귀환문제를 일본 정부의 희망대로 강화조약에 포함시켰음을 알리고 있다. 또 1953년 3월 23일자 「고생했습니다. 잘 돌아오셨습니다(ご苦労様お帰りなさい)」라는 기사는 중국으로부터의 귀환자들을 태운 흥안선(興安丸)이 마이쓰루항에 도착한 사진을 싣고 있고, 이 기사에 이어서 「걱정은 취직(心配なのは就職)」이라는 내용으로 귀환자들의 인터뷰를 소개하고 있다. 1956년 10월 20일자 기사에서는 일본과 소련의 교섭에 따른 「귀환의 전망(引揚げの見通し)」을 주요 내용으로 다루고 있다.

「굶주린 피부」에서의 〈나〉가 일본인 부인에게 복수를 한 뒤 북만(北満)의 소련 국경지대로 도망친 배경 또한 소련의 영향력에 관한 관심을 뒷받침하고 있다. 당시 재외일본인이 있을 수 있는 장소로서 일본의 외교적 영향력이 미치지 않는 곳은 북만의 소비에트 국경지대밖에 없었기 때문이다. 그리고 아베 고보가 일본의 영향권 밖으로 도주하는 주인공을 설정하고 있는 것은 같은 일본인이면서도 식민지의 일본인에게 복수를 결심한다는 작품의 전체적인 구성과도 일맥상통한다. 침략자로서의 일본인이라는 사실에 대한 자기 비판적인 사고를 당시 아베 고보가 인식하고 있었음을 보여 주고 있는 것이다.

3장 피식민자의 변형

1. 1954년 작품 「변형의 기록」

1954년에 창작된 「변형의 기록」은 소련군 침공이 시작된 날을 전후로 이야기가 시작된다. 피난 도중에 발생한 콜레라 전염병이나 비적의 반란, 그리고 먼저 철수했던 관동군에 관한 이야기 등을 소재로 하고 있다. 이후 1957년에 발표된 『짐승들은 고향을 향한다』가 일반의 만주일본인의 귀환을 다룬 것이라면, 「변형의 기록」은 일본 군인들의 귀환을 다룬 소설인 것이다. 이 작품의 특징은 앞서 살펴보았던 「굶주린 피부」에 나타나 있던 아베 고보의 식민지주의에 관한 비판적 사고가 심화되어 나타나 있다는 점인데, 바로 식민지의 '피식민자'를 '사자(死者)'로 묘사하고 있다.

2. '사자(死者)'의 등장

8월 14일, 콜레라에 걸린 나를 부대는 마구간에 가둬놓고 출발해 버렸다. 저녁 무렵이 되어서 역시나 북쪽에서 패주해 온 다른 부대가 지나갔다. 나는 마구간에서 기어 나와 손을 흔들었다. 그러나 아무도 멈춰서거나 뒤돌아보지 않았다.(「변형의 기록」, 179쪽)

콜레라에 걸려 부대로부터 버림받은 주인공은 북쪽에서 철수해 오는 병사들에게 도움을 요청해 보지만 아무도 그를 도와주지 않는다. 오히려 콜레라가 전염되는 것을 두려워한 장교들은 주인공을 총살해 버린다. 그 뒤로 주인공 〈나〉는 죽은 육체에서 이탈하여 '영혼'이 되어 눈을 뜨면서 이 소설은 전개된다.

> 장교는 모두 4명이었다. 소장(少将) 하나, 중좌(中佐) 하나, 소위(少尉) 둘. 나를 죽인 건 소위 중 하나이다. 비교적 소형의 트럭이긴 했지만 넷이 타기에는 충분한 공간이었다. 여분의 공간에는 빼곡하게 짐들이 쌓여 있었다. 반듯하게 사각으로 정리되어 있는 짐들은 식량과 탄약과 가솔린이다. 나머지는 흔해 보이는 이삿짐처럼 잡스럽게 쌓아 놓은 잡동사니이다. 스토브, 접이식 의자, 종이로 싼 천황의 사진, 슬리퍼, 천막, 주전자, 주석으로 도금한 저수용 겸 입욕용 드럼통, 한 되의 병……그리고 그렇다, 일 척 정도 되는 진무천황의 브론즈상이 있었다. 보온용 탕파도 있었다.(「변형의 기록」, 180~181쪽)

영혼만이 남은 〈나〉는 길에 널브러져 있는 자신의 육체를 보고도, 또 트럭이 그 육체를 짓밟아도 무덤덤하게 바라볼 뿐이다. 그리고 자신을 쏴 죽인 장교들의 트럭을 타고 그들과 함께 이동을 한다. 남쪽을 향해 빨간 선이 그어져 있는 지도 한 장에 기대어 이동하는 트럭. "우리 황군이 망하지 않는 한, 병사는 죽어서도 사는 것이야"라며 대화를 나누는 장교들 사이에는 자못 비장감이 감돌고, 잿빛의 지평선을 향해 트럭은 계속 달린다. 그러다가 얼마 지나지 않아 운전을 하고 있던 소위 ─ 〈나〉를 죽인 인물 ─ 가 중좌의 명령을 거역하고 트럭에서 내리려는 순간 다른 장교의 총에 사살되어 버린다. 그리고 그 소위도 사자(死者)의 영혼이 되어서 〈나〉와 함께 트럭에 올라타고선 목적지 P마을을 향해 간다. 도중에 어느 중국인 마을을 통과하게 되지만 그 마을 사람들은 이미 모두 죽어서 죽은 청년들과 노파가 그 트럭을 노려보고 있을 뿐이었다. 산 자들의 눈에는 보일 리 없이 죽은 〈나〉와 소위에게만 느껴지는 마을 사람들의 영혼. 그런데 트럭에 타고 있던 장교들과 죽은 마을 사람들 간에 총격전이 벌어지고, 열세에 몰린 트럭은 도망쳐 버린다. 그리고 그 트럭에서 한 사람이 내려 사자들과 남게 되는데, 바로 '각하'였다. 천황의 사진을 품에 안고 일본으로 돌아가 금붕어를 키우지 않으면 안 된다는, 맥락 없는 말만을 반복하는 각하. 각하는 작품 내에서 산 자라기보다는 환영처럼 존재한다. 처음에 〈나〉가 영혼만 남아 트럭에 탈 때에도 각하는 보이지 않았다. 그런데 장교들이 말다툼을 하는 중간에 갑자기 등장한다.

"모두 전쟁은 끝났다고 생각합니다."
"그렇기 때문에 콜레라를 없애지 않으면 안 되는 거야."
"중좌님, 콜레라는 없애야 합니다. 그러나 그것은 병대를 구하기 위함입니다."
"병대가 아니라 너는 인간이길 바랐던 걸 테지. 겁쟁이 같은 생각이다. 인간이 존재하기 때문에 콜레라가 생기는 거야. 콜레라를 없애려면 인간을 죽이면 그만이지."
"P마을로 가는 거다. 쓰치무라 중좌, P마을로 가."라며 각하가 칼집으로 중좌의 낡은 군화 뒤축을 두드리며 아우성쳤다.(『변형의 기록』, 184쪽)

이런 상황에서 "너희가 하는 말을 듣고 있자니 걱정이 되지 않을 수가 없다. 나는 고향에 돌아가서 금붕어를 키워야 해."라며 각하는 넌센스 같은 말만을 되풀이할 뿐이다. 그런 각하가 트럭에서 내린 것을 본 〈나〉와 소위는 각하도 마찬가지로 사자의 영혼이라고 생각하고 P마을까지 동행

한다. 그런데 P마을에 도착하자마자 각하는 모습을 감춰버린다. 각하 대신에 숨이 곧 끊어질 듯한 일본인 부랑아와 그 소년의 영혼이 눈앞에 있었다. 그 소년은 국경의 개척단 일원으로 가족과 함께 피난하던 중에 P마을에서 양친이 콜레라에 걸려 죽었다고 했다. 그런데 이상한 것은 소년은 이미 영혼이 되어 있는데도 그의 육체는 죽지 않는 것이다. 각하가 소년의 육체로 들어가 버렸기 때문이다. 각하는 살아 있는 인간의 육체를 빼앗아 삶을 지속해 온 혼령이었던 것으로, 소년의 몸에 빙의하여 눈앞에서 사라져 버린다. 그래서 남겨진 사자 3인 — 〈나〉, 소위, 소년 — 은 "놈(각하–필자 주)이 죽을 때까지 감시의 눈을 떼서는 안 된다"는 생각에 그의 뒤를 쫓아 기묘한 여행을 시작하는 것으로 소설은 끝이 난다.

아리무라 다카히로는 아베 고보의 변신기법의 근저에 그의 절실한 원초적 체험이 존재하는데 그것은 루이스 캐럴과는 다르고 카프카에 가깝다고 평하기도 했다.[31] 죽어서 영혼이 된 채로 산 자들의 세계를 관찰하는 시점으로 서술하고 있는 「변형의 기록」은 아베 고보가 만주에서 패전을 맞이하면서 극한의 상황에 처했던 경험, 즉 죽음에 대한 사유가 농후하게 반영되어 있다는 것이다. 죽음이라는 극한의 상황을 견뎌내기 위해서는 육체는 사멸해도 영혼은 살 수 있다는 설정이 필요했을지 모른다. 이렇게 「변형의 기록」은 사자의 등장을 소재로 하는 출발점에 있는 작품으로, 각하의 넌센스 같은 모습을 통해 전쟁 중의 제국 일본을 희화화하고 있기도 하다. 그렇다면 이 작품이 왜 사자들을 묘사하고 있고, 또 소년의 육체를 빼앗아 사라진 각하의 행방은 무엇을 시사하는 것일까? 앞서 나왔던 「굶주린 피부」의 결말 부분에서 '끝나지 않는 복수의 공포'가 의미하는 바와 함께 생각해 볼 필요가 있다.

3. 식민지의 풍경, 사자(死者)처럼 존재하는 피식민자

1945년 8월 15일 당시 약 660만 이상의 일본인이 식민지에 거류했다. 그리고 1958년까지 공식적으로 629만 명을 상회하는 식민지 재류일본인들이 귀환하였음은 앞서도 소개한 바이다. 그 수치는 1961년 12월을 기준으로 660만 명을 상회하는데, 비공식적으로는 700만 명 이상이라고 추산하기도 한다. 당시 일본 인구의 약 1%에 해당하는 수치이다. 또한 필자가 견학조사를 하며 입수한 마이쓰루 입항 귀환선일람표(舞鶴入港の引揚船一覧表)를 보면, 소련으로부터는 1956년 12월 26일, 나호토카를 출발지로 해서 마이쓰루항에 도착한 흥안선(興安丸)이 최후의 귀환선이었다. 중국에서는 1958년 9월 7일, 진강(真岡)에서 출발해 마이쓰루에 도착한 백산선(白山丸)이 마지막이다.

그러나 귀환사업은 외지 재류일본인들을 본토로 귀환시키는 작업만이 아니었다. 재일외국인의 송출 역시 귀환사업의 일환으로 GHQ는 1945년 11월에 외지 일본인들의 수용과 함께 일본 국내 '비일본인'의 송출귀환에 관한 방침을 결정했다. 이 사업은 비교적 빠르게 진행되어 1950년 11월을 기점으로 종료되면서 약 130만 명이 송출되었다. 이러한 귀환원호국의 사업을 생각해 보면 알 수 있듯이, 귀환사업은 외지에 체류했던 일본인을 일본 열도 내로 불러들이는 한편, '비일본인'을 일본 내에서 내보내는 계획이기도 했다. 전후 일본의 민족 내셔널리즘의 원점에 놓인 정책이었던 것이다. 1946년 1월 1일에 행해진 천황의 '인간선언'에서는 일본 사회로부터 타 민족을 배제하고 신일본 건설을 위한 일본국민의 재편성을 공식적으로 선언하고 있기도 하다.[32] 다시 말해서 순수일본인으로 표현되는 단일민족 신화를 투사해 '전후 일본'은 국가적 재건을 꾀하게 된 것이다. 그리고 이러한 전후 일본의 민족내셔널리즘의 형성에 있어 간과될 수 없는 것이 귀환사업이라는 일본국 안팎으로의 대대적인 민족 대이동이다.

그런데 이러한 과정에서 당시 전후 일본이 회복해야 할 내셔널 아이덴티티의 원형을 아시아제국, 특히 중국이나 조선에서 구하는 경향을 볼 수 있다. 예를 들어 인도에서 개최된 태평양문제조사회의 국제회의에서 민족자결과 독립, 서양의 지배에 대한 동양의 저항 등을 논의한 것에 주목한 일본은, 서양근대에 대한 재고와 아시아의 재평가에 들어간다. 그리고 아시아의 내셔널리즘이라는 특집을 기획해서 『중앙공론(中央公論)』(1951년 1월호)에 발표했는데, 이때 마루야마 마사오(丸山眞男)와 시미즈 이쿠타로(清水幾太郎)의 일본인론이나 일본의 내셔널리즘론이 공론화되기 시작한다.[33] 다시 말해서 중국을 비롯한 아시아제국의 독립과 민주화를 모델로 연구하기 시작한 것으로 그 의도에는 점령 상황에 저항하는 반미정신이 있었음을 짐작하기 어렵지 않다.

또한 당시 다케우치 요시미(竹内好)는 근대주의라는 것이 민족을 사고의 통로로 포함하지 않고 혹은 배제하고 있으며, 마르크스주의자를 포함한 근대주의자들은 유혈의 민족주의를 비켜서 지나갔다고 말한다. 아울러 그는 그들이 스스로를 피해자로 규정하고 내셔널리즘의 울트라화를 그들의 책임 밖에 두고 있다고 지적하며 문학을 매개로 한 민족의 독립을 주장했다(「近代主義と民族の問題」, 『文学』 1951년 9월호). 이 언설이 발단이 되어 전후의 국민문학논쟁이 활성화되게 된다. 정치적, 문학적인 입장의 차이로 인해 다케우치 요시미의 국민문학론은 우파와 좌파의 비판을 받게 되는데, 대표적인 논객은 후쿠다 쓰네아(福田恆存)(『文学界』 1952년 9월호)와 노마 히로시(野間宏)(『人民文学』 1952년 9월호)이다. 그러나 여기에서 주목하고자 하는 바는 다케우치 요시미로 촉발된 전후의 국민문학논쟁이 활성화된 사정에 있다. 다시 말해서 필자는 그러한 논쟁의 전개 양상보다는, 당시 일본 문학자들의 언설, 예를 들어 중국의 혁명이나 노신(魯迅)의 저항정신이야말로 본받아야 할 정신이라는 다케우치 요시미의 논조[34]나, 식민지 지배하의 조선 청년들의 이야기를 다루고 있는 김달수의 「현해탄(玄界灘)」을 모델로 삼아 패전 이전의 식민지주의에 의해 피억압 민족이 겪었던 현실을 전후 일본의 현실로 치환하여 평가했던, 또한 '서양에 저항하는 동양'과 같은 도식을 만들어 점령 상황으로부터 독립과 자유를 구가하고자 했던 당시의 담론에 방점을 두고 싶다.

『신일본문학(新日本文学)』에 발표된 「현해탄」(1952.1.~1953.11.)은 일본문학협회가 1954년에 '국민문학의 과제'라는 테마로 개최한 대회에서 '민족의 독립'이라는 과제를 정면에서 다룬 작품으로 평가됨과 동시에 당시의 일본 국민이 처해 있는 현실과 공통된 점이 많다고 지적되었다. 그러는 한편 역사교과서 내에서 일본이 아시아에 초래한 법적인 가해사실에 대한 서술이 사라지는 등, 전후 일본에서 '식민지로서의 아시아'의 모습이 망각되어 온 것도 사실이다. 이러한 사태의 배경에는 일본의 패전과 미국의 점령이라는 복잡한 역학 관계가 얽혀있기 때문에 여기서 가볍게 처리할 수 있는 문제는 아닐 것이다. 그러나 이전의 아시아를 중심으로 한 일본의 식민지정책을 논의에서 배제시키면서 아시아의 독립과 자유를 마치 전후 일본의 '거울'처럼 다루고 있는 언설이 '아시아의 재평가'라는 형태로 확산되어 가는 경향은, 일본의 전쟁책임이나 역사관에 굴절을 야기시킨 요인이라고 지적할 수 있을 것이다. 다케우치 요시미의 발언은 그러한 논의의 중심에 있었던 것이다.[35]

아베 고보는 이 당시 『인민문학(人民文学)』 그룹에 소속되어 르포르타주에 관심을 갖고 있던 참으로, 여러 지면을 빌려 국민문학에 관한 소신을 밝히고 있었다. 이러한 글 속에서 아베 고보는 최근 민족문학(국민문학)이라는 말이 유행하는 듯이 보인다면서 '민족, 국민이란 무엇인지'에 관한 문제를 제기한다. 그리고 식민지 지배하에 처해 있는 현실 상황을 들면서 다음과 같이 강조한다.

> 국민문학이란 국민이 요구하는 문학이다. 그리고 국민은 문학을 포함하여 식민지화의 위기, 전쟁의 위기로부터 보호받고, 혹은 그것과 맞설 용기를 내게 해주길 바란다. 여러 억압을 한 몸에 받고 있는 것은 노동자 대중이다.[36]

철저히 대중 노동자를 국민으로 인식하고 있는 시점으로, 이와 함께 일본의 전통이나 혈연과 같은 감상적인 민족론은 전혀 무기력한 것이라고 지적한다. 따라서 아베 고보는 다케우치 요시미의 민족관은 서정적인 면이 있다고 평하였고, 또 노마 히로시와 후쿠다 쓰네아리가 다케우치 요시미를 비판하는 논고를 발표한 다음에는 특히 후쿠다의 말을 비판하면서 '대중은 그(후쿠다)를 용서하지 않을'[37] 거라고 다소 과격한 논조를 표명한다. 후쿠다 쓰네아리의 말은 반동적이고 보수적인 이데올로기에 지나지 않다는 관점으로, 특히 중국에 관한 후쿠다의 의견이 아베 고보의 비판의 대상이 된다. 즉 후쿠다가 "나는 전혀 중국을 경멸하고 있지 않다. 다만 같은 후진국이라는 명목 아래 공동의 운명을 느끼는 것은 일본의 역사를 무시하고 말살하는 폭거로밖에 생각되지 않는다"고 한 말에 대해, 아베는 일본 고유의 법칙에 근거하고 있다는 일본 역사란 중국과 공동의 운명을 담당하는 것을 떳떳이 여기지 않는 것이며 혁명이나 해방은 있을 수 없다라는 투라면서 그를 비난했던 것이다.

그렇다고 아베 고보의 이러한 논조가 전후 일본의 참모습을 동양의 저항정신, 즉 반서양적인 중국의 모습에서 도출해내려 했던 것은 아니다. 보다 정확한 그의 시각을 알기 위해서는 다음의 예를 생각해 볼 수 있다. 1952년 5월 30일에 그 전년도에 발생했던 도쿄의 5.30사건을 요란하게 기념하려는 여론에 대해서, 다수의 신문기사를 스크랩하여 분석하고 있던 아베 고보는 데모대에 의한 사건과 사망자만을 사건화하고 있는 보도를 비난한다.[38] 그리고 신문은 '발광'해버렸기에 더는 보도를 신뢰할 수 없다면서 "어느 신문에서도 다루지 않았는데, 5.30은 상해의 일본인 방직공장 파업에 대한 탄압을 계기로 중국에서 혁명이 시작된 기념일이다."라며 주의를 환기시킨다. 중국에서의 혁명을 어디까지나 대중, 노동자의 혁명정신에 의한 성과로서 평가하고 있는 것을 알 수 있다. 식민지와 같은 현실에 저항하는 정신을 인정하는 입장은 같지만, 그것을 과거 일본의 지배하에서 고통을 받던 중국의 노동자들이 일본에 저항한 것처럼 전개해 나가야 한다는 견지이다. 이렇듯 일본과 중국의 관계에서 과거 억압과 피억압의 역사가 존재했다는 것을 아베 고보는 간과하지 않고 있다.

소설 「굶주린 피부」와 「변형의 기록」으로 돌아가 보겠다. 일본인 부인에게 복수를 하고서 멀리 도망가 있던 주인공은 자신도 그 여자와 마찬가지로 복수의 대상이 될지 모른다는 공포에 사로잡힌다. 그것은 현재의 자기 자신을 과거 만주로 되돌려놓고 지배계급인 일본인에게 복수한다는 가공의 세계를 설정한다고 해도 역시나 자신이 식민자라는 것은 변하지 않음을 깨닫는 결말이라 할 수 있다. 결국에는 자기도 같은 일본인이고 만주에서는 제국의 식민자라는 침략자로 불렸던 사실에서 벗어날 수 없다는 인식이다. 이러한 식민자의 모습은 전후 일본의 미군 점령이 첨예화되는 가운데 국가를 잃어버릴 것인가, 전쟁을 할 것인가 하는 불안한 상황을 겪으면서 그 폭력성을 실감했기 때문에 형성된 사고이기도 하다. 이러한 자각을 통해 겪게 되는 변화를 아베 고보는 자신의 출신지를 쓸 때에 도쿄라고 써야 할지, 심양 — 봉천의 현재명 — 이라고 해야 할지, 늘 망설여진다고 고백하기도 한다.

심양을 출신지라고 정해 버릴 수 없는 이유인데, 간단히 말해서 일본인은 그곳에서 식민지 지배민족으로 살았기 때문이다. 내 의식에는 그러한 생각이 거의 없었다. 그러나 현실과 의식은 별개이다. 지배민족의 특징은 예를 들어서 지금 일본에 있는 미국인을 볼 때, 그 토지의 인간을 인간으로서 보지 않고 식물이나 풍경처럼 인식한다. 즉 토지의 인간은 풍경의 일부인 것이다. 아무리 오래 살아도 이러한 사정은 변하지 않는다. 이는 타자를 잃어버릴 뿐 아니라 동시에 자기 자신도 잃어버리는 꼴이 된다. 그런데 이러한 점에 관해서는 좀처럼 생각하려 하지 않기 때문에 문제이다. 식민지를 고향이라고 부르는 건 절대 있을 수 없는 일이다.[39]

이 내용은 아베 고보의 만주에 관한 기록으로서는 가장 앞선 것으로, 인용에서처럼 만주를 고향이라고 말 할 수는 없으나 아직까지 꿈을 꾸면 그 꿈의 3분의 1은 심양이 나온다며 글을 맺고 있다. 또 이 글에서 그는 당시까지 어느 때에는 '도쿄', 또 어느 때에는 '심양', 그리고 때때로 '태어난 곳은 도쿄, 자란 곳은 심양'이라고 써왔다고 밝히고 있다. 그 비율은 반반이었다고 한다. 이러한 심경을 밝힌 후 동년(1954년) 4월에 쓴 「변형의 기록」에서 만주의 기록이 사자들의 마을로 변하게 된 경위에는 아베 고보의 심경적인 변화가 반영되었다고 볼 수 있다.

죽어서 영혼이 되고 난 후에나 보이기 시작하는 사자들의 존재. 풍경이라는 것이 눈에 보여도 특정할 수 없는 것처럼 사자들도 실재한다고는 해도 그 모습을 특정하기 어려운 존재이다. 중국인 마을에서 살아남아 있는 사람들은 이미 아무도 없고 사자가 된 그들은 일본인 장교들을 노려보고 서 있었다. 그런데 보이지 않을 터인 그들을 상대로 장교들은 싸우기 시작한다. 그들이 죽어 있었다는 표현은 인용부의 아베 고보의 말처럼 '인간으로 보지 않고 식물이나 풍경처럼 인식'했던 것을 은유적으로 나타낸 것으로 보인다. 한편, 주인공이 사자로 변형되어 일본을 향해 가는 설정은 그러한 피식민자의 입장을 이해하고 겨우 인식되기 시작한 또 다른 피식민자를 나타낸다고 할 수 있다. 과거 만주에서가 아니라 현실의 전후 일본인이 처한 피식민자의 경우를 의식한 것이다.

끝으로 산 자의 몸을 빼앗아서 삶을 지속시켜 온 각하란 실제로는 존재하지 않지만 장교의 행동을 지배하는, 식민지주의의 실현자 혹은 정신을 상징한다고 할 수 있다. 그리고 그 각하가 '일본인 개척단 소년'의 육체를 빌려 사라져 버렸다는 것은 그의 행방이 일본을 향해 갔음과 동시에 제국 일본의 상징인 천황의 망령이 전후에도 지속되고 있는 상황을 암시한다. 필자는 또한 이러한 결말이 식민자의 위치를 피할 수 없던 아베 고보와 같은 귀환자의 처지를 의미한다고도 생각한다. 이에 관해서는 귀환자들의 '전후'에 관해 다음 지면을 빌려 다시 말해 보겠다.

4장 고향상실자의 노스탤지어

1. 1956년 작품 「탐정과 그」

「탐정과 그」는 1956년 『신여원(新女苑)』 1월호에 게재된 작품으로, 소학교 6학년의 일본인 소년 〈나〉가 가난한 중국인 동년배 학생 〈그〉의 행적을 쫓는 이야기이다. 작중의 〈나〉는 탐정소설이나 모험소설을 탐독하면서 머릿속에는 온통 괴상한 공상만이 가득해서 주변의 모든 것이 비밀스럽고 의문스럽게 보이기만 했다. 그러던 중에 〈나〉는 〈그〉를 '발견'한다. 발견했다는 것은 이전까지 〈그〉와는 같은 반에 소속되어 있었음에도 불구하고 〈그〉는 〈나〉에게 무관심한 존재에 지나지 않았는데, 어느 날 〈그〉의 존재감을 느끼게 되었기 때문이다. 그렇게 해서 〈그〉의 집까지 뒤를 밟아 간 〈나〉는 그곳에서 수상한 남자를 보게 되고 저 남자는 분명히 아편환자일 거라고 확신한다. 이렇게 생각하게 될 때까지만 해도 〈그〉는 〈나〉에게 단순히 일본인들의 폐쇄된 환경과 조계(租界) 외부에 띠돌고 있는, 탐정에게 있어서 여러 비밀을 간직한 범인과 같은 역할에 지나지 않는 인물이었다. 그러다가 간장을 보관해 놓은 통을 아편이 숨겨져 있는 장소로 오해한 〈나〉는 그 통에 구멍을 뚫어 버리고, 그 손해를 배상하게 되는 사건을 일으킨다. 그러나 그 후 〈나〉는 학교에서 영웅으로 취급받게 되고 〈그〉는 전학을 가 버린다. 〈나〉는 영웅이 되고 〈그〉가 사라져버리게 된 결과에 대해서 소년은 내가 왜 〈나〉이고 그가 왜 〈그〉였던가 하는 의문을 갖게 되면서, 건조한 날에 불어오는 모래 바람은 〈나〉를 불안에 빠트리게 된다.

2. 만주에 대한 노스탤지어

소설 「탐정과 그」에서 화자인 〈나〉는 아베 고보의 유소년기의 모습을 모델로 하고 있다.

> 마을 이름은 분명치 않으나 가령 H라고 해 두자. 당시 나는 H에 있는 일본인 소학교 6학년이었다. 학교는 조계 — 조계라는 말을 사용했는지 어떤지는 명확하지 않지만 여하튼 그것과 비슷한 곳 — 에서 벗어난 곳에 있었고, 길을 건너면 바로 뒤쪽으로 오래된 중국인 마을이 있었다. 그래서 (학교-필자 주) 뒷문의 빗장은 풀지 못하도록 못질을 해놨고, 게다가 그 위에 가시가 달린 철

> 조망을 둘러놓았다. 그러나 담을 넘어오는 아이들이 대여섯 명은 있었다. 대부분의 주민은 조계가 생기기 이전부터 살고 있었는데, 조계가 생겨서도 이쪽으로 옮겨오지 못한 가난한 중국인들을 대상으로 한 장사꾼의 자식들이다. 군대의 보호 아래 새롭게 들어온 어용상인이나 관리, 철도종사원들의 자식들과 자연히 구별이 생겨났다. 내가 희생자로 고른 그 소년도 담을 넘어 오던 건너편에 사는 아이들 중 하나였다.(「탐정과 그」, 300~301쪽)

마을 이름을 가령 H라고 해 둔다고는 하지만 작중의 마을이 아베 고보가 만주에서 살던 봉천(Hoten)을 연상시키는 것은 어쩔 수 없다. 게다가 탐정소설에 푹 빠져서 지냈다고 나오는 〈나〉는 유년기에 에드가 앨런 포의 소설을 탐독하고 그 내용을 학교 학생들을 모아놓고 들려주었던 아베 고보의 모습과도 오버랩된다.[40] 만주 지요다소학교(千代田小学校) 동창회에서 편찬된 『지요다, 최후의 학생들(千代田・最後の生徒たち)』, 『열세 살의 증언(十三歳の証言)』의 편집자 대표인 엔도 가즈코(遠藤和子)의 기록을 보면, 봉천에서 아베 고보가 통학했던 지요다소학교 ― 현재 동북육영학교 ― 는 중국인 아이들도 재적을 하고 있었다.[41] 한 주에 한 시간 정도 만주어(중국어) 공부도 했었는데, 학생들은 거의 한 번도 사용한 적이 없어서 기억하는 사람도 좀처럼 없었다고 한다. 아베 고보의 경우도 중학교까지 중국어를 배웠는데, 4학년부터 배우기 시작해서 겨우 간단한 회화를 기억할 뿐이었고, 또 일본어로 모든 의사소통이 가능했기 때문에 금세 잊어버렸다고 한다. 필자는 2008월 9월 27일 도쿄에서 아베 고보의 만주 소학교와 중학교 시절의 동급생이었던 지바 다네후미(千葉胤文) 씨와 만나 이야기할 기회가 있었다. 지바 씨는 아베 고보가 중국어통번역자격증도 갖고 있었다고 전한다. 그러나 후에 도쿄에서 함께 만났을 때 아베 고보가 중국어로 이야기하는 것을 들은 적은 한 번도 없었다고 한다.

이렇게 잊혀져가는 중국어처럼, 만주에서의 생활을 오로지 기억에만 의존해 회상한 탓일까, 실제 사실과 어긋나고 있는 면도 있다. 아베 고보가 다녔던 소학교 주변에는 정식 명칭의 조계는 없었다. 소설에서 "조계 비슷한 곳"이라고 설정하고 있는 것은 그 때문으로, 조계와 같은 기능을 하는 특별지구를 가리킨 것으로 보인다. 일본과 서양이 독립적으로 지배권을 가진 조계와 비슷한 구역으로는 철도부속지가 있다. 봉천 시가지의 대부분은 철도부속지로 설정되어 신시가지라고 불린 넓은 일본인거리가 형성되어 있었다. 아베 고보가 봉천에 살던 1937년 11월 당시의 봉천 만철부속지에는 총 인구 93,530명 중에 내지인(일본인)이 70,073명, 만주국인(중국인)이 21,217명, 조선인이 1,727명, 외국인(러시아인이 다수)이 513명 살았다. 봉천은 일본인 비율이 높은 곳일 뿐 아니라, 다른 지역과 비교해서도 압도적으로 일본인이 많이 모여 살았던 곳이다.[42] 아베 고보는 아버지인 아베 아사키치(安部浅吉)가 남만주의학당에 재직하고 있었기 때문에 만철사택 — 葵町, 현재 南寧南街 — 에 살고 있었다. 아베 고보가 중학교 4학년 때, 아버지가 퇴직하고서 아베의원을 개업하기 위해 이사했던 곳은 봉천시 야마토구 고요마치(大和区紅葉町)이다. 그리고 그가 다녔던 소학교는 만주의대 — 아버지가 다녔던 대학 — 에서 가까운, 신시가지 중심부에 있었던 것으로 추측된다. 그곳은 중국인들이 모여서 살던 '성내(성벽)'와는 상당히 떨어져 있었다. 아베 고보와 같은 중학교를 졸업한 가토 마사히로(加藤正宏)의 「심양사적 탐방(瀋陽史跡探訪)」을 참조해 보면 봉천제2중학교에 입학했던 아베 고보는 일본인 친구들이 방문하는 게 금지되어 있던 중국인거리(城内 · 城壁)에 자주 놀러 갔다고 한다. 봉천제2중학교도 필자의 조사에 따르면, 신시가지 중심부 — 현재 심양시 南京南街 주변 — 에 있었고, 중국인거리까지는 상당히 멀리가야만 한다.[43] 소설의 인용에서 빗장으로 뒷문이 폐쇄된 채 못이나 철조망이 둘러쳐져 있던 학교에서 도로를 건너면 바로 뒤쪽에 오래된 중국인 마을이 있었고 담을 넘어오는 중국인 아이들도 있었다는 것은 아베 고보의 퇴색된 기억에 따른 기술로도 볼 수 있는 것이다.

> 발 밑에서 사각사각 아주 큰 소리를 내는 모래……어디선가 합창하는 소리가 들린다. ……모래, 끝없이 계속되는 모래 길……뿌리를 드러내고 있는 소나무 가로수길이 펼쳐지고, 그 건너편에 훨씬 먼 뒤쪽으로 교사(校舍)가 보인다. 아니 교사가 그를 보고 있는 건지도 모른다……모래, 사각사각 아주 큰 소리를 내는 모래……문득 떠오른다. 조각조각 찢긴 삐라, 버스 대합실에 붙어있던 삐라, "연습을 멈춰주세요, 시끄러워서 수업을 할 수 없습니다"……(조각난 것은 그였다)……모래, 모래, 숨이 멈출 것 같다.(「부랑자」, 242쪽)

인용부의 '모래'에 대한 묘사 외에도 숨이 막힐 듯한 모래로 뒤덮인 황야, 주변은 적막하게 메말라 있을 뿐 "거리는 건조하고 불에 타서 새하얀 먼지바람이 지면에 회오리치고 있었다."(「굶주린 피부」, 163쪽) 또는 "회오리바람이 지면을 스치면서 서로 맞부딪치는 소리가 났다. 남쪽에서 좌르르하고 모래가 섞인 바람이 불어왔다."(「변형의 기록」, 179쪽)는 묘사처럼, 건조한 바람과 하얗게 회오리치는 모래 바람, 메마른 풍토는 아베 고보의 작품이 만주를 원풍경으로 하고 있는 것을 증명하는 대표적인 표상으로서 지적할 수 있다. 그런데 그러한 풍토적인 특징은 갑자기 되살아나는 신체적인 감각을 자극하고 일상 속에서 잊고 있던 예전의 기억을 소환한다.

> 태풍이 지나가고 2, 3일째에 드물게 건조한 날들이 이어졌다. 바람이 불면

증발한 물웅덩이로부터 석양을 등진 제분소 주변처럼 하얀 먼지가 회오리친다. 얼굴을 숙이고 실눈을 하고 걸으면서 문득 나는 불안해졌다. 이유를 찾으려고 오래된 기억의 내부를 더듬어 본다. 그러자 돌연, 갑자기 불안해진 것처럼, 실눈에 비치는 이 작은 풍경이 오래전 추억과 이어지고 있음을 깨달았다. 이것은 내가 자랐던 마을의 풍경이다. 그 마을은 연중 건조하고 모래 바람이 불고, 늘 얼굴을 숙이고 실눈을 뜨고 걸어야만 했다. 울퉁불퉁한 땅을 밟으며 걷는 양발의 구두와 먼지를 뒤집어쓴 가뭄에 콩 나듯 나있는 잡초가 그 마을 풍경의 전부였다. 나는 기억 속을 걷고 있는 것이었다.(『탐정과 그』, 299~300쪽)

건조한 날, 바람에 하얀 먼지가 회오리치는 거리를 걷고 있자니 불안은 익숙한 풍경과 함께 과거의 기억을 불러일으키는데, 이러한 감각은 다름 아닌 만주를 향한 노스탤지어로서 잊고 싶어도 잊혀지지 않는 신체화된 기억으로 기능하게 된다.

3. 살풍경한 만주

아베 고보가 만주에 관해서 직접적으로 발언해 놓은 것은 1954년 「심양 17년(瀋陽十七年)」을 비롯해 「봉천(奉天)」(『日本経済新聞』1955일 1월 6일자), 「내 마음 속의 만주(私の中の満洲)」(『日本読書新聞』 1957일 4월 15일자)와 같은 기록을 들 수 있다. 그리고 이러한 짧은 단상도 이후에는 좀처럼 나타나지 않게 된다. 그럼 아베 고보는 만주에서의 회상을 어떤 식으로 말해 놓고 있을까. 먼저 봉천이라는 장소는 살풍경한 만주의 풍경 중에서도 더욱 황량한 마을로 묘사되고 있다.

먼지투성이의 건조한, 수목도 별로 없는 마을. 일정한 흐름도 없이 흘러가는 황토색의 탁한 강물. 상징적으로 세워져 있는 급수탑. 마을의 남쪽으로 펼쳐져 있는 작은 사막. 푸르고도 강렬한 햇볕이 비출 틈도 없는 넓은 하늘. 그 하늘의 중압감에 눌려 있는 듯이 늘어서 있는 거무티티한 기와집들. 집이라기보다 완구상자를 뒤집어 놓은 듯이 뒤죽박죽한 집들. 그리고 그 건너편에는 코크스와 연기를 내뿜는 공장지대가 빼곡하게 늘어서 있다. 마을 전체가 프라이팬 속처럼 뜨겁게 달아오르는 여름. 아카시아 잎이 하얗게 주글주글해져 있는 여름. 그리고 영하 20도가 되어 면도날을 머금은 듯한 칼바람이 부는 겨울. 사람들이 동사하는 겨울.(「봉천(奉天)」)

그는 이렇게 살풍경한 봉천이지만 왜 그런지 모르게 더욱 그곳에 빠져들게 되는 이유는 그곳이 아마도 고향이기 때문일지 모른다고 말한다. 그러나 역시나 그러면서도 고향이라고 단언할 수 없다는 말을 잇는다. 또한 다행히 자신의 아버지는 제국 일본의 지배 권력이 확립되지 않았던 시기부터 개척민으로 이주했었는데, 문자 그대로의 개척민과 식민정책에 의한 개척민은 천지 차이가 있다며, 만주에서의 자신의 입장을 변호하고 있기도 하다.[44] 그러나 평화로운 시절의 이민이라고는 해도 일본인 전체는 무장한 침략이민자에 불과했으며 그렇기 때문에 일본인은 봉천을 고향이라고 말할 자격이 없다고 반추한다.

아베 고보가 어렸을 때의 봉천은 사방팔방으로 황무지와 같은 황야일 뿐이었는데 이후 급속도로 발전하면서 여러 의미에서 변해 버렸다. 그리고 봉천은 이미 심양이라는 이름으로 바뀌어 눈부신 성장을 거듭해오면서 중국의 대표적인 공업도시가 되었다. 이전의 흔적은 찾아볼 수 없게 된 것이다. 이러한 변화에 대해서 그는 상당히 감동적인 일이지만 그렇기 때문에 심양을 고향이라고 하는 것이 더더욱 무의미하게 여겨진다고 회상해 놓기도 한다.[45] 이러한 연유로 아베 고보는 이후 고향이라고 부를 수 있는 장소도 없이 마치 고향 주변을 방황하면서 끝내 안착할 수 없는 듯한 자신을 '아시아의 망령'으로 규정하게 된다.[46]

봉천이나 만주를 생각할 때, 그는 끊임없이 고향이라는 말을 사용하면서도 그래서는 안 되는 식민자, 침략자 일본인의 역사적 과오를 상기한다. 소설 「탐정과 그」에서도 왜 내가 〈나〉이고 그는 〈그〉였던가를 되묻게 되는 이유도 이러한 연유에서 일 것이다. 아베 고보가 만주에서 자란 사람이라는 의식이 어떤 식으로든 의미를 가질 수 있다고 한다면 그것은 아마도 철저한 전후의 자각 정도일 것이라고도 밝혔듯이,[47] 그에게 만주란 어디까지나 전후 일본에서 재형성된 노스탤지어의 공간으로 변해 간다. '고향'이라는 개념은 인류가 이동을 본격화하기 시작한 19세기 후반의 문명화와 산업화와 함께 인식되어졌다고 한다. 따라서 인류는 이동으로 인해 태어난 곳과 지금까지 거주하던 곳을 고향으로 규정하게 되고 동시에 그러한 고향을 회상하게 되는 자신의 현 위치, 곧 자신이 처한 장소를 자각하게 된다고 한다.[48] 이처럼 고향은 마치 자신의 기원이 되는 땅처럼 생각되어지고, 회귀해야 할 장소처럼 구상화되는 경향이 있다. 노스탤지어라는 말도 원래 그러한 가공의 장소를 어떤 하나의 이미지에 대한 인상을 통해 재구성한 것으로서, 자기의 상상 위에 만들어진 감정이라고 할 수 있다. 따라서 고향에 대한 노스탤지어라는 것은 늘 이중적인 구도를 포함하게 된다. 과거의 장소를 반추함과 동시에 자신의 현 위치를 자각하는 구도이다. 이는 반대로 현재의 어떤 하나의 이미지가 자극제가 되어서 과거와의 소통을 가능하게 해 주기도 한다.

아베 고보가 자신의 만주에서의 경험을 이야기할 때에도 이러한 구도가 작용하고 있다. 만주에서는 실감할 수 없었던 '무장한 침략자' 일본인이라는 자각이 전후 일본의 식민지 상황을 목도하면서 선명해졌고, 또 폐허로 변한 풍경 속에서 건조한 바람이 불어오면 만주의 황야로 돌아가 있는 듯한 감각이 신체적 기억으로 되살아나기도 한다. 아베 고보의 만주에 대한 표상의 기조를 이루고 있는 모래 바람이나 황무지 같은 황야의 이미지가 만주와 전후 일본 두 공간을 이중적으로 나타내는 듯이 보이는 이유는 바로 이 때문이다.[49] 만주의 표상 중에서 회오리치듯이 건조한 모래 바람이 부는 풍경이 실제 만주의 대표적인 풍경이기도 하다. 그렇지만 고향에 대한 노스탤지어가 이 하나의 이미지로 축약되게 된 경위에는 아베 고보의 식민자이자 침략 민족으로서의 자각이 영향을 미쳤음은 분명히 알 수 있다. 그렇기 때문에 만주를 그리움이나 애정이 넘치는 곳으로 표현할 수 없게 되고, 회오리치는 건조한 모래 바람으로밖에 형용할 수 없는 살풍경한 노스탤지어만이 만주의 표상으로 남게 된 것이다.

나오며

아베 고보의 고향 상실자로서의 시점은 패전과 귀환이라는 역사적 사실에 따른 개인적 체험에서 발로한 것이라고 정리할 수도 있다. 그러나 이상에서 살펴본 바와 같이 좀 더 직접적인 요인은 그의 내면적 인식 변화, 즉 아베 고보의 일본인에 대한 인식에 있었다고 할 수 있다.

패전으로 인해 만주에서 일본으로의 강제 귀환조치를 따라야 했던 아베 고보는 실제 자신의 출신이 초래한 아이덴티티상의 균열을 겪게 된다. 전후 일본 사회에서 만주일본인이라는 출신이 갖는 이질감과 만주에서 일본인이었던 자신의 과거 사이에서 극심한 저항감을 느끼게 되는 것이다. 그리고 침략자이자 식민자였던 만주일본인이 갖는 위화감이 어떠한 것이었는지를 인식하게 되는 그는 같은 일본인 사이에 벌어지는 복수극을 그린 「굶주린 피부」라는 소설을 통해 그러한 내적 갈등(혼란)을 겪고 있는 심경을 나타내고 있다. 그러나 자신이 계획한 복수가 성공한 듯해도 스스로를 향한 자괴감은 일본인이라는 출신으로부터 도망칠 수 없는 현실을 다시금 상기시킨다. 결국 그는 식민지주의의 지배이데올로기에 대한 반감을 폭력성을 통해 묘사하고 풍자하게 되는데, 식민지의 풍경에 지나지 않는 존재인 피식민자의 입장을 사자(死者)로 그려내는 것이다. 「변형의 기록」이 그것으로, 과거 만주와 전후 일본의 피식민자의 입장을 이중적으로 투영하고 있기도 하다. 다시 말해서 아베 고보는 전후 일본의 미군 점령의 현실을 식민지주의라는 지배이데올로기로 직시하고, 만주에서의 일본인이 갖고 있던 존재감을 보다 선명하게 인식하게 된 것이다. 그리고 이제는 더 이상 만주를 고향이라고 여길 수 없는, 고향 상실자로서의 위치 감각을 인지하게 된다. 「탐정과 그」에서 묘사되듯이 건조한 바람과 회오리치는 모래 바람처럼 황량하고 메마른 만주의 표상은 실제 만주의 풍토를 이루는 요소이기도 하지만, 침략자 일본인이라는 사실관계에서 오는 죄책감 때문에 그곳을 그리움이 넘치는 정겨운 기억으로 표현할 수 없었던 사정을 보여준다. 이것이 아베 고보의 인식 변화에 따른 노스탤지어의 형성과정으로, 황량하고 살풍경한 만주의 이미지는 아베 고보 자신의 '표상될 수 없는' 고향에 대한 내면 풍경을 함유하고 있는 것이다.

3부

아베 고보의 소생하는 '기억'과 소거되는 '고향'

—오브제와 기억의 데페이즈망

들어가며

3부에서는 일본 근현대문학에서 전위성과 아방가르드의 기수로 대표되는 아베 고보의 창작기법의 하나인 초현실주의 기법에 관해 살펴보겠다. 특히 아베 고보가 초현실주의의 회화기법에 착안하여 전위성이 짙은 작품 창작을 시도하고 있는 점을 새롭게 밝혀 보고자 한다. '본래 있어야 할 곳에서 다른 곳으로 옮겨지게 되면서 발생하는 이화작용'을 핵심으로 하는 데페이즈망 기법이 그것이다. 그리고 이러한 회화기법이 작품의 텍스트와 어떻게 결합되고 있는지 살펴보고, 데페이즈망 기법의 사용이 작품 창작에 미친 영향을 초현실주의 회화를 예를 들어가며 구체적으로 고찰해 보겠다.

아베 고보 문학에서 초현실주의의 구사는 초기 작품집인 1951년『벽』의 단편소설에서 본격적으로 시작되어 1962년『모래 여자』에 이르러 최절정에 이르렀다고 평가된다. 그러나 그가 구체적으로 초현실주의의 어떠한 방법론에 착안하고 있었는지에 관해서는 지금까지의 선행 연구에서 특정해내지 못했다. 그렇기에 선행 연구의 시야를 한 발 더 발전시켜서 아베 고보가 초현실주의의 회화기법, 그중에서도 데페이즈망 기법을 전용하여 그만의 독특하고 전위적인 작품 세계를 구축하고 있음을 규명해 보는 것은 의의가 있다고 하겠다. 또한 데페이즈망을 사용한 창작방법은 아베 고보의 현실에 대한 '폭로'와 '전복'이라는 사상적 층위와도 연동되고 있음을 고찰해 보고자 한다.

아울러 아베 고보가 1960년 중반에 창작한 텍스트를 중심으로 그가 구사하고 있는 기억상실 모티프와 정체성 재구성과의 관계를 밝혀본다. 아베 고보의 1960년대 작품에서는 이전에 발표된 1950년대 작품과 비교해 봤을 때 만주의 표상이 거의 보이지 않게 된다. 1960년대 중후반에는 거의 '소거'되었다고 해도 좋을 정도이다. 이를 어떻게 이해할 수 있을까? 아베 고보에 관한 연구사 내에서도 1960년대 후반 이후 만주를 시야에 넣은 분석들이 이루어져 왔지만 실제 이 부분과 관련해서 이해를 돕고 있는 논의는 찾아보기 힘들다. 이 점에 대해서 필자는 1960년대부터 본격적으로 구사되기 시작한 아베 고보의 창작 기법인 '기억상실' 모티프가 의미하는 바를 통해 설명해 보고자 한다.

1장 '오브제'의 사상

작가로서 데뷔했을 시기부터 '밤의 모임(夜の会)'이나 '세기의 모임(世紀の会)'의 주요 멤버로 활동한 아베 고보는 하나다 기요테루(花田清輝)와 다키구치 슈조(瀧口修造)와 같은 초현실주의 이론가들은 물론, 오카모토 다로(岡本太郎)나 이케다 다쓰오(池田龍雄)와 같은 미술가와의 교류도 깊었다. 특히 초기 작품군 『벽』에 수록된 「S · 카르마 씨의 범죄」, 「바벨탑 너구리」, 「사업」, 「마법의 초크」를 집필하는 동안 이들 초현실주의자와의 접촉이 많았고, 「바벨탑 너구리」에는 동 모임의 멤버이자 아방가르드 운동가였던 화가 가쓰라가와 히로시(桂川寛)의 삽화도 실려 있다. 그렇기 때문에 아베 고보의 초현실주의로부터의 영향에 관해서는 주로 단편집 『벽』에서 보이는 우의성이 짙은 작풍이나 혹은 아방가르드의 영향에 의해 실존적 성향을 드러내고 있는 창작 수법을 밝히려는 관점에서 이야기되어 왔다. 『벽』에 구사되고 있는 변신 · 변형 모티프가 보여주는 전위성은 소설 『모래 여자』와 관련해서도 지적된다. 특히 두 작품을 중심으로 아베 고보의 창작 수법과 작품성에 있어서의 연속성이나 단절성을 논의하는 연구 또한 상당히 많이 이루어져 왔다.[1] 뿐만 아니라 『벽』의 전위성과 관련해서 「덴도로카카리야」를 아베 고보의 전위적 변모가 시도되기 시작한 작품으로 규명하는 연구나 소설 「손」, 「굶주린 피부」, 「시인의 생애」, 「침입자」, 「R26호의 발명」, 「변형의 기록」, 「무관계한 죽음」, 「인어전」에서 구사되고 있는 전위적 성격을 평가하는 연구도 있다.[2] 이들 모두 아베 고보의 전위적 창작세계에 대한 해명이 목적으로 작품이 갖는 우의성이나 풍자적 성격에 대한 고찰이 주를 이루고 있다고 말할 수 있다.[3] 작품에서 이용되고 있는 초현실주의 기법에 관해서도 꿈이나 무의식의 세계에 대한 표상을 중심으로 평가해 왔다.[4]

그러나 아베 고보의 초현실주의 기법에 관해서는 이미지를 중요시하는 텍스트의 회화성에서 그 독특함을 찾아야 한다. 하니야 유타카는 「아베 고보에 관해서(安部公房のこと)」(『近代文学』1951.8.)라는 글에서 아베 고보가 20세기 아방가르드 예술에 돌입했다고 지적하면서, 예를 들어 작품 「덴도로카카리야」의 주인공의 얼굴이 큐비즘시대의 피카소 그림을 연상시킨다고 한다. 하니야 유타카와 비슷하게 아베 고보의 회화적 발상을 평가하고 있는 도바 고지(鳥羽耕史)는 「덴도로카카리야」 주인공의 변신이 미래파 회화, 그중에서도 마리네치의 그림을 묘사한 듯하다며 '전위회화'와 아베 고보의 관계를 평가한 바 있다.[5] 이에 대해 좀 더 자세히 살펴보자.

단편 「S · 카르마 씨의 범죄」에는 철학자나 초현실주의자의 이름이 빈번히 등장한다. 예를 들어서 너구리에게 그림자를 먹혀 버린 주인공이 너구리에게 이끌려서 바벨탑에 가게 된다. 그곳에는 '초현실주의 연설'을 하는 브르통 외에도 단테, 니체, 이백(李白) 등의 선각자들이 모여 있다. 다음에 인용하는 부분은 「S · 카르마 씨의 범죄」에 나오는 살바도르 달리(Salvador Dalí)의 작품이 등장하는 장면이다.

> 경찰관한테 포위된 폭민의 사진이 있다. 사살된 남자 위로 엎드려 울고 있는 여자의 사진이 있다. 그리고 살바도르 달리의 해골과 백조의 죽음을 연기하고 있는 아름다운 발레리나의 모습이 나란히 있다. 투우 사진과 꼬냑 광고가 나란히 있다. (중략) 사구 사이로 아득한 지평선까지 뻗어 있는 광야의 풍경이 페이지 가득 펼쳐져 있다. 광야에는 말라빠진 관목(灌木)이, 하늘에는 두툼한 구름이 상자처럼 겹겹이 쌓여 있다. 사람의 그림자는 없다. 가축은 물론이고 까마귀 그림자도 보이지 않는다. 광야의 한 면을 뒤덮고 있는 풀은 철사처럼 가늘고 짧고 듬성듬성해서 지면이 틈사이로 보일 정도이다. 풀뿌리 아래에는 모래가 사르르 바람에 날려 물결을 이루고 있다. (「S · 카르마 씨의 범죄」, 14~15쪽)

스페인어를 알지 못하는 주인공은 스페인의 풍경 등을 소개하고 있는 잡지를 손에 들고서 잡지에 게재된 그림을 구경하고 있다. 그러다가 '마치 기억의 밑바닥에 나 있는 창' 같은 광야의 풍경에 눈이 멈춘다. 그리고 자신은 스페인에 가 본 적도 없는데 왜 그런지 어디선가 본 적이 있는 듯한 풍경이라는 생각이 든다. 아베 고보의 '밤의 모임' 활동시기를 검증하고 있는 도바 고지는 이 장면에서 소재가 되고 있는 잡지에 대해서 당시 『벽』의 삽화를 담당한 가쓰라가와 히로시가 고서점에서 산 것이 아닌가 추측하고 있다. 다만 그 잡지에 아베 고보가 흥미를 가졌다는 사실 관계만 확인할 수 있을 뿐, 구체적인 잡지명이나 성격에 관해서는 알 수가 없다고 한다.[6] 그렇지만 도바 고지가 이 잡지에 실제로 살바도르 달리의 그림 사진이 수록되어 있었다고 밝히고 있는데 인용문에서의 묘사를 주시하면 달리의 「Skull」(1951년)이 연상되기도 한다. 하지만 「Skull」은 달리의 후기 작품군에 속하기 때문에 아베 고보가 이 단편 소설을 쓰던 시점에서 「Skull」의 영향을 받았다고는 확정하기 어려운 부분이 있다. 혹은 이전 시기에 비슷한 소재로 창작된 달리의 다른 작품이 있었을 수도 있다.

그런데 아베 고보가 참조하고 있는 것은 회화에만 한정해서는 안 될 것이다. "해골과 백조의 죽음을 연기하고 있는 아름다운 발레리나의 모습이 나란히" 있었다는 묘사가 오히려 달리와의 관계를 암시하는 단서라 할 수 있기 때문이다. 달리는 스페인 내란이 일어난 이후 뉴욕에서 발레 대본을 쓰며 그 무대장치 디자인을 했던 적이 있다. 이때가 1939년에서 1944년 사이로, 당시에 직접 광고용 포스터를 제작하기도 한다. 달리는 그 사이에 1941년 발레 '미로'의 대본을 공동 제작하고 그 무대 디자인을 하면서, 같은 해 여덟 번에 걸쳐 미국순회 공연을 했다. 따라서 경찰대에 포위된 폭민이나 사살된 남자 위로 엎드려 울고 있는 여자의 사진, 그리고 달리의 스페인 방문에 관한 일을 고려한다면 소설에서 소재가 되고 있는 잡지는 1936년 스페인내전 이후에 간행된 것으로 추정해 볼 수 있다. 그리고 주인공의 관심을 끌게 된 광야의 풍경은 후에 주인공의 가슴속에 흡입되어 다음과 같은 삽화로 표현된다.

참고 그림 1 「S · 카르마 씨의 범죄」 초판본, 가도카와문고(角川文庫)에 실렸던 삽화.

주인공의 가슴속에서 흡입된 광야의 묘사

성장하는 벽에 대한 표사

여비서 Y의 우는 모습

가슴속에는 광야의 말라빠진 관목이 보이고 머리에는 두툼한 구름이, 하늘에는 상자가 겹쳐져 있는 듯이 떠 있다. 철사처럼 가늘고 짧은 풀이 광야의 한쪽 면을 덮고 있고 손가락 틈으로 모래가 사르르 흘러내리고 있다. 이 삽화는 당시 문장 전개와 전혀 관계가 없다고 지적되어 가도카와 문고의 초판본을 제외하고 신초문고(新潮文庫)판을 비롯해 이후 아베 고보 전집(全集)에서도 생략되었다.[7] 그러나 도바 고지는 삽화와 성장하는 벽을 그린 회화를 들어서 이 그림이 주인공의 심적 세계를 상징적으로 나타내고 있기에 문장에 대한 설명 형태라는 통상의 삽화 역할에 한정되지 않은 기능을 하고 있다며 그 효과를 평가하기도 했다.[8] 그러면서 도바 고지는 이 그림들이 달리의 1930년대 작품군, 그중에서도 「내란의 예감」(1936년)이나 기억을 소재로 한 회화를 연상시킨다고 덧붙이고 있다.

이러한 삽화는 『벽』의 탄생이라는 창작 과정에서 아베 고보와 함께 활동했던 사람들과의 공동 작업을 시사하는 한편, 달리와 같은 초현실주의 화가의 회화 모티프가 아베 고보의 창작 방법론에 많은 영향을 주었음을 보여준다. 그중에서도 특히 아베 고보가 오브제의 발견을 통해 소설의 창작 방법론을 심화시키고 있었음에 주목할 필요가 있다. 당시의 소설 「마법의 초크」에는 다음과 같은 장면이 나온다.

> 한 발 물러나서 문을 열었다. 눈속으로 다이너마이트가 박히는 듯했다. 작렬했다. ……좀 지나서 조심조심 눈을 뜨자 무시무시한 광야가 반짝반짝 정오의 태양을 받아 빛나고 있다. 쭉 보기에 지평선 외에 그림자 하나 없다. 하늘은 거무스름하게 보일 정도로 구름 한 점 없다. 바짝바짝 마른 열풍이 흙먼지를 일으키며 불었다. 아, 이는 마치 구도를 정하기 위해 그어 놓은 수평선이 그대로 풍경이 된 듯하다.(「마법의 초크」, 141쪽)

주인공인 화가는 자신이 그린 그림이 실물이 되어 눈앞에서 재현되는 것을 경험하게 된다. 화가는 벽에 문을 그려서 그 문을 열었는데, 그 건너편에는 그림의 구도를 잡기 위해 그려놓았던 대략적인 선이 그대로 지평선과 광야의 형상으로 펼쳐져 있는 것을 본다. 이러한 경험 이후 화가는 모든 사물을 그림으로 그려야겠다고 생각한다. 오브제의 배치, 즉 '오브제의 발견'이 갖는 필요성을 말하고 있는 부분이다. 그렇다면 오브제가 늘어서 있는 풍경은 어떠한 모습일까.

역시나 마찬가지로 물속에 가라앉아 있는 공장. 이번에는 물이 격하게 요동치면서 모든 것이 지면에서 하늘을 향해 끓어오르듯이 보였다. 벽은 이미 완전히 수복되었고 모든 창문에 제대로 유리가 달려 있다. 한 구석에 달려 있는 딱 한 개의 창문이 열려 있고 그곳에서 머리가 없는 남자가 상반신을 내밀고 있다. 그는 어딘가를 향해 신호를 하고 있는지도 모른다. 손에 든 하얀 깃발이 밑에서 선풍기를 틀어놓은 듯이 위쪽을 향해 나부끼고 있다. 물고기는 이미 사라졌다. 그 대신 머리카락을 하늘을 향해 나부끼고 있는 수백 명의 인간이 수족을 꼿꼿하게 펴고 수평으로 둥둥 떠다니며 공장을 둥글게 감싸고 있다. 지면에서는 식물 대신 가지와 잎이 달린 조가비가 수직으로 서 있고, 그 하나하나의 정수리에 희미한 불빛이 켜져 있다. 그 사이를 몸통의 반절보다 큰 주둥이를 가진 새까만 까마귀가 낮게 비행하고 있다. 눈을 크게 뜬 게 어딘가 몹시 불안해 보인다. 전체적인 풍경이 굴절되어 있는 듯이 보이는 이유는 아마도 물결 때문인 듯하다.(『수중도시』, 266쪽)

이 묘사는 '제방에서 본 우리들의 공장 풍경'이라는 그림을 서술하고 있는 부분이다. 건물 창으로 상반신을 내밀고 있는 머리가 없는 남자나 공중에 떠다니고 있는 인간들, 그리고 가지와 잎이 달려 있는 조가비 사이로 커다란 주둥이를 가진 까마귀가 불안한 듯이 날아다니고 있는 모습처럼, 대혼란에 빠져 있는 듯한 오브제들을 볼 수 있다. 이를 바라보던 주인공이 문득 '시적'이라고 중얼거릴 정도로 각각의 오브제는 상징성이 풍부한 풍경을 이룬다.

이 외에도 오브제를 소설의 중요한 의미 영역으로 치환시키고 있는 예는 많다. 단편 「벙어리 처녀」에서는 오래된 촛불 같은 피부에 거미 같이 긴 수족을 가진 벙어리 아가씨가 등장한다. 더구나 얼굴의 두 배나 되는 빨간 장미처럼 생긴 리본을 앙상하고 기다란 오른 쪽 집게손가락에 묶고 있는 묘사는 커다란 빨간 리본과 창백한 소녀를 대비시키면서 효과를 내고 있다. 그 소녀가 '벙어리'라는 설정도 마치 초상화 속의 인물을 현실에 소생시켜 놓은 듯한 인상을 준다. 또한 단편 「침입자」에서 "S(S子)는 피카소의 초상화에 나오는 듯한 얼굴로, 즉 뭐라 말로 표현하기 힘든 무기적으로 분열된 표정으로 멍하니 서 있었다"(216쪽)고 형용하는 부분은 피카소의 여성 초상화를 연상시키는 한편, 앞서 예로 들었던 〈참고 그림 1〉 중에서 울고 있는 여자 모습을 떠올리게 한다. 특히 「침입자」에서는 어느 날 주인공의 집을 습격해 온 침입자 가족 중에서도 부인의 모습이 기이한 그녀의 표정이나 말투와 함께 더욱 괴상하게 묘사되고 있다.

> 부인이 큰 대자(大)로 있었다. 그 나풀거리는 의상은 대낮에 보니 정말이지 기괴했다. 오페라에서 외국인(어느 나라에서 봐도)을 대표하는 특별 의상 같았다. 드레스는 녹색으로 주름이 많이 져 있고 분홍색 작은 천 조각이 무분별하게 달려 있다. 아래쪽에는 물고기 비늘 같이 보이는 게 붙어 있었다.(「침입자」, 210~211쪽)

여기서 녹색 드레스에 어울리지 않는 분홍색 천 조각들이 여기저기

달려 있고, 물고기 비늘 같이 보이는 장식이 달려 있는 옷은 막스 에른스트(Ernst, Max)의 『백두녀』 중에 나오는 의복을 연상시킨다. 1921년부터 프랑스의 초현실주의자와 교제를 했던 에른스트는 1925년 프로타주라는 환상회화의 영역을 개척한다(『박물지』, 1926년). 그리고 콜라주 로망인 『백두녀』(1929년)를 완성시킨다. 에른스트는 콜라주를 두 개 혹은 그 이상의 본질적으로 서로 다른 실존이 외견상 어울리지 않는 평면 위에서 우연인 듯 아니면 고의인 듯 조우하는 것으로 정의한다. 『백두녀』는 그러한 초현실주의 회화의 콜라주 기법을 잘 보여주는 작품으로, 여성의 의복에 물고기의 비늘이나 새의 깃털이 달려 있는 게 특징적이다. 이러한 묘사는 소설 속에서 그러한 의상을 입고 있는 침입자들의 낯설고 기괴한 행동 — 돌연 찾아와서 집을 빼앗고 주인공에게 반사회적 행동을 강요하는 등 — 을 인상 깊고 명확하게 전달해주는 효과를 내기도 한다.

참고 그림 2 에른스트 『백두녀(百頭女)』 중에서

출처: 『백두녀』 巖谷國士 번역, 河出文庫, 1996년판

이렇게 이상하고 기괴해 보이는 이미지의 합성이나 회화성이 강한 오브제를 이용하는 것은 창작상의 방법론을 두고 늘 고민해 왔던 아베 고보에게 좋은 돌파구가 되었으리라 본다. 더불어 오브제의 발견으로 인한 인식 세계의 확대는 아베 고보의 묘사 대상에 대한 상대적 감각을 성숙시킨다. 하나의 대상이 갖고 있는 앰비벌런스(ambivalence)를 있는 그대로 묘사함으로써 오히려 그 대상에 대한 객관적 시각을 확보하는 것이다.

> (아틀리에에-필자 주) 마치 박명(薄明)의 콜로이드를 난도질하듯 흩겨보고 있는 나체의 여자동상만은 솔직히 내 눈에 확 띈다. (중략) 그림자보다도 짙은 회색의 거친 피부는 박명을 극복하고 차갑게 빛나고 있다. 무질서와 회색의 여왕답다고 생각했다. 회색의 여왕은 고요히 서 있었다. 슬픈 듯했고 빛나는 듯도 보였다. 그것은 이 박명처럼 어느 쪽인지 판단하기 어려웠다. 또한 그 자세가 무엇을 의미하는지 짐작할 수 없었다. 모든 행동의 원형처럼 생각되었다. 무언가를 시작하려는 듯 보이다가도 끝낸 듯했고, 또 반대되는 무엇인가를 시작하려는 듯이 보이기도 했다. 애매하다기보다는 그 각각이 너무나도 분명했다. 그리고 아름다웠다.(「박명(薄明)의 방황」, 225쪽)

인용한 소설 「박명(薄明)의 방황」은 하나의 여인상(일명 회색의 여왕)을 둘러싼 묘사가 수차례 반복해서 전개되는 수법이 특징적이다. 그리고 처음에는 위에서 인용한 것처럼 "아름다웠다"고 감탄하지만, 두 번째 묘사에서는 "추악했다"고 그 표현을 바꾸고 있다. 이는 예술의 창조자가 자기부정과 자기긍정 사이에서 방황하는 것을 해질녘인지 새벽녘인지 애매한 박명(薄明) 속에서 '회색의 여왕'에 대한 대조적인 감상을 통해 표현하고 있는 듯하다. 그리고 경우에 따라서 흑(추악함)으로도 백(아름다움)으로도 보이는 회색은 어느 쪽에도 속하지 않는 색을 의미하는 것이 아니라 오히려 어느 쪽이든 될 수 있음을 강조하는 듯하다.

아베 고보의 장편 『타인의 얼굴』에서는 주인공이 타인과의 사이에서 느끼는 갈등이나 복수심, 욕망 등을 검은 노트, 흰 노트, 회색 노트로 나누어서 고백하고 있는 것을 볼 수 있다. 이때 주인공은 회색 노트 속에서 감정상의 균형을 찾게 된다. 이와 관련해서 이 단편소설을 생각해볼 때, 대상이 갖고 있는 대립적인 면을 그대로 양립시키고 그 가운데서 객관적이고 비판적인 시점을 유지하고자 하는 아베 고보의 태도를 알 수 있다. 대상이나 사물의 양면성을 있는 그대로 제시함으로써 객관적이고 비판적인 시각을 드러내는 이러한 태도는 아베 고보가 연극을 연출할 때의 특징으로도 지적된다. 극단적으로 서로 반대되는 성격을 가진 인물들을 하나의 장면에 그대로 노출시켜서 긴장감을 높이는 효과를 주는 것이다.[9] 그렇다면 아베 고보가 이러한 회화적 이미지의 합성을 통해 노렸던 효과, 다시 말해서 '오브제의 사상'이라고도 할 수 있는 이러한 효과가 어떠한 창작 방법을 구축해 가게 되는지 이어서 검토해 보자.

2장 인어와 초현실주의

1. 1962년 작품 「인어전」

「인어전」은 한 남자가 해저침몰선을 조사하기 위해 깊은 심해로 잠수를 하게 되고 그곳에서 환영과도 같은 물체와 조우하게 되면서 이야기가 시작된다. 그 물체는 녹색 빛을 발하면서 침몰선에 갇혀 있던 인어였다. 남자는 신화나 전설 속에서나 존재할 것 같던 인어를 본 순간 그녀에게 매료되어 버린다.

> 상반신과 하반신이 내 머릿속에서 이성적으로 아직까지 정리가 되지 않은 상태에서 이미 아드레날린이 분비되기 시작했다. 그러자 그녀의 비인간적인 요소도 오히려 초자연적인 아름다움을 있는 그대로 돋보이게 만들었다. 사랑에는 출발점이 있을 뿐 과거는 없는 듯하다. 왼손에 연인을 끌어안고 오른손에는 친형제의 목을 쥐어 잡고 있는 것이 가장 순수한 연인들의 그림인 듯하다. 나도 의심을 갖기 전에 이미 얼음처럼 차가운 비취색을 띤 그녀에게 온통 매료되어 있었다.(「인어전」, 242쪽)

뒤에서 더 구체적으로 소개하겠지만 이상의 줄거리에서 알 수 있듯이, 「인어전」은 이야기의 전개나 발상의 기괴함은 물론이거니와 '인어'라는 소재가 등장하게 된 개연성이나 '또 다른 자아'의 등장이라는 분신 모티프 등으로 볼 때, 아베 고보가 1950년대에 창작했던 작품들과 상당 부분 오버랩되고 있다. 이러한 특성에 대해 아베 고보가 이전의 공상적이고 환상적인 경향에서 벗어나 새로운 리얼리즘으로 전환을 시도했다고 보거나, 이와는 정반대로 이전처럼 여전히 변신 모티프를 통해 실존적인 문제를 다루고 있다고 이해할 수도 있다.[10] 또한 이 소설에서 구사되고 있는 초현실주의 기법이 무의식의 세계나 자동기술과 같은 방법론과 밀접한 관련성을 지니고 있는 점에 천착하면서 사회풍자적인 작풍에 주목해볼 수도 있을 것이다.[11] 이와 같이 아베 고보의 창작 기법에 나타나는 '전위성'을 작품 이해의 중심축에 둘 수 있는 것이다.

아베 고보는 1946년에 관념성이 짙은 소설로 데뷔한 다음, 1951년 『벽』에서 시도한 변신(변형)과 같은 창작 기법으로 1950년대를 통해 전위적인 작품 세계를 구축해 왔다. 「인어전」 역시 이러한 맥락에서 생각하면 여타의 작품이 구현해내고 있는 전위적인 기법과 실존적인 주제에서 크게 벗어나고 있지는 않아 보인다. 나이프와 살인, 분신과 분열, 녹색과 신화성 등, 초기 작품에서부터 계속 등장하는 모티프가 이 소설에도 기능을 하고 있기 때문이다. 그러나 다른 작품들과 비교해볼 때 그로테스크한 분위기로 묘사되는 인어와 그러한 인어와 욕조 안에서 서로를 애무하고 있는 남자에 대한 묘사처럼, 「인어전」은 지금까지 아베 고보에 대한 연구사에서 간과해 왔다고 할 수 있는 창작 기법뿐만 아니라 소설적 주제를 내포하고 있다.

2. 변형된 인어

주인공은 인어에 대한 사랑을 '왼손에 연인을 끌어안고 오른손에는 친형제의 목을 쥐어잡고 있는' 그림에 비유하고 있듯이 아베 고보는 인어와의 만남을 마치 한 폭의 그림을 감상하고 있는 듯한 남자의 시선을 통해 묘사한다.

단단한 강철과도 같은 침묵으로 긴장된다. 아니, 수중에서는 원래 소리 같은 게 날 리가 없지만, 나의 내부에서 나는 소리마저 숨을 죽인 듯했다. 침묵은 일정한 폭으로 확장되면서 주변 공간을 정지시켜서 결정(結晶)을 만들어 나가는 듯했다. 그녀는 그 결정축의 중심에서 마치 형광체가 발광하듯이 녹색의 빛을 내뿜으며 유영하고 있다. 눈도 깜박이지 않고 정면으로 나를 바라보고 있다. 이 세상을 모조리 흡수해 버릴 듯이 깊어져만 가는 커다란 눈……에 비친 나는 천공에 날리는 먼지 털 같았다. 아드레날린의 분비도 아마 그 순간부터 시작되었음에 틀림없다. 눈은 여느 평범한 눈에 불과해서 차이가 있다면 기껏해야 3센티도 안 되는 눈꺼풀같이 생긴 육편 때문에 생긴 소소한 곡선 정도일 것이다. 무엇이 그렇게 만들었는지 나는 정확히 알 수 없었다.(「인어전」, 246~247쪽)

거대한 침묵이 만들어낸 어둠의 한 중간에서 형광의 녹색을 발하며 빛나고 있는 인어의 모습. 남자가 실제 인어를 발견한 건지 아니면 인어를 그려놓은 그림을 보고 있는 건지, 인어에 대한 묘사는 이중적으로 읽힌다. 『문학계(文学界)』에 실린 초판본을 살펴보면 이 부분에 "혹은 내가 그림이나 조각을 상대로 사랑에 빠졌다고 착각하는 사람도 있을지 모른다. 상관없다. 광영의 소치이다. 그만큼 감수성이 풍부하다는 것을 인정받는 것이니까"[12]라고 부연설명이 나온다. 이후에 아베 고보가 직접 개고를 하여 1970년도에 간행된 『아베 고보 전작품집』(『安部公房全作品集』, 新潮社, 1972.5.~1973.7.)이나 1990년대 후반에 제작된 『아베 고보 전집』(『安部公房全集』, 新潮社, 1997~2009)에서는 생략되어 있다. 또한 주인공을 보고 도망갈 기색이 없는 인어를 보고 "아무리 나로서도 듀공을 상대로 아드레날린 분비가 촉진될 리는 절대로 없을 것이다",[13] "환각일 거라고 생각하면서도 다른 한편에서는 역시나 실존이라는 생각을 버릴 수 없었다"[14]는 기술처럼, 인어의 실태를 강조하는 묘사들이 초판본에서는 더 자세히 나와 있기도 하다.

그리고 그녀의 형체는 점차 눈앞에 있는 듯이 확대되면서 인어의 커다란 눈으로 초점이 모아져 간다. 이렇게 클로즈업된 인어의 눈은 인어 자체를 대리하는 특별한 상징체가 되어 강조된다. 뿐만 아니라 사람 형태의 물고기인지, 물고기 형태의 사람인지 알 수 없는 그녀의 괴이한 모습에는 또 하나의 특징이 있다.

그녀는 마치 녹색 그 자체였다. 피부는 물론이고 머리카락이며 눈과 입술까지 하나부터 열까지 녹색이었다. 역시 이빨만은 흰색이었지만 혓바닥이나 잇몸도 마찬가지로 녹색이다. 아마도 내장이나 심장도 똑같은 녹색임에 틀림없다. (중략) 길고 나긋나긋한 녹색의 머리카락……매끈하게 이어져 있는 팔과 어깨……음악을 자아내는 다리에서 바로 연결되어 있는 듯이 보이는 얼굴 한가득한 눈……굴절률이 높은 유리같이 생긴 콧대는 다소 차가운 분위기를 풍기기는 했어도 입술의 윤곽이 천진난만해 보여 다행처럼 보였다……구태여 항간에 전해지고 있는 인어에 대한 이야기와 다른 부분을 뽑아 본다면 상반신과 하반신의 경계가 의외로 위에 있고 중요한 배꼽이 보이지 않는다는 점이나 하반신에 비늘 같은 것이 꼭 참치처럼 밋밋하게 붙어 있는 정도이다.(「인어전」, 240~241쪽)

인간과 물고기의 차이를 나타내는 배꼽이 없고, 비늘도 밋밋하여 그로테스크한 느낌을 주는 인어의 모습 자체가 일반의 메르헨의 세계에 등장하는 인어와 사뭇 다른 인상을 준다. 그러나 가장 독특한 점은 '녹색 그 자체'로 묘사되는 인어를 뒤덮고 있는 색감이다. 녹색이 주는 분위기 때문에 인어는 마치 환영이나 사령(死靈)처럼 비춰지기 때문이다. 게다가 그녀의 목소리는 10리 사방에서도 들릴 정도로 큰 비명 소리에 가까운, 이전에도 앞으로도 다시는 듣지 못할 꺼림칙한 소리로 묘사된다. 이렇게 그로테스크한 인어임에도 불구하고 그녀를 애무하고 그 눈을 핥아 눈물을 들이마시는 행위가 남자에게는 최고의 쾌락이었다. 그리고 자신이 사랑하고 있는 것은 그녀의 눈빛에 깃들어 있는 '바로 둘도 없는 세계의 모든 것'이라고 거듭 생각한다. 소설 마지막에 남자가 인어를 죽일 때 그녀의 양 눈에 나이프를 꽂는데, 마치 '영혼의 결정체'처럼 표현되고 있는 인어의 눈은 인어 그 자체를 나타내는 최상의 이미지라고 해도 과언이 아니다. 이 소설보다 앞서서 아베 고보는 「납으로 된 알」(1957년)이라는 단편에서 이와 비슷한 표현법을 구사한 바 있다. 한 소녀가 마치 녹색의 과실처럼 묘사되고 있다.

> 소녀의 피부는 물론 녹색이지만 지금까지 한 번도 구경하지 못한 완전히 특별한 색감이었다. 녹색의 피부 위로 어렴풋이 금빛의 솜털이 빛나고 있다. 흔하게 보는 녹색이기는 하지만 이 소녀는 바로 과실과 같은 녹색이다. 찌부러뜨리면 달콤한 즙이 흘러넘칠 것 같았다.(「납으로 된 알」, 289쪽)

녹색은 아베 고보의 작품 속에서 자주 등장하기도 하면서 유독 선호하는 색이라고 할 수 있다. 「납으로 된 알」에서는 "찌부러뜨리면 달콤한 즙이 흘러넘칠 것 같은" 녹색을 띤 과실이 처음 만난 소녀를 묘사하는 유일한 이미지이다. 아울러 소설 내의 다른 인물들은 다음과 같이 묘사된다.

> 인간의 형상을 한 선인장이다……게다가 극단적일 정도로 일정하지 않은 한 사람 한 사람의 형체. 어떤 사람은 손가락이 무턱대고 길게 자라 있고, 어떤 사람의 손가락은 끝이 주걱같이 생기고, 넓데데한 팔뚝이나 잘록한 팔뚝, 지나치게 긴 다리, 찌그러진 다리, 팽팽한 얼굴이나 주름진 얼굴, 매끈매끈한 피부, 물결 모양의 피부, 비늘 같은 게 달린 피부, 가늘고 긴 모습이나 땅딸막한 모습……그리고 털은 전혀 나 있지 않고 그 대신에 허리 아래로 정강이 주변을 중심으로 하얀 솜털로 뒤덮인 기다란 끈처럼 생긴 형상의 것이 수십 개 혹은 수백 개가 축 늘어져 있어서……(「납으로 된 알」, 278~279쪽)

주걱처럼 생긴 기다란 손가락이나 찌그러진 다리, 비늘이 달려 있어 보이는 피부. 인간인지 선인장인지 정확히 구분할 수 없는 사람들이 무리를 지어 거리를 돌아다니고 있다. 극단적으로 변형된 '인간의 형체를 한 선인장'은 실제 소설 속에서 미래의 인류이다. 이렇게 사람 형태의 물고기인지, 물고기 형태의 사람인지 알 수 없는 괴이한 '인어'를 포함하여 두 가지의 이질적인 오브제를 조합시켜서 불가사의한 이미지를 효과적으로 표현해내는 변형 형태는 아베 고보의 독특한 묘사 기법이다. 그리고 이는 초현실주의 회화기법인 데페이즈망과 관련된 묘사상의 특징임을 알 수 있다.

데페이즈망(Depaysement)은 어떤 대상을 그것이 원래 있어야 할 장소가 아닌 다른 장소로 옮겨서 배치함으로써 얻어지는 이질감, 위화감을 연출하는 기법이다. 흔히 '전치(轉置)' 혹은 '낯설게 하기'라고 번역되기도 하는데, 르네 마그리트(Magritte, René)가 자주 사용하기도 한 이 기법은 초현실주의 미술의 대표적인 회화기법으로 취급되어 왔다.[15] 데페이즈망은 에른스트를 그 효시로 하여 달리와 마그리트에게 계승되어서 마그리트가 완성했다고 평가받는다. 예를 들어 식물처럼 땅에 뿌리를 내리고 있는 새의 무리, 그리고 상하가 뒤바뀐 인어의 모습처럼, 이들은 '전이 · 변경 · 잡종화 · 중첩' 등과 같은 효과를 나타낸다. 일본에 초현실주의를 처음 소개한 후쿠자와 이치로(福沢一郎)는 초현실주의의 최초의 방법론에 대해 데페이즈망을 통해 설명하면서 1939년에 저서 『서양미술문고(西洋美術文庫)』(アトリヱ社, 1939. 7.)에서 에른스트를 소개하고 있다. 후쿠자와 이치로는 에른스트가 인간이나 동물을 혼합시켜 신종의 괴물을 만들어 내어 이미지 상징을 구사해 왔다고 설명한다. 또한 미술평론가이며 정통 초현실주의의 이론적 지주라고 평가받는 다키구치 슈조(瀧口修造)는 에른스트의 미술을 "인간의 욕망이 깃든 전설의 아라베스크의 아름다움인가. 혼돈을 만드는 기암(母岩)에 깊이 머리를 박고 있는 원시적인 광경인가. 3차원의 법칙이 날고 있는 공상의 풍경 속에서 젤라틴의 공포스럽고 추한 연체동물이 꿈틀대고 있다. 혹은 설화(お伽噺)의 세계인가. 인간이나 동물이 혼교하며 인어나 분화동물(噴火獣)이나 인마(人馬)의 모습으로 신종의 괴물을 만들어 내고 있다"고 소개하고 있다.[17] 거기에 덧붙여 후에 살바도르 달리가 계승하기까지 에른스트의 콜라주나 프로타주는 초현실주의의 주류를 담당해 온 데페이즈망이라고 설명한다. 객체의 질서나 조직은 파괴와 재생산에 의해 낯선 대비나 조합으로부터 다시 출발하게 되는데, 바로 이러한 초현실주의 회화의 출발 지점에 데페이즈망이 있다고 평가하는 것이다. 아베 고보는 이러한 초현실주의 회화의 데페이즈망에 착안하고서 인간 형상을 한 선인장이나 그로테스크한 인어의 변형 형태를 이루어 내고 있다. 오브제의 이질적인 조합에 의해 객체의 원형이 갖고 있는 질서와 조직을 재정립해내는 효과를 소설에도 직접 적용하고 있는 것이다.

3. 오브제의 데페이즈망

아베 고보의 변신담(메타모르포세스)은 그의 사상적 행보와 창작과의 관계를 규명함에 있어 핵심적인 키워드로 기능해 왔다고 할 수 있다. 따라서 아베 고보와 메타모르포세스를 구사한 창작수법상의 밀접한 관련성 만큼이나 많은 연구가 진행되고 있으며, 그의 문학 연구사에서 『모래 여자』에 필적할 만큼 축적되어 있다. 아베 고보가 작가로서 데뷔한 시기의 일본 사회는 '전후적 징후'가 여러 방면에 걸쳐 나타날 때였다. 그러한 사회적인 분위기 속에서 현실을 초월한 지점에서 현실을 발견한다는 방법론에 천착한 아방가르드 예술운동은 오카니와 노보루(岡庭昇)의 표현을 빌리자면, 일본 '전후문학'을 선도하던 가장 첨예한 방법론이었다.[18] 이 시기에 아방가르드 예술이념뿐만 아니라 르포르타주의 리얼리즘을 몸에 익힌 아베 고보는, 문학 창작 영역을 현실세계로 넓혀 나간다.[19] 처음에는 관념적인 작품을 발표하며 등단했지만 초현실주의에 경도되면서 작풍에 변모를 일으키게 된 것이다.[20] 그러나 아베 고보는 변신이나 변형의 수법을 문학 창작에만 적용한 것이 아니다. 작풍의 변모 이면에는 그가 만주에서 겪은 종전의 경험이 초래하게 된 실존적인 차원에서의 심적인 변화도 작용하고 있다.[21] '이름'이나 '집'의 상실이라는 존재론적인 인식을 내포하는 변신담에는 그러한 요인들이 투영되어 있다.

아베 고보의 변형 모티프는 1949년 단편소설 「덴도로카카리야」를 효시로 하여 1951년에 『벽』에 실린 「S · 카르마 씨의 범죄」, 「붉은 누에고치」, 「홍수」, 「마법의 초크」를 비롯하여 「손」, 「수중도시」(1952년), 「막대기」(1955년) 등에서도 구사하고 있는 주요한 창작 기법이다. 그러나 그 이후 SF소설에 속하는 「R26호의 발명」(1953년), 「완전 영화」(1960년)를 제외한다면 작품 구성상에서 인간이나 물체가 직접적으로 변신이나 변형하는 묘사는 보이지 않게 된다. 그 대신 우화적인 에피소드처럼 취급되면서 신화적인 구조를 조형해내는 보조적인 기능으로 변해 간다. 장편소설의 경우 『상자 인간』, 『캥거루 노트』, 『하늘을 나는 남자』 속에서 일종의 변형기법이 구사되고 있지만, 1950년대 초기에 보이는 직접적인 변신의 형태는 아니다.

변신 · 변형의 수법이 미묘하게 변화되어 가는 경향은 「덴도로카카리야」와 『벽』의 작품군 사이에서도 확인할 수 있다. 아베 고보의 변신 · 변형담의 효시로 평가받는 소설 「덴도로카카리야」 속의 변형이 다른 작품의 메타모르포세스와는 차이를 보이면서 '자기분열적' 성격을 띠고 있기 때문이다. 이 소설에서 분열적 증후는 마치 '발작' 증세처럼 묘사된다.

여기서 아베 고보가 초기 작품의 인물상을 불안감이나 분노와 같이 정서적으로 현실 세계와 '어긋나 있는' 성격으로 조형해내고 있는 것을 다시 한 번 떠올려도 좋다. 앞서 1부에서 이를 의학적으로 해리장애와 비슷하다고도 기술했지만, 그러한 장애의 징후는 그의 작품에서 종종 등장하는 아편발작이나 변신 · 변형의 징후와도 관련이 있다.

아베 고보는 초기 작품에서 아편 발작을 소재로 다루는데, 특히 『끝난 길의 이정표』에서 주인공의 고향에 대한 결론이 아편이라는 '괴상한 울림'에 의해 도출되고 있다고 나미가타 쓰요시(波潟剛)는 지적한다. 아편을 도취와 자기각성의 매체로 사용하면서 자신을 만주로 초경(越境)해 가는 효과를 내고 있다는 평가이다.[22] 아편 발작도 이인성 체험이나 청각적 이상증세 등을 수반하며 소설 속에서 묘사된다. 일례로 「굶주린 피부」에 묘사된 아편 발작은 이렇다.

> 프라이팬 속 기름처럼 급속히 기온이 상승하기 시작했다. 먼지가 백열하면서 하늘하늘 창가에 피어나기 시작했다. 돌연 속옷이 땀에 젖어 피부에 밀착되고 공기의 입자가 열 때문에 팽창해서 거칠어지듯이 호흡이 괴로워진다. 아스팔트가 녹고 달리던 자동차 소리가 둔중해진다. 뒤쪽 자동차 공장의 리듬이 원만해지고 양조 공장의 고약한 악취가 코를 찌른다. 무거운 문소리가 난다. 음역이 극단적으로 다른 세 개의 피리 소리가 일제히 노래를 시작한다. 아래에 있는 지나 요리점에서 콜레라 환자의 장례식 행렬이 시작되었다.(「굶주린 피부」, 170쪽)

열이나 호흡이상 현상의 유무는 해리장애와 구분되는 점임을 알 수 있다. 그러한 아편 발작과 해리장애의 징후는 다음과 같은 면에서 구별되어 묘사되고 있다.

다양한 소리가 내부에서 역으로 정숙한 외부를 향해 울려 퍼지는 기분이 들면 그것은 발작이 일어나기 직전의 예고이다. (중략) 전신이 하나의 도회(都會)로 변해 간다. 그리고 육체의 원형을 잃은 영혼은 그 죽음을 상징하는 듯한 보라색으로 빛나는 거리거리를 바람처럼 불어 지나친다.(「이름 없는 밤을 위하여」, 161쪽)

돌연 벽 전체가 둔중한 빛을 띠고 떠올라 계속되는 시계에서 직선이랄 것이 사라져갔다. 직선이 사라진 방! 두려움과 희망의 아라베스크. 아우라였다. 그리고 발작이 시작됐다.(「이름 없는 밤을 위하여」, 186쪽)

해리장애의 징후는 시각과 청각 등이 이상현상과 마비와 같은 지각 붕괴로 인해 빛과 소리에 대한 지각을 상실하는 증후로 묘사된다. 그리고 이를 '발작'으로 인지한다. 또한 "구역질이 치밀어 올랐다. (중략) 기억상실은 대부분의 경우 좋지 않은 기억에서 벗어나기 위한 자기방어 본능이라고 어떤 책에서 읽은 듯하다. (중략) 구역질에 현기증까지 왔다"(「커브 건너편」, 293쪽)는 표현이나 "순간 목덜미에서 볼을 따라 마비가 오는 듯한 통증이 느껴졌다"는 것처럼, 구역질이나 마비가 오는 듯한 고통은 특히 기억상실의 징후로 묘사된다. 해리장애에서 해리성건망과 해리성둔주라는 장애에 공통으로 나타나는 기억상실은 아베 고보의 실존적 사고와 함께 작품 속에서 중요한 의미를 갖는다. 특히 눈앞에서 벌어지는 하나의 상황을 시시각각 완전히 다른 상황으로 인지하는 것을 반복서술 기법을 통해 전개하는 설정도 이러한 증후와 관련해 생각해 볼 수 있다. 여기서 이러한 증세를 특별히 지적해 두는 이유는 아베 고보의 변신·변형담의 효시라고 하는 「덴도로카카리야」에 나오는 변형이 지닌 자기분열적 요소를 설명하기 위해서이다. 「덴도로카카리야」에서는 주인공이 세 번에 걸쳐 변형의 경험을 하는데, 변형하면서 자신의 얼굴을 바라보던 중에 벨이 울려 퍼지는 소리 같은 이상 현상이 발생하고 또 유체이탈을 하는 듯이 묘사된다.

공중을 바라보고 있었다. 그러자 하늘이 눈 속으로 흘러들어온다. 무거운 하늘이 끝내 전신을 가득 채우고 싫든 좋든 내장이 몸 밖으로 쏟아져 나왔다. 얼굴 위에는 어디로 가야 할지 주저하고 있는 애매하게 엉거주춤하고 있는 누군가가……, 잘 보니 물론 나다. 암울하게 보이는 내 얼굴. 지구가 잘칵잘칵 울고 있다. 기분 좋은 포만감에 취해 드디어 발작이 시작됐다.(「덴도로카카리야」, 250쪽)

그리고 주인공은 자신의 변형을 '발작'으로 인식하는데, 이러한 점이 다른 작품에서 변형을 해 가는 인물과 구별된다. 변신담으로 잘 알려진 단편집 『벽』에 나오는 유형과 비교해서 확인해 보자.

'벽'으로 변형하는 주인공:

단 한 명이 뒤에 남아서 그는 지친 몸을 일으키려고 팔꿈치를 괴었다. 그러자 전신에서 뭐라 형용하기 힘든 기묘한 경직을 느꼈다. 무엇인가가 단단한 것이 몸 안쪽에서 버티고 있는 듯한 형세였다. 그는 곧 그것이 가슴 속의 광야에서 성장하던 벽 때문임을 알아챘다. 벽이 커져서 몸속을 가득 채운 것임에 틀림없다. 머리를 쳐들자 창문 유리에 비친 내 모습이 보였다. 더 이상 인간의 모습이 아니다. 사각으로 두툼한 판자에 팔과 다리, 머리가 뿔뿔이 제멋대로 사방으로 달려 있었다. 마지막에는 그 팔, 다리, 머리도 가죽을 다듬는 형틀에 매단 토끼 가죽처럼 평평하게 늘어져서 끝내 그의 전신이 하나의 벽 그 자체로 변형해 버렸다.(「S · 카르마 씨의 범죄」, 83~84쪽)

'누에고치'로 변형하는 주인공:

이봐, 누구야, 내 다리에 달라붙는 것은? 목을 맬 밧줄이라면 그렇게 황급히 굴지 말아라, 그렇게 재촉하지 말아라, 아니, 그게 아니다. 이것은 끈기 있는 명주실이다. (중략) 점차 몸이 기울고 지면에 직각으로 몸을 지탱하고 있을 수 없었다. 지축이 기울어서 인력의 방향이 변했는지 '쿵' 하고 신발이 다리에서 벗겨져서 땅에 떨어지고 나는 사태를 이해했다. 지축이 왜곡된 것이 아니라 내 한쪽 다리가 짧아진 거다. (중략) 명주실로 변해 버린 다리가 제멋대로 움직이기 시작했다. (중략) 마침내 실이 내 온몸을 자루처럼 감쌌는데, 그래도 풀리는 걸 멈추지 않고 몸통에서 가슴으로 가슴에서 어깨로 차례차례 풀려서 안쪽에서부터 자루를 굳혀나갔다. 그리고 끝내 나는 소멸했다. 나중에 커다란 텅빈 누에고치가 남았다.(「붉은 누에고치」, 129쪽)

'액체'로 변형하는 주인공:

갑자기 노동자에게 다음과 같은 변화가 일어났다. 느닷없이 몸의 윤곽이 불명료하게 변하고 다리 쪽에서부터 녹아들어서 맥없이 주저앉았다. 옷과 모자, 신발만 남기고 부피가 있는 점액 덩어리가 되어서 최후에는 완전한 액체로 변해서 평평한 지면 위로 흘러퍼졌다. (「홍수」, 130쪽)

한눈에도 알 수 있듯이, 변형하는 주체는 변형의 대상이 갖는 특징, 즉 벽이나 누에고치, 액체의 고유성질을 그대로 변형의 징후로 느낀다. 병이나 발작으로 생각하지 않는 점이 「덴도로카카리야」와는 다른 점이다. 이 소설에서는 식물로 변형하는 것이 "너만의 병이 아닐 뿐더러, 하나의 세계라고 해도 좋을 정도로 모든 인간이 가진 병"이라고 설명한다. 이에 관해서 다카노 도시미(高野斗志美)는 이러한 '병'이 모든 인간, 즉 자기부정으로서의 내부와 외부의 통일을 지향하는 전후 일본의 '주체'가

앓고 있던 상황을 반영한다고 해석하고 있다. 그렇지만 다카노 도시미의 관점은 느닷없이 변형을 하고 이를 계속해서 거부하는 주인공이 마지막에 가서 '기분 좋은 포만감'에 취하게 되는 느낌에 관해서 충분히 설명을 하고 있지는 않다. 오히려 이러한 모순을 이 작품을 쓸 시기의 아베 고보의 한계로 지적하고 있기도 하다.[23] 그렇다면 변형이 강제되고서도 마지막에 기분 좋은 포만감을 느끼는 것은 왜일까?

주인공이 일으키는 내부의 균열은 '스스로의 버팀목이 되는 동일성과 연속성의 주관적인 감각',[24] 즉 보편적인 인간이 추구하는 자신의 고유성에 대한 위기감에서 기인하는 반응이라 볼 수 있다. 고유성을 잃고 어느 곳에도 귀속할 수 없는 '괴리' 감각은 불안감과 피해망상, 인격장애, 기억상실, 심지어는 실종이나 변형의 형태로 인간의 정서에 영향을 미친다. 아베 고보는 이러한 정신상의 균열이 초래한 어긋남 속에서 하나의 자아로 합일점을 찾아 통일성을 회복하려는 인간의 노력을 포만감이라는 안도하는 감정으로 나타내고 있어 보인다. 이러한 변신이나 변형 모티프는 '내지(内地)'로 묘사되는 일본의 사회 환경 — 식물원으로 상징되는 — 속에 뿌리를 내릴 수밖에 없던 아베 고보가, 당시 실존적으로 고민하던 아이덴티티의 균열 감각을 투영하고 있기 때문이다. 만주에서 일본으로 귀환해 오면서 이전까지 지각하고 있던 자신의 정체성에 찾아온 위기감을 마치 '덴도로카카리야'라는 이질적이고 낯선 식물로 변형되어 가는 것으로 상징해 냈다고 볼 수 있는 것이다. 변신은 오랜 동안 지속되어 온 문학의 수법으로서 특히 식물로의 변신은 인간의 생명력과 관련해서 '불사(不死)' 또는 '재생(再生)'의 의미를 갖는다. 왜냐하면 자연적인 존재로 변하는 것을 뜻하기 때문이다. 그러나 아베 고보의 '식물 변신담'은 이와는 반대로 사회적인 존재성을 갖고 있으며 자유의 상실이나 타성의 세계로의 실추를 의미한다.[25]

『벽』의 작품군에서 구사되고 있는 변신은, 변형할 대상의 특징에 따라 그대로 변형되는 수동적이고 관념적인 형태의 변화이다. 비둘기라는 동물이 청동상으로 박제되고 다시 총기류로 변형되어 가는 「손」(1951년)이라는 작품도 역시 관념적인 인식의 변화라는 형태의 변신담의 전형을 보여준다. 이렇듯 초기의 변신담은 변형되어 가는 오브제, 즉 변형의 대상물이 상징성이나 이질적인 의미를 갖는다. 그러나 이러한 형태는 하나의 상징적인 이미지일 뿐 콜라주와 같이 합성된 오브제로 등장하고 있지는 않다. 초현실주의 기법을 구태여 접목시키지 않아도 일반적인 데포르마시옹에 의해서도 충분히 활용 가능한 변신(표현) 형태인 것이다. 이러한 점에서 『벽』의 작품군은 아베 고보의 초현실주의로의 초보적인 입문이나 경도를 보여준다고 말할 수 있다. 이 시기에 아베 고보의 초현실주의 구현에 있어서의 한계는 다음과 같이 지적되기도 했다.

초현실주의자들 그룹의 주변에 몸을 두고 있던 프랑스에서 귀국한 화가 오카모토 다로와 아방가르드 예술에 밝은 해박한 비평가였던 하나다 기요테루 등을 멤버로 하는 '밤의 모임'에서의 귀동량 지식과 당시 제한적인 범위 내에서 입수한 일본어로 된 문헌에 의지하여 아베 고보의 초현실주의에 대한 이해는 겨우 촉성, 이식되어 형성되었다. 다키구치 슈조(瀧口修造)의 단편적 에세이집 『근대예술』(『近代芸術』, 1938년)을 제외하고는 엄밀한 의미에서 신뢰할 수 있는 소개 문헌은 전무에 가까왔고 몇 권 안 되는 「시와 시론」(『詩と詩論』)의 백넘버 속에 드문드문 보이는 오역투성이의 번역 작품에 의해 초현실주의의 윤곽을 어렴풋이 추측하는 이외에 방법이 없던 과도기적 증상의 산물로서 본다면, 아베 고보의 초현실주의 이해에 관한 왜곡과 한계는 오히려 당연한 결과이며 잘못은 그러한 번역 소개자들의 무지와 무책임으로 돌려야 할 바이다.[26]

그러나 「수중도시」(1952년)에 와서는 사정이 다시 한 번 변한다. 『벽』의 창작 이후 이질적인 오브제의 합성을 바탕으로 한 기법이 변신담으로 등장한 것이다. 「수중도시」에서는 물고기로 변형된 인간들이 거리를 헤엄쳐 다니는 장면이 나오는데, 이 작품이 연극으로 공연되었을 때 공연을 알리는 포스터에서도 그 특징을 잘 표현해내고 있듯이, 인간들은 상하가 뒤바뀐 물고기인간(漁人間)의 형상으로 묘사되고 있다.

참고 그림 3 소설 「수중도시」를 연극으로 만들어 공개할 때 제작된 광고 포스터. 아베스튜디오의 1977년 제9회 공연 포스터(田中一光 디자인)이다.

출처: 『安部公房の劇場』 安部公房スタジオ編集, 創林社発売

「인어전」의 인어 이미지도 이러한 변형기법과 관련해서 생각할 수 있다. 뿐만 아니라 왜곡된 형체의 인어와 남자 주인공이 욕조 안에서 서로를 애무하고 있는 장면 역시 '두 개의 오브제의 이질적인 조합'을 이중적으로 보여준다. 이 외에도 선인장의 몸체를 가진 인간이나 깊은 해저 속에 V자 모양의 수많은 탑이 떠다니는 모습(「공중누각」), 개의 웃는 듯 고뇌하고 있는 표정을 묘사한 '개 모나리자'(「개」), 분홍빛의 흉측한 새의 날개를 달고 있는 개(「납으로 만든 알」), 집 안 현관 앞에 놓여 있는 도약하고 있는 남자 무용수의 스냅사진처럼 인공적으로 비틀려 있는 시체(「무관계한 죽음」) 등, 데페이즈망 기법으로 조형되어 있는 오브제들이 아베 고보의 작품에는 빈번하게 등장한다.

아베 고보는 이미지를 있는 그대로의 모습에서 실존 영역으로 심화시켜가는 합성법의 발전 여부야말로 예술의 미래를 좌우할 것이라고 말한다.[27] 이미지 합성법에 있어서의 아방가르드의 새로운 시도를 평가한 말이다. 그리고 새로운 현실 인식을 위해 필연적으로 요구되는 표현 방법으로서 초현실주의를 제시한다. 그중에서도 프로이트에 의해 전개된 푸시코(Psychiatry · Pscychology, 정신병환자를 지칭하는 의료용어. 은어) 노이로제를 '자극과 표출운동 사이에서 보이는 무규칙'으로 이해하고서, 그러한 무규칙성을 추구하는 것이 바로 초현실주의자들의 기반을 이룬다고 했다.

일반적으로 푸시코 노이로제의 내적 알력이 격해지면 심층작용은 육체적인 발작을 통해 탈출을 시도하게 되는데(히스테리의 경우), 이 경우 어떠한 형태의 표출 방식을 선택하느냐는 하나의 상층작용 상태에 따라 달려 있고……. (중략) 회화에서도 이러한 발작이 있다. 다시 말해서 어떠한 이미지라 해도 모두가 육체적인 표출운동과 독립되어 있는 것은 아니다. 또한 반대로 내적 알력은 필연적으로 데포르마시옹 된다. 따라서 원시인이나 소아, 광인의 그림이 데포르마시옹이 아님에도 그 표출을 우리 자신의 데포르마시옹, 즉 상징적으로 그 배후에 있는 의미를 느끼는 경우가 있다. 그 관계를 역산하여 초현실주의가 현재에 있을 법한 그로테스크나 유머를 창출해내는 것이다.[28]

아베 고보는 데포르마시옹이 히스테리처럼 과도한 외부의 자극 때문에 나타나는 발작이고 내적 알력의 정도가 그 질을 결정한다고 생각했다. 곧 초현실주의는 그 배후에 있는 의미, 즉 '현실'을 반영하는 표현 방법이 된다. 이러한 인식은 그의 사상 및 창작세계에 있어서 중요한 요소로 작용해서 '현실 인식'에 대한 필터로 기능했다. 또한 작품의 배후에서 작용하고 있는 눈에 보이지 않는 것을 파악함에 있어서 피카소나 도스토예프스키가 현실에서 시사하는 바가 많다고 평가하면서 그는 예술의 리얼리티를 강조한다. 아베 고보가 '오브제의 데페이즈망'이라는 초현실주의 회화기법을 토대로 그 변형 대상을 왜곡시키고 이질적인 것으로 묘사하는 이유는 현실 폭로라는 그의 레토릭의 성립과도 일치하게 되는 것이다.

3장 인어의 메타포

1. 카프카의 「인어의 침묵」

1962년 6월 『모래 여자』(新潮社, 같은 해에 요미우리문학상 수상)와 같은 시기에 잡지 『문학계』(『文学界』 1962. 6.)에 발표된 「인어전」(이후 1964년 11월에 간행된 『무관계한 죽음』 단행본에 수록)은 『모래 여자』의 막대한 명성에 감춰진 탓인지 전혀 주목을 받지 못해 왔다.

인어와의 사랑이라는 로맨틱한 요소를 잔혹한 우화로 반전시키는 수법은, 대홍수를 피하고 인류를 구원하고자 한 노아를 무참한 술주정뱅이로 패러디하거나(「노아의 방주」), 육법전서가 무분별한 돈벌이를 관리하는 법전이라고 비꼬고 있는 작품(「귀의 가격」)들과 마찬가지로, 분명 풍자성이 가득한 아베 고보의 우화 세계를 보여주는 특징적 요소이다. 그리고 여기서 초현실주의적으로 변형된 인어의 의미를 검토하기 전에 아베 고보의 우화적인 서술법과 카프카와의 관계를 먼저 살펴보지 않을 수 없다. 카프카가 구현해내고 있는 '카프카적' 우화 세계를 일찍이 아베 고보가 '발견'해 냈고, 그것을 자신의 창작에 실험적으로 반영하고 있기 때문이다. 게다가 「인어전」은 아베 고보의 우화 세계가 갖는 독특함 — 암흑의 메르헨 — 을 잘 드러내고 있기도 하다.

아베 고보가 카프카와 비견되는 가장 큰 이유는 이 둘의 작품세계가 갖는 유사성에 있다. 예를 들어, 모로타 가즈하루(諸田和治)는 아베 고보와 카프카의 공통점을 '변경과 실종'에 관한 인식론 상에서 논하고 있다.[29] 그리고 카프카를 일컫는 "현대사회의 소외상황을 다루는 수수께끼의 작가"라는 상투적인 평가는 아베 고보를 평가할 때도 자주 등장하는 수사이기도 하다.[30] 아베 고보의 작품을 독일의 문학이나 철학과 비교해 평가하고 있는 아리무라 다카히로는 『심판』, 『성』, 『변신』에서 주인공이 느끼는 공포를 유태인으로서 프라하에서 지냈던 카프카의 체험과 관련시키고서 공동사회에서 추방된 인물이라는 특징을 들어 아베 고보와의 유사점을 이끌어내고 있다.[31] 카프카와 아베 고보는 역사적인 배경이나 전제조건은 다르지만 두 사람 모두 20세기라는 동란의 시대 속에서 매우 동질적인 반응을 보이는 문학적 자질을 갖추고 있었다는 것이다.[32] 확실히 아베 고보는 자주 '일본의 카프카'로 비유되곤 한다. 아베 고보 역시

「S · 카르마 씨의 범죄」를 쓴 이후부터 카프카와 공통점이 있다고 지적받아 왔다고 회상해 놓고 있기도 하다.[33]

한편으로는 아베 고보의 초기 작품들은 카프카와 비교되면서 그 한계성을 비난을 받기도 했다. 그가 구사하는 메타모르포세스의 수법이 카프카에 비해 형식적인 면에만 치중해 있다는 평가였다. 1953년에 카프카의 『성』을 공동 번역하고 있던 나카노 고지(中野孝次)의 이야기에 따르면 카프카 작품의 소개와 번역은 1953년부터 일본에서 본격적으로 진행되었다. 그리고 이때 『성』을 공역하고 있던 하기와라 요시아키(萩原芳昭)가 '아베 고보라는 신진작가가 카프카를 읽고 카프카스러운 소설을 쓰고 있는 듯하다'며 자못 대단한 화젯거리인 양 이야기를 전달했다고 한다.[34] 이 둘의 상호관계에 주목하고 있던 모토노 고이치(本野享一)는 이렇게 정리해놓고 있기도 하다. 1940년에 햐쿠스이샤(百水社)에서 간행된 카프카의 『심판』을 아베 고보가 읽었고, 또한 하나다 기요테루가 카프카의 소품을 번역하고 있었기 때문에 하나다와 밀접하게 지내던 아베 고보가 카프카를 접하며 그의 영향을 받게 되었다는 것이다.

그러나 이러한 지적은 사실관계와 조금 다르다. 아베 고보는 소년기에 만주에서 『심판』을 읽으면서 일본이라는 나라는 다양한 책을 번역해 출간하는구나 하는 생각을 한 적이 있다고 한다. 그러나 그 시기에 카프카에 대한 인상이 크지는 않았다고 회상한다. 체코의 아베 고보 연구자인 블라스타 빈켈헤페로버(Winkelhöferová, Vlasta)는 아베 고보가 문학을 창작하기 시작했을 때 카프카를 전혀 알지 못했다고 증언하고 있기도 하다. 실제 아베 고보와 만나서 카프카에 대해 진지하게 이야기를 나눠봤는데, 그가 만주에서는 물론이거니와 일본에 와서도 생활고가 어느 정도 해결되기 전까지 카프카를 읽지 못했다는 것이다. 그렇기 때문에 아베 고보는 카프카로부터의 영향을 부정했다고 한다.[35]

아베 고보를 카프카에 비유하여 평가한 것은 하니야 유타카로부터 시작된다. 아베 고보의 문학을 가장 빠른 시기에 읽고 평가한 하니야 유타카는 '존재 감각이라는 것을 정면에서 취급하고 있어 나로서는 찾고 있던 작가가 하나 나타난 느낌'이라고 평가했다. 그리고 아베 고보와 처음 대면하게 되었을 때에 두 가지 점 때문에 크게 놀랐다고 한다. 하나는 아베 고보의 나이가 너무 어렸다는 점이고, 또 하나는 실존적인 언어를 훌륭하게 구사하는 작가가 그때까지 니체와 하이데거밖에 읽은 적이 없으며, 더구나 당시까지 아베 고보가 일본문학 서적을 거의 읽어본 적이 없었다는 점이었다.[36] 하니야 유타카가 기록해 놓은 일본 문학과 완전히 단절해 있었다는 아베 고보에 대한 인상은 이후 그의 문학성을 평가하는 데 있어서도 대표적인 수식어로 자리를 잡게 된다. 하니야 유타카와의 일견 기묘한 만남이 아베 고보에게는 일본문학과의 최초의 접촉이었던 것이다. 그 후 하니야 유타카의 추천으로 신젠비샤(真善美社)와 인연을 맺게 되고, 당시 신젠비샤의 편집위원이자 아방가르드의 방법을 설파하는 이론적인 지도자 역할을 했던 하나다 기요테루와의 만남이 무엇보다 전위작가라는 타이틀의 아베 고보의 길을 열어준 좋은 기회였던 점에는 틀림이 없다. 그리고 1948년에서 1951년에 걸친 아베 고보의 행보에 대해서 하니야 유타카는 사르트르와 카프카와 쉬페르비엘(Supervielle, Jules)에게로 옮겨간 무렵부터 아방가르드 회화의 방법론을 받아들이기에 이르렀다고 적고 있다(『近代文学』 1951. 8.).

이를 정리해보면, 아베 고보가 카프카를 접하게 된 시기는 그가 회상해 놓고 있듯이 「S · 카르마 씨의 범죄」를 탈고한 1950년 3월 이후임이 확실해 보인다. 여기에는 하나다 기요테루의 역할이 있었다. 아베 고보와 함께 '밤의 모임'과 '세기의 모임'에서 활동하고 있던 하나다 기요테루는 카프카의 몇 가지 소품을 영문판을 참고해서 중역해 소개하게 된다.

1950년 10월에 간행된 잡지 『세기의 모임(世紀の会)』에 실려 있는 「카프카 소품집(カフカの小品集)」이 그것이다. 기존의 평가들은 바로 이 「카프카 소품집」을 하나다 기요테루가 번역했기 때문에 틀림없이 아베 고보가 이것을 읽었을 것이고 그렇기에 카프카로부터 영향을 받았다는 식으로 가볍게 아베 고보와 카프카의 관계를 다루어 왔다. 그러나 「세기의 모임」은 1949년에 아베 고보가 직접 결성하여 회장으로 활동하면서 연구회 등을 주도했던 모임으로, 그에게는 큰 의미를 지닌다. 아베 고보가 연구회 활동의 최초의 결실로서 등사판으로 인쇄해 출판했던 잡지가 『세기의 모임』인 것이다. 그리고 1950년 10월호에 카프카 작품이 번역되어 게재되었다. 이후의 하나다 기요테루의 기록에 따르면, 당시 번역해서 소개한 카프카의 작품은 「다리(橋)」, 「프로메테우스(プロメトイス)」, 「인어의 침묵(人魚の沈黙)」, 「양동이를 탄 기사(バケツ乗り)」, 「도시의 문장(町の紋章)」, 「비유에 대하여(寓話について)」이다.[37] 그 후 아베 고보가 1951년에 일본공산당에 입당하면서 '세기의 모임'은 해산된다. 결국 이 그룹의 결과물은 1950년 10월호가 유일한 것인데, 이때 아베 고보는 잡지의 기획자로 카프카 소품의 번역을 '직접' 기획하여 편찬한 것이다.

아베 고보가 1953년 이후부터 읽기 시작했다는 카프카의 작품은 그 시기나 작품명을 그가 창작한 작품과 비교해 가며 추측할 수밖에 없는 한계가 있다. 그러나 여기서 정확히 짚고 넘어갈 수 있는 것은, 아베 고보가 카프카의 작품을 하나다 기요테루의 번역본을 통해 접했다는 영향관계보다, 아베 고보가 카프카 작품의 번역과 소개에 있어서 '주도적인 역할'을 했다는 점이다. 따라서 하나다 기요테루가 번역한 카프카 소품의 일부는 정확히 말해서 아베 고보가 직접 기획하고 검수, 편찬까지 했다는 사실관계에서부터 새롭게 재검토되어야 할 것이다. 더구나 아베 고보의 단편 「시인의 생애」(1951년)를 비롯해 주로 1952년에 쓰인 작품

「노아의 방주」, 「플루토의 덫」, 「이솝의 재판」은 카프카의 여섯 개의 소품과 그 우화적인 작풍이 상당히 유사하다는 점도 눈여겨 봐야 한다.

> 유키탄, 유키탄, 서른아홉의 노파는 기름에 절어 투명하게 검게 된 물레를 이른 아침부터 밤늦게까지, 그렇지 않아도 짧은 수면시간을 더 줄여가며, 인간의 가죽을 덮어쓴 기계처럼 발로 돌리고 있다. (중략) (30촉 백열구가 꽂힌 전등 밑에서) 그녀는 가죽 부대 속 기계에게 명령한다. 자, 멈춰라. 그런데 불가사의하게도 물레는 혼자서 회전을 계속하며 멈추려 하지 않았다. (중략) 그녀가 완전히 물레의 실이 되어 휘감기고 나서야 물레는 탈탈탈 가볍게 조여지는 소리를 남긴 채 겨우 멈췄다.(「시인의 생애」, 179쪽)

「시인의 생애」는 비현실적이고 몽환적인 작품으로서 '어둠'의 색조를 띤 암흑의 메르헨 세계로 일컬어진다.[38] 우의성이 지나치다는 결점이 있는 한편, 헤라클레이토스의 원리 혹은 자연변증법의 논리를 그림으로 풀이해 놓은 듯하다는 평가처럼,[39] 신화적이면서 우의적인 세계가 묘사되어 있다. 인용부에서 나온 서른아홉의 노파는 물레를 돌려 인간의 운명을 결정한다는 여신, 모이라를 모델로 하고 있다고 여겨진다. 모이라는 아름답고 젊은 여성이거나 추한 모습에 늙은 노파의 형상이라고도 전해지는데, 인간에게는 불가해한 운명의 신비를 상징하고 있다. 노파가 물레의 실이 되자 세상이 대재앙으로 뒤덮이게 되고 인간은 멸망해 버리지만 노파로 만들어진 실로 짠 재킷에 감싸여 있던 노파의 아들이 죽음으로부터 되살아나 시인이 되어 인류를 구원하게 된다.

「덴도로카카리야」에서 그리스신화나 단테를 소재로 하여 변신담을 창작해낸 아베 고보는 「시인의 생애」를 시작으로 우화적인 작품군을 발표해 나간다. 「플루토의 덫」, 「이솝의 재판」과 같은 우화소설에 주목을 하고 있는 도바 고지는 당시 아베 고보가 르포르타주와 우화적인 세계의 접목을 시도했다면서, 이 작품이 정치적 우화집과 같은 성격을 띤다고 평가하기도 한다.[40] 그러나 1952년부터 시작되는 본격적인 우화소설에 속하는 작품을 별도로 하면, 아베 고보는 풍자성이 강한 작품을 우화적인 세계를 통해 계속해서 묘사해 왔다. 한편 와타나베 히로시(渡辺広士)는 현대우화라는 견지에서 볼 수 있다며 중단편을 대상으로 아베 고보의 작품을 평가하고도 있다.[41] 그렇다면 이 시기에 아베 고보는 카프카로부터 어떠한 영향을 받았을까?

> 미흡한 어린아이나 할 짓 같아 보이는 방법이 사람을 위기에서 구하는 데에 도움이 되기도 한다는 하나의 예가 될지도 모르지만 — 율리시스는 인어에게서 몸을 지키기 위해 귀를 밀랍으로 틀어막고 배의 선주에 자신의 몸을 묶었다. 물론 율리시스 이전에도 다른 여행자들도 똑같은 행동을 했을 것이다. 인어가 꽤나 먼 거리에서 유혹을 했던 사람들을 제외하고 전 세계의 사람들이 알고 있었다. 인어의 노래는 모든 것을 파괴한다는 것을. 그렇게 해서 그 여인들이 부추기는 사람들의 욕망은 쇠사슬이나 돛대보다도 훨씬 강한 줄도 끊어버린다. 하지만 율리시스는 아마도 그런 소문을 들었겠지만 그런 식으로 생각하지 않았다. 그는 한 줌의 밀랍과 몇 척이나 되는 쇠사슬을 절대적으로 신뢰했다. 그래서 자신의 변변찮은 계략에 순진하게 만족하면서 인어를 만나려고 당당히 출항을 한 것이다.[42]

잡지 『세기의 모임』에 실린 카프카의 「인어의 침묵」 도입부이다.[43] 그리스 신화의 영웅인 율리시스(오디세우스)의 일화에 해당하는 '세이렌의 노래'를 소재로 하고 있다. 원작에서는 율리시스가 선원들에게 밀랍으로 귀를 막으라고 명령하고 자기 몸을 기둥에 묶는다. 그러나 카프카는 이러한 율리시스의 행동을 혼자서만 몸을 지키기 위해 스스로 자신의 귀를 밀랍으로 틀어막았다고 변주시키고 있다. 또한 인어의 무기를 아름다운 노래나 목소리가 아니라 침묵으로 설정해놓고 있다. 따라서 율리시스는 원래 인어의 노래를 듣지도 않았고, 그녀들이 으레 노래를 하고 있으려니 상상만 하고 있는 장면이 전개된다. 결국 자신들의 치명적인 무기였던 유혹의 노래(침묵)를 자만하고 있던 인어들이 율리시스를 유혹하는 데 실패하고 낙담을 한다. 그리고 카프카는 반대로 율리시스에게 유혹을 당하여 눈을 떼지 못하는 인어들을 묘사한다.

여기서 주목할 수법은 이야기를 전달하는 화자가 추임새를 넣듯이 원작을 재해석해 놓고 있다는 점이다. 예를 들어 인용한 내용처럼, 인어로부터 몸을 지키는 방식은 누구나 알고 있던 사실이었다. 그러나 카프카는 스스로의 계획에 만족한 듯이 우쭐거리며 당당하게 출항하는 율리시스의 자만한 모습을 덧붙여 놓고 있다. 또한 율리시스에 대해서 자못 간계에 익숙하고 매우 교활한 남자였기 때문에 운명의 여신조차 그의 갑옷을 통과하지 못했다고 화자의 평가를 삽입하고서 아마도 진실은 인어의 침묵을 간파하고 있었음에도 불구하고 율리시스가 인어나 신을 상대로 지금처럼 연극을 하고 있었을 거라고 설명한다. 카프카는 지략의 영웅이라는 율리시스가 갖고 있는 이면, 곧 자아도취가 심하고 교활하며 남을 속이기 위해 연극을 마다하지 않는 면모를 나름의 인상을 통해 재창조하고 있는 것이다.

이 외에 「포세이돈(ポセイドン)」[44]이라는 소품에서도 카프카는 동일한 수법을 구사하고 있다. 권력가와 관리사회를 희화화하고 있는 이 작품은 자연을 지배하는 지배자가 오히려 그 자신이 지배하고 있는 미지의 자연에 의존하고 있음을 폭로한다. 이처럼 신화나 전설의 이면을 파헤치고 원작에 대한 비평적 재해석을 덧붙여 우화적으로 표현하는 수법

은, 아베 고보의 우화소설에서도 두드러지는 특징이다.

> 노아 선생은 위대한 인물이었다. 늘 스스로가 자신은 위대한 인간이라고 말할 정도였기 때문이다. 하루는 내 친구들이 위대하다는 것은 무엇을 뜻하느냐고 물으니, 그것은 자신이 수많은 역할을 담당하고 있음을 나타낸다고 선생은 대답했다. 그렇다면 역시 선생은 진정으로 위대했을지 모른다. 무엇보다 노아 선생은 혼자서 마을의 역할이란 역할은 모두 담당하고 있었다. 노아 선생은 우선 촌장이었다. 두 번째로는 교장 선생이었다. 세 번째로는 세무서장이었고, 네 번째로는 경찰서장이었다. 따라서 재판장이자 사제이자 병원장이고 포도원의 주인이었다. 이 밖에도 임시적으로 수많은 역할의 장 노릇을 했다.(「노아의 방주」, 235쪽)

1952년 1월에 발표된 아베 고보의 「노아의 방주」라는 단편 소설의 도입부이다. 이 작품에서 노아는 원래 죽음을 관장하는 역할을 하며 교리에 맞지 않는 경우에는 재판이나 벌금, 또는 사형을 선고하는 악인(사탄)처럼 묘사된다. 게다가 포도주를 뇌물로 주면 재판을 면할 수도 있다. 지배 권력자인 노아를 희화화하고 사탄의 이미지를 통해 비유하고 있는 이 작품은 위대한 노아의 시대와 노아의 방주를 두고 요란하게 평가하는 인간들에게 '어리석은 알코올 중독자' 노아의 이면을 폭로한다.

또한 쥐부부가 등장하는 오르페우스와 에우리디케의 이야기 「플루토의 덫」(1952년)에서는 쥐들의 세계에서 훌륭한 시인으로 높이 평가받고 있던 오르페우스를 재창조한다. "생각해보면, 오르페우스가 단순한 시인이 아니라 현실의 여러 방면까지 꿰뚫고 있는 과학자이자 철학자였던 것 같다"며 오르페우스를 평가하면서 다음과 같은 일화를 소개한다.

또 가령 이런 소문도 전해지고 있다. 대기근이 들었던 해이다. 약간의 열매가 남아 있는 남쪽나라를 향해 대대적인 이동을 하게 되었는데, 쥐들이 가장 두려운 것은 세레네라고 불리는 들고양이가 사는 늪지대를 통과해야 하는 일이었다. 세레네는 이상한 노래를 불러서 쥐를 늪으로 유인한다고 전해지고 있었다. (중략) 세레네가 노래를 한다!(「플루토의 덫」, 249쪽)

이성을 잃고 울기 시작하는 쥐들 사이에서 오르페우스는 자신의 귀를 막는다. 그러나 실제 그의 귀에는 어떠한 노래도 들리지 않았다. 세레네는 노래를 하고 있지 않았던 것이다. 오히려 침묵만큼이나 무서운 것이 없다는 점을 눈치 챈 오르페우스가 침묵에 맞서서 자신이 노래를 하기 시작한다. 그 후 자연스럽게 지도자이자 교사의 위치에 추대된 오르페우스는 쥐공화국의 초대 대통령 자리에 오르기까지 한다.

아베 고보의 우화소설도 카프카와 마찬가지로 화자를 개입시켜 영웅적인 인물에 대한 평가나 부언을 하는 형태로 원작을 재창조한다. 이는 도바 고지의 평가처럼 아베 고보가 르포르타주와 우화를 절묘하게 접목시켜 정치적인 소설을 썼다고 생각되기보다, 카프카처럼 '현실에 존재하는 모든 것을 의문시하고 세계의 베일을 벗기고자'[45] 했던 우화 세계의 구현이라는 관점에서 평가해야 할 문제라고 본다. 그리고 아베 고보의 우화적 창작 기법은 「인어전」에서 한층 발전된 형태로 독특한 세계로서의 암흑의 메르헨 세계를 구축해내게 된다.

2. 데페이즈망되는 귀환자

아베 고보는 예술의 미래가 '자연에서 실존으로' 깊이를 더할 수 있는 이미지 합성법의 발전 여하에 달려 있다고 하면서 이미지 합성법에 있어서의 아방가르드의 새로운 시도를 평가한 바 있다. 그리고 앞서도 언급했듯이, 초현실주의적 비판론을 전개하며 새로운 현실 인식에서 필연적으로 요구되는 표현 방법으로서의 초현실주의를 강조했다. 그 중에서도 프로이트가 주장한 푸시코 노이로제를 '자극과 표출운동 사이에서 보이는 무규칙'으로 받아들이고, 데포르마시옹이 히스테리와 같이 과도한 외부의 자극으로 인해 나타나는 발작이고 내적인 알력의 정도가 그 질을 결정한다고 생각했다. 이는 곧 아베 고보에게 있어서 초현실주의는 현실의 배후를 반영하는 표현 방법임을 나타냄과 동시에 그의 작품 속에서 왜곡되고 이질적인 형체로 묘사되는 변형 대상을 '현실폭로'라는 의도 속에서 이해해야 함을 의미하기도 한다. 바로 그로테스크한 모습의 '인어'가 등장하게 된 배경에 당시로서의 사회현실이 투영되어 있는 것이다. 특히 인어와 주인공의 관계로부터 아베 고보의 비판적인 메시지를 읽어낼 수가 있다. 먼저 인어의 등장이 의미하는 것과 관련해서 직접적인 실마리가 되는 작품들을 참고해 보겠다.

> 불가사의한 순간이었다. 갑자기 시간이 정지해 버린 듯이 정숙해지고, 주변 사람들이 모두 식물로 변해버렸다……. 물론 착각일지 모른다. 너무나도 짧은 찰나였다. 그러나 고몬 군은 지옥이라고 생각했다. 입구에서 접수를 받던 남자가 단단히 붙잡았다. "이게 뭡니까!" 뭐라도 말을 하려고 얼굴을 들어보니 또다시 그 검은 옷의 남자가 아닌가. 그는 자살자들이 매달려 있는 나무들을 들볶는 괴조 하르피아로, 삽화에서 봤던 바로 그 얼굴이다…….(「덴도로카카리야」, 255쪽)

> 그때 찌지직하는 피륙이 갈라지는 소리가 나고 마침내 남자가 파열해 버

리는 것이다. 아니, 파열한 것은 남자가 아니라 바로 거죽이었다. 어느 것이나 오래되어 색이 바라고 곰삭아 버린 듯이 처참하게 찢겨져서, 일부는 바닥에 흩어져 있고 일부는 아직 근근이 남아 있는 울퉁불퉁한 몸체에 매달려서 놈은 마치 넝마 바구니에서 기어 나오는 듀공 같았다. (중략) 그러나 예상처럼 피와 살점들이 어지럽게 널리는 사태는 일어나지 않고, 임신? 아니, 탈피다. 낡은 가죽이 벗겨지고 몸이 아니라 새로운 가죽을 덮은 새로운 동물이 태어난 것이다. (중략) 그것은 물고기였다. 납작하고 아가리가 커다란 물고기.(「수중도시」, 268~269쪽)

「덴도로카카리야」의 주인공인 고몬 군은 자신이 식물로 변형해 가는 것을 '하르피아에게 쪼여서 피투성이가 되어 버릴' 듯한 공포로 받아들인다. 또한 「수중도시」에서는 만주 경찰이었던 부친이 돌연 나타나서 상상도 하지 못할 괴어로 변형되어 인간의 머리를 집어삼킨다. 그리고 부친이 변한 물고기처럼 생긴 괴어와 함께 목이 뜯겨나간 인간들이 거리에 넘쳐났다. 이때 부친은 인용문에서처럼 듀공과 비슷한 형태로 묘사되어 있다. 하르피아나 듀공 — 듀공은 근대에 들어서 인어의 전신으로 이야기되었다. 여기에는 어류에 대한 민간신앙이 작용한 것으로, 미지의 세계(바다)에서 온 신, 혹은 생명력이나 절대 권력이 어류로 상징되면서이다[46] — 과 같은 소재는 세이렌을 기원으로 하는 인어전설과 관련성을 가진다. 따라서 「인어전」이라는 소설에서 인어가 의미하는 메타포를 규명하기 위해서는 듀공과 비슷한 괴어로 변신하는 부친의 정체가 무엇보다 중요한 단서가 된다.

아베 고보는 '일본인 전체는 무장한 침략이민이었다. 그런 탓에 우리들은 봉천을 고향이라 칭할 자격이 없다'고 술회하면서 스스로를 '아시아의 망령'에 비유했다.[47] 만주에서 생활하고 있던 일본인 모두가 침략자 · 지배자로서 패전과 함께 일본 본토로 돌아가지 않으면 안 되었던 당시에, 귀환자들이 겪었을 상황을 상상하는 것은 어렵지 않다. 이러한 만주 귀환자들의 상황을 소설 「수중도시」에서는 "경찰물고기가 되든가, 식용물고기가 되든가"처럼 부친의 변형을 통해 적절히 암시하고 있다. 아베 고보 자신이 체험한 만주와 귀환 이후의 전후 일본에서의 처지를 투사하고 있는 것이다. 인어의 등장은 이러한 측면에서 생각해볼 수 있다.

나미가타 쓰요시는 고향상실자의 특성을 담고 있는 『끝난 길의 이정표』나 『짐승들은 고향을 향한다』라는 작품을 들어, '아베가 만주로 데페이즈망 되었다'고 분석한다.[48] 나미가타 씨의 이러한 지적을 포함해 아베 고보의 귀환자로서의 사유를 분석하고 있는 대부분의 논의들은 귀환자의 입장이 여러 의미에서 경계를 자유롭게 넘나들고 또는 경계 그 자체에 머묾으로써 자신의 독자적인 세계를 만들어 냈다는 관점을 취한다.[49] 그리고 아베 고보의 작품을 그러한 영향관계에 주목하여 독해하고 있다.

아베 고보의 인식을 경계적인 위치에 놓인 귀환자의 입장에서 조명하고자 한 관점은 확실히 주목할 가치가 있다. 그렇지만 '아베가 만주로 데페이즈망 되었다'는 논점에 있어서 필자는 의견을 달리한다. 작품 속 주인공이 갖는 기억상실이나 피해망상증은 현실에 대한 '위화감'을 드러내는 요소로서, 아베 고보의 경계적인 위치감각과 관련되어 있음은 분명하다. 그러나 여기서 말하는 현실이란 만주가 아니라 전후의 일본이 대상이 된다. 그렇기 때문에 그가 내재하고 있는 경계성이란 '만주로 데페이즈망 된' 일본인이라서가 아니라, 만주에서 '전후 일본 사회로 데페이즈망 된' 귀환자의 상황을 의미한다고 보아야 할 것이다. 다시 말해 귀환자 출신인 아베 고보는 어디까지나 전후 일본에서 이질적인 존재의식을 형성하게 된 것을 간과해서는 안 될 것이다. 이와 관련해서 「인어전」에서 연상 테스트를 받고 있는 주인공의 대사에 주의해 보자.

……병……방구석의 맥주병……가스탱크……학교 복도 유리……파리 날개……이발소……손톱에 긁힌 상처……아오바초 그초메……계산기……요오드팅크……필름……유충의 알……손질된 청어……털 뭉치……드라이버……호르몬 약……결혼통지……(「인어전」, 243~244쪽)

여기에 등장하는 '아오바초 그초메(青葉町二丁目)'는 어디일까. 아베 고보가 자신의 작품 내에서 명시하고 있는 장소 — 도시나 지역명 — 중에 '아오바초'라는 곳은 등장하지 않는다. 또한 아베 고보가 언급하고 있는 일본 내의 지명을 조사해보면, 학생 시절 그가 자주 방문했던 양친의 고향인 홋카이도 아사히카와(旭川)의 히가시타카스무라(東鷹栖村)를 포함해서 세이조(成城) 고등학교에 통학하던 때나 귀환 후 홋카이도에서 도쿄로 거주지를 옮길 때에 자신의 거주지를 적어 놓은 편지의 발신주소 등을 추적해 봐도 '아오바초'라는 지명은 찾아볼 수 없다. 만주에서 지내던 시절에 거주했던 곳과 관련해서도 그가 부친의 병원 개업으로 '고요초(紅葉町)'로 이사를 했다는 기록만이 회상기 등에서 확인될 뿐이다. 그러나 '고요초'가 만철의 사택단지라는 점을 단서로 그가 만주에서 다녔던 소학교와 중학교의 위치를 중심으로 조사해본 결과, '아오바초'에 해당하는 장소를 확인할 수 있었다. 봉천의 아오바초 — 현재 太原南街 — 로, 지요다거리 — 千代田通り, 현재 中華路 — 를 중심으로 그 남쪽에 위치한, 당시에는 만철에 근무하는 사람들의 사택이 모여 있던 거리가 가장 유력해 보인다. 따라서 '아오바초'는 아베 고보의 유년시절의 기억 속에 존재하는 만주의 표상 중의 하나였음을, 작품 속 연상 테스트를 통해 유추할 수 있다. 그리고 이렇게 기억 속의 만주에 대한 표상이 현실상의 실물(사실)과 교차되면서 이질적인 지명으로 강조되고 있는 구도는, 아베 고보가 전후 일본 내에서 느끼게 되는 이질적인 존재의식의 원형에 과거 만주에서의 체험이 영향을 주고 있음을 다시 한 번 보여준다. 더구나 아베 고보는 만주에서의 생활에 관한 질문을 들을 때마다 사막의 황야나 건조한 기후와 같은 무미건조한 풍경에 빗대어 표현하곤 한다. "그리운 듯이 만주를 추억하기에는 식민지 지배를 받은 인간의 내면에 관한 상상력이 결여되어 있다"[50]는 그의 말처럼, 만주에서의 경험을 로마네스크하게 묘사할 수 없는 사정을 안고 있는 귀환자들의 처지를 대변해 주고 있는 것이다.

또한 「인어전」에서 인간과 인어의 경계, 다시 말해서 인간과 인간이 아닌 것의 구별이 무엇을 기준으로 하는지 의심을 품게 된 주인공은 효수형에 처해진 사체를 떠올린다. 그리고 '그 머리의 유무'가 바로 인간과 인간이 아닌 것의 기준이 된다는 생각에 미친다. 이러한 사유 과정에도 아베 고보의 어릴 적 경험이 원체험으로 작용하고 있다. 그는 봉천 시내 인근의 하천에 굴러다니고 있던 효수당한 비적(匪賊)들의 시체에 대한 기억을 기록해 놓고 있는데 — 당시의 충격은 내지에서 온 일본인이 보여준 난폭함과 함께 아베 고보가 내셔널리즘에 대한 혐오감을 갖기 시작하게 된 원인이기도 하다 — 그들의 죽은 사체가 지닌 그로테스크함을 보면서 살아 있는 인간과 죽은 인간의 경계가 고작 그 머리의 유무에 달려 있다는 생각을 했다고 전하고 있다.

'반인반수'의 인어의 의미로 돌아가보자. 아베 고보는 스스로를 만주 식민지와 일본 본토 어디에도 수렴될 수 없는 '아시아의 망령'에 비유한다. 인어는 바다와 육지, 어느 쪽에서 봐도 괴물일 수밖에 없는, 그리고 양쪽 어디에도 온전히 속하기 어려운 존재이다. 인어는 아베 고보의 식민자와 귀환자로 분열되는 내부적인 위치감각을 투영하고 있는 것이다. 또한 그것이 단순한 경계자적인 감각에 머물지 않고 식민지주의와 전쟁의 경험에서 체득한 피억압층으로서의 인식도 포함하고 있음을 간과해서는 안 된다. 사람들을 유혹할 정도로 아름다운 인어의 목소리를 그로테스크하고 공포스러운 비명에 비유하고 있는 이유는 만주에 팽배해 있던 식민지주의의 잔혹함이 여전히 일소되지 못한 채 남아 있는 반향을 상징하기 위해서이다. 따라서 인어가 주인공 남자를 반복적으로 재생시키는 구도는 그러한 섬뜩한 기억이 매일같이 되살아나는 현실을 살고 있는 귀환자의 심적 불안감을 의미한다. 이는 「인어전」이 아베 고보의 다른 작품에서는 볼 수 없었던 분신의 형태를 등장시킨다는 점에서도 알 수 있다. 자신의 '살덩이'에서 분신이 소생하는 구조는 다른 변형 모티프에서는 찾아볼 수 없던 설정이었다.

> 단순히 외견만이 아니라, 서로의 공통점이 과거를 비롯해 내적으로 점차 퍼져나감에 따라 자신의 내부가 노골적으로 노출되는 듯했다.(「인어전」, 266쪽)

망각이란 더욱 깊이 존재하는 심연의 기억이다.[51] 「인어전」의 주인공이 분신을 통해 자신의 내부가 처참할 정도로 재생하는 것을 보고 두려운 나머지 위기의식을 느끼는 이유는, 자신의 살덩이에서 소생하는 듯이 각인된 아베 고보 자신의 내적 역사의 재생이 가져온 현실에 대한 공포를 의미할 것이다.

3. 귀환자들의 '전후', 암흑의 메르헨

「인어전」의 결말에서 남자는 식민지 출신 귀환자의 입장을 암유하고 있는 인어를 살해하고, 더 이상 자신이 주인공이 되는 스토리를 거부한다. 그러나 그 끝나지 않는 이야기는 녹색에 알레르기 반응을 보이며 발작을 일으키는 남자를 통해 암시되고 있다. 1951년 작품 「굶주린 피부」

에서도 주인공 〈나〉는 최후에 일본인 부인에게 복수를 완수하지만 자기 자신도 그 복수의 대상으로 전락될 두려움에 휩싸이면서 피부색이 녹색으로 변해버린다. 아베 고보 자신의 만주 식민자로서의 자각이 연동하고 있는 것이다. 녹색은 아베 고보가 선호하는 색이라고도 지적되면서 '아베의 만주에 대한 동경'[52]이나 '녹색=식물'로서의 자기폐쇄성을 나타낸다고 이야기되기도 한다.[53] 그러나 인어가 태생적으로 갖고 있는 색이 녹색으로 설정되어 있는 점이나 「굶주린 피부」에서 주인공이 일으키는 피부색의 변화 등을 생각해볼 때, 그 상징적 의미에 보다 주의를 기울일 필요가 있다. 일본의 귀환사업과 관련해서 당시 귀환자들의 '전후'상을 보여주고 있기 때문이다.

「인어전」과 같은 시기에 발표된 작품 『모래 여자』는 주인공의 '실종선고'로 이야기가 마무리된다. 이에 관해서 나미가타 쓰요시의 지적은 시사적이다. 나미가타 씨는 1962년 2월에 전쟁으로 행방불명이 된 사람들을 사망자로 보는 기간을 단축하는 법률이 시행되어 전후 문제에 종지부를 찍었고, 이러한 동향을 소설의 실종판결이 의미한다고 말한다.[54] 이러한 시각을 발전시켜 보면 『모래 여자』의 결말이 전쟁의 희생자, 그중에서도 식민지에서 일본 본토로 귀환하지 못한 사람들을 대변하고 있다고 독해할 수 있다. 실제로 아베 고보는 1946년 10월에 대련(大連)에서 귀환선을 타고 나가사키항에 도착하게 되는데, 배 안에서 콜레라가 발생해 계류되면서 열흘 정도 바다에 억류되는 신세가 되었다. 이러한 경험이 후에 『짐승들은 고향을 향한다』의 모티프가 됨은 주지의 사실이다.

아베 고보의 귀환 체험은 '제1차 송환(第一期遣送)'이라는 만주 귀환사업 계획에 따른 것이었다. 1946년 5월부터 10월까지 이른바 '100만 송환(百万遣送)'을 목표로 하는 귀환사업에 의해 만주의 재류일본인 대부분이 일본으로 귀국하였다.[55] 1948년까지 104만 6,954명이 귀환하게 된다.

그러나 1949년 10월 중화인민공화국 건국으로 4만에서 5만 명으로 추정되는 일본인이 만주에 남겨지고, 1953년에 귀환사업이 재기되기까지 귀국의 기회를 기다려야 했다. 그렇지만 귀환사업이 재개되었어도 1958년 7월까지 약 9천 명밖에 귀국하지 못한 채, 1958년 나가사키 국기사건으로 다시금 귀환이 중지되고 만다. 그리고 1972년 중일 국교 회복까지 잔류일본인 문제는 일본 사회의 공공의 장에서 사라진다. 이러한 귀환사업의 진행 과정은 이후 잔류 부인이나 잔류 고아 문제의 커다란 원인이 되었음은 물론, 많은 만주 출신의 귀환자들에게 '끝나지 않은 이야기'로 남겨지게 되었다.

나미가타 쓰요시는 이 문제를 실종선고로 일단락된 전후 처리 문제로 분석하는 데 그치고 있지만, 실제로 귀환사업에 의해 일본으로 돌아오지 못한 사람들은 사망자로 처리되었다. 이러한 실종선고 제도의 공표에는 여러 사정이 얽혀 있다. 귀환원호국(引揚援護局) 자료에 따르면, 귀환이 개시되고 10년 이상이 경과된 시점에서 그 생사를 확인할 수 없는 미귀환자는 그 생존가능성이 희박하다는 판단 하에 1957년 10월 1일부로 사망선고를 내리게 된다. '사변에 따른 사망'이라는 항목으로 호적법 제89조 규정에 의한 처리였다. 그러나 국가가 직접적으로 그 선고를 내리기에는 부담이 컸다. 또한 사망을 증명할 자료도 제출할 수 없었기 때문에 민법조항에 따라 처리할 수밖에 없었다. 생사 불분명자에 대한 실종선고 이외에 대안을 찾을 수 없었던 것이다. 이렇게 해서 1957년 12월 17일부로 '미귀환자에 대한 특별조치법 제정'이라는 시안이 제출되고, 3년의 유예기간을 거쳐 1961년 10월부터 시행되었다.[56] 실종선고라고 명명하고 있기는 하지만 사실상으로는 사망자로 처리된 것이다. 「인어전」으로 이야기를 되돌려서 해저의 침몰선 속에 갇혀 있던 인어와 그 침몰선에 산재해 있는 수많은 인골들, 그리고 그것을 먹이로 삼아 살고 있던 인어를 인양해 데려온 남자를 떠올려 보자. 인어의 눈물을 핥으며 남자는 공범자와 같은 안도감을 느낀다.

> 눈물은 생각하면 생각할수록 기묘한 것이다. 우는 당사자에게는 눈물샘의 대상성기능으로 인한 판단정지와 정화작용, 그리고 보는 상대에게는 동정의 눈물을 흘리게 하는 동화작용에 따른 충동의 완화와 행동 억제. 그 외에 패배를 나타내는 백기를 나타내기도 하고 감동의 공유를 나타내는 플래카드가 되기도 하고……여하튼 눈물은 집단화의 충동을 자극하는 강력한 사인이라 할 수 있다.[57]

일반적으로 귀환사업은 외지에 나가 있던 일본인을 패전 이후 일본 본토로 송환하여 그들이 일본에 무사히 도착하기까지의 과정(기간)을 가리킨다. 그래서인지 일본 본토에 돌아올 수 없게 된 사람들에 관한 문제들이 지금까지 귀환사업에서 주요 사안이 되어 온 듯하다. 귀환사업이 중단되었던 1949년에서 1951년간 소련연방에 억류되었던 외지 일본인들 ― 이후 시베리아 억류 귀환자로 지칭 ― 에 대한 관심과 중국과 일본의 국교가 단절되었던 1958년 이후 중국에 남겨져 있던 잔류 일본인 문제를 놓고 1972년부터 제기되기 시작한 여론은, 패전 직후 일본 본토로 돌아오지 못한 일본인을 문제시하는 것이었다. 그러나 귀환사업과 관련하여 간과해서는 안 되는 영역이 귀환을 마친 사람들에 관한 사항이다. '눈물이 집단적 행동에 대한 촉발제' 역할을 한다는 아베 고보의 말처럼, 주인공이 인어의 녹색 눈물을 흡입하면서 그녀에 대한 애정의 깊이를 더해가는 이유는 귀환자로서 공감할 수 있는 안도의 감정 때문이기도 하다. 그러나 이러한 감정은 끝내 미완으로 종결되고 마는 전후 귀환사업 처리 문제로 인해 공식적으로 사망자 처리가 되어 버린 미귀환자들의 소리 없는 아우성을 포함하여, 이들과 함께 자연스럽게 '공적 기억'(역사)에서 소거되면서 과거 자신의 존재 자체를 부정당하게 되는 귀환자들의 현실(전후)에 대한 애도이기도 할 것이다. 그리고 일본의 전후 종결과 함께 일본인들의 인식의 심연으로 침잠해 버린 '귀환자들의 전후'를 '암흑의 메르헨' 세계로 응축해낸 것이 바로 「인어전」의 위상이라고 하겠다.

4장 기억상실 모티프

1. 1966년 작품 「커브 건너편」

1966년에 발표된 단편소설 「커브 건너편」에 앞서, 1964년 3월에 발표된 「시간의 절벽」은 복서로 보이는 어떤 남자의 독백으로 전개된다.

> 챔피언이 앞에 두고 있는 것이 가장 경사가 심한 절벽이기 때문일까……그렇겠지?……앞에 있는 절벽에서 떨어질지, 여기 있는 절벽에서 떨어질지, 그런 정도의 차이에 지나지 않는다……결국 떨어져 버릴 테니까……진저리가 난다……〈4라운드 2분 16초〉……아니, 이건 어디지? 내가 잠들었었나? 강바닥에 누워 있는 듯하다. 이봐, 얼굴 위로 물고기가 잘도 헤엄치고 있어…….
>
> 이상하네……왠지, 내가 둘이 된 듯하네……이래도 일어나 있는 걸까?……링은 어디로 가버렸는지……시끄럽다……시끄러워서 뭐가 뭔지 알 수가 없어졌잖아!……부탁이야, 누군가 어떻게든 해줘……(「시간의 절벽」, 284~285쪽)

스토리나 이야기의 정황 등이 명확하지 않고, 의식의 단편적인 편린을 있는 그대로 써 내려간 듯이 보이는 이 소설은, 초현실주의의 자동기술을 연상시키기도 한다. 그러나 의식층의 불연속적인 묘사는 이후 아베 고보의 작품에서 기억상실 모티프로 발전되고 있는 것을 볼 수 있다. 기억을 잃은 주인공의 모습이 『불타버린 지도』(1967년)에서의 일시적인 기억상실을 포함하여, 1960년대 후반 이후의 작품에서 나타나는 주요한 특징이라 할 수 있기 때문이다.

1966년 1월에 발표된 단편소설 「커브 건너편」은 미로와 같은 길, 기억을 잃어버린 주인공 등, 표현 기법이나 설정으로 보아 1967년 장편소설 『불타버린 지도』의 전작으로 보인다. 따라서 아베 고보의 실종시리즈 3부작의 하나로 유명한 『불타버린 지도』에 대한 관심이 집중되면서 전작인 「커브 건너편」은 연구사적 관점에서 다소 잊혀져 왔다. 그러나 윌리엄 커리가 『불타버린 지도』에서 반복적으로 등장하는 풍경을 '원환적 패턴'이라 지적하면서 주제화하고 있는 현대사회의 '끝없는 소외론'[58]은 「커브 건너편」을 설명하는 데에도 도움이 된다. 히노 게이조(日野啓三)는 『불타버린 지도』의 반복 표현 속에 보이는 공백의 표현 '……(생략 표시)'에 주목하며, 이러한 공백 표현에는 식민지 태생의 체험이 내재하고 있다고 지적하기도 했다.[59] 또한 히노 게이조는 진공 상태와 같은 도시적인 감각에도 식민지에서 일본 국가권력이 붕괴된 후의 패전의 체험이 녹아 있다고 한다. 따라서 『불타버린 지도』는 아베 고보의 사소설과 같은 성격을 갖고 있다고 평가한다. 이러한 히노 게이조의 지적은 본인도 식민지 조선에서 성장하면서 아베 고보처럼 패전 후 일본으로 귀환한 경험을 갖고 있기 때문에 나온 발상이라 할 수 있는데, 이러한 평가들을 염두에 두고서 「커브 건너편」을 이해해볼 수 있다. 태어나서 자란 환경이 식민지였기 때문에 일본어라는 언어로부터 일정 부분 유리된 탓에 일상성에 대한 묘사에 있어 언어적 한계를 노정하고 있는 모습을 보여준다고 할 수 있기 때문이다.

그러나 이러한 반복 표현은 주인공의 기억과 기억에 대한 묘사와 관련해 어떤 특정 장치로서 기능하고 있다고도 볼 수 있다. 현실의 일상에서 스스로 자신의 흔적을 지워가는 양상을 수반하기 때문이다. 그리고 이는 기억하는 주체가 일상성을 상실하는 '기억상실'처럼 묘사되는 것에서도 알 수 있다. 특히 「커브 건너편」에서는 이러한 기억상실이 집요하게 묘사되고 있는데, 기억을 잃어버렸기 때문에 존재감마저 상실할 위기에 처해 있는 주인공의 심리가 소설의 주된 내용을 이룬다. 먼저 주인공의 반복서술에 주의를 하면서 주인공의 눈앞에서 사라져 가는 것이 무엇인지 살펴보자. 맨 처음에 묘사된 〈나〉의 장소감각이다.

> 거기서 나는 천천히 멈춰 선다. 공기 스프링에 퉁겨서 돌아오듯이 멈춰 선다. 왼발 발끝에서 오른발 뒤꿈치로 옮겨가던 무게중심이 다시 역류해서 왼쪽 무릎 언저리로 묵직하게 무게가 실린다. 길의 경사가 꽤나 가파르기 때문이다.
>
> 길 표면은 아스팔트가 아니라 거칠거칠한 콘크리트로 되어 있고 미끄럼방지 목적인지 10센티미터 정도 간격으로 좁은 홈이 파여 있다. (중략) 원래 이런 배려(자동차를 고려한 포장도로-필자 주)에 비해 오가는 자동차 수가 적었다. 보도가 따로 없는 탓도 있겠지만 장바구니를 든 여자 네댓 명이 도로가 꽉 차도록 늘어서서 서로들 이야기하느냐 여념이 없었다. 롤러스케이트를 엉덩이에 깔고 앉은 소년이 입으로 경적 소리를 흉내 내며 느닷없이 언덕 중앙을 미끄러지듯이 내려왔다.(「커브 건너편」, 10쪽)

공간적으로는 도시인지 시골인지 특정할 수 없지만, 〈나〉는 가파른 언덕 길 어디쯤인가에서 멈추어 선다. 〈나〉의 시야에 들어온 것은 콘크리트로 말끔하게 포장되어 있지 않은 도로와 네댓 명의 장바구니를 든 여자, 그리고 롤러스케이트 소년이다. 여기서 〈나〉는 특정한 이미지나 사물에 시선을 두고 있어 보이지는 않는다. 그러나 이렇게 별 의미 없는 듯이 펼쳐지는 광경이 〈나〉에게서 사라지기 시작한다. 두 번째 묘사되는 〈나〉의 장소감각은 이러하다.

> 거기서 나는 천천히 멈춰 선다. 공기 스프링에 퉁겨서 돌아오듯이 멈춰 선다. 왼발 발끝에서 오른발 뒤꿈치로 옮겨가던 무게중심이 다시 역류해서 왼쪽 무릎 언저리로 묵직하게 무게가 실린다. 롤러스케이트 소년은 달려가고 여자들 무리도 지나쳐 가고 이제 내 앞길에 사람의 그림자는 없다. 사람들이 사라짐과 동시에 풍경도 정지했다. (중략) 그 광경은 특별히 의식하지 않는 한 그 존재조차 잊고 지나쳐 버릴 정도로 늘 오고가며 익숙해진 길이고……벌써 몇 백 번도 더 오고가며 완전히 익숙해져 버린 길이고……지금도 그 길을 평소처럼 빠져나와서 그저 내 집으로 돌아가려던 참이니까.(「커브 건너편」, 10쪽)

풍경이 정지되어 버린 듯한 감각은 사람의 자취가 끊겼기 때문일 것이다. 거친 콘크리트길과 자동차 미끄럼방지용 홈과 같은 도로에 대한 묘사가 생략된 것도 풍경을 이루는 주된 인상으로 작용했던 사람들이 사라지면서 일지 모른다. 시간의 흐름을 암시하는 것이다. 그러나 독자로서는 단순히 이해해버릴 수도 있는 이러한 광경 속에서 '길에 대한 묘사가 사라짐'은 주인공에게 짐짓 커다란 위협으로 다가가고 있는 것을 볼 수 있다. 눈앞에 있는 커브만 돌면 바로 보일 듯한 자신의 집이 있는 마을 풍경이 기억의 고리에서 끊어지게 되었기 때문이다. 세 번째 묘사되고 있는 〈나〉의 장소감각이다.

그러나 나는 뜻하지 않게 멈춰 선다. 공기 스프링에 튕겨서 돌아오듯이 멈춰 선다. 평소에는 개의치도 않았던 이런 언덕길 광경이 주는 기묘하게도 선명한 인상에 순간 엉덩방아를 찧은 기분이 들어 멈춰 선다. 멈춰 선 이유는 물론 내 나름대로 잘 알고 있었지만 그렇다고 해도 믿기 어려웠다. 아무튼 나는 바로 눈앞의 커브 건너편에 당연하게 존재하고 있을 풍경을 — 지금 바라보고 있는 이 언덕길처럼 너무나도 익숙할 풍경을 — 왜 그런지 아무리 해도 기억해 낼 수 없는 것이다.(「커브 건너편」, 11쪽)

지금까지 익숙했던 '커브 건너편'의 풍경을 왜 그런지 기억해낼 수 없게 된 주인공은 "이런 정도의 기억의 중단은" 몇 번인가 경험한 적이 있던 듯하다며 스스로를 위안해 보기도 한다. 그러나 세 번에 걸쳐 똑같은 광경을 보고 있는 〈나〉는 무엇 때문에 커브 건너편을 기억해낼 수 없었을까? 〈나〉는 이 광경이 "기억이 나지 않을 뿐이지 그것이 존재하고 있음은 움직일 수 없는 사실이"라며 거듭 스스로를 다잡는다. 그렇게 믿고자 하는 의지는 "……(말줄임표)"에 의해서 더욱 확고함을 나타내는 듯하다.

북쪽의……그렇다, 태양의 위치도 확인할 수 없는데 나는 방향까지 제대로 알아맞혔다!……낭떠러지 밑에 있는 저지대라면 확실하게 안다. 여기까지 올라오면 저지대에 늘어선 집들은 눈높이보다 훨씬 낮아진다. 기와나 함석을 인 지붕이 미로처럼 펼쳐진 인간 채소밭, 전파를 탐하는 촉각의 숲, 정면 돌담과 어깨를 거의 나란히 하는 공중목욕탕의 굴뚝이 보일 뿐이지만……그래도 나는 그 미로 속을, 막다른 골목에 있는 목욕탕에 도달할 때까지의 모든 순로를 기억 속에서 확실하게 되살려 보일 자신이 있다.(「커브 건너편」, 12쪽)

그렇지만 커브 건너편 풍경에 대한 기억을 되살리려고 할수록 당연하게만 여겨지던 '존재'에 대한 믿음까지 흔들리기 시작한다. "결국 이렇게 익숙한 감각도 실은 진짜 기억이 아니라 제법 그럴싸하게 꾸며진 가짜 기시감에 지나지 않는다면", 그렇다면 "나 자신조차 더 이상 나라고 부를 수 없는 의심스러운 존재가 되어 버린다"(13쪽)고 생각하게 되는 것이다. 그리고 차츰 자신의 존재감마저 의심하게 된 주인공은 기억상실증에 걸렸다는 데에 생각이 미친다.

> 구토가 치밀어 왔다. 보이지 않는 것을 무리하게 보려 애쓰면서 눈을 혹사한 탓일지도 모른다. (중략) 어떤 이유라도 있는 걸까. 아무 이유도 없이 보통은 활짝 열어놓고 있던 문에 이 정도로 엄중한 자물쇠를 잠가놓거나 하지는 않는다. 기억상실은 대부분의 경우 이상한 기억으로부터 도망치기 위한 자기방위 본능이라고 어떤 책에선가 본 적이 있다. (중략) 구토에 현기증까지 왔다. 아무래도 너무 오랫동안 주저하고 있었던 것 같다.(「커브 건너편」, 14쪽)

생각해내려고 하면 할수록 자신의 자화상을 그리려고 하면 할수록 기억은 더욱 끊어져 버리고, 자신의 정체성을 둘러싼 모든 기억이 억지처럼 느껴진 〈나〉는 결국 자신의 이름마저도 기억나지 않게 된다. 이름을 기억해내려던 순간 "갑자기 목덜미에서 이마 쪽으로 마비되는 듯한 고통이 관통하면서" 구토가 밀려오고, 자신을 설명할 수 있는 것은 단지 "……손수건……성냥……담배……너덜너덜한 상의의 소매 단추……선글라스……반으로 접은, 누군가의 낡은 명함……작은 삼각형 모양의 배지……그리고 의미를 알 수 없는 도형이 그려져 있는 노트의 짜투리……"(19쪽)와 같은 소지품뿐이었다.

기억을 사회학적 연구의 대상으로 처음으로 고려했던 모리스 알박스(Halbwachs, Maurice)는 인간의 기억이 어떤 사건과 관련된 것이든 혹은 어떤 사물과 관련된 것이든 늘 집단적이라고 한다. 바슐라르(Bachelard, Gaston)는 기억을 생생하게 하는 것은 시간이 아니라 공간이라고 강조한다. 시간은 우리에게 두터운 구체성이 모두 삭제된 추상적인 시간의 선만을 기억하게 하지만, 우리들이 오랜 머무름에 의해 구체화된, 지속된 아름다운 화석들을 발견하는 것은 공간에 의해서 공간 가운데라는 것이다.[60] 우리가 소속감, 내부에 있다는 느낌, 공동체의 일원으로 자기 장소에 있다는 느낌을 받는 공간 ― 내밀성의 공간 ― 에 대한 중요성을 말하는 것이다. 인간은 일반적으로 고향이나 집, 지역이나 국가에 대해 이러한 감정을 느끼게 된다. 렐프(Relph, Edward)는 이러한 뿌리박힘의 소속감을 제공하는 '장소감'이 개인의 정체성에 중요한 원천을 제공하고, 이를 통해 공동체에 대해서도 정체감의 원천을 제공하기 때문에 매우 중요하다고 지적한다. 그러나 일상생활에서 장소는 위치나 외관으로 간단하게 기술될 수 있는, 독립적이고 명확하게 규정되는 실체로써 경험되지 않는다. 오히려 장소는 환경, 경관, 의식, 일상적인 일, 다른 사람들, 개인적인 체험, 가정에 대한 배려와 같은 것들이 뒤섞인 데서, 그리고 다른 장소들과의 맥락 속에서 느껴진다.[61] 위치나 경관 같은 장소가 갖는 다차원적인 속성과 함께 개인적인 장소 경험이 중요해지는 이유이다.

2. 장소와 함께 지워지는 과거

아베 고보는 「커브 건너편」을 발표하기 직전인, 1965년 10월에 『사막의 사상』(『砂漠の思想』, 講談社)이라는 문집을 발간했다. 작가가 되면서 써 놓았던 에세이들을 모아 놓은 이 책을, 그는 '창작수법의 공개'라고도 밝히고 있다.[62] 1962년 『모래 여자』 이후 모래의 유동적인 변화에 비유된

작품 평가나 경계선상의 작가라는 작가론 등, 아베 고보에 관한 평가의 기준이 대부분 이 문집에서 단서를 얻고 있다고 해도 과언이 아니다.

이 문집을 관통하고 있는 논지를 한 마디로 정리해본다면 인간의 '내부와 외부' 작용에 있어서의 역학관계라 할 수 있다. 「사인등장(死人登場)」이라는 글에서 그는 인간의 정신활동에 있어서 감정의 폭발이나 경련과 같은 발광은 언어의 붕괴라는 성질을 수반하고 있으며 그것이 초래하는 기묘한 환상은 의외로 현실 비판력이 있다고 정리해 놓고 있다. 다시 말해서 인간은 내부와 외부의 대응에 '차이'를 갖고 있고 그러한 차이에서 오는 감각이 발광과 같은 형태로 발산되는데 이를 단순히 정신분열로 취급해서는 안 된다는 말이다. 일반적으로 정신분열은 이중인격처럼 내적인 분열을 가리키는데, 아베 고보는 이를 내부와 외부에 있어서의 균열로 파악하고 있음을 알 수 있다. 또한 「실험미학 노트(実験美学ノート)」나 「이유 없는 이야기(種のない話)」에서 내적인 분열은 어디까지나 외부의 상실이 초래한 결과에 지나지 않다고 논의를 전개한다. 인간은 누구나 내부(지도)와 외부(현실)를 각기 갖고 있는데, 길에 너무 연연하다 못해 길을 잃는 것처럼, 한 장의 지도에 집착하면 현실과 분열되어 버릴 우려가 생긴다는 말이다. 그리고 내부의 지도는 언제라도 수정 가능하기 때문에 왜곡되어 있는 듯이 느껴진다면 그것을 인공적으로라도 다시 만들 필요가 있다고 강조한다. 그렇기 때문에 정신분열과 같은 발광은 현실 비판에 있어 가장 날카로운 필터로서 기능할 수 있게 된다.

또한 아베 고보의 유태인에 대한 인식의 발단을 엿볼 수 있는 「헤테로의 구조(ヘテロの構造)」에서 그는 고유와 잡종의 문화나 혈통에 의한 민족주의를 부르짖는 나치와 소수민족의 관계 등, 현대적인 문화의 척도가 오히려 '제약의 근원으로 취급되는' 헤테로성에 우위가 있다고 말한다. 헤테로성이란, 인간이 '자기'와 '타자(非自己)'를 식별하고, 타자를 거부하

는 생리작용에 따라 행동하기 때문에 발생하는 현상으로 이 역시 인간의 내부와 외부의 관계에 대한 인식 때문에 나타남을 알 수 있다. '제약의 근원 취급'이라는 표현은 아베 고보가 카프카와 같은 유태인 작가나 망명 작가를 논할 때 자주 쓰고 있는 단어이기도 하다.

이와 같은 당시의 그의 사유를 바탕으로 「커브 건너편」에서 전개되고 있는 상황들을 이해해 볼 필요가 있다. 주변 풍경에 대한 기억을 잃어버린 주인공이 자신의 상태를 기억상실증으로 인식하게 되면서 점차 자신의 존재 의미를 잃어가는 것에 주목해보자. 주인공 〈나〉는 그러는 가운데 발광과 같은 구토와 현기증, 경련을 느낀다. 즉 주인공의 기억상실과 같은 묘사는 외부의 상실로 인해 내부의 지도와 현실 사이에서 일어나는 분열적 현상과 관련해 생각할 수 있는 것이다. 그렇기 때문에 존재감을 잃어버린 현실의 〈나〉는 내부를 구성하고 있는 과거의 자신을 망각했다고 느끼게 되고, 새로운 '지도'를 그리기에 이른다.

> 이곳에 있는 나는 잃어버린 내가 아니라 잃어버려진 나라는 말이 된다. 다시 말해서 커브 건너편 고지대에 위치한 마을이 내가 가야 할 길 위에서 사라졌다기보다 오히려 커브 바로 앞쪽에서 이곳 커피숍까지의 공간을 이루고 있는 세계가 나만 남겨 놓고 모조리 사라져 버렸다고 생각하는 게 맞을지 모른다. 사실 생각해 보면 저 언덕 길 중간에서 기억이 없어진 게 아니라 저쪽에서부터 기억이 시작되었다는 인상이 더 강할 정도이다. 의외로 사라진 마을이 문제가 아니라 사라지지 않고 남아 있는, 바로 그 부분이 오히려 문제일지 모른다.(「커브 건너편」, 20쪽)

커브 건너편에 존재할 듯한 마을을 일상 속에 지속시키려고 해도 현실의 〈나〉는 일상에서 더욱 멀어질 뿐이다. 그 대신에 건너편에 있을 마

을(장소)을 지워냄으로써 현실의 자신의 존재는 보존될 수 있게 된다. 그렇다면 이 작품에서 외부로서 설정된 커브 건너편 풍경(마을)은 무엇을 상징한다고 볼 수 있을까? 이 소설에 이어서 쓰인 「지우개로 쓰기(消しゴムで書く)」(1966. 2. 10.)라는 글을 단초로 생각해볼 수 있다.

「지우개로 쓰기」는 아베 고보가 작가라는 자신의 일에 대해 써놓고 있는 고백과도 같은 글이다. 이 글에서 그는 작가라는 것이 마치 현실과 표현 사이의 틈에서 살아가는 한 마리의 거미 같기 때문에 자신은 그 틈새에 고요히 몸을 감추고 있다며 다음과 같이 술회한다. "그 틈새가 보통은 일상적으로 안정되어 있는 듯이 보이는 것은 표현과 현실의 일치감에 의해 감추어져 있기 때문인데, 그 일치감이 깨지면 작가는 창작 본능을 움직여서 표현으로부터 도망쳐 가는 현실을 포착하려고 노력한다. 물론 이러한 틈새에 있는 것이 무조건 좋다는 말은 아니다. 때로는 일상적인 척도에 따르고 싶다. 그렇지만 역시 나는 자기 해설을 위한 페이지를 가능하면 지우개로 쓰듯 쓰고 싶다. 과거로 거슬러 올라가 작품의 궤적 이상의 일체를 소거해 버릴 수 있는, 최상의 지우개를 사용해 쓰고 싶다." 이러한 고백과도 같은 심정을 실천이라도 하듯이 그는 지우개로 쓴 '인쇄 불가능한' 표현을 당시 실천해 보인다. 아베 고보가 직접 쓴 최후의 「약연보-자필연보」가 그것이다.

> 나는 도쿄에서 태어나 구만주에서 자랐다. 그러나 원적은 홋카이도이고 그곳에서도 수년간 생활한 경험이 있다. 그래서 출생지, 출신지, 원적지 세 곳이 모두 다르다. 그 덕분에 약연보를 쓰기가 여간 어렵지 않다. 다만 본질적으로 고향을 가지지 않은 인간이라는 것만은 말할 수 있을 것 같다. 나의 감수성 저변에 흐르고 있는 일종의 고향 증오도 의외로 이러한 배경에 기인할지 모른다. 정착을 통해 가치를 매기는 모든 것이 나를 상처 입힌다.(「약연

보-자필연보」 1966. 2.)

1966년 1월 말에 「커브 건너편」을 쓴 직후 아베 고보는 이어서 「지우개로 쓰기」(같은 해 2월 10일)와 「약연보-자필연보」(같은 해 2월 15일)를 쓰고 있는데, 각 글의 내용의 추이로 미루어보아 서로 무관하지 않음을 알 수 있다. 「지우개로 쓰기」가 자기 해설과 같은 성격을 지닌 이유는 고단샤에서 발간하는 아베 고보 작품집(『われらの文学 · 7 安部公房』, 講談社, 1966. 2.)에 싣기 위해 직접 「약연보」를 쓰는 사이, 신변잡기를 늘어놓듯이 「지우개로 쓰기」라는 글을 썼기 때문이다. 그리고 마지막 「약연보」는 인용한 내용을 서두로 해서 1946년에서 1965년 사이에 자신이 간행한 작품명만을 연도와 함께 나열해 놓은 게 다이다.

앞서 1부 시작 부분에서 아베 고보의 자필연보가 갖는 특징을 '1961년 자필연보' — 「年譜(自筆年譜-新鋭文学叢書に寄せて)」, 『新鋭文学叢書 · 安部公房集』, 筑摩書房, 1961. 12. — 와 '1964년 자필연보' — 「安部公房年譜(自筆年譜-新日本文学全集に寄せて)」, 『新日本文学全集 · 福永武彦 · 安部公房集』, 集英社, 1964. 2. — 를 통해 소개했다. 그리고 '1966년 약연보'에 대해서는 본편에서 다시 한 번 소개한다고 한 바 있다. 바로 앞서 소개한 「약연보」의 내용이 그것이다. 요컨대 1961년에 쓰인 최초의 자필연보에서는 자신이 봉천에 살면서 곤충 채집과 수학을 좋아했던 일이며, 폐침윤에 걸려 휴학을 했거나 도쿄대학 의과에 입학한 사실 등, 신변잡기적인 내용은 물론이고 전쟁이 발발하면서 일본 학교가 군사화되기 시작했고 이를 불쾌하게 여겨서 학교를 무단결석했다는 기억을 정신 상태가 좋지 않았다는 말로 기록하는 등, 자세한 기술을 확인할 수 있었다. 그런데 두 번째 1964년에 작성된 자필연보에서는 서두 부분에 "외부의 경력을 갖고서 정신분석 당하는 모욕을 참을 이유가 없다"는 말을 시작으로 자신의 외부 경력 따위는 잊어버리는 게 좋다며 "1924년 도쿄에서 태어남. 태어나 바로 만주 봉천시로 건너가 1940년에 세이조고등학교(成城高校)에 입학할 때까지 그곳에서 살았다. 1943년, 도쿄대학 의학부에 입학"이라고 사실관계만을 요약적으로 기술했다. 아베 고보가 삭제하고 있는 외부 경력을 확인할 수 있는 대목으로, 여기서 지워진 외부의 경력은 그가 만주와 일본을 오고가며 느꼈던 자신의 내적 세계에 다름이 아니었다. 특히 1945년을 전후로 해서 만주에서 느꼈던 불안과 공포, 일본인에 대한 강한 증오와 모멸감과 같은 인상기록과 1947년에 일본으로 귀환한 이후 불신과 증오, 분노에 차 시간을 보냈던 기억 등을 삭제하고 있다. 이렇게 거듭 수정되고 있는 아베 고보의 자필연보를 두고 이시자키 히토시(石崎等)는 상당히 흥미로울 뿐만 아니라 무엇보다도 아베 고보라는 인간을 이해하는 데 참고가 된다고 한다.[63] 그러나 이시자키 씨는 아베 고보의 '개작'의 태도가 이렇게 짧아져 가는 자필연보와 관련해 어떤 유의미한 내용을 내포하고 있을 가능성이 있을 거라면서도 구체적인 분석은 피하고 있다.

아베 고보는 최초의 연보와 두 번째 작성된 자필연보 사이에서 만주에서의 생활이나 자신의 심리적인 불안을 생략하며 짧은 사실관계로만 자신의 유년기를 소개했다. 그런데 1966년, 마지막 연보에서는 자신을 정착할 발판도 없어진 고향을 갖지 않은 인간으로 고쳐 쓰고 있다. 이러한 변화는 작품 중의 '커브의 건너편'에 있는 마을이 나타내는 의미를 생각해 볼 때, 작가 스스로가 지워가는 자신의 내면 풍경, 즉 아베 고보의 삭제되는 '과거'와 연동되어 있다고 하겠다. 게다가 이 작품 이후 실종자를 다루는 소설을 활발히 발표해 가는 것도 전혀 무관한 일은 아닐 것이다. 실종자를 찾아다니는 탐정이 기억을 잃고 마찬가지로 실종자가 되어 버리는 『불타버린 지도』, 그리고 상자를 뒤집어쓰고 살아가는 정체불명의 남자가 등장하는『상자 인간』도 작품 내에서 등장인물에 관한 과거를 소거하고 있다는 점에서 일관성을 갖는다.

자서전을 통해 저자들은 일종의 자기변명(self-justification)을 시도한다고 한다. 자신에 대한 변명 내지는 미화하는 부분이 그것이다. 그리고 이러한 시도들은 저자에 대한 심리 분석을 하는 데 있어서 결정적인 단서를 제공하기도 한다. 합리화에는 자신에 대한 자기기만(self-deception)이 있기 때문인데, 따라서 자기변명 또는 미화적인 요소를 파악하고 저자의 자기기만을 간파해내는 것은 자서전을 쓰는 동기에 관한 중요한 이유를 알아내는 방법이기도 하다.[64] 도쿄에서 태어나 만주에서 성장하고 홋카이도를 원적으로 갖은 채, 과거의 일본 식민지정책과 패전으로 아베 고보는 고난의 귀환을 경험했다. 또 귀환자로서 전후 일본에서 겪었던 극빈한 생활고와 혼란 등, 이러한 행간 속에서만도 아베 고보라는 작가를 이해하는 것이 간단하지만은 않음을 알 수 있다. 더구나 그가 말하듯이 고향을 갖지 못하게 된 인간이라는 표현은 지도에서 사라져 버린 만주를 지칭하는 것만은 아니다. 정착지였던 도쿄나 홋카이도와 같은 일본의 지형에 대해서도 '고향 증오'라는 표현으로 거부감을 나타내고 있다. '커브의 건너편'을 지우고 나니 착종해 있는 듯이 보였던 현실이 생각 외로 명확해지기 시작하는 소설「커브의 건너편」의 주인공처럼, 고향을 잃어버린 것이 아니라 고향을 갖고 있지 않다는 '아베 고보의 이미지'가 바로 여기서 떠오르게 된다. 도쿄 출생으로 만주에서 자라난 인간이 전후 일본이라는 장소로 이동해서 성숙해지면서 도달한 인식론적 사고라고 할 수 있을 것이다.

지금까지 아베 고보의 고향 인식에 관해서는 주로 전후 일본과 구식민지 만주라는 두 개의 고향이 그의 내면에서 교차하고 있다고 분석되어 왔다. 한편 나미가타 쓰요시의 지적처럼 아베가 전후 일본에서 만주로 자신을 '이동'시켜 상상의 '고향'을 창출하고 있다는 시각도 제기되었다.[65] 그러나 고향을 갖지 못하게 된 아베 고보는 전후 일본으로 이동(귀환)하게 되면서 지속적으로 위화감에 시달리고 있었음을 그의 자필연보는 말해 준다.

3. 장소의 소거와 정체성

귀환자로서 사선을 넘어 일본에 도착한 사람들의 체험기는 1950년대를 거쳐 1980년대에 유행하게 된다. 나리타 류이치에 의하면 1980년대에 간행된 수는 1950년대의 7배 정도나 된다.[66] 그 배경에는 1972년 중일 국교회복에 의한 재중일본인들의 귀환이 국가적 차원에서 진행되게 된 것이 커다란 이유 중의 하나이다. 그러나 외교적 차원과는 별도로 일본 내에서도 그러한 분위기를 지지하는 요인이 있었다. 바로 1960년대 고도성장과 도쿄올림픽의 성공으로 인한 경제적인 번영의 배후에 패전이라는 국민적인 경험이 작용했다고 보는 시각이 공공연히 언급된 것이다. '예정조화적인 역사관의 증폭'이라는 말처럼 패전으로 일본인이 체험한 기아나 고생이 결과적으로는 전례 없는 번영의 원천이 되었다는 것이다.[67] 1967년도 나오키상 수상작인 노사카 아키유키의 『반딧불의 묘』가 이러한 분위기를 반영하고 있었다고 볼 수 있다. 노사카는 당시 이 작품을 발표하면서 '불탄 폐허의 암시장파'를 자임하며, 1945년 이후 터부시되어 오던 패전의 기억을 재현하였다. 그리고 침묵에서 해방되기 시작한 패전의 언설은 원폭의 유일한 피폭국이라는 일본상을 선명히 하는 한편, 이쓰키 히로유키의 '외지귀환파' 선언처럼 반발을 낳기도 했다. 여기서 '외지'가 일본의 구식민지였던 만주, 조선, 대만 등지를 가리킴은 말할 필요도 없다.

아베 고보의 문학을 평가하는 시선에서도 이러한 사정을 엿볼 수 있다. 1966년에 아베 고보의 작품을 '무국적자의 시선'으로 본 이소다 고이치는 무국적지대인 만주가 아베 고보의 문학에 미친 영향에 관해 본격적으로 평가하기 시작했다.[68] 이후 『국문학 해석과 감상(国文学 解釈と鑑賞)』 1972년 9월호가 아베 고보 특집으로 기획되면서, 이 권호에서의 논의를 통해 아베 고보는 국가나 전통과는 무관한 작가로 자리 잡게 된다. 구식민지 만주에서의 체험이 그의 문학적 원풍경으로 공론화되기 시작한 것이다. 그러나 아베 고보의 1960년대 작품에서는, 이전에 발표된 1950년대 작품과 비교해봤을 때, 만주의 표상이 거의 보이지 않는다. 1960년대 중후반에는 '소거'되었다고 해도 좋을 정도이다. 본격적으로 만주의 영향이 그와 관련해 논의되기 시작하면서 오히려 만주는 아베 고보의 작품 공간에서 사라진 것이다. 이러한 경향은 1960년대부터 본격적으로 구사되기 시작하는 아베 고보의 창작 기법으로서의 '기억상실' 모티프가 의미하는 바를 통해 설명할 수 있을 것이다.

사람들은 특정 장소에 대해 어떤 의미 혹은 해석을 만들어낸다. 그것은 영토에 대한 문제가 아니라 자신들이 생활하고 있는 장소와 관련된 정체성의 문제이다. 특히 공동체와 장소 사이의 관계는 사실 매우 밀접해서 공동체가 장소의 정체성을, 장소가 공동체의 정체성을 강화시키며, 이 관계 속에서 경관(풍경, 광경)은 공통된 믿음과 가치의 표출이자 개인 상호간의 관계맺음의 표현이다. 이처럼 장소와 공동체의 관계는 '경관'을 통해 표출되는데, 이런 의미에서 경관은 커뮤니케이션 매체로서 공동체를 단결시킬 뿐만 아니라 공동체 의식을 드러낸다. 장소가 공적인 성격을 갖는 이유이다. 그러나 모든 장소와 경관은 개인적으로 경험되기 때문에 장소가 사적으로 이해되기도 한다. 중요한 것은 장소의 정체성만이 아니라, 한 개인이나 집단이 가지는 그 장소에 대한 정체성이라는 말이다. 따라서 이러한 장소의 상실은 곧 자기 규정의 상실, 정체성 상실이라는 결과를 가져올 수 있다. 특정 장소가 제공하는 소속감, 친밀감 그리고 이에 따른 공동체적 정체성 등이 사라지는 장소, 곧 탈귀속하는 의사 정체성이 형성되기 때문이다.[69]

앞서 살펴본 것처럼, 아베 고보의 1960년대 중반에 쓰인 텍스트들이 보여주고 있는 것은 그 자신의 내적 풍경의 재구성과 관련해 이후 이어지는 작품세계를 안내해 주는 '지도'와 같은 역할을 하고 있다. 특히 1970년대부터 두드러지는 '본격적인 국가로부터의 도주'라는 테마는 그의 주요한 세계관을 이루게 된다. 그의 말처럼 내부의 지도가 왜곡되어 있는 듯하다면 과감히 그것을 수정하여 새로운 지도를 그리면 되는 것이다. 이러한 일종의 과도기적 상황 속에서 그는 기억상실이라는 모티프를 통해 마을, 풍경과 같은 '장소'의 소거를 시도했다. 또한 소거되는 '장소'는 단지 외부적 광경만이 아니라 내적 지도(과거)를 상실하는 것이기도 했다. 기억상실은 자신의 존재적 위기 상황처럼 보이기도 하지만 현실의 지도를 재작업하듯이 현실의 정체성을 재구성하는 의미 상황을 내포하기 때문이다. 이러한 1960년대 중반의 그의 '전환'적 선택이 만주나 일본 태생과 같은 '환경'적 지도를 넘어서 보편으로서의 문학성을 위한, '경계'를 초월한 아베 고보의 작가적 평가를 이끌어내는 데 큰 역할을 하고 있음은 두말할 필요도 없을 것이다.

또한 아베 고보의 이와 같은 전환적 선택은 당시 일본 정부의 미귀환자들에 대한 처사와 관련해 '대항'적 입장을 취한다고 볼 수 있다. 1957년 12월 17일에 제정된 '미귀환자에 관한 특별조치법'은 여러 반대의견으로 인해 바로 시행되지 못하다가 1961년 10월에서야 시행되었다. 더 이상 생사를 확인할 수 없는 미귀환자들이 법적으로 모두 사망처리된 것으로, 이후 미귀환자들의 존재는 일본 사회의 공식 석상에서 완전히 망각되게 된다. 그러나 미완성의 귀환문제는 여전히 전후 일본 사회의 귀환자들에게 '끝나지 않은 이야기'로 남겨지게 되었고, 아베 고보 역시 「인어전」과 같은 작품을 통해 이를 주제화하기도 했다. 이러한 상황을 배경으로 전개된 아베 고보의 '과거의 소거'에 대해 일면 일본의 식민지 지배에 대한 '역사 왜곡'의 문맥을 따르고 있다고 비판할 수도 있다. 그러나 아베 고보가 1960년대 중반 이후 언설화하고 있는 '내부의 변경'론이나 '내적 망명의 문학'론 등은 또 다른 층위로서의 그의 대항 담론을 보여준다. 소거된 과거를 대신해서 새로운 현실 세계를 재구성해 가는 가운데 아베 고보가 주장한 것은 국민됨에 대한 거부로서, 철저히 국가 이데올로기를 상대화해 가고 있기 때문이다. 고향(과거)이 없는, 고향을 갖지 못한(소거한) 인간상의 탄생이 아베 고보의 문학에서 유의미한 저항적 의미를 갖는 이유가 여기에 있다. 만주에서 전후 일본으로의 귀환을 "타율에 의한 방기"[70]로 정의하는 아베 고보의 국가 이데올로기에 대한 도전은 오히려 과거의 '회상'이라는 재현이 아니라 '소거'를 통한 재구성이라는 구도를 따르고 있기 때문이다.

나오며

아베 고보는 초현실주의를 새로운 현실인식에서 필연적으로 요구된 표현 방법으로 수용했다. 특히 오브제의 데페이즈망을 이용해서 변형기법을 구사하고 있는 아베는 '인어'라는 모티프를 통해 만주에서 전후 일본으로 이주한 귀환자의 입장을 비유하고 있다. 본래 있어야 할 장소에서 다른 곳으로 이동해서 그 위화감의 효과를 노리는 데페이즈망은 아베 고보 자신이 전후 일본에서 안고 있던 존재론적 실감과 연동되어 있었던 것이다. 또한 사라져 버린 사실보다도 그 사실이 사라진 후에 이어지는 현실이 더 의미가 있음을 시사하는 기억상실 모티프는 그 자신의 과거를 소거하는 작업을 통해 실천되었다. 이렇게 해서 아베 고보는 정착할 곳으로서의 고향을 갖지 않은 존재로 전환되어 가기 시작한다.

4부

아베 고보의 존재인식의 변화, '내적 망명'을 향해서

—'귀속'을 거부하기

들어가며

4부에서는 귀속을 거부하고 국가로부터 이탈해 가는 아베 고보의 사상적 · 문학적 세계를 규명하는 것을 목적으로 한다. 그리고 권력체제에 대한 저항의식을 함의하고 있는 '불온한 상상력'을 통해 상대화하고 있는 그의 국가관을 '외지귀환파'의 탈경계적 관점에서 고찰해 보고자 한다.

아베 고보는 국적의 폐절, 파멸과 재생, 파괴와 창조, 지배와 피지배가 반복되는 '플라스틱한 도시적인 것'을 이용해서 국가나 집단으로부터의 도주를 소설화한다. 이러한 사회적, 이념적 탈공간화는 자아의식에까지 영향을 주어 정신적 탈공간화를 일으킨다. 지나칠 정도로 자신의 아이덴티티에 집착하는 듯이 보이는 작품 속 인물들은 늘 경계인이나 이단자와 같은 존재로 묘사되고 있는 것을 볼 수 있기 때문이다. 이는 만주라는 공간적 특수성을 경험한 '무국적자'의 시선에서 기인한다고도 볼 수 있다. 그러나 아베 고보의 문학에는 단순히 국가의 경계인 국경만이 아니라 민족적, 문화적 경계를 초월해 간다는 의미에서 탈경계적인 성격이 내재해 있다고 하겠다.

아베 고보가 작품 내에서 끊임없이 실천하고 있는 방법은 주로 일상에 안주하지 못하고 불손한 성격을 가진, 이질적이고 이방인 같은 존재를 통해서이다. 이름, 고향, 가족과 같이 자아를 이루는 모든 근거를 부정하고 소멸시킴으로써 어떠한 것에 대해서도 귀속하기를 거부한다. 이러한 존재는 사회 부적응자나 낙오자와 같은 이미지를 띠고 있어 부적절한 인간상으로 평가되기도 한다. 나아가 아베 고보의 작가로서의 한계로도 지적되며 '귀속하지 못한 인간군의 불행'을 부각시키는 데 그쳤다는 비판도 있다. 그러나 국가주의적 규범에 따라 이들을 부정할 수 있다는 논리야말로 이들의 존재 자체를 내세우는 것이 고정불변의 국가적 통념을 위협하는 방법이 될 수 있음을 보여준다 하겠다. 아베 고보가 이질적이고 불온한 존재를 통해 일상을 전복시키고자 했던 방법론과 의식에 주목해야 하는 이유이다.

이러한 문제의식 속에서 아베 고보의 1960년대 후반 이후 1970년대의 작업에 주목해 보고자 한다. 그는 1966년 기억상실 모티프를 이용해 과거를 상실한 실종자의 입장을 작품화한 후 7년여의 공백을 거쳐, 1973년 『상자 인간』에서는 귀속을 거부하는 인간상을 그려내고 있다. 그런데 7년여의 공백 동안 그가 관심을 보이며 고민하던 것은 바로 '유태인적인 것'이었다. 따라서 '유태인적인 것'에 대한 관심을 보이며 자신의 작가적 사명을 유태인계 작가나 망명자적인 감각으로 인식하게 된 아베 고보의 사상적 흐름을 살펴볼 필요가 있다. 그리고 이러한 인식론의 구체적인 결과물로서 소설 『상자 인간』을 재조명해 보겠다. 이와 더불어 아베 고보가 구상하고 있던 '크레올적 환원력'을 그의 크레올 언설을 참조하여 살펴보고, 아베 고보 문학이 표명하고 있는 진정한 의미에서의 '월경(越境)'을 재검토해 보고자 한다.

1장 경계 공간의 '이단성'

1. 1973년 작품 『상자 인간』

나카지마 마코토(中島誠)는 아베 고보가 인간관계에 절망했기 때문에 『상자 인간』을 썼다고 언급하면서 이 소설은 인간이 머물 장소를 상실한 지점에서 창작되었다고 설명한다.[1] 나카지마 씨의 논지에서도 알 수 있듯이 『상자 인간』에는 도쿄 우에노(上野)의 부랑자에 대한 실제 기사를 비롯해서 노숙자들의 모습이나 도시의 어두운 이면을 찍은 사진 등이 삽입되어 있기도 하다. 당시 아베 고보가 고민하던 문제의식이 현대사회와 개인의 관계에 있었음은 "인간은 자기 스스로에게 귀속하는 것 말고는 귀속할 장소가 없어졌다. 이러한 문제를 극한까지 추궁해 보면 어떨까"[2] 하는 『상자 인간』의 창작의도를 통해서도 확인할 수 있다. 또한 아무나 될 수 있는 '상자 인간'은 익명의 도시에 사는 익명의 시민이면서 그자체로 '인간관계의 실조'를 상징하는 현대인의 모습을 띠고 있기도 하다.[3] 이러한 상자 인간이 지니고 있는 특성과 관련해서 나카지마 마코토는 철저히 익명성을 지켜야 할 상자 인간이 상자를 벗어던져 버리는 결말로 인해 작품 전체가 완전히 정치주의로 끝나면서 실패한 작품이 되었다고도 평가한다. 현대인의 모습을 적절히 표현하는 상자 인간은 그대로 상자 속에서 머물면서 가만히 인내함으로써 현대의 공포를 사실 그대로 드러내야 했다는 시각이다. 그러나 상자 인간이 상자를 벗어 던지는 것이 현대의 공포에 패배한 정치주의라는 의견에 동의할 수 있을까? 작품의 결론 부분에 대한 나카지마 씨의 논조에는 현대사회에 만연하는 절망감을 지나치게 비관적으로 사고하는 시선이 녹아 있는 것은 아닐까?

아베 고보는 국가는 국가로 귀속하지 않으면 잘못이라고 끊임없이 강요한다고 비판한다.[4] 이처럼 '국가에의 귀속'과 '귀속을 거부하는 인간'이라는 대립구도는 끊임없이 국가로부터 탈주, 도주를 시도하는 그의 가장 중요한 테마라고 할 수 있다. 실종 3부작으로 평가받는 『타인의 얼굴』, 『모래 여자』, 『불타버린 지도』를 통해 그 가능성을 모색했음을 환기하지 않더라도 이러한 아베 고보의 자세는 충분히 이해할 수 있다.[5] 그렇기에 소설 『상자 인간』에 관한 선행연구는 귀속을 둘러싸고 상자 인간이 어떻게 저항하고 또는 살아가는지 혹은 이 작품에서 나타내는 익명성의 효용은 무엇인지와 같이 귀속문제에 관한 그의 시점에 주의를 두어 왔다.[6]

그렇지만 이 소설이 내포하고 있는 여러 문제 가운데서 무엇보다 상자 인간의 정체와 상자의 공간성이야말로 중요하다고 하겠다. 현대사회가 익명성에 의해 유지되고 있다고는 해도 상자를 덮어쓰고 살아가는 상자 인간의 상징성을 그대로 현대사회로 치환할 수 없기 때문이다. 만약 치환 가능하다고 해도 최후에 폐쇄적으로 갇혀 지내는 듯이 보였던 상자 속의 공간이 새로운 가능성의 공간으로 반전하게 되는 전개는 어떻게 이해되어야 할까? 이에 관해서 상자 인간이 지니고 있는 범죄성과 자폐성을 지적하면서 상자 인간이 사회부적응자와 같은 모습을 띠고 있다고 설명한 다나카 히로유키(田中裕之)의 해석은 흥미롭다.[7] 그러나 이러한 상자 인간의 성격에서 상자가 절망과 깊은 암흑의 폐쇄적인 공간을 의미한다는 다나카 씨의 결론도 나카지마 마코토의 결론과 마찬가지의 문제점을 갖고 있지는 않은지 의문이 든다. 상자 그 자체가 폐쇄적이고 절망적인 현대사회를 의미한다고 할 경우 상자 인간에게 상자는 불필요한 부속물에 지나지 않을 뿐더러, 이 작품에서 상자 인간이 상자를 뒤집어쓰나 상자를 벗어던지나 그것은 중요한 문제가 되지 않는다고 생각되기 때문이다. 또한 상자 인간에 대한 범죄자이자 사회부적응자라는 해석을 문자 그대로 인정해도 좋은 것일까? 아베 고보가 자신의 작품 속 주인공들에게 그러한 불량한 성격을 부여하고 있는 것에는 다른 의도가 숨어 있지는 않을까? 이러한 의문점들에 초점을 맞춰서 『상자 인간』을 재고해보겠다.

2. '유태인적인 것'과 귀속의 문제

『상자 인간』은 1966년 「커브 건너편」에서의 기억상실 모티프와 과거를 상실한 실종자의 입장을 다룬 1967년 장편소설 『불타버린 지도』 이후 7년 만에 발표한 작품이다. 특히 『상자 인간』에서 귀속을 거부하는 인간상을 만들어내기까지, 그는 '유태인적인 것'에 관심을 기울이게 된다.

아베 고보는 1968년에 에세이 「내부의 변경(内なる辺境)」(中央公論)[8]에서 대부분의 유태인계 작가의 작품에 현재 자신의 주요한 관심 테마인 '내부의 변경'이라는 사상적 요소가 집중적으로 표현되어 있다고 말한다. 특히 '유태인적인 것'과 '도시적인 것' 간에는 깊은 관련성이 있는데 바로 이러한 점이 '내부의 변경'이라는 자신의 테마와도 연결된다고 한다. 우선 여기서 아베 고보가 말하는 '변경'이 무엇인지 그 개념을 이해하기 위해 『재단되는 기록』(『裁かれる記録』, 講談社, 1958) 속에서 논의하고 있는 그의 「사막의 사상(砂漠の思想)」[9]이라는 언설부터 살펴볼 볼 필요가 있다.

「사막의 사상」에서 아베 고보는 반사막적 풍토 ― 만주 ― 에 놓여 있었기에 더욱더 사막에 대해 동경을 가졌다는 말로 글을 시작한다. 그리고 사막은 파괴와 창조가 반복되면서 존재한다는 논지를 하나다 기요테루의 「두 개의 세계(二つの世界)」를 예로 들며 설명한다. 그러나 그는 보통 사막이라고 하면 곧바로 죽음이나 파괴, 허무만을 떠올리는데, 그보다

는 오히려 사막의 플라스틱한 성질에 주의를 두어야 한다고 반박한다. 그러면서 '사막=변경'이라는 도식을 이끌어낸다.

> 사막이 암시하는 것은 '변경'이다. 플라스틱한 모래의 집합체인 사막=변경이 유사 플라스틱임은 당연하지만, 양은 반드시 질로 전화(転化)하기 마련이고 똑같은 플라스틱한 것에 대한 관심이라고 해도 유치원의 모래사장과 변경은 전혀 다른 성질의 것이다. 사막에 정치는 없다. 있다고 해도 기껏해야 마을 자치회나 구의회 회원의 거래 정도이다. (중략) 레닌이 말하는 선진 아시아가 어느새 역설만이 아니라, 현재 건설되고 있는 아시아나 아프리카의 사막과 비교해 봐도 그것이 갖고 있는 에너지는 이미 아주 작다고 해야 할 것이다. 진정으로 살아 있는 사막=변경이란 오늘날 아시아와 아프리카밖에 없는 듯하다.(「사막의 사상」, 261~263쪽)

플라스틱한 성질이란 '화학적 처리로 무정형의 무기물로 환원시킨 것을 형태, 경도, 투명, 불투명, 색조 등, 자유자재로 재제작하여서 완전히 새로운 창의적인 제품을 만드는 것'[10]이라는 개념으로 오카모토 타로의 아방가르드 예술 논의 속에 나오는 표현이다. 새로운 창조정신을 강조하는 말인 것이다. 아베 고보는 오카모토 타로가 사용한 이 개념을 차용하여 '플라스틱한 모래'의 집합체로서의 사막을 '변경'으로 정의하면서 아시아나 아프리카를 변경의 현상에 비유한다. 그리고 어느 중동의 마을을 배경으로 프랑스인 외과의사(볼테르)와 아랍인(볼타크)이 사막을 헤매는 영화, 앙드레 카이야트(Cayatte, André)의 「눈에는 눈을」(*Oeil pour oeil*, 1957년)을 예로 설명한다.

이 영화는 프랑스의 아랍인에 대한 식민지정책을 소재로하여 '나와 똑같은 고통을 맛보게 해주고 싶었다. 나는 복수했다'고 부르짖는 아랍인의 모습을 사막을 무대로 전개하고 있다. 이 영화에 대해서 아베 고보는 카이야트가 프랑스인이기 때문에 사막을 그저 부조리로만 다루고 있고 그러한 시점이 서구적인 전통에 지나치게 충실함을 보여준다고 비판한다. 그리고 백인은 사막에서 눈물을 흘리며 그 슬픔을 호소하기만 하면 용서받을 것이라고 생각한다며 이는 지배민족의 에고이스틱한 반성에 지나지 않는다고 지적한다. 식민지주의에 대한 아베 고보의 비판적 사고가 연동하고 있는 시각으로, 이어서 일본에 복수하는 아시아인의 모습을 덧붙이고 있다.

> 일본인은 백인에게는 확실히 볼타크일지 모른다. 그렇지만 같은 아시아인 사이에서는 반대로 볼테르의 역할을 해 왔다. 일본인의 사막에 대한 집착에는 생각 외로 아직도 사막을 허투루 보는 구석이 있다. 그것은 예를 들면 우리들의 전쟁 책임에 대한 추궁의 불철저함과도 상통하는 문제이다. (중략) 일본에는 사막이 없어서 끌어들일 장소가 없다고 한다면 바다 속이라도 상관없다. 만약에 그럴 수 있는 곳이 있다면 폐광의 미로 같은 곳을 사용해도 꽤나 재미있을 것이다.(『사막의 사상』, 270쪽)

식민지 지배에서 독립한 아시아, 아프리카의 변화되어 가는 상황에 주목하고 있는 아베 고보의 시선이 드러나는 부분이다. 그리고 이어서 제국이나 지배 권력으로부터 독립한 곳을 '변경'으로 환치하면서, 이러한 변경이 내포하고 있는 '소생하는 힘'을 '도시적인 것'으로 설명한다. 권력이 개입하지 않는 범위 내에서 자립성을 갖춘 도시의 이미지에 착목한 것인데, 패전 이후 모든 권력이 해체된 만주를 보고 '새로운 프론티어'[11]로 생각했던 아베 고보의 만주 체험이 인식의 저변을 이루고 있다고 할 수 있다. 따라서 그는 도시를 국가 내에 존재하는 변경, 다시 말해서

'내부의 변경'으로 정의한다. 여기서 '내부의 변경'에 존재하는 인간상으로 꼽고 있는 것이 바로 유태인이다. 그리고 유태인이라는 존재가 애초에 의식적이면서 인공적으로 만들어진 존재라고 보는 그는 그들이 존재했던 것이 아니라 '존재당했다'며 다음과 같이 말한다.

> 유태인은 토지에 정착할 수 없던 사람들이다. 토지와 연결될 수 없던 존재가 유태인이었던 것이다. 바꿔 말하면 '참된 국민됨'이라는 것이 처음부터 불가능한 존재였다. (중략) 참된 것의 정체는 영토라는 공간으로 대표되는 국가의 조건이 되는 모양이다.(「내부의 변경」, 42쪽)

다시 말해서 유태인을 이단으로 보는 개념, 즉 반유태주의의 근거가 만들어진 구조에는 '참된 국민됨'이라는 정통성을 요구하는 국가주의의 강제력이 전제되어 있다는 말이다. 그리고 영토를 '참된 국민됨'의 근거로 삼는 논리 속에는 농민적인 것을 국민의 이미지의 기저에 깔고서 반농민적인 것, 즉 도시적인 것을 제악의 근원으로 규정하여 배제하려는 원리가 작용하고 있다고 그는 주장한다. 아베 고보가 말하는 '유태인적인 것'이란 이렇게 '배척된' 면에 특징이 있다. 정통성에 반대되는 반정통적인 성격을 '초정통성'이라는 말로 정의하기도 하는 그는 '선택된 이단성'이 바로 유태인의 존재성이라고 본다. 유태인의 존재를 사용해서 국민됨의 정통성을 비판하는 것이다.

아베 고보는 초기 작품「이단자의 고발」에서 이미 '명명되지 못한 것'으로서 존재하는 것이야말로 일본인의 민족적 정체성을 위협한다는 구도를 설정하기도 했다. 이는 그 스스로 이단자임을 자임하는 것이기도 했다. 이러한 구도는『상자 인간』에서 보다 선명해진다. 아베 고보가 유태인의 존재성에서 도출해낸 유태인적인 특징으로서의 이단적인 성격을 상자 인간에게 투영하고 있기 때문이다. 또한 이단자인 상자 인간이 대항하는 대상은 국가라는 거대한 공동체만이 아니라 '정통파임을 자부하고 있는 시민들'의 환상과도 같은 신앙이다.

> 환상은 모두 환상에 지나지 않고 점점 성장해 가는 도시화 현상 속에서 괜한 '대지 신앙'을 반복하는 것은 정통파를 자부하던 시민들 사이에서도 허무한 결핍감을 확산시킬 뿐이다. 유태인계 작가 혹은 망명 작가가 오늘날 무시할 수 없는 영향력을 세계적으로 갖기 시작했다는 사실도 '정통 신앙'이라는 국가의 대의명분에 슬슬 한계가 도래하기 시작했음을 암시한다. 일찍이 외부에서 온 이동 민족의 내습이 농경국가의 공간적 고유성을 파괴하고 국경을 초월해서 동시대 감각을 반입해서 정착에 따른 정체 상황에 새로운 도약의 기회를 가져다 주었듯이, 이번에는 도시라는 내부의 변경에서 국경을 파괴하는 군세가 일어날지 모른다. 농촌적인 특수성에 '정통'을 인정해 준 국가의 사상을 대신해서 도시적인 동시대성에 '정통'을 인정해 주는 변경파의 군세가……(「내부의 변경」, 56~57쪽)

유태인계 작가나 망명 작가로서 아베 고보가 카프카, 프루스트, 조이스를 예로 들면서 그들이 '이단의 깃발을 휘날리'듯이 싸우는 동시대 감각을 중요시하는 이유는 그들처럼 자신의 작가적 사명을 명시하기 위해서이다. 만약 그럴 수 없다면 적어도 일체의 '정통 신앙'을 거부하고 내부의 변경을 향해서 내적 망명을 의도하는 정도는 동시대를 의식한 작가로서의 의무라고 하면서 아베 고보는 도시사회 속으로 망명하는 형태로서의 '내적 망명'을 계획한다. 상자 인간이 상자에 들어가서 그곳에서 다시 반전하는 세계 — 탈국가적 세계 — 를 의도하는 것에는 이러한 아베 고보의 내적 망명자로서의 의식이 내포되어 있다고 할 수 있는데, 계속해서 『상자 인간』을 통해 이러한 의식구조를 따라가 보자.

3. 상자 인간의 아이러니

『상자 인간』의 구성에 관해서 아베 고보는 이 작품이 소설의 각 장을 독립적으로 구성한다는 형태 파괴적인 서사구조를 취하고 있다고 밝히고 있다. 따라서 주의 깊은 독자라고 해도 이러한 구조를 충분히 이해할 거라고는 생각지 않는다면서 그 '모험성'을 특기해 놓고 있다.[12] 그의 말대로 전체 24장으로 구성된 『상자 인간』은 시점이나 화자의 변화 등이 다양해서 작품의 전체 구조를 간단히 정리하기 어렵기도 하다. 따라서 온전한 해설에 미치지는 못하지만 이 글에서는 상자 인간의 존재감과 상자 내부의 공간적 특성에 주의하면서 소설을 독해해 보고자 한다.

『상자 인간』은 A, B, C로 지칭되는 상자 인간들이 서로를 감시하는 상황 중에 누가 진짜 상자 인간인지를 밝혀가는 이야기로, 상자 인간 자신의 존재증명을 위한 기록들이라고 할 수 있다. 그리고 자신이 진짜 상자 인간이라고 주장하는 〈나〉(상자 인간A)에게 그의 상자를 사러 온다는 편지가 도착하고 이를 계기로 이야기는 착종되기 시작한다. 그러던 중에 〈나〉는 유언과도 같은 기록을 남기고선 자신의 상자를 벗게 된다. 그럼, 그의 상자는 어떤 모습을 하고 있을까.

> 상자 속은 어둡고 방수도료의 달콤한 냄새를 풍겼다. 왜 그런지 모르게 너무나도 그리운 듯한 장소처럼 느껴졌다. 지금이라도 찾아갈 수 있을 듯하나 손에 잡히지 않는 기억. 언제까지라도 그대로 있고 싶었다.(『상자 인간』, 19쪽)

마치 자궁회귀적인 기원을 느끼게 하는 상자의 내부를 엿볼 수 있다. 물론 이 상자는 시판되는 보통의 흔한 골판지로 특이한 점이라고 한다면 작은 구멍 정도이다. 그러나 이 구멍도 외부에서는 흠집 정도로밖에 보이지 않는다. 오로지 상자 인간이 외부 세계를 엿보기 위한 용도의 구멍인 것이다. 상자 인간이 되는 방법도 너무나도 간단해서 6일간 상자 속에 들어가고 나오기를 반복하면서 상자 속 공간에 적응하면 된다. 그리고 7일째 되는 날에 상자를 뒤집어쓰고 외출을 하면 그 상태로 '상자 인간'이 된다. 상자가 바로 상자 인간이 되고 상자 인간이 그대로 상자가 되어 버리는 설정이다. 그렇다면 '상자=상자 인간'이라는 구도에서 상자 인간의 정체는 과연 무엇이라고 할 수 있을까.

> 성명C, 본적(생략), 취업의사수습(간호부), 생년월일 쇼와원년 3월 7일, 나는 지금까지 징역이나 처벌을 받은 적이 없고, 경찰이나 검찰청에서 피의자의 입장에서 조사를 받은 적도 절대 없다. 나는 지금까지 공무원이었던 적도 없고 훈장이나 공무원 연금, 공무원 유족 보조금을 수령한 바도 없다.(『상자 인간』, 90쪽)

상자 인간C의 기록으로, 다른 상자 인간들과 비교해서 자신의 신원이나 직업 등을 상세히 밝히고 있는 편이라고 할 수 있는데, 뭔가 미묘하게 어긋나 있는 느낌을 준다. 먼저 생년월일이 '쇼와원년 3월'로 적혀 있는데, 실제 쇼와원년은 1926년 12월부터 시작한다. 본적은 생략되어 있어서 정확한 출생지를 특정할 수 없다. 또한 자신은 법률을 위반하는 행동을 하거나 국가 차원에서 처벌을 받은 경험이 없음을 강조하고 있다. 뿐만 아니라 국가를 위해서 어떠한 역할을 했던 적도 없다는 상자 인간은 자신의 내력이 국가와 전혀 무연함을 재차 강조하는 듯하다. 미묘하게 어긋나 있는 듯한 생년월일도 이러한 맥락에서 이해할 수 있다. 애초에 그의 생존이 법률과 같은 국가적 차원에서는 존재하고 있지 않다는 말이다. 그리고 무슨 이유에서인가, 일반의 사람들도 상자 인간이 눈앞에 보여도 보이지 않는 척을 하거나 강한 공격성을 보이며 상자 인간을 범죄자나 기분 나쁜 존재처럼 대한다.

> 상자를 뒤집어쓰고 내 자신조차 잃어버린 가짜의 나. 가짜라는 것에 면역이 되어 버린 나에게는 더 이상 물고기 꿈을 꿀 자격도 없을지 모른다. 상자 인간은 몇 번이고 계속해서 꿈에서 깨어나도 결국 상자 인간인 채로 있을 수밖에 없는 것 같다.(『상자 인간』, 37쪽)

소설 속에서 상자 인간은 '물고기가 되는 꿈을 꾸는' 가짜 물고기를 자신과 비유하면서 가짜 물고기처럼 오감이 마비되어 버린 듯한 무저항감이나 결핍감을 자신도 갖고 있다고 말한다. 그렇지만 가짜 물고기는 하늘을 향해서 추락 — 역추락 — 함으로써 꿈에서 깨어날 수 있지만 상자 인간은 뒤집어쓰고 있는 상자를 벗어던져도 똑같이 상자 인간일 뿐이라고 한다. 가짜 물고기는 죽음을 선택함으로써 진짜 물고기가 될 수 있지만 상자 인간은 상자를 버려도 진짜 자신이 될 수 없기 때문이다. 그러면서 이러한 상자 인간이 죽을 수 있는 방법은 국가에 의한 타살밖에 없다고 한다. 자신의 의지로 선택한 죽음이 상자 인간에게는 어떻게 해서 타살이 되는 걸까? 상자 인간은 자신의 죽음이 타살이라는 말을 반복해서 강조하면서 실제 안락사에 대한 나고야재판소 판례를 들어서 그 이유를 해명한다.

현재 일본에서 안락사는 형사법상 살인행위로 처벌되고 있다. 그러나 1962년 나고야재판소는 다음과 같은 사례를 들어서 안락사를 인정한 바 있다. 불치병에 걸린 환자, 그리고 그 환자의 고통을 배제하는 것을 목적으로 하되, 반드시 환자의 의식이 명백한 상태에서 본인의 승낙 하에 이루어질 것. 또 납득할 만한 충분한 이유가 있을 경우라면 윤리적인 방법으로 죽음을 맞이하게 할 것. 여기서 상자 인간은 환자라는 문구를 '상자 인간'이나 '적군', '사형수'로 바꾸어서 읽을 수 있다고 말한다. 불치병에 걸린 상자 인간, 그 상자 인간의 고통을 배제할 것을 목적으로 상자 인간의 의식이 명백한 상태에서 본인의 의사에 의한다면 상자 인간은 죽을 수 있다. 불치병이 반드시 병환에 의한 것이 아니더라도 수긍할 수 있는 이유가 있다면 죽음이 인정된다. 법률적으로는 처음부터 생존조차 인정받지 못한 존재에게 있어서 법적으로 수긍할 만한 이유는 불필요할지 모른다. 다시 말해서 법률이 미치지 못하는 장소에서 생활하는 인간이 상대가 된다면 어떤 수단이든 모든 살인이 안락사라고 할 수 있는 것이다. 그렇지만 상자 인간은 그 내력 자체가 법률적 차원에서 존재를 인정받지 못함은 물론이고 주변으로부터도 투명인간처럼 무시를 당하고 있기 때문에 어느 쪽이든 다를 바가 없게 된다. 그렇다면 아베 고보가 상자 인간의 죽음을 안락사에 비유하고 있는 이유는 무엇일까? 이는 소설『모래 여자』에서 주인공이 최후에 실종자판결을 받는 결말과도 관계가 있다.

"죄가 없으면 도망치는 즐거움도 없다"고 소설의 서두에서 밝히고 있는 것처럼『모래 여자』속 주인공의 실종을 둘러싼 의문은 처음부터 전제되고 있다. 주인공 남자는 도대체 무슨 죄를 지었던 것일까? 그러나 보통의 학교 교사인 남자는 자신의 취미를 위한 여행을 떠난 것이 전부로, 결론적으로 말하자면 모래 구덩이에 갇혀 버렸을 뿐이다. 탈출을 시도하기도 하지만 결국 남자는 모래 구덩이 속에서 살아가게 된다. 그 결과 이전까지 생활하던 집단 내의 사람들이 그를 실종자로 취급해 버리게 된다. 따라서 실종된 남자가 모래 구덩이에서 살아가게 되는 결말은 인간의 존재감이 법률상의 문제에 지나지 않음을 보여준다고 할 수 있다. 소속되어 있던 집단에서 벗어나 버리면 모든 것이 부정되는 현실을 『모래 여자』의 결말은 폭로하고 있는 것이다. 결국 주인공 남자에게는 돌아갈 장소가 있었을까? 여행에 나선 사람이 돌아올 것을 기대하는 것, 당연히 돌아올 거라고 믿는 생각 자체가 『상자 인간』과 같은 귀속의 문제를 『모래 여자』도 내포하고 있음을 반증한다. 그리고 아베 고보는 그러한 남자에게 의도적으로 자신의 내력을 투영하고 있다. 실종자판결이 난 남자의 생년월일을 아베 고보 자신의 생일과 동일하게 표시해 놓고 있는 것이다.

원래 일본에서 부재자로 접수된 사람이 실종판결을 받게 되는 경우는 모습이 사라진 날로부터 7년 후이다. 여기서 부재자란 행방불명자를 뜻한다. 그런데 '위난(危難)실종'이라 해서 '특별실종'과 같은 조항에 의해 단축되는 케이스가 있다. 마지막 행방으로부터 1년이 경과하면 실종 선고가 가능한 경우로 보통의 행방불명과는 다르게 '죽음'의 확률이 상당히 높은 경우이다. 그런데 이 법률 — 민법 제30조와 31조, 실종 선고와 실종선고 유효항목 참고 — 이 시행되기 시작한 1962년 2월, 또 하나의 법안이 조정되었다. 전쟁 이후 행방불명이 된 사람을 사망자로 처리하는 기간이 3년에서 1년으로 단축된 것이다. 전후 귀환자문제에 종지부를 찍기 위한 일본의 사회적 움직임과 연동된 조치였다. 이에 관해서 나미가타 쓰요시는 아베 고보가 실종자 이야기를 통해 쉽게 정치적 우의성을 환기시키면서 게다가 귀환자로서의 문화적 경계의 사고를 환기하고 있다고 지적했다.[13] 다시 말해 아베 고보는 실종자와 자신의 과거 내력을 오버랩시켜 이러한 판결이 단순한 실종선고가 아님을 시사하고 있는 것이다. 그렇기에 주인공 남자의 과거 내력이 이 지점에서 재고의 여지가 있음은 당연하다고 하겠다. 귀환자들의 전후 일본 사회에서의 처지를 주인공을 통해 생각해볼 수 있기 때문이다.

귀환자들의 전쟁 당시의 기록 중에는 소설 『모래 여자』 속의 남자 주인공과 비슷한 입장을 생각나게 하는 내용이 있다. 1945년 8월 15일, 만주의 오지에서 서둘러 일본 본토로의 귀환을 명령받은 재난일본인들은 가혹한 여정에 돌입하게 된다. 죽음을 각오한 일이라고는 해도 언제 어디서 무슨 일을 당할지 알 수 없었기 때문에 집단자결을 선택하는 사람들도 있었다. 또한 귀환자 집단에서 낙오되거나 아니면 다른 사람들을 위해 스스로 낙오를 하게 되는 등, 여러 가지 이유에서 일본으로 귀국하지 못하게 된 사람들도 많다. 이렇게 처음에는 함께 귀환의 여정에 올랐다가 도중에 사망자가 된 사람들의 명부 중에는 실제로 죽은 사람을 포함해서 전쟁에 소집된 남편이나 가족을 기다리기 위해 남겨지길 자처했던 사람, 또 피난 중에 중국인에게 팔린 여성과 아이들도 들어 있다. 위난실종의 케이스처럼 보통의 행방불명과는 다르고 또한 '죽음'의 확률이 높아 보이는 경우라 하겠다. 그러나 그들을 사망자로서 처리한다는 것은 전쟁이라는 특수한 배경이 작용했다고 하더라도 폭력적인 처우가 아닐 수 없다. 이러한 견지에서 생각해봐도 『모래 여자』의 남자 주인공이 결말에서 자기 나름의 생계 수단을 발견하여 모래 구덩이 속에 남아 살아가게 되는 장면은 '쇼와 30년대 — 1950년대 — 의 일본의 상황 변혁에 대한 절망'[14]을 암시함은 물론, 전후 중국이나 해외의 잔류 일본인의 입장을 떠올리게 한다.

『모래 여자』의 실종자선고문과 『상자 인간』의 안락사문제가 같은 1962년의 사건이었음은 우연의 일치일지 모른다. 그렇지만 인간의 실존이 법률상의 문제에 지나지 않는 사회 현실이 아베 고보에게 '귀속하지 않으면 나쁜 것인가' 하는 귀속에 관한 문제의식을 자극했으리라 생각해 볼 수 있다. 이것이 상자 인간의 아이러니한 죽음을 안락사에 비유하고 있는 메타포로 사회적 또는 국가적으로 자신의 존재증명을 하기 위해서는 상자에서 나와 귀속할 수밖에 없지만 이러한 존재증명이 상자 인간에게 있어서는 죽음이 될 수밖에 없는 사정이기도 하다.

4. 반전의 공간성

이상에서처럼 아베 고보는 '상자=상자 인간'이라는 장치를 사용해서 상자 인간의 존재증명이 상자를 벗어 던지면 그만이라는 단순한 문제가 아님을 나타내고 있다. 그렇다면 왜 이러한 상자가 문제시되는 걸까? 상자 인간이 상자를 벗는 것은 자신의 죽음을 의미한다고 할 정도로, 흔한 골판지로밖에는 보이지 않는 상자에 집착할 이유가 있는 걸까? 여기서 중요해지는 것은 상자 그 자체의 '공간'이 갖는 의미일 것이다. 상자 인간이 '상자를 벗는 것', 즉 상자에서 나오는 것이 자신의 죽음이 된다고 할 정도로 상자의 내부는 특별하다는 것을 알 수 있기 때문이다.

> 누가 진짜 상자 인간인가를 묻기보다 오히려 누가 상자 인간이 아닌가를 밝혀내는 편이 더 수월하게 진상에 접근하는 방법일 것이다. 상자 인간에게는 상자 인간밖에 말할 수 없는 경험이 있고 가짜 상자 인간은 그러한 경험을 절대로 묘사할 수 없다. 상자 인간만의 체험인 것이다.(『상자 인간』, 114쪽)

하지만 진정한 상자 인간만이 말할 수 있다는 상자 인간의 경험이란 어느 누구도 흉내 낼 수 없다고 자만할 만큼 그만의 특별한 "사건이라 할 수 있는 일을 대면한 적은 없었다."(115쪽) 예를 들어서 돈이 없기 때문에 단식을 할 수밖에 없는 경우나 상자를 뒤집어쓰고 이동을 해야 하다 보니 거리에 익숙해질 수밖에 없는 정도가 상자 인간이 말하는 경험의 전부이다. 그리고 상자 인간은 마지막으로 생각해 줬으면 한다고 말한다. "도대체 어느 누가 상자 인간이 아니었는가. 누가 상자 인간이 될 수 없는가"(117쪽)라고 말이다. 익명의 시민을 위한 익명의 도시 속에서는 누구든지 상자 인간이 될 수 있는 것이다. 또한 상자 속에는 "상자 속 삶의 체험에서 녹아난 필요한 충분한 생활 세트"(83쪽)가 갖춰져 있는 이외에도 다음과 같은 것들이 채워져 있다.

> 상자 내부는 마치 점토에 눌러 새긴 손자국처럼 과거 주인의 생활 흔적이 이를 반증하듯이 깊이 새겨져 있다. 예를 들면 덧댄 나무젓가락을 절연 테이프로 고정하여 갈라진 틈을 보강한 흔적. 지금은 변색되어서 새똥 자국처럼 보이는 오려 붙인 누드 사진. 상자가 흔들이지 않도록 바지 허리띠에 고정시키기 위한 붉은 끈. 엿보기용 구멍 아래에 놓여 있는 플라스틱제 작은 상자. 그리고 한 면을 빼곡하게 메우고 있는 무수한 낙서의 흔적. 여백 부분이 제각기 크고 작은 장방형을 이루고 있는데 아마도 이전에 그곳에 라디오나 자잘한 물건을 수납할 수 있는 용기나 손전등 등을 걸어두었던 것 같다.(『상자 인간』, 62쪽)

인용에서 알 수 있듯이 상자 인간의 내부적 생의 흔적이라고 할 수 있는 것들이 상자 속을 가득 채우고 있다. 그중에서도 "상자를 가공해서 가장 중요한 것은 어쨌든 낙서를 할 수 있는 여백을 충분히 확보해 둘 것. 하다못해 자신의 서명에 필요한 공백만은 남길 것"이라는 말처럼, 상자 인간의 존재증명은 상자 속의 기록에 의할 뿐이다. 무수한 낙서는 상자 인간의 일기나 메모 등으로 상자 인간B의 경우, 자신의 자살이 상자의 죽음이 됨에도 불구하고 자신은 죽을 수밖에 없음을 적어 두고 그 죽음을 자살로 받아들여주길 바란다는 최후의 유언을 적어 두었다. 다시 말해서 자신의 존재증명을 위한 안전장치이자 증거물인 기록은 상자 인간의 존재 자취이자 개인의 역사에 다름이 아닌 것이다. 따라서 상자를 나오는(벗는) 행위 자체는 상자 인간의 내적 역사를 포함한 삶을 부정하는 것으로, 이렇게 존재적 가치를 부정당하는 것이 곧 상자 인간의 죽음이 된다는 역설적 구조를 띤다. 그리고 그러한 기록을 끝내고 상자 인간은 최후의 고백처럼 "상자에서 나가는 대신 세계를 상자 속에 가두겠다"면서 상자를 벗고서 상자 인간과 외부세계를 연결해 주던 유일한 매개자인 여자의 방으로 들어간다.

> 어둠 속 작은 기척만을 상상하고 있던 나는 생각지도 못했던 방의 변화에 당황했다. 예상과 너무나도 달랐기 때문에 놀랐다기보다 크게 곤혹감을 느꼈다. 분명히 방이었던 공간이 어딘가의 역과 서로 연결된 매점 뒤쪽 골목으로 변해 있는 것이다. 골목을 사이에 두고 매점 반대편은 부동산 겸 수화물 임시 보관용 개인회사 건물이었다.
>
> 이곳도 결국 폐쇄된 공간의 일부이다. (중략) 상자라는 물건은 외관은 아주 단순한 보통의 직육면체에 지나지 않지만 일단 내부에서 바라보면 백 가지 지혜의 고리를 연결해 놓은 듯한 미로인 것이다.(『상자 인간』, 139~140쪽)

세계를 상자 속에 가두어 놓고 보면 세상도 '결국 폐쇄된 공간'에 지나지 않는다는 전개는 지금까지 연상해 오던 상자의 이미지를 반전시킨다. 또한 마치 凸의 형태가 凹로 변해버리듯이, 상자 속에 갇혀 있는 듯한 시야나 옹색하게 느껴지던 감각도, 뒤집어쓰고 있던 상자 때문에 외부와 차단되어 있는 듯한 상자 인간의 모습도 전도된다. 상자 인간의 개인사가 가득한, 상자 인간에게는 독립적이고 완전한 생활의 장이었던 상자 속 세계. 외부에서는 상자 인간이 갇혀서 고립되어 있는 듯이 보이고 상자 속도 폐쇄적이라 생각한다. 하지만 익명의 도시를 상자가 지닌 공간성으로 볼 수도 있다. 그렇게 본다면, 결국 상자 내부도 외부의 세계와 마찬가지이기 때문에, 상자 인간은 불필요하게 상자에서 나오지 않아도 상관없다. 이렇듯 마지막에 폐쇄적이었던 상자의 이미지는 반전한다.

갑자기 반전하는 공간의 이미지는『모래 여자』에서도 구사된 바 있다. 이 소설은 사구의 구덩이에 갇혀서 생활하는 듯한 남자와 여자가 구덩이 속에서 적응해 가는 이야기이다.[15] 여기서 그들은 퍼올리고 파내도 계속해서 무너져 내리는 모래에 치열하게 저항하면서 구덩이 속에서 자신들의 시공간을 만들어 간다. 사구의 촌락에서 보면 둘은 모두 '외부인의 내력'[16]을 갖고 있지만 남자가 구덩이 속에서 새로운 개수장치를 발견한 순간 여자는 새로운 생명을 낳으면서 둘의 새로운 세계가 시작된다. 그들에게 구덩이는 하나의 새로운 세계로 확장되면서 자신들만의 역사가 다시금 시작되는 장소로,『상자 인간』과는 반대로 凹의 형태가 凸와 같은 공간으로 변해버린다. 폐쇄적인 공간의 이미지가 새로운 출발의 의미를 갖는 세계로 반전하는 것이다. 그렇다면 이러한 반전하는 공간은 아베 고보의 문학에서 어떠한 의미를 지닐까? 그 의미를 생각하려면 상자 인간이 갖고 있던 이단자적 특성을 다시 한 번 상기할 필요가 있다.

아베 고보는 '도시는 이단의 기미로 가득 차 있다'[17]고 하면서 '이단'이라는 말을 단순하게 끊임없이 저항하고 거부하는 의식을 뜻하는 개념으로 사용하지 않는다. 아베 고보가 이단이라는 말을 사용할 경우, 그 문맥에는 카프카로 대변되는 유태인이 살아온 역사를 함의하고 있기 때문이다. 앞의 2절에서도 살펴보았듯이, 유태인과 유럽인 사이에 기능하고 있는 이른바 배제관계 속에서 '국민됨'의 신화가 강조되면서, '국민성'에는 근대국가의 전통과 농본주의적인 토착성이 필요조건으로 주장되었다. 그렇기 때문에 유태인은 비국민으로서 배척당하고 그들의 이단성이 부각되게 된다. 아베 고보가 카프카를 언급할 때 이러한 '유태인적인 것'을 포함하고 있다는 점은 중요하다.

> 1910년 톨스토이의 죽음과 함께 대지신앙의 문학은 쇠퇴기를 맞이하고 그 대신 카프카, 프루스트, 조이스가 '이단'의 깃발을 휘날렸다. 그러나 아무리 나라고 해도 그런 정도로 국가가 쇠멸할 거라고 단순하게 생각하진 않는다. 문학이 할 수 있는 일이라곤 고작해야 국가의 자가 중독 증상을 앞당기는 정도이다. 그렇지만 가만히 앉아서 방관하는 것보다는 나을 거다. 적어도 일체의 '정통 신앙'을 거부하고 내부의 변경을 향해 내적 망명을 기획하는 정도는 동시대를 의식한 작가로서 가져야 할 의무가 아닌가.(「내부의 변경」, 57쪽)

여기서 일체의 정통 신앙을 거부하는 내부의 망명자로서의 의식은 국경과 같은 지리적인 경계를 넘어서려는 의지와 더불어 내부적으로 보다 깊게 파고들어감으로써 눈앞의 경계를 극복해내려는 힘의 원천이라 할 수 있다. 이처럼 아베 고보는 정통 신앙이라는 상황을 초월할 힘으로서 이단자적인 초월성을 강조한다. 즉 국가가 정통 신화에 그 기반을 두고 있는 한 이단의 독은 영원히 재생산되기 때문에, 유태인적인 특질이 오늘날의 사회에 시사하고 있듯이 그들의 이단성과 이동성으로 그것을 극복해 가야 한다는 관점이다. 유태인이 상징하는 이단성이란 국가라는 벽을 넘어설 수 있는 힘을 의미하는 것이다.

이렇듯 정통 신앙을 초월하는 이단성, 그 이단성이 갖고 있는 힘을 끊임없이 상기시키는 존재가 상자 인간이었다. 국적불명의 괴한처럼 이단자의 본질을 갖는 상자 인간과 같은 존재. 그들의 존재를 부정하고 귀속을 강요하는 국가적 메커니즘에는 실종자선고나 안락사의 죽음 속에 내포되어 있듯이 국민으로서의 요건을 내세우는 폭력적인 이데올로기가 기능하고 있다. 반면 상자 인간이 놓여 있는 장소는 외부에서는 갇혀 있는 듯이 보여도 내부에서 보면 하나의 세계로서 독립해 있는 공간이다. 이렇게 변화 가능한 장소란 무엇을 의미하는 것일까? 아베 고보의 크레올에 관한 사유를 통해 유추해 보자.

(피진이든 크레올이든-필자 주) 모두 모국에서 동떨어져 전통의 그림자가 옅은 변경의 역학이 낳은 산물이다. 변경의 〈이문화의 접촉점〉에서 발생한 현상이다. (중략) 먼저 이문화의 접촉이 피진의 붕괴를 초래했고 이어서 그 폐허에서 크레올이 재생되는 정황. 이것이 언어권과는 무관하게 서로 비슷한 구조를 띤다는 점이 흥미롭다. 크레올적 환원작용이라고 해야 하나? 전통이나 관습으로부터 단절된 환원력에 인간사회가 항상적으로 노출되어 있다는 사실은 상당히 중대한 일일지 모른다.(「크레올 정신」, 304쪽)[18]

아베 고보는 크레올어의 성립에 주목하면서 크레올어가 고향을 갖지 않는 아이들의 창세기적 언어라고 정의한다. 그리고 풍속도 관습도 공유할 수 있는 문법도 없는 환경에서 아이들이 내발적인 통어법에 따라 자신들만의 세계를 재건설해 가는 힘이야말로 크레올의 힘이라고 말한다. 이러한 과정에서, 즉 의식적인 감각이 붕괴되고 혼돈에 빠진 장소에서 크레올화가 진행된다. 여기서 나타나는 아베 고보의 관점은 국적, 혈통, 소속 등과 같은 기존의 통어법이 무산되어 버리는 공간이 함유하고 있는 역설적인 에너지를 '크레올 현상'으로 강조하는 것이다.

원래 길러진 사람을 의미하는 크레올은 프랑스어나 스페인어에서 '종주국 출신'이 아닌 '식민지 출신'을 나타낸다. 특히 루이지애나에서 흑인과의 혼혈인을 가리키게 되면서 종주국의 백인 이외의 식민지 출신 백인을 지칭하는 말로 오용되기도 한다. 그러한 의미가 확장되어 식민지에서 종주국 시민권을 취득한 식민지 출신자와 그 자손을 지칭하게 되었다. 또 언어학적인 의미에서 크레올은 주로 사용되는 지배적인 언어와 대비되는 방언을 가리키는 개념으로 지배언어와 구별하기 위한 차별성을 내재한 피지배언어를 가리킨다. 영어와 중국어처럼 하나의 통일된언어로서가 아니라 크레올어를 사용하는 사람들은 자신의 언어를 그대로 크레올어라고 지칭한다. 이러한 '그들의' 의식 속에는 지배자의 문화 교육을 받아서 지배자 문화권의 언어를 습득하려고 하는 크레올어에 대한 열등감이 작용하고 있다고 파농은 말한다.[19]

오늘날 크레올은 두 개 이상의 언어가 접촉되면서 발생된 혼성어라는 언어학적 의미에서 이문화 접촉에 의한 잡종의 문화적 현상으로 인식되기도 한다. 그러나 크레올은 민족이나 언어상에서 '지배와 피지배'라는 권력 구조를 내재한다. 아베 고보가 크레올 현상을 '고향을 갖지 않는 아이들'이 '내발적인 힘에 의해 재건설해 가는' 프로세스로 치환하고 있는 것도 바로 지배적 권력 구조에 해당하는 국가 권력이나 규제가 더 이상 기능하지 못하는 '상황'에 착목하고 있기 때문이다. 이는 다시 말해서 언어나 민족적인 공통성을 내세워 국가가 개인을 귀속시키고자 하는 규제가 통용되기 어려운 '장소'가 갖는 의미를 중요시하는 아베 고보의 비전이라고 할 수 있다.

앞에서도 논의했듯이, 아베 고보가 국가의 정통 신앙과 거리가 먼 존재로서 비유하고 있는 고향을 갖지 않은 아이들처럼, 상자 인간은 본질적으로 국적이나 혈통, 소속과는 전혀 무관계한 내력을 갖고 있다. 그리고 그러한 상자 인간의 이단성으로 채색되어 있는 곳이 상자 내부의 공간이다. '상자=상자 인간'이라는 장치처럼 그러한 공간은 상자 인간과 같은 이단의 존재가 살아가는 세계이다. 아베 고보가 이 작품에서 귀속의 문제를 극한으로까지 추궁해 보겠다고 했던 것은 크레올화가 일어나는 시점에서 나타나는 '국가에 귀속을 강제시키는 모든 것의 붕괴'에 역점을 두고 있기 때문이다. 따라서 크레올화가 일어나는 공간의 묘사는 그의 국가에 대한 대항담론으로서의 탈국가적 상상력의 발현이라고 할 수 있다.

소생의 힘을 지닌 공간성은 다른 작품에서도 읽어낼 수 있다. 특히 아베 고보의 우의적인 작품에서 등장하는 밀폐된 듯한 공간은 정지된 시간 속에서 미로처럼 방향성도 고정점도 없는, 모든 것이 해체되어 있는 듯한 장소이다. 이러한 공간 속에서 이름이나 집, 얼굴 등 모든 것이 소거되듯이 상실되어 간다. 또 다른 방법으로는 신화적인 시공간이 갖는 전도성을 이용해서 혼돈의 상태에서 새로운 세계를 재생하는 구조를 구사하고 있기도 하다.

> 마을 전부가 불타기 시작했다. 불에 타지 않는 것들까지도 반짝반짝 빛을 냈다. 산도 불타기 일보 직전이었다. 하늘도 쫙 펼쳐진 손수건에 불을 붙인 듯이 한쪽 구석에서부터 불타기 시작했다. 몇 명의 인간이 재로 변했다.(「꿈의 도망」, 270쪽)

> 어느 날 그것은 눈이 되어 내리기 시작했다. 가만히 쳐다보고 있으려니 마치 공간이 하늘을 향해 흘러가는 듯이 생각될 정도로 눈은 정연하게 공간을 가득 채우며 쌓였다. 눈은 거리의 생활에서 발생하는 모든 소리를 흡수해 버렸다. 이상하리만치 고요한 가운데 한밤중이 되자 사각사각 눈송이가 스치는 소리가 들려왔다. 그리고 눈 위에 또 새로운 눈이 쌓여서 마을 표면이 완만한

눈의 곡선에 뒤덮여 버린 며칠 후, 혹은 몇 시간 후에는 예상치 못하게 영사기의 톱니바퀴에 고장이 난 듯이 거리 전체가 찰칵하고 움직이지 않았다.(「시인의 생애」, 183~184쪽)

신화적인 시공간은 국가라는 상상의 공동체에 사회적인 연대감을 부여하는 시간(베네딕트 엔더슨)을 무너뜨려서 사회에 통용되는 제도와 질서를 붕괴시키는 힘을 가짐은 말할 필요도 없다. 그리고 아베 고보가 '창세기'적인 신화 모티프를 탄생이라는 시작 지점이 아니라 재앙 후에 재생하는 공간의 창출로서 사용하고 있음도 이러한 재생의 힘에 주안을 두었기 때문이라고 할 수 있다. 또한 주인공이 의사(擬似) 죽음의 체험을 통해 재탄생하는 설정도 이와 관련이 있다. 『상자 인간』에서 상자 인간이 처음에 6일간의 준비 시간을 거쳐서 정확히 7일째에 본격적인 상자 인간이 되었듯이, 상자를 뒤집어쓰는 것은 자궁회귀적인 이미지를 띠고 있었다. 이렇게 신화적인 시공간을 이용한 '재생(소생)의 힘'을 작품 공간의 특성으로 삼고 있는 것도 아베 고보 문학의 공간적 특징으로서 지적할 수 있다.

2장 아베 고보의 '월경'

아베 고보의 경계에 관한 인식은 그의 사상적, 문학적 특색을 나타내는 요소이기 때문에 작품의 시공간적인 특징과 함께 자주 인용된다. 예를 들어 '상대감각, 기성개념의 타파'라는 아베 고보의 상대화 감각은 끊임없이 변화하는 지역을 나타낸다고 지적된다.[20] 와타나베 히로시는 아베 고보의 '변경'을 태초로부터 분리, 대립한 세계, 정착사회 전체에 대한 안티테제라고 지적한다. 또 '도회'라는 것은 현대의 공동체가 내부적으로 품고 있는 변경지구이자 한 발만 더 내딛으면 4차원공간 속에서 헤매게 되는 곳이라고 한다.[21] 아베 고보가 조형해내는 작품의 공간적 특성이 끊임없이 변화하는 '도시적인' 성격을 지니고 있음을 평가하는 시각이다. 이는 또한 정착사회에 대한 거부를 암시하기도 하는데, 공동체로 대표되는 국민국가에 있어서 정통적인 사고마저 상대화하고 있다는 이유에서 이러한 경향을 이단적인 성격으로 평가하고도 있다.[22] 그리고 이러한 인식의 방향은 내부로부터 '한계'를 타파하고자 일단 외부로 뛰쳐나가 외부를 인식한 결과 두 개의 영역을 연결하는 접점의 연속처럼 모든 공간에서 경계선을 발견하는 아베 고보의 현실감각과 연동되고 있다.[23] 이러한 현실 감각이 반공동체적인 것을 지향하는 그의 문학적인 공간성과 관련해서, 아베 고보의 작품 내 배경이 되는 공간은 '사회의 룰이 통용되지 않는 투쟁적 공간'[24]으로 나타나고 있다는 말이다. '고향 상실과 개인의 해체, 그리고 공동체를 기피한 곳에서 자신을 인식하려고 한'[25] 경계에 대한 인식이 있기 때문에 우의적이고 반공동체적인 그의 문학에는 탈국경 · 탈국가라는 국제적 감각이 나타난다고 할 수 있는 것이다.

아베 고보의 문학은 이렇게 '국적의 폐절, 파멸과 재생, 파괴와 창조, 지배와 피지배가 반복되는 플라스틱한 도시'[26]적인 것을 이용해서 국가나 공동체로부터의 도주를 기도한다. 그리고 자신의 아이덴티티에 집착하는 실존적인 사고는 경계인과 같은 존재감을 지닌 이단적 분위기를 띠게 된다. 이는 '일본 내셔널리즘과의 대결에 의한 성과'[27]라는 평가처럼 만주에서 직접적으로 몸에 익힌 '무국적자'[28]의 시선에서 기인한다. 이로 인해 아베 고보의 문학에는 국가의 경계인 국경을 넘어선다는 의미만이 아니라 민족적, 문화적 경계를 초월해 간다는 의미에서 이른바 '탈경계'적인 성격이 내재해 있다고 할 수 있다.

그렇지만 이러한 행동력을 갖는 이야기의 무대는 역설적이게도 이주나 이동이 불가능한 장소, 경계를 초월하기보다는 갇혀 있는 장소와 같은 인상이 강하다. 이러한 인상을 주는 것은 그가 현실의 한계상황 자체야말로 넘어서야 할 대상으로 설정하고 있다는 뜻일 것이다. 그러나 그의 경계선상의 행동이나 탈경계적 의식이 '이곳과 저곳' 혹은 '내부와 외부'의 접점으로서의 경계를 발견하고 있다는 것은 이러한 경계적 공간성도 그의 문학에서 표상되고 있다는 말이 된다. 다시 말해서 '무(탈)경계'와 같은 장소, 탈공간화를 특징지을 수 있는 장소가 그의 문학에 구현되어 있다는 말이다. 특히 아베 고보의 경계에 관한 인식은 전통을 거부하는 자세로서의 크레올적인 사고와 관련해서 이해되어야 한다. 전통 혐오의 자세는 그를 최종적으로는 크레올적인 것에 대한 탐색으로 향하게 했다고 할 수 있는데, 그의 크레올어에 대한 관심 중 두드러지게 보이는 특징은 크레올어의 문제를 복수의 언어의 혼성이라는 측면에서가 아니라 오히려 부모 없이도 가능할 수 있는, 오로지 전통을 거부한 문화라는 측면으로 포착하고 있기 때문이다.[29]

누마노 미쓰요시(沼野充義)는 아베 고보가 고향을 상실하고 전통에서 완전히 단절된 장소에서 시작하여 복수의 언어가 교착하고 있던 지대를 벗어나 변경에서 변경으로 월경하였다고 말한다. 그리고 최후에는 국경을 완전히 무화시킨 반전통의 크레올 세계로 향한 것이, 일생을 현역의 전위로 있고자 했던 작가에게 어울리는 훌륭한 종착이라 할 수 있을 것이라고 평가한다.[30] 아베 고보가 전통을 거부한 문화적 현상으로서의 '크레올의 세계'에 주목했음은 그의 사상적인 면은 물론이거니와 그의 작품이 묘사하는 세계상과도 연결된다. 다시 말해 크레올적인 공간성을 아베 고보 문학의 중요한 단서로 생각할 수 있는 것이다. 그렇다면 그가 추구한 크레올적인 공간이란 어떠한 장소일까?

아베 고보가 지향하고 있는 문학 공간은 황야나 사막을 가로지르는 듯한 이동성을 띠고 있는 것처럼 보이기도 한다. 이는 황야나 사막의 이미지가 내부에서 주변(변방)으로, 중심에서 끝없는 무한의 장소로 이동하는 듯한 효과를 지니고 있기 때문이다. 그러나 이렇게 이동해 가는 듯이 보이는 '월경'은 목적지도 없이 하나의 장소를 맴돌 뿐이다. 황야의 이동하는 공간이 배경이 되고 있는 『끝난 길의 이정표』는 10여 년에 걸쳐 도주하는 주인공의 이야기이다. 북으로, 북으로, 북상해 가는 도중에 주인공은 변경의 어느 촌락에 이른다. 그곳은 지도에도 실려 있을 것 같지 않은 장소로, 마지막에 촌락이 불타버리면서 자유의 몸이 된 주인공은 다음과 같이 회고한다. "그다지 앞으로 희망은 없었지만 지금 이 순간, 마치 두 개의 시간의 경계선상에 서 있다는 그러한 자각 자체가 희망과 닮아 있었다. (중략) 그 출발하던 날의 아침……어쩌면 나의 지난 십 년간은 단순히 그 아침의 반복에 지나지 않았던 게 아닐까. 경계선을 넘어서려고 한 그저 그러한 순간의……."(98쪽) 고향으로부터의 도주를 시도해 보았지만 결국 '경계 돌기(순환)'에 지나지 않았던 도주 · 이동의 한계를 의식화하고 있는 대목이다.

또한 이러한 이동의 한계는 황야나 사막과 같이 광활한 장소만이 아니라 폐광의 수로와 같은 이동 공간에서도 보인다.

> 갱도의 폐구부로 강 하류로부터 갑자기 작은 어선이 나타났다. (중략) 침대가 승선을 완료하자 접안 장치가 급등하며 흘수를 뿜어내며 언덕을 출발했다.(『캥거루 노트』, 104쪽)

도로 공사장 하수도로 빠져들기 시작하면서 끝없이 지하로, 지하로 떨어져 내려가는 하강이동을 묘사하고 있는『캥거루 노트』는 목적지처럼 보이는 지하의 운하에 도달하는가 싶으면 다시 또 다른 여정이 시작된다. 마치 '지옥순회'[31]와 같은 단테의 신곡『지옥편』을 연상시키기도 하는 구조로, 마지막 목적지처럼 보이는 폐역 주변에 도착하며 소설은 큰 반전을 맞이한다.

> 침대는 바람을 거스르며 달려간다. 바람의 너울, 물결이 치고 타올 제지의 이불로 얼굴을 감싸지 않으면 숨을 쉴 수가 없다. 그렇지만 틀림없이 목적지에 접근 중임을 알 수 있었다. (중략) 스피드감은 없지만 어쩐지 레일 위를 달리며 흔들이고 있는 느낌이 든다. 운하를 목적으로 지하 갱도를 질주했을 때의 감각이다. (중략) 침대는 어둑어둑한 플랫폼에 도착했다. 이러한 어두컴컴함은 아마도 폐역이기 때문일 거다.(『캥거루 노트』, 182~183쪽)

폐역 주변에서 그 여정은 끝난 듯이 보이지만 이곳에서 하나의 예상외의 인물이 등장한다. 마지막에 골판지상자가 등장하고 그 안을 주인공이 들여다보니 그곳에 "나의 뒷모습이 보였다. 그 속의 나도 구멍을 통해 이쪽을 엿보고 있다. 상당히 겁에 질려 있는 듯하다. 나도 엄청 놀랐다. 무서웠다"(183쪽)면서, '상자 인간'의 모습이 등장하는 것이다. 이 작품의 주인공은 신원불명의 사체 발견 기사가 암시하고 있듯이 노상에서 죽었던 것이다. 그러나 귀속을 거부하는 인간이 도달할 곳은 지옥 중에서도 '배신자의 지옥'을 상기시키듯이,『상자 인간』의 이미지를 오버랩시키고 있다. 이렇듯 이동해 가는 장소는 시작과 끝이 없는 황야나 출입구가 없는 미로처럼 폐쇄적인 성격을 갖는 장소가 그 공간의 특징을 이룬다. 여기에서 이동하는 듯이 보이는 것은 주인공의 의식뿐이다. 이렇게 아베 고보는 국가로부터의 도주를 실제 국경을 넘어서는 행동에서가 아니라 마치 갇혀 있는 듯한 장소를 배경으로 신화적인 전도성이나 크레올적인 환원력에 의해 반전하는 힘을 가진 공간으로부터 묘사한다. 즉 아베 고보의 '월경'은 경계를 넘는다기보다 탈공간화로 지적할 수 있는 것이다.

아베 고보가 보여주는 탈공간화하는 공간에 대한 인식은 패전 이후 '가혹한 무정부 상태가 도래했다. 이는 불안과 공포인 반면, 어떤 꿈을 나에게 심어줬다'[32]는 그의 말처럼 만주에서의 체험이 큰 단초가 되기도 한다. 따라서 아베 고보의 만주 체험과 관련해서, 예를 들어서 황야나 사막의 건조한 풍토, 패전 이후의 무국적지대와 같은 혼란 등, 그 지역적 특수성이 그의 건조한 문체나 유동적인 세계의 묘사, 그리고 현실을 상대화하는 감각에 영향을 주었다는 지적은 일반적으로 이야기되어 왔다. 그러나 아베 고보는 만주에서 소멸해 가는 공동체만을 본 것이 아니다.

> 돈만 있으면 패전국의 일본인도 보통의 시민과 마찬가지로 생활할 수 있었다. 예전처럼 마을은 생활하고 있다. 채소 장수는 야채 가게를, 생선 장수는 생선 가게를 하듯이 말이다. 일본인에게도 제대로 장사를 했다. 특별한 건 없다. 나에게는 그러한 경험이 신선한 놀라움이었다. 도시라는 것은 이제 새로운 프런티어가 아닐까 하는 나의 발상은 아마도 그때의 체험에서 나온 것이다. 권력이 끼어들지 않는 한 도시라는 것이 갖는 자립성은 대단하다고 생각했다.[33]

독립적이고 자립성을 갖는 도시의 형상을 패전 이후 만주의 황야에서 발견한 것으로 '새로운 프론티어'로서의 도시라는 발상은 아베 고보 문학 세계에 특별한 영향을 미치게 된다. 본디 도시라는 것은 인간에게 자유로운 참여의 기회를 약속하는 곳이라고 하는 그는 "도시에 대해서 고독이나 소외와 같은 말을 하는 것은 농본주의적인 관점에서 나온 표현이다. 다시 말해서 현재의 도시를 표현할 단어를 갖고 있지 못하다. 이것에 도전해보겠다"[34]며 도시적인 것을 이용해서 새로운 가능성을 모색할 것을 밝히고 있다.

귀속의 문제에 있어서 '국적을 가진 국민'과 '이를 거부하는 비국민'의 대립적인 양상을 나타내는 상자 인간. 상자 인간이 자신을 국적불명자로 자칭하고 있는 점도 문제의 소지를 갖고 있겠지만, '이쪽'의 시각에도 상자 인간의 비국민적인 성격을 사회부적응자나 괴한으로 규정하는 공동체적 논리의 시선이 작용하고 있다. 아베 고보가 국가라고 하는 공동체만이 아니라 정통성이란 환상을 가진 시민들에게도 그 환상의 한계를 예고한 것처럼, 상자 인간의 모습은 그 대립구도를 명확히 보여준다. 그러면서 상자 내부에서 외부를 엿본다.

출처: 『箱男』에 삽입된 사진. 순서대로 41쪽, 109쪽, 110쪽, 112쪽(인용은 『安部公房 全集024』 新潮社, 1999에서)

인용한 사진은 상자 내부에서 바라보고 있는 상자 인간의 눈에 비친 풍경이다. 상자 인간은 외부로부터 보이는 존재에 머물지 않고 이렇게 외부의 '공간'을 발견해내는 존재이기도 한 것이다. 여기서 공중 화장실이나 후미진 도로변의 가판대 앞이나 커브진 골목길, 폐차장과 같은 장소는 우리가 친근하고 일상적으로 이해하는 공원의 벤치나 학교와 같은 공동체적 공간은 아니라고 할 수도 있다. 이 외에도 도쿄 우에노의 부랑자에 대한 실제 기사나 노숙자의 모습과 같이 도시의 어두운 이면을 찍은 사진들이 삽입되어 있는데, 이러한 사진들은 인간관계가 실종된 현실의 소외 상황을 암시하고 있다고 볼 수 있기 때문이다.

유태인적인 것을 통해서 '내부의 변경'을 설명하면서 그들과 동시대적인 감각을 내재하고 있는 『상자 인간』을 출간한 이후, 아베 고보는 보다 명확히 자신의 입장을 주장해 간다. 그러나 하나의 일원으로서 어딘가에 소속되어 있다는 강한 귀속의식을 제공하는 장소감, 즉 '공간'은 개인을 비롯하여 공동체의 정체성을 형성하는 데 있어 중요한 원천이 된다.

그렇다면 상자 인간이 제시하고 있는 장소는 그러한 내밀한 공간성을 상실해 있는 탈-귀속의 공간, 다시 말해 사회적 · 이념적 탈공간의 장이라고 정의할 수 있다. 사람들이 특정 장소에 대해 어떤 의미 혹은 해석을 만들어내는 이유는 자신들이 생활하고 있는 장소와 관련해 개인의 혹은 공동체적 '정체성'의 규정을 위해서이기 때문이다. 따라서 도시라는 것을 정의해낼 수 있는 표현어가 부재하는 상황에서 '도시적인 것'을 이용해 새로운 가능성을 모색하겠다는 아베 고보의 방법은 사회적 · 이념적 탈공간의 경험을 넘어서 보다 근본적으로 정신적 탈공간화를 전제하고 있다.

상자 인간에게 내재하고 있는 이단성은, 그가 말하듯이, 한계적인 상황에서 새로운 세계를 소생시키기 위한 필수조건이다. 정신적 탈공간화의 단초가 되는 것이다. 따라서 상자는 범죄성과 사회부적응자가 나타내는 어둠과 절망적인 성격으로 규정될 수 없다. 오히려 새로운 힘에 의해 소생하는 비전을 내포하고 있는 공간인 것이다. 상자 속의 세계나 상자 인간을 반-사회적으로 규정하는 시점도 마찬가지이다. 이는 상자 인간을 단순히 '현대인의 익명성'[35]을 상징하는 표상으로 볼 수 없는 이유가 되기도 한다. 오히려 상자 인간은 그러한 이단성을 자신에게 부여하며 국적불명의 괴한임을 자인했다. 이것은 귀속의 문제에 있어서 '국적을 가진 국민'과 '이를 거부하는 비국민'의 대립적인 양상을 명확히 보여준 것으로, 상자 인간의 비국민적인 성격을 반-사회적으로 규정하는 시선은 '귀속을 강제하는' 국가주의적 논리에 다름 아니다. 아베 고보가 앞서 국가라고 하는 공동체만이 아니라 정통성의 환상을 가진 시민들에게도 그 환상의 한계를 예고하며 도시로의 '내적 망명'의 의도를 밝히고 있는 이유가 바로 여기에 있다. 고향을 상실하고 전통에서 완전히 단절된 장소에서 시작하여 복수의 언어가 교착하고 있던 지대를 벗어나 변경에서 변경으로 월경하여 최후에는 국경을 완전히 무화시키는 반전통의 크레올 세계로 향한 그의 비전은 변경을 근대국가의 핵심부인 도시 속에서 발견해내고 있다. 도시라는 내부의 변경에서 그러한 국가관(국경)을 파괴하고자 한 것이다.

3장 아베 고보가 말하는 '귀환' 체험

1978년에 아베 고보는 자신의 작업을 의미 짓는 내용의 인터뷰를 한다. 「도시로의 회로(都市への回路)」와 「내적 망명 문학(内的亡命の文学)」이 그것으로, 그가 생각하는 문학관이나 문학적 영향관계 등을 스스로 정리해 보는 기회였다. 1978년 4월과 같은 해 7월에 각각 행해진 두 인터뷰는 「도시로의 회로」가 일본 문학 내에서의 아베 고보 자신의 행보를 회고하는 내용이라면 「내적 망명 문학」은 세계문학의 흐름에서 자신의 위상을 이야기한 것이다.

우선 「도시로의 회로」에서 아베 고보는 작품을 쓰기 시작했을 때 하이데거나 릴케의 영향을 받았고, 그리고 자기만의 고유한 세계를 구축해 오면서 루이스 캐럴이나 카프카, 초현실주의의 방법론 등을 공부했다고 술회한다. 그러한 선택이 이른바 문학 창작에 커다란 방향성을 결정짓게 되었고 그는 이후에 코뮤니즘에 접근했다. 하지만 미묘하게 그들의 동료로서 어울릴 수가 없었다고 한다. 내용이 다소 길지만, 아베 고보의 전후 일본문단에 관한 솔직한 인식을 짐작할 수 있는 대목이기에 인용해 보겠다.

(하나다 기요테루—필자 주) 그가 운동, 운동이라고 하면 나도 기꺼이 동참해서 함께했지만 그룹으로서의 동료의식은 별로 없었다. 하나다 만큼이나 나도 남과 어울리기 싫어하는 편이었기 때문이다. 게다가 무엇보다 종전체험이 완전히 달랐다. 나와 동세대의 작가들이 대부분 갖고 있다고 자칭하는 가치의 전환 혹은 전시 중 이데올로기로부터 받은 배신감이라는 감각은 나에게 전혀 없었다. 전시 때부터 뭔가 이상하다는 느낌이 훨씬 강했기 때문에 종전도 돌연 하늘이 개는 듯한 느낌밖에 없었다. 물론 전쟁 이데올로기 이전의 교육이나 분위기를 알고 있던 우리보다 윗세대인 작가들도 안도하는 듯했을 것이다. 그러나 그러한 작가들과도 다르다. 그 이전의 일은 전혀 모르기 때문이다. 그래서 '근대문학(近代文学)'이나 '밤의 모임(夜の会)' 같은 데에 가도 왠지 외국인과 무리하게 어울리는 듯해서 이거다 싶은 감이 오지 않았다. 그저 그곳만이 나를 받아 주었고 별 다르게 갈 곳이 없었기에 거기에 있을 뿐이었다. 그렇지만 지금 생각하면 그런 모든 상황이 나에게 플러스로 작용했던 것 같다. 코뮤니즘으로의 접근도 완전히 과거의 굴절 없는 접근이었다. 전향문제도 아무것도 모른 채 코뮤니즘에 접근했다는 점에서는 오히려 이후의 세대와 닮아 있을지 모른다.(「도시로의 회로」, 224쪽)[36]

인용 후반부의 내용처럼, 이전의 일본 문학이나 그 토양에 관해서는 전혀 몰랐다는 아베 고보의 말은 하니야 유타카가 그와 처음 만났을 때의 감상으로 '일본 문학과 완전히 단절해 있었다'[37]는 말을 환기시키기도 한다. 하니야가 가지이 모토지로(梶井基次郎)나 마키노 신이치(牧野信一)에 대한 친밀감을 설명해도 아베 고보는 마치 무연한 것인 양 전혀 이해하지 못했다고 한다. 이때가 그에게 있어서도 최초의 일본 문학과의 접촉이라고 하니야는 평한다. 또한 왠지 외국인과 무리하게 어울리는 듯했다는 말은 태어나자마자 약 22년간 일본을 떠나 지내며 유년기를 만주에서 보냈던 아베 고보의 생생한 감상이라 할 수 있겠다. 그렇다면 종전체험이 다르다는 것은 무엇을 말하는 것일까?

아베 고보는 도시적인 것을 모색하는 한편 농촌적인 것에 대한 필사적인 저항감이 있어서 공산당에 들어가게 되었다고 이 글에서 말하고 있다. 당시 공산당 내에서는 농촌주의에 대한 상당한 저항이 있었기 때문이다. 농촌주의와 같은 공동체를 거절하고 그것이 사라져 버린 후에 유토피아가 올 거라는 따위의 단순한 생각을 갖고 있지는 않았지만 그렇다고 해도 토착주의가 너무나도 싫었다고 한다. 그렇게 생각한 이유는 만주에서 패전을 맞았을 당시의 이미지가 강한 영향을 주었음을 알 수 있다. 전쟁이 끝나고 모든 권력이 무너지자 어떠한 결정적인 변화가 일어날 것이라고 생각했던 그는 '그렇지만 아무런 변화도 일어나지 않았다. 이전처럼 시민적인 일상이 지속되는 상황'에 자극을 받게 된다. 무정부상태의 혼란 속에서 오히려 '새로운 프런티어로서의 도시상'[38]을 발견한 것이다. 이것이 바로 아베 고보에게는 결정적인 체험으로, 하나다 기요테루 등이 말하는 이른바 불탄 폐허의 체험과는 어떤 의미에서 전혀 반대가 된다. 여기서 '불탄 폐허의 체험'은 이시카와 준이나 노사카 아키유키와 같은 작가의 작품을 예로 생각하면 이해하기 쉽다. 이시카와 준은 1945년 5월, 도쿄에서 공습으로 집을 잃고 지바현 — 千葉県船橋市 — 으로 대피했다. 당시 도쿄 공습 체험을 바탕으로 『불탄 폐허의 예수』(『焼跡のイエス』, 『新潮』, 1946.10)나 『불타는 가시나무』(『燃える棘しば』, 『別冊文藝春秋』, 1946.12)에서 암시장이나 카스토리 — 막술 — 술집, 부랑아나 거리의 창부, 영락한 특공대 출신 암거래상, 강도 등 전형적인 전후 풍속을 다루고 있다.[39] 이러한 작품들을 마에다 아이(前田愛)는 불탄 폐허의 풍경이 풍기는 어둠 속에서 피어오르는 성성(聖性)의 빛으로 평가하고 있기도 하다.[40] 이렇듯 두 작품은 폐허로 변한 도쿄를 배경으로 서민들의 모

습이나 인간군상, 특히 암시장의 여성들을 묘사하고 있다.

『반딧불의 묘』(1967년)로 유명한 노사카 아키유키는 직접 자신의 세대를 '불탄 폐허의 암시장파(焼け跡闇市派)'로 선언한 바 있다. 노사카 아키유키는 1930년 가나가와현 출생이다. 모친이 노사카를 낳고 3개월 만에 사망하면서 부친은 그를 죽은 모친의 여동생 부부가 사는 고베로 양자로 보낸다. 15세가 되던 1945년 6월 5일, 고베 대공습이 발생한다. 이후 두 살 남짓의 여동생을 데리고 후쿠이현으로 소개(疎開)되었는데 전쟁이 종결되고 며칠 지나지 않은 8월 21일에 여동생이 사망하고 22일에 노사카 혼자서 여동생을 화장했다고 한다. 그리고 오사카로 거처를 옮긴다.[41] 『반딧불의 묘』는 이러한 그의 유소년기 경험을 바탕으로 한다. 6월 5일과 7월 6일, B29기의 공습으로 고베가 폐허로 변한 상황이나 주인공 소년 세이타(清太)와 여동생 세츠코(節子) 둘이서 전전하던 도중, 세츠코가 8월 22일에 세상을 뜬 것은 노사카의 체험과 유사하다. 하지만 소설에서는 죽은 여동생을 화장한 세이타도 9월 22일, 고베 산노미야역에서 죽게 되는데, 노사카는 여동생에 대한 죄책감 때문에 자신을 투영하고 있는 소년을 마지막에 죽게 했다고 한다.[42]

아베 고보를 '전중파(戦中派)' — 제2차 세계대전 중에 10대 후반에서 20대를 지낸 세대로서, 특히 아베 고보처럼 1920년대 말에 태어난 사람들을 가리켜 구분하는 말 — 로 분류하는 관점은 만주에서 패전을 맞은 그의 경험을 중요하게 평가하는 시각이다. 또 '전후파(戦後派)'로 분류하는 시각은 아베 고보가 귀환된 이후의 전후 일본에서의 행보를 평가하는 경향에 의거한 시각이다. 이렇듯 아베 고보는 만주와 전후의 일본을 잇는 간극에 놓여 있는 작가이기도 하다. 하지만 1945년 8월 15일을 기점으로 그 전후의 상황을 써놓고 있는 다양한 종전일기(終戦日記)들을 고찰한 노사카 아키유키의 『'종전일기'를 읽는다』(『終戦日記」を読む』, NHK出版, 2005. 7.)를 참고해

보면, "불탄 허허벌판", "불타 버린 흔적들", "불에 그을린 일본인"처럼 전후 일본을 '불탄 폐허'로 표현하는 말이 일관하여 등장한다. 여기서 노사카는 나가이 카후(永井荷風), 야마다 후타로(山田風太郎), 다카미 준(高見順), 오사라기 지로(大佛次郎) 외의 다수의 인사의 일기를 모아서 그 기록을 소개하고 있다. 그리고 마지막에 귀환체험기를 낸 후지와라 데이(藤原てい)의 이야기를 예로 들고서 "귀환체험을 한 작가들은 그 경험을 기록하지 않고 있다. '쓸 수 없거나' '말할 수 없는' 경험일 것이다"라고 하면서 그렇다고 해도 입을 다물어 버리는 것보다 뭐라도 발언해 주길 바란다고 적고 있다.[43]

이러한 노사카 아키유키의 바람은 '귀환체험'이라는 것이 단순한 '종전(패전)' 체험의 연장에 있지 않음을 시사하는 것이기도 하다. 귀환자 출신의 아베 고보도 불탄 폐허에서 맛본 패전의 체험이라는 면에서는 일치할지 모르지만, 결정적으로 다른 것은 패전과 함께 모든 지배 이데올로기로부터 해방감을 느끼고 자립하는 시민의 모습을 보았다는 점이다. 이는 만주라는 지역이 갖고 있는 특수성과 관련된다. 권력이 개입하지 않는 한 도시라는 것이 갖는 자립성은 대단하다고 본 아베 고보는 다양한 민족이 교착되면서 혼재하던 문화의 형태를 비로소 패전 이후에야 느낄 수 있었다.[44] 그러나 일본으로 귀환해야 했던 그는 그 시간을 곧바로 '타율에 의해 방기'[45]해 버려야 했다. 이 말에서 아베 고보의 심경을 짐작할 수 있다. 보통 귀환자들은 패전 후 피난길에 오르면서 비참한 체험을 술회하면서 일본 정부로부터 '버려진' 처지로 자신들을 표현하는 것을 볼 수 있다. 그러나 아베 고보는 귀환정책으로 인해 일본의 패전 이후 오히려 자각하게 된 자신의 권리나 자유로운 생활을 빼앗겼다고 받아들였다. 완전히 다른 종전체험 속에서 만주의 생활 기반을 버리고 일본으로 와야 했던 '귀환'에 대한 아베 고보의 인식을 살펴볼 수 있는 지점이다. 또한

'귀환'이라는 말이 함의하고 있던 강제성, 혹은 그 말의 의미를 재고해 볼 여지가 있다.

일본에서 말하는 '귀환(引揚/인양, 히키아게)'은 1943년 11월, 국제연합 국제부흥기관의 설립과 그 기관에 잇따른 국제피난민기관이 1946년에 제정한 법안을 기본 방침으로 하고 있다. 미국, 소련, 영국, 중국이 제안한 이 법안은 한 마디로 귀국지원으로서 원래는 '송환(repatriate)' 정책이었다. 이것이 일본에서는 '귀환사업(引揚事業)'이라는 명칭으로 이루어졌다. 그리고 그 귀국지원의 대상을 가리켜 '난민'이라 지칭했는데, 일본에서 집단 귀환이 이루어진 1946년에서 1951년까지 난민의 대상은 이 법안에 따라 주로 포로나 추방처리자(exile)였다. 그런데 후에 1951년에서 1953년까지 귀환사업이 일시적으로 중단되고 다시 재개되면서 피난민(refugee)에게 그 비중이 옮겨가게 된다. 그와 같은 경위에 구소련과 미국의 역학관계가 작용하고 있음은 이미 2부에서 살펴보았던 대로이다. 그 후 일본의 귀환문제는 국제적인 차원에서 취급되었다. 그 사이 '난민'을 가리키는 대상이 변화한다. 망명자(exile)에서 '피난민(refugee)'으로 그 비중이 옮겨가면서 스스로 국가를 떠난 사람들로 제한된 것이다. 이 법안이 일본에서 '난민'이라는 말이 통용된 계기이다. 일본에서 당시만 해도 상당히 생소한 개념이었던 피난민은 '만주난민'이라는 말을 계기로 통용되면서 '어려움(難)에 처한 국민을 도와 조국으로 귀환시킨다'는 이미지로 전환되어 쓰이고 있다. 따라서 귀환자의 체험은 수난사로서의 일본인상 형성에 더욱 적합한 체계를 갖추게 된다고 할 수 있는 것이다.

그러나 당시에도 refugee를 망명자로 번역하고 있기도 하는 등 여전히 표기상의 혼란을 보인다. 이 표현이 '난민(難民)'이란 표기로 정착된 것은 적어도 1973년의 일이라고 한다. 1950년에서 1960년대에는 '피난민(避難民)', '망명자(亡命者)', '피추방자(被追放者)' 등으로 표기되면서 통일되어 있지 않았다.[46] 여기서 주의할 것은 일본에서 귀환은 철저하게 일반의 서민들을 대상으로 한 송환이라는 점이다. 군인이나 관리 등에 속하는 사람들의 귀환은 '복원자(復員者)'라고 해서 다르게 분류했다. 일본에서 받아들여진 '귀환자'에 관한 시각을 엿볼 수 있는 부분이다. 원래 refugee는 라틴어의 fugere에 re라는 접두사를 붙인 것으로 re는 '~에 대항해서'와 같이 대립이나 '~뒤로'라는 방향을 나타낸다. fugere는 '도망치다, 피하다, 면하다'라는 의미의 동사로 공간적인 이동이 없으면 성립되지 않는 단어이다.[47] 다시 말해서 곤란(難)한 상황을 '피하는' 사람을 의미하는 것이 refugee, '난민(難民)'으로, 어디까지나 주체의 능동적인 행동이 중심이 된다. 그러나 일본에서 이들을 피난민으로 지칭하는 것은 주체의 행위보다 곤란한 '상황'에 역점을 두는 시각으로 곤란한 상황과 조우한 백성이라는 뜻의 피난민을 가리킨다. 1862년 초반에 보이는 refugee의 번역어는 '도주자(逃走者)', '피난인(避難人)'으로 제2차 세계대전 이후까지 일본에서는 난민이라는 번역어가 사용되지 않았다. 모두 '피난민(避難民)'에서처럼 앞에 '피(避)'자를 붙이고 있었다.[48] 이렇게 광의의 난민의 이미지는 '만주난민'이라는 말을 통해서 일본 내에서 통용되었다. 즉 원래의 의미에서는 곤란한 상황을 피하여 도피한 사람을 다시금 원래 장소로 되돌린다는 것을 나타내는 '귀환(引揚げ)'이 곤란한 상황을 만난 백성을 도와서 조국으로 돌려보낸다는 이미지로 전화되고 있는 것이다.

아베 고보가 종전의 경험을 거론하며 자신의 특이한 입장을 주장한 것은 귀환의 원래 의미로부터도 짐작해 볼 수 있다. 그가 '방기된' 권리를 되찾고자 함은 종전 직전 일본에서 자진해서 만주로 건너간 선택을 했던 자신의 행동을 염두에 둔 것이다. 그러나 패전 때문에 만주에서 추방된 것이다. 아베 고보에게 귀환의 경험이 도피했던 일본으로 다시 되돌려보내지는 강제적인 성격을 띠게 되는 이유는 바로 이 때문이며 이러한 경험이 이후 그의 탈공간화된 정체성 형성의 단초가 되는 것이다.

4장 '망명자'를 위해서

「내적 망명 문학」은 앞서 설명했듯이, 세계문학의 전체적 맥락 속에서 아베 고보가 자신의 문학을 어떻게 생각하고 있는지에 대한 대담글이다. 질문자는 잡지 『우미(海)』의 편집장으로 문학의 동시대성, 서사성과 반서사적 동향, 신화적 지향 등이 지역성을 초월해서 어떤 흐름으로 전개되고 있는지를 질문하고 있다.[49] 이 글은 동시대 문학 중에 어떠한 흐름에 강하게 공감하고 있는가 하는 질문에 대한 아베 고보의 대답으로 시작한다.

> 현대문학, 우리가 몰랐던 작가의 작품이 '전집'이나 총서 형태로 소개되기 시작하고 있다. 그것도 지금까지 일본에서는 알려지지 않았지만 세계적으로는 널리 알려진 작가만이 아니라, 세계에서도 아직 충분하게 소개되지 않은 작가의 작품까지 소개되는 경향이 현재 급속히 등장한 느낌이 든다. 그 필연성을 출판하는 측이 과연 어디까지 의식하고 있는가와는 별도로 이는 매우 중요한 일이라 생각한다. 즉 19세기적인 것이 마무리되고 한 세기 동안에 이루어졌던 다양한 축적, 그 후 여러 모로의 성과가 지금에 와서 비로소 하나의 기성사실이 되었다는 점이다.(「내적 망명 문학」, 374~375쪽)

아베 고보는 어렸을 때 읽었던 세계문학 전집을 예로 들며 그 내용이 모두 19세기 작가와 작품으로 자신도 19세기적인 것에 영향을 받았다고 한다. 그러면서 이러한 경향이 변화해서 이전과는 다른 세기의 것이 나타나기 시작했다고 말을 이어간다. 여기서 아베 고보가 지칭하는 '다른 세기의 것'이란 흑인문학과 유태인문학, 그리고 중남미문학을 가리킨다. 그는 1964년 8월에서 10월까지 『모래 여자』 영어 번역 계약 건으로 미국을 방문했을 때, 뉴욕의 크놉 출판사에 들러 도널드 킨과 출판사 편집장인 스트라우 씨를 만나게 된다. 이때 들었던 이야기를 바탕으로 당시의 문학적 양상을 특히 중남미문학 — '중남미(中南米)'는 중부 아메리카와 남아메리카라는 지리적 위치를 나타내는 의미가 강했기 때문에 '라틴아메리카'로 명칭이 바뀌게 되는데, 1956년 파리 재류 콜롬비아인, 호세 마리아 토레스 카이세도(José María Torres Caicedo)의 시 『두 개의 아메리카』에서 사용하기 시작한 게 발단이 된다. 이후 중남미의 전통과 문화적인 측면을 강조하는 의미를 가지면서 보편화되게 된다. 그러나 라틴아메리카의 명칭은 자신들이 문명의 중심이었던 프랑스와 하나라는 것을 추구하기 위해 만들어졌기 때문에 스페인의 지식인들은 강한 저항감을 갖기도 했다. 본론에서는 아베 고보의 표현 그대로 '중남미'로 표기한다 — 에서 발견해내고 있는데, 아베 고보는 중남미문학을 역사적으로는 스페인, 문학의 토양으로서는 범유럽적인 것이라고 설명한다.

> 중남미문학이라는 것은 첫째로 어디까지나 스페인 사람들의 것이라는 점. 그리고 두 번째로 단순히 스페인 사람의 것만이 아니라 지극히 범유럽적인 것이라는 특징이 있다. 예를 들어서 피카소 같은 사람으로 대표되는 이른바 20세기 미술은 일종의 망명예술로 파리로 망명한 망명 스페인 사람의 것이라든가, 망명한 동유럽인의 것이라든가, 망명 유태인의 것이다. 이와 같은 의미에서 중남미문학은 망명이라는 형태를 취한 스페인 사람의 문학, 스페인 문화이다. (중략) 지식계급은 대개 혁명파로 보인다. 역시 스페인의 반프랑코적 흐름과 밀접하게 엮여 있기 때문인 듯하다. 그렇지만 동시에 나치의 망명지

는 아르헨티나가 되기도 한다. 그렇기 때문에 이상할 정도로 작용과 반작용, 혁명과 반혁명이 혼재되어서 발언은 자동적으로 외부를 의식하게 되기 쉽다. 이러한 점이 아무래도 중남미문학이 외부에 대해 오해를 불러일으키는 원인이 된다. 이러한 시각을 차치하고 본다면 중남미문학은 이미 중남미라고 하는 지역적인 문화를 넘어서고 있다. 역시 망명 스페인 문화라는 상당히 범유럽적인 성향이 기저에 있는 것이다.(「내적 망명 문학」, 376~377쪽)

중남미의 풍토는 스페인을 중심으로 한 유럽의 영향과 식민지시대나 종교문제, 이민의 역사 등과 같은 복수의 문화적 양상을 보이고 있다. 그러나 아베 고보가 중남미의 상황에 관심을 갖기 시작했다고 할 수 있는 1968년 전후[50]부터 이 대담(1978년)이 이루어지는 사이에 중남미에서는 종속이론의 영향하의 문학비평이나 중남미 중심주의적인 비평이 등장했다. 조금 구체적으로 설명하자면 1950년대 지역경제가 세계시장으로 종속되고 있음을 이론화하기 시작해서 급진적인 사회혁명을 주창하는 혁명적 패러다임으로서의 종속이론이 문학비평상에서 이루어졌다. 중남미의 현대소설이 카프카나 조이스, 미국의 '잃어버린 세대(Lost Generation)'와 같은 서구 작가의 명맥을 계승해서 문화적으로도 종속성이 강하다는 것이다. 이것이 1960년대, 중남미문학의 '붐 소설' 시대를 맞이하면서 중남미 사회를 이해하는 데에 문학의 역할이 무엇보다 중요하다는 점에서 중남미의 특수성이 세계문학 속에서도 주목을 받게 된다. 그 후로 중남미의 아이덴티티를 표현하는 핵심은 문학이 담당해야 한다는, 중남미 문화의 전통이나 문학을 외부로 알리는 작업이 성행하게 된다.[51] 그렇기 때문에 지식인의 "발언이 자동적으로 외부를 의식하는" 민족주의적인 "발언이 되기 쉽다"고 아베 고보는 받아들인 것이다. 그리고 이러한 아베 고보의 이해는 당시 중남미의 현상을 어느 정도는 반영하고 있다고 볼 수 있다.[52] 그렇지만 그는 이러한 시점에서 벗어나 중남미문학을 이해해야 하고 그렇게 함으로써만 중남미는 지역적인 특수성을 넘어설 수 있다고 말한다.

> 사실 중남미문학이라는 말보다 국경이나 민족의식과 같은 틀을 벗어버린 문학, 이른바 태생적인 코즈모폴리턴 문학이 세계적인 시민권을 획득하고 있다는 사실에 주목해야 하지 않을까? 코즈모폴리턴 문학이라고 말하면 일종의 뿌리 없는 풀의 문학, 따라서 지극히 특수한, 밀려난 예외자의 문학이라는 것이 되어버리지만, 그와는 반대로 국경을 갖지 않는다기보다 국경을 염두에조차 두지 않는 의식이나 문화의 세계성, 현대성이 평가받기 시작했다고 본다. 이는 중남미문학에 관해서만이 아니라 유태인문학에 대해서도 해당되는 말로 한마디로 내적 망명자의 문학이 갖는 매력에 눈뜨기 시작했다는 의미가 될 것이다.(「내적 망명 문학」, 377쪽)

요컨대 중남미문학의 매력은 내적 망명자의 문학이라는 성격을 내포하며 이러한 양상은 그들에게 국경에 대한 의식이랄 것이 이미 없기 때문이라는 말이다. 그리고 아베 고보는 이러한 의식을 세계적인 동시대성이자 시대의 공유감각이라고 설명한다.

> 나치의 잔당이 도망친 곳이 중남미라면 트로츠키가 숨어든 곳도 중남미이다. 그러나 중남미 지식인의 신기함이라고 한다면 역시나 공간적 특수성을 타파한 제2차 세계대전을 경험한 시대감각, 그 고통을 모두 내부에서 체험해낸 영혼의 신기함일 것이다.(「내적 망명 문학」, 380쪽)

제2차 세계대전이 세계사 속에서 차지하는 의미는 말할 필요도 없다.

아베 고보는 이를 만주라는 일본의 구식민지에서 경험하고 일본의 패전을 목도하면서 지배체제나 권력이 붕괴해 버린 무정부 상태를 '새로운 프런티어(도시)'로 인식했다. 즉 공간적 특수성을 타파했다는 것은 식민지의 독립 혹은 독립성을 가진 '도시'적인 장소의 출현을 말한다고 볼 수 있다. 여기서 제2차 세계대전과 중남미의 관계를 생각해볼 필요가 있을 것이다. 제2차 세계대전의 영향으로 유럽으로부터 수많은 망명자들이 스위스나 파리, 미국을 경유해서 중남미로 모여들었다. 그리고 중남미는 19세기 후반, 식민지배로부터 독립한 공통의 식민사를 갖는다.[53] 그 이후 '라틴아메리카'라는 명칭이 상징하듯이 중남미는 단순한 지리적인 구분에 의거할 뿐 아니라 그 문화와 역사적인 면에서 착종되어 있으면서도 동질성을 기반으로 한 공동체적인 개념으로 발전하게 된다.[54] 이러한 전반적인 양상을 아베 고보는 내부에서 체험해 내면서 달성한 독립적인 장소로 이해하고 있는 것이다.

아베 고보가 사용하는 '내적 망명'이라는 말은 그가 내적 망명자로 규정하고 있는 작가군을 살펴봤을 때, 문자 그대로의 망명을 포함해서 소속된 국가 내에서 활동하지만 전위적이며 반사회적인 성향을 보이는 문학성도 의미하고 있음을 알 수 있다. 실제 망명을 한 베케트나 이오네스코(Beckett, Samuel), 아라발(Arrabal Terán, Fernando)은 물론이고 보리스 비앙(Vian, Boris)[55]을 아베 고보는 프랑스의 '폐쇄적인 문화 영역 속에서 고름처럼 스스로 흘러나와 버린 이질적인 피와 같은 존재'로 평가하며 프랑스의 내적 망명자라 칭한다. 이와 함께 스스로 'home-based exile'임을 자처했던 아일랜드계 작가인 오브라이언(O'blrien, Flann)[56] 역시 국외로 나가지 않고 아일랜드에 머물면서 내적 망명을 했던 작가로 평가하고 있다(393~394쪽). 따라서 '내적'이라는 말은 '스스로'와 '내부'의 양의적인 의미를 가지며, 망명의 형태도 국외로 자진해서 망명하는 의미에서의 망명과 국내에 머물면서 스스로 망명의 형태를 취한다는 양가성을 갖고 있음을 알 수 있다.

이 글에서 마지막에 아베 고보는 "내가 중남미 작가에게 주목하는 이유는 전체로서 내가 예감했던 것에 구체적인 지도를 제시해 주었기 때문이다. 한 마디로 내적 망명의 문학이라는 지점으로 귀결된다"고 하면서 중남미문학에 전형적으로 나타나고 있는 '국가 없는 작가'군, 그들은 '시대' 이외에는 소속할 장소가 없다고 평하면서 이야기를 마무리한다. 지리적인 공간(국가)에 귀속하지 않고 '시대'에 귀속하는 작가의 문학을 논의함으로써 '내적 망명 문학'의 흐름을 제안하고 있는 것으로, 국경에 대한 의식이 없다는 점이 논의의 핵심이라 하겠다.

나오며

아베 고보가 말하는 '변경'은 토착성을 가진 농경문화 혹은 대지로 대표되는 고유한 것이 붕괴된 장소로, 이동성을 가진 도시적인 장소이다. 그는 이를 이단성으로 대변되는 유태인적인 특성에 비유하며 국경이나 국가에 대한 의식마저도 붕괴되어야 한다고 말한다. 그리고 국가나 국경에 관한 의식이 없는 장소, '내부의 변경=도시'로 내적 망명을 하는 것을 동시대 의식으로 인식하고 있음을 알 수 있다. 국경에 대한 의식을 버리고 비국민이나 질서 파괴자와 같은 이단자의 입장을 취하는 것이 '내부의 변경'의 핵심인 것이다. 『상자 인간』에서 주변 사람들에게 기피 대상이자 사회부적응자라는 성격을 가진 상자 인간은 아베 고보가 말하는 유태인적인 특수성을 함유하고 있다. 또한 '상자'의 반전하는 공간성은 새롭게 소생하는 변경(도시)의 힘을 암시한다. 다시 말해서『상자 인간』에는 내적 망명을 의도하는 아베 고보의 작가 의식이 반영되어 있는 것이다.

그리고 아베 고보의 유태인계나 망명 작가에 대한 인식이 역사로서의 식민지주의에 대한 저항감과 정통성을 강요하는 국민됨에 대한 위화감에서 기인하고 있었음을 알 수 있다. 그가 말하는 동시대 의식을 생각할 때, 그의 만주 체험이 환기되기 때문이다. 또한 그는 패전 이후 일본으로 송환된 '귀환자'의 처지에서 느꼈던 미묘한 입장의 차이를 그 원인으로 들고 있다. 귀환 후의 일본에서의 입장이 망명자와 같은 인식으로 발전해 가는 양상을 확인할 수 있는 것이다. 그가 라틴아메리카 문학을 연계해서 망명문학에 관심을 둔 이유도 이러한 양상을 뒷받침한다. 동시대의 문학에 나타나고 있는 '국가 없는 작가'군에 주목하고 있기 때문이다. "그들은 '시대' 이외에는 소속할 장소가 없다"고 말하는 아베 고보는 지리적인 공간(국가)에 귀속하지 않고 '시대'에 귀속하는 작가의 문학을 '내적 망명 문학'이라는 자신의 패러다임으로 파악하고 있는 것으로, 이는 그의 문학적 주제와도 상통한다.

5부

아베 고보 문학의 동시대성

—'공동체 운명'의 서사화

들어가며

아베 고보의 문학을 비교문학적 비평 영역에서 생각해볼 때, 부조리와 실존의 문제, 신화성과 네오리얼리즘과 같은 작품성이 메타픽션의 서술 전략을 통한 반-세계, 반-인간, 반-전통의 문학적 주제로의 귀결 구도는 어떻게 보면 자연스러운 흐름일 것이다. 그러나 그의 문학은 어떠한 '강한' 목적성을 갖고 추동되고 있는 것을 볼 수 있다. 가브리엘 가르시아 마르케스를 두고 새로운 문학적 지평을 이끌어내는 아베 고보의 시선은 그러한 '의식'을 잘 보여준다. 결론적으로 말해보자면, 아베 고보의 그러한 의도나 배경에는 그의 '유태인적인 것'에 대한 관심을 포함하여 귀속에 대한 비판적 사유의 귀결점으로서의 망명자 · 망명문학에 대한 비전(vision)이 교차하고 있다고 할 수 있다. 따라서 둘의 문학적 특성을 비교사적 차원에서 분석할 수 있는 접점(지평)을 제시하기 위해서는 양자 간의 텍스트가 갖는 유사성을 포함해서, 아베 고보의 가브리엘 가르시아 마르케스(문학)에 대한 '시선'(인식)도 검토되어야 할 것이다.

이에 5부에서는 먼저 아베 고보와 가브리엘 가르시아 마르케스의 문학적 유사성을 구체적인 창작 수법을 통해 살펴본다. 그리고 가브리엘 가르시아 마르케스에 대한 일본 내의 비평과 아베 고보의 관점을 비교해 보며 아베 고보의 시선이 갖는 차이(특성)에 대해 그가 지향했던 문학적 비전을 염두에 두고 고찰해 보겠다. 특히 아베 고보의 국가에 대한 대항 의식으로서의 탈국경적 사고가 가브리엘 가르시아 마르케스를 평가하는 데에도 드러나 있으며, 아울러 그의 망명자 · 망명문학에의 지향성이 그러한 인식의 배경에 교차하고 있음을 확인해 본다.

1장 아베 고보와 가브리엘 가르시아 마르케스의 교차점

1. 아베 고보의 비교문학사적 비평 영역

아베 고보의 국제적인 위상을 생각할 때 1962년『모래 여자』가 그 획기적인 계기가 되었음은 주지의 사실이다. 1956년부터 체코, 러시아, 중국 등에서「침입자」나「시인의 생애」와 같은 몇몇 단편들이 소개되었지만, 1964년 미국에서『모래 여자』가 번역됨으로써 이후 약 5년간, 14개의 작품이 11개국에서 33차례나 번역되었다. 특히 서구권에서의 아베 고보에 대한 평가는 1964년 낸시 윌슨 로스(Nancy Wilson Ross)의 글로부터 비롯된다(NYT, 1964. 8. 30일자 참조). 로스는 일본의 코즈모폴리턴 소설가의 대표주자로 아베 고보를 소개하면서 도스토예프스키, 카프카, 포의 영향을 지적하는 한편, 카프카와 베케트를 그와 비교하고 있다. 윌리엄 조셉 커리(William Joseph Currie)의 *METAPHORS OF ALIENATION: THE FICTION OF ABE, BECKETT AND KAFKA*(University of MICHIGAN, 1973) — 일본에서는『소외의 구도: 아베 고보, 베케트, 카프카의 소설』(『疎外の構図: 安部公房, ベケット, カフカの小説』, 安西徹雄訳, 新潮社)이라는 제목으로 번역되어 1975년에 소개되었다 — 는 바로 이러한 해외에서의 아베 고보에 대한 평가

를 상징하는 연구서라고도 할 수 있다. 이러한 평가가 이후 아베 고보의 작가적 위상은 물론이거니와 아베 고보 작가 자신의 세계관에도 영향을 미치게 된다.

그리고 현재 국제적인 명성에 있어서 아베 고보는 가브리엘 가르시아 마르케스 ― 이하 가르시아 마르케스로 시칭하기로 함 ― 와 함께 '마술적 사실주의(Magic realism)'라는 개념 안에서 평가되고 있다.[1] 둘의 문학 세계는 '카프카적(Kafkaesque)'이라는 소설 작법상의 문제의식이나 유럽의 초현실주의와의 영향관계 속에서 거론될 수 있는 레토릭을 공통적으로 갖고 있기 때문이다. 뿐만 아니라 소설 방법상의 '사상'과 '주제', 즉 문학에 관한 비전에 있어서의 상관관계도 갖고 있다. 반면, 일본에서 가르시아 마르케스와 비슷한 세계관을 창조하고 있다고 평가받는 작가로는 오에 겐자부로(大江健三郎)나 나카가미 겐지(中上健次)가 주로 이야기되어 왔다. 이러한 이유로 아베 고보와 가르시아 마르케스를 비교 대상으로 하는 연구는 적어도 지금까지 일본 내에서 본격화되지 않았다고 말할 수 있다.[2] 최근 베네수엘라 출신의 시인이자 학자인 그레고리 잠브라노(Zambrano, Gregory)가 도쿄대학에 재류하면서 이 둘의 문학적 유사성을 강연회 등을 통해 몇 차례 발표한 바 있다.[3] 잠브라노는 아베 고보와 가르시아 마르케스 문학에서 공통되는 '가상의 세계'가 갖는 의미를 통해 '환상성'을 비교고찰했고, 또 전통과 범죄에 관한 비교연구를 발표하기도 했다. 라이너 마리아 릴케, 프란츠 카프카, 사무엘 베케트, 프리드리히 빌헬름 니체 등과 아베 고보의 문학적, 사상적 비교는 일찍부터 제안되어 왔던 것에 비해 라틴아메리카문학, 특히 가르시아 마르케스와의 문학적 유사성이나 영향 관계에 대해서는 최근 경향으로 볼 때, 앞으로가 기대되고 있는 연구 분야라고 하겠다.

아베 고보와 가르시아 마르케스의 직접적인 대면에 대한 기록은 1991

년, 가르시아 마르케스가 일본에 방문했을 당시 둘이 만났던 일화가 유일하다. 당시의 상황은 다무라 사토코와 가르시아 마르케스의 인터뷰(「G・ガルシア=マルケスに訪ねる」, 『新潮』 91(12), 1994)와 가르시아 마르케스의 글(「アミーゴ健三郎」, 『新潮』92(3), 田村さと子訳, 1995)을 통해 확인할 수 있다. 인터뷰에서는 다무라 사토코에게 "아베가 죽었다고요"라며 가르시아 마르케스가 먼저 이야기를 시작하고 있다. 둘의 만남은 1991년으로 거슬러 올라간다. 가르시아 마르케스는 1976년에 오에 겐자부로와 멕시코 자택에서 만난 적이 있다. 오에 겐자부로를 만나기 전에는 1960년대 초반에 다니자키 준이치로의 「잔혹이야기 컬렉션」이나 가와바타 야스나리, 미시마 유키오의 번역 소설들을 몇 권 읽었다고 한다. 그리고 구로사와 아키라를 존경하고 오에 겐자부로의 『개인적인 체험』을 접하면서 일본 문학과 라틴아메리카 소설과의 유사성을 느낄 수 있었다고 한다. 그래서 오에 겐자부로의 초대로 일본을 방문하게 되었고, 그때 아베 고보와도 만난 것이다. 프라이버시 클럽의 조용한 구석 자리에서 이야기를 나누면서 "나는 그때까지 차와 비스킷만 먹으면서 그렇게나 즐겁게 웃었던 적은 없었다"고 그는 회상해놓고 있다.

물론 아베 고보는 가르시아 마르케스를 직접 만나기 이전부터 라틴아메리카 문학에 관심을 보이고 있었다. 4부 4장에서 살펴본 것처럼 1964년을 전후해서 유태인계 작가를 비롯해서 '중남미 작가'들에게 관심을 갖고 그들의 사상적 행보에 자신의 작가적 사명감을 비유하기도 하였다. 그리고 여기에 한 가지 흥미로운 에피소드를 덧붙이자면, 아베 고보가 『백년 동안의 고독』을 알게 된 경위이다. 가르시아 마르케스의 『백년 동안의 고독』이 일본에 소개된 것은 1972년으로, 신초샤(新潮社)에서 간행되었다(『百年の孤独』 鼓直 번역). 그러나 아사히신문(朝日新聞) 1970년 11월 19일자 석간 기사를 확인해 보면 이미 『백년 동안의 고독』이 유럽에

서 평판을 얻고 있다는 내용을 소개하고 있다. 그리고 얼마 지나지 않아 1971년에 잡지 『스바루(すばる)』 4월호에 「토요일 다음날」(「土曜日の次の日」, 桑名一博 번역)을 번역해 싣고 있다. 그러나 이때까지 아베 고보는 『백년 동안의 고독』을 알지 못했고, 이후 어느 날 도널드 킨(Donald Keen)한테서 『백년 동안의 고독』을 읽었느냐는 전화를 받았다고 한다. 아베 고보가 "모르는 일이다"라고 대답하자, "말도 안 되는 소리다. 그 책은 마치 당신을 위해 쓰인 것 같은 소설이니 꼭 읽도록 하시게" 했다고 한다. 그리고 아베가 "나는 영어로 못 읽는다"고 하자, "농담하지 마시게나. 번역본이 있지 않나?" 하고 알려주었다고 한다.[4] 도널드 킨은 컬럼비아대학 명예교수로 2012년에 일본으로 귀화까지 한 일본 문학 연구의 일인자로 이야기된다. 그런데 이 에피소드에서 도널드 킨이 『백년 동안의 고독』이 아베 고보를 위해 쓰인 책이라고 말한 이유는 무엇이었을까? 이후 도널드 킨의 말을 증명이라도 하듯이 아베 고보는 1978년 「내적 망명 문학」에서 가르시아 마르케스를 '진정한 의미에서의 국제적 작가'로 평가한다. 그리고 1979년부터 1980년대에 걸쳐 가르시아 마르케스에 대해서 동시대 작가로서의 동료의식을 강하게 표명하며 그의 문학을 '새로운 지평'에서 평가해 왔다.

이하, 아베 고보의 비교문학사적 비평 영역을 가르시아 마르케스와의 접점을 확인해 가며 구체적으로 살펴보겠다. 그러는 가운데 도널드 킨이 했던 말의 의미도 자연스럽게 이해가 되리라 생각한다. 먼저 둘의 초기 작품에 나타나고 있는 창작 수법의 유사성과 차이점을 검토해 보고, 소설적 주제나 사상에 있어서의 상관관계도 고찰해 보겠다. 다만 본 지면에서 다룰 수 있는 분량의 한계상, 이 둘의 초기 작품들을 분석 대상으로 삼겠다. 특히 가르시아 마르케스의 작품은 그가 1947년과 1955년 사이에 쓴 11개의 단편을 모아서 출간한 『푸른 개의 눈』(*Ojos de perro azul*,

1972)에 수록된 초기 소설들을 다룬다. 한국에서는 아직까지 이 책이 번역으로 소개되어 있지 않은 듯하다. 따라서 일본에서 1990년에 소개된 『푸른 개의 눈: 죽음을 둘러 싼 11개의 단편』(『青い犬の目: 死をめぐる11の短編』, 井上義一訳, 福武書店)을 참조하였다. 그리고 또 중요한 참고서적으로 그의 자서전을 다룬다. 그의 자서전은 스페인어 출판과 거의 동시에 간행된 영문판 *Living to Tell the Tale*(By Edith Grossman, NewYork, 2003)을 저본으로 하여, 2009년 10월에 일본에서 번역된 『이야기하기 위해 살다』(『生きて, 語り伝える』, 旦敬介 번역, 新潮社)를 참조했다. 이 자서전은 한국에도 『이야기하기 위해 살다』(조구호 번역, 민음사, 2007)로 소개되었지만, 이 글에서 다루는 가르시아 마르케스의 초기 소설들을 일본판을 참조로 하는 바, 일본에서의 가르시아 마르케스에 대한 수용 양상도 소개하는 차원에서 일본어 번역본을 활용하겠다. 『백년 동안의 고독』도 마찬가지로 1972년에 일본에서 발간된 『백년의 고독』(『百年の孤独』 鼓直 번역, 新潮社)을 참조했다.

2. 창작 수법의 유사성과 차이점

먼저 가르시아 마르케스는 "왜 그런지 모르지만 눈을 떴을 때 그는 너무 두려웠다"(「죽음의 건너 편(死の向こう側)」, 31쪽),[5] "몇 시간이나 푹 잔 후 통로 쪽 방에서 사는 그 남자는 눈을 떴다"(「거울의 대화(鏡の対話)」, 89쪽)처럼, 잠에서 깨어날 때의 의식 상태를 이용해서 이야기를 시작하는 패턴이 눈에 띈다. 이런 방식을 통해 화자와 같은 주인공이 살아 있는 건지 죽어 있는 건지 불분명해지는 구조를 만들어 낸다. 인용한 두 작품은 동일 인물처럼 읽히는 주인공이 자신의 쌍둥이인 죽은 형과 일체화되어 가

는 이야기이다. 죽은 형이 현실의 주인공 ― 그, 또는 남자로 불리는 ― 의 모습과 오버랩되어 나타난다. 양쪽 모두 산 자(生者)가 잠에서 눈을 뜨는 장면을 통해 사자(死者)와 산 자 간의 경계를 무너뜨린다.

또한 "그때, 그녀는 나를 보았다. 그녀가 나를 본 것은 그것이 처음이라고 나는 생각했다"는 구절로 시작하는 「푸른 개의 눈(青い犬の目)」에서는 현실과 꿈의 경계를 넘나드는 듯한 남녀가 등장한다. 수년간 서로 꿈속에서 만났던 두 사람은 어느 날 아침에 스푼이 떨어지는 소리에 그 꿈에서 깨어난다. 여자는 꿈속에서 늘 자신을 '파란 개의 눈'이라고 불러주었던 남자를 찾아 헤매고 남자도 마찬가지로 여자를 찾고 있었다. 그러나 그 관계를 눈치 채기 전까지 둘의 대화는 계속된다. 남자가 "가끔이지만 다른 꿈을 꿀 때 너는 어딘가 박물관 구석에 놓여 있는 작은 청동상에 지나지 않는다고 생각한 적이 있다. 그래서 너는 추위를 느끼는 걸거야"라고 하자, 여자는 "당신이 말하는 것처럼 나는 얇은 금속이에요"(109쪽) 하며 여자와 남자가 실제 얼굴을 마주 보고 있는 듯이 대화가 지속된다. 둘의 관계가 확실해졌을 때도 남자는 "잿빛 눈을 한 모르는 여자를 마주하고 있는 것이다. 너는 누구"(115쪽)냐며 여자의 존재를 모르는 양 말하는 한편 "그 청동은 단단하고 차가운 금속이 더 이상 아니고 황금빛의 부드러운 나긋나긋한 청동이 되어 있었다"(116쪽)고 다시금 꿈인지 현실인지 애매한 말을 한다. 둘은 잠이 들면 만나고 잠을 깨면 서로 기억을 잃는다는 구조로 「푸른 개의 눈」은 꿈과 현실의 경계를 교차하는 구성을 띠고 있다.

이렇게 잠에서 깨어나는 것이나 꿈과 현실이 교차하는 구조는 아베 고보도 즐겨 구사하는 수법이다. 아베 고보의 단편 「S · 카르마 씨의 범죄」 서두부는 카프카의 『변신』과 유사하다고 지적되곤 한다. 어느 날 아침에 눈을 뜨니 자신의 이름이 사라져 버렸음을 알게 되는 주인공의 변화는 갑충류로 변한 그레고르 잠자의 변신과 비슷하다는 것이다.

> 잠에서 깼습니다. 아침에 눈을 뜬다는 것은 늘상 있는 일로 별다른 일은 아닙니다. 그런데 뭐가 이상하죠? 뭔가 이상합니다.(아베 고보 「S · 카르마 씨의 범죄」, 7쪽)

> 눈을 뜬 것은 새벽녘이었다.(아베 고보 「박명(薄明)의 방황」, 223쪽)

> 몇 사람의 낮은 발소리가 점점 커지면서 모처럼 꾸벅꾸벅 졸기 시작했던 나를 다시 깨워버렸다.(아베 고보 「침입자」, 207쪽)

인용에서처럼, 「박명(薄明)의 방황」에서는 새벽녘에 늘 눈을 뜨는 주인공이 다른 장소에 놓여 있는 듯한 위화감을 반복해서 이야기한다. 그 위화감을 느끼게 하는 주된 이미지는 여자 청동상이다. 같은 공간과 배경 속에서 만나는 여자 동상을 처음에는 아름다운 여왕으로 찬미하지만 "마녀! 도둑! 시간의 마물, 잿빛 여왕이 기다리고 있다"(238쪽)며 나중에는 추하고 무질서한 '잿빛 여왕'으로 묘사한다. 결국에는 모든 것이 새벽녘의 주인공의 방을 묘사하고 있음이 드러나는데, 이렇게 꿈과 현실, 현실과 비현실을 교차시키는 구성적 특징을 담아내고 있다. 「침입자」도 「S · 카르마 씨의 범죄」처럼 어느 날 아침 갑자기 일어난 사건으로 이야기가 시작된다. 주인공 남자가 밖에서 들려오는 발소리에 눈을 뜨자 생전 처음 보는 사람들이 자신의 집을 방문해서 남자를 위협한다. 이렇게 잠에서 깨어나는 새벽녘의 장면을 사용해서 밤과 아침, 혹은 꿈과 현실이 교차하는 시간, 경계적인 시공간을 설정하는 경향은 점차 두 작가의 작품에 농후하게 나타나게 되면서 비현실적이고 환상적인 문학성을 갖취가게 된다.

또한 가르시아 마르케스는 '잠'의 이미지를 '죽음'의 상태로 묘사하는데, 계속해서 불면 상태였던 인물이 잠을 잠으로써 새로운 존재로 변화하는 구조를 구사한다. "육체는 잠의 수면 속으로 빠져들어 부유하며 삶을 지속하면서 다른 존재 형대로 변모"(「서울의 대화」, 91쪽)하는 것처럼, 육체를 무화시킨다. 그리고 육체의 소멸은 사령(死靈)이나 사자(死者)의 등장으로 연결된다.

> 무덤 밑에는 아이의 모습인 나의 육신이 잠들어 있는데, 지금은 부패해서 너덜너덜해지고 조개껍질이나 나무뿌리가 파고들어 있다.(가르시아 마르케스 「누군가 장미를 어지르다(誰かが薔薇を荒らす)」, 173쪽)

40년 전에 죽은 주인공이 방구석에 앉아 누군가를 계속 기다리고 있다는 사자(死者)를 주인공으로 하는 모티프는 가르시아 마르케스의 다른 단편에서도 자주 사용된다. 특히 '죽어 있는 산 자(生者)' 또는 '살아 있는 사자(死者)'처럼 기묘한 상태에 빠져 있는 주인공을 통해 삶과 죽음의 경계에 머물고 있는 불가사의한 감각을 불러일으킨다. 예를 들면 「세 번째 체념(三度目の諦め)」의 주인공 소년은 정상적으로 성장하고 있는 '살아 있는 시체'로 등장한다. 화자는 "착란 상태에 빠졌을 때, 혹은 방부 처리된 파라오의 이야기를 읽고 있을 때, 문득 생각했을지도 모른다. 열이 높아졌을 때에는 그 자신이 그 이야기의 주인공이 된 듯한 느낌이었다"(14쪽)며 '살아 있는 시체'의 상태를 설명한다. 그리고 소년이 정체불명의 '그 소리' 때문에 잠에서 깨어나 이야기를 전개한다.

> 그는 '이전'에도 이와 마찬가지로 집요한 소리를 들은 적이 있다. 그것은

그가 처음 죽었던 날의 일로 사체를 눈앞에 보며 그것이 자신의 시체임을 알았을 때였다.(가르시아 마르케스 「세 번째 체념(三度目の諦め)」, 12쪽)

'그 소리'를 매개로 소년은 "딱딱한 시멘트로 만들어져 있는데도 투명한 관 속에서 그는 정중히 거두어져 있었다. 그때도 역시 '그 소리'가 그의 머릿속에서 울렸다"며 두 번째로 죽었을 때의 기억을 떠올린다. 그 상태로 18년간 죽어 있던 소년은 지금 자신은 살아 있는 채 매장되었다고 생각하며 세 번째의 죽음을 맞이한다. 그러나 바로 전까지 자신이 죽었음을 믿어 의심하지 않으면서 다행이라고 생각하던 소년은 세 번째 죽음을 맞이하면서 다시 깨어나 되살아날 것을 예고한다. "언젠가 때가 되면 이 혼수상태에서 벗어날지 모른다. 이 세상에 태어나기 전에 어머니의 자궁 속에서 헤엄치던 때처럼, 끈적이고 농후한 땀에 젖어서 헤엄치고 있을 때로 벗어날 수 있을지 모른다. 그리고 그때 그는 되살아날 것이다"(27쪽)라며, 화자도 소년이 다시 태어날 것을 암시하면서 이야기는 끝이 난다. 이 작품에서 화자는 3인칭임에도 불구하고 주인공의 의식에 지나치게 접근해 가기 때문에 사자의 독백처럼 읽히기도 한다.[6] 즉 사자의 의식과 현실을 교합시켜서 이야기하는 화자의 서술도 '살아 있는 시체'의 소년처럼 경계적인 역할을 하는 것이다.

또한 「에바는 고양이 속에(エバは猫の中に)」라는 작품에서도 이러한 화자의 기능과 사자의 관계를 볼 수 있다. 피부 밑에 서식하는 벌레 때문에 불면증에 걸린 여자의 영혼이 옮겨 다니는 이야기인 이 작품에서 주인공 여자는 '살아 있는 시체'와는 다른 기묘한 죽음의 형태를 취하고 있다. 불면증으로 괴로워하던 끝에 견디기 힘들 정도로 목이 마름을 느끼고 정원의 오렌지를 먹고 싶어진 여자는 그 욕망 때문이었는지 "선조로부터 전해 내려오는"(53쪽) 벌레와 불면증으로부터 해방된다.

(오렌지를 먹고 싶다는 강한 욕망으로 침대에서 일어나려고 했을 때―필자 주) 육체를 소실한 그녀는 작은 형태도 없는 점이 되어서 절대적 허무 위를 둥둥 정처 없이 떠다니고 있었다. 그녀는 온통 혼란스러운 상황에서 무슨 일이 일어난 건지 알 수 없었다. 높은 언덕 위에서 공중으로 방출된 듯한 느낌밖에 없었다. 그녀는 자신이 추상적이고 상상 속의 존재로 변해버렸다고 생각했다. 자신이 순수한 영혼이 깃드는 드넓은 상공의 미지의 세계로 들어가서 육체를 갖지 않은 여자가 된 듯이 느껴졌다.(가르시아 마르케스 「에바는 고양이 속에(エバは猫の中に)」, 64쪽)

그 후로 여자는 오렌지를 먹기 위해 영혼을 옮겨 다닐 육체를 찾아서 고양이에게 들어간다. 그러나 그녀는 "그때 비로서야 처음으로 오렌지를 먹고 싶다고 생각했던 날로부터 벌써 3,000년의 세월이 지나가 버렸다"(74쪽)는 것을 알게 된다. 결국 육체의 소멸로 현실과 비현실의 경계가 없어진 후 정신이 드니 이미 수천 년이 지나버렸다는 구조를 통해 통념적으로 의식되는 시간의 개념을 붕괴시키고 있다. 이러한 모티프의 효과는 다른 작품에서 "자, 일어나라. 충분히 잤으니"(「천사를 기다리게 한 흑인 나보(天使を待たせた黒人, ナボ)」, 151쪽) 하고 어디에선가 목소리가 들려오는 순간 주인공이 잠에서 깨는 기능을 하기도 한다. 사자들을 현실로 불러들이는 주술과도 같이 환상적인 의식으로의 전환을 촉구하는 것이다.

아베 고보의 단편도 이렇게 일상적인 의식의 영역을 무너뜨리는 수법을 통해 반서사적, 반소설적 세계를 구축해 온 선구로 평가받는다. 생자사자(生者死者)의 두 개의 시력, 광학을 병치(並置)하고 또는 때때로 화합시킴으로써, 그곳에 무미건조하고 아이러니한 공간을 소환하려는 구조를 구사한다. 이러한 병치와 공존에 있어서 그의 관심은 어느 것이든 한쪽 편에 서서 다른 편을 탄핵하고 재단하려는 것이 아니라, 오로지 쌍방의 수평적 관계 또는 충돌 그 자체에 집중되어 있다.[7]

> 나는 깊이 잠들어 버렸습니다. 눈을 떠보니 나는 영혼이 되어서 나의 시체 옆에 앉아 있던 거였습니다.(아베 고보 「죽은 딸이 노래했다……」, 199쪽)

역시나 잠의 이미지를 통해 사자가 되고, "죽어서 모든 것이 끝나 버린 건 아니라고 생각하자 두려웠다"는 말처럼 죽은 후에 오히려 현실 세계에 눈을 뜨는 사자의 시점으로 이야기를 전개해 간다. 아베 고보의 경우는 "나는 죽고……그 순간부터 나는 영혼이 되었다"(「변형의 기록」, 180쪽)는 식으로 사자가 되는 것을 특히 '영혼'으로 변했다고 표현한다. 사자의 등장을 다루고 있는 「변형의 기록」에서도 콜레라에 걸려 죽은 주인공과 병사가 곧바로 '영혼'이 되어 여정을 시작한다. 죽음을 육체가 소멸해서 정신이 각성하는 구도, 즉 일종의 변신의 형태로 이용하고 있는 것이다.

아베 고보의 단편에서 사용되는 변신과 신체감의 관계를 고찰한 고바야시 오사무(小林治)는 실존적인 고뇌와 소외, 기아와 같은 신체적인 문제가 변신을 일으킨다고 지적한다.[8] 또한 1950년대 작품에 압도적으로 많이 등장하는 변신에는 '정착 · 소외 · 소유'와 상반하는 '도주 · 소멸 · 존재'의 의미가 있다고도 한다. 그러면서 이러한 구도가 '실존과 악 · 죄'의 유태인성으로의 재생을 나타낸다고 보고 있다.[9] 즉 '사자'가 되는 것을 변신의 유형으로 파악하고 있음을 볼 수 있다. 그리고 영혼이 된 주인공들은 차례로 현실의 비참함을 알아 간다. "사자는 비존재이지만 결코 비현실은 아니"[10]라고도 하는 아베 고보의 말처럼, 사자의 시점을 통해 현실을 상대화하는 기법이 구사되고 있다.

그러나 아베 고보가 사자를 변신의 형태로 이용하는 것은 가르시아 마르케스가 사자를 등장시키는 방법과 차이를 보인다. 즉 사자의 등장은 마찬가지로 현실과 비현실의 영역을 초월하는 효과를 주고 있지만, 가르시아 마르케스는 잠 자체에 육체의 소멸이라는 의미를 내재시키고 일상 속에서 사자를 다시 불러들이는 환상적인 측면이 강하다. 이에 비해서 아베 고보는 사자로서의 변형이 현실의 연장선상에 있고 실존적인 영역으로 들어가는 관념적인 성격이 강하다. 본래의 형태를 바꿔가며 계속해서 재생하는 정신을 상징하는 '비둘기'의 변형담을 다루고 있는 단편 「손」은 전장의 '전서구'였던 비둘기가 전쟁 후 '평화의 비둘기'라는 청동상으로 재제작된다. 그리고 계속된 변형 끝에 최후의 변형이 완료된다.

> (정부의 첩자로 인해–필자 주) 나는 바로 비밀 공장으로 옮겨지고 용해되어 다시 다른 공장으로 옮겨지고 여타의 나와 동일한 성분의 금속과 혼합되어 나는 희박하고 방대한 영혼이 되었다. 그런 후 나는 다양한 것으로 가공되어 나의 일부는 피스톨의 탄환이 되었다. 아니, 일부이기는 하지만 이미 개체의 조건을 잃어버린 나로서는 그 피스톨의 탄환 하나가 내 존재 자체였다.(아베 고보 「손」, 158쪽)

박제되어 점토로 반죽되고 또 조각되어 청동상이 된 비둘기는 끝내 피스톨의 탄환이 되어 사람을 죽인다. 그것도 '평화의 비둘기'상을 만든 사람의 가슴에 발사된다. 평범한 새에 지나지 않았던 비둘기가 "의미의 적분치"(156쪽)로 변하는 것으로, 이는 관념적으로 만들어진 이념의 적분치이기도 하다.[11] 다시 말해서 관념적인 변형으로 변화하는 주체의 죽음은 통과의례적인 의식에 지나지 않는다. "목숨을 잃었다는 식의 당연한 것은 별도로 하고서라도 나는 하나의 완전한 물체가 되고 뿐만 아니라 나는 하나의 개념 자체가 되는" 것이다.

> 사뿐히 몸이 우주로 떠오르고 '아빠'라고 외치는 소리를 들으면서 나는 추락하기 시작했다. 떨어질 때 그렇게 되었는지 그렇게 된 후 떨어진 건지는 확실하지 않지만 정신을 차리니 나는 하나의 막대기가 되어 있었다. 굵지도 않고 얇지도 않은 손에 쥐기 적당한 1미터 정도의 꼿꼿한 막대기 자루다.(아베 고보 「막대기」, 231쪽)

갑자기 추락하면서 막대기로 변해 버린 아버지. 아이들은 그러한 부친이 죽었다고 생각하지만 심판(재판)자들은 막대기가 된 부친이 원래부터 막대기였다고 설명한다. 생전의 부친의 역할이 하나의 "도구"(233쪽)였다고 말한다. 아베 고보가 구사하는 변형은 이렇게 관념적이고 변형한 주체를 즉물적으로 표현한다. 인간이 세상에서 소멸한 후 시인으로 다시 태어나는 「시인의 생애」에서도 영혼이 옮겨 가는 대상은 모두 관념적 물체이다. 그렇기 때문에 변형, 변신하는 주체는 마치 죽었다가 다시 태어나는 듯한 의사(擬似) 죽음을 체험하도록 설정하고 있다. 따라서 주체는 사자가 되어서도 소멸하는 게 아니라 사자의 시점이라는 '창'을 통해 현실을 응시하는 효과를 갖는다.

가르시아 마르케스는 존재하지 않는 사자를 현실에 등장시켜 일상성에 비현실적인 것을 섞어서 이야기의 환상성을 높이지만 아베 고보는 환상성을 일상적인 감각에 저항하는 간극으로 이용하기 때문에 현실과 비현실의 균열을 명확히 하는 수법을 구사한다. 사자의 등장이 나타내는 의미에서처럼 불면증의 모티프도 아베 고보에게는 의식과 무의식의 균열 지점으로, 분노나 복수, 히스테리를 일으키는 증후처럼 기능한다. 가르시아 마르케스의 경우는 과거 기억의 상실을 수반하는 집단적인 아이덴티티의 상실이라는 맥락에서 불면증의 모티프를 전개하고 있다. 현실과 비현실의 균열이 아니라 불면 그 자체가 상징적인 의미를 갖는 것이다. 이에 관해서는『백년 동안의 고독』을 통해 고찰해 보겠다.

2장 가브리엘 가르시아 마르케스의『백년 동안의 고독』

1.『백년 동안의 고독』과 마술적 사실주의

1967년 6월, 18개월에 걸쳐 완성한『백년 동안의 고독』의 발행은 가르시아 마르케스를 일약 세계적인 작가의 반열에 올려놓게 된다. 그 인기는 스페인어권에서 마치 소시지가 팔리듯이 많이 팔렸다고 할 정도로, 1960년대 훌리오 코르타사르(Julio Cortázar)[12]나 마리오 바르가스 요사(Jorge Mario Pedro Vargas Llosa),[13] 가르시아 마르케스를 중심으로 한 라틴아메리카문학 붐에도 크게 공헌을 했다. 가르시아 마르케스는 이러한 인기를 통해 '콜롬비아의 세르반테스'로 불리기도 했다. 뿐만 아니라『백년 동안의 고독』의 창작으로 가르시아 마르케스는 마술적 사실주의(Magic Realism)라는 문학 세계를 완성했다는 점에서도 크게 평가받았다. 이는 1982년 10월 21일, 노벨문학상 수상 선정 이유를 봐도 알 수 있다. 가르시아 마르케스의 작품이 현실적인 것과 환상적인 것을 결합시켜서 한 대륙의 삶과 갈등의 실상을 반영하는 풍부한 상상의 세계를 창조했다는 것이다.[14]

한편, 가르시아 마르케스의 작품을 말할 때 마술적 사실주의는 '경이로운 현실'이라는 의미와 혼동되는 경향이 있다. 또한 마술적 사실주의의 개념은 가르시아 마르케스를 포함해서 라틴아메리카의 현대소설을 이해하는 핵심으로 이야기되곤 한다. 그런데 마술적 사실주의는 독일의 미술평론가인 프란츠 로우(Franz Roh)가 1925년 후기표현주의에 관해 논하면서 사용한 단어이다. 로우는 제1차 세계대전 이후 독일 사회의 안정을 위해서 표현주의의 실험정신 대신 일상 속에 존재하는 영적인 것을 추구하는 회화가 등장한 것에 주목하면서 이를 후기표현주의 혹은 마술적 사실주의라 지칭했다. 그리고 후기표현주의처럼 사물을 새로운 시각으로 포착할 것을 장려하면서 그러한 새로운 시각을 통해 사물의 마술성을 발견할 수 있다고 강조했다. 그러나 라틴아메리카의 마술적 사실주의는 로우가 주창한 것과는 다르다. 로우의 책이 1927년에 스페인어로 번역되어 그 일부가 『서유럽 평론(Revista de Occidente)』에 게재되었다. 이 잡지는 라틴아메리카에서도 큰 영향력을 끼치고 있었다. 그렇게 해서 마술적 사실주의라는 단어는 라틴아메리카로 확산되게 된다. 그렇지만 실제 라틴아메리카 문학에 직접적인 영향을 주었다고 단언할 수는 없다. 예를 들어서 로우는 아방가르드의 표현주의를 극복해야 할 대상으로 설정하고 있는데, 라틴아메리카의 마술적 사실주의로 분류되는 작품군을 보면 오히려 유럽의 아방가르드와 밀접한 관계를 갖고 있다. 따라서 초현실주의와 마술적 사실주의의 연관성에 대해 공방이 펼쳐지기도 했다.

또한 마술적 사실주의의 선구자로 평가되는 루이스 보르헤스(Jorge Francisco Isidoro Luis Borges)나 알레호 카르펜티에르(Alejo Carpentier)도 이 단어를 사용한 적은 없었다. 가르시아 마르케스도 『백년 동안의 고독』이 마술적 세계가 아니라 누구나가 접할 수 있는 라틴아메리카의 일상적인 현실을 묘사한 것뿐이라고 주장했다.[15] 이러한 사정은 유럽의 특정 회화 양식을 나타내기 위해 사용한 마술적 사실주의가 어떠한 경위로 라틴아메리카 문학을 지칭하는 용어가 되었는지에 관한 논쟁의 핵심이 되기도 했다. 일본에서도 '신화적 리얼리즘' 또는 '매직 리얼리즘'처럼 『백년 동안의 고독』을 평가하는 용어는 통일성을 띠지는 않는다. 현재까지 마술적 사실주의라는 개념이 완전히 성립되어 보편적으로 사용되고 있다고 보기에는 어려움이 있는 것도 사실이다.[16]

같은 마술적 사실주의라고 해도 라틴아메리카에서의 개념은 19세기 말 이후의 민속학적 성격을 포함하고 있다. '마술(magia)'이라는 단어는 19세기 말 이래 민속학연구가 활발하게 진행되면서 빈번하게 사용되기 시작했다. '주술'이라고도 하는 이 단어는 프레이저의 『황금가지』에서는 원시부족의 종교적인 신앙이나 의식, 세계관을 가리킨다. 이것이 서양의 이성적 세계관과 대립하는 개념이 된 것은 레비=스트로스의 『야생의 사고』에 의해서이다. 즉 원시주의나 그 발현 방식으로서의 주술이 서양의 이성적 사고보다 비합리적이고 열등한 것이 아니라 논리적이고 이성적이라고 논의되기 시작한 것이다.[17] 라틴아메리카의 마술적 사실주의도 이와 같이 다른 세계관을 상정하고 있다고 할 수 있다. 그렇기 때문에 곤잘레스(Roberto González Echevarría)도 로우의 마술적 사실주의와 라틴아메리카의 마술적 사실주의를 구분하고 있다. 곤잘레스는 알레호 카르펜티에르의 경이적 현실론을 고려해서 존재론적인 마술적 사실주의라는 카테고리로 구분하려고 했다.

알레호 카르펜티에르[18]는 정치적인 박해를 피해서 1928년에서 1939년까지 쿠바를 떠나 파리에서 머물며 초현실주의자들과 교류했다. 그 후 1948년 귀국해서 진정한 초현실주의의 정신은 서양보다 라틴아메리카에서 구현 가능하다는 요지의 문장을 쓴다.[19] 그 서문에 '경이로운 현실'이란 표현이 등장하는데, 여기서 '경이적'이라는 말은 브르통의 초현실주의 선언에 사용되고 있는 개념이다. 그러나 카르펜티에르는 초현실주의의 수법이 괴기소설의 전통이나 환상문학의 재생산에 지나지 않을 뿐, 인위적인 경이를 만든다면서 라틴아메리카는 불가사의하고 변화무쌍한 인간과 자연, 기상천외한 역사 등을 가지고 있기 때문에 현실 자체가 있는 그대로 경이적이라고 논한다. 카르펜티에르의 시점과 마찬가지로 곤잘레스도 라틴아메리카에서는 경이적 현실이 실존하기 때문에 바로 문학도 경이적이라고 하면서 마술적 사실주의를 라틴아메리카 고유의 것으로 상정했다. 그러나 마술적 사실주의에 대한 정의는 간단하지 않다. 곤잘레스처럼 라틴아메리카 문학 고유의 세계로 이를 주장하는 것과는 다르게 유럽의 아방가르드로부터의 영향을 주장하는 입장도 있다. 마술적 사실주의에 관한 최초의 비평과 의미 부여를 하고 있는 앙헬 플로레스(Angel Flores)의 「스페인어권 소설에 있어서의 마술적 사실주의(1954년)[20]나 루이스 레알(Luis Leal)이 쓴 「히스파노아메리카문학의 마술적 사실주의」(1967년)[21]는 이러한 논점 위에서 논의하고 있다.

둘의 언설을 보면 우선 마술적 사실주의의 기원에 대해서 플로레스는 카프카의 영향을 강조하면서 보르헤스의 『오욕의 세계사(*Historia universal de la infamia*)』(1935년)를 선구로 뽑고 있다. 또한 아돌프 비오이 카사레스(Adolfo Bioy Casares)나 에두아르도 마예아(Eduardo Mallea), 실비나 오캄포(Silvina Ocampo)가 활동한 1940년대와 1950년대를 그 전성기로 본다. 이에 반해 레알은 플로레스가 프란츠 로우나 카르펜티에르, 아르투로 우슬라 피에트리(Arturo Uslar Pietri)를 거론하고 있지 않음을 비판하면서 또한 카프카는 마술적 사실주의에 해당하지 않는다고 항변했다. 비록 카르펜티에르가 로우가 창안한 마술적 사실주의라는 단어는 언급하고 있지 않지만 그의 '경이적 현실' 관념은 마술적 사실주의를 모체로 하고 있다고 주장하는 것이다. 플로레스가 카프카를 원류로 하여 보르헤스를 선구자로 본 것은 19세기 사실주의나 자연주의 리얼리즘이 이미 통용되지 않게 된 제1차 세계대전 무렵, 프루스트, 카프카, 키리코 등이 리얼리즘과 환상적 수법을 결합해서 새로운 예술운동을 전개했다는 점을 마술적 사실주의와 관련지어 논의하고 있기 때문이다. 그는 환상문학과 마술적 사실주의가 같은 카테고리에 속한다고 생각했기 때문에 유럽의 아방가르드가 마술적 사실주의에 영향을 주었다고 본다. 한편, 레알이 카프카나 보르헤스를 배격하고 카르펜티에르를 평가한 것은 마술적 사실주의가 단순히 환상과 현실을 섞어 놓은 것이 아니고, 또 초현실주의자나 유럽 아방가르드, 그리고 도스토예프스키의 심리소설이나 환상문학과도 관계가 없는, 완전히 새로운 문학세계라고 강조하기 위해서였다.

그러나 이러한 마술적 사실주의에 대한 논쟁은 존 바스(John Barth)의 '가르시아 마르케스 예찬'[22] 이후 변화한다. 보르헤스와 가르시아 마르케스를 포스트모더니즘 축 내에서 보게 된 것이다. 그러나 플로레스에 의한 마술적 사실주의 비평을 뒷받침이라도 하듯이 라틴아메리카문학이 1960년대 '붐 소설'시대를 맞이하게 된 사실은 인정해야 할 것이다. 당시 마술적 사실주의론으로서 유일했다고 할 수 있는 플로레스의 비평은 라틴아메리카문학의 범유럽적 성격을 지적하고 있다. 그것이 1960년대 후반부터는 라틴아메리카의 특수성을 내포하는 마술적 사실주의로 변화한다. 가르시아 마르케스의 『백년 동안의 고독』이 범유럽적 성향과 라틴아메리카의 특수성 양쪽을 함유하고 있다는 평가는 즉 마술적 사실주의를 둘러싼 개념의 차이에서 기인한다고 할 수 있다. 여기서 아베 고보의 가르시아 마르케스에 대한 평가를 생각해 보자면 카프카적인 글쓰기나 초현실주의라는 범유럽적 예술의 흐름 속에서 그를 논의하고 있는 그의 견해는 플로레스의 관점과 상당히 유사한 점을 보이고 있다. 그러나 가르시아 마르케스의 『백년 동안의 고독』이 마술적 사실주의를 대표한다고 단정할 수는 없다. 가르시아 마르케스의 마술적 사실주의는 한층 다른 성격을 갖고 있기 때문인데, 계속해서 그 특성에 대해 살펴보겠다.

2. 삶의 소설적 형상화

'가르시아 마르케스 현상'이라고 할 정도로 20세기 문학 속에서 가르시아 마르케스는 하나의 키워드로 등장했다.[23] 그렇기 때문에 마술적 사실주의도 가르시아 마르케스의 『백년 동안의 고독』과 관련지어 생각되고 있다.

가르시아 마르케스는 자신의 소설에 등장하는 모든 것이 사실에 기반하고 있다고 말한다. 1927년부터 1954년까지 유소년기의 성장 과정이나 가족, 친구관계, 저널리스트 활동 등을 회상하고 있는 자서전 『이야기하기 위해 살다(生きて, 語り伝える)』 — *Living to Tell the Tale* — [24]를 읽어 보면 가르시아 마르케스가 작품 속 허구의 세계와 실제 자신의 인생을 혼동하고 있는 건 아닐까 싶을 정도로 그의 작품이 그의 인생을 얼마만큼이나 반영하고 있는지 잘 알 수 있다. 이를 참고하면서 가르시아 마르케스 문학의 원풍경들을 대략적으로나마 소개해 보겠다.

가르시아 마르케스는 1927년 3월 6일, 콜롬비아 카리브해 연안에 위치한 아라카타카 — Aracataca는 마을 이름이 아니고 원래 원주민 치미라 부족의 강 이름이다 — 에서 태어났다. 실제 이 지역은 메뚜기의 재난에 관한 전설이 존재하고 허리케인이 시도 때도 없이 몰려오거나 여름에는 한발이, 겨울에는 장마나 폭우가 오는 등, 재난이 끊이지 않는 곳이었다. 홍수가 일어난 어느 때에는 묘지가 파헤쳐져서 사체들이 마을 곳곳에 떠다녔다고 한다.[25] 폭우로 인한 홍수나 무더위로 인한 가혹한 환경 등, 카리브해의 열대지역은 후에 그의 대부분의 작품의 배경으로 등장한다. 태어나서 바로 부친이 전근하게 되면서 가르시아 마르케스는 외조부와 외조모 밑에서 성장하게 된다. 외조부는 천일전쟁(1899~1902)에서 혁명군으로 활동한 전역장군으로 외지인으로서 아라카타카에 정착했다. 아라카타카는 그러한 외부에서 흘러들어 온 사람들이 많았고 망명자나 이민자들의 '국경 없는 토지'였다고 한다.[26] 외조부가 가르시아 마르케스를 시내의 서커스에 데리고 간 기억과 과거 시민전쟁에 대해서 들려준 이야기는 『백년 동안의 고독』을 통해 재현된다. 그리고 외조모는 미신을 믿고 영적인 이야기를 해주거나 옛날 영화나 전설 등을 들려주었다고 한다. 가르시아 마르케스는 아라카타카에서 지낸 기억을 바탕으로 마콘도(Macondo)라는 상상의 마을을 형상화하고 외조부의 가계(家系)를 참고해서 『백년 동안의 고독』의 브엔티에가를 소설화할 수 있었다.

8살이 된 가르시아 마르케스는 대서양변의 바란키아(Barranquilla)에 있는 학교에 입학하고 보고타(Bogota) 근교의 시파키라(Zipaquira)의 국립중학교에 진학한다. 그곳에서 장학생으로 고등교육을 마치고 1946년, 가족의 권유도 있고 해서 보고타국립대학 법학과에 입학한다. 그가 시파키라의 국립중학교 기숙사에서 지냈을 때, '돌과 하늘파'[27]풍의 시를 쓰면서 처음으로 문학적 체험을 한다. 시에 대한 관심은 예를 들어 「무구한 엘렌티라와 무정한 조모의 믿기 어려운 비참한 이야기」라는 단편에 수록되어 있는 작품의 정치하고 선명한 문체나 『족장의 가을』에서 보이는 실험적이고 풍부한 언어 사용에서도 선명하게 나타나고 있다. 또한 방학 때마다 그는 가족이 살고 있던 스쿠레(Sucre) 지방으로 여행을 갔다. 보고타에서 스쿠레로 가기 위해서는 마그다레나강(Magdalena River)을 따라 가야 하는데, 이 강은 『백년 동안의 고독』에서 메메 브엔티에가 아버지와 함께 여행하는 중요한 장면에 등장하고 또 『콜레라 시대의 사랑』이나 『미로 속의 장군』에서도 주요한 소재가 된다.

가르시아 마르케스가 보고타에서 지내던 중, 콜롬비아 역사상 중요한 사건이 일어난다. 1948년 4월 9일의 보고타소(Bogotazo)가 그것으로, 가이탄(Jorge Eliécer Gaitán)의 암살이 방아쇠가 되어 발발한 시민전쟁 때문에 수십만 명의 사망자가 발생하고 시가지는 화염에 휩싸였다. 대학은 휴교하게 되고 도로를 점령한 리버럴당과 보수당의 대립은 경찰과 군대의 삼엄한 경계하에서 콜롬비아의 폭력시대(La Violencia)의 도래를 가져왔다.[28] 가르시아 마르케스는 총성과 삼엄한 경계를 피해서 바란키아로 돌아갔다. 당시 가르시아 마르케스와 친구들은 폐허로 변한 보고타가 복구되어도 학살에 대한 공포와 혐오감으로부터 두 번 다시 재기할 수 없을 거라고 생각했다고 한다.[29] 바란키아를 경유해서 가족이 사는 카타르헤나(Cartagena) 대학으로 옮긴 그는 『세계(El Universal)』라는 신문사에서 근무하면서 극빈한 생활을 겪게 된다. 그러던 중에 1950년에 다시 바란키아로 돌아간다. 그 후 『선구(El Heraldo)』라는 잡지에 「기린(La Jirafa)」이라는 칼럼을 연재하기 시작하면서 인생의 커다란 전환기를 맞게 된다.

가르시아 마르케스가 저널리스트로 활동할 무렵, 그가 교제하고 있던 인물들이 작가 가르시아 마르케스를 만들었다고 해도 과언이 아니다. 특히 바란키아에는 가르시아 마르케스처럼 1920년대에 태어난 젊은이들을 중심으로 한 '바란키아 그룹'[30]이라고 자칭하는 모임이 있었다. 이 그룹은 언론인으로서의 현실적 감각과 문학적 소양을 갖추고 있었다. 또한 바란키아는 해안에 위치한 지역으로 식민지시대부터 항구를 통해서 해외의 문물을 수입하기에 최적의 장소였다.[31] 게다가 1920년대부터 모고욘인쇄소(Imprenta Mogollón)나 문티알출판사(Editorial Mundial)가 들어서면서 출판사업도 성행했었다. 때문에 바란키아 그룹은 자신들의 글을 출판할 수 있었고 카프카나 포크너 등의 유럽 작가의 작품도 쉽게 손에 넣을 수 있었다. 이러한 환경이 바탕이 되어 1955년 이후, 이 그룹에 의해 콜롬비아에 새로운 소설의 흐름이 전개될 수 있었다고 한다.[32] 그때까지의 콜롬비아 문학은 토착적이고 지역주의적인 성향을 민족적인 것으로서 받아들이고 있던 나머지 정체되어 있다고 비판한 것도 이 그룹이었다. 그리고 신예작가들을 위한 외국 문학 도입에 착수하면서 그들 그룹은 도시적인 것을 테마로 한 도시문학적 성향을 갖추어 나가기 시작한다. 그들은 군국주의에 반대적인 입장을 취하고 국제적인 동향에도 민감했다. 예를 들어 당시 콜롬비아에서는 별로 중요하게 취급되지 않았던 히로시마 원폭투하에 관해서도 그들만은 관심을 보였다.[33] 또한 제2차 세계대전 이후의 냉전체제 형성이나 미국의 반공산주의적 이념이 그대로 중남미로 유입된 현실을 강하게 비판했다. 가르시아 마르케스는 정치적으로 특정 정당에 가입한 적은 없다고 회고하고 있는데,[34] 이 멤버와의 교류는 어느 정도 그의 의식에 영향을 주었으리라 짐작된다.

또한 가르시아 마르케스는 바란키아에서 알퐁소 프엔마요르(Alfonso Fuenmayor), 알바로 세페다 사무디오(Alvaro Cepeda Samudio), 헤르만 바르가스(German Vargas) 그리고 프랑코 독재로부터 도망쳐온 스페인대학의 교수 후안 히메네스(Juan Ramon Jimenez) 등, 일생을 통해 함께할 친구들과 이 시기에 조우했다. 그들은 후안 히메네스를 제외하면 바란키아 그룹의 일원이기도 했다. 그리고 그들은 『아무도 대령에게 편지하지 않았다』 속에서 대령의 죽은 아들의 친구(바르가스)로 등장하거나 『백년 동안의 고독』에서는 카탈루냐(Catalunya)의 현자(후안 히메네스)로 묘사되고 있다. 아우렐리아노 바빌로니아와 "밤 6시에 서점에서 시작해서 동틀 때의 매춘거리에서 끝나"는 문학토론회의 모델이 된 것도 이 멤버들이다. 가르시아 마르케스는 그들 덕분에 포크너, 헤밍웨이, 울프, 조이스의 작품을 접할 수 있었다. 콜롬비아에서 보르헤스를 최초로 평가한 것도 1946년, 헤르만 바르가스였다. 이렇게 바란키아에서 지낸 6년간(1949~1954년)은 가르시아 마르케스의 문학적 교양에 커다란 영향을 가져왔다고 할 수 있다.

그리고 어느 날, 가르시아 마르케스는 외조부의 집을 매각하기 위해 모친과 함께 다시 아라카타카를 방문한다. 그곳에서 유소년기의 아름다웠던 세계가 완전히 황폐해져 버리고 곤궁하고 척박해진 토지로 변해 있는 것을 보게 된다. 이 충격은 후에 『백년 동안의 고독』에서 에덴 같았던 마콘도가 쇠퇴해 가는 결정적인 이미지로 재현된다. 바란키아에 돌아와서 이 체험을 바탕으로 쓴 『낙엽』을 브에노스아이레스의 로사다출판사에 보냈는데, 출판은 거부되었다.

1954년, 카타르헤나에서 알게 된 알바로 무티스(Alvaro Mutis)[35]는 가르시아 마르케스에게 보고타로 돌아가 『관객(El Espectador)』에서 근무하기를 권했다. 학업은 방랑자와 같은 생활과 경제적인 곤란으로 이미 중퇴한 후였다. 그곳에서 가르시아 마르케스는 1954년부터 『관객』 잡지 기자로 일하게 되고 또 그 경험이 작가로서의 가르시아 마르케스의 독특한 발상으로 이어져 간다. 저널리즘적인 문체와 수사법을 몸에 익히게 된 것이다. 그러던 중, 그는 1955년 4월 5일부터 『어떤 조난자 이야기』를 연재하기 시작했다. 이 연재는 시민 독자의 폭발적인 반응을 불러 일으켰고 그로 인해 『관객』은 당시 콜롬비아 국내의 신문업계에서 전례 없는 판매부수를 기록했다고 한다. 그렇지만 정부의 공공연한 위선을 폭로하는 듯한 기사 내용 때문에 그는 국가에 위협적이라는 공산주의자로 지목되고 협박을 받게 된다. 따라서 신변의 위협을 느낀 그는 잠시 콜롬비아를 떠나기로 결정한다. 다행히도 특파원으로 제네바에서 개최되는 회담을 취재할 기회를 얻게 된다. 출발하기 전에 콜롬비아 국가 단편소설 콩쿠르에 출품한 「토요일 어느 날」이 당선되어 그 작품집인 『낙엽』도 대폭으로 수정해서 출판하게 되었다. 그러나 인세를 받지는 못했고 여행경비는 단편소설 콩쿠르에서 받은 3,000페소로 썼다고 한다.

스위스에서의 일을 마친 후 교황 서거를 전하기 위해 로마를 경유해 파리로 가게 되었는데,[36] 이때 『관객』이 당시 독재자 로하스 피니랴

(Gustavo Rojas Pinilla)의 탄압으로 폐간되게 된다. 수입이 없어진 가르시아 마르케스는 값싼 아파트에서 빈곤한 생활을 보내면서 『아무도 대령에게 편지하지 않았다』와 『암흑의 시대』를 집필하였다. 1957년에는 친구 알포네오 멘도사와 함께 사회주의국가 여행에 나서고 베네수엘라의 카라카스(Caracas)에서는 페네스 히메네스(Marcos Pérez Jiménez) 독재의 몰락을 목격한다. 이러한 경험으로 독재정권의 메커니즘에 관심을 갖게 되고 『족장의 가을』에서 그 모티프를 활용했다.[37] 1958년에는 결혼 때문에 콜롬비아로 일단 돌아오게 되는데 카라카스의 잡지사에서 근무하기 위해 다시 나라를 떠나게 된다. 당시에 쓴 기사는 『행복한 무명시절』(1973년)에 모아서 출판했다.

당시까지 가르시아 마르케스는 특정의 정치적 입장을 취하지는 않았지만 그를 좌익지식인으로 자각시키는 사건이 일어나게 된다. 쿠바 혁명이 그것이다. 1959년에는 쿠바로 건너가 피델 카스트로(Fidel Alejandro Castro Ruz)와 교류한다. 또 멘도사와 함께 보고타에서 국영통신사 '중남미통신사(Prensa Latina)'를 열고 쿠바에 콜롬비아의 상황을 알리는 뉴스를 보내는 데에 전념하는 한편, 쿠바의 정확한 정보를 제공하기 위해 잡지 출판에 주력한다. 이러한 자세는 후에도 카스트로 체제에 대한 신념을 지키게 하는 원동력이 되었고 카스트로가 죽는 순간까지 그의 우정은 변하지 않았다고 한다.

가르시아 마르케스는 저널리스트로서 칼럼이나 영화 등에 대한 논평을 쓰면서 저널리즘적인 문체를 익혔다. 이 경험이 그의 문학에 큰 영향을 미친 것은 말할 필요도 없다.[38] 눈앞의 환상과 허위 속에서 진실을 탐구하려고 하는 가르시아 마르케스의 자세는 예를 들어서 『백년 동안의 고독』에서 바나나 농장의 파업을 묘사할 때 정부에 의한 일방적인 역사의 왜곡을 비판하면서 진실을 추구하는 객관적인 태도에 그대로 반영되게 된다.[39] 그리고 그 시기가 1940년대 말부터 콜롬비아가 폭력의 시대로 들어가고 대혼란에 빠진 전환기로, 이때 저널리스트로서의 자세를 지킨 가르시아 마르케스의 증언은 콜롬비아 역사를 생생하게 묘사해내고 있다.

진실을 추구하는 자세는 콜롬비아의 역사와 현실을 문학에서 효과적으로 묘사할 수 있는 방법론의 모색으로도 연결된다. 가르시아 마르케스는 포크너의 문학적인 기교를 상세하게 분석[40]해서 소설 창작에 있어서의 방법으로 채택했다.[41] 그러나 포크너의 영향은 가르시아 마르케스만이 아니라 라틴아메리카의 '붐 소설'에 광범위하게 나타나는 현상이라고 볼 수 있다. 라틴아메리카의 압도적인 현실을 재현함에 있어 포크너의 수법이 유효하게 기능했기 때문이다.[42] 또한 제임스 조이스나 버지니아 울프로부터의 영향에 대해서도 가르시아 마르케스는 인정한다.[43] 특히 『백년 동안의 고독』에서의 현실과 환상을 융합한 시간 감각은 울프의 『댈러웨이 부인(Mrs. Dalloway)』을 읽고 고안해냈다고 한다. 울프가 영국의 역사를 패러디해서 역사적인 비판정신을 보인 것처럼 가르시아 마르케스는 콜롬비아의 역사를 마콘도를 조명하는 형태로 재현한 것이다.[44] 즉 작가로서의 현실감각이나 역사에 대한 인식 방법은 포크너와 울프의 비판정신을 통해 연마했다고 할 수 있다.

그러나 가르시아 마르케스는 시가 문학을 주도하고 있던 당시, 보르헤스가 번역한 카프카의 『변신』을 읽고 큰 충격을 받게 되고, 단편소설에 대한 욕구가 다시금 불타오르게 되어서 「세 번째 체념」(1947년)을 쓰게 된다. 그때까지는 콜롬비아 문학에서 '황금시대'[45]에 창작된 독특한 시를 암송하고 조이스의 『율리시스』를 마치 바이블처럼 읽었다. 그런데 카프카 『변신』의 서두부는 인생을 통해 새로운 길을 열어주었다고 한다.[46] 그 후 1952년까지 10편 정도의 단편을 투고하는데, 정권의 삼엄한 검열과 폭동 때문에 투고 잡지가 없어지게 되거나 원문까지 소실되었다고 한다. 그 단편들을 수집하게 된 것은 10여 년이나 지나서이고 『푸른 개의 눈(Ojos de perro azul)』(1962년)이라는 제목으로 모아서 간행했다.

『푸른 개의 눈』에 수록된 초기 단편에서 보이는 다양한 모티프는 『백년 동안의 고독』은 물론이고 가르시아 마르케스의 주요한 창작 수법으로 기능하게 된다.[47] 특히 『백년 동안의 고독』의 주제를 명확히 밝히는데 있어 중요한 역할을 담당한다고 생각된다. 가르시아 마르케스 『백년 동안의 고독』에 나타난 포크너의 영향 관계에 대해서는 이 글에서 다루지 않기로 한다. 이유는 출판 연도상 초기 단편보다 일찍 간행된 『낙엽』(1955년)을 시작으로 포크너와의 관계는 상당히 언급되어 왔다. 그리고 『백년 동안의 고독』 속의 인물상과 관련해서도 포크너 작품과의 비교연구가 나와 있다.[48] 여기서는 『낙엽』 출판 이전에 쓰인 초기 단편을 통해 그 단편에 사용되고 있는 모티프의 의미에 착안하여 『백년 동안의 고독』의 주제를 도출해 보고자 한다. 아베 고보의 경우도 그의 초기 단편에서 사용하고 있는 모티프가 최후까지 활용되면서 중요한 문학적 주제를 형성하고 있기 때문이다. 이러한 측면에서도 아베 고보와 가르시아 마르케스의 상관관계를 파악해낼 수 있으리라 본다.

3. 망각의 역사와 공동체 운명

궁핍과 불의가 세력을 떨치는 사회에서 살아가는 라틴아메리카 작가들은 민중의 삶에 관한 근본적인 문제에 집착할 수밖에 없다고 카를로스 프엔테스(Carlos Fuentes)는 말한다.[49] 가르시아 마르케스의 문학도 라틴아메리카의 현실에 깊이 뿌리를 내리고 있음을 알 수 있다. 『백년 동안의 고독』에서 묘사되고 있는 '창건기→부흥기→자유시대→붕괴기' 혹은 '신화시대→역사시대→문학시대'라는 전개는 모두 콜롬비아의 역사적 상황을 기반으로 한다. 『백년 동안의 고독』이 라틴아메리카의 특수성을 묘사하는 대표작으로 뽑히며 '라틴아메리카의 창세기이자 또한 묵시록이기도 하다'[50]는 평가를 받는 것은 이 때문이다. 그렇다면 『백년 동안의 고독』이 시사하는 주제는 무엇일까? 『백년 동안의 고독』으로 가르시아 마르케스가 마술적 사실주의의 대표자로 인식되고 있는 것은 앞서 말한 대로이다.[51] 그렇지만 실제로 그의 수법은 신화적인 요소와 현실의 교묘한 결합이라는 특징보다 저널리즘적인 태도, 즉 콜롬비아의 현실을 폭로하는 역사인식의 감각에 있다. 『백년 동안의 고독』은 이러한 가르시아 마르케스의 감각이 중심을 이루고 있다고 할 수 있는 것이다.

가르시아 마르케스는 초창기에는 신화적인 세계를 묘사하는 것을 현실 도피로 생각했는데 반드시 그렇지만도 않다는 생각이 들어 『백년 동안의 고독』 집필에 들어갔다고 한다.[52] 신화의 세계를 또 하나의 현실로서 상정하고 신화적인 원형 형성에 세심한 주의를 기울인 것이 이 작품의 최대의 매력이라는 것이다. 예를 들어, 근친혼으로 인한 도피와 새로운 정착지에서의 마을(마콘도) 건설이라는 모티프로 시작하는 소설은 세계 어디라도 통용 가능한 이야기이다. 그렇게 해서 일족이 힘을 합쳐 건설한 마콘도에 차츰 외래의 문명이 흘러들어오고 외부와의 교류가 시작된다. 그리고 폭력의 시대라 부르는 투쟁과 저항, 혁명과 절망의 시대로 옮겨간다. 결국 일족의 몰락이 예견되어 있던 양피지의 해석을 마치게 되고 문학시대로 이행되어 갈 것을 상징하며 이야기는 끝이 난다.

이러한 전개 속에서 사자(死者)가 한 명도 나오지 않은 마을, 새의 무리가 대거 추락하는 사건, 망령의 출현, 흙을 먹는 여자, 딸의 승천, 4년 이상 지속되는 대홍수, 돼지 꼬리를 달고 태어난 아기 등, 셀 수 없을 정도로 초자연적 혹은 비현실적인 현상과 사건이 이어진다. 이러한 요소로 인해 『백년 동안의 고독』은 역사에 대한 허구적인 상상으로 가득 찼다고 할 수 있을 것이다. 그러나 상상의 역사가 새로운 유토피아의 완성으로 완결되는 것이 아니라 예언의 성취라는 구조를 통해 역사 자체의 허구성을 드러내면서 멸망해 가는 공동체를 묘사하고 있다. 그리고 이렇게 역사의 허구성과 공동체의 관계에 대해 유념하며 소설을 읽다 보면, 각기 시대의 전환기에 두 가지의 상징적인 징후가 공통적으로 나타나고 있는 것을 볼 수 있다.

> 실제로 모두가 불면증에 걸렸다. (중략) 모두는 잠들기는커녕 하루 종일 눈을 뜬 채 꿈을 꾸었다. 이러한 환각에 가득 찬 각성 상태 속에서 그들은 자기 자신의 꿈에 나타나는 환상을 보고 있는 것만이 아니었다. 어떤 사람은 타인의 꿈에 나타나는 환상까지 보았다.(『백년 동안의 고독』, 37쪽)[53]

병이 전염되면서 마을의 모든 것이 불면증에 걸려버린다. 신화시대의 종말을 예고하는 징후로, 사건은 외부인이 갖고 들어온 불면증의 유행으로 시작해서 '죽음의 망각'이라는 전환점을 기점으로 새로운 시대로 넘어간다. 또한 자본의 도입으로 갈등과 대량 학살의 역사의 흔적을 소거하려는 듯이 '4년 11개월 2일간 지속되는 비'가 내리며 마콘도의 모든 것이 파괴된다. 불면증의 대유행과 상상도 못할 정도로 오랜 동안 내린 비는 마콘도 최대의 위기이자 새로운 시작을 암시하는 징후이다. 따라서 '불면증'과 '오랜 비'가 의미하는 바는 『백년 동안의 고독』의 세계가 나타내는 역사와 공동체의 관계를 풀 수 있는 열쇠가 된다.

마콘도에 살기 시작한 일족에게 점차 후손들이 태어나고 풍요롭고 안정된 마을로 성장해 간다. 그리고 매일 수십 명의 외부인이 마콘도를 통과해 가는데, 일일이 소란을 피우지는 않았기 때문에 평화로운 분위기는 지속되고 또 외부로부터 여러 가지가 유입되었다. 그러던 어느 날, 인디오에서 와서 함께 살고 있던 공주와 왕자가 이미 불면증이 마을로 퍼진 것을 눈치 챈다. 그들은 천년의 역사를 자랑하는 왕국에서 그 불면증 때문에 마콘도로 피신을 왔다. 이러한 '불면증'은 가르시아 마르케스의 초기 단편에서도 자주 활용되던 모티프였다.

> 또 그 소리가 울렸다. 공중에서 내려오는 듯하고 차가운 귀를 찌르는 그 소리를 그는 잘 알고 있다. 그렇지만 이번에 울리는 소리는 귀가 아플 정도로 예리하고 하룻밤 사이에 익숙해질 수 없을 것 같이 달랐다.(「세 번째 체념」, 9쪽)

갑작스러운 소리에 눈을 뜨고 문득 알게 된 것은 주인공이 벌써 18년도 전에 죽어 있었다는 사실이다. 다만 신장이나 머리카락은 그대로 자라고 있었다. '살아 있는 시체'의 상태로 계속해서 성장한 사체의 이야기는 실제로 가르시아 마르케스가 대학에 다닐 때에 죽은 어느 소녀의 머리카락이 2세기에 걸쳐 22미터 이상 자랐다는 사건이 화제가 되었던 사실을 소재로 한 것이다.[54] 그리고 이렇게 '눈을 뜨는 상황'은 단순히 잠에서 깨어나는 것이 아니라 자신의 죽음을 자각하게 된다는 구조를 띤다. '잠'의 이미지를 죽음의 상태와 중첩시키고 있음을 의미하는 것이다. 또 다른 초기 단편인「죽음 건너편(死の向こう側)」에서는 주인공이 무엇 때문이지는 모르겠지만 잠에서 깰 때마다 겁에 질려서 눈을 뜬다. 결국 죽음의 세계도 현실과 마찬가지로 특질(신체)만이 없어질 뿐이라고 생각한 주인공은 죽은 채로 현실 — 이성을 갖춘 동물들이 사는 부조리하고 오류에 가득 찬 세계 — 을 살아가기로 결심한다. 이러한 죽음에 대한 태도는「세 번째 체

념」이라는 제목이 나타내듯이 죽어서도 아무것도 변하지 않는 현실, 옛날부터 쭉 지속되고 있는 죽음처럼 정체해 있는 현실을 단념하는 비관적인 자세를 나타낸다. 따라서 삼천 년이나 걸쳐 불면증에 걸려 있던 소녀 에바는 '선조로부터 쭉 내려오는 벌레' — 추한 모습을 상징 — 와 불면증에서 해방되기 위해 고양이로 자신의 영혼을 옮겨간다. 영혼의 이동이야말로 새로운 변화를 희망하는 욕망의 빛임을 암시하는 것이다. 이렇게 불면증은 죽음으로써 오히려 눈을 뜨고 현실을 자각한다는 설정을 위한 모티프로 구현되고 있다. 그러한 현실이 콜롬비아의 역사나 정치의 정체를 연상시키기도 할 것이다.

> 이 불면증이 더 무서운 이유는 잠들 수 없다는 게 아니다. (중략) 즉 환자가 불면 상태에 익숙해짐에 따라 그 뇌리에서 먼저 유소년 시기의 추억이, 다음에는 사물의 명칭과 관념이, 그리고 최후에는 주변 인간의 신원이나 자신의 의식마저 희미해져서 과거를 일체 상실한 일종의 치매 상태에 빠져 버린다는 것이다.(『백년 동안의 고독』, 37쪽)

마을 사람들은 불면증에 걸리면서부터 잠을 무익한 관습이라도 되는 듯이 생각한다. 결국 잠을 자는 대신에 불면 상태에서 오는 기억상실을 타개하기 위한 방책을 고안하게 된다. 사물의 이름을 전부 기록하기로 결정하는 것이다. 그러나 아무리 기록해도 자신이 기록한 사실조차 잊어버릴 정도로 병환은 깊어간다. 그리고 끝내 과거 자체를 잃어버린다. 이후 정부가 읍장을 파견하고 군대도 들어오게 되는 사태가 이어진다.

마콘도는 서구문명의 유입으로 번영하기 시작하지만 동시에 불면 상태에 빠져 버린다. 그리고 '죽음의 망각'이라고 비유하고 있듯이 그 불면증은 집단적인 정체(停滯) 속에서 어떠한 자각도 하지 못하는 마콘도 주민의 현실 인식을 상징한다. 결국 마콘도 주민들은 자신들의 생활을 잃어버리게 되고, 읍장이나 정부의 간섭 등이 과거에는 존재하지 않았던 것도 눈치 채지 못한다. 외부 권력의 개입을 지극히 자연스러운 일처럼 받아들인다. 그 후 읍장과 주민 간의 갈등은 저항과 혁명의 형태로까지 격화되고 이른바 '피로 물든 시대'가 시작된다. 기억의 상실을 저지하기 위해서 기록 장치로서 문자를 발명하는 것은 일견 근대화를 의미한다고 볼 수도 있다. 그러나 불면증의 진행은 그 기록 장치 자체도 무의미해질 정도로 집단적 정치증후증을 초래한다.

마콘도는 라틴아메리카에서 억압자와 피억압자가 만들어 온 언설의 응집점에 위치한다고 할 수 있다. 독재로 고통 받던 콜롬비아의 주민들을 집합시켜 놓은 듯한 마을을 형상화하고 있다고 볼 수 있는 것이다. 따라서 가르시아 마르케스가 불면증을 통해 비관적이고 숙명적인 세계관을 묘사하는 것은 그의 비판적인 자세로 평가할 수 있다.[55] 과거가 없어지고 그러한 자각도 없는 신세계에서 기억상실의 파괴력은 엄청나다. 불면증으로 주민들은 과거를 망각해 버리고 마콘도의 역사는 상실되기 시작했기 때문이다. 바나나 농장 노동자들의 파업과 진압을 통한 에피소드 역시 역사의 상실이 초래하는 메커니즘을 극단적으로 묘사하고 있다.

호세 아르카디오 세군도도 금요일 이른 아침부터 역에 보인 군중 속에 섞여 있었다. 그는 사전에 조합 지도자들 집회에 출석해서 가비란 대령과 함께 군중 속에 뒤섞여서 상황에 따라 그들을 선동할 임무를 맡고 있었다. 군대가 광장 주변에 기관총을 설치하고 전류가 흐르는 철망에 둘러싸인 바나나 회사의 구내를 대포로 지키고 있음을 알았을 때부터 짜고 끈적끈적한 것이 윗 턱에 달라붙어 있는 듯이 기분이 좋지 않았다. 정오 무렵에는 노동자에 여자 아이들까지 뒤섞인 삼천 명이 넘는 군중이 전혀 도착할 기미를 보이지 않는 열차를 기다리면서 역 앞 광장에 넘쳐났고, 쭉 늘어선 기관총으로 둘러싸인 주위의 길가에서 서로 몸싸움을 하고 있었다.(『백년 동안의 고독』, 229쪽)

이른바 '바나나 농장 사건'은 다른 소설 『낙엽』에서도 주된 소재를 이루고 있는데, 이는 1899년 미국 연합청과회사(United Fruit Company)가 콜롬비아에 들어서게 되었을 때 콜롬비아 노동자들이 일으킨 파업에서 소재를 취하고 있다. 그 회사는 다국적 기업 중에서도 가장 규모가 커서 바나나 재배에 적합한 땅을 모두 사들여 콜롬비아로 침투하기 시작했다. 정부도 주민의 입장보다는 수출량을 늘리기에 전념했고 그 회사의 농장 확대에 협력했다. 그 과정에서 가혹한 노동을 강요받던 주민들은 노동조건이나 환경 개선을 요구하며 대규모의 파업을 감행했다. 그러나 외국 자본의 도입에 몰두한 정부는 바나나 회사를 옹호하면서 무력 진압과 대량 학살을 시도한다.[56] 이 사건을 계기로 1948년 4월 9일 '보고타소'라는 콜롬비아 역사상 최악의 도시폭동이 일어난다. 가르시아 마르케스는 '보고타소'를 콜롬비아의 새로운 시대가 시작되는 사건으로 의미 짓고 있었다. 즉 이 파업 장면은 그에 따른 시민혁명의 이미지와 연동해서 읽을 수 있는 것이다. 다시 소설로 돌아가 보자.

학살이 시작된 지 이미 몇 시간이 경과했을 터다. 사체를 화물칸에 쌓고 있던 무리는 여유 만만하게 바나나 송이를 옮길 때처럼 그것들을 나란히 늘어놓았다.(『백년 동안의 고독』, 231쪽)

그러나 삼천 명이 넘는 노동자들 사체가 화물칸에 실려서 태평양에 유기된 사실을 어느 누구도 알지 못한다. 바나나를 옮기듯이 병사들은 아무렇지도 않게 사체를 화물칸에 쌓았다. 정부는 사건의 평화적 해결을 원한다면서 거짓으로 노동자들의 조건을 받아들이고 그 보상으로 삼 일간 파티를 열어준다. 그리고 비가 내리는 동안에는 바나나 회사의 업무를 일체 정지하고 비가 멈추면 공식적인 협정을 발표하기로 약속한다.

> 시기적으로 건기로 삼 개월 전부터 비가 내리지 않았는데 브라운 씨가 그 결정을 입 밖에 낸 순간 바나나 재배 지역 전역에 걸쳐 이전처럼 비가 내리기 시작했다. (중략) 일주일 후에도 비가 계속 이어졌다. 죽은 사람은 나오지 않았다. 노동자는 만족해서 가족의 품으로 돌아갔다. 바나나 회사는 비가 오는 동안은 활동을 정지한다. 이러한 공식 발표는 이용할 수 있는 모든 정보 수단을 통해서 정부에 의해 반복적으로 전국에 퍼졌고 결국 일반 모두가 널리 믿게 되었다. (중략) 병사들은 낮에는 무릎까지 바지를 걷어 올리고 강처럼 불어난 길에서 아이들을 상대로 뱃놀이에 흥겨워했다. 그러나 밤이 되고 소등 시간이 오면 그들은 총으로 민가의 문을 두드려 부수고 침대에서 용의자를 끌어내어 연행해 갔다. 그리고 그들은 이후 집에 돌아오지 않았다.(『백년 동안의 고독』, 233~234쪽)

시기적으로 때늦은 장마가 지속되는 동안 대규모의 데모가 일어나고 비정한 무력 진압이 확실히 일어났음에도 불구하고 군당국은 이 사실을 은폐한다. 희생자 가족을 향해 그들의 신병이나 그 존재조차 부정하면서 이렇게 말을 한다. "그건 분명 꿈이던가 했을 거요", "마콘도에서는 어떤 사건도 일어나지 않았소. 지금도 그렇고 앞으로도 그럴 것이오. 절대적으로 평화로운 상태입니다, 이 마을은."(234쪽) 그리고 비가 그치는 날을 기다려서 공식적인 협정을 발표하기로 했으나 비가 계속되었고, 그 사이 조합의 지도자들은 차례차례로 처형되어 최후에 살아남은 것은 호세 아르카디오 세군도 한 사람뿐이었다. 그는 "삼천 명 이상이 있었다.", "절대 틀리지 않다. 역에 있던 무리는 모두 살해당했다!"고 부르짖지만 4년 11개월 2일간 내린 비로 사람들은 그 사건을 완전히 잊어버리고 만다. 망각된 폭력의 역사시대인 것이다. 이뿐만이 아니다. 바나나농장의 책임자인 브라운 씨도 아무 일 없었다는 듯이 주민과 어울려서 등장하고 또 소설의 화제도 양피지 해독 — '양피지 해독'은 『백년 동안의 고독』에서 마지막 일화로서 문학의 시대를 상징한다 — 으로 옮겨간다.

그러나 주민의 기억에서 과거의 진실을 지우기 위해 이용된 4년 11개월 2일간의 장마는 단순히 라틴아메리카의 초자연적인 풍토에서 착목한 것일까? 가르시아 마르케스의 초기 단편집에 수록된 작품 「마콘도에 내리는 비를 본 이자벨의 고독(マコンドに降る雨を見たイサベルの独白)」을 통해 길게 이어지는 장마의 의미를 알 수 있다. 약하게 내리고 있던 비는 한층 격해지고 "그 소리를 듣고 있자니 마치 심장에 구멍이 뚫리는 듯이 고통을 느끼는"(204쪽)[57] 이자벨. 이 소설은 주인공 이자벨이 한창 내리고 있는 비를 바라보면서 느끼는 감각을 독백조로 풀어내고 있다.

> 그러나 사실을 말해 보자면 월요일 이후 우리는 아무것도 먹으려 하지 않았다. 그리고 또 그때부터 아무것도 생각하려 하지도 않게 되었다. 우리는 비 때문에 마취에 걸린 듯이 마비되어서 그저 얌전히 체념을 하고 자연의 붕괴에 몸을 맡길 뿐이었다.(「마콘도에 내리는 비를 본 이자벨의 고독」, 205~206쪽)

경이적인 호우로 죽은 사람들이 길가에 넘쳐나고, 코를 찌를 듯한 썩는 냄새가 온 세상을 뒤덮는다. 그 썩는 냄새와 습한 공기 때문인지, 아니면 비 때문에 모든 것이 습해져 버려서인지, 이자벨에게 세상이 온통 정체되어 있는 듯이 보였다. 이러한 상태가 지속되면서 끝내 이자벨의 시간 개념은 무너지고 몽유병자처럼 의식의 혼란을 일으킨다.

> 나는 내가 얼마나 긴 시간 동안 감각이 마비되어 몽유병 상태에 있었는지 기억해낼 수 없었어요. 그저 한 가지 두려웠던 것은 끝없이 긴 시간이 지났을 무렵에 옆방에서 소리를 들었다는 것뿐입니다. "이제 침대를 이쪽으로 옮겨도 괜찮아"라고, 그 소리는 말했습니다. 피곤에 지친 소리였는데 환자라고 할 수는 없고 적어도 회복기의 사람의 목소리 같았습니다.(「마콘도에 내리는 비를 본 이자벨의 고독」, 213쪽)

기나긴 비로 죽은 사람들의 묘지가 파헤쳐지고 지상에 썩은 시체가 범람했다. 마을은 사체 냄새로 사자들의 세계로 변해 버린 듯했다. 산 사람들도 음식을 먹지 않았고 그렇다고 또 자는 것도 아닌 의식불명의 상태에 빠진다. 몽유병자처럼 감각이 마비되고 기억도 희미해 간다. 그리고 끝이 없을 것만 같던 비가 멈추고 나서야 현실감이 돌아온다.

실제 바나나 농장 사건으로 죽은 사람은 소수였다고 한다. 가르시아 마르케스는 이 사건에 허구적 장치를 더해서 『백년 동안의 고독』에서 과장시키고 있다. 또한 있을 수 없을 정도로 긴 시간 동안 내린 비의 일화가 비현실적이고 환상적인 이야기의 효과를 더 높이고 있다. 그러나 이 사건은 그저 초자연적인 현상이 일어나는 마콘도에만 해당되는 이야기는 아니다. 가르시아 마르케스가 사용하고 있는 '긴 시간 내리는 비'는 이야기에 환상성을 주는 동시에 사람의 감각을 마비시키는 망각의 기능을 하고 있음을 「마콘도에 내리는 비를 본 이자벨의 고독」에서 보여준다. 바꿔 말하면 망각된 역사의 진실을 오히려 선명하게 부각시키는 효과를 주고 있다. 피에 물든 사건을 '긴 시간 내리는 비' 모티프를 통해 잊어버리고 말듯이, '역사의 망각' 혹은 '망각의 역사'에 지배당하고 있는 현실세계를 고발하고 있는 것이다.

이렇듯 가르시아 마르케스의 문학적 수법이 『백년 동안의 고독』에서 환상적인 리얼리즘으로 완성되는 데에는 초기 작품에서 사용된 모티프가 중요한 기능을 하고 있음을 알 수 있다. 불면증은 기억력의 감퇴를 초래하고 불면증으로 괴로워하는 인간은 자신의 아이덴티티까지도 혼란을 겪게 된다. 연속적인 사고가 불가능해지고 생과 사, 현실과 비현실에 대한 인식도 불가능해진다. '긴 시간 내리는 비'도 사람의 감각을 마비시켜서 현실의 환상화를 일으키고 개인의 기억을 해체한다. 가르시아 마르케스는 이렇게 '불면증'과 '긴 시간 내리는 비'라는 초자연적인 현상을 비유적으로 사용하여 개인의 현실, 나아가 공동체의 현실을 폭로하고 있다. 곧 『백년 동안의 고독』은 마콘도라는 가공의 공간의 성립에서부터 멸망까지를 아우르며 공동체의 운명을 소설의 주제로 하고 있는 것이다. 노야 후미아키(野谷文昭)는 가르시아 마르케스의 작품에 끊임없이 따라붙는 '붕괴감각'을 가리켜 공동체와 공동체 내부의 인간관계의 붕괴를 그의 문학은 나타내고 있다고 평가한다.[58] 또한 '붕괴하는 공동체'는 가르시아 마르케스의 이른바 제2의 고향으로서, 과거와 청춘이 문자 그대로 상실된 라틴아메리카의 상황을 표현하고 있다고도 말한다.[59] 『백년 동안의 고독』뿐만 아니라 그의 대표작으로 꼽히는 『예고된 죽음의 연대기』에서도 이러한 붕괴감각은 잘 나타나 있다. 그리고 흥미나 환상성이라는 막의 뒷면에는 권력의 메커니즘으로 전도된 역사, 소거된 역사의 흔적이 있다. 가르시아 마르케스 『백년 동안의 고독』은 이러한 공동체의 운명을 시사하고 있는 것이다.

3장 아베 고보, '내적 망명자'의 운명

1. 1984년 작품 『방주 사쿠라호』

아베 고보는 토착과 보수적인 사회에 반항하는 '이단의 무리'에 대해 이렇게 서술한다. "[그들의] 이단성과 이동 본능이야말로 우리의 심장에 깊이 새겨진 미래를 향한 패스포트일지 모른다", "국가의 사상을 대신해서 도시적인 동시대성에서 정통성을 찾는 변경파의 세력(軍勢)이 도래할 것"이다. 그리고 1960년대 후반에서 1970년대 초에 이르러 아베 고보는 귀속에 대한 거부라는 시점을 가지고 국가로부터의 도주, 이탈을 본격적으로 작품화 — 소설 『상자 인간』에서 이미 살펴보았다 — 했다. 그리고 내부의 변경을 찾아 망명을 기획하고서 이를 '내적 망명'으로 개념화하였다. '내적 망명'이란 바로 현대 사회의 중심지인 '도시' 속으로 망명해 가면서 토착적인 것을 끊임없이 해체하고 새로운 공간을 재창조(recreation)하는 자세를 기본으로 한다. 이런 관점은 아베 고보의 후기 작품군으로서 대표되는 『상자 인간』(1973년), 『밀회』(1977년), 『방주 사쿠라호』(1984년)에서 '도시라는 내부의 변경' 속으로 '내적 망명'을 시도하는 주인공들을 서사화하면서, 1960년대 실종 3부작[60]의 뒤를 이어 '망명 3부작'의 출현으로 이어진다고 정리할 수 있다.

『방주 사쿠라호』는 1984년 11월 15일 신초사에서 간행된 장편소설로, 핵 쉘터(nuclear shelter)를 만들어 함께할 승선원을 찾는 어느 남자의 이야기이다. 총 25개의 장으로 이루어진 이 소설은 광대한 지하채석장을 거대한 핵 쉘터로 개조해 '현대용 방주'를 만든 주인공의 자기소개로 시작한다. 전직 소방대원이자 카메라맨이라는 이력을 가진 주인공은 신장 170미터, 체중 98킬로그램에 짧은 팔다리를 한 체형으로, '모구라(두더지)'라는 별명처럼 폐광의 채석장을 근거지로 해서 생활하고 있다.

> 3년 전부터 동굴생활이었다. 동굴이라고 해도 '두더지' 굴 같은 원통형은 아니다. 옛날 건축용 석재를 캐던 채석장으로, 절단면은 모두 90도이고 교차하는 직선으로 구성되어 있다. 실내경기장 정도 되는 큰 홀에서 시굴용 작은 방까지 적어도 70개가 넘는 석실이 가로세로로 겹겹이 늘어서 있고 돌계단이나 터널로 연결된, 수천 명을 수용할 수 있는, 거대한 지하 거리이다. 애초부터 상하수도나 송전선과 같은 공공시설은 하나도 없다. 상점이나 파출소, 우체국도 없고 주민은 오직 나 하나뿐이다.(『방주 사쿠라호』, 250쪽)

도시에서 살풍경한 산을 넘으면 절벽 밑으로 항구가 펼쳐지고, 산 중턱 언덕쯤에 위치한 쓰레기 처리장 같은 공터에 지하로 통하는 입구가 있는데, 그 입구를 지나 들어가면 지하의 거리가 펼쳐진다. 이 지하 거리는 법적으로는 이미 폐지가 되어 이름조차 존재하지 않는 버려진 채석장으로 바로 위쪽 지상에는 대규모의 주택 단지가 조성되어 있다. 지하 내부의 구조는 건장한 남자가 엄지손가락 크기로 보일 정도로 넓은 홀을 중심으로 각각의 용도로 구분된 열여덟 개 이상의 거대한 선창이 벌집처럼 연결되어 있다. 흡진기를 장착해서 공기를 정화하는 시설이나 인력발전기도 설치되어 있고, 거대한 드럼통을 이용해 음료수나 식품은 물론 야채나 곡류를 저장하는 데에도 무리가 없는 환경을 갖추고 있다. '자급자족을 위한 안내서'나 '가정 의학'과 같은 책들도 구비되어 있다. 눈에 띄게 특이한 것이 있다면 홀 중심에 블랙홀처럼 생긴 거대한 변기 — 만능변기라고도 불림 — 가 놓여 있다는 것이다. 그 외에는 외부로부터의 불의의 침입에 대비한 함정을 설치해 놓았고 또 외부 침입에 완벽한 방어를 위해 각종 무기를 개조해 준비해 둔 무기창고가 마련되어 있기도 하다.

직접 모든 계획을 세우고 설계를 한 선장 모구라는 마지막으로 출항 준비 완료를 위해 방주의 위치를 인쇄한 서바이벌 티켓과 방주에 들어갈 수 있는 열쇠를 준비해 승선 적격자를 찾아 나선다. 핵폭발의 위기로부터 살아남기 위해 준비된 핵 쉘터, 방주. 과연 어떠한 자격을 가진 사람이 승선할 수 있을까? 그러나 그 기준이 특별히 정해져 있는 것은 아니었다. 선장 모구라는 어느 백화점 옥상의 가판대에서 '유푸겟차'라는, 자신의 분뇨를 먹으며 사는 폐쇄 생태계의 곤충을 발견하게 되는데, 이 곤충이 지하 채석장에서 쥐 죽은 듯이 남의 간섭을 받지 않고 사는 마치 모구라 자신과도 같은 존재라고 생각한다. 이에 모구라는 유푸겟차에 대한 관심도를 방주의 승선심사 기준으로 삼아 승선 티켓을 건넬 인물을 찾기로 한다.

그러나 백화점 옥상에서 만난 바람잡이 커플에게 방주의 열쇠와 티켓을 도둑맞으면서 모구라는 유푸겟차를 팔고 있던 '곤충 남자' — 전 자위대원 — 와 함께 방주로 돌아간다. 도착해 보니 그 커플은 이미 방주에 침입해 있었다. 서로에 대한 불신은 남아 있지만 하는 수없이 선장 모구라는 사쿠라 — 바람잡이 커플 남자 — 와 그의 여자 — 결혼사기 경력을 가진 사기꾼 —, 그리고 일명 '곤충 남자'와 함께 공동생활에 들어가기로 한다.

공동체 생활이 시작되고 얼마 지나지 않아 이내 사건이 발생한다. 무엇이든 흘려보내는 블랙홀과도 같은 거대한 만능변기를 이용해 공장 폐기물과 같은 유기물질이나 태아의 사체 등을 처리하며 돈을 벌고 있던 모구라의 동업자 — 특별폐기물 처리업자 — 가 나타나 시신을 배달하게 되는데, 바로 모구라의 부친의 시신이었다. 사건 발생과 동시에 모구라 부친이 이끌고 있던 평균 나이 75세의 노인으로 조직된 '청소 부대'가 방주 안으로 침입해 오고, 불량소년 집단의 잠입이 드러나면서 방주는 말 그대로 서바이벌을 위한 장소로 일변하게 된다.

개조시킨 리볼건과 보건(bowgun), 자동소총 등으로 무장하고, 명령을 내리는 각 무리의 대표를 중심으로 조직적으로 움직이며 서로를 견제하기 시작하는 방주 안의 사람들. '적'이라고 상정되는 무리의 대장이었던 모구라의 부친은 이미 죽었음에도 불구하고, 그를 따르던 사람들은 명령에 복종하는 것이 아니라 마치 명령이 없어도 복종을 하려는 듯이 '충성 인간의 표본'처럼 행동하기 시작한다. 이렇게 순식간에 펼쳐진 집단 간의 불화로 모구라는 독단적인 행동을 결정하게 된다. 핵전쟁을 피하기 위해 핵 쉘터를 만들었으나 막상 그 핵전쟁이 언제 발생할지 예상할 수 없다는 점 때문에 방주의 출항 가능성을 두고 난감해했던 모구라가 출항 결심을 하게 되는 것이다.

> 드디어 때가 왔다. 언젠가 이 순간이 올 거라는 것은 알고 있었다. 누구한테서 명령을 받는 게 아니라 스스로 결단을 내려야 한다는 것도 알고 있었다. 그 결단을 지금까지 미루어 온 이유는 핵전쟁이 5분 안에 일어날지 아닐지, 곤충 남자와 선뜻 내기를 할 수 없었던 것과 마찬가지다. 그러나 핵전쟁에 예고는 있을 수 없다. 예고는 상대방에게 선수 칠 기회를 줄 뿐이다. 미사일 버튼을 작동시키는 것은 돌발적인 사고가 발생했을 때이거나 아니면 먼저 힘의 균형을 깰 필승의 기술을 개발한 순간 이외에는 있을 수 없다. 그 순간은 예고 없이 찾아온다. 돌연 시작인가 깨닫는 순간 이미 끝나 있는 것이 핵전쟁인 것이다. 지진 이상으로 불확정한 요소가 많고 예지하기도 힘들다. 핵전쟁에 경보 따위도 있을 수 없다. 경보 시스템이 작동할 수 있는 여지가 있을 정도의 공격력이라면 서로의 저지력을 발동할 수 있을 터이다. 방주의 출항은 어떤 평화로운 날에 아무도 모르게 이루어져야 한다. 오늘이 바로 그날이라고 해서 이상하지도 않다. 모든 결단은 독단적인 것이다.(『방주 사쿠라호』, 453쪽)

핵전쟁은 모구라가 예상도 하지 못했던 불확정한 요소로 인해 갑작스럽게 말려들게 된 불행처럼 예고 없이 찾아올 것이고, 따라서 핵폭발 역시 불시에 발생할 거라고 생각한 그는 아수라장이 된 방주를 드디어 출항시킬 결심을 한 것이다. 그러나 그 순간 돌연 발생한 섬광과 함께 방주는 밀폐되어 버린다.

섬광. 노출된 피부 위로 무수한 채찍이 스쳐지나가는 듯하다. 우선 하치가 폭파되었다. 이로서 해변에 연해 있는 출입구는 봉쇄된다. 예상과 같은 굉음은 들리지 않았다. 고막이 찢어지는 듯한 통증. 순간 빛이 사라지고 암흑. 정전이다. (중략) 이어서 멀리서 천둥이 치는 듯한 울림. 교차하는 바람의 마찰음. 이럭저럭 계획은 성공한 듯하다. 폭발음에 비하면 한없이 작기만 한 버저의 단속음. (외부 장치 등을-필자 주) 설계한 사람으로서 우선 발언의 의무가 있다.

"핵폭발인 것 같다. 이 신호, 긴급사태를 알리는 경보음이다." 한동안 아무도 대답이 없다.(『방주 사쿠라호』, 454쪽)

실제 핵폭발이 일어났는지 확인할 엄두조차 내지 못한 채 방주 안에 고립되어 버린 사람들. 지상의 외부 세계의 존립 여부와 상관없이 이제는 살아남은 사람들끼리 협력해 가며 인류 번성을 위해 노력하는 것만이 공동의 목표가 되는 순간이다. 그러나 정말로 핵전쟁이 발생한 건지 알 수 없는 상황에서 문득 푸른 하늘이 보고 싶어진 모구라는 침입자들로 아수라장이 된 방주에 더 이상 남아 있을 이유가 없어졌다고 판단하고 혼자서 지상으로 나오며 소설은 끝이 난다.

2. 반핵주의와 선민사상의 허상

핵전쟁에 대비하기 위해 만든 지하채석장의 핵 쉘터인 방주로 모여들게 된 '불량 기민'과 같은 인물들이 펼치는 생존 경쟁을 『방주 사쿠라호』는 서바이벌 게임과 같은 희극으로 경쾌하게 묘사해내고 있다. 특히 『방주 사쿠라호』를 통해 아베 고보는 이전까지의 '전위' 작가라는 평가하고는 다른 측면에서 주목을 받았다. 쉽게 읽히는 문장과 알기 쉬운 표현 등, 이전 작품들과는 달라진 서술 형식으로 비교적 평이해 보이는 문체이나, 인상적이고 강렬한 인물조형과 빠른 사건 전개가 돋보이는 작품이라 할 수 있다. 이 작품의 주제의식에 대한 당대의 비평은 주로 현대 인간 사회에 짙게 깔려 있는 불신과 갈등을 잘 담아내고 있다는 시각이 일반적이다. 또한 당시로서는 아직 일본의 사회 문제로 거론되지 않았던 히키코모리형 인간상을 선구적으로 그려낸 작품이라는 평 역시 이 작품의 주제의식을 도출할 수 있는 특징으로 생각해볼 수 있다.[61]

지금까지 이 작품은 현대문학의 금자탑으로서 아베 고보의 대표작 중 하나라고 일컬어짐에도 불구하고 연구가 거의 이루어져 오지 않았다. 그러나 2011년 후쿠시마 원전사고로 핵의 위험을 실감하게 되면서 핵으로부터의 안전지대가 필요하다는 시각과 함께 다시금 이 작품이 회자되고 있는 상황은 이 작품을 재독해 볼 현재적 필요성을 환기시키기도 한다.[62] 핵폭발 시, 방사능이나 방사성물질에 오염되는 것을 외부로부터 차단하기 위해 방주를 둘러싼 외부에 핵폭발이 일어나면 자동으로 작동하는 감지기가 달린 다이너마이트를 설치해 놓았던 선장 모구라. 그리고 핵폭발이 일어난 듯 감지기의 작동으로 완전한 밀폐 공간에 놓인 핵 쉘터 방주와 인간들. 그러나 이미 서바이벌 게임이 펼쳐진 듯한 소란 속에서 과연 사람들은 무엇으로부터 살아남기 위함이었을까?

지리적으로 환태평양대의 화산지대에 위치한 일본은 관동대지진(1923년 9월), 산리쿠해안 쓰나미(1896년 6월과 1933년 3월), 한신 · 아와지대지진(1995년 1월)과 같은 역사적인 대재난 이외에도, 매해 태풍과 지진의 자연재해를 일상사로 하고 있다. 이러한 재난을 모티프로 한 소설 창작이나 체험담들은 유수의 작가들에 의해 재현되고 또 기록되어 오며 재난으로부터 살아남기 위한 일본인들의 통절함을 그려 왔다. 대표적으로 관동대지진에 대한 체험담을 담은 아쿠타가와 류노스케(芥川龍之介)『난쟁이의 언어(侏儒の言葉)』(1923년), 기구치 칸(菊池寛)의『재후 잡감(災後雑感)』(1923년), 요코미쓰 리이치(横光利一)의『진재(震災)』(1923년) 등이 있고, 한신 · 아와지대지진에 대한 요시무라 아키라(吉村昭)의『역사는 반복된다(歴史はくり返す)』(1995년)도 유명하다. 특히 쓰나미에 대해 다루고 있는 요시무라 아키라의 다큐멘터리 소설『바다의 벽 산리쿠연안 대쓰나미(海の壁 三陸沿岸大津波)』(1970년)는 2011년 3월 동일본대지진 발생 이후 판매부수가 급증해『산리쿠해안 대쓰나미(三陸海岸大津波)』라는 제목으로 증보 간행되기도 하였다.

또한 히로시마, 나가사키의 원폭 피해에 대한 체험을 바탕으로 '반핵' 주의를 주제로 하는 '원폭 문학'은 일본 문학계에서 정당한 하나의 장르로서 위치하고 있다.[63] 하라 다미키(原民喜)의『여름 꽃(夏の花)』(1946년)과 오타 요코(大田洋子)의『시체의 거리(屍の街)』(1948년)를 시작으로, 잘 알려진 오에 겐자부로(大江健三郎)의『히로시마 노트(ヒロシマ · ノート)』(1965년), 후쿠나가 다케히코(福永武彦)의『죽음의 섬(死の島)』(1971년), 하야시 교코(林京子)의『축제의 장(祭りの場)』(1975년), 오다 마코토(小田実)의『HIROSHIMA』(1981년), 이노우에 히사시(井上ひさし)의『아버지와 살면(父と暮せば)』(1994년) 등의 문학 작품과, 이 외에도 피폭 후 살아남은 민간인들의 체험기가 다수 전해지고 있다. 특히『히로시마 노트』를 통해 인

류의 존엄성을 위협하는 핵의 위엄을 생생하게 적고 있는 오에 겐자부로는 "핵병기의 위력보다 핵병기가 일으키는 비참함을" 사고해야 한다며 핵 시대를 살아가는 인류의 자세를 강조하기도 하였다.[64] '핵'으로부터 살아남길 바라는 인류의 기원(祈願)에 호소하는 오에는, 전 인류가 일본 히로시마의 피해 상황을 그 상징으로 삼아야 한다고 말한다. 그리고 이러한 원폭 체험을 인류 최대의 비극이라는 '피해'의 고발과 동시에 인간 존엄성의 철저한 '붕괴'라는 시점에서 호소하고 있는 '반핵'주의적 관점은 일본 전후세대의 휴머니즘을 둘러싼 담론 속에 일정 부분 공통되게 사유되고 있는 듯하다. 원수폭금지를 둘러싼 주장들이 곧 '평화'주의라는 논리가 그 일례라고 할 수 있을 것이다.

그렇다면 아베 고보는 1945년 8월 히로시마, 나가사키에서 일어난 '피폭'을 트라우마로 갖고 있는 전후세대의 세대적인 감각 속에서 핵에 대한 두려움과 공포를 『방주 사쿠라호』를 통해 전달하고자 한 것일까? 핵 쉘터를 만들어 핵전쟁에서 살아남겠다는 발상 자체는 작가 아베 고보의 원체험을 반영하고 있다고도 생각해 볼 수 있다. 1924년 출생인 그는 만주 봉천 — 현재 중국 심양 — 에서 어린 시절을 보내다가 패전 후 일본 본토로 귀환하였다. 당시 일본 본토에 살고 있지 않던 아베 고보는 '원폭'을 직접적으로 경험하지는 않은 것이다. 그러나 국가 간의 이권다툼이 초래한 '전쟁'이라는 대재앙 시대를 경험한 아베 고보는 '국가주의'의 결과물이 바로 '핵'이라는 결정체를 만들어냈음을 직시하고 있다.

> 핵이라는 게 무엇인지 잘 생각해 보면, 확실히 핵은 위험하다. 일본은 세계에서 유일의 피폭국이기 때문일 거다. 그러나 그것은 히로시마나 일본인이 피폭을 한 게 아니다. 지구가 피폭한 것이다. 어째서 히로시마, 일본 내의 히로시마, 일본인이라는 발상을 해야 하는가. 핵이라는 거대한 병기를 앞에 두

고 왜 일본만을 얘기해야 하는가. 나는 매우 이상하게 생각된다. (중략) 국가라는 것은 본질적으로 폭력 시스템이다.[65]

다시 말해서 원폭 피해국이라는 세계 유례없는 피폭 역사로 인해 반핵주의를 주창한다는 세계평화주의가 아니라, 국가의 존립 자체가 '핵' 출현의 발단이라는 관점에서의 '반국가'주의적 입장을 아베 고보는 취하고 있는 것을 알 수 있다.

이 작품이 발표되던 당시까지의 반핵주의의 핵심이 재앙으로서의 '핵폭발'과 '핵무기' 그 자체에 초점이 맞춰져 있었다는 지적은 그리 어렵지 않게 이해할 수 있다. 1983년 KAL기 사건을 계기로 미국과 구소련의 군사적 긴장감이 팽팽해지면서 양국 간의 핵 대치상황으로 일본은 물론 동아시아의 정세가 다시금 제3차 세계대전을 방불케 했던 것이다. 그리고 이 사건은 여전히 국제 정치가 군사우선적 시스템에 의해 좌우된다는 것을 보여주고 있었다. 그러나 일본 내의 반핵을 둘러싼 평화운동이라는 것은 "핵은 나쁘다"는 인상주의적이고 감상적인 비판의 수준에 그쳐, 실제 현실의 정치와 핵의 관련성을 사유하고 있지는 못했던 것이다.[66]

아베 고보는 핵을 기능하게 하는 국가 혹은 그 기저에 있는 폭력 시스템에 자신의 문제의식을 두고 있다. 다시 말해서 핵무장을 강화시켜 가던 국제 정치와는 무관하게, 단순히 연례행사처럼 8월이 되면 히로시마를 순례하며 모든 문제의 근원을 핵폭탄 그 자체에만 한정시켜 사고하는 반핵 평화주의 운동의 나이브함에 일침을 가하고 있다고도 볼 수 있는 것이다. 그의 시각으로 접근하자면 핵폭발은 자연재해처럼 발생하는 것이 아님을 쉽게 이해하게 된다.

아베 고보는 초기 작품군부터 비교적 일관되게 반국가주의, 초국가주의를 주제로 창작 활동을 해왔다고 할 수 있는데, 국적을 거부한 망명자나 이단자의 입장을 고수하는 인물의 조형 역시 그의 주제의식과 밀접한 관련이 있다. 그리고 끝내『방주 사쿠라호』에서 핵 쉘터라는 인류구원의 방주를 만드는 선장 모구라를 통해 지구 종말이라는 대재난으로부터 살아남은 인류를 데리고 국가가 존재하지 않는 시공간이라는 새로운 시대로의 이행을 시도하려 했는지도 모른다. 1975년에서 1984년에 걸쳐 창작된 이 작품은 팽팽한 이념대립의 시대를 배경으로 언제 어디서 또다시 전쟁이 일어날지 모른다는 불안감과 긴장감이 증폭되어 있던 냉전시대를 반영하고 있다고 볼 수 있다. 한편, 서서히 군국주의적 형태를 재현해가며 국가주권의 힘이 절정을 향해 가던 일본의 '국가주의' 정책을 풍자한 것이라고도 볼 수 있다. 그러나 이 작품이 2011년 3.11 동일본대지진 이후 다시금 회자된 이유로서 가장 현안적인 시사점은 바로 핵에 대한 인식의 풍화현상이 벌어지고 있는 사회, 즉 '핵'이 일상화되어 버린 현대 사회에 대한 문제를 지적하고 있기 때문일 것이다. '서바이벌 티켓'을 처음으로 건네게 된 곤충남자와 모구라의 대화에서 핵의 위기뿐만 아니라 자연, 인간, 지구, 세계에 만연하고 있는 위기를 인식하지 못하는 상황을 엿볼 수 있다.

"인식 부족입니다. 지금 당장이라도 위기상황은 일어날 수 있어요. 신문도 읽지 않나 보군요?"

"당장? 얼마나 당장?"

"내일 일어난다고 해도 이상하지 않아요."

"오늘이 아니라 내일인가?"

"예를 들어서 그렇다는 겁니다. 지금 이 순간일지도 모르지요. 어찌 되었든 코앞에 닥쳐 있다는 말입니다."

"내기할까?"

"무엇을?"

"이제부터 10초 후에" 스톱워치 기능이 달린 손목시계의 버튼을 만지작거리며 "당신이 말하는 것처럼 위기가 올지 안 올지, 1만 엔. 나는 안 온다에 걸고."

"가능성을 말하는 것이 아닙니다."

"20초로 연장해도 좋고." (『방주 사쿠라호』, 262쪽)

핵반대론자들의 발언이나 자세에는 무언가 석연치 않은 것을 느낀다, 발상이 너무 단순하다고 말하는 아베 고보는, '핵'이란 인간 사회를 비추는 거울로서 다른 수단에 의한 정치의 연속에 지나지 않는다고 정의한다. 또한 "인간은 자연에 대해서는 무한에 가까울 정도의 적응력을 보이고 또 한계치를 점차 넓혀 가는 기술력을 가지고 있다. 그러나 그러면서도 인간은 인간조직인 사회나 정치에 대한 대응에 관해서는 무능함을 보이는데, 넓은 의미에서의 정치에 대한 인간의 대응이 갖는 한계가 핵 출현으로 노정되었고, 바로 이러한 사실을 '핵'이라는 존재 자체가 투영하고 있다"고 그는 말한다.[67] 곧 평화주의는 국가주의의 초결정체인 '핵'에 의해 유지되고 있는 '핵 시대'의 다른 이름에 지나지 않는다는 말로, 평화를 위해 전쟁을 한다는 폭력이 합리화되고 또 저지력으로서의 핵이 정당화되고 있는 현실에서 '평화'라는 말 깊숙이 감추어져 있는 진실을 우리는 직시하지 않으면 안 된다.

이렇게 인류에게 닥쳐올 대재난의 위협은 최종적으로는 국가의 문제로 접어들 수밖에 없고, 20세기라는 시대의 성격을 규정짓는 결정적인 의미를 핵은 상징하고 있다고 할 수 있다. 이러한 일종의 인류의 자살 수단과도 같은 '핵' 문제에 대해 단순히 핵 반대만이 아니라 핵을 만들어낸 인류 사회의 메커니즘에 대한 책임을 인간 사회를 살아가는 사람이라면 느껴야 한다는 것이 『방주 사쿠라호』가 갖는 주제 의식이라고 볼 수 있는 것이다.

> 인간은 물질에 관해서는 상당한 적응력을 가지고 있다. 희망도 있다. 그러나 인간 조직과의 대응에 관한 무능함은 어쩌면 유전적으로 타고나는 게 아닐까 싶을 정도이다. 서바이벌이라는 것도 지극히 파쇼적이다. 서바이벌은 자신만이 살아남는 것으로 결국 타인의 죽음을 전제로 하고 있기 때문이다. 핵 쉘터라는 것도 서바이벌처럼 이상한 존재인 것이다.[68]

핵의 위협으로부터 살아남아 보겠다고 설계된 방주에 사람들이 모이면서 다시금 서바이벌 게임과 같은 해프닝이 벌어지고, 무력과 권력을 차지하려는 지배자의 위치가 형성되는 과정을 『방주 사쿠라호』는 리얼하게 보여주고 있다. 그러나 누가 살아남고 누가 살아남을 수 있느냐와 같은, 핵폭발로부터 살아남겠다는 안일한 사고 자체는 핵 시대를 낳은 국가주의의 파쇼적인 선민사상에 불과하지 않을까? 인간과 조직의 관계, 넓게는 국가와 국가 간의 관계 형성은 어쩌면 인간의 원죄에 가까운 의식일지 모른다.

3. '핵 시대'라는 폐쇄생태계

일본의 지진이나 쓰나미와 같은 자연 재해를 소재로 철저한 고증과 증언에 바탕을 두고 작품을 발표하던 요시무라 아키라는 순환되는 역사처럼 반복적으로 발생하는 재난사로부터 교훈을 얻어 대재난을 예방하고 대비해야 한다고 전하고 있다. 실제 동일본대지진과 관련해 재난 상황을 그대로 예언했다고 하는 『산리쿠해안 대쓰나미』는 1896년과 1933년에 발생한 지진의 전조와 쓰나미의 전개 상황을 생생하게 묘사하고 있다. 이렇게 역사적인 대재난을 반추해 가며 그 예방에 힘써야 한다는 경각심은 동시에 '자연 대 인간'이라는 대치 상황 속에서 늘 한없이 무너지는 인간의 무력함을 느끼게 한다. 일본 열도의 침몰이라는 대재난을 그려 파문을 일으켰던 고마쓰 사쿄(小松左京)의 『일본침몰(日本沈没)』(1973년)도 공상과학소설이라고는 하나, 재난의 시대에 위치한 인간의 무력함을 극대화하여 보여주고 있다.[69]

동일본대지진이라는 대재난 앞에서 일본인들이 보여준 침착성은 불의의 위기 상황에도 의연히 대처하는 '일본인의 국민성'으로 칭양받기도 하였다. 폐허가 되다시피 한 대재난 이후 이를 복원해 가는 일본의 힘은 이미 1945년 패전 이후에 전개된 일본의 발전 상황이 증명한다며, 위기 상황에 잘 대처해 나갈 수 있도록 일본을 응원하는 소리들도 많았다. 요시무라 아키라의 말처럼 반복적으로 발생하는 자연 재해와 같은 재난을 학습해 오며 쌓아온 일본인들만의 에너지는 이미 '재후(災後) 체제'를 대비하고 있었는지 모른다. 그러나 동일본대지진 사태는 어떤 측면에서 새로운 재난의 시대를 암시하였다.

천재지변과 같은 불가항력적인 자연재해가 원전사고라는 '핵'의 위기로 이어진 사건이라고 한편에서는 이야기되었다. 그러나 그 근원적인 문제점을 살펴보면 피할 수 없었던 자연 '재해'라기보다 정부의 관리 부실과 동일본 전력회사가 사이익만을 추구한 행동 등으로 인해 발생한 '인재'라는 견해가 지배적이다. 그렇기 때문에 후쿠시마 원전사고는 일본 정부에 대한 불신과 경직된 관료제 사회에 대한 비판으로 이어져 오고 있다.[70] 이로써 모든 원전 가동을 중지해야 한다는 반핵운동가 히로세 다카시(広瀬隆)의 요구와 함께 탈원전에 대한 국민 여론이 82%를 넘어서면서 일본 내에서는 획기적이라는 탈원전시위가 진행되기도 하였다. 또한 원전사고의 재발방지를 위해 동북아시아를 중심으로 '원전안전공동체'를 형성해야 한다는 강상중 씨의 의견이 2011년 사건 발생 직후 다시금 설득력을 갖기도 하였다.

여기서 핵 시대라는 재난의 시대 속, 그 위기의식에 대한 불감증만이 되풀이되고 있는 사례로 다시금 소환해야 할 기억이 있다. 아베 고보가 『방주 사쿠라호』를 집필하기 시작한 시점에도 이와 비슷한 사건이 일어났다. 1974년 9월 1일에 발생한 원자력선 '무쓰(ムツ)'사건이 그것이다. 일본 최초의 원자력선으로 구소련과 미국, 서독에 이어 1969년 6월, 세계에서 4번째로 원자력선 출항에 성공했던 무쓰호는 1974년 당시 북태평양을 항해 도중 설계 미스로 방사선이 누출되면서 출력실험이 중지되었다. 기지항이었던 아오모리현 무쓰시의 어민들의 반대로 무쓰호는 한 달 반여를 표류하였고, 2년 내에 해당 지역으로부터의 항구 철거와 핵연료, 핵봉인을 전제 조건으로 극적으로 귀항할 수 있었다. 그리고 1993년, 원자로가 해체되고 철거된 무쓰호는 세계 최대급 해양지구연구선으로 개조되어 '미래(みらい)'라는 이름을 달고 다시 출항하게 되었다. 무쓰 사건이 일어났던 1974년에 이 작품의 집필이 시작되었다. 원료의 재보급 없이도 몇 년 동안이나 항해할 수 있는 원자력선이 폐쇄생태 시스템을 갖춘 방주 사쿠라호의 모티프가 되었다고 보는 것은 지나친 유추는 아닐 것이다. 그러나 핵이 국력의 바로미터로 인식되면서 초래된 무쓰 사건이 동일본대지진 이래 수많은 논의들 가운데 언급된 적이 없었다는 것은, 지금의 핵 위기 속에 전개되고 있는 탈원전, 반핵주의의 제창이 여전히 석연치 않음을 느끼게 한다.

이러한 복합적인 재난 상황에 대하여 아베 고보의 『방주 사쿠라호』는 재난의 참상에 초점을 맞추지 않고, 인간 스스로 통제해야 할 근원적인 메커니즘을 향해 우리의 시선을 환기시킨다. '방주'라는 위기 회피의 시스템을 풍자하며 핵 시대를 향한 방위력이 불모지대임을 나타낸 것이다. 그렇기에 후쿠시마 원전사고 이후 그의 작품이 다시금 회자되었는지도 모른다. 21세기 현대사회가 직면한 재난 상황은 더 이상 '자연 대 인간'의 관계 속에 국한되지 않음이 증명된 시기인 것이다.

> 국가가 국가주권을 방기하지 않는 한 우리의 미래는 절대로 밝지 않습니다. 핵도 아마 폐기되지 않을 겁니다. 그럼에도 불구하고 (우리는-필자 주) 살아가는 겁니다. 확실히 핵 반대를 부르짖으며 사는 것도 좋습니다. 그렇다면 나는 역시 국가주권이라는 것을 향해, 물론 이 싸움은 코끼리와 팔씨름을 하는 격으로 질 게 뻔할 테지만, 이기는 싸움만 하고 살 수는 없는 것이겠지요. (중략) 그저 이길지도 모른다는 희망만이 있을 뿐. 그 희망 속에서 모두 열심히 살아가지요.[71]

구약성서에는 파멸에 이른 세계로부터 탈출을 감행한 첫 번째 방주의 선장은 노아였다. 노아는 신에게 선택받은 자로서 신앙과 노력, 기술력에 의해 인류를 지속 가능하게 만들었다. 대홍수로부터의 탈출은 훌륭히 성공한 것이다. 아베 고보의 방주 사쿠라호는 가상의 폐쇄생태계 생물인 '유푸겟차'처럼 외부와의 어떠한 접점도 차단한 채 기능할 수 있는 환경이었다. 이 환경을 완성시키려면 단지 모구라가 적합하다고 생각하는 멤버들을 채워 넣기만 하면 되었다. 그러나 우연한 사건으로 그가 원하지 않던 인원들이 탑승하게 되면서, 그가 진정으로 피신하고자 했던 폭력 시스템(현대 사회)의 축소판을 사쿠라호 안에서 재현하게 되고 방주 사쿠라호의 출항은 불가능해졌다. 만약 모구라가 방주 안에 머물고자 했다면 적어도 유푸겟차처럼 그의 생존은 가능했을지 모른다.

유푸겟차는 서식지인 에피챰어로 곤충의 이름인 동시에 시계를 뜻하기도 하는 듯하다. 몸길이는 1센티 5미리에 검은 몸체에 갈색을 띤 세로줄무늬가 있다. 별다른 특징이라면 다리가 한 개도 없는 정도일까. 다리가 퇴화해 버린 것은 자신의 분뇨를 먹이로 하기 때문에 이동의 필요가 없기 때문일 것이다. 소화 흡수되고 남은 극소량의 배설물이 수식이고, (중략) 길고 튼튼해 보이는 촉각을 사용해 몸체를 왼쪽으로 회전시키면서 먹이를 먹고 먹으면서 배설한다. 아침에 먹기 시작해 해 질 무렵에나 식사가 끝나고, 잠이 든다. 머리 쪽을 늘 태양의 위치를 따라 두기에 시계로서도 도움이 된다.(『방주 사쿠라호』, 252~253쪽)

그러나 출항의 실패를 암시하듯이 지상으로 올라온 모구라의 눈에 "거리 전체는 생생하게 죽어"(469쪽) 있었다. 소설 속에 등장하는 가상의 유푸겟차라는 곤충이 또 한편으로는 폐쇄생태계를 살고 있는 현대 사회를 은유하고 있듯이, "아무리 애써 이동해도 그저 제자리를 맴돌 뿐 실제로 움직였다고 볼 수 없는" 인간 사회를 향해 이 소설은 "정지하는 마음가짐"(256쪽)만이 희망이라고 당부하는 듯하다.

4장 소설적 방법으로서의 '탈경계'

1. 일본에서 평가한 『백년 동안의 고독』

일본에서 가르시아 마르케스의 문학성으로서 지적되고 있는 것은 다음의 나카가미 겐지의 말이 잘 보여준다.

가르시아 마르케스가 나왔을 때, 그의『백년 동안의 고독』혹은 초기 단편을 읽고서 '포크너 읽기'라는 생각을 했다. '포크너 읽기'란 포크너를 읽고 있을 때의 나의 시선이나 내 관점 또는 감각을 어떤 식으로 내 문장 속에 녹여 낼 수 있을까 하는 것을 모색하는, 내 자신이 취하는 읽기 방식이다. 가르시아 마르케스도 이러한 읽기 방식을 하고 있는 작가임에 틀림없다는 직감이 나는 들었다.[72]

포크너의 '요크너파트화 사가'를 모델로 해서『백년 동안의 고독』의 마콘도가 구상된 점은 물론이고, 내적 독백이나 순환구조에 의한 문학적 수법은 둘의 영향관계를 말할 때 무엇보다 중요하게 지적된다.[73] 이와 함께 나카가미 겐지는 의식적으로 조합시킨 허구의 사용 방법이나 등장인물이 갖는 편집광적인 특징도 포크너의 영향으로 보고 있다. '슈퍼리얼리즘이나 초현실주의적 방법'[74]이라고 할 수 있는 이러한 수법이 도리어 현실(리얼리즘)을 선명하게 조명하고 있다는 말로, 이를 이른바 가르시아 마르케스의 '마술적 사실주의'로 설명한다.

포크너에게 영향을 받은 문학성과 함께 마술적 사실주의는 가르시아 마르케스의 문학 세계를 표현하는 대표적인 개념이다. 그러나 나카가미 겐지가 말하는 슈퍼리얼리즘, 혹은 이외에도 신화적 리얼리즘이나 매직 리얼리즘이라고도 불리는 이 개념은 문맥에 따라 자의적으로 정의되어 사용되는 듯하다.[75] 즉 가르시아 마르케스의『백년 동안의 고독』을 평가할 때, 신화적인 세계가 초래하는 효과에 중심을 둘 경우 반복되는 시간의 구조 위에 역사적인 사건을 나열하는 것은 신화적 리얼리즘이라는 표현에 적당하다. 또한 신화성은 원환의 구조나 나선적 시간 구조로 대표되는 매직 리얼리즘과도 관련이 있다.

이 작품은 마콘도라는 환상의 마을이 점차 팽창해서 도시가 되고 결국에는 멸망해 가는 연대기이고, 그 건설 이래로 중심적인 가족이었던 호세 아르카디오 브엔티에와 그의 처 우르슬라를 둘러싼 일족의 흥망의 역사이다. 모든 사건은 원환적인 시간 속에서 발생하고 환상과 현실의 긴밀한 혼교는 신화적인 세계를 창조해낸다.[76]

'원환적 시간'이란 신화적 시간의 흐름 위에 역사라는 직선적인 시간이 교차되고 반복되는 나선적 시간 구조를 말한다. 이는 가르시아 마르케스『백년 동안의 고독』이 만들어낸 세계와 관련해서 독특한 서술 구조로서 평가받고 있다. 예를 들면 현재의 시점에서 과거의 일을 말한다거나 과거의 시점에서 본 미래의 일을 말하는 것처럼, 서술의 시간이 과거에서 미래로 비약되고 있는가 싶으면 금세 원래의 과거로 돌아가는 나선적 원을 그리고 있다.[77] 이렇게 원환적인 특성을 나타내는『백년 동안의 고독』의 "오랜 세월이 지나서 총살대 앞에 서게 되는 처지가 되었을 때, 아마도 아우렐리아노 브엔디아 대령은 부친에게 이끌려서 처음으로 얼음을 보러갔던 먼 옛날의 어느 오후를 생각했다"는 도입부는 '가르시아 마르케스적인 표현'[78]으로 인정받고 있다. 이러한 신화적인 구조로 인해『백년 동안의 고독』은 세계적인 보편성을 얻는 것이다.

한편, 라틴아메리카의 특수한 현실이 소설의 창작에 미친 영향에 중점을 둘 경우 나카가미 겐지의 평가처럼 현실을 선명하게 부각시키는 리얼리즘은 슈퍼리얼리즘이 된다. 특히 이러할 경우 가르시아 마르케스의 저널리즘적인 태도를 예로 든다. 작가가 되기 전에 그가 근무했던 신문사, 잡지사에서의 활동은 현실 묘사에 있어서 르포르타주적인 수법이나 대사의 리얼리티, 독자의 적극적인 해석을 유발하는 3인칭시점의 구사 등을 배울 수 있는 기회였다.[79] 저널리즘적인 태도는 이에 그치지 않는다. 현실을 파악하는 수법에 있어서 라틴아메리카 역사에 대한 가르시아 마르케스의 이해는 저널리즘의 예리한 비판정신에서 기인한다고 할 수 있기 때문이다.

> 일반적으로 말하면 인디오의 민족이동(창세신화), 식민지 지배, 독립전쟁, 혁명과 반란, 초기 자본주의, 다국적 자본주의라고 하는 모든 역사가 융합해 있다. 이를 역사학의 단순 시간에 적응시켜서는 아무것도 이해할 수 없다. 수백 년의 라틴아메리카의 역사가 우르술라라는 전형적인 대모를 축으로 백 년간의 그녀의 생애에 걸쳐 반복되고 있다.[80]

요컨대 라틴아메리카의 특수성이라고 할 수 있는 그들의 역사, 문화가 복합되어 있다는 말로, 마루야 사이이치(丸谷才一)는 이러한 역사감각을 반유럽적인 '독특한 세계관'으로 설명하기도 한다.[81] 『백년 동안의 고독』의 브엔티에가는 4대의 가족에게 아주 비슷한 이름을 붙여서 그 자손들이 마치 선조의 환생처럼 묘사되어 있는데, 시간의 이러한 반복 구조는 유럽적인 역사 파악에 대립하는 것으로, 이는 가르시아 마르케스가 한편으로는 20세기의 유럽 문학을 매개로 위고풍의 역사철학을 공부하고 다른 한편으로는 라틴아메리카의 시간감각을 정확히 표현했기 때문이라고 마루야 사이이치는 말한다. 가르시아 마르케스가 『백년 동안의 고독』을 공상적으로 설정한 공동체를 위해 썼다고 보는 마루야는 유럽적인 역사 개념에 대립하는 시간 개념을 구축해 놓고 있는 것을 반유럽적인 태도로 평가하는 것이다. 이러한 시점은 라틴아메리카의 현실에 몰두하는 것 자체가 그대로 초현실주의의 실천이라는 인식에 따른 라틴아메리카의 특수한 상황과 문학을 연동시켜 사고하는 입장이라 할 수 있다. 이렇게 신화적, 나선적 시간 구조를 비롯하여 라틴아메리카의 특수한 역사, 문화, 여기에 포크너의 영향은 가르시아 마르케스의 문학을 평가하는 대표적인 수사학이 되고 있다.

2. 아베 고보가 이해한 가브리엘 가르시아 마르케스

반면 아베 고보는 라틴아메리카의 특수성과 관련하여 라틴아메리카 작가들이 초현실주의의 영향을 받은 건 확실하나, 라틴아메리카의 현실을 경이로서의 초현실주의 그 자체로 오해해서는 안 된다며 다음과 같이 말한다.

> 마르케스의 경우도 그 주제는 역시나 도시다. 라틴아메리카의 토속적인 것을 소재로 사용하고는 있어도 소설의 본질은 역시나 도시다. 이러한 점을 간과하고서 그의 작품에 묘사되고 있는 라틴아메리카의 가난한 시골에서 일어나는 일들이 초현실주의적인 현실이라고 생각한다면 그 자체가 앞뒤가 거꾸로 된 말로 그만큼 바보 같은 말도 없다. 일견 토착적으로 보이는 것 그것은 방법이다. (중략) 소설의 무대로서의 상황의 설정, 그것은 방법으로서는 오히려 너무나도 카프카에 가깝다. 인터뷰의 발언에서처럼 "조모의 말투에서 배웠다"고 하는 말은 정치적인 성향의 견해를 가진 사람들에게 장단을 맞춰 주는 것에 불과하다.(「내적 망명 문학」, 379쪽)

실제로 파리의 초현실주의가 라틴아메리카의 현실에서 성과를 내게 되었다는 취지의 '경이적 현실'론이 발표되기도 했는데(Alejo Carpentier, 1949), 그래서인지 가르시아 마르케스의 작품을 평가할 때 마술적 사실주의는 '경이적 현실'이라는 의미와 혼동되는 경향이 있다. 또한 이 개념이 가르시아 마르케스를 포함하여 라틴아메리카의 현대소설을 이해하는 핵심으로 통용되기도 한다. 당시 슈펭글러의 『서양의 몰락』처럼, 유럽 문명은 몰락기에 들어가고 다른 지역에서 새로운 문명이 융성할 것이라는 신천지주의(mundonovismo)가 라틴아메리카의 지식인들 사이에 인식되었다. 이렇게 해서 라틴아메리카의 아이덴티티에 대한 모색은 지역주의(regionalismo), 크리오에주의(criollismo), 아프리카 · 쿠바주의(afrocubanismo), 인디오주의(indianismo), 토착주의(indigenismo)의 문학운동과 같은 다양한 경향을 배태했다. 이때 스페인내전과 제2차 세계대전을 피해서 유럽에 있던 라틴아메리카의 지식인들이 대거 귀국해 온다. 그렇게 해서 유럽의 아방가르드 예술이나 초현실주의 정신에 감화된 당시의 문학자나 학자들이 라틴아메리카에서 그 실천을 보였다고 해도 이상하지 않은 상황이었다.

그러나 아베 고보는 인용문에서 알 수 있듯이, 『백년 동안의 고독』이 라틴아메리카의 현실을 토속적이고 토착적으로 이용하고 있는 것은 어디까지나 '방법적인 것'에 지나지 않는다고 말한다. 그리고 가르시아 마르케스의 인터뷰에 대해 언급하는데, 이 인터뷰에서 가르시아 마르케스가 자신의 표현 방법이 '조모의 말투에서 배운 것'이라고 한 의도를 아베 고보는 인터뷰어가 쿠바인이기에 그들의 정치성에 장단을 맞춘 가르시아 마르케스 나름의 배려라고 설명하고 있다. 아베 고보가 언급하고 있는 인터뷰는 가르시아 마르케스가 1970년에 쿠바를 방문했을 때의 인터뷰로, 1972년 2월에 잡지 『우미(海)』의 가르시아 마르케스 소특집에 실려 있는 「이백년의 고독으로(二百年の孤独へ)」라는 글이다.[82] 여기서 가르시아 마르케스는 라틴아메리카의 현실을 보다 커다란 척도로 본다면 놀랄 정도로 확대되는 세계를 갖고 있음을 알 수 있을 것이라며 자신의 문학을 '의사현실'이라고도 할 수 있는 현실 전체를 다루는 문학으로 이야

기한다. 이를 듣고 있던 인터뷰어가 마술적 사실주의 문체에 관해 질문을 하자, 가르시아 마르케스는 "어떤 문체가 작품에 가장 어울릴까 고민하던 차에 조모가 그야말로 몸서리칠 듯한 이야기를 바로 그 자리에서 목격한 듯이 평안한 표정으로 담담하게 이야기해 주던 것이 생각났다"고 회답한다. 이러한 문체는 가르시아 마르케스의 독특한 서사성을 평가하는 요소로도 지적할 수 있다. 조모의 말투에서 배웠다는 가르시아 마르케스의 '이야기투(서사 방식)'는 사실이라고 믿기 어려운 일화로 가득 차 있는 『백년 동안의 고독』이 나타내는 핵심적인 세계관이기도 하기 때문이다. 아울러 이러한 '이야기 문화' — 혹은 oration 문화라고도 한다. 인류학자 제임스 폭스(James Fox)가 로티섬의 종교의례를 이야기의 세계로 특징지으면서 표현한 'oration(話術, 修辞法)형'의 문화 전달 방식이다. 즉 그 지방의 구승 · 설화문화에 영향을 받은 가르시아 마르케스의 이야기 방식을 말한다 —[83]는 가르시아 마르케스 문학이 라틴아메리카의 민중적이고 대중적인 성격에 기반하고 있음을 나타내기도 한다. 아베 고보는 이러한 요소를 단순히 라틴아메리카의 토속성과 관련해 이해하는 것으로, 그의 가르시아 마르케스에 대한 이해가 반드시 충분하지만은 않음을 보여주기도 한다. 그렇지만 초현실주의가 라틴아메리카의 현실에 적합하다는 언설이나 현실이 경이적이기 때문에 문학도 경이적이라고 보는 관점, 혹은 현실의 대상을 있는 그대로 문학에 투영하고 있다는 관점은 당시 라틴아메리카에 대한 에그조틱한 발견과도 연결된다. 그렇기 때문에 '조모의 말투에서 배웠다'고 하는 것을 단순히 구승문학적인 형식으로 이해해서는 안 된다는 차원에서 보자면, 오히려 가르시아 마르케스에 대한 아베 고보의 배려를 알 수 있는 부분이기도 하다.

또한 아베 고보는 라틴아메리카 문학의 토양을 범유럽적인 흐름 속에서 이해하고 있는데, 나선 구조에 의한 신화성이나 민화적 요소에 대한 다음과 같은 말을 통해 알 수 있다.

> 총체를 파악하고 싶어 하는 인간의 충동의 투영으로서의 신화성 혹은 신화적 지향이라는 것은 가르시아 마르케스에게 충분히 내재한다. 그러나 이는 카프카에게도 있고 아마 근대문학 중에서는 포에게 가장 내재했던 것이 아닐까 나는 생각한다. 그렇기 때문에 마르케스를 생각할 경우 단순히 라틴아메리카라는 축 속에서만이 아니라 지구적인 문학의 총체 속에서 보지 않으면 충분히 이해할 수 없다. 그야말로 진정한 의미에서의 국제성인 것이다. (중략) 『백년 동안의 고독』은 일견 판타스틱하게 보이지만 오히려 지극히 즉물적이다. 이상하리만치 즉물적이다. 그러한 즉물성은 마시지 않고 먹지 않고 있던 끝에 가벼워진 인간이 우주로 떠오르거나 지나치게 사람들로부터 묵살되었기 때문에 투명해져 버린 것이 조금도 모순되지 않는다. 우주에 떠오르든 투명해지든 이는 아무리 비현실적으로 보여도 물질의 현상이다. 때문에 마르케스는 어디까지나 물질의 현상으로서 그러한 것을 파악하고 있는 것이고 당연히 즉물적인 감각이 없었다면 그런 발상도 나오지 않았을 것이다. 바로 이 점에서 그들의 무리를 벗어난 재능이 있는 것으로 결코 그것은 전승이나 민화적인 것이 아니다. 이런 점을 오해하면 마르케스는 그저 단순히 위대한 지방문화의 공헌자에 지나지 않을 것이다.(「내적 망명 문학」, 389~390쪽)

『백년 동안의 고독』이 갖는 전승적이고 민화적인 요소는 즉각적이고 토착성에 가득 차 있는 지역주의적 혹은 민족주의적인 문학으로 생각하기 쉬운 요소이기도 하다. 그러한 경향에 대해 아베 고보는 신화적인 지향이 보편적인 인간의 총체를 나타내는 의지이고, 그것은 포나 카프카에게도 공통되고 있다며 가르시아 마르케스의 서사구조를 범유럽적인 흐름 속에서 평가해야 한다고 지적하는 것이다. 아베 고보의 이러한 평가는 일견 지역성을 넘어선 동시대성이라는 측면에 지나치게 집착하는 듯이 보이기도 한다. 가르시아 마르케스의 경우 라틴아메리카의 민중적인 이야기 구조를 취하고 있다는 해설이 지배적인 데 반해, 아베 고보는 이를 라틴아메리카의 특수성이 아니라 파리의 망명문학과 초현실주의의 관계 속에서 이해해야 한다고 주장하고 있기 때문이다.[84] 뿐만 아니라 『백년 동안의 고독』의 배경이나 등장인물의 풍습, 습관 등은 확실히 라틴아메리카적인 것일지 모르나 결국에는 현대라고 하는 특수한 시대의 인간관계를 조명하는 공동체의 붕괴 과정에서 발생하는 인간관계의 변질과 반작용을 주제로 하고 있다고 그는 말한다.[85]

아베 고보가 말하는 가르시아 마르케스의 『백년 동안의 고독』은 신화적인 구조에 있어서의 특성에서 보자면 일본 내의 다른 평가와 일견 일치하는 부분도 있다. 그러나 반복적으로 범유럽적인 흐름 속에서 설명하고 있는 카프카나 망명자 문화와의 관계성에서 접근하는 시점을 취한다. 가르시아 마르케스를 읽고서 새삼 하나의 시대를 조명하고 있는 힘으로서의 카프카를 느꼈다는 아베 고보는 카프카와 가르시아 마르케스는 너무나 이질적인 세계에 속하는 작가이지만, 처한 상황, 내적 망명이라는 상황과 방법에 있어서 아주 비슷한 작가라고 이야기한다.[86] 이는 확실하게 아베 고보의 시점이 갖는 특징이라고 할 수 있다. 더불어 초현실주의, 즉물적인 감각, 카프카에 가까운 소설적 방법론 등은 아베 고보의 문학성을 평가하는 특징이기도 하다.

또한 아베 고보는 『백년 동안의 고독』에서 일족의 마지막 후손이 백년 전에 쓰인 예언서를 해독하고 이제 막 현재의 자신이 멸망하는 순간을 맞이하게 되는 결말에 주목하며 이것이 가르시아 마르케스의 완벽한 오리지널이라고 평가한다. 『백년 동안의 고독』에서 서두부를 '가르시아 마르케스적인 표현'하고 있는 것은 앞서도 서술했다. 그러나 아베 고보는 오히려 마지막 장면에서 오리지널리티를 평가하고 있는 것이다. 최후의 예언의 해독으로 일족의 멸망이 확실해짐과 동시에 망해가는 운명의 공동체를 나타낸다는 구조는 공동체와 그 귀속문제를 주요한 테마로 삼고 있던 아베 고보의 주제와 가깝다고 할 수 있다. 따라서 아베 고보가 '공동체의 붕괴 과정에서 발생하는 인간관계의 변질과 반작용'을 『백년 동안의 고독』에서 읽어내는 것은 붕괴되어 가는 공동체의 잔해를 발견하는 '망명자의 역사 감각'에 착목하고 있기 때문이라고 할 수 있다. 아베 고보의 작품에서 묘사되는 이단자나 국적불명의 존재의 이탈적인 행동과 시선은 이러한 감각을 내포하고 있다. 또한 『백년 동안의 고독』의 곳곳에서 망명자의 역사 감각을 파악해내는 것은 멸망해 가는 공동체의 운명에 대한 시선만이 아니다. 어느 날 마콘도에 퍼진 불면증 때문에 주민들은 그들의 기억을 완전히 잃어버린다. 다시 말해서 과거와 현실의 모든 것이 단절된다. 이는 현실 속에서 마치 운명처럼 사라져 가는 흡사 이방인과도 같은 망명자의 실존적 문제와도 연결된다. 아베 고보는 과거와의 단절을 기억상실의 형태로 작품화하고 있기도 했다.

이렇게 가르시아 마르케스의 문학성을 평가함에 있어 아베 고보가 라틴아메리카의 토착(토속)이나 지역주의적 색을 '의식적으로' 강하게 배제하고 있는 태도는 그의 '탈국경(borderless)'적 사상과 관련해 이해할 수 있다. 아베 고보는 토착성을 가진 농경문화나 대지(정통신앙)로 대표되는 고유한 것이 붕괴되는 장소를 '변경'으로 정의하면서 변경의 속성을 이동성을 가진 도시적 장소로 규정한다.[87] 그리고 『상자 인간』이나 『방주 사쿠라호』라는 작품을 통해 국경이나 국가에 대한 의식을 버리고 내부의 변경(도시)으로 망명하는 것을 문학적 테마로 주제화하기도 하였다. 앞서 가르시아 마르케스의 소설의 본질을 '도시'로 설명하고 있는 레토릭 역시 아베 고보의 '변경'론의 맥락과 연계된 평가라 할 수 있다. 가르시아 마르케스 문학에 나타난 토착성 혹은 지역성을 철저히 '소설적 방법'으로서 평가하는 아베 고보의 시점은 그의 탈경계적 사상의 연장이라고 볼 수 있는 것이다.

3. 망명자의 의식과 문화가 갖는 비전

아베 고보의 만주 체험이 일본의 비평공간에서 개방되고 자유로운 활동을 가능하게 했다고 평가하는 시마다 마사히코는 그의 문학을 '이민문학'의 영역에서 논의할 수 있다고도 한다.[88] 그러나 일본문학 내에 망명문학이나 이민문학이라는 범주는 개념화되어 있지 않다. 하나의 문학 장르로서 성립하기 어렵다고 보는 견해가 대부분이다.

> 현대 러시아 문학을 논할 때에 체제로부터 박해를 받은 '망명 작가이기에 좋다'라든가, 소련에 남아서 글쓰기를 계속한 '체제파이기에 좋지 않다'라는 논법은 정치에 의해 문학을 평가한다는 의미에서 '전도'된 시각이고 위험하다. 문학자의 망명 현상이 현대에 커다란 의미를 가지면서 문학의 입장에서 '망명문학'을 본격적으로 평가하는 괄목할 만한 연구가 그다지 이루어지지 않은 것도 장르로서 '망명문학'을 설정하려 할 때 어떻게 해도 피할 수 없는 이러한 종류의 문제점 때문이었다.[89]

원래 망명의 개념은 정치적, 사회적, 지리적인 판단 기준에서는 성립되나 문학에 있어 본질적인 기준은 될 수 없다. 그렇기 때문에 지금까지 망명은 '과격한 가치관의 전도 과정'[90]에 의한 정치적인 행동으로밖에 인정하지 않아 왔다. 인용한 누마노 미쓰요시의 문장은 현대 러시아 문학을 대상으로 하고 있지만 그 시점은 일본 문학에서도 통용된다. 망명은 현대 일본 작가에게는 현실적인 것으로 생각할 수 없는 추상적 개념에 지나지 않기 때문이다.[91] 그러나 누마노 미쓰요시는 일본 문학 중에서 시마다 마사히코가 망명을 문학적인 수법으로서 사용하고 있음은 시사하는 바가 크다고 평가하고 있다.[92] 즉 '수법으로서의 망명'이 일본 문학에 새로운 시점을 줄 수 있다는 입장으로, 이는 가와무라 미나토의 글에서도 확인할 수 있다.

> 일본에서는 망명이나 난민을 우리 자신의 일로 생각한 적은 거의 없다. 단일 언어(일본어)를 사용하는 단일 민족(일본인)에 의한 국가라는 환상이 단단히 자리 잡고 있는 이 나라에서, 망명자의 문학은 전혀 실감을 할 수 없기 때문이다. 그러나 '망명'이라는 개념은 우리에게 진심으로 전혀 무관한 것일까? 이는 오히려 우리에게 중대한 '맹점'이기에 그러한 맹점의 존재야말로 일본인(일본어, 일본문화)의 "뒤틀림"을 나타내고 있는 것은 아닐까?[93]

가와무라 미나토는 일본 사회나 일본 문학에서 망명 · 망명자의 문학에 대한 개념이 추상적이라고 말한다. 또한 이러한 점이 일본 문학의 폐쇄성을 나타내는 맹점이나 뒤틀림이라고도 지적하고 있다. 그러면서 가와무라 미나토는 일본에서 재일조선인문학을 '국내 망명'이라는 형태로 규정하고 그들의 작업이 일본어라는 단일 언어 이데올로기를 뒤흔드는 역할을 하고 있다고 평가한다. 망명자가 회복해야 할 언어를 몸에 익혔을 때 그 언어는 그의 훌륭한 무기가 될 수 있다고 하면서, 예를 들어 알렉산도르 그린처럼, 자국 내에 머물면서 '국내 망명'의 형태로 소설을 쓸 수밖에 없었던 작가들이나 일본 국내에 있어서는 '재일조선인' 문학자의 입장이 이에 가깝다는 것이다. 일국의 문학이 갖는 폐쇄성을 붕괴시키는 점이야말로 망명문학이 갖는 유효성이라는 관점으로, 수법으로써 사용되는 망명의 형태를 가정한 시점이다.

그렇다면 '망명'이라는 말을 이 둘은 어떻게 정의하고 있을까? 이 둘의 시점도 망명에 대한 정의 부분에서 조금씩 엇갈리고 있는 것을 볼 수 있다. 먼저 가와무라 미나토는 다음과 같이 망명에 접근한다.

> 목숨(命)을 잃는다(亡)라고 쓰고 왜 이것이 '망명'이라는 의미가 되는 걸까. 한자의 어원을 밝혀 놓은 사전에 의하면 亡은 "피하다(면하다)"라는 뜻이고, 원래는 죽은 자의 다리를 접어 놓은 형태의 상형문자이다. 망명은 다시 말해서 죽은 자로서 숨어 산다는 의미라고 한다. 나라를 떠나 산다는 것이 거의 죽은 자로 사는 것과 같다는 뜻이다. 이러한 고대 중국인의 국가의식을 엿볼 수 있는 문자이다. 따라서 망명자의 문학은 글자 뜻에 의거해 보자면 죽은 자와 마찬가지인 사람이 쓴 문학이라는 게 된다. 문학이 언어에 의해 만들어지고 그 언어가 에스페란토어와 같은 인공어가 아닌 이상, 민족어로서 다양한 역사와 전통, 고유의 "냄새(향기)"나 "울림"을 갖고 있다. 그러한 언어표현상의 미묘한 뉘앙스의 전달을 기대할 수 없는 말(혹은 그러한 독자를 대상으로)로 문학을 쓴다는 것은 반은 문학자로서 죽음의 체험을 하면서 글을 쓴다도 해도 좋을지 모른다.[94]

가와무라 미나토에 의하면 망명은 모어(母語)로서의 언어를 잃는 것으로 망명자의 문학은 언어와 독자라는 세계의 반을 상실한 문학이 된다. 그가 일본의 재일조선인 문학을 예로 들고 있듯이 모어와 떨어져서 부자유스러운 타 언어를 습득하는 과정에서 일어나는 '이화' 작용은 망명문학이 갖는 독특한 문학적 측면이라 할 수 있다. 따라서 일본에서 가능한 망명문학의 한 가지 형태는 외부를 향해 망명하지 않은 경우에도 망명자처럼 일본어에 이화를 지속시킨다는 의미에서 '언어에 의한 문학적인 망명성'을 생각해 볼 수 있다. 한편, 가와무라 미나토가 '망명'의 의미를 목숨을 잃는다는 "亡"이 갖는 어의에 중심을 두고 해석하고 있다면, 누마노 미쓰요시는 "命"의 의미에 주안을 두고 있다.

> (갖고 있던 거주지를 잃은 인간의 동경과 방랑의 이야기-필자 주) 이러한 인간들의 삶이나 그 상태를 지칭하는 표현은 지금까지 얼마든지 있어 왔다. "추방"(exile), "이주"(emigration), "피난"(refuge), "도망"(defection), "본래의 주거지에서 퇴거당함"(displacement). 그리고 중국어나 일본어에 "망명"이라는, 지금에 와서는 다소 로맨틱하게 들리는 표현이 있다. 다만 '목숨을 잃는 것'이라고는 해도 원래 '목숨'은 '호적'을 의미한다고 한다. 즉 호적에서 벗어나 행방을 감추는 것이 본래의 의미였다.[95]

다시 말해서 '망명'은 원래의 거주지에서 떠나는 것으로 호적에서 빠지는 것처럼 국적을 잃는 의미라는 말로 정리할 수 있다. 그렇게 해서 망명자는 고국에서 보면 '배신자'가 되지만 타국에서 보면 '애틋한 존재'가 된다고 설명하는 누마노 미쓰요시는 망명자를 현재적인 의미로서 '이문화의 매개자'로 규정한다. 망명의 문제를 문화적인 측면에서 취급하는 시점으로 망명문학이 초래하는 문화적인 다양성을 평가하는 입장이다. 그리고 그 일례로서 현대 러시아에서 '나보코프의 르네상스'라고도 불리는 나보코프에 대한 재평가나 체코에서의 '카프카적인 망명'이 갖는 의미를 누마노 씨는 설명하고 있다.[96] 특히 '카프카적인 망명'은 '국내에 머물면서 망명하는' 형태를 나타내는데, 이는 카프카가 체코어로 창작을 한 행위에 대한 현재적 재평가에서 나온 개념이다.

가와무라 미나토와 누마노 미쓰요시의 관점의 차이는 시마다 마사히코에 대한 평가에서도 알 수 있다. 시마다 마사히코는 일본어 문학에서 인공적인 망명문학을 창조할 가능성을 탐구하고 국가의 문학적인 폐쇄성을 타파하려고 하는 시도를 한 바 있다.[97] 그렇기 때문에 반일본인을 표방하는 인물을 조형해 내고 그 인물들을 일본에 국한시키지 않고 국가라는 것을 무화시키려는 사람에게 붙여주는 호칭인 '비국민' — 일본어로 히코쿠민, 非国民 — 이라 부르고 있다. 이러한 시마다 마사히코의 주인공들이 갖는 성격은 분열형 인간형이라고도 불리며 국내 망명자의 모습을 상징적으로 나타내고 있다고 평가된다.[98] 그러나 가와무라 미나토는 시마다의 초기 작품에서 보이는 폐쇄성을 지적하며 일본어가 서툰 일본인이 러시아로 간다는 설정보다는 재일문학처럼 국내 망명을 도모하며 일본어의 단일 언어 이데올로기를 파괴할 필요가 있다고, 그 한계를 지적한다. 즉 일본어 이데올로기가 반대로 외부에서 완성되고 있는 경우라는 말이다. 한편 누마노 미쓰요시는 현대 일본 문학에서 문화적인 이화효과를 불러일으키는 시마다의 시도를 높이 본다.

일본에서 이야기되고 있는 망명문학의 형태는 국경을 넘든 국내에 머물든 양쪽 모두를 유효하게 보고 이를 '위화감'을 초래하는 이른바 문학적 무기로 취급하고 있다는 점에서 특징적이라고 할 수 있다. 아베 고보의 「내적 망명 문학」도 국내와 국외의 국경선을 염두에 두지 않고 논의하고 있다. 즉 망명의 정치적인 요인보다 민족적인 전통이나 문학이라는 문화적인 차원에서 파악하고 있는 것이다.

나오며

에드워드 사이드(E.W.Said)는 '고향에 돌아가길 거부하는 누구나가 에그자일임(망명)은 확실하나, 에그자일(exile)과 난민(refugee), 고국방기자(expatriate)와 이민(émigré)과의 사이에 구분을 둘 수 있다'며 그 개념을 나눠 설명한다. 특히 에그자일의 기원에 있는 것은 추방이라는 예로부터 있던 관습으로, 일단 추방되면 에그자일은 아웃사이드라는 각인과 함께 변칙적인 비참한 생활에 놓이게 된다. 그리고 고국방기자라는 것은 통상 개인적 또는 사회적 이유에서 스스로 선택하여 고국을 버리고 타국의 땅으로 터전을 옮기는 자를 뜻한다. 따라서 고국방기자는 에그자일과 똑같은 고독감과 소외감을 공유할지 모르지만, 엄격한 추방령하에서 고통을 받는 것은 아니라고 사이드는 말한다.[99] 아베 고보는 문자 그대로의 망명자만을 상정하고 있지는 않다. 그가 말하는 '망명'은 문자 그대로의 망명자를 포함해서 작가의 망명자와 같은 의식을 강조하는 것이다. '만주에서의 생활은 패전으로 타율적으로 방기되었다. 이번에는 자율적으로 방기해'보겠다던 아베 고보는 사이드의 정의에 따르자면 망명자보다 '고국방기자'에 가까울지 모른다. 실제 국경을 넘는 것이 아니지만 끊임없이 일본이라는 국경을 상대화하려는 태도는 스스로 고국을 버리는 듯한 의식적인 행동이기 때문이다.

또한 아베 고보가 말하는 이단적인 존재는 위화감을 불러일으키는 동시에 일상적인 것을 이화시킨다. 그것이 망명자, 이방인, 주변인, 비국민 등, 표현의 형태는 달라도 이단자의 시점을 지니고 있다는 점에서 국가나 민족주의적인 틀을 붕괴시킬 힘을 내포하게 된다. 아베 고보 문학에서 도주나 이탈하는 행동력을 유지하고 있는 이러한 특징을 '망명성'이라 해도 좋을 것이다. 따라서 가르시아 마르케스에 대한 아베 고보의 이해가 자신의 문학성과 중첩되는 점에 착목하고서 세계문학의 새로운 흐름을 위한 지표로서 가르시아 마르케스를 규정하고 있던 것은 아베 고보 자신의 문학적 비전을 명확히 하려는 것이기도 했다. 그리고 이는 아베 고보 문학이 체현하고자 한 세계를 망명문학이라는 영역에서 재평가할 수 있음을 의미하는 것이기도 할 것이다.

루마니아 태생의 미국 시인이자 소설가인 안드레이 코드레스쿠(Andrei Codrescu)는 자신의 의지로 망명자가 된 사람들을 "시적 방랑자"로 규정하고 있다. 카프카와 가르시아 마르케스가 그의 망명론 속에서 거론되고 있음은 인상적이다. 안드레이는 실제 국경을 넘어 이주한 망명자이기도 하지만, 그가 망명론에서 설정하고 있는 '외부'는 제국의 지배가 미치지 않는 국경과 같은 경계가 없는 장소를 나타낸다. '에그자일' 자체를 하나의 장소로 개념화하고 있는 것이다. 그리고 이러한 외부는 "새로운 지도"를 갖고 있고, 마술적 사실주의나 유태인계 작가들이 그 조건을 갖추고 있다고 그는 말한다. 특히 『백년 동안의 고독』이 역사적인 시간을 묵인하는 우리들에게 결국에는 모든 것이 상실되어 가는 전락의 순간을 장대하게 보여주고 있다고 그는 평가하는데,[100] 이러한 시각은 국가가 만든 공동체의 환상을 재단하는 아베 고보의 시점과도 유사하다. 또한 안드레이는 기억상실자나 유령처럼 살아가면서도 문학적 망명을 추구할 수 있다고 한다. 아베 고보는 이를 공동체에 위화감을 불러일으키는 내적 망명자의 의식에 빗대어 표현하고 있다. 안드레이가 비유하는 유태인계 작가나 가르시아 마르케스가 묘사하고 있는 '새로운 지도'란 아베 고보의 표현에 따르면 '내적 망명 문학'을 이루는 새로운 문학적 지평인 것이다.

보론

전후 일본의 이방인들

1. 외지귀환파 작가들

이 책의 결론을 대신해서 [보론]을 덧붙여 놓고자 한다. 아베 고보처럼 일본제국의 붕괴와 함께 구식민지에서 귀환하게 된 '외지귀환파' 출신 작가들이 어떠한 아이덴티티 속에서 전후 일본 사회 내에 정착 또는 부유하였는가를 좀 더 다양하게 소개해 보기 위해서이다.

식민지에서 거주하다가 패전으로 귀국하게 된 경험을 갖고 있는 작가들은 상당수 존재한다. 대략 떠올려 봐도 오오카 쇼헤이(大岡昇平)는 필리핀에서 패전 후 귀국하였고, 하세가와 시로(長谷川四郎)는 시베리아, 기야마 쇼헤이(木山捷平)는 장춘(長春), 홋다 요시에(堀田善衛)와 다케다 다이준(武田泰淳)은 상해(上海), 오야부 하루히코(大藪春彦)와 모리 아쓰시(森敦), 히노 게이조(日野啓三), 이쓰키 히로유키(五木寛之), 고바야시 마사루(小林勝), 무라마쓰 다케시(村松武司)는 조선, 미키 다쿠(三木卓)와 기요오카 다카유키(清岡卓行)는 대련(大連), 후지와라 데이와 그녀의 남편 니타 지로(新田次郎)를 비롯해 사쿠라이 쇼코(桜井祥子), 우노 고이치로(宇能鴻一郎), 아베 고보는 만주(満洲) 등, 전후 문단만 생각해봤을 때도 많은 작가들이 다양한 장소로부터 귀국선을 탔고, 또 다양한 형태로 작품 속에 그 경험을 녹여내고 있다. 그리고 경험치의 다양함만큼이나 그들의

스탠스도 서로 다름을 알 수 있다. 즉, 현재 '귀환자'라고 총칭해서 식민지 경험을 가진 일본인들을 가리키고 있는데, 이 용어의 사용에는 주의를 요한다.[1] 일본어로 '引揚げ'(히키아게)라는 말은 한자로 '인양'이라는 표기를 취하지만, 원래 군대 용어로서 송환, 귀환(repatriation)을 뜻한다. 그리고 이 책의 본론에서 자세히 다루고 있듯이, 이 말은 식민지에 거주하던 일본인들을 식민지로부터 '강제 추방'한다는 UN의 조치로서 정착된 말이다. 따라서 외국에 입식했던 자를 본국으로 돌아가도록 한다는 '귀환'은 정확히 말해서 비전투원인 일반인에게 한정되어 사용되는 말이었다.[2] 한자어로 설명을 하자면, 민간인들을 대상으로 하는 '인양(引揚)'사업과 병사들을 대상으로 하는 '복원(復員)'사업이 엄밀히 구분되어 있었다. 이러한 구분이 없어진 것은 원래 후생성 외국에서 맡아 진행하던 귀환 사업이 후에 '인양원호청'으로 통합되면서 복원사업, 인양사업이 모두 '인양업무'로 총칭되었기 때문이다. 따라서 넓은 의미에서 식민지 체험과 귀국의 경험을 기준으로 귀환자라고 부르는 경향이 있는데, 귀환자는 어디까지나 일반의 이주민을 가리킴을 주의해야 하는 것이다. 이러한 의미에서 '引揚げ'를 '인양'이라는 한자어 그대로 표기하여 귀환이라는 용어와 구분해둘 수도 있을 것이다. 그러나 '인양'이라는 말은 한국어로 다른 의미를 담고 있기 때문에 이 글에서는 여타 학계에서도 사용되고 있는 '귀환'으로 표기하되, 이 말 뜻에 '강제성'이 내재함을 강조해 두고 싶다.

그리고 바로 그런 일반의 이주민이었다가 추방 명령에 의해 일본으로 귀국하게 된 식민지 출신 작가들을 '외지귀환파'로 범주화하고자 한다. 즉, 오오카 쇼헤이와 하세가와 시로는 태평양과 중국에 파병된 군인으로 포로가 되었다가 귀국하였으니 '복원병(復員兵)'으로 구분되며, 기야마 쇼헤이, 홋다 요시에, 다케다 다이준 같은 작가들은 중국에 식민지정책 관련 군속자로서 파견되었다가 귀국했으므로 '복원자(復員者)'에 해당한다. 비전투원의 일반인으로서 귀환체험을 갖고 있는 아베 고보, 이쓰키 히로유키, 미키 다쿠, 우노 고이치로, 모리 아쓰시, 히노 게이조, 고바야시 마사루 같은 작가가 당시 문맥상 귀환된(repatriated) '인양자(引揚者, 히기이게샤)'에 해당하고 '외지귀환파'로 분류되는 것이다.

그리고 이러한 '외지귀환파'는 대개 유소년 시절을 식민지에서 보냈다는 식민2세라는 공집합으로 묶이기도 하는데, 이러한 특징이 식민1세와는 또 다른 층위에서의 원체험을 형성하고 있다. 바로 자신이 태어나고 자라면서 고향이라고 믿었던 장소에서 추방되어 낯선 곳으로 이주하게 되면서 느낀 귀속의식 및 국가, 공동체에 관한 반감이 그것이다. 자신의 정체성 형성에 있어 저항 의식이라고도 말할 수 있는 실존의식을 지닌 '외지귀환파'들은 식민 혹은 귀환1세대들이 자연스럽게 인지하던 '일본=조국'이라는 등가치가 성립되지 않았던 세대들이기 때문이다.[3]

귀환자 출신 작가들은 식민지에서의 일을 자신의 과거 이력과 관련해 직접적으로 언급하지 않는 특성을 보인다. 이는 1950년을 전후로 귀환사업이 어느 정도 마무리된 후 식민지 귀환자들에 대한 사회적 관심이 사라졌던 탓도 있지만, 1951년부터 강화되는 국민국가론 열기와 함께 순수혈통의 일본인에 의한 '재건사업'이 절정에 오르면서 구식민지에 관해 이야기하는 것이 터부시되었기 때문이라고 생각해 볼 수 있다. 또한 '외지(外地)는 내지(内地)와 다르다'는 식민지교육이 역으로 식민지 출신이라는 자신들의 과거 이력에 열등감을 느끼게 했고, 일본 사회 내에서의 냉대와 멸시와 같은 외부적인 요인 역시 그들로 하여금 이방인의 처지를 실감하게 했다.

비교적 이들의 커밍아웃이 받아들여지기 시작하는 것은 1960년대 후반에 와서이다. 특히나 중국과 일본의 국교수립으로 중국에 남아 있던 재외일본인들의 문제가 사회적 화두로 등장하면서 비로소 귀환자들의 존재, 식민지 지배의 역사와 같은 사실들이 가시화되었다. 그러나 이미 30여 년의 세월에 걸쳐 자신의 어린 시절에 대한 노스탤지어를 숨기고 또 부정하며 살아야 했던 귀환자 출신 작가들은, 식민지에서 일본인이라는 존재가 지니고 있던 폭력성에 대해 비판적으로 사유하게 되면서 그곳을 고향이라고 말하기가 쉽지 않았다. 또한 중국은 물론 한국의 급격한 사회 변화와 발전으로 자신들이 기억하는 고향은 더 이상 그 흔적을 찾을 수 없기도 했다. 무엇보다 귀환자 출신 작가들이 유태인 문제를 자신들의 처지에 비유하며 강한 공감대를 표현하고 있는 것을 볼 수 있는데, 이는 본질적으로 개인의 정체성을 규정하는 데 있어 국적이나 민족과 같은 요소가 그들에게는 풀기 힘든 과제였음을 시사한다.

지금까지 한국에서는 물론이거니와 일본에서도 '귀환'은 민족수난사라는 이름하에 전후 일본의 내셔널리즘 형성을 강화시켜 온 토대로 지적되어 왔다.[4] 그런데 최근 1945년을 중심으로 제국의 붕괴와 일본인의 귀환(이주)에 관한 연구 성과들이 나오면서 당시 식민지에서 생활하던 일본인들의 실체가 역사적으로 재조명되고 있다.[5] 한국에서도 재조일본인들의 귀환 과정과 그들의 과거 식민지에 대한 회고를 통해 식민지 지배를 둘러싼 인식을 분석해 놓은 최영호의 연구나, 패전 후 한반도 거주 일본인들의 귀환과 정착 과정을 살펴 가해 집단이자 소외 계층이라는 그들을 향한 애매한 인식 구조를 밝혀 놓은 이연식의 연구는 이 책과 관련해서도 시사하는 바가 크다.[6] 또한 일본 전후문학에서 '잊혀진 것'으로서의 '인양' 작가들에 대한 관심을 논해 놓은 박유하의 논의는 귀환자 출신 작가들의 존재를 부각시키고 있는 점에서 선구적이라 할 수 있다.[7] 일본 현대작가 아베 고보의 만주, 식민지에서의 경험이 그의 문학 세계에 미친 영향을 살피고 있는 오미정의 논고 역시 식민지 출신 작가의 아이덴티티

와 그 사상적 연계를 짚어내는 데 많은 시사점을 주고 있다.[8]

그러나 실제 귀환자들이 지니고 있던 정체성 자체에 시선이 미치지 못하고 있음은 다소 아쉬운 부분이다. 식민지의 일본인이라는 식민지주의 연구의 연장으로서는 당연한 귀결이겠지만 당시 귀환사업이 내포하고 있던 강제성과 전후 일본 내에서의 귀환자에 대한 인식을 크게 염두에 두지 못해 왔던 것이다. 또한 식민지 귀환자 출신이라는 과거를 감추며 살 수밖에 없었던 그들이 문학적으로 형성하게 된 고향 상실감, 그리고 국가나 민족에 대한 대항의식은 지금까지 미군 점령기라는 제한적 시야 속에서 미국 대 일본의 관계로만 언급되어 온 경향이 있다.[9] 따라서 전후 일본에서 살아간 귀환자 출신 작가들의 원체험을 선명히 하고 그 원체험이 그들의 문학에 미치고 있는 영향을 분석함은 식민지주의가 낳은 균열로서의 전후 일본상을 재조명할 수 있는 단초가 되기도 할 것이다. 이 글은 이렇게 전후 일본에서 귀환자 출신 작가로서 활동하고 있는 작가군의 극히 일부를 소개하는 정도에 머물고 있다. 하지만 향후의 후속 연구를 위한 자료로 읽히길 바란다. 주로 소개할 작가는 조선귀환자 출신 이쓰키 히로유키와 만주귀환자 출신 우노 고이치로, 미키 다쿠이다.

2. 패전과 귀환의 기억

이쓰키 히로유키의 본명은 마쓰노부 히로유키(松延寛之)로, 1932년 후쿠오카현에서 태어났다. 태어나자마자 교사였던 부친을 따라 조선으로 건너가 논산과 경성, 평양에서 유소년기를 보내고, 1945년 패전 당시에는 평양에 있었다. 이때 모친은 병으로 사망하고, 남하하여 1947년에 인천을 출발하여 후쿠오카 하카다(博多)항으로 귀환하게 된다. 이후, 1957

년에는 와세다대학 러시아문학과에 입학하였으나 생활고로 졸업은 할 수 없었다 — 후에 유명하게 되면서 제적에서 중퇴로 처리되었다고 한다 — .아르바이트로 작사 · 작곡이나 방송작가와 같이 다양한 일을 하였고,[10] 1965년에 결혼하면서 이쓰키(五木)라는 성으로 활동하기 시작했으며, 얼마 후 일본을 떠나 구소련과 북유럽으로 여행을 다니기도 했다. 이때의 여행이 1966년에 발표된 『그럼, 안녕! 모스크바 불량배(さらば モスクワ愚連隊)』[11]나 1967년의 작품 『하얗게 질린 말을 보라(蒼ざめた馬を見よ)』[12]에 큰 영향을 미쳤다고 그는 말한다. 계속해서 1968년부터 1972년에 걸쳐 발표된 일련의 작품들 『연가(恋歌)』, 『따오기의 무덤(朱鷺の墓)』, 『데라시네 깃발(デラシネの旗)』, 『풍뎅이들의 여름(こがね虫たちの夜)』, 『청춘의 문(青春の門)』 등에도 일본을 떠나 북유럽과 구소련을 떠도는 젊은이들의 군상이 등장한다.

이 외에도 수많은 에세이집을 간행하며 작가로서의 입지를 굳히게 된 이쓰키 히로유키는 자신의 창작의 원동력이 구식민지 체험과 관련해서 '외지귀환체험'에서 기인한다고 고백하고 있다. 이는 그의 문학세계를 데라시네(déraciné)라는 사상적 지평에서 논할 수 있다는 평가와 더불어 그의 원체험이 갖는 중요성을 알 수 있는 부분이기도 하다. 본래의 환경에서 벗어난 사람이나 고향 상실자, 뿌리 없는 풀이라는 뜻의 '데라시네'라는 말은 외지에서 온 귀환자 이쓰키 히로유키가 전후 일본에서 느꼈던 존재의식을 잘 나타내고 있기 때문이다. 따라서 그의 문학세계의 원형으로 작용하고 있는 원체험은 무엇이고, 그 원체험에서 발로된 '내지의 이방인'과도 같은 실존감각이 어떠한 사상 층위를 형성하고 있는지, 특히 그의 초기 작품군을 중심으로 하여 구체적으로 검토해 보겠다.

이쓰키 히로유키의 초기 작품으로 대표되는 『그럼, 안녕! 모스크바 불량배』와 『하얗게 질린 말을 보라』는 앞서 언급했듯이 구소련에의 여행이 주된 모티프를 제공하고 있다. 먼저 그의 데뷔작으로도 알려져 있는 『그럼, 안녕! 모스크바 불량배』는 전직 재즈 밴드의 피아니스트였던 주인공이 소비에트 여정 중에 겪게 되는 두 가지 에피소드를 중심으로 이야기가 전개된다.

어려서부터 재즈에 빠져들어 아무도 관심을 갖지 않는 재즈 밴드 활동에 몰두하고 있던 주인공은 어느 날 갑자기 인생을 정리한다는 기분으로 피아노를 그만두고 국제 프로모션을 설립하여 꽤나 성공가도를 달리게 된다. 그러던 중에 옛 친구의 초청으로 재즈 공연을 기획하고자 나호토카로 향하게 된다. 그러나 소비에트의 공연 책임자는 재즈를 제대로 된 음악으로 볼 수 없다며 반감을 표하고, 주인공은 책임자 앞에서 "스트레인지 프루트"라는 곡을 연주해 들려준다. 이 곡을 들은 관계자는 감동하여 눈물마저 흘리지만 역시나 재즈는 '오락적'인 음악이라며 기획을 반대하고 만다. 착잡한 마음에 친구를 따라 술집에 가게 된 주인공은 그곳에서 '미샤'라는 어린 소년을 만나게 된다. 미샤는 외국인을 상대로 암거래를 하는 불량소년으로 이른바 소비에트 정부가 골머리를 썩고 있다는 '문제가정'의 아이로 묘사된다. 그리고 주인공은 허름한 술집에서 재즈를 연주하며 '한량 같은 깡패나 돼라'고 멸시받는 미샤에게서 자신의 과거를 보게 되고, 그러한 미샤를 이끌어 본격적으로 재즈 뮤지션이 되도록 한다.

이 작품에서 이쓰키 히로유키의 주된 원체험을 반영하고 있는 모티프는 '재즈'와 '미샤'라는 등장인물로, 그 자신의 소년시절을 오버랩하고 있는 것을 볼 수 있다.

> 이른바 말해서 해빙기의 부산물 같은 아이지요. 말도 안 되는 겉멋에 재즈를 좋아하고 지르박, 트위스트나 추고 담배를 태우고 술이나 마시며 어른에

게 반항하는, 뭐 그런 녀석들이지요. (중략) 문제가정이란 가정 내에 알코올 중독자나 범죄자가 있는 부도덕한 가정, 편모슬하던가 아니면 부모 모두가 사망했거나 이혼했거나 별거로 부재한 결손가정, 또 어떤 이유에서든 빈곤한 가정, 그런 종류 등을 지칭한다고 시라세는 요령 있게 설명했다.(『그럼, 안녕! 모스크바 불량배』, 35쪽)[13]

일명 '미유키족(みゆき族)'이라고도 하는 비행소년에 결손가정의 문제아로 묘사되는 미샤에게 주인공은 아련하게 자신의 과거 모습을 보게 된다. "해빙기의 부산물 같은 아이"라는 말처럼, 주인공의 소년시절은 일본 패전 이후 미군의 점령을 시작으로 극도의 혼란기를 거쳐 왔다. 더구나 양친이 부재한 결손가정 속에서 극빈한 생활을 하며 어른들에게 반항하듯이 재즈를 즐겼던 주인공의 과거는, 실제 귀환 이후 아무런 연고도 없는 곳을 근거지로 삼아 자라온 이쓰키 히로유키의 모습을 연상시키기도 한다.

그리고 소설 주인공이 재즈를 그만둔 과거의 어느 날은 바로 '조선전쟁이 끝난 이듬 해'로, 당시에 '왠지 모를 좌절감으로 정신적으로 심란함을 느끼'게 되면서 마치 인생을 마감하는 듯한 기분으로 재즈를 그만두게 되었다고 서술되고 있다. 그런데 후에 공연 관계로 책임자 앞에서 다시 재즈를 연주하게 되었을 때, 주인공은 "과거가 시간의 흐름을 깨고 되살아나기 시작"함을 느끼며 열세 살 적의 여름날을 떠올리게 된다.

사형(私刑)에 처해진 검게 탄 시체가 언덕 위 나무에 매달려 있다. 황혼의 역광 속에서 바람에 흔들리고 있는 늘어진 목의 실루엣. 그것은 정말이지 슬프고도 우스운 '기묘한 열매(스트레인지 프루트)'다. 그때 나는 왜 그런지 귀환선 갑판에서 본 검붉은 조선반도의 민둥산이 생각났다. 흙먼지 날리는 시골길과 낡아서 삐걱대는 녹슨 리어카 소리가 들려왔다. 열세 살의 여름날.(『그럼, 안녕! 모스크바 불량배』, 24쪽)

황혼의 언덕 위로 교수당한 채 검게 타 있는 시체들의 실루엣을 보며 '기묘한 열매(strange fruit)' 같다고 생각했던 기억이 동시에 무의식적으로 흙모래의 시골길과 낡은 리어카가 굴러가는 소리와 함께 열세 살 때의 어느 여름날로 이어져 간 것이다. 귀환선에서 멀어져 가는 조선반도를 바라보며 느꼈던 소년시절의 감정을 흑인 블루스인 재즈의 세계와 연동시키면서, 안전한 곳으로 향한다는 안도감과 함께 망향과 절망과 같은 회한의 감정이 복잡하게 얽혀 있는 주인공의 소년시절을 상징적으로 이미지화하고 있는 부분이라 하겠다.

이 작품이 독특하게 구소련을 배경으로 전개되고 있는 것도 이쓰키 히로유키에게 있어서는 하나의 필연적 모티베이션이라 할 수 있다. 앞서 구소련에의 여행이 작품 창작에 많은 영향을 주었다고 언급했는데, 이쓰키 히로유키는 실제 어린 시절 귀환 당시에 보았던 소련군과 그들에 대한 공포가 귀환 이후에도 막연하게 풀지 못하는 수수께끼처럼 남아 있었던 듯하다. 그로 인해 러시아의 역사와 문학에 꾸준한 관심을 갖고 대학까지 관련 학과로 진학하게 되었다고도 한다. 요컨대, 그의 작가로서의 출발부터가 귀환체험에 의해 촉발되었다고 볼 수 있는 것이다.

역시나 구소련을 배경으로 하고 있는 1967년 작품 『하얗게 질린 말을 보라』는 러시아의 저명한 노작가가 자신의 책을 외국에서 출판하고 싶다는 정보가 있어 비밀리에 그 작업을 돕게 되는 일본 신문기자의 이야기이다. 이 소설은 1965년 소비에트의 안드레이 시냐프스키(Andrei Sinyavsky)와 유리 다니엘(Yuli Markovich Daniel)이 '반소적'이라고 낙인찍힌 문학작품을 몰래 서유럽 자유주의 국가에서 출판했다는 이유로 체포되어 1966년 2월, 러시아공화국 최고재판 판정에 의해 각기 강제노동 7년을 선고받은 사건을 중심 플롯으로 하고 있다. 그리고 이쓰키 히로유키는 이 작품 속의 러시아 작가의 말을 빌려서 문학자가 갖는 사회적 책임감을 통절하게 어필함으로써 자신의 작가적 마니페스트를 밝히고 있다.

> 우리는 인간이 봐서는 안 될 하얗게 질린 말을 봐 버린 세대이다. 그것은 무수한 죽음의 그림자이다. 혁명, 내란, 전쟁, 건설, 숙청, 반동, 소련이 체험한 지금의 반세기는 인류의 고난과 광영의 역사의 축소도이다.(『하얗게 질린 말을 보라』, 19쪽)[14]

작중의 러시아 작가는 소련의 현재의 광영을 위해 과거 얼마나 많은 비참함과 희생을 거치지 않으면 안 되었는지 통탄해하며 미국의 재즈를 듣고 있는 지금의 젊은이들은 그러한 사실을 알려고 하지도 않을뿐더러, 러시아의 작가들도 일체의 진실을 표현하길 꺼려한다며 절필을 선언한다. 그리고 혁명가이자 소설가였던 로프신(Rophsin)의 표현처럼 '하얗게 질린 말을 본' 세대로서 역사의 증언과도 같은 책을 남몰래 쓰고서, 이를 일본에서 출판하길 원한다는 편지를 보낸다. 이 편지를 읽은 주인공 '다카노(鷹野)'는 "진실을, 그 비참함도, 실패도, 희생도, 모두 적나라하게 전하지 않으면 안 되는 작가의 책임"(20쪽) 때문에 책을 쓰게 됐다는 작가의 말에 이끌리게 된다. 책의 내용은 역사에 의해 유린되고 옥죄여 살아온 무명의 유태계 러시아인의 운명을 삼대에 걸친 가족사로 풀어낸 것으로, 대학시절 러시아 문학도이기도 했던 다카노는 유태인 학살을 소재로 작품을 썼던 노작가에게 예전부터 관심을 갖고 있기도 했기 때문에 흔쾌히 비밀리에 작가를 만나러 가는 첩보작전을 실행에 옮긴다. 그런데 여기서 주인공 다카노가 노작가의 작품에 매료되었던 이유가 '소년시절에 봐서는 안 될 것을 봐 버렸다는 감각'에 공명하였다는 점에 주목해 볼 필요가 있다.

> 차르의 코삭에 의한 유태인 학살을 묘사한 그 작품은, 소년에게 봐서는 안 될 것을 봐 버렸다는 감각을 느끼게 했다. 그것은 소년이 패전 후, 조선 북부의 거리에서 들었던 어떤 불길한 소리에 대한 기억과 조응했다. 그는 그 소리를 기억해내지 않기 위해 체내 깊숙한 부분에 단단히 묻어 놓았었다. 이상하리만큼 운동에 열중했던 것도 육체를 혹사시켜 지치게 만들어서 그 기억으로부터 도망치기 위함이었다.[15](강조는 원문 그대로. 『하얗게 질린 말을 보라』, 29쪽)

그러나 과거 고등학교 시절 다카노는 자신이 절대로 '그 소리'를 잊을 수 없을 것이라는 걸 깨닫게 된다. 그리고 유태인 학살에 대한 작품을 썼던 러시아 작가처럼 그 '불길한' 기억으로부터 더 이상 눈을 돌리지 않고 봐서는 안 될 세계를 봐 버린 인간으로서 자신의 과거를 정당히 받아들이기로 결심한다. 그렇다면 소년 다카노에게 있어 '봐서는 안 될 세계'는 어떠한 기억과 연결되고 있는 걸까?

> 그것은 일본이 전쟁에 패한 1945년 겨울, 발진티푸스가 발생했던 북조선의 일본인 수용소에서 매주 월요일 아침이면 화장 당번이 각 건물 사이를 소리치며 돌아다니면서 했던 기묘한 인사였다. 당시 12살이었던 다카노와 가족은 패전과 동시에 연길(延吉)에서 남하하여 그 마을에서 하릴없이 겨울을 보내고 있었다. "불태우는 날입니다요."(『하얗게 질린 말을 보라』, 54쪽)

1945년 겨울, 전염병이 창궐하던 북조선 수용소에서 매주 월요일 아침이 되면 화장 당번이 각 건물을 돌며 기묘한 인사를 하는데, 양동이를 두드리며 '불태우는 날입니다'라는 것이다. 그리고 밖에서 양동이를 두드리는 소리와 동시에 그 기묘한 인사가 들리게 되면 다카노는 자동적으로 몸이 얼어붙음을 느꼈다. 이후에도 그 불길한 소리가 계속해서 머릿속을 맴돌며 발작적인 증세를 보이던 다카노는 이를 '봐서는 안 될 세계를 봐 버린 소년의 후유증'이라고 말한다.

이쓰키 히로유키는 『하얗게 질린 말을 보라』를 쓴 같은 해 7월, 자신의 귀환체험을 묘사한 「사형의 여름(私刑の夏)」을 발표했다.[16] 이 단편 소설은 외지 전쟁터에서 살아남아 과연 무사히 일본으로 돌아갈 수 있을지, 죽음을 각오하고 피난길에 오른 일본인들의 귀환 이야기이다. 최초 피난길에 오른 인원이 점차 죽어 나가는 가운데 그들을 속이고 적진 사이에 내버려둔 채 달아난 소련 장교와 한 일본인의 배신이 하룻밤 사이에 벌어지는 이 소설은 귀환자들의 심리 묘사를 긴박하게 전개하고 있다.

"어이, 잠깐. 신호가 있을 때까지 움직이지 마." 몇 분간 죽은 듯이 침묵이 이어졌다.

"자, 갑시다!" 하고 여성의 목소리가 들렸다. 요코의 소리였다. "어물쩡거리다가는 잡히고 말아요", "기다려!" 유우키가 제지했다. 그렇지만 이미 사람들은 앞을 다투어 언덕을 향해 달려가고 있었다. 아이의 울음소리가 들렸다. 모친의 한쪽 손에 이끌려 그 여자 아이는 마대자루처럼 경사진 붉은 흙바닥 위로 질질 끌려가며 울고 있었다. 육백여의 남자와 여자, 노인들이 먼지를 일으키며 달리고 있었다. 그것은 공포에 내몰린 무수의 가축의 폭주처럼 보였다.(「사형의 여름」, 193쪽)[17]

불안한 상황에서 자신들이 속았다는 것도 모른 채 숨을 죽이며 어둠

속을 헤매는 귀환자들의 거친 숨결이며 허둥대는 발소리. 그리고 아이들의 비명소리처럼 어딘가 흉폭한 기색들에 대한 묘사는 이 작품의 긴장감을 최고조에 이르게 한다. 이때 넘어진 여자의 배를 밟고서 달리는 유우키라는 남자는 자신이 밟고 달린 여성이 아내 요코 같다는 생각을 하기도 하지만, 뒤도 돌아보지 않고 계속 달린다.

『하얗게 질린 말을 보라』에서 '봐서는 안 될 세계'를 경험했다는 다카노의 소년시절의 여름날은 바로 이러한 귀환 당시의 공포에 찬 기억들로 물들어 있다. 귀환해서 몇 년이 지나도 귓가를 맴도는 그 불길한 소리는 고등학생이 되어서도 대학에 들어와서도 그를 집요하게 따라다니게 된다. 또 그 소리는 다카노를 자포자기의 상태로 빠트리며 조용한 성격이었던 그를 싸움으로 내몰기도 하고, 정신을 잃을 정도로 술에 빠져 살거나 병이 있는 직업여성을 일부러 골라 만나게도 했다. 봐서는 안 될 세계를 봐 버린 '소년의 후유증'은 바로 이런 체험인 것이다. 그리고 이렇게 지울 수 없는 기억에 시달리던 소년을 어느 정도 치유해 준 것이 유태인의 이야기를 쓴 러시아 작가였다.

다카노의 노력으로 러시아 작가의 원고는 무사히 일본에서 출판되고 세계적으로 화제가 된다. 그런데 소련 당국이 '반소적인' 작품을 쓴 이유로 노작가를 체포하는 사태가 벌어지면서 대반전이 일어난다. 다카노에게 넘겨진 그 작품은 정치적인 목적으로 미국에 의해 조작된 것으로 다카노가 만난 작가도 가짜였던 것이다. 다카노는 교묘히 미국의 공작에 이용된 것이다. 그러나 러시아의 노작가는 "내 자신이 이 작품을 직접 쓰지 못했다. 오히려 그렇기 때문에 러시아의 작가인 나에게 죄가 있다"며 묵묵히 벌을 받기로 한다.

다카노의 소년시절에 이쓰키 히로유키 자신의 패전과 귀환 시의 체험을 중첩시키고 있는 『하얗게 질린 말을 보라』라는 작품은, 당시의 체험이 그저 '보고 지나치는' 기억에 머물 수 없음을 잘 보여준다. 그리고 그 체험과 기억을 사실대로 전달하는 것이 '봐서는 안 될 것을 봐버린' 세대의 임무임을, 이쓰키 히로유키는 자신의 작가적인 책임으로 선언하고 있는 것이다.

3. 외지귀환파 작가들의 앙가주망

이상에서 살펴본 것처럼 이쓰키 히로유키는 자신의 패전 당시의 귀환 체험을 소설의 주된 모티프로 사용하고 있고 또 그 자신이 그 원체험을 강하게 의식하고 있었음을 알 수 있다. 이어서 1973년에 발표된 에세이집 『바람에 날려서(風に吹かれて)』나 『일본 표류(にっぽん漂流)』에서는 이쓰키 히로유키에게 꼬리표처럼 붙어다니던 귀환자라는 존재의식이 그에게 어떠한 '현실'로 다가왔는지 보다 명확하게 보여주고 있다.

> 〈내지(內地)〉는 이미 우리들에게 있어서, 아니, 정확히는 어른들에게 하나의 페티시였다. 그들은 현재의 비참함과 불행의 모든 것이 그 약속된 땅으로 돌아가면 해결된다고 믿는 듯했다. 내지에 도착하기만 하면—그런 말만을 우리한테 몇 번이고 어른들은 되풀이했는지 모른다. 그렇지만 우리 식민지에서 자란 세대의 소년들에게 그것은 전혀 실감할 수 없는 주문(呪文)처럼 들렸다.[18]

이쓰키 히로유키는 자신이 자랐던 곳에 그대로 머물고 싶었지만 '그럴 수 있는 권리가 없었다'고 고백한다. 그리고 일본에 대한 주술과도 같은 희망을 갖고서 돌아온 '어른'들과는 다르게 일본이 '돌아갈 장소'가 아니라 이국처럼 느껴졌다고 계속해서 이야기한다. 내지라는 곳은 귀환자 출신 소년들에게는 낯선 땅일 뿐이었던 것이다. 단편 「사형의 여름」에서는 같은 일본인이면서도 다른 피난민들에게 비판적인 남자가 그려져 있다. 그는 필사적인 그들에게 맘대로 남의 땅에 들어와 놓고는 상황이 안 좋아지자 재빨리 돌아가게 해달라며 아우성치는 일본인이 혐오스럽다고 비난한다. 그렇게 내지가 좋았다면 내지에서 떠나지 않았으면 될 게 아니냐는 것이다. 그러자 그 남자를 다른 피난민들이 '비국민'이라며 매도하고 결국에 죽여버린다. 피난민들이 무사히 일본으로 돌아왔는지까지는 소설에서 묘사하고 있지 않다. 그러나 그들에게 비난의 말을 했던 일본인의 모습을 통해 소년시절 이쓰키 히로유키의 시선을 투명하게 느낄 수 있다.

또한 이쓰키 히로유키는 부친의 고향 후쿠오카에서 생활하며 자신이 내지의 이질적인 존재임을 더욱 뼈저리게 느끼게 된다. 생활의 기반이 전혀 없었기 때문에 귀환 후 생활고에 시달려야 했던 그는 마을 아이들에게 "히키아게샤, 히키아게샤(귀환자, 귀환자)"라며 괴롭힘을 당해야 했던 기억을 유태인들이 막다른 곳에 이르기까지 부유하던 것에 비유하면서 다음과 같이 회상한다.

> 지쿠고(筑後)의 농촌에서는 일단 토지를 버리고 도망간 인간을 그 공동체에서 영원히 제외시키려는 경향이 있었던 듯하다. 고향을 떠나서 외지로 나간 인간들이 패전 후 귀환자랍시고 돌아왔을 때의 본 고장의 반응에도 그러한 속내가 있었던 건 아닐까. 그리고 지쿠호(筑豊)의 탄광지대로 흘러들어가게 된 전락한 농민들은 그곳에서 다시금 고향으로 돌아가길 단념하고 그 땅에서 죽을 것을 결의하게 되면서 공격적인 존재가 된 것이리라. 그들의 난폭함은 그 땅을 최후의 고향으로 정한 인간의 방어벽 같았다. 그러한 지쿠호는

고향인 지쿠고의 농촌을 이국으로 생각하는 귀환자 소년에게 있어서 하나의 환상의 공동체이자 최후의 피난처처럼 보였다.[19]

에세이 『바람에 날려서』의 해설을 쓰고 있는 마쓰나가 고이치(松永伍一)는 이쓰키 히로유키를 두고 '내몰린 귀신의 화신'[20]에 비유하기도 했다. 자신의 고향이라고 생각했던 곳에서는 일본인이라는 이유로 추방되었고, 일본에 돌아와서도 이방인처럼 내몰리기만 했던 이쓰키 히로유키의 어린 시절을 비유하고 있는 표현이다. 전후의 일본이 이쓰키와 같은 귀환자 소년에게는 이중의 상실감을 안겨주었음을 상상하는 것은 어렵지 않을 것이다. '이국과도 같은 내지'에서 '이방인'이라는 아이덴티티를 형성하게 되는 이쓰키 히로유키의 도정은 귀환자 출신 소년들에게 일본은 '돌아갈 장소'가 아닌, 전혀 현실감 없는 '이국'이었음을 보여준다.

그곳에서는 그저 기다리는 것만이 대수였던 것 같다. 무관심을 가장해서 나에게 향하는 시선을 묵묵히 받아들이는 것. 그리고 내 자신을 남들의 시선 아래에 두고 그저 가만히 있으면 되었다. 그러다 보면 그들은 그 이방인이 조금씩 풍화되어 그 땅에 익숙해지는 것을 인정할 것임에 틀림없다.[21]

이방인처럼 살아가게 된 귀환자 출신 소년이 마치 타국에서 적응해 갈 최선의 처세술을 선택해 가듯이, 그는 점차 스스로 일본 속으로 풍화되어 왔다고 회상하기도 한다. 이렇게 오랜 시간에 걸쳐 풍화해 가던 이방인은 외견상 어느덧 일본인으로서 훌륭하게 적응한 듯이 보였다. 그러나 일본에 적응하는 듯이 살았다고는 해도 1968년 당시 '메이지 100년'을 기념하며 일본인들이 야마토 정신을 기리기 것을 보고 이쓰키 히로유키는 스스로 '귀환 20주년'을 기념했다고 한다. 이는 전후 일본의 이

방인으로서 같은 일본인라고는 해도 일본으로부터 거리를 두며 살아온 '귀환자 정신'이 외부의 적응과는 반대로 오히려 내면에서 숙성되어 왔음을 보여준다. 그리고 그는 그러한 귀환자의 정신을 '데라시네'라는 사상적 층위에서 펼치게 된다. 뿌리 없는 풀, 고향 상실자라는 뜻의 데라시네는 이쓰키 히로유키가 1968년에 발표한 『데라시네의 깃발(デラシネの旗)』이라는 작품에서 처음 사용되었다.

> "우리는 데라시네니까. 언제까지나 고향에는 돌아가지 않아요."
>
> "데라시네인가."
>
> "이곳에 있는 사람들은 모두 데라시네야. 뿌리 없는 풀 같은. 구로이도 체제 속에 있으면서 체제의 인간은 될 수 없고, 에도가와도 마찬가지지. 니시자와는 엘리트지만 일본의 민중이나 노동자들과는 관계없어. 미셸은 진정한 의미에서 정신적인 사랑 따위는 이해할 수 없고."(『데라시네의 깃발』, 332~333쪽)[22]

1950년대 일본의 사회적 혼란을 되짚으며 1968년 프랑스의 5월 혁명을 다큐멘터리의 필체로 전개하고 있는 작품 『데라시네의 깃발』은, 국가나 민족의 외교 관계를 비롯해 일본의 내부적 상황 등에 강하게 반발하는 젊은이들의 인터내셔널한 시각을 묘사하고 있다. 그러나 격동하는 현실을 대면하는 등장인물들은 위의 인용에서처럼 자신들이 아나키스트도 아니고 코뮤니스트도 아닌, 그저 데라시네일 뿐이라고 이야기한다. 일본이든 프랑스든 그곳이 지구상의 어디든 상관없이 스스로 정착하지 못하고 부유하는 젊은이들의 군상을 통해 이쓰키 히로유키는 자신과 같은 정신적 상흔을 갖은 채 전후 일본에서 살아온 세대의 감각을 '데라시네'라는 말로 구상화하고 있는 것이다.

노사카 아키유키(1930년, 도쿄 출생)가 1967년에 『반딧불의 묘』, 『아메리카의 가로목』과 같은 작품을 발표한 후, 자신과 같은 전후세대를 '불탄 폐허의 암시장파(焼け跡の闇市派)'라고 명명하며 큰 반향을 일으킨 것은 주지의 사실이다. 이는 노사카처럼 일본 본토에서 태어나 1945년 대공습으로 양친과 여동생을 차례로 잃고, 열다섯, 열일곱의 어린 나이에 홀로 폐허가 된 일본에서 고초를 겪으며 살아남은 시절을 공유하고 있는 세대들을 아우르는 말이었다. 이쓰키 히로유키도 넓게는 노사카 아키유키가 말하는 '불탄 폐허의 암시장파'에 포함된다. 그러나 그는 패전을 일본 내지에서 경험했는지, 외지에서 경험했는지 하는 경험치의 차이가 노사카가 말하는 하나의 감각으로 수렴될 수 없는 거리감을 낳는다고 지적하면서 자신을 '외지귀환파'로 명명하고 있다. 특히 1971년 마이니치 신문에 실었던 「외지귀환파의 발상(外地引揚派の発想)」은 귀환자 출신 작가의 입장을 대변하고 있어 주목할 만하다.

> 내 기억 속에 있는 것은 조선인, 중국인, 일본인, 백계 러시아인들이 서로 얽혀 형성했던 관계이고 그러한 생활 속의 단편이다. 나에게 그 땅은 나의 유년기를 보낸 고향 산천과 같다. 알제리의 풍토를 보며 카뮈가 이입했던 감정을 나는 잘 이해할 수 있을 것 같다. (중략) 이렇게 해서 우리와 같이 식민지에서 추방되어 돌아온 인간에게는 몇 가지 공통된 경향을 볼 수 있다. 하나는 외국 및 민족, 인종 관계에 대한 강한 관심. 또 하나는 내지, 또는 일본적인 것에 대한 반발과 함께 알고 싶다는 욕구. 그리고 지리적 방랑성과 인터내셔널한 경향. 여기에 하나 더 추가하자면, 고향을 갖지 못한 데서 연유하는 데라시네 의식. 이러한 몇 가지가 〈원체험〉이 되어 식민지와 강국에 대한 경계(警戒) 의식이 우리들 내에 깊숙이 자리하고 있다고 할 수 있다.[23]

요컨대, 식민지 외지로부터 추방되어 온 인간에게는 몇 가지 공통된 경향이 있다는 것으로, 그 하나는 외국이나 민족, 인종 관계에 대한 강한 관심. 그리고 내지 또는 일본적인 것에 대한 관심과 반발, 지리적 방랑성과 인터내셔널한 경향. 여기에 하나 더 추가한다면 고향의 부재로 인한 데라시네 의식. 이러한 것들이 식민지와 상국에 대한 경계(警戒)의식이라는 형태로 외지귀환파들에게 뿌리 깊게 존재한다는 것이다.

오자키 히데키는 이쓰키 히로유키의 '외지귀환파의 발상'에 대해 이른바 비영웅적인 영광으로의 탈출을 강요받았던 세대의 육성이라고 평한다.[24] 가슴속 깊이 침잠하여 언어로 표현하기 망설여지는 체험을 공유하고 있는 세대의 감각을 용기 있게 드러내고 있음을 평가하는 말이었다. 그리고 이러한 세대 감각은 대만 출생으로 중학교 1학년까지 외지에서 지냈던 하니야 유타카(埴矢雄高)나, 대련 출신으로 만주에서 패전을 맞았던 고미카와 준페이(五味川純平)하고는 또 다른 입장이라고 설명한다. 다시 말해서 구식민지의 체험을 통해 공통되는 감각을 갖고 있을지는 몰라도 '고향(조국) 상실'이라는 의식을 하니야 유타카와 같은 세대에게서 발견하기 어렵다는 말이다. 이는 이쓰키 히로유키가 말하는 세대적 감각이 당시의 귀환자들이 전후 일본에서 축적해놓고 있는 집단적 기억 내에서도 차별성을 지닌다는 말이기도 하다. 패전을 둘러싼 상황을 비판적으로 사고할 수 있었던 세대(식민1세대)와 그것을 움직일 수 없는 현실로밖에 받아들일 수 없었던 세대(식민2세대) 간에 존재하는 간극이 그것이다. 전후 일본에서 이쓰키 히로유키와 같은 식민2세들이 형성하게 된 아이덴티티에는 고향을 잃고 자신의 어린 시절이 모두 부정당해 버린 상실감과 동시에 일본을 고향으로 실감할 수 없던 데라시네 의식이 깊이 침잠해 있는 것이다.

또한 이쓰키 히로유키와 마찬가지로 식민2세 작가로 대표되는 우노 고이치로(宇能鴻一郎) 역시 공동체로부터 배척당하고 도외시되는 외부인의 조형을 통해 자신의 실존의식을 도정하고 있다. 대표작 『육체의 벽(肉の壁)』(光文社, 1968)으로 유명한 우노 고이치로는, 1934년 홋카이도의 삿포로에서 태어나 생후 바로 무순과 봉천으로 이주하여 살다가 11세 때 만주에서 패전을 맞았다. 이후 나가사키로 귀환해 들어와서 후쿠오카나 야마구치 등지로 전전하며 살게 된 우노 고이치로는 개척단입식 — 1945년 11월에 결정된 농지개척의 일환으로, 전후 일본 내에서 이루어진 '전후개척' 정책 중의 하나이다. 전후 식량증산과 복원군인, 해외 귀환자, 전쟁피해자들의 취업 확보와 신농촌 건설을 목적으로 마련되었다 — 이나 미군의 하우스보이 생활 등의 경험을 소설화하고 있다.[25] 그리고 우노 고이치로는 농촌이나 어촌, 광산 등지를 떠돌던 어린 시절에 느꼈던 인상을 통해 '개인과 집단의 합체감을 성적으로 묘사'한 작품을 쓰고 싶었다고 회고해 놓고 있는데, 이는 전후 일본이라는 공동체 속에서 부유(浮遊)했던 귀환자 출신 소년의 실존의식을 잘 드러내고 있다.

우노 고이치로도 이쓰키 히로유키와 마찬가지로 초기 작품군 — 데뷔작 『고래의 신(鯨神)』(『文学界』, 1961)은 일본판 '백경'이라는 찬사와 함께 제46회(1961 하반기) 아쿠타가와상까지 받았다. 이어서 『지옥 작살(地獄銛)』(『文学界』, 1962)이나 『멧돼지의 연회(猪の宴)』(『文学界』, 1964)를 포함한 순문학성이 짙은 작품들을 발표한다 — 에서 내지의 이방인과 같았던 자신의 처지를 투영하고 있는 것을 볼 수 있다. 무엇보다도 주인공이 작품 내에서 항상 공동체의 외부자로 등장함과 동시에 악인처럼 등장하는 것이 특징적이다.

> 남자는 중간 정도 되는 키에 마른 체격이지만 단단해 보이고, 육체노동자처럼 상처 자국투성이의 울퉁불퉁한 손은 파란 줄무늬의 더블 커프스에 반 정도 덮여 있었는데, 그것은 아무리 봐도 지나치게 길어서 쉴 새 없이 위로

걷어올리지 않으면 안 될 정도였다. 작은 턱은 움푹 파여 굴곡지고 길고 두터운 목은 바로 어깨와 맞닿아 이어지는 게 창백한 안색이나 눈매와 함께 사나운 인상이다. (중략) 마치 산에서 내려온 텐구(天狗)나 산야 등을 헤매는 요괴라도 내려온 것처럼 (마을 사람들은—필자 주) 당황하여 부산스럽게 아이들을 문간으로 들여보내고 단단히 문을 걸어 잠가 버리는 것이었다.(『멧돼지의 연회』, 82쪽)[26]

외부와의 왕래도 거의 없는 산속 마을에 어느 날 갑자기 찾아온 한 남자가 마을에서 전설처럼 내려오는 멧돼지의 왕을 사냥한다는 소설『멧돼지의 연회』나, 대대로 고래잡이를 가업으로 하는 마을에 어느 날인가 나타나서 전설의 고래를 잡으려 홀로 수십 년을 동굴에 갇혀 산『지옥 작살』의 남자 등, 주인공들은 그 집단으로부터 늘 '외부인'으로서 끝까지 소외되고 배척당한다. 그리고 집단 내에서 거절당하며 마지막에는 이용까지 당하게 되는 주인공들은 점차 멧돼지나, 고래와 같은 사냥감에게 자신의 처지를 이입해 가며 서로 교감하게 된다.

"희생양이 되도록 타고난 운명이란 게 있는 거여. 킁!" (멧돼지 왕이 말한다—필자 주) "나오미가 그렇고. 데쓰시카가 그렇고. 또 데쓰시카한테는 이 몸이, 멧돼지의 왕이 그라지. 인간은 자신들과 조금이라도 다르거나 뛰어나거나 한 녀석이 옆에 있는 게 참을 수 없는 거여. 해가 없도록 이리저리 머리를 굴려 가지고는 결국에 죽여서 마무리해 버리는 거여, 안심할 수 있겄는가. 킁!"(『멧돼지의 연회』, 104~105쪽)[27]

이렇게 제의적인 관습 속에서 운명적으로 배척당할 수밖에 없는 '희생양' 메커니즘을 통해 개인과 공동체 간의 관계를 파고드는 우노 고이치로의 작품들은 '나는 만주인'[28]이라면서 그가 고향 만주를 떠나 낯선 집단과 갑자기 조우하게 되면서 노정했던 실존적 사고와 무관하지 않을 것이다.

또한 1935년 도쿄 출생으로, 다른 귀환 작가들과 마찬가지로 부모를 따라 만주로 이주했던 미키 다쿠(三木卓, 본명 冨田三樹)는 소년의 시선에서 묘사되는 세계를 그려내고 있어 현대 일본 문단에서도 독특한 위치를 차지하고 있다. 독일 귄터 그라스의 순수한 어린이가 기억하는 잔혹한 전쟁기 『양철북』을 떠올리게 하는 세계관이라 할 수 있다. 이러한 작품들이 전후 일본 사회에서 풍미되는 '반전'과 '평화 기원'이라는 주제로 수렴됨은 말할 필요도 없다. 그러나 좀 더 근본적으로 미키 다쿠의 전쟁상은 국가적 이데올로기로 인해 자신의 유소년기를 통째로 잃어버린 아이들의 혼란스러운 가치관 위에 성립되고 있다.

『우리들은 아시아의 어린이(われわれはアジアの子)』, 『그리운 친구에게 보내는 편지(懐かしき友への手紙)』와 같은 자전적인 기록을 통해 어린 소년의 '잃어버린 시절'을 그려내고 있는 미키 다쿠의 작품 세계의 큰 분기점은 바로 "8월, 히로시마 원폭투하, 소만국경을 넘어온 소련군의 남하진격의 개시"[29]로 기억되고 있는 귀환 이전과 귀환 이후이다. 그리고 그로 인한 '결정적인 변화'라고 미키 다쿠가 말하고 있는 것은 전쟁으로 아버지를 잃고 장애를 겪으며 극빈한 생활고에 시달려야 했던 물리적인 변화만이 아니다. 그 자신이 더 이상 '보통의 5학년이 아니게 되었'다는 각성이 의식적이든 무의식적이든 그로 하여금 '두 개의 세계' 사이에서 성장하게 하였던 것이다.

소년의 성장소설기로도 특징지어지는 미키 다쿠의 대표작 『포격이 지난 후에(砲撃のあとで)』(集英社, 1973)를 비롯하여 『그들이 빠져나간 날(かれらが走りぬけた日)』(集英社, 1982), 『맨발과 조개 껍데기(裸足と貝殻)』(集英社,

1999)와 같은 소설들은 모두 '현실의 세계'와 '별다른 세계'를 오가는 소년의 의식층을 통해 서술되고 있다. 그리고 그 두 개의 세계는 이질적인 세계임에도 불구하고 소년의 시선에서는 너무나도 자연스럽게 교차하고 있다.

> 1949년 도요조의 여름은 괴롭고도 달콤한 여름이었다. 신제중학교 2학년인 도요조는 입을 것도 신을 것도 먹을 것도 어느 것 하나 제대로 된 건 없었지만 그걸로 행복했다. 행복은 이유 없이 갑자기 솟아오른다. (중략) 그러나 그것은 어디까지나 몽상의 세계에 지나지 않는다. 생각해 보면 나는 육체적으로 결함이 있는 인간이고 이것은 평생 벗어날 수 없는 조건이다. 그런 인간을 고용해 줄 사회가 과연 있을까. 도지라인이라는 미국인들 경제정책 때문에 경제는 축소되고 있다. 도요조는 언제 취직할 수 있게 될까. 그때 사회 상황이란 게 어떻게 변해 있을지 모르겠지만, 언제가 되더라고 불리할 거라는 건 확실하다. (중략) 외부 세계에 기대하는 짓은 소용없다. 혼자서 가만히 몽상이나 하는 게 제일가는 행복이다.(『맨발과 조개 껍데기』, 439쪽)[30]

실제 자신의 자전적 소설로서 귀환 이후 시즈오카에서 지냈던 시절을 배경으로 하고 있는 『맨발과 조개 껍데기』에서 주인공 도요조는 작가 미키 다쿠의 분신처럼 등장한다. 편모 가정의 극빈한 생활이나 소아마비로 인한 신체적 장애, 식민지 출신이라는 콤플렉스와 같은 상흔이 여과없이 표출되고 있는 이 소설은, 인용문에서 볼 수 있는 것처럼, 소년 미키 다쿠가 자신의 내면과 외부 세계 사이에서 한없이 동요했던 흔적을 고스란히 느낄 수 있다. 그러나 미키 다쿠는 자신의 분신과도 같은 도요조에게 이른바 외부의 논리에 적응해 가며 스스로의 가치 기준을 만들어 가는 식의 성장기를 부여하지 않는다. 일견 모험소설과 환상소설이 갖는 요소들을 복합적으로 섞어 놓은 듯한 구성을 통해 도요조가 어느 순간이든 자신이 원하는 세계 속을 살 수 있게 만든다.

도요조는 눈을 크게 뜨고 어둠 속을 직시했다. 그러자 오래된 늪지의 진흙 냄새가 나는 것 같았다. 지금 리어카 우측으로는 괴어 있는 물이 가득 차 있는 해자가 분명이 보였다. 그 건너편은 성벽이 가로막고 있지만 그것을 기어 올라가면 바로 그 도쿠가와 이에야스의 본성이 있을 거다. 적어도 할아버지, 할머니는 그렇게 말했다. (중략) 바람이 불어왔다. 바람과 동시에 성벽으로 보이는 방향에서 나무들이 바람에 스쳐 우는 소리가 들렸다. 만주 심양의 호리쿠(北陸)에 있는 소나무 숲에 바람이 스쳐 지나갈 때하고 완전히 똑같은, 그런 소리이다. 성벽 위에는 소나무 숲이 우거져 있을 거다.

소년잡지에 실려 있는 삽화나 사진으로 익숙하게 봐왔던 이끼 낀 돌들로 쌓아 놓은, 각 면과 면 사이의 각도가 마치 나를 보라는 듯이 웅장해 보이는 성벽을 떠올리면서, 또 한편으로 소나무가 우거져 있는 숲을 상상했다. 그리고 안정이 되면 가능한 빨리, 처음으로 이 두 눈으로 보는, 일본의 성곽을 보러 가고 싶다고 생각했다.

얼마 만인가, 이상할 정도로 정적이 되돌아왔다. 사람들을 가득 태우고 큰 소리를 내며 미친 듯이 달려가는 열차 여행이 끝남과 동시에 믿을 수 없을 정도의 침묵이 흘렀다.

"자! 빨리 가자!" 고야가 소리치고 리어카가 다시 움직이기 시작했다.(『맨발과 조개 껍데기』, 95쪽)

성장소설이라고 평가되고는 있지만 미키 다쿠의 주인공은 두 세계의 경계에 서서 어느 한쪽으로도 치우치지 않고 투명하게 양쪽을 응시하고 있는 것이다. 이러한 '삶에 대한 응시'가 외지에서 지내왔던 어린 시절의 기억이 자신의 인생의 "오전 중"에 해당한다고 말하는 미키 다쿠의 실존적 앙가주망임은 두말할 필요가 없을 것이다.

후기

일본제국의 패망 이후 만주나 조선 등지의 구식민지에 살고 있던 일본인들은 미국(GHQ)의 도움으로 인양원호청(引揚援護庁)이 설치되면서, 1945년 8월부터 민간인들의 집단귀환이 시작되었다. 물론 그 이전부터 소련군의 참전으로 위기를 느낀 일본인들이 개별적으로 일본으로 귀국하기도 하였다. 이때부터 1954년까지 당시 일본인 총 인구수의 10%에 달하는 약624만 명 이상의 일본인들이 일본으로 이송되는 한편, 일본 내에 거주하고 있던 외국인, 즉 '비일본인'으로 분류되는 외부인들은 일본에서 추방되게 된다. 이러한 일련의 민족 대이동은 '순수혈통의 일본인'에 의한 전후 일본의 재건을 위해 기획된 것이지만, 강력한 국민통합을 위한 기제로도 사용되면서 현재까지 일본 내의 '난민'이나 '재외일본인' 문제 등과 착종되어 내셔널리즘의 핵심을 이루고 있음은 물론이다. 특히 목숨을 건 피란길에서 갖은 고초를 겪으며 '조국' 일본에 안착하게 된다는 내용의 '귀환체험 수기'들은 전후 일본인들의 국민적 이야기로 향유되어 왔고, 현재는 반전사상을 위한 메시지로서도 사용되는 등, 여전히 내셔널리즘의 기제로 그 역할을 하고 있다.

그렇다면 식민지에서 송환된 일본인들의 공적 기억 속에 억압되어 있는 사적 기억은 어떠할까. 귀환 수기가 담당하고 있는 공적 기억들은 엄밀히 말해서 전쟁의 피해자로서의 일본인 수난사를 말한다. 따라서 귀환체험 수기는 전쟁으로 모든 것을 잃은 일본인이 다시 돌아갈 곳은 조국밖에 없다는 민족 공동체의식을 고취시키기 위해, 일본 땅에 도착하여 조국의 품에 안겼다는 결말을 공통적으로 취하고 있다. 그러나 실제 식민지에서 귀환한 일본인들에 대한 본토 일본인들의 시각은 '더럽고 가난한 식민지 출신'의 외부인이었다. 이러한 멸시와 차별을 체감하면서 생활 근거지를 잃은 채 모든 것을 다시 시작해야 했던 귀환자들이 취할 수 있는 행동은 '진짜 일본인'이 되기 위해 노력하는 것이었다.

이들의 내면적 기억이라고도 할 수 있는 이러한 사적 기억에 주목하는 이유가 바로 여기에 있다. '진짜 일본인'이 되기 위해 귀환자들은 과거 자신의 출신을 숨기게 되었고, 국민국가론이 분출되어 구식민지에 관한 이야기가 터부시되면서 더욱더 존재를 감추게 된다. 그러나 전후 일본 사회가 낯선 이국땅과도 같았던 귀환자들이 스스로에게 '일본인'의 정체성을 부여하면 부여할수록 오히려 상실감은 커져갔다. 더구나 귀환자들 중에서 자신이 태어나고 자라온 고향뿐만이 아니라 유소년시절의 모든 추억마저 부정해야 했던 세대들은 자아정체성의 붕괴나 현실 부정과 같은 정신적 혼란을 겪었던 것을 볼 수 있다. 이렇게 전후 일본에서 살아가야 했던 귀환자들의 귀속문제와 아이덴티티의 혼란을 가장 첨예하게 대변하고 있는 사람들이 이 글에서 살펴본 귀환자 출신 작가들이다.

식민지 조선에서 귀환한 이쓰키 히로유키가 지칭하기도 한 '외지귀환파' 작가들은 한마디로 만주 · 조선 등지의 식민지에서 유소년기의 성장기를 보냈지만 패전으로 인해 일본으로 송환 조치를 받게 된, 귀환자로서의 체험을 갖고 있는 사람들이다. 그러나 그들이 자신의 고향을 일본 열도가 아니라 만주나 조선이라고 인식하고 있음은 이쓰키 히로유키나 우노 고이치로의 말에서도 확인할 수 있었다.

패전 후 연합국에 의해 귀환사업이 추진되면서 강제 귀국조치에 따라야 했던 그들은 일본을 자신들이 돌아가야 할 조국이나 고향으로 인식하지 못했다. 또한 본토 일본인들도 먹고 살기 힘든데 왜 돌아왔냐는 냉대와 식민지 출신임을 멸시하는 시선이 귀환자들로 하여금 스스로를 외부인이나 이질적 존재로 각인시켰다. 전쟁의 혼란 속에서 '일본으로 가기만 하면 모든 것이 해결된다', '조국의 따뜻한 품으로 돌아가자'는 말을 마치 주술처럼 되뇌며 피란길에 올랐던 어른들의 태도를 아이들은 이해할 수 없었다는 기록은 여러 귀환 수기에서도 확인할 수 있다. 식민지 출신 아이들에게 일본이라는 곳은 교과서에나 나오는 외국 같았고, 아버지나 어머니의 고향 정도로 인식되었을 뿐, 자신이 태어나고 또 자라온 삶의 터전이었던 고향은 더 이상 존재할 수 없게 되었다고 그들은 말하고 있다.

귀환자 출신 작가들은 국가적 역사의 과오를 민족이라는 굴레 때문에 평생 '원죄'로 짊어져 왔다. 그로 인해 일본, 일본인이라는 틀 속에서 안주하며 외부에 대한 경계를 만드는 자세를 버리고 그 내부에서 끊임없이 일본, 일본인을 상대화해 왔다. 이러한 점은 패전의 경험에 대해 식민지 지배구조의 붕괴라는 정리된 사고를 할 수 있던 세대와 현실세계 그 자체의 상실로밖에 받아들일 수 없던 세대 간에 인식 차이가 존재함을 시사하기도 한다. 식민지를 단순히 '체험'의 대상으로서가 아니라 어린 시절을 통틀어 그곳에서 생활하며 고향으로 인지했던 귀환자 출신 작가들은 당시 권력층으로서의 민족적 우월감이나 지배 대 피지배라는 식민지 구조를 사고할 수 없던 세대에 속하였다. 그리고 그들은 '이단자, 망명자', '내지의 이방인', '희생양 외부인', '두 개의 세계를 사는 소년'과 같이 형태를 달리하면서도 공통적인 실존의식을 담아내고 있다. 귀환자 출신 작가들의 존재론적 사고의 저변에 흐르고 있는 '뿌리 없는 풀'로서의 자기인식이 바로 그것인 것이다. 그리고 이러한 분열된 실존적 현실과 '순수 일본인'이라는 정체성 속에서 저항하는 '외지귀환파' 작가들의 분열된 자아의 대치 구도는 바로 전후 일본이라는 '세계(全體)' 속에서 규제되는 귀환자들의 '자기(個)'를 둘러싼 앙가주망임을 알 수 있다. 끝으로 이들의 문학성이 지닌 위상을 정리해 가며 소개하는 것이 필자의 앞으로의 과제임을 밝히며 두서없는 글을 마친다.

주석

책머리에

1 大江健三郎『大江健三郎作家自身を語る』新潮社, 2007. 한국에서『오에 겐자부로 작가 자신을 말하다』(윤상인 · 박이진 번역, 문학과지성사, 2012)로 소개됨.

2 安部公房「V · グリーブニン宛書簡」『安部公房全集028』新潮社, 2000.

3 安部公房「クレオールの魂」『世界』500号, 岩波書店, 1987.4.

4 安部公房「シャーマンは祖国を歌う—儀式 · 言語 · 国家、そしてDNA」『死に急ぐ鯨たち』新潮社, 1986.「シャーマンは祖国を歌う」는 1985년 10월「人間と科学との対談」이라는 大阪国際シンポジウム 강연을 위해 쓴「もぐら日記」(1985年5月12日~12月6日)를 개명한 글이다.「もぐら日記」는 그 일부가 1985年10月28日~31日, 11月3日~6日로 나누어서『毎日新聞』에 게재되었다.「もぐら日記」에는 조건반사설의 파블로프나 로렌츠의 동물행동학을 정독하고 생성문법을 주장한 촘스키의 언어론 등을 공부한 흔적을 남기고 있다.「シャーマンは祖国を歌う」에서 주목할 점은 언어를 생득적 DNA에 각인하고 있는 물질로서 파악하고 있다는 점이다. 아베 고보는 언어의 특징이 분화와 집단화에 있고 집단화의 기능을 달성하는 언어의 측면을 '샤먼의 노래'에 비유해 표현한다. 그리고 언어 자체가 하나의 문화의 통합수단으로서 근대국민국가의 내셔널 아이덴티티를 형성하는 데에 큰 역할을 해 왔기 때문에 '조국을 노래하는' 다시 말해서 내셔널리즘을 강화하는 도구로 기능하는 언어의 성격을 경계해야 한다고 말한다.

5 아베 고보는 번역서적 추리소설을 읽으면서 '중남미출신 백인이 좋아하는 크레올 요리'라는 표현을 보고 놀랐다고 한다. 언어학 용어로서 알고 있던 크레올이 설마 요리와 관련될 거라는 생각을 못했기 때문이다. 그 이후 데릭 비카톤이나 롤레트 토드의 책을 읽으며 크레올을 이해해 가게 됨은 앞서 기술한 대로이다. 크레올을 언어학 용어로 알고 있던 것은 촘스키의 생성문법에 관한 책을 본 것이 직접적인 계기라고 추정된다. 그리고 중남미 작가에 대한 관심도 아울러 생각해 볼 수 있다. 이에 덧붙여서「クレオールの魂」에는 몇 줄 안 되지만 에드워드 사이드의『오리엔탈리즘』을 언급하고 있다. 사이드가 오리엔탈리즘을 주창하였는데, '보는 자와 보여지는 자'의 확대재생산밖에 현실에서는 일어나지 않는가. 특히 영어가 세계의 준공용어로 진출하기 시작하면서부터 영어를 조금이라도 말할 수 있으면 난민이 되기도 어려운 시대라고 적고 있다.

6 複数文化研究会編『<複数文化>のために−ポストコロニアリズムとクレオール性

の現在』人文書院, 1998. 복수문화연구회는 일본 간사이(関西)를 중심으로 여러 대학의 연구자와 대학원생, 출판사 편집자 등이 회원이고, 카리브해 지역 역사학과 지리학, 아프리카 문학, 라틴아메리카 현대사, 중국 현대사, 필리핀 현대사, 오키나와 사회학, 프랑스 현대사상과 문학, 독일 현대사상과 철학, 벨기에 문화론, 문화인류학 등, 실로 다양한 연구를 대상으로 하고 있다. 1995년에 발족해서 1998년까지의 성과를 모아서 『<複数文化>のために－ポストコロニアリズムとクレオール性の現在』를 간행했고, 특히 국제심포지엄의 내용은 『現代思想』(1997년 1월호) 특집호로 실려 있기도 하다. 이 모임의 연구활동을 이어서 1999년에는 東京外国語大学에서 WINC(비판논리 워크숍) 주최로 '크레오리티와 포스트콜로리얼리슴을 둘러 싸고'라는 대회가 열렸다. 이에 관한 자료는 「他者性を含みこんだ自己の生成—クレオールは思考に何をもたらしてきたか」(『週刊読書人』1999년 7월 16일호)를 참조하기 바란다.

7 パトリック・シャモワゾー、ラファエル・コンフィアン『クレオールとは何か』 西谷修訳, 平凡社, 2004.

8 マリーズ・コンデ「女たちの言葉」元木淳子訳『複数文化のために』 人文書院, 1998.

9 エメ・セゼール『帰郷ノート・植民地主義論』 砂野幸稔訳, 平凡社, 2004.

10 Jean Bernabé, Patrick Chamoiseau, Raphaël Confiant, Eloge de la créolité, Paris. Gallimard. 1989. 일본에서는 『크레올 예찬(クレオール礼賛)』(ジャン・ベルナベ、パトリック・シャモワゾー、ラファエル・コンフィアン著、恒川邦夫訳、平凡社、1998.)이라는 타이틀을 달고 있지만, créolité라는 말이 '크레올성'을 나타내고, 또 본문 중에는 '크레올성의 예찬'이라고 표기되어 있다. '크레오리티'로 그대로 표현해 놓기도 한다. 내용의 인용과 참조는 平凡社에서 간행한 1998년도에 번역된 『クレオール礼賛』을 저본으로 했다.

11 ジャッキー・ダオメ「アンティルのアイデンティティ<クレオール性>」 元木淳子訳『複数文化のために』 文書院,, 1998.

12 石塚道子「クレオールとジェンダー」『複数文化のために』 人文書院, 1998.

13 ジャッキー・ダオメ, 상게서.

14 ガブリエル・アンチオーブ「『クレオール性礼賛』を心理批評の面から見渡すと」石田靖夫訳『複数文化のために』 人文書院, 1998.

15 北原恵「文化の多様性の解釈と表現をコントロールする者は誰か?」『複数文化のために』 人文書院, 1998.

西成彦「父親殺しの連鎖を断ち切るために」『複数文化のために』 人文書院, 1998.

16 石塚道子「クレオールとジェンダー」『複数文化のために』 人文書院, 1998.

17 対談今福龍太・沼野充義「クレオール文学の創成」『ユリイカ』 26−8、安部公房特集, 1994.

沼野充義「世界の中の安部公房」『国文学解釋と鑑賞』 42, 1997.

沼野充義「辺境という罠」『W文学の世紀へ』 五柳書院, 2001.

18 呉美姃「クレオールの夢—安部公房の植民地経験」『安部公房研究—植民地経験を

基点として』東京大学大学院人文社会系研究科日本語日本文学研究専攻博士学位論文, 2006. 에스페란트어의 크레올 언어적 성향에 관해서는 田中克彦『エスペラント—異端の言語』岩波新書, 2007. 참고.

19 対談リービ英雄・島田雅彦「幻郷の満州」『ユリイカ』26-8, 安部公房特集, 1994. 8.

20 呉美姃, 상게서.

1부

1 '滿洲'라는 국호는 1932년 3월 1일에 만주국포고에 의해 '滿洲国'으로 결정되었다. 일본에서는 1949년 이후 '洲'라는 한자가 상용한자에서 누락되면서 '満州国'으로 표기가 바뀌어 사용되고 있다.

2 ナンシー・S.ハーディン, 長岡真吾訳, 「安部公房との対話」, 『ユリイカ』, 1994. 8.

3 安部公房「テヘランのドストイエフスキー」, 『朝日新聞』1985. 12. 2.夕刊

4 安部公房「『新人国記'82』のコメント」, 『朝日新聞』1982. 10. 4.夕刊

5 岡庭昇『花田清輝と安部公房－アヴァンガルド文学の再生のために』, 第三文明社, 1980.

6 埴谷雄高「安部公房のこと」, 『近代文学』1951. 8.

7 安部公房「埴谷宛」『安部公房全集030』, 新潮社, 2009. 3.

8 埴谷雄高, 상게서.

9 埴谷雄高「安部公房『壁』」, 『人間』1951. 8.

10 埴谷雄高, 상게서

11 石川淳「序」, 『壁』. 月曜書房, 1951. 5.

12 小林治의 연구논문「昭和二十年代の安部公房短編作品について一」, 『駒沢短大国文』29, 1999; 「昭和二十年代の安部公房短編作品について二」, 『駒沢短大国文』30, 2000; 「昭和二十年代の安部公房短編作品について三」, 『駒沢短大国文』31, 2001을 참조하면 좋다.

13 田中雅史「物質と思考の運動－安部公房の「砂の女」におけるシュルレアリスム的技法とその変容」, 『甲南大学紀要文学編』138, 2004. 田中裕之「『砂の女』論－その意味と位置」, 『日本文学』35-12, 1986. 12.

14 水永フミエ「安部公房「デンドロカカリヤ」論」, 『山口国文』8, 1985. 李貞熙「安部公房『デンドロカカリヤ』論－「極悪の植物」への変身をめぐって」, 『稿本近代文学』19, 1994. 11.

15 呉美姃「安部公房「名もなき夜のために」論－初期テクストの変貌について」, 『国語と国文学』79-7, 2002. 7. 有村隆広「安部公房の初期の作品(I)－『名もなき夜のた

めに』: リルケの影響」,『言語文化論究』5, 1994;「安部公房の最初の作品集「壁」: フランツ・カフカとルイス・キャロルの影響」,『言語文化論究』9, 1998. 荻正「安部公房「S・カルマ氏の犯罪」におけるキャロル, カフカ」,『国語国文学研究』33, 1997.

16 小久保実「主要なモチーフからみた安部公房」,『国文学解釈と鑑賞』36−1, 1971. 1.

17 木村陽子「引き裂かれる＜鳩＞の象徴性−安部公房「手」の同時代的読みの可能性」,『国文学研究』144, 2004. 小松太一郎「闖入者」,『りりばーす』3, 2003. 10. 荻正「安部公房『R26号の発明』論」,『国語国文学研究』2002. 2. 柴垣竹生『「ロマネスク」と「物語」の拒絶−安部公房『人魚伝』の位置」,『花園大学国文学論究』19, 1991. 11. 越智啓子「安部公房「闖入者」論」,『愛文』2, 1979.7. 角田旅人「安部公房断章−「詩人の生涯」その他」,『国語』1974.6.

18 杣谷英紀「安部公房『異端者の告発』の意義」,『日本文芸研究』50−3, 1998. 隅本まり子「安部公房−その初期作品における一考察」,『国語国文学研究』15, 1980.

19 大久保典夫 編「同時代評の変遷からみた安部公房」,『国文学解釈と鑑賞』36−1, 1971. 1.

20 平野謙「翫賞と批評の間」,『文芸』1958. 4.

21『芥川賞全集』第四巻, 文藝春秋, 1982. 5.

22 佐々木基一「脱出と超克−『砂の女』論」,『新日本文学』1962. 9.

23 小島信夫「現代の寓意小説」,『週刊読書人』1962. 6.

24 三木卓「非現実小説の陥穽」,『新日本文学』1963. 11.

25 紅野敏郎「『砂の女』」,『国文学解釈と鑑賞』1971. 1.

26 참고가 될 논문으로 田中裕之「『砂の女』論−その意味と位置」,『日本文学』1986. 12. 小泉浩一郎「『砂の女』再論−研究史の一隅から」,『国文学解釈と教材の研究』1997. 8. 小林治「『砂の女』の位相(1)・(2)」,『駒澤短大国文』1997. 3; 1998. 3. 그리고 クレス出版에서 간행한 近代文学作品論集成(19)로『安部公房『砂の女』作品論集』과 高野斗志美의『増補 安部公房論』花神社, 1979. 7을 들 수 있다.『安部公房『砂の女』作品論集』에는 윌리엄 커리의 연구론을 포함해서 12편의『砂の女』연구논문을 실고 있다. 그리고 石崎等의 해설을 보면 이 외에도 주요한『砂の女』론에 관한 연구 동향과 비평을 소개하고 있다. 高野斗志美는『砂の女』에서 '유동하는 모래'가 갖는 세계에 초점을 맞춰서 초기 작품부터 이어지는 특성으로서 현실과 비현실 혹은 내부와 외부의 구분이 무효한 모래의 세계와 같은 아베 고보 문학을 평가하고 있다. 그의 작품에서 묘사되는 주인공도 초기 작품부터 모두 연결되어 있고 동일 인물의 분신 같다고 분석한다.

27 해외에서 소개된 아베 고보의 작품 리스트에 대해서는 李貞熙「安部公房国際シンポジウムに参加して—アメリカ・ニューヨークのコロンビア大学にて」,『文学研究論集』14, 1997. 3의 보고를 참조하면 좋다. 또 도널드 킨은『思い出の作家たち』松宮史朗訳, 新潮社, 2005.11 속에서 아베의 미국에서의 수용과정을 다양한 에피소드와 함께 소개하고 있고, 武田勝彦는「西欧における安部公房の評価」,『国文学解釈と鑑

賞』 1970. 5.에서 해외의 아베 고보에 대한 평가 시점을 논의해 놓고 있다.

28 武田勝彦・村松定孝「安部公房『砂の女』,『他人の顔』について」,『国文学解釈と鑑賞』 1967. 2.

29 小泉義勝「『砂の女』「他人の顔」からみた安部公房－グリヴニンの見解」「ロシア人からみた夏目漱石, 川端康成, 安部公房」,『文学論集』 26－2, 1977. 2.

30 武田勝彦・村松定孝, 상게서

31『芥川賞全集』 第四巻, 文藝春秋, 1982. 5.

32 磯田光一「移動空間の人間学－安部公房論」,『現代日本文学大系』 第76巻所収, 筑摩書房. 1966.

33 飯島耕一「安部公房－あるいは無罪の文学」,『批評』 1959. 1.

34 安部公房「あとがき－冬樹社版『終りし道の標べに』」,『安部公房全集 019』 新潮社, 1999.

35 磯田光一「安部公房論－無国籍者の視点」,『文学界』 1966. 5.

36 森川達也「安部公房とアバンギャルド」,『国文学解釈と鑑賞』 1969. 9.

37 앞서 나온 磯田光一의 논의나 高野斗志美(『増補 安部公房論』) 외에도 山田博光「『終りし道の標べに』」,『国文学解釈と鑑賞』 1971. 1. 渡辺広士『安部公房』 審美社, 1976. 工藤智哉「安部公房「終りし道の標べに」論」,『繍』 1999. 3. 등, 이후 참고논문으로 소개하는 연구론도 모두 '고향상실자'의 시점을 취하고 있다.

38 西田智美「『終りし道の標べに』 改訂について」,『香椎潟』 36, 1990. 10. 竹田志保「『終りし道の標べに』 改稿過程をめぐって」,『藤女子大学国文学雑誌』 67, 2002. 7. 梅津彰人『安部公房作品の比較文学的研究』 大阪大学大学院文学研究科文化表現論専攻博士論文, 2008.

39 鶴田欣也「『けものたちは故郷をめざす』におけるアンビバレンス」,『日本近代文学』 20, 1974. 5.

40 呉美姃「『終りし道の標べに』論」,『安部公房研究－植民地経験を基点として』東京大学大学院人文社会系研究科日本語日本文学研究専攻博士論文, 2005. 3. 蘆田英治「螺旋の神－安部公房『〈真善美社版〉 終りし道の標べに』試論」,『論樹』 14, 2000. 12.

41 田中裕之「安部公房「けものたちは故郷をめざす」考」,『近代文学試論』 32, 1994. 12. 呉美姃「安部公房『けものたちは故郷をめざす』論―「見捨てられた者」の「日本」」,『国語と国文学』 80－12, 2003. 12.

42 小久保実「安部公房の満州体験」,『国文学解釈と鑑賞－現代作家・風土とその故郷〈特集〉』 40－6, 1975. 5. 이러한 만주표상론과 관련해서 만주의 구지명의 확인도 이루어졌다. 小林治「安部公房『けものたちは故郷をめざす』について－満州体験の対象化をめぐって」,『駒沢短大国文』 1995. 3. 참조.

43 有村隆広「安部公房の小説『けものたちは故郷をめざす』－カフカ文学との対比」,

『言語文化論究』通号10, 1999;「安部公房の初期の作品(2)『異端者の告発』; ニーチェの影響」,『言語文化論究』通号6, 1995.

44 大澤真幸, 斉藤環「多重人格の射程」,『ユリイカ』2000. 4.

45 大澤真幸 · 斉藤環, 상게서.

46 安部公房「シュールリアリズム批判」,『安部公房全集002』新潮社, 1997.

47 高良武久「チクロイド気質及びシツォイド気質」,『性格学』白揚社, 1953.

48 『精神医学事典』弘文堂, 1993. 그리고 佐藤達哉「記憶 · 解離 · 性格」,『ユリイカ』2000. 4. 참조.

49 E. T. A. ホフマン, 種村季弘訳『砂男』河出書房, 1995.

50 フロイト, 種村季弘訳『無気味なもの』河出書房, 1995.

51 トニー · マイヤーズ, 村山敏勝訳『スラヴォイ · ジジェク』青土社, 2005. 12.

52 フランツ · ファノン, 鈴木道彦 · 浦野衣子訳『地に呪われたる者』みすず書房, 1996.

53 フランツ · ファノン, 상게서.

54 南原繁「天長節—記念祝典における演述」『南原繁著作集第7巻』, 岩波書店, 1946.

55 박진우「전후 일본의 단일민족론과 상징천황제」『日本思想』제18호, 2010.

56 高杉志緒『日本に引揚げた人々−博多港引揚者.援護者聞書』, 図書出版のぶ工房, 2011.

57 引揚援護庁『引揚援護の記録』, 1950.

58 厚生省編集『引揚援護の記録』,『續.引揚援護の記録』,『続々.引揚援護の記録』, クレス出版, 2000.

59 이연식『敗戰 後 韓半島에서 돌아간 日本人 女性의 歸還體驗—南北間의 地域差를 中心으로』,『한일민족문제연구』제17호, 2009.

60 朴裕河「引揚げ文学論序説—戦後文学のわすれもの」『日本学報』제81집, 2009.

61 成田竜一『「戦争経験」の戦後史−語られた体験/証言/記憶』, 岩波書店, 2010.

62 蘭信三『帝国崩壊と人の再移動−引揚げ, 送還, そして残留』, 勉誠出版, 2011.;『中国残留日本人という経験−「満洲」と日本を問い続けて』, 勉誠出版, 2009.;『日本帝国をめぐる人口移動の国際社会学.序説』, 不二出版, 2008.;「歴史実践としての聞き書き, 社会運動としての語りつぎ」,『満蒙開拓を語りつぐ意義と可能性』, 京都大学国際交流センター, 2008.;「序 特集: 中国残留孤児の叫び—終わらぬ戦後」,『アジア遊学』85, 2006.

63 成田竜一, 상게서.

64 藤原てい「あとがき」,『流れる星は生きている』中央公論新社, 1976년 초판.

65 藤原てい「著者の言葉」,『流れる星は生きている』中央公論新社, 1994.

66 박광현「인양 서사란 무엇인가」『플랫폼』 통권 20권, 인천문화재단, 2010.

67 山田昭次『近代民衆の記録6 満州移民』新人物往来社, 1978. 松谷みよ子『現代民話考6 銃後－思想弾圧・空襲・原爆・沖縄戦・引揚げ』立風書房, 1987.

68 浅野豊美「折りたたまれた帝国: 戦後日本における「引揚」の記憶と戦後的価値」『記憶としてのパールパーバー』, ミネルヴァ書房, 2004.

69 島崎徳恵「侵略者に加担すまい」,『凍土からの聲—外地引揚者の実体験記』謙光社, 1976.

70 島崎徳恵, 상게서.

71 藤原てい『流れる星は生きている』中央公論新社, 1976.

72 宮原英一「或る引き揚げ少年の戦後史」ww2.enjoy.ne.jp/~eiichim/InternetRoman.htm

73 TABATA GAYA『식민지 조선에서 생활한 일본여성의 생활과 식민지주의 경험에 관한 연구』梨花女子大学校大学院女性学科碩士論文, 1996. 8. 이 논문에는 패전 이후 일본에 귀환해 간 여성을 대상으로 직접 설문조사를 한 내용을 싣고 있다. 특히 귀환자로서의 경험이 개인의 아이덴티티 형성에 미친 영향을 조사해 놓고 있다.

74 朴裕河, 상게서.

75 TABATA GAYA「식민지인양자로서의 경험사례D」, 상게서.

76 藤原てい『流れる星は生きている』상게서.

77 任展慧『ドキュメントの百年5 女と権力』, 平凡社, 1978.

78 宮原英一「いのち泉にあふれむ—ある引き揚げ少年と戦後史」, 山口新聞掲載小説, 2002年 3月 25日附.

79 五木寛之「アカシアの花の下で」『風に吹かれて』, 文藝春秋, 1973.

80 任展慧, 상게서.

81 浅野豊美, 상게서.

82 石田雄『記憶と忘却の政治学』, 明石書店, 2000.

83 장 폴 사르트르『실존주의는 휴머니즘이다』, 박정태 역, 이학사, 2007.

84 安田武「戦争体験と文学－武田泰淳論」,『定本 戦争文学論』第三文明社, 1977.

85 이 표현은 이쓰키 히로유키의 작품『데라시네의 깃발(デラシネの旗)』,『五木寛之作品集1』文藝春秋, 1972. 10.에서 사용되고 있다.

86 五木寛之「外地引揚派の発想」,『毎日新聞』1971. 1. 22.付.

87 尾崎秀樹『旧植民地文学の研究』勁草書房, 1971. 6.

88 野間宏「安部公房の存在」,『野間宏全集18』筑摩書房, 1971.

89 安部公房「二十代座談会 世紀の課題について」,『総合文化』1948. 8.

90 栗坪良樹「けものたちは故郷をめざす」,『国文学解釈と鑑賞』17, 1972. 9.

91 ジボー・マーク「荒野上の存在」,『比較文化論叢』8, 2001. 9.

92 安部公房「私の中の満州」,『安部公房全集007』新潮社, 1998.

93 南原よし乃「日本に戻ろう」,『敗戦と引揚げ』近代戦史研究会編, 浪速書房, 1970. 10.

94 아베 고보의 귀환자로서의 아이덴티티에 관해 언급하고 있는 논의는 いいだもも「デラシネの毒」,『新日本文学』48-4, 1993. 4. 波潟剛「故郷を創造する引揚者－安部公房とシュルレアリスム」,『日本語と日本文学』30, 2000. 丸川哲史「植民地の亡霊－安部公房1948『終りし道の標べに』, 1957『けものたちは故郷をめざす』」,『帝国の亡霊－日本文学の精神地図』青土社, 2004. 池内紀「出ふるさと記Ⅲ－引揚者・安部公房」,『新潮』2005. 6. 등을 들 수 있다.

그리고 유럽 일본학회 회장이었던 리딘(Lidin, Olof G)은 만주에서 떠나 일본에서 지낼 수밖에 없던 아베의 경력에 주의를 모으며 아베 고보의 귀환자로서의 입장이 망명자에 가깝다고 설명한 바 있다(織田智恵訳「安部公房の国際主義」,『新潮』85-3, 1988. 3.).

2부

1 五十嵐亮子「初期安部公房研究－寓意空間の創造」,『日本文学』69, 1988. 3.

2 杣谷英紀「安部公房『異端者の告発』の意義」,『日本文藝研究』50-3, 1998. 12. 石橋佐代子「『異端者の告発』論」,『名古屋近代文学研究』16, 1999. 3.

3 安部公房「二十代座談会 世紀の課題について」『総合文化』1948년 8호. 波潟剛는 작품「鴉沼」이「夜の会」의 동인지였던『総合文化』에서 발표되지 못한 이유가 아베 고보의 이러한 발언 때문이라고 지적하기도 한다. (波潟剛「蟻から群衆へ」『越境のアヴァンギャルド』, NTT出版, 2005)

4 石橋佐代子「『異端者の告発』論」,『名古屋近代文学研究』16, 1999. 3.

5 有村隆広「安部公房初期作品(2)『異端者の告白』: ニーチェの影響」,『言語文化論究』6, 1995.

6 西澤泰彦「Ⅲ. 瀋陽」,『「満洲」都市物語－ハルビン・大連・瀋陽・長春』河出書房新社, 1996. 8.

7 有村隆広 , 상게서.

8 永井順子「精神病学と国民優生法の成立」,『アソシエ21』特集日本の超国家主義－超国家主義を支えた知, 2006.

9 五十嵐恵邦「肉体の時代」,『敗戦の記憶』中央公論新社, 2007. 12.

10 巌谷大四他編『文壇百人』読売新聞社, 1972. 10. 특히 아베는 어학에 자신이 없어 했는데, 이는 그가 작가가 된 이후에도 여러 에피소드를 통해 언급된다. 특히 도널드

킨에게 보낸 편지를 보면 외국어를 잘할 수 있게 하는 약을 누군가가 빨리 발명해 주었으면 좋겠다며 외국어를 잘하는 오에 겐자부로를 보며 미국 등지를 자유롭게 오갈 수 있는 게 부럽다고 하고 있다.(「ドナルド・キーン宛書簡」 1968. 4. 30. 『安部公房全集022』 新潮社, 1999)

11 「安部公房伝記」, 『安部公房全集030』 新潮社, 2009.

12 이연식 『敗戰 後 韓半島에서 돌아간 日本人 女性의 歸還體驗—南北間의 地域差를 中心으로』, 『한일민족문제연구』 제17호, 2009.

13 山本有造 外 『「満洲」記憶と歴史』 京都大学学術出版会, 2007.

14 厚生省編集 「未帰還者に関する特別措置法の制定」 『続々.引揚援護の記録』 クレス出版, 2000.

15 박진우 「전후 일본의 단일민족론과 상징천황제」, 『日本思想』 제18호, 2010.

16 市野川容孝 「難民とはなにか」, 『難民』, 岩波書店, 2007.

17 『침입자(闖入者)』(未来社)에는 단편 「침입자(闖入者)」를 비롯해서 「공중누각(空中楼閣)」, 「노아의 방주(ノアの方舟)」, 「수중도시(水中都市)」, 「총가게(鉄砲屋)」, 이렇게 5개의 단편이 실려 있다. 『굶주린 피부(飢えた皮膚)』(書肆ユリイカ)에는 단편 「굶주린 피부(飢えた皮膚)」 외에 「시인의 생애(詩人の生涯)」, 「손(手)」, 「플루토의 덫(プルートーのわな)」, 「침입자(闖入者)」, 「덴도로카카리야(デンドロカカリヤ)」, 「이솝의 재판(イソップの裁判)」, 총 6개의 단편이 수록되어 있다.

18 磯田光一 「占領の二重構造」, 『戦後史の空間』 新潮社, 1983.

19 五百旗頭真 「保守政治による再生」, 『日本の近代6 戦争・占領・講和』 中央公論新社, 2001.

20 磯田光一 「性とそのタブ」, 『戦後史の空間』 新潮社, 1983.

21 石橋佐代子 「存在象徵主義」と ひとつの世界－『終りし道の標べに』から 「飢えた皮膚」まで」, 『名古屋近代文学研究』 20, 2003.

22 「在満日本婦人は此の言を何と聞く」, 『満洲日報』 1930年 11月 27日付

23 塚瀬進 「在満日本人のなかの子供と女性」, 『満洲の日本人』 吉川弘文館, 2004.

24 高崎達之助 『満洲の終焉』 実業之日本社, 1953.

25 蘭信三 「『引揚援護の記録』解説」, 厚生省編集 『続々・引揚援護の記録』 クレス出版, 2000.

26 厚生省編集 『引揚援護の記録』 クレス出版, 2000. 2000년에 복간된 후생성 편집의 귀환원호에 관한 기록은 『引揚援護の記録』, 『続・引揚援護の記録』, 『 続々・引揚援護の記録』 이렇게 세 권으로 구성되어 있다. 이하 귀환사업 관련 자료는 이 자료에 의한다.

27 『続・引揚援護の記録』 資料3参考

28 「ソ連「引揚完了」を発表」, 『朝日新聞』 1950. 4. 23. 1면.

29 『朝日新聞』 1950. 6. 10. 1면.

30 市野川容孝 「難民とはなにか」, 『難民』 岩波書店, 2007.

31 有村隆広 「安部公房の最初の作品集 「壁」—フランツ・カフカとルイス・キャロルの影響」, 『言語文化論究』 9, 1998.

32 박진우, 상게서.

33 小熊英二 『<民主>と<愛国> 戦後日本のナショナリズムと公共性』, 新曜社, 2002.

34 竹内好 「近代主義と民族の問題」, 『文学』 9월호. 그리고 「ナショナリズムと社会革命」, 『人間』 1951년 7월호.

35 「総特集戦後東アジアとアメリカの存在」, 『現代思想』, 2001년 7월호와 佐藤泉 『戦後批評のメタヒストリー: 近代を記憶する場』 岩波書店, 2005. 참고

36 安部公房 「文学理論の確立のために」, 『文学』 1952년 6월호.

37 安部公房 「国民文学の問題によせて」, 『文学』 1952년 11월호.

38 安部公房(1952) 「夜陰の騒擾—五・三〇事件をめぐって」, 인용은 『安部公房全集 003』 新潮社, 1997.

39 安部公房 「瀋陽十七年」, 『旅』 1954년 2월 1일자.

40 「安部公房伝記」, 『安部公房全集030』 新潮社, 2009.

41 또한 加藤正宏의 웹싸이트(http: //www.geocities.jp/mmkato751/tiyo00.html) 내의 「旧千代田小学校界隈と旧南一條通」 참조.

42 南満洲鉄道総裁室地方部残務整理委員会 『満鉄附属地経営沿革全史』 龍渓書舎, 1977.

43 http: //www.geocities.jp/mmkato75/shenyang6.html

44 安部公房 「瀋陽十七年」, 『旅』 1954年 2月 1日付.

45 安部公房 「瀋陽十七年」, 상게서.

46 安部公房 「奉天」, 『日本経済新聞』 1995年 6月 6日付.

47 安部公房 「私の中の満洲」, 『日本読書新聞』 1957年 4月 15日付.

48 成田龍一 『「故郷」という物語』 吉川弘文館, 1998.

49 아베 고보의 소위 애매한 고향관은 만주에서의 식민자로서의 인식 결여에 의한 한계로도 지적되고 있다. 단순한 노스탤지어를 묘사하고 있는 것으로 상실감에 초점이 맞추어져 있다는 것이다. 또한 이러한 분석은 특히 『끝난 길의 이정표』, 『짐승들은 고향을 향한다』가 고향상실자의 이야기를 주제로 한다는 관점에서 제기된다. 이하의 선행론 참조. 鶴田欣也 「『けものたちは故郷をめざす』におけるアンビバレンス」, 『日本近代文学』 20, 1974. 田中裕之 「安部公房 「けものたちは故郷をめざす」考」, 『近代文学試論』 32, 1994. 盧田英治 「螺旋の神–安部公房 『〈真善美社版〉 終りし道の標べに』試論」, 『論樹』 14, 2000. 呉美姃 「安部公房 『けものたちは故郷をめざす』論」,

『国語と国文学』80−12, 2003.

3부

1 田中雅史「物質と思考の運動−安部公房の「砂の女」におけるシュルレアリスム的技法とその変容」,『甲南大学紀要文学編』138, 2004. 田中裕之「『砂の女』論−その意味と位置」,『日本文学』35−12, 1986.

2 水永フミエ「安部公房「デンドロカカリヤ」論」,『山口国文』8, 1985. 李貞熙「安部公房「デンドロカカリヤ」論−「極悪の植物」への変身をめぐって」,『稿本近代文学』19, 1994.

3 木村陽子「引き裂かれる＜鳩＞の象徴性−安部公房「手」の同時代的読みの可能性」,『国文学研究』144, 2004. 荻正「安部公房『R26号の発明』論」,『国語国文学研究』2月, 2002.柴垣竹生「ロマネスク」と「物語」の拒絶−安部公房『人魚伝』の位置」,『花園大学国文学論究』19, 1991. 越智啓子「安部公房「闖入者」論」,『愛文』2, 1979. 角田旅人「安部公房断章−「詩人の生涯」その他」,『国語』6月, 1974.

4 杣谷英紀「安部公房『異端者の告発』の意義」,『日本文芸研究』50−3, 1998. 隅本まり子「安部公房−その初期作品における一考察」,『国語国文学研究』15, 1980.

5 鳥羽耕史「『デンドロカカリヤ』と前衛絵画」,『日本近代文学』62集, 2000.

6 鳥羽耕史「芸術運動と文学」,『運動体・安部公房』一葉社, 2007.

7 鳥羽耕史, 상게서.

8 鳥羽耕史, 상게서.

9 佐伯彰一「反物語のアイロニィ」,『作家論集』未知谷, 2004.

10 柴垣竹生「ロマネスク」と「物語」の拒絶−安部公房「人魚伝の位置−」,『花園大学国文学論究』19, 1991.

11 黒川友美子「考察 安部公房のシュールな技法」,『文化論輯』9, 1999.

12 安部公房「人魚伝」,『文学界』16号, 1962. 6.

13 安部公房「人魚伝」,『文学界』16号, p.12

14 安部公房「人魚伝」,『文学界』16号, p.16

15 巖谷国士「デペイズマン, 瀧口修造と澁澤龍彦」,『シュルレアリスムとは何か』筑摩書房, 2002.

16 和田博文編「シュールレアリスム基本資料集成」,『コレクション・日本シュールレアリスム⑮』本の友社, 2001.마그리트가 일본에 처음 소개된 것은『미즈에(みづゑ)』1937년 5월호(《海外超現実主義作品集》)로, 1929년 작품인「통행자」와 1936년 작품「사랑의 투시법」,「초상」이 소개되었다.

17 滝沢恭司編「福沢一郎.パリからの帰朝者」,『コレクション・日本シュールレアリスム⑪』本の友社, 1999.

18 岡庭昇『花田清輝と安部公房—アヴァンガルド文学の再生のために』第三文明社, 1980.

19 安部公房「まず解部力を—ルポルタージュ提唱と<蛇足>によるその否定」,『安部公房全集005』新潮社, 1997.

20 北川透「メタファーとしての変身—安部公房『砂の女』まで」,『文学における変身』笠間書院, 1992.

21 波潟剛「失われた記憶.空間—安部公房の満洲体験」,『九州という思想』花書院, 2007.

22 波潟剛「故郷を創造する引揚者」,『越境のアヴァンギャルド』NTT出版, 2005.

23 高野斗志美「物自体とある異教徒の物語」,『安部公房論』花神社, 1979.

24 藤永保「自我同一性」,『思想と人格』筑摩書房, 1991.

25 澁澤龍彦『変身のロマン』学研M文庫, 2003.

26 生田耕作「シュルレアリスムと安部公房」,『国文学解釈と鑑賞』17号, 1972.

27 安部公房(1950)「イメージ合成工場」,『安部公房全集002』新潮社, 1997.

28 安部公房(1949)「シュールリアルズム批判」,『安部公房全集002』新潮社, 1997.

29 諸田和治「カフカと安部公房」『国文学解釈と鑑賞』17-12, 1972.

30 マーク・アンダーソン『カフカの衣装』, 三谷研爾, 武林多寿子訳, 高科書店, 1997.

31 有村隆広「安部公房の転機—カフカ文学との対比」,『言語文化論究』8. 1997;「安部公房の最初の作品集『壁』—フランツ・カフカとルイス・キャロルの影響」,『言語文化論究』9, 1998.

32 有村隆広「安部公房「けものたちは故郷をめざす」—カフカ文学との対比」,『言語文化論究』10, 1999.

33 安部公房「カフカの生命」,『安部公房全集027』新潮社, 2000.

34 安部公房「カフカの生命」, 상게서.

35 ヴラスタ・ヴィンケルヘーフェローバ「日本文壇の一匹狼 安部公房」,『世界が読む日本の近代文学』丸善ブックス050. 1996.

36 埴谷雄高「安部公房のこと」,『近代文学』8月号, 1951.

37『ザ・清輝 花田清輝全一冊』第三書館, 1986.

38 澁澤龍彦編『暗黒のメルヘン』河出書房, 1998.

39 澁澤龍彦編, 상게서.

40 鳥羽耕史「芸術運動と文学」,『運動体.安部公房』一葉社, 2007.

41 渡辺広士『安部公房』審美社, 1976.

42 カフカ小品集, 花田清輝訳,「世紀の会」1950年10月3日刊.『ザ・清輝 花田清輝全一冊』에서 재인용.

43『カフカ事典』三省党, 2003. 1917년에 집필한 작품으로 후에『만리장성(万里の長城)』(1931)에 실렸다.

44『カフカ事典』三省党, 2003. 1920년 작품으로『어느 전쟁의 기록(ある戦いの記録)』(1936)에 실려 있는 작품이다.

45 브르통은 1937년 미술잡지『미노토르』에서 카프카의 꿈에 가까운 언어를 지적하면서 "모든 현재에 존재하는 것을 의문시하여 세계의 베일을 벗기는 시인"이라며 상찬했다.(『カフカ事典』) 이것은 현실에서 해방되어 있는 시선을 평가하고 있다고 할 수 있다.

46 ヴィック・ド・ドンデ, 富樫瓔子訳, 荒俣宏監修『人魚伝説』創元社, 1993.

47 安部公房「奉天」,『安部公房全集004』新潮社, 1997.

48 波潟剛「＜故郷＞を＜創造＞する＜引揚者＞: 安部公房のシュルレアリスム」,『日本語と日本文学』30, 2000.

49 波潟剛『越境のアヴァンギャルド』NTT出版, 2005.

50 安部公房「錨なき方舟の時代」,『安部公房全集027』新潮社, 2000.

51 安部公房「忘却の権利」,『安部公房全集007』新潮社, 1998.

52 黒川友美子「考察 安部公房のシュールな技法」,『文化論輯』9, 1999.

53 梅津彰人「安部公房『カンガルー・ノート』をめぐって」,『阪大比較文学』3, 2005.

54 波潟剛『越境のアヴァンギャルド』NTT出版, 2005.

55 山本有造外『「満洲」記憶と歴史』京都大学学術出版会, 2007.

56 厚生省編集「未帰還者に関する特別措置法の制定」,『続々・引揚援護の記録』クレス出版, 2000.

57 安部公房「破滅と再生2」,『安部公房全集028』新潮社, 2000.

58 William Currie, *Metaphors of alienation: the fiction of Abe, Beckett and Kafka*, University Microfilms, 1977.

59 日野啓三「安部公房の矛盾」,『国文学解釈と鑑賞』17-12, 1972.

60 바슐라르[G. Bachelard]『공간의 시학』곽광수 역, 동문선, 2003.

61 에드워드 렐프[E. Relph]『장소와 장소상실』김덕현 외 역, 논형, 2008.

62 安部公房「作家のあとがき」,『砂漠の思想』講談社, 1965.

63 石崎等「安部公房研究史展望–初期同時代評などをめぐって」日本文学研究資料叢書『安部公房・大江健三郎』有精堂, 1974.

64 Tilander, A. Why did C. G. Jung Write His Autobiography? *Journal of Analytical Psychology*, 1991.

65 波潟剛「<故郷>を<創造>する<引揚者>–安部公房とシュルレアリスム」, 상게서.

66 成田龍一「引揚げに関する序章」,『思想』, 2003.

67 五十嵐恵邦「トラウマの再現」『敗戦の記憶』中央公論新社, 2007.

68 磯田光一「無国籍者の視点–安部公房論」,『文学界』20–5, 1966.

69 최병두『근대적 공간의 한계』삼인, 2002.

70 安部公房(1971)「共同体幻想を否定する文学」,『安部公房全集023』新潮社, 1999.

4부

1 中島誠「安部公房—「箱入り男」のジレンマ」,『現代の眼』14–10, 1973.

2 安部公房(1973)「書斎にたずねて」,『安部公房全集24』新潮社, 1999.

3 田中裕之「『箱男』論(一): 「箱男」という設定から」,『梅花女子大学文学部紀要』31, 1997.

4 安部公房「書斎にたずねて」, 상게서.

5 安部公房「私の文学を語る」,『三田文学』3, 1968.

6 山川久三「『プラスチック文学」はどこへ行くか」,『民主文学』96, 1973.
松原新一「都市的人間の極北, 安部公房『箱男』」,『文芸』, 1973.
津田考「安部公房の仮面と素顔—「箱男」の自由について」,『赤旗』, 1973.
芳賀ゆみ子「安部公房『箱男』の世界」,『目白近代文学』第6号, 1985.

7 田中裕之, 상게서.

8 전면 개고를 통해『安部公房全作品15』(新潮社, 1973)에 수록.

9 후에 에세이집『砂漠の思想』(講談社, 1965)에 수록되며, 표제작이 됨.

10 岡本太郎「今日の芸術」,『岡本太郎著作集第一巻』講談社, 1950.

11 安部公房「共同体幻想を否定する文学」,『安部公房全集023』新潮社, 2001.

12 安部公房(1973. 4.)「<「箱男」を完成した安部公房氏>共同通信の談話記事」,『安部公房全集024』新潮社, 1999.

13 波潟剛「高度成長期の「アヴァンギャルド」」,『越境のアヴァンギャルド』NTT出版, 2005.

14 廣瀬晋也「メビウスの輪としての失踪」,『安部公房『砂の女』作品論集』クレス出版, 2003.

15 美濃部重克「安部公房無常体験の文学『砂の女』論」,『安部公房『砂の女』作品論集』近代文学作品論集成⑲, クレス出版, 2003.

16 波潟剛「媒介者の物語」,『越境のアヴァンギャルド』NTT出版, 2005.

17 安部公房「著者のことば:『箱男』」,『安部公房全集024』新潮社, 1997.

18 安部公房「クレオールの魂」,『世界』4, 1987.

19 フランツ・ファノン, 海老坂武・加藤晴久訳『黒い皮膚, 白い仮面』みすず書房, 1998.

20 紅野敏郎「安部公房の批評の構造」,『国文学解釈と鑑賞』17−12, 1972.

21 渡辺広士「安部公房と共同体」,『国文学解釈と鑑賞』17−12, 1972.

22 諸田和治「カフカと安部公房」,『国文学解釈と鑑賞』17−12, 1972.

23 栗坪良樹「けものたちは故郷をめざす」,『国文学解釈と鑑賞』17−12, 1972.

24 ジボー・マーク「荒野上の存在」,『比較文化論叢』8, 2001.

25 沼野充義「世界の中の安部公房」,『国文学解釈と鑑賞』42−9, 1997.

26 栗坪良樹「安部公房〈砂漠〉の思想」,『国文学解釈と鑑賞』42−9, 1997.

27 鳥羽耕史「国境の思考」,『文芸と批評』8, 1997.

28 磯田光一「無国籍者の視点−安部公房論」,『文学界』20−5, 1966.

29 沼野充義「世界の中の安部公房」,『国文学解釈と鑑賞』42−9, 1997.

30 沼野充義「世界の中の安部公房」, 상게서.

31 石崎等「『カンガルー・ノート』ノート」,『国文学解釈と鑑賞』42−9, 1997.

32 安部公房「自筆年譜」,『安部公房全集12』新潮社, 1998.

33 安部公房「共同体幻想を否定する文学」,『安部公房全集23』新潮社, 1999.

34 安部公房「書斎にたずねて」,『安部公房全集24』新潮社, 1999.

35 山川久三「「プラスチック文学」はどこへ行くか」,『民主文学』96, 1973.

36 安部公房「都市への回路」,『安部公房全集026』新潮社, 2002.

37 埴谷雄高「安部公房のこと」,『近代文学』1951. 8.

38 安部公房「共同体幻想を否定する文学」(戦後派作家対談13 安部公房編)『図書新聞』1972. 1. 1.

39 野口武彦『石川淳論』筑摩書房, 1969.

40 前田愛「焦土の聖性」,『都市空間のなかの文学』筑摩書房, 1982.

41『ユリイカ—特集野坂昭如』37−13, 2005. 12.

42 野坂昭如『アメリカひじき・火垂るの墓』文藝春秋, 1968. 3. 초판 참고

43 野坂昭如『「終戦日記」を読む』NHK出版, 2005. 7.

44 安部公房(1971.1.)「共同体幻想を否定する文学」,『安部公房全集023』新潮社, 2001. 실제 아베 고보는 귀환 전까지 직접 제작한 사이다를 판매해서 생활을 연명하였는데 꽤나 돈을 모았다고 한다.

45 安部公房(1971.1.)「共同体幻想を否定する文学」,『安部公房全集023』新潮社, 2001.

46 市野川容孝「難民とはなにか」,『難民』岩波書店.

47 市野川容孝「難民とはなにか」상게서.

48 市野川容孝「難民とはなにか」상게서.

49 이 내용을 요약한 일부가『国文学』(1979. 6월호)에「内的亡命者の文学」이라는 타이틀로 수록되었다. 이하의 인용은 인터뷰 내용의 전문에 해당하는「内的亡命の文学」으로『安部公房全集026』(新潮社, 2002)에 의한다.

50 아베 고보는「内なる辺境」(『中央公論』1968.11-12)에서 유태인의 문학적 특성을 언급하면서 중남미의 망명자적인 문학성을 언급하기 시작했다.

51 앙헬 라마(Angel Rama)에 의해 이론화되어『Transulturación narrativa en AméricaLatina』(1982),『La ciudad letrada』(1984) 속에서 논의되었다. 일본에서는 번역된 적이 없고 한국에서는『라틴아메리카소설의 문화횡단』,『문자의 도시』로 소개되었다. (『붐소설을 넘어서』송병선, 고려대학교출판부, 2008 참고) 일본어 관계 자료로는 齋藤純一『自由』(岩波書店, 2008)나 アンドレ・フランク(Andre Gunder Frank)『世界資本主義と低開発』(大崎正治訳, 柘植書房, 1976)를 참고하면 좋다.

52 아베 고보가 이 당시 중남미 문화나 중남미에 관한 지식을 어떠한 경위로 얻었고 얼마만큼 정확히 이해하고 있었는지는 불명확하다. 그러나 그가 직접적인 정보를 얻을 수 있었으리라 여겨지는 당시의 자료로서 1971년 9월에 잡지『문예(文芸)』에 실린「라틴아메리카 문학 특집(ラテン・アメリカ文学特集)」(Mario Vargas Llosa, 桑名一博訳)과 1977년 3월호『신일본문학(新日本文学)』(32-3호)에 수록된「라틴아메리카 문예운동의 이론적 전제(ラテン・アメリカ芸術運動の理論的前提)」(グルースベルク・ホルヘ, 針生一郎訳)를 참조해 볼 수 있다.

53 Paz Octavio「ラテン・アメリカ文学の特質—創始の文学」,『文芸』10-10, 大林文彦訳, 1971. 9.

54 清水透 編著『ラテンアメリカ』大月書店, 1999.

55 보리스 비앙(Boris Vian, 1920-1959) 프랑스 작가이자 시인. 세미프로 재즈 트럼펫 연주자로도 유명하고 가수로도 활동.『세월의 거품(L'Écume des Jours)』,『북경의 가을(L'automne à Pékin)』등 전위적인 작풍의 소설로 알려져 있다. 또한 1940년대 후반에 탈주병 흑인작가라 자칭하면서 버넌 설리반(Vernon Sullivan)이라는 펜네임으로 통속적이고 폭력적인 하드보일드 소설을 집필한 바 있다. 재즈비평이나 미국문학의 소개 등의 분야에서도 공적을 남겼다. 비앙의 작품에 대한 평가는 소송사건으로까지 전개된 케이스를 보아도 알 수 있듯이 낮았다고 한다. 그렇지만 사후에 콕토(Jean Cocteau)나 사르트르, 보부아르(Simone de Beauvoir)에 의해 재평가되기 시작하면서 서서히 문학가로서의 명예를 회복한다. 그리고 출판금지, 절판되었던 비앙의 작품이 점차 복간되면서 오늘날에는 전 권이 복간되었다.(『ユリイカ』2000. 3. 特集ボリス・ヴィアン 참고)

56 프랑 오브라이언(Flann O'brien, 1911−1966) 아일랜드 소설가. 공무원으로 근무하면서 데뷔작인 『스윔 투 버즈에서(At Swim−Two−Birds)』를 집필, 다음 해인 1939년에 간행. 파리에 거주하던 조이스에게 이 작품을 헌정했다고 한다. 1940년, 29세로 두 번째 작품 『제3의 경찰(The Third Policeman)』을 완성했는데 출판이 여의치 못해 오랜 기간 묻혀 있다가 그가 죽은 뒤 1967년에야 간행되었다. 1961년, 50세에 세 번째 작품 『하드 라이프(The Hard Life)』를 간행, 53세에 『덜키 고문서(The Dalkey Archive)』를 완성, 환상적이고 기괴한 작풍으로 평가받았다. 집필활동을 멈추었던 시기에는 다른 펜네임(Myles Na Gcopaleen)으로 신문 칼럼을 통해 독설가로 대활약했다.(『ハードライフ』大澤正佳訳, 国書刊行会, 2005. 2. 참조) 일본에서는 1973년부터 소개되기 시작했다.

5부

1 Lois Parkinson Zamora, Wendy B Faris, *Magical Realism - Theory, History, Community*. Duke University Press, 2012.

2 일본에서 아베 고보와 가르시아 마르케스의 영향관계에 대해서는 졸고 「安部公房の〈亡命文学〉論: 安部公房が語るガブリエル・ガルシア=マルケス『百年の孤独』」(『待兼山論叢文学篇』(45), 2011)에 정리한 바 있다. 이 논문은 2009년 6월에 개최된 일본비교문학회 전국대회에서 필자가 발표한 내용을 토대로 작성되었는데, 발표 당시 일본 내의 라틴아메리카문학 연구자 노야 후미아키(野谷文昭) 선생이 참석하여 아베 고보와 가르시아 마르케스의 문학적 비교 가능성과 일본 내의 연구방향 등에 관해 많은 토론이 있었다.

3 다만, 스페인어로 작성되어 있어 필자가 직접적으로 그의 연구 내용을 참고하지는 못했음을 밝힌다. 그의 저서와 연구발표 내용은 Hacer el mundo con palabras: Los universos ficcionales de Kobo Abe y Gabriel García Márquez, Universidad de Los Andes, Asociación de Profesores, Mérida, Venezuela, 2011; Congreso de la Asociación Japonesa de Estudios Latinoamericanos (AJEL), Simposio: "Lo fantástico en América Latina y la novela contemporánea", Universidad de Estudios Extranjeros de Tokio, Junio, 2009: Ponencia: "Kobo Abe y Gabriel García Márquez, discusión en torno a lo fantástico"; Conferencista en la Universidad de Tokio, Campus Hongo: "Gabriel García Márquez y Kobo Abe: tradición y transgresión". *Organizada por el Profesor Fumiaki Noya*, Tokio, Julio, 2009.

4 安部公房(1983) 「地球儀に住むガルシア=マルケス」, 『安部公房全集027』 新潮社, 2000.

5 본 논문에서 인용하는 가르시아 마르케스의 모든 작품은 단편집 『青い犬の目』(井上義一訳, 福武書店, 1990)에 수록된 것을 저본으로 하고 있음을 밝힌다. 이하 작품명과 쪽수만 명기한다.

6 山陰昭子「ガルシア・マルケスの初期短編－短編集『青犬の目』を中心に」,『人文論集』18−1・2号, 1982.

7 佐伯彰一「安部公房－反物語のアイロニィ」,『作家論集』未知谷, 2004.

8 小林治「昭和二十年代の安部公房短編作品について(一・二・三): 変身と身体をめぐって」,『駒沢短大国文』29・30・31, 1999~2001.

9 李貞熙「安部公房の小説における<変身>のモチーフをめぐって」,『国際日本文学研究集会研究発表』19, 1995.

10 安部公房(1955)「死人登場」,『どれい狩・快速船・制服』,『安部公房全集005』新潮社, 1997.

11 石橋紀俊「広場的であることをめぐって―安部公房『手』論」『日本アジア言語文化研究』10, 2003.

12 아르헨티나 작가. 현실과 비현실이 교착하는 창의와 환상으로 가득 찬 작풍의 단편『동물우의담』(1952년)으로 알려지기 시작했다. 라틴아메리카의 마술적 리얼리즘과 함께 카프카, 보르헤스의 영향을 받았다.『돌차기 놀음』은 20세기의 걸작이라고 평가받고 있다.(フリオ・コルタサル「動物寓意譚」土岐恒二訳・著者紹介,『文芸』10−10, ラテン・アメリカ文学特集, 1971. 9.)

13 페루 작가. 사춘기 소년들을 사실적으로 묘사한 초기 장편『도시와 개들』로 스페인의 두 개의 문학상을 수상하고, 아마존강 상류지역을 무대로 한『녹색의 집』으로 작가적 지위를 확립했다.(マリオ・バルガス・リョサ「ラテン・アメリカ文学の動向」桑名一博訳・著者紹介,『文芸』10−10, ラテン・アメリカ文学特集, 1971. 9.)

14 “for his novels and short stories, in which the fantastic and the realistic are combinedinarichly composed world of imagination, reflecting a continent's life and conflicts”(*The Nobel Prize in Literature* 1982, Gabriel García Márquez, nobelprize.org)

15 가르시아 마르케스의 언어는 “마술적 사실주의라는 명성을 갖고 선전된 것처럼, 그의 작품의 본질은 마술적 사실주의를 벗어나 생각할 수 없다”고도 지적한다.(大西亮「ガルシア=マルケス『落葉』に対する解説」,『落葉』新潮社, 2007. 2.)

16 한국의 경우도 이 용어의 정의를 둘러싸고 다양한 설이 있다.(우석균「마술적 사실주의의 쟁점들」,『한국스페인언어문학』17, 2000. 1.)

17 クロード・レヴィ=ストロス, 大橋保夫訳,『野生の思考』みすず書房, 1976.

18 쿠바 작가. 아버지는 프랑스인이고 어머니는 러시아인으로 1904년 하바나에서 태어났다. 저널리스트로서 당대의 유명한 카르테레스 잡지 편집장을 역임했고『레비스타 데 아방세』라는 전위 잡지를 창간했다. 독재자 헤라르도 마차드를 비난하여 체포되어 옥중생활을 했고, 1928년 파리로 탈출, 많은 쉬르레알리스트와 교분을 맺었다. 하이티를 무대로 그 역사와 전설, 신화가 얽혀 있는 환상적인 세계를 묘사한『이 세상의 왕국』(1949년)으로 각광을 받았다. 문화와 예술의 시원에 대한 탐구를 주제로 한『잃어버린 발자취』(1953년)로 라틴아메리카 소설의 주요한 경향의 하나인 마술적 사실주의의 기수라고 평가받고 있다.(アレホ・カルペンティエル「種への旅」鼓直訳・

著者紹介, 『文芸』 10-10, ラテン・アメリカ文学特集, 1971. 9.)

19 'De lo real maravilloso americano', 원래 1943년 하이티를 여행하면서 '경이로운 현실(lo real maravilloso)'이라고 표현해 놓았는데, 후에 『이 세계의 왕국(El reino de este mundo)』(1949년)의 서문에 실었다.

20 Angel Flores가 1954년 12월 28일에 Modern Language Association of America 학회에서 발표한 논문이다. 원제는 Magical realism in Spanish American fiction. Angel Flores, ed., El realismo mágico, México, D.F., Premiá, 1990로 정리되어 있는 "El realismo mágico en la narrativa hispanoamericana"를 참조함.

21 Luis Leal, El realismo mágico en la literatura hispanoamericana, *Cuadernos Americanos*, Vol.XLIII, No.4, 1967.

22 Barth, John, *The literature of Replenishment*, ed, Lord John Press, 1985.

또한 노야 후미아키(野谷文昭)도 라틴아메리카의 큰 특징으로 토착성을 비롯해 모더니즘의 영향을 강조해야 한다며 모더니즘 문학 내에서 그 문학성을 설명한다.(シンポジウム『百年の孤独』を超えて」, 『すばる』 2008. 12.)

23 沼野充義, 青山南, 野崎歓, 野谷文昭, 藤井省三, 徹底討論20世紀文学を考える第1部「グローバリズムとローカリズム」, 『すばる』 21-3, 1999. 3.

24 가르시아 마르케스의 자서전 『生きて, 語り伝える』(旦敬介訳, 新潮社, 2009. 10. 30.). 이 자서전은 스페인 바르셀로나의 몬다도리 출판사에서 2002년에 스페인어로 간행된 가르시아 마르케스의 연대기식 회상록의 완역이다. 그 이전까지의 가르시아 마르케스의 연대기로는 『백년의 고독』의 번역자 鼓直에 의한 「マルケス評伝」이 있었다.(『ユリイカ』 1988. 8. 特集ガルシア=マルケス) 필자는 스페인어 출판과 거의 동시에 간행된 영문판 *Living to Tell the Tale*, By Edith Grossman, NewYork, 2003을 저본으로 하고, 2009년 10월판 일본어역을 참고했다. 인용의 경우 *Living to Tell the Tale*로 표기하고 페이지수를 병기한다. 일본어판의 페이지수는 〔 〕속에 표기하기로 한다.

25 *Living to Tell the Tale*, p.44〔p.64〕

26 *Living to Tell the Tale*, p.47〔pp.68-69〕

27 1908년에서 1914년 사이에 태어난 시인들로 구성된 그룹으로, 그들은 1935년에서 1940년까지 젊은 작가들의 목소리를 대변했다. 시적인 언어를 통해 서정성의 극대화를 추구하고 1917년에 출판된 스페인 시인 후안 라몬 히메네스(Juan Ramon Jimenez, 1881~1958)의 「돌과 하늘」(Piedra y cielo)이라는 시집의 영향을 받아 '돌과 하늘파'를 자칭했다.

28 가르시아 마르케스도 이 사건을 4, 5장에 걸쳐 상당한 지면을 할애하며 다루고 있는데, 당시의 상황을 콜롬비아의 20세기가 시작된 계기로 인식했다고 한다. (*Living to Tell the Tale*, p.333〔p.420〕)

29 *Living to Tell the Tale*, p.330〔p.416〕

30 久野星一「ガルシア=マルケスの「無縁都市」-『百年の孤独』とバランキーリャ」, 『すばる』 27-5, 2005.

31 가르시아 마르케스는 “바란키아는 역사가 없는 거리이다”라고 한다. 17세기부터 식민지제도에서 제외된 직업 없는 스페인인이나 선주민, 아프리카계 도망 노예들에 의해 개척된 바란키아는 어느 누구한테도 구속을 받지 않는 자유민에 의해 건설되었다. 또한 배가 선박할 수 없는 지형적 특성 때문에 정복자가 들어온 흔적이 남아 있지 않은, 기적과도 같은 집락으로서 탄생했다.

32 바란키아 그룹이 콜롬비아 문화운동의 역사에서 보면 전위운동의 중핵적 역할을 했음을 알 수 있다.(久野星一「ガルシア=マルケスの「無縁都市」-『百年の孤独』とバランキーリャ」,『すばる』27-5, 2005)

33 *Living to Tell the Tale*, p.370〔p.465〕

34 *Living to Tell the Tale*, pp.382-383〔p.481〕

35 Alvaro Mutis, 콜롬비아 시인이자 소설가. 미국의 Twentieth Century Fox와 Columbia Pictures에서 근무하면서 라틴아메리카 영화를 담당한 인물로 유명하다. 1953년『재앙의 요소(Los elementos del desastre)』라는 시집을 계기로 스페인어권에서는 큰 영향력을 갖게 되었다.

36 로마에서 영화평론을 본국으로 보내는 역할 등, ‘영화실험센터’의 영화감독코스로 등록했다.

37 R・クレマーデス, A・エステーバン「ガブリエル・ガルシア=マルケス—いいアイデアの詰まった戸棚」,『新潮』104-10, 木村栄一訳, 2007.

38 가르시아 마르케스론의 저자로 워싱턴대학의 레이몬드 윌리암즈는 가르시아 마르케스가 현실의 소재를 소설적 서술로 치환할 때의 그만의 독특한 방식에 관해 논하고 있다. 즉 소재 속에 감춰진 테마를 그 자신의 네러티브를 성립시키기 위한 기본 테마로 변화시킨다는 것이다. 이러한 평가를 소개하고 있는 今福龍太도 가르시아 마르케스의 저널리즘에 대해 현실의 즉물적인 상황을 ‘이른바 현실의 저널리스틱한 소재 위에 〈소설〉의 로직을 뒤집어 씌워서 엮어 낸 서술’이라고 평가한다.(今福龍太「麒麟のざわめき」,『ユリイカ』1988. 8.)

39 野谷文昭도 뉴저널리즘과의 관계 선상에서 ‘가르시아 마르케스의 저널리즘은 현실과의 접촉을 위해 필요하다고 한다.『백년 동안의 고독』에서도 바나나 노동자의 파업과 대학살이라는 일화는 이 작품의 문체가 파격적이리만큼 저널리스틱한 어조로 쓰이고 있다며, 가르시아 마르케스의 저널리즘의 경험이 현실과의 유대가 되고 있는 상황을 지적하고 있다. (野谷文昭「『現実』との結び目-マルケスにおけるジャーナリズム経験」,『ユリイカ』1988. 8.)

40 *Living to Tell the Tale*, p.7〔p.17〕

41 가르시아 마르케스가 1982년, 노벨문학상을 수상할 당시의 연설에서 “my master William Faulkner”라고 하고 있고(THE SOLITUDE OF LATIN AMERICA, *Nobel lecture*, December8, 1982.) 가르시아 마르케스의『낙엽』에서의 포크너의 영향이 지적되는 등, 포크너가 가르시아 마르케스에게 미친 문체나 구조상의 영향관계가 지적되어 왔다. (池澤夏樹「『百年の孤独』の諸相」,『カリブの龍巻-G・ガルシア=マルケス

の研究読本』北宋社, 1984.)

42 Mary E. Davis, "The Haunted Voice: Echoes of William Faulkner in Garcia Marquez, Fuentes, and Vargas Llosa" *World Literature Today* 59. 4. 1985.

43 Alexander Coleman, "Bloomsbury in Aracataca: The Ghost of Virginia Woolf" *World Literature Today*: A Literary Quarterly of The University of Oklahoma 59. 4. 1985.가르시아 마르케스의 자서전에서도 울프 이외에 조이스, 헤밍웨이 등의 책을 읽었음을 확인할 수 있다.(*Living to Tell the Tale*, p.271. pp.371−373〔p.344. pp.466−469〕)

44 Alexander Coleman, "Bloomsbury in Aracataca: The Ghost of Virginia Woolf " *World Literature Today*: A Literary Quarterly of The University of Oklahoma 59. 4. 1985.) 또한, 野谷文昭도 런던의 폐광을 환시하는 장면에서『백년 동안의 고독』의 '마콘도'의 붕괴를 환시하는 장면이 태어났다고 설명한다.(シンポジウム『『百年の孤独』を超えて』,『すばる』2008. 12.)

45 Siglo de Ore라고 하던 시기로, 스페인에서 16~17세기에 걸쳐 세르반테스를 시작으로 세계문학사에 불멸의 이름을 남긴 문호들이 배출된 시기를 가리킨다.

46 *Living to Tell the Tale*, pp.271−272〔pp.345−346〕

47 山陰昭子는『백년 동안의 고독』이 창작되기 이전의 가르시아 마르케스 문학 수업이 초기 단편에 반영되어 있다고 분석하고 있다.(「ガルシア・マルケスの初期短編−短編集『青犬の目』を中心に」,『人文論集』18−1・2号, 1982. 11.)

48 花方寿行「ガルシア=マルケスにおけるウィリアム・フォークナーの影響」,『比較文学研究』東大比較文学会 67, 1995. 10.

49 Carlos Fuentes, From the Boom Days to the Boomerang, Newsweek, 1996. 5. 29.

50 鼓直「ガルシア・マルケス—人と作品」,『海』1979. 2.

51 이 소설이 브에노스아이레스의 스도아메리카나출판사에 의해 간행되기 이전부터 일찍이 독자들은 상당한 기대를 했다. 그 일부가 문예잡지에 게재되면서 제1장에 해당하는 원고를 가르시아 마르케스한테서 받아 읽은 카를로스(Carlos Fuentes)는 상찬을 했다. 그리고 그 파장은 이탈리아 키안티상 수상을 비롯해서 프랑스에서는 최고의 외국소설로 결정됐다. 미국의 비평계도 1970년 최고의 소설로 인정, 1972년에는 라틴아메리카에서 가장 권위가 높은 베네수엘라의 로물로 가예고스상을 받게 된다. 가르시아 마르케스는 그 상금을 모두 사회주의운동(MAS, Movement to Socialism)이라는 좌익단체에 기부했다.

52 ガブリエル・ガルシア・マルケス「二百年の孤独へ」ゴンサレス・ベルメホとのインタビュー, 杉山晃訳,『海』1979. 2.

53 ガルシア・マルケス, 鼓直訳,『百年の孤独』新潮社, 1972.

54 *Living to Tell the Tale*, p.376〔p.473〕

55 山崎カヲル「ガルシア=マルケスと言説の政治」,『ユリイカ』1988. 8.

56 染田秀藤編『ラテンアメリカ史』世界思想社, 1989. 6. 이 외에 大阪外国語大学ラ

テンアメリカ史研究会編『ラテンアメリカの歴史—史料から読み解く植民地時代』世界思想社, 2005. 4. 참고.

57 ガルシア=マルケス, 井上義一訳,「マコンドに降る雨を見たイサベルの独白」短編集『青い犬の目』福武書店, 1990.

58 野谷文昭「訳者あとがき」,『予告された殺人の記録』新潮社, 1983.

59 野谷文昭「崩壊する共同体への挽歌」,『新潮』1983. 2.

60 실종 3부작으로 불리는 작품은『모래 여자』,『타인의 얼굴』,『불타버린 지도』를 들 수 있다. 그리고『상자 인간』,『밀회』와 함께『방주 사쿠라호』는 후기 작품군에 속하는 대표작이다.

61 森本隆子「『方舟さくら丸』論」,『国文学』42-9, 1997.

62 村上良太「安部公房「方舟さくら丸」」,『日刊べリタ』2011年3月22日付け(www.nikkanberita.com)

63 정향재「일본현대문학에 있어서의 패전(2)-원폭 관련 작품을 중심으로」,『외국문학연구』44집, 2011.

64 大江健三郎(1968)「核時代の想像力」,『核時代の想像力』新潮社, 2007. 5.

65 安部公房(1984)「核時代の方舟」,『安部公房全集028』新潮社, 2000. 10.

66 이 작품이 발표되던 1984년 당시의 일본 내 반핵운동에 관한 한계는「核戦略体系からの脱出」(『市民の平和白書』日本評論社, 1984)라는 좌담회 내용을 참고하기 바란다.

67 安部公房(1984)「核時代の「方舟」」,『安部公房全集027』新潮社, 2000. 1.

68 安部公房(1984)「核時代の「方舟」」, 상게서.

69 김려실「일본 재난영화의 내셔널리즘적 변용」,『일본비평』, 2012.

70 전진호「3.11 이후의 일본의 원자력과 한국」,『일본비평』. 2012.

71 安部公房(1984)「核時代の方舟」,『安部公房全集028』新潮社, 2000.

72 中上健次「フォークナー衝撃」,『中上健次発言集成6』第三文明社, 1999.

73 花方寿行「ガルシア=マルケスにおけるウィリアム・フォークナーの影響」,『比較文学研究』東大比較文学会67, 1995. 花方寿行는 J · L · 에르난데스의 논문「포크너의 스페인어권에서의 수용」이라는 자료를 이용하여 스페인이나 라틴아메리카에서 포크너가 소개되기 시작된 것이 1930년대 중반부터이고, 번역 소개와 함께 잡지 등에서의 평론이 동시 진행되었다고 밝히고 있다. 그리고 1940년부터 1950년대에 들어서 포크너의 영향이 커지게 되는데, 가르시아 마르케스는 처녀작『낙엽』에서 이미 포크너식의 글쓰기를 취하고 있다고 분석한다. 또한 이 둘의 비교연구가 주로 '요크너파트화 사가와 마콘도', '복수의 내적 독백과 순환구조'를 중심으로 이루어지고 있다고 정리하고 있다.

74 中上健次「南の熱い文学—大いなる母とマチョの世界」,『ユリイカ』8, 1988.

75 三田誠広『深くておいしい小説の書き方』集英社, 2000. 三田誠広는 "가르시아 마르케스의 경우 '신화적 리얼리즘'의 스타일. 혹은 매직 리얼리즘이라는 표현도 있는데, 이야기의 전개에 독특한 리듬이 있어서 그 리듬을 타기 시작하면 더 이상 무슨 일이 벌어져도 놀랍지 않다"고 말한다. 이는 일본에서 '마술적 사실주의'라는 개념의 정의가 일정하지 않음을 보여준다.

76 辻井喬「深夜の読書」,『辻井喬コレクション8』河出書房新社, 2004.

77 木町榮一「円環と直線」,『ユリイカ』8, 1988.

78 桜庭一樹「『百年の孤独』を超えて」,『すばる』12, 2008.

79 野谷文昭「『現実』との結び目」,『ユリイカ』9, 1988.

80 山本哲士「マコンドを消し去った《風》のレアリダード」,『カリブの龍巻－G・ガルシア=マルケスの研究読本』北宋社, 1984.

81 丸谷才一「晴れやかでしかも暗澹たる華麗な悪夢」書評『悪い時』,『落葉』,『ママ・グランデの葬儀』, 週刊朝日, 11月12日号, 1982.

82 가르시아 마르케스와 곤잘레스 베르메호의 인터뷰.(杉山晃訳『海』1979. 2.) 여기서 곤잘레스는 가르시아 마르케스를 콜롬비아의 세르반테스로 소개한다.

83 落合一泰「ラテンアメリカのモニュメント, モニュメントとしてのラテンアメリカ」,『現代思想』16−10, 臨時増刊総特集, 1988.

84 安部公房(1980)「永遠のカフカ」,『安部公房全集27』新潮社, 2000.

85 安部公房(1983)「地球儀に住むガルシア・マルケス」,『安部公房全集27』新潮社, 2000.

86 安部公房「内的亡命の文学」,『安部公房全集026』新潮社, 2002.

87 安部公房(1968)「内なる辺境」,『安部公房全作品15』新潮社, 1972.

88 対談リービ英雄と島田雅彦「幻郷の満州」,『ユリイカ』26−8, 安部公房特集, 1994. 8.

89 沼野充義「流謫の言葉」,『亡命文学論』作品社, 2002.

90 沼野充義, 상게서.

91 沼野充義, 상게서.

92 沼野充義, 상게서. 특히 島田雅彦의 작품『亡命旅行者は叫び呟く』(福武文庫, 1986)가 현대 일본의 상황에서 '수법으로서의 망명'을 시도하고 있다고 평가한다.

93 川村湊「日本語文学における「亡命」とは何か—島田雅彦の閉鎖的側面について」,『モダンほら公爵の肖像－島田雅彦の研究読本』北宋社, 1986. 9.

94 川村湊, 상게서.

95 沼野光義「流謫の言葉」, 상게서.

96 沼野充義「ナボコフを求めて」,「カフカ的亡命について」, 상게서.

97 島田雅彦『語らず, 歌え』福武書店, 1987.

98 堀切直人「国内亡命者は笑い, 貪り食らう」,『モダンほら公爵の肖像－島田雅彦の研究読本』北宋社, 1986. 9.

99 Edward Wadie Said, *Reflections on Exile and Other Essays*, Harvard University Press, 2000.

100 Andrei Codrescu, *The Disappearance of the Outside*, Ruminator Books, 1993.

보론

1 이 용어가 내포하고 있는 다양한 의미에 관해서는 오미정의 문제의식이 시사적이다. 그는 일본인들이 자신들이 모국으로 돌아가야만 했던 패전이라는 식민지적 지배관계의 해체라는 상황을 염두에 둔다면 '귀환'이라는 용어가 적절하다고 쓰고 있다. (오미정「'귀환'체험과 기술의 문제」,『日本語文學』제51집, 2010.)

2 田中宏己『復員・引揚げの研究』新人物往来者, 2010.

3 재조일본인 연구의 일환으로 식민1세와 2세의 차이를 구분해 놓고 있는 논문으로 이수열「재조일본인 2세의 식민지 경험－식민 2세 출신 작가를 중심으로」(『한국민족문화』50호, 2014)를 참조해도 좋다. 이수열은 식민 2세들에게 일본은 환상이나 마찬가지였고 일본인이면서 일본을 몰랐다고 설명한다.

4 '귀환체험기'를 바탕으로 한 귀환체험에 관한 대표적인 담론 분석은 나리타 류이치, 아사노 도요미, 김경남의 논의를 참고하기 바란다.
成田龍一「'引揚げ'に関する序章」,『思想』, 2003;「'引揚げ'と'抑留'」,『岩波講座 アジア・太平洋戦争4: 帝国の戦争体験』岩波書店, 2006;『「戦争経験」の戦後史－語られた体験／証言／記憶』岩波書店, 2010.
浅野豊美「折りたたまれた帝国－戦後日本における「引揚」の記憶と戦後的価値」,『記憶としてのパールハーバー』ミネルヴァ書房, 2004.
김경남『재조선 일본인들의 귀환과 전후의 한국 인식』동북아역사논총, 2008.

5 가토 기요후미나 아라라기 신조, 다카사키 소지의 논의를 참고
加藤聖文「台湾引揚と戦後日本人の台湾観」,『台湾の近代と日本』台湾研究部会編, 2003; 安部安成・加藤聖文「'引揚げ'という歴史の問い方」(上.下)『彦根論叢』348－349, 2004; 加藤聖文『「大日本帝国」崩壊－東アジアの1945年－』中公親書, 2009.
蘭信三編『日本帝国をめぐる人口移動の国際社会学』不二出版, 2008;『日本帝国をめぐる人口移動の国際社会学』勉誠出版, 2011.
高崎宗司『植民地朝鮮の日本人』岩波親書, 2002.

6 최영호『일본인 세화회－식민지조선 일본인의 전후』논형, 2013.
이연식「해방 후 한반도 거주 일본인 귀환에 관한 연구」서울시립대학교박사학위논문, 2009;『조선을 떠나며』역사비평사, 2012.

7 朴裕河「引揚げ文学論序説—戦後文学のわすれもの」,『日本学報』제81집, 2009.

8 오미정『일본 전후문학과 식민지 경험』아카넷, 2009.

9 朴裕河, 상게서.

10 'のぶひろし'나 '立原岬'라는 펜네임으로 CM송이나 가요의 작사를 했다.

11 이쓰키 히로유키의 데뷔작이라고도 할 수 있는 작품으로 소설현대신인상을 받았다.

12 이쓰키 히로유키를 유명하게 만든 작품으로 나오키문학상 수상작이다.

13 五木寛之『さらばモスクワ愚連隊』,『五木寛之作品集1』文藝春秋, 1972.

14 五木寛之『蒼ざめた馬を見よ』文藝春秋, 1974.

15 五木寛之, 상게서.

16「小説現代」(1967. 7.)에 발표되었다. 이 소설을 가와무라 미나토(川村湊)는 아베 고보의『짐승들은 고향을 향한다』에 비유하며 '귀환소설(引揚げ小説)'로 평가하고 있다. 가와무라는 귀환자들의 일본으로의 귀환 과정을 소재로 한 소설을 이른바 '귀환문학(引揚げ文学)' 또는 '귀환 소설(引揚げ小説)'로 정의하면서 이러한 문학은 '귀환되어 오지 못한 사람들의 한'을 짊어지고 있다고 한다.(川村湊編『故郷と異郷の幻影』講談社文芸文庫, 2001)

17 五木寛之「私刑の夏」,『故郷と異郷の幻影』講談社, 2001.

18 五木寛之「アカシアの花の下で」,『風に吹かれて』文芸春秋, 1973.

19 五木寛之「Y歌を聞きに行く」,『にっぽん漂流』,『五木寛之作品集8』文芸春秋, 1973.

20 松永伍一「『風に吹かれて』の解説」,『五木寛之作品集8』文芸春秋, 1973.

21 五木寛之「果てしなきさすらい」,『風に吹かれて』,『五木寛之作品集8』文芸春秋, 1973.

22 五木寛之『デラシネの旗』,『五木寛之作品集1』文芸春秋, 1973.

23 五木寛之「外地引揚派の発想」,『毎日新聞』1971. 1. 22일자.

24 尾崎秀樹『旧植民地文学の研究』勁草書房, 1971.

25 졸고「전후 '귀환 소년'의 실존의식—외지귀환파 우노 고이치로의 이중의 시선」,『일본학보』103집, 2015. 참고.

26 宇能鴻一郎『猪の宴』,『文学界』1964年 3月号.

27 宇能鴻一郎『地獄銛』,『文学界』, 1962.

28「ぼくは満州人でしょう。生まれのは九州ですけれども, 子供のときから満州におりました」(宇能鴻一郎「先輩・後輩対談」,『文学界』16, 1962.)

29 三木卓『午前中の少年』毎日新聞社, 1985.

30 三木卓『裸足と貝殻』集英社, 1999.

참고문헌

-아베 고보 작품-

1. 소설 (【 】속 내용은 인용한 출전)

목초: 「牧草」, 『総合文化』 1945년 3월호.【『安部公房全作品』01, 新潮社, 1972】

증오: 「憎悪」, 미발표작, 1948년 3월 추정.【『安部公房全集001』新潮社, 1997】

이단자의 고발: 「異端者の告発」, 『次元』 1948년 6월호.【『安部公房全作品』01, 新潮社, 1972】

까마귀 늪: 「鴉沼」, 『思潮』 1948년 8월호.

끝난 길의 이정표: 『終りし道の標べに』 真善美社, 1948년.【『安部公房全作品』01 新潮社, 1972】

이름없는 밤을 위하여: 「名もなき夜のために」, 『総合文化』 1948년 7월호., 『近代文学』 1948년 11월호., 1949년 1월호.【『安部公房全作品』01, 新潮社, 1972】

박명(薄明)의 방황: 「薄明の彷徨」, 『個性』 1949년 1월호.【『安部公房全作品集』01, 新潮社, 1972】

덴도로카카리야: 「デンドロカカリヤ」, 『表現』 1949년 8월호.【『安部公房全作品』01, 新潮社, 1972】

꿈의 도망: 「夢の逃亡」, 『人間』 1949년 秋季増刊호.【『安部公房全作品』01, 新潮社, 1972】

벙어리 처녀: 「唖むすめ」, 『近代文学』 1949년 11월호.【『安部公房全作品』01, 新潮社, 1972】

손: 「手」, 『群像』 1951년 7월호.【『安部公房作品集』02, 新潮社, 1972】

굶주린 피부: 「飢えた皮膚」, 『文学界』 1951년 10월호.【『安部公房全作品』02, 新潮社, 1972】

시인의 생애: 「詩人の生涯」, 『文芸』 1951년 10월호.【『安部公房全作品』02, 新潮

社, 1972】

공중누각: 「空中楼閣」, 『別冊文芸春秋』 1951년 10월호.【『安部公房全作品』02, 新潮社, 1972】

침입자: 「闖入者」, 『新潮』 1951년 11월호.【『安部公房全作品』 2, 新潮社, 1972】

벽: 『壁』 月曜書房, 1951년. 수록 작품 「S · 카르마 씨의 범죄(S. カルマ氏の犯罪)」, 「붉은 누에고치(赤い繭)」, 「홍수(洪水)」, 「마법의 초크(魔法のチョーク)」【『安部公房全作品』 02, 新潮社, 1972】

노아의 방주: 「ノアの方舟」, 『群像』 1952년 1월호.【『安部公房全作品』02, 新潮社, 1972】

플루토의 덫: 「プルートーのわな」, 『現在』 1952년 6월호.【『安部公房全作品』02, 新潮社, 1972】

수중도시: 「水中都市」, 『文学界』 1952년 6월호.【『安部公房全作品集』02, 新潮社, 1972】

이솝의 재판: 「イソップの裁判」, 『文芸』 1952년 12월호.

R26호의 발명: 「R26号の発明」, 『文学界』 1953년 3월호.

패닉: 「パニック」, 『文芸』 1954년 2월호.

개: 「犬」, 『改造』 1954년 3월호.【『安部公房全作品』 05, 新潮社, 1972】

변형의 기록: 「変形の記録」, 『群像』 1954년 4월호.【『安部公房作品集』05, 新潮社, 1972】

죽은 딸이 노래했다……: 「死んだ娘が歌った……」, 『文学界』 1954년 5월호.【『安部公房作品集』05, 新潮社, 1972】

막대기: 「棒」, 『文芸』 1955년 7월호.【『安部公房作品集』05, 新潮社, 1972】

부랑자: 「ごろつき」, 『文学界』 1955년 12월호.【『安部公房全作品』05, 新潮社, 1972】

수단: 「手段」, 『文芸』 1956년 1월호.

탐정과 그: 「探偵と彼」, 『新女苑』 1956년 1월호.【『安部公房全作品』04, 新潮社, 1972】

귀의 가격: 「耳の値段」, 『知性』 1956년 5월호.【『安部公房全作品』05, 新潮社, 1972】

유혹자: 「誘惑者」, 『総合』 1957년 6월호.

사자: 「使者」, 『別冊文芸春秋』 1958년 10월호.【『安部公房全作品』07, 新潮社, 1972】

투시도법: 「透視図法」, 『群像』 1959년 3월호.

납으로 된 알: 「鉛の卵」, 『群像』 1957년 11월호.【『安部公房全作品』04, 新潮社, 1972】

짐승들은 고향을 향한다: 『けものたちは故郷をめざす』 講談社, 1957년.

완전영화: 「完全映画」, 『SFマガジン』 1960년 5월호.【『安部公房全作品』 07, 新潮社, 1972】

밧줄: 「なわ」, 『群像』 1960년 8월호.【『安部公房全作品』 07, 新潮社, 1972】

치친데라 야파나: 「チチンデラ ヤパナ」, 『文学界』 1960년 9월호.【『安部公房全作品』 07, 新潮社, 1972】

무관계한 죽음: 「無関係な死」, 『群像』 1961년 4월호.【『安部公房全作品』08, 新潮社, 1972】

인어전: 「人魚伝」, 『文学界』 1962년 6월호.【『安部公房全作品』08, 新潮社, 1972】

모래 여자: 『砂の女』 新潮社, 1962년.【『安部公房全集016』 新潮社, 1998】

시간의 절벽: 「時の崖」, 『文学界』 1964년 3월호.【『安部公房全作品集』08, 新潮社, 1972】

타인의 얼굴: 『他人の顔』 講談社, 1964년.

커브 건너편: 「カーブの向う」, 『中央公論』 1966년 1월호.【『安部公房全集020』 新潮社, 1998】

불타버린 지도: 『燃えつきた地図』 新潮社, 1967년.

상자 인간: 『箱男』 新潮社, 1973년.【『安部公房全集024』 新潮社, 1999】

방주 사쿠라호: 『方舟さくら丸』 新潮社, 1984년.【『安部公房全集028』 新潮社, 2000】

캥거루 노트: 『カンガルー・ノート』 新潮社, 1991년.【『安部公房全集029』 新潮社, 2001】

2. 평론집 등 기타 글

재단되는 기록: 『裁かれる記録』 講談社, 1958년.

자필연보: 「自筆年譜－新鋭文学叢書に寄せて」, 『新鋭文学叢書 · 安部公房集』, 筑摩書房, 1961.【『安部公房全集012』 新潮社, 1998】

________: 「自筆年譜－新日本文学全集に寄せて」 『新日本文学全集 · 福永武彦 · 安部公房集』, 集英社, 1964.【『安部公房全集018』 新潮社, 1999】

________: 「略年譜」, 『われらの文学 · 7 安部公房』, 講談社, 1966.【『安部公房全集020』新潮社, 1999】

사막의 사상: 『砂漠の思想』 講談社, 1965년.

내부의 변경: 『内なる辺境』 中央公論, 1968년.【『安部公房全作品』15, 新潮社, 1972】

내적 망명 문학: 「内的亡命の文学」, 『国文学』(1979.6月号)に 「内的亡命者の文学」で収録【『安部公房全集026』新潮社, 2002】

도시로의 회로: 『都市への回路』 中央公論社, 1980년.【『安部公房全集026』 新潮社, 2002】

크레올 정신: 「クレオールの魂」, 『世界』 500호, 岩波書店, 1987년 4월.

「二十代座談会 世紀の課題について」, 『総合文化』 1948年 8月.

「「私の文学を語る」—秋山駿によるインタビュー」, 『三田文学』 1968年 3月.

「「新人国記'82」のコメント」, 『朝日新聞』 1982年 10月 4日府夕刊.

「テヘランのドストイエフスキー」, 『朝日新聞』 1985. 12. 2.夕刊

「シュールリアリズム批判」, 『安部公房全集002』 新潮社, 1997.

「文学理論の確立のために」, 『安部公房全集003』 新潮社, 1997.

「イメージ合成工場」, 『安部公房全集002』 新潮社, 1997.

「国民文学の問題によせて」, 『安部公房全集003』 新潮社, 1997.

「夜陰の騒擾—五 · 三〇事件をめぐって」, 『安部公房全集003』 新潮社, 1997.

「死人登場」, 『どれい狩 · 快速船 · 制服』, 『安部公房全集005』 新潮社, 1997.

「瀋陽十七年」, 『安部公房全集004』 新潮社, 1997.

「奉天—あの山あの川」, 『安部公房全集004』 新潮社, 1997.

「私の中の満洲」, 『安部公房全集007』 新潮社, 1997.

「まず解部力を—ルポルタージュ提唱と＜蛇足＞によるその否定」, 『安部公房全集005』 新潮社, 1997.

「私の中の満州」,『安部公房全集007』新潮社, 1998.

「忘却の権利」,『安部公房全集007』新潮社, 1998.

「あとがき－冬樹社版『終りし道の標べに」,『安部公房全集019』新潮社, 1999.

「共同体幻想を否定する文学」,『安部公房全集023』新潮社, 1999.

「錨なき方舟の時代」,『安部公房全集027』新潮社, 2000.

「破滅と再生2」,『安部公房全集028』新潮社, 2000.

「カフカの生命」,『安部公房全集027』新潮社, 2000.

「消しゴムで書く」,『安部公房全集020』, 新潮社, 1999.

「地球儀に住むガルシア・マルケス」,『安部公房全集027』新潮社, 2000.

「永遠のカフカ」,『安部公房全集027』新潮社, 2000.

「埴谷宛」,『安部公房全集030』新潮社, 2009.

「安部公房伝記」,『安部公房全集030』新潮社, 2009.

이차 문헌

1. 논문

蘆田英治「螺旋の神−安部公房『〈真善美社版〉終りし道の標べに』試論」,『論樹』14号, 2000年 12月

有村隆広「安部公房の初期の作品(I)『名もなき夜のために』: リルケの影響」,『言語文化論究』5号, 1994年

有村隆広「安部公房初期作品(2)『異端者の告白』: ニ−チェの影響」,『言語文化論究』6号, 1995年

有村隆広「安部公房の転機－カフカ文学との対比」,『言語文化論究』8号, 1997年

有村隆広「安部公房の最初の作品集「壁」: フランツ・カフカとルイス・キャロルの影響」,『言語文化論究』9号, 1998年

有村隆広「安部公房の小説『けものたちは故郷をめざす』－カフカ文学との対比」,『言語文化論究』10号, 1999年

安克昌「多重人格とは何か?」,『ユリイカ』2000年 4月

李貞熙「安部公房の小説における＜変身＞のモチーフをめぐって」,『国際日本文学研究集会研究発表』19号, 1995年 11月

李貞熙「安部公房『デンドロカカリヤ』論－「極悪の植物」への変身をめぐって」,『稿本近代文学』19号, 1994年 11月

飯島耕一「安部公房－あるいは無罪の文学」,『批評』1959年 1月

いいだもも「デラシネの毒」,『新日本文学』48－4号, 1993年 4月

五十嵐亮子「初期安部公房研究－寓意空間の創造」,『日本文学』69号, 1988年 3月

五十嵐恵邦「トラウマの再現」,『敗戦の記憶』中央公論新社, 2007年

生田耕作「シュルレアリスムと安部公房」,『国文学解釈と鑑賞』17号, 1972年 9月

池内紀「出ふるさと記Ⅲ－引揚者・安部公房」,『新潮』2005年 6月

磯田光一「安部公房論－無国籍者の視点」,『文学界』1966年 5月

石崎等「安部公房研究史展望－初期同時代評などをめぐって」日本文学研究資料叢書『安部公房・大江健三郎』有精堂, 1974年

石崎等「『カンガルー・ノート』ノート」,『国文学解釈と鑑賞』42号, 1997年 8月

石橋佐代子「『異端者の告発』論」,『名古屋近代文学研究』16号, 1999年 3月

石橋佐代子「『存在象徴主義』と ひとつの世界－『終りし道の標べに』から『飢えた皮膚』まで」,『名古屋近代文学研究』20号, 2003年 4月

石橋紀俊「広場的であることをめぐって―安部公房『手』論」,『日本アジア言語文化研究』10号, 2003年 12月

今福龍太「麒麟のざわめき」,『ユリイカ』1988年 8月

梅津彰人「安部公房『カンガルー・ノート』をめぐって」,『阪大比較文学』3号, 2005年 8月

梅津彰人『安部公房作品の比較文学的研究』大阪大学大学院文学研究科文化表現論専攻博士論文, 2008年

大江健三郎(1968)「核時代の想像力」,『核時代の想像力』新潮社, 2007. 5.

呉美姃「安部公房「名もなき夜のために」論－初期テクストの変貌について」,『国語と国文学』79－7号, 2002年 7月

呉美姃「安部公房『けものたちは故郷をめざす』論」,『国語と国文学』80－12号,

2003年 12月

呉美姃「安部公房『けものたちは故郷をめざす』論－「見捨てられた者」の 日本」,『国語と国文学』80−12号, 2003年 12月

呉美姃『安部公房研究—植民地経験を基点として』東京大学大学院人文社会系研究科日本語日本文学研究専攻博士学位論文, 2006年

大久保典夫編「同時代評の変遷からみた安部公房」,『国文学解釈と鑑賞』36−1号, 1971年1月

大澤真幸, 斉藤環「多重人格の射程」,『ユリイカ』2000年 4月

荻正「安部公房『R26号の発明』論」,『国語国文学研究』2002年 2月

荻正「安部公房「S・カルマ氏の犯罪」におけるキャロル, カフカ」,『国語国文学研究』33号, 1997年

越智啓子「安部公房「闖入者」論」,『愛文』2号, 1979年 7月

落合一泰「ラテンアメリカのモニュメント, モニュメントとしてのラテンアメリカ」,『現代思想』16−10号, 1988年 8月

角田旅人「安部公房断章－「詩人の生涯」その他」,『国語』1974年 6月

鴨武彦 他「核戦略体系からの脱出」,『市民の平和白書』日本評論社, 1984年

ガブリエル・ガルシア=マルケス・田村さと子「G・ガルシア=マルケスに訪ねる」,『新潮』91−12号, 1994年 12月

ガブリエル・ガルシア=マルケス, 田村さと子訳「アミーゴ健三郎」,『新潮』92−3号, 1995年 3月

ガブリエル・ガルシア=マルケス, 鼓直訳「純粋なエレンディラと無情な祖母の信じがたい悲惨の物語」,『海』1979年 2月

ガブリエル・ガルシア=マルケス, 杉山晃訳「二百年の孤独へ」,『海』1979年 2月

アレホ・カルペンティエル, 鼓直訳「種への旅」,『文芸』10−10号, 1971年 9月

木町榮一「円環と直線」,『ユリイカ』1988年 8月

木村陽子「引き裂かれる<鳩>の象徴性－安部公房「手」の同時代的読みの可能性」,『国文学研究』144号, 2004年 10月

工藤智哉「安部公房「終りし道の標べに」論」,『繍』1999年 3月

久野星一「ガルシア=マルケスの「無縁都市」－『百年の孤独』とバランキーリャ」,『すばる』27−5号, 2005年 5月

栗坪良樹「けものたちは故郷をめざす」,『国文学解釈と鑑賞』17号, 1972年 9月

栗坪良樹「安部公房＜砂漠＞の思想」,『国文学解釈と鑑賞』42号, 1997年 8月

黒川友美子「考察 安部公房のシュールな技法」,『文化論輯』9号, 1999年 9月

R・クレマーデス, 木村栄一訳「ガブリエル・ガルシア=マルケス—いいアイデアの詰まった戸棚」,『新潮』104−10号, 2007年 10月

小泉浩一郎「『砂の女』再論－研究史の一隅から」,『国文学解釈と教材の研究』1997年 8月

小泉義勝「ロシア人からみた夏目漱石, 川端康成, 安部公房」,『文学論集』26−2号, 1977年 2月

紅野敏郎「安部公房の批評の構造」,『国文学解釈と鑑賞』17号, 1972年 9月

紅野敏郎「『砂の女』」,『国文学解釈と鑑賞』1971年 1月

小久保実「主要なモチーフからみた安部公房」,『国文学解釈と鑑賞』36号, 1971年 1月

小久保実「安部公房の満州体験」,『国文学解釈と鑑賞』40−6号, 1975年 5月

小島信夫「現代の寓意小説」,『週刊読書人』1962年 6月

小林治「安部公房『けものたちは故郷をめざす』について－満州体験の対象化をめぐって」,『駒沢短大国文』1995年 3月

小林治「『砂の女』の位相(1)」,『駒澤短大国文』27号, 1997年 3月

小林治「『砂の女』の位相(2)」,『駒澤短大国文』28号, 1998年 3月

小林治「昭和二十年代の安部公房短編作品について一」,『駒沢短大国文』29号, 1999年

小林治「昭和二十年代の安部公房短編作品について二」,『駒沢短大国文』30号, 2000年

小林治「昭和二十年代の安部公房短編作品について三」,『駒沢短大国文』31号, 2001年

小松太一郎「闖入者」,『りりばーす』3号, 2003年 10月

フリオ・コルタサル, 土岐恒二訳「動物寓意譚」,『文芸』10−10号, 1971年 9月

桜庭一樹・野谷文昭・柴田元幸・沼野充義「『百年の孤独』を超えて」,『すばる』2008年 12月

佐伯彰一「反物語のアイロニィ」,『作家論集』未知谷, 2004年 7月

坂部晶子 「「満洲」経験の歴史社会的考察―「満洲」同窓会の事例をおとして」, 『京都社会学年報』7号, 1999年

佐々木基一「脱出と超克－『砂の女』論」, 『新日本文学』1962年 9月

佐藤達哉「記憶・解離・性格」, 『ユリイカ』2000年 4月

柴垣竹生 「「ロマネスク」と「物語」の拒絶－安部公房『人魚伝』の位置」, 『花園大学国文学論究』19号, 1991年 11月

島田雅彦『亡命旅行者は叫び呟く』福武文庫, 1986年

島田雅彦・リービ英雄「幻郷の満州」, 『ユリイカ』26−8号, 1994年 8月

隅本まり子「安部公房－その初期作品における一考察」, 『国語国文学研究』15号, 1980年

杣谷英紀「安部公房『異端者の告発』の意義」, 『日本文藝研究』50−3号, 1998年 12月

竹内好「ナショナリズムと社会革命」, 『人間』1951年 7月

竹内好「近代主義と民族の問題」, 『文学』1951年 9月

竹田志保 「『終りし道の標べに』改稿過程をめぐって」, 『藤女子大学国文学雑誌』67号, 2002年 7月

武田勝彦・村松定孝「海外における日本近代文学研究・6」, 『国文学解釈と鑑賞』1967年 2月

武田勝彦・村松定孝「安部公房『砂の女』, 『他人の顔』について」, 『国文学解釈と鑑賞』1967年 2月

武田勝彦「西欧における安部公房の評価」, 『国文学解釈と鑑賞』1970年 5月

田中裕之 「『砂の女』論－その意味と位置」, 『日本文学』35−12号, 1986年 12月

田中裕之「安部公房「けものたちは故郷をめざす」考」, 『近代文学試論』32号, 1994年 12月

田中裕之 「『箱男』論－「箱男」という設定から」, 『梅花女子大学文学部紀要』31号, 1997年 8月

田中雅史「物質と思考の運動－安部公房の「砂の女」におけるシュルレアリスム的技法とその変容」, 『甲南大学紀要文学編』138号, 2004年

津田考「安部公房の仮面と素顔―「箱男」の自由について」, 『赤旗』1973年 6月

鼓直「ガルシア・マルケス―人と作品」, 『海』1979年 2月

鼓直「マルケス評伝」,『ユリイカ』1988年 8月

鶴田欣也「『けものたちは故郷をめざす』におけるアンビバレンス」,『日本近代文学』20号, 1974年 5月

鳥羽耕史「国境の思考—安部公房のナショナリティ」,『文芸と批評』8号, 1997年 5月

鳥羽耕史「『デンドロカカリヤ』と前衛絵画」,『日本近代文学』62集, 2000年 5月

中上健次・野谷文昭「南の熱い文学—大いなる母とマチョの世界」,『ユリイカ』1988年 8月

中島誠「安部公房—「箱入り男」のジレンマ」,『現代の眼』14-10号, 1973年 10月

波潟剛「＜故郷＞を＜創造＞する＜引揚者＞－安部公房のシュルレアリスム」,『日本語と日本文学』30号, 2000年 3月

成田龍一「引揚げに関する序章」,『思想』2003年 11月

西田智美「『終りし道の標べに』改訂について」,『香椎潟』36号, 1990年 10月

沼野充義「世界の中の安部公房」,『国文学解釋と鑑賞』42号, 1997年 8月

沼野充義・青山南・野崎歓・野谷文昭・藤井省三「グローバリズムとローカリズム」『すばる』21-3号, 1999年 3月

沼野充義「世界の中の安部公房」,『国文学解釈と鑑賞』42号, 1997年 8月

野間宏「国民文学について」,『人民文学』1952年 9月

野間宏「安部公房の存在」,『野間宏全集18』筑摩書房, 1971年

野谷文昭「崩壊する共同体への挽歌」,『新潮』1983年 2月

野谷文昭「『現実』との結び目－マルケスにおけるジャーナリズム経験」,『ユリイカ』1988年 8月

ナンシー・S.ハーディン「安部公房との対話」長岡真吾訳,『ユリイカ』1994年 8月

芳賀ゆみ子「安部公房『箱男』の世界」,『目白近代文学』第6号, 1985年 10月

花方寿行「ガルシア=マルケスにおけるウィリアム・フォークナーの影響」,『比較文学研究』67号, 1995年 10月

埴谷雄高「安部公房のこと」,『近代文学』1951年 8月

埴谷雄高「安部公房『壁』」,『人間』1951年 8月

日野啓三「安部公房の矛盾」,『国文学解釈と鑑賞』17-12号, 1972年 9月

平野謙「翫賞と批評の間」,『文芸』1958年 4月
福田恆存「国民文学について」,『文学界』1952年 9月
藤永保「自我同一性」,『思想と人格』筑摩書房, 1991年
グルースベルク・ホルヘ, 針生一郎訳「ラテン・アメリカ芸術運動の理論的前提」『新日本文学』32−3号, 1977年 3月
ジボー・マーク「荒野上の存在」,『比較文化論叢』8号, 2001年 9月
柾谷悠「内なる辺境」,『国文学解釈と鑑賞』17号, 1972年 9月
松原新一「都市的人間の極北, 安部公房『箱男』」,『文芸』1973年 6月
三木卓「非現実小説の陥穽」,『新日本文学』1963年 11月
水永フミエ「安部公房「デンドロカカリヤ」論」,『山口国文』8号, 1985年
村上良太「安部公房「方舟さくら丸」」,『日刊ベリタ』2011年 3月 22日付け, www.nikkanberita.com
諸田和治「カフカと安部公房」,『国文学解釈と鑑賞』17号, 1972年 9月
森本隆子「『方舟さくら丸』論」,『国文学』42−9. 1997年
森川達也「安部公房とアバンギャルド」,『国文学解釈と鑑賞』1969年 9月
山陰昭子「ガルシア・マルケスの初期短編−短編集『青犬の目』を中心に」,『人文論集』18−1・2号, 1982年 11月
山川久三「『プラスチック文学』はどこへ行くか—安部公房『箱男』などをめぐって」,『民主文学』1973年 11月
山崎カヲル「ガルシア=マルケスと言説の政治」,『ユリイカ』1988年 8月
山田博光「『終りし道の標べに』」,『国文学解釈と鑑賞』1971年 1月
吉村昭『海の壁 三陸沿岸大津波』, 中公新書, 1970年
吉村昭「歴史はくり返す」,『文芸春秋』1995年 3月.
オロフ・G・リディン, 織田智恵訳「安部公房の国際主義」,『新潮』85−3号, 1988年
マリオ・バルガス・リョサ, 桑名一博訳「ラテン・アメリカ文学の動向」,『文芸』10−10号, 1971年 9月
渡辺広士「安部公房と共同体」,『国文学解釈と鑑賞』17号, 1972年 9月
김려실「일본 재난영화의 내셔널리즘적 변용」,『일본비평』2012 하반기.

朴裕河「引揚げ文学論序説—戦後文学のわすれもの」『日本学報』제81집, 2009.

박이진「전후 '귀환 소년'의 실존의식—외지귀환파 우노 고이치로의 이중의 시선」,『일본학보』103집, 2015.

오미정,「'귀환'체험과 기술의 문제」,『日本語文學』제51집, 2010.

오미정,「'귀환자'의 시선으로 본 전쟁표상-아베 고보의 '변형의 기록'을 중심으로」,『日本學硏究』31집, 단국대학교일본연구소, 2010.

우석균,「마술적 사실주의의 쟁점들」,『한국스페인언어문학』2000.

이수열「재조일본인 2세의 식민지 경험-식민 2세 출신 작가를 중심으로」,『한국민족문화』50호, 2014.

전진호「3.11 이후의 일본의 원자력과 한국」,『일본비평』2012 하반기.

정향재「일본현대문학에 있어서의 패전(2)-원폭 관련 작품을 중심으로」,『외국문학연구』44집, 2011.

Mario Vargas Llosa, 桑名一博訳「ラテン・アメリカ文学の動向」,『文芸』1971年9月

Paz Octavio, 大林文彦訳「ラテン・アメリカ文学の特質—創始の文学」,『文芸』10-10号, 1971年 9月

Carlos Fuentes, "From the Boom Days to the Boomerang", Newsweek, 1996. 5. 29.

Gabriel García Márquez, "THE SOLITUDE OF LATIN AMERICA", Nobel lecture, 1982. 12.

TABATA, GAYA『식민지 조선에서 생활한 일본 여성의 생활과 식민지주의 경험에 관한 연구』梨花女子大学校大学院女性学科碩士論文, 1996.

2. 서적

蘭信三編『日本帝国をめぐる人口移動の国際社会学』不二出版, 2008年

蘭信三『日本帝国をめぐる人口移動の国際社会学』勉誠出版, 2011年

赤尾彰子『石をもって追われる如く』書肆ユリイカ, 1949年

浅野豊美『記憶としてのパールパーバー』ミネルヴァ書房, 2004年

マーク・アンダーソン, 三谷研爾・武林多寿子訳『カフカの衣装』高科書店,

1997年
五百旗頭真『日本の近代6戦争・占領・講和』中央公論新社, 2001年
五十嵐恵邦『敗戦の記憶』中央公論新社, 2007年
池内紀・若林恵『カフカ事典』三省堂, 2003年
石川淳『燃える棘』, 別冊文藝春秋, 1946年
石川淳『焼跡のイエス』, 新潮, 1946年
石川淳・安部公房・大江健三郎『現代日本文学大系』第76巻, 筑摩書房, 1969年
石崎等『安部公房・大江健三郎』有精堂, 1974年
石崎等編『安部公房『砂の女』作品論集』クレス出版, 2003年
石田雄『記憶と忘却の政治学』明石書店, 2000年
磯田光一『戦後史の空間』新潮社, 1983年
市野川容孝『難民』岩波書店, 2007年
五木寛之『蒼ざめた馬を見よ』文藝春秋, 1967年
五木寛之『恋歌』講談社, 1968年
五木寛之『さらばモスクワ愚連隊』講談社, 1967年
五木寛之『風に吹かれて』読売新聞社, 1968年
五木寛之『デラシネの旗』文藝春秋, 1969年
五木寛之『こがね虫たちの夜』河出書房新社, 1970年
五木寛之『にっぽん漂流』文藝春秋, 1970年
五木寛之『ゴキブリの歌』毎日新聞社, 1971年
五木寛之『五木寛之作品集1』文藝春秋, 1972年
岩下彪『北鮮脱出記』十字書店, 1951年
巌谷国士『シュルレアリストたち』青土社, 1986年
巌谷国士『シュルレアリスムとは何か』筑摩書房, 2002年
巌谷大四他編『文壇百人』読売新聞社, 1972年
任展慧『ドキュメントの百年5 女と権力』平凡社, 1978年
マックス・エルンスト, 巖谷國士訳『百頭女』河出文庫, 1996年

大阪外国語大学ラテンアメリカ史研究会編『ラテンアメリカの歴史—史料から読み解く植民地時代』世界思想社, 2005年

岡庭昇『花田清輝と安部公房－アヴァンガルド文学の再生のために』第三文明社, 1980年

岡本太郎『岡本太郎著作集』第一巻, 講談社, 1979年

小熊英二『<民主>と<愛国>戦後日本のナショナリズムと公共性』新曜社, 2002年

尾崎秀樹『旧植民地文学の研究』勁草書房, 1971年

宇能鴻一郎「猪の宴」,『文学界』1964年

宇能鴻一郎「地獄銛」,『文学界』1962年

宇能鴻一郎「先輩・後輩対談」,『文学界』1962年

フラン・オブライエン, 大澤正佳訳『ハードライフ(THE HARD LIFE)』国書刊行会, 2005年

ウィリアム・ジョセフ・カーリー, 安西徹雄訳『疎外の構図－安部公房・ベケット・カフカの小説』新潮社, 1975年

加藤正明・保崎秀夫他編集『精神医学事典』弘文堂, 1993年

加藤聖文「台湾引揚と戦後日本人の台湾観」,『台湾の近代と日本』台湾研究部会編, 2003年

加藤聖文・安部安成「"引揚げ"という歴史の問い方」(上.下)『彦根論叢』348-349, 2004年

加藤聖文『「大日本帝国」崩壊－東アジアの1945年－』中公親書, 2009年

柄谷行人・絓秀実編『中上健次発言集成6』第三文明社, 1999年

ガブリエル・ガルシア=マルケス, 鼓直訳『百年の孤独』新潮社, 1972年

ガブリエル・ガルシア=マルケス, 野谷文昭訳『予告された殺人の記録』新潮社, 1983年

ガブリエル・ガルシア=マルケス, 井上義一訳『青い犬の目』福武書店, 1990年

ガブリエル・ガルシア=マルケス, 高見英一他訳『落葉』新潮社, 2007年

ガブリエル・ガルシア=マルケス, 鼓直他訳『族長の秋』新潮社, 2007年

ガブリエル・ガルシア=マルケス, 旦敬介訳『生きて, 語り伝える』新潮社, 2009年

アレホ・カルペンティエル, 牛島信明訳「失われた足跡」,『世界の文学』集英社, 1978年
川村湊他編『モダンほら公爵の肖像－島田雅彦の研究読本』北宋社, 1986年
川村湊『生まれたらそこがふるさと—在日朝鮮人文学編』平凡社, 1999年
川村湊『故郷と異郷の幻影』講談社文芸文庫, 2001年
姜尚中『ナショナリズム』岩波書店, 2001年
ドナルド・キーン, 松宮史朗訳『思い出の作家たち』新潮社, 2005年
厚生省編集『引揚援護の記録』引揚援護庁, 1950年
厚生省編集『引揚援護の記録』クレス出版, 2000年
厚生省編集『続々・引揚援護の記録』クレス出版, 2000年
講談社文芸文庫編『戦後短編小説再発見7 故郷と異郷の幻影』講談社, 2001年
後藤蔵人『満洲修羅の群れ』太平出版社, 1973年
アンドレイ・コドレスク, 利沢行夫訳『外部の消失』法政大学出版局, 1993年
エドワード・W・サイード, 大橋洋一他共訳『故国喪失についての省察』三陽社, 2006年
齋藤純一『自由』岩波書店, 2008年
佐藤泉『戦後批評のメタヒストリー: 近代を記憶する場』岩波書店, 2005年
佐藤泰正編『文学における変身』笠間書院, 1992年
佐伯彰一『作家論集』未知谷, 2004年
澁澤龍彦『暗黒のメルヘン』河出書房, 1998年
澁澤龍彦『変身のロマン』学研M文庫, 2003年
島田雅彦『語らず, 歌え』福武書店, 1987年
清水透編著『ラテンアメリカ』大月書店, 1999年
パトリック・シャモワゾー, ラファエル・コンフィアン, 西谷修訳『クレオールとは何か』平凡社, 2004年
パトリック・シャモワゾー, ラファエル・コンフィアン, ジャン・ベルナベ, 恒川邦夫訳『クレオール礼賛』平凡社, 1998年
オスヴァルト・シュペングラー, 町松正俊訳『西洋の没落』1巻, 五月書房, 2007年

エメ・セゼール, 砂野幸稔訳『帰郷ノート・植民地主義論』平凡社, 2004年
創価学生青年部反戦出版委員会『涙にうるむ舞鶴港－シベリア・中国大陸からの引き揚げ』第三文明社, 1979年
染田秀藤編『ラテンアメリカ史』世界思想社, 1989年
高野斗志美『増補 安部公房論』花神社, 1979年
高野斗志美『安部公房論』花神社, 1979年
高橋丁未子編『カリブの龍巻－G・ガルシア=マルケスの研究読本』北宋社, 1984年
高橋達之助『満州の終焉』実業之日本社, 1953年
高崎宗司『植民地朝鮮の日本人』岩波親書, 2002年
高良武久『性格学』白揚社, 1953年
滝沢恭司編『コレクション・日本シュールレアリスム⑪』本の友社, 1999年
田沢志な子他『凍土からの聲―外地引揚者の実体験記』謙光社, 1976年
田中克彦『エスペラント―異端の言語』岩波新書, 2007年
田中宏己『復員・引揚げの研究』新人物往来者, 2010年
谷真介『安部公房評伝年譜』新泉社, 2002年
塚瀬進『満洲の日本人』吉川弘文館, 2004年
辻井喬『辻井喬コレクション8』河出書房新社, 2004年
F・デーヴィス, 間場寿一他訳『ノスタルジアの社会学』世界思想社, 1990年
東大唯物論研究会『生き残った青年たちの記録』学生書房編集部, 1992年
鳥羽耕史『運動体・安部公房』一葉社, 2007年
ヴィック・ド・ドンデ, 富樫瓔子訳, 荒俣宏監修『人魚伝説』創元社, 1993年
永井順子『アソシエ』17号, 特集日本の超国家主義－超国家主義を支えた知, アソシエ21, 2006年
波潟剛『越境のアヴァンギャルド』NTT出版, 2005年
波潟剛『九州という思想』花書院, 2007年
成田龍一『「故郷」という物語』吉川弘文館, 1998年
成田龍一『「戦争経験」の戦後史－語られた体験／証言／記憶』岩波書店, 2010年

成田龍一「'引揚げ'と'抑留'」,『岩波講座 アジア・太平洋戦争4: 帝国の戦争体験』岩波書店, 2006年
南満洲鉄道総裁室地方部残務整理委員会『満鉄附属地経営沿革全史』龍渓書舎, 1977年
西澤泰彦『「満洲」都市物語－ハルビン・大連・瀋陽・長春』河出書房新社, 1996年
沼野充義『W文学の世紀へ』五柳書院, 2001年
沼野充義『亡命文学論』作品社, 2002年
野口武彦『石川淳論』筑摩書房, 1969年
野坂昭如『アメリカひじき・火垂るの墓』文藝春秋, 1968年
野坂昭如『「終戦日記」を読む』NHK出版, 2005年
花田清輝『ザ・清輝 花田清輝全一冊』第三書館, 1986年
デレック・ビッカートン, 筧寿雄訳『言語のルーツ』大修館書店, 1985年
フランツ・ファノン, 鈴木道彦・浦野衣子訳『地に呪われたる者』みすず書房, 1996年
フランツ・ファノン, 海老坂武・加藤晴久訳『黒い皮膚, 白い仮面』みすず書房, 1998年
福岡ユネスコ協会編『世界が読む日本の近代文学』丸善, 1996年
福沢一郎『西洋美術文庫』アトリヱ社, 1939年
複数文化研究会編『<複数文化>のために－ポストコロニアリズムとクレオール性の現在』人文書院, 1998年
福山郁子『私の満州－思い出すままに』海鳥社, 2006年
藤原てい『流れる星は生きている』中央公論新社, 1976年初版, 1994年
アンドレ・フランク, 大崎正治訳『世界資本主義と低開発』柘植書房, 1976年
ジークムント・フロイト, 種村季弘訳『無気味なもの』河出書房, 1995年
E.T.A. ホフマン, 種村季弘訳『砂男』河出書房, 1995年
本多秋五『物語戦後文学史(全)』新潮社, 1965年
トニー・マイヤーズ, 村山敏勝訳『スラヴォイ・ジジェク』青土社, 2005年
前田愛『都市空間のなかの文学』筑摩書房, 1982年

松谷みよ子『現代民話考6 銃後－思想弾圧・空襲・原爆・沖縄戦・引揚げ』立風書房, 1987年
丸川哲史『帝国の亡霊－日本文学の精神地図』青土社, 2004年
丸谷才一『ウナギと山芋』中央公論社, 1995年
三木卓『午前中の少年』毎日新聞社, 1985年
三木卓『裸足と貝殻』集英社, 1999年
三木卓『われわれはアジアの子』集英社, 1978年
三木卓『懐かしき友への手紙』河出書房新社, 2009年
三木卓『砲撃のあとで』集英社, 1973年
三木卓『かれらが走りぬけた日』集英社, 1982年
三田誠広『深くておいしい小説の書き方』集英社, 2000年
南原繁『南原繁著作集第7巻』岩波書店, 1978年
南原よし乃『敗戦と引揚げ』浪速書房, 1970年
山田昭次『近代民衆の記録76 満州移民』新人物往来社, 1978年
山本有造外『「満洲」記憶と歴史』京都大学学術出版会, 2007年
安田武『定本 戦争文学論』第三文明社, 1977年
由起しげ子他『芥川賞全集』第四巻, 文藝春秋, 1982年
レヴィ=ストロース, 大橋保夫訳『野生の思考』みすず書房, 1976年
渡辺広士『安部公房』審美社, 1976年
渡辺諒『大いなる流れ』大いなる流れ刊行会, 1956年
김경남『재조선 일본인들의 귀환과 전후의 한국 인식』동북아역사논총, 2008.
송병선,『붐소설을 넘어서』고려대학교출판부, 2008.
이연식,『조선을 떠나며』역사비평사, 2012.
이연식,『해방 후 한반도 거주 일본인 귀환에 관한 연구』서울시립대학교박사학위논문, 2009.
최영호,『일본인 세화회－식민지조선 일본인의 전후』논형, 2013.
바슐라르[G. Bachelard],『공간의 시학』곽광수 역, 동문선. 2003.
에드워드 렐프[E. Relph],『장소와 장소상실』김덕현 외 역, 논형. 2008.

최병두, 『근대적 공간의 한계』 삼인. 2002.

Andrei Codrescu, *The Disappearance of the Outside*, Ruminator Books, 1993.

Edward Wadie Said, *Reflections on Exile and Other Essays*, Harvard University Press, 2000.

Casey, E. *Remebering: a phenomenological study*. Indiana University Press. 1987.

Jean Bernabé, Patrick Chamoiseau, Raphaël Confiant, *Eloge de la créolité*, Paris. Gallimard. 1989.

John Barth, *The literature of Replenishment*, ed, Lord John Press, 1985.

Gabriel García Márquez, *Living to Tell the Tale*, By Edith Grossman, Vintage Books, NewYork, 2003.

Lois Parkinson Zamora, Wendy B Faris, *Magical Realism - Theory, History, Community*. Duke University Press, 2012.

Tilander, A. *Why did C. G. Jung Write His Autobiography?* Journal of Analytical Psychology. 36. 1991.

William Currie, *Metaphors of alienation: the fiction of Abe, Beckett and Kafka*, University Microfilms, 1977.

3. 신문, 잡지자료

『満洲日報』「在満日本婦人は此の言を何と聞く」1930年 11月 27日付

『朝日新聞』「ソ連「引揚完了」を発表」1950年 4月 23日付

『朝日新聞』「引揚げ完全に終了」1950年 6月 10日付

『朝日新聞』「抑留者引揚げに一項」1951年 8月 16日付

『朝日新聞』「ご苦労様お帰りなさい」「心配なのは就職」1953年 3月 23日付

『朝日新聞』「引揚げの見通し」1956年 10月 20日付

『朝日新聞』「マルケス『百年の孤独』翻訳され欧米で評判」1970年 11月 19日付

『毎日新聞』「外地引揚派の発想」1971年 1月 22日付

『現代思想』臨時増刊総特集ラテンアメリカ増殖するモニュメント, 青土社, 1988年 8月号

『現代思想』特集クレオール, 青土社, 1997年 1月号
『現代思想』総特集戦後東アジアとアメリカの存在, 2001年 7月号
『ユリイカ』特集野坂昭如, 2005年12月号